Una reina
en el estrado

Hilary
Mantel

Una reina en el estrado

Hilary Mantel

Traducción
de José Manuel Álvarez Flórez

Ediciones Destino
Colección Áncora y Delfín

Obra editada en colaboración con Ediciones Destino – España

Título original: Bring Up the Bodies

© 2012, Tertius Enterprises
Publicado originalmente en el Reino Unido en 2012 por Fourth Estate
© 2013, José Manuel Álvarez Flórez, por la traducción del inglés
© 2013, Ediciones Destino, S.A. – Barcelona, España

Derechos reservados

© 2014, Editorial Planeta Mexicana, S.A. de C.V.
Bajo el sello editorial DESTINO M.R.
Av. Presidente Masarik núm. 111, 2o. piso.
Colonia Chapultepec Morales
C.P. 11570, México, D.F.
www.editorialplaneta.com.mx

Primera edición impresa en España: marzo de 2013
ISBN: 978-84-233-4586-1

Primera edición impresa en México: julio de 2014
ISBN: 978-607-07-2224-0

No se permite la reproducción total o parcial de este libro ni su incorporación a
un sistema informático, ni su transmisión en cualquier forma o por cualquier
medio, sea éste electrónico, mecánico, por fotocopia, por grabación u otros
métodos, sin el permiso previo y por escrito de los titulares del *copyright*.
La infracción de los derechos mencionados puede ser constitutiva de delito
contra la propiedad intelectual (Arts. 229 y siguientes de la Ley Federal de
Derechos de Autor y Arts. 424 y siguientes del Código Penal).

Impreso en los talleres de Litográfica Ingramex, S.A. de C.V.
Centeno núm. 162-1, colonia Granjas Esmeralda, México, D.F.
Impreso en México - *Printed in Mexico*

Para Mary Robertson una vez más:
con mis justos y cordiales elogios y con salud

Reparto de personajes

La casa de Cromwell

Thomas Cromwell, hijo de un herrero: ahora secretario del rey, primer magistrado de la Cámara de los Lores, canciller de la Universidad de Cambridge y delegado del rey como cabeza de la Iglesia de Inglaterra.

Gregory Cromwell, su hijo.

Richard Cromwell, su sobrino.

Rafe Sadler, su empleado de más confianza, criado por Cromwell como hijo suyo.

Helen, la bella esposa de Rafe.

Thomas Avery, el contable de la casa.

Thurston, el maestro cocinero.

Christophe, un sirviente.

Dick Purser, encargado de los perros guardianes.

Anthony, un bufón.

Los muertos

Thomas Wolsey, cardenal, legado pontificio, Lord Canciller: depuesto del cargo, detenido y fallecido, 1530.

John Fisher, obispo de Rochester: ejecutado, 1535.

Thomas Moro, Lord Canciller después de Wolsey: ejecutado, 1535.

Elizabeth, Anne y Grace Cromwell, esposa e hijas de Thomas Cromwell, muertas en 1527-1528; también Katherine Williams y Elizabeth Wellyfed, sus hermanas.

La familia del rey
Enrique VIII.
Ana Bolena, su segunda esposa.
Elizabeth, hija pequeña de Ana, heredera del trono.
Henry Fitzroy, duque de Richmond, hijo ilegítimo del
   rey.

La otra familia del rey
Catalina de Aragón, primera esposa de Enrique, divor-
   ciada y bajo arresto domiciliario en Kimbolton.
María, hija de Enrique y Catalina y la heredera alterna-
   tiva al trono: también bajo arresto domiciliario.
María de Salinas, una antigua dama de compañía de
   Catalina de Aragón.
Sir Edmund Bedingfield, custodio de Catalina.
Grace, su esposa.

Las familias Howard y Bolena
Thomas Howard, duque de Norfolk, tío de la reina: dis-
   tinguido y feroz par, y enemigo de Cromwell.
Henry Howard, conde de Surrey, su joven hijo.
Thomas Bolena, conde de Wiltshire, el padre de la reina,
   llamado monseñor a petición suya.
George Bolena, lord Rochford, el hermano de la reina.
Jane, lady Rochford, esposa de George.
Mary Shelton, la prima de la reina.
Y *fuera de escena*: María Bolena, la hermana de la reina,
   casada ahora y que vive en el campo, pero anterior-
   mente amante del rey.

La familia Seymour de Wolf Hall
El viejo sir John, tristemente célebre por haber tenido
   una aventura con su nuera.
Lady Margery, su esposa.
Edward Seymour, su hijo mayor.
Thomas Seymour, un hijo más joven.

Jane Seymour, su hija, dama de compañía de las dos reinas de Enrique.

Bess Seymour, su hermana, casada con sir Anthony Oughtred, gobernador de Jersey: luego viuda.

Los cortesanos

Charles Brandon, duque de Suffolk: viudo de la hermana de Enrique VIII Mary: un par de inteligencia limitada.

Thomas Wyatt, un gentilhombre de inteligencia ilimitada: amigo de Cromwell, al que se atribuía una relación amorosa con Ana Bolena.

Harry Percy, conde de Northumberland: un joven noble enfermo y endeudado, que estuvo prometido con Ana Bolena.

Francis Bryan, el Vicario del Infierno, emparentado con los Bolena y los Seymour.

Nicholas Carew, caballerizo mayor, enemigo de los Bolena.

William Fitzwilliam, tesorero mayor, también enemigo de los Bolena.

Henry Norris, conocido como el Gentil Norris, jefe de la cámara privada del rey.

Francis Weston, un joven gentilhombre temerario y extravagante.

William Brereton, un gentilhombre más viejo, pendenciero y obstinado.

Mark Smeaton, un músico sospechosamente bien vestido.

Elizabeth, lady Worcester, una dama de compañía de Ana Bolena.

Hans Holbein, pintor.

Los eclesiásticos

Thomas Cranmer, arzobispo de Canterbury, amigo de Cromwell.

Stephen Gardiner, obispo de Winchester, enemigo de Cromwell.

Richard Sampson, asesor legal del rey en sus asuntos matrimoniales.

Los funcionarios del Estado
Thomas Wriothesley, conocido como Llamadme Risley, lord del Sello.
Richard Riche, procurador general.
Thomas Audley, Lord Canciller.

Los embajadores
Eustache Chapuys, embajador del emperador Carlos V.
Jean de Dinteville, un enviado francés.

Los reformadores
Humphrey Monmouth, rico comerciante, amigo de Cromwell que simpatiza con los evangélicos, patrón de William Tyndale, el traductor de la Biblia, ahora en prisión en los Países Bajos.
Robert Packington, un comerciante de simpatías similares.
Stephen Vaughan, un comerciante de Amberes, amigo y agente de Cromwell.

Las viejas familias con pretensiones al trono
Margaret Pole, sobrina del rey Eduardo IV, partidaria de Catalina de Aragón y de la princesa María.
Henry, lord Montague, su hijo.
Henry Courtenay, marqués de Exeter.
Gertrude, su ambiciosa esposa.

En la Torre de Londres
Sir William Kingston, el condestable.
Lady Kingston, su esposa.
Edmund Walsingham, su ayudante.
Lady Shelton, tía de Ana Bolena.
Un verdugo francés.

Los Tudor (simplificado)

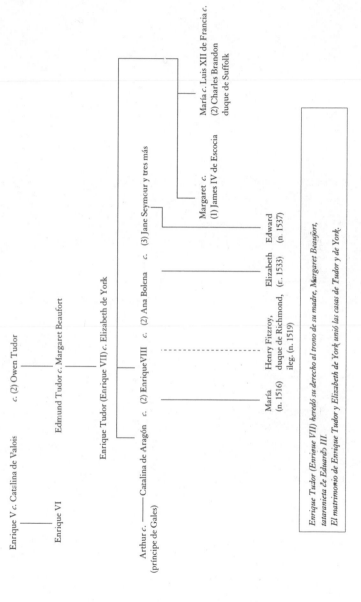

Enrique V c. Catalina de Valois   c. (2) Owen Tudor

Enrique VI   Edmund Tudor c. Margaret Beaufort

Enrique Tudor (Enrique VII) c. Elizabeth de York

Arthur c. ———— Catalina de Aragón   c.   (2) EnriqueVIII   c.   (2) Ana Bolena   c.   (3) Jane Seymour y tres más
(príncipe de Gales)

María   Henry Fitzroy,   Elizabeth   Edward
(n. 1516)   duque de Richmond,   (r. 1533)   (n. 1537)
               ileg. (n. 1519)

Margaret c.
(1) James IV de Escocia

María c. Luis XII de Francia c.
(2) Charles Brandon
duque de Suffolk

Enrique Tudor (Enrique VII) heredó su derecho al trono de su madre, Margaret Beaufort,
tataranieta de Eduard III.
El matrimonio de Enrique Tudor y Elizabeth de York unió las casas de Tudor y de York.

«¿Acaso no soy un hombre como los demás?
¿No lo soy? ¿No lo soy?»

ENRIQUE VIII a Eustache Chapuys,
embajador del Imperio español

Primera parte

I

Halcones

Sus hijas caen del cielo. Él observa desde la silla del caballo, atrás se extienden acres y más acres de Inglaterra; caen, las alas doradas, una mirada llena de sangre cada una. *Grace Cromwell* revolotea en el aire tenue. Es silenciosa cuando atrapa su presa, y silenciosa cuando se desliza en su puño. Pero los ruidos que hace entonces, el susurrar y el crujir de plumas, el suspiro y el roce del ala, el pequeño cloqueo de la garganta, ésos son sonidos de reconocimiento, íntimos, filiales, casi reprobatorios. Tiene franjas de sangre en el pecho y le cuelga carne de las garras.

Más tarde Enrique dirá: «Tus niñas vuelan bien hoy». El halcón *Anne Cromwell* salta en el guante de Rafe Sadler, que cabalga al lado del rey en tranquila conversación. Están cansados; cae el sol y regresan cabalgando a Wolf Hall, las riendas flojas sobre el cuello de las monturas. Mañana saldrán su esposa y sus dos hermanas. Esas mujeres muertas, sus huesos sepultados hace mucho en el barro de Londres, han transmigrado ahora. Se deslizan ingrávidas por las corrientes superiores del aire. No dan lástima a nadie. No responden a nadie. Llevan vidas sencillas. Cuando miran abajo no ven más que su presa, y las plumas prestadas de los cazadores: ven un universo revoloteante en fuga, un universo ocupado todo él por su comida.

Todo el verano ha sido así, un torbellino de desmembramiento, piel y pluma volando; pegando a los perros de caza para que se retiren y fustigándolos para estimularlos, acariciando los caballos cansados, los cuidados, por los gentilhombres, de contusiones, torceduras y ampollas. Y durante unos cuantos días al menos, ha brillado sobre Enrique el sol.

En algún momento de antes del mediodía, llegaron presurosas nubes del oeste y cayó la lluvia en grandes gotas perfumadas; pero volvió a salir el sol con un calor tórrido, y tan claro está ahora que si miras arriba puedes ver hasta el Cielo por dentro y observar lo que están haciendo los santos.

Cuando desmontan, entregando los caballos a los mozos de establo y aguardando al rey, su pensamiento está ya trasladándose a los asuntos del gobierno: despachos de Whitehall, traídos al galope por las rutas de correo que se trazan por dondequiera que la corte va.

Durante la cena con los Seymour escuchará respetuosamente cualquier historia que sus anfitriones quieran contar: cualquier cosa que el rey pueda aventurar, desgreñado, feliz y cordial como parece estar esta noche. Cuando el rey se haya ido a la cama, empezará su noche de trabajo.

Aunque ha terminado ya el día, Enrique no parece inclinado a entrar en la casa. Se queda inmóvil mirando alrededor, aspirando el sudor del caballo, con la ancha franja rojiza de una quemadura del sol cruzándole la frente. Ese día, a primera hora, perdió el sombrero, así que, siguiendo la costumbre, los otros cazadores de la partida se vieron obligados a quitarse el suyo. El rey rechazó todos los sombreros que le ofrecieron para sustituir el perdido. Mientras la oscuridad invade furtiva bosques y campos, habrá sirvientes buscando el temblor de una pluma negra entre la hierba oscura, o el brillo de su enseña de cazador, un san Huberto con ojos de zafiro.

Se siente ya el otoño. Sabes que no habrá muchos más días como éstos; quedémonos pues así, los caballerizos de Wolf Hall hormigueando a nuestro alrededor,

Wiltshire y los condados del oeste extendiéndose en una bruma de azul; quedémonos así, con la mano del rey en el hombro, la expresión vehemente de Enrique mientras recorre hablando el paisaje del día, los verdes sotos, las rápidas corrientes y los alisos de la orilla, la niebla temprana que se alzó a las nueve; el breve chaparrón, el viento suave que amainó y se asentó; la quietud, el calor de la tarde.

—¿Cómo es que vos no os habéis quemado, señor? —pregunta Rafe Sadler. Pelirrojo como el rey, se ha vuelto de un rosa pecoso y moteado y hasta parece tener llagados los ojos. Él, Thomas Cromwell, se encoge de hombros; le echa un brazo por encima de los hombros a Rafe mientras se encaminan al interior de la casa. Recorrió toda Italia (tanto el campo de batalla como la sombreada palestra de la contaduría) sin perder la palidez londinense. Su infancia rufianesca, los tiempos del río, los de los campos: le dejaron tan blanco como le hizo Dios.

—Cromwell tienen una piel de lirio —proclama el rey—. El único detalle en que se parece a ésa o a cualquier otra flor.

Se encaminan a cenar bromeando con él.

El rey había dejado Whitehall la semana de la muerte de Thomas Moro, una semana de julio desdichada de lluvia constante en que las huellas de los cascos de los caballos del séquito regio se hundían profundamente en el barro mientras seguían su camino hasta Windsor. Han hecho luego un recorrido de los condados del oeste; los ayudantes de Cromwell, tras cumplimentar los asuntos del rey en Londres, se reúnen con el séquito a mediados de agosto. El rey y sus acompañantes duermen seguros en casas nuevas de ladrillo rosado, en casas viejas cuyas fortificaciones se han desmoronado o han sido derribadas, y en castillos fantásticos como de juguete, castillos de imposible fortificación, con muros que una bala de cañón atravesaría como si fuesen de papel. Inglaterra ha disfrutado de cincuenta años de paz. Ése es el pacto de los Tudor; lo que ellos ofrecen es paz. Todos se esfuerzan por mostrar al rey su mejor aspecto, y hemos visto estas últimas semanas enyesados rápidos fruto del pánico, trabajos de mampostería precipitados, en que los anfitriones se apresuran a desplegar la rosa de los Tudor al lado de sus propias divisas. Buscan y borran cualquier rastro de Catalina, la reina que fue, destrozan a martillazos las granadas de Aragón, sus segmentos fragmentados y sus aplastadas semillas diseminadas. En vez de eso (si no da tiempo a tallar) se pinta toscamente encima de los blasones el halcón de Ana Bolena.

Hans se ha unido a ellos en la excursión, y ha hecho un dibujo de Ana, la reina, pero a ella no le complació; ¿cómo se la puede complacer en estos días? Ha dibujado a Rafe Sadler, con su limpia barbita y su boca firme, su sombrero a la moda, con un disco emplumado en precario equilibrio sobre la cabeza trasquilada.

—Me hicisteis la nariz muy chata, señor Holbein —dice Rafe.

Y Hans dice:

—¿Y pensáis, señor Sadler, que voy a tener yo el poder de arreglar esa nariz vuestra?

—Se la rompió de niño —dice él— en las justas. Yo mismo le recogí de debajo de las patas del caballo, hecho una lástima, llorando y llamando a su madre. —Aprieta el hombro del muchacho—. Vamos, Rafe, anímate. Yo creo que estás muy guapo. Acuérdate de lo que Hans me hizo a mí.

Thomas Cromwell tiene ahora unos cincuenta años. El cuerpo de un trabajador, fornido, útil, con tendencia a engordar. El cabello, negro, le empieza a encanecer, y debido a su piel pálida e impermeable, que parece hecha para soportar la lluvia además del sol, la gente dice, burlándose, que su padre era irlandés, aunque en realidad era un cervecero y herrero de Putney, y también tundidor, un hombre que sabía hacer de todo, amigo de pendencias y peleas, un hombre al que llevaban a rastras a menudo ante los jueces por pegarle a alguien, por engañar a alguien. Cómo el hijo de un hombre así ha alcanzado su eminencia actual es algo que toda Europa se pregunta. Unos dicen que subió con los Bolena, la familia de la reina. Otros que fue sólo a través del difunto cardenal Wolsey, su patrón; Cromwell gozó de su confianza e hizo dinero para él y conoció sus secretos. Otros dicen que frecuenta la compañía de hechiceros. Estuvo fuera del reino desde la niñez, fue soldado mercenario, mercader de lana, banquero. Nadie sabe dónde ha estado y a quién ha conocido, y él no tiene ninguna prisa por contarlo. Se entrega siempre sin reserva al servicio del rey, conoce su valor y sus méritos, y se asegura de que se vean recompensados: cargos, emolumentos y títulos de propiedad, mansiones rurales y granjas. Sabe conseguir lo que quiere, tiene un método; hechizará a un hombre o le sobornará, le persuadirá con lisonjas o le amenazará, le explicará cuáles son sus verdaderos intereses, y presentará a ese mismo hombre aspectos suyos que él ignoraba que existiesen. El señor secretario trata todos los días con grandes que, si pudiesen, le aplastarían con un revés vindicativo, lo mismo que a una mosca. Sabedor de esto, se distingue por su cortesía, su sosiego y su dedicación infatigable a los asuntos de Inglaterra. No tiene la costumbre de explicarse. Ni la de comentar sus éxitos. Pero siempre que la buena suerte le ha visitado, estaba allí, esperando en el umbral, dispuesto a abrir la puerta a su tímido golpe en la madera.

En casa, en su hogar de Austin Friars, en la ciudad, su retrato cavila colgado en la pared; está envuelto en lana y piel, la mano cerrada alrededor de un documento, como si lo estuviese estrangulando. Hans había empujado una mesa detrás para tenerle atrapado y había dicho: «Thomas, no debes reírte»; y habían operado sobre esa base, Hans tarareando mientras trabajaba y él mirando ferozmente a la media distancia. Cuando vio el retrato terminado dijo: «Dios mío, parezco un asesino»; y su hijo Gregory dijo: «¿No lo sabías?». Se han hecho copias para sus amistades, y para sus admiradores entre los evangélicos de Alemania. No se separará ya del original (no ahora que ha conseguido acostumbrarse a él, dice) y sucede así que entra en su vestíbulo y se encuentra con versiones de sí mismo en varias etapas de elaboración: un perfil esbozado, coloreado parcialmente. ¿Por dónde empezar con Cromwell? Los hay que empiezan por sus ojillos penetrantes, hay quien lo hace por el sombrero. Los hay que eluden el problema y pintan su sello y sus tijeras, otros eligen el anillo de turquesa que le dio el cardenal. Empiecen donde empiecen, el impacto final es el mismo: si tuviese un agravio contra ti, no te gustaría encontrarte con él una noche sin luna. Su padre Walter solía decir: «Mi chico, Thomas, mírale mal una vez y te sacará los ojos. Si le pones una zancadilla, te cortará una pierna. Pero, si no te interpones en su camino, es muy caballeroso. Y le pagará un trago a cualquiera».

Hans ha dibujado al rey, benigno, en sedas estivales, sentado después de cenar con sus anfitriones, las ventanas abiertas a los últimos cantos de los pájaros, las primeras velas llegando con las frutas escarchadas. En cada etapa de su recorrido, Enrique para en la casa principal, con la reina Ana. Su séquito duerme abajo, con la nobleza local. Es una cortesía usual que los anfitriones del rey, una vez al menos durante la visita, agasajen a estos invitados que lo acompañan, lo que introduce tensión en el orden doméstico. Él ha contado los carros de aprovisionamiento que llegan; ha visto las cocinas sumidas en un torbellino y ha estado abajo en esa hora gris verdosa de antes de amanecer, cuando se friegan los hornos de ladrillo, dejándolos listos para la primera tanda de hogazas, y se clavan en los espetones las piezas abiertas en canal, se asientan las ollas en las trébedes, se despluma y despieza la volatería. Su tío era cocinero de un arzobispo, y él andaba de niño por las cocinas de Lambeth Palace; conoce todos los entresijos del asunto y no se puede dejar nada al azar tratándose del bienestar del rey.

Estos días son perfectos. La luz clara y serena resalta cada baya que brilla en los setos. Cada hoja de árbol cuelga, con el sol detrás, como una pera dorada. Cabalgando hacia el oeste en plena canícula, nos hemos sumergido en selváticos cotos y hemos coronado las campas, accediendo a ese terreno alto donde, incluso con dos condados de por medio, puedes percibir la presencia cambiante del mar. En esta parte de Inglaterra dejaron sus terraplenes, sus túmulos y sus piedras enhiestas nuestros antepasados los gigantes. Aún tenemos, todos los ingleses y todas las inglesas, unas gotas de sangre de gigante en las venas. En aquellos tiempos antiguos, en una tierra no expoliada por las ovejas ni por el arado, ellos cazaban el jabalí y el alce. El bosque se extendía ante uno durante días y días. A veces se desentierran armas antiguas: hachas que, manejadas a dos manos, podían cortar de arriba abajo caballo y jinete. Piensa en los grandes miembros de aquellos muertos, que se agitan aún bajo la tierra. Eran guerreros por naturaleza, y la guerra está dispuesta siempre a volver otra vez. No es sólo en el pasado cuando cabalgas por estos campos. Piensas en lo que está latente en la tierra, en lo que está engendrando; son los tiempos que vienen, las guerras no libradas aún, las heridas y muertes que, como semillas, la tierra de Inglaterra mantiene calientes. Uno pensaría, mirando a Enrique cuando se ríe, mirando a Enrique cuando reza, mirándole conducir a sus hombres a través del sendero del bosque, que se asienta en su trono tan seguro como se asienta en su caballo. Las miradas pueden engañar. De noche, yace despierto; mirando fijamente las vigas talladas del techo; enumera sus días. Dice: «Cromwell, Cromwell, ¿qué haré? Cromwell, líbrame del emperador. Cromwell, líbrame del papa». Luego llama a su arzobispo de Canterbury, Thomas Cranmer, y exige saber: «¿Está mi alma condenada?».

El embajador del emperador, Eustache Chapuys, espera diariamente en Londres la noticia de que el pueblo de Inglaterra se ha levantado contra su rey, impío y cruel. Es una noticia que desea encarecidamente oír, y que dedicaría trabajo y buen dinero a conseguir que se hiciese verdad. Su señor, el emperador Carlos, es el soberano de los Países Bajos así como de España y sus tierras del otro lado del mar; Carlos es rico y, de vez en cuando, se enfurece porque Enrique Tudor se ha atrevido a dejar a un lado a su tía, Catalina, para casarse con una mujer a la que el pueblo, en las calles, llama «la puta de ojos saltones». Chapuys está exhortando a su señor en despachos urgentes a invadir Inglaterra, a unirse con los rebeldes, pretendientes y descontentos del reino, y a conquistar esta isla impía cuyo rey, por una decisión del Parlamento, ha aprobado su propio divorcio y se ha declarado a sí mismo Dios. El papa no se toma nada bien que se burlen de él en Inglaterra y le llamen simplemente «obispo de Roma», que le corten sus ingresos y los canalicen hacia los cofres de Enrique. Una bula de excomunión, redactada pero no promulgada aún, se cierne sobre Enrique, lo que lo convertiría en un descastado entre los reyes cristianos de Europa, a los que se invita, de hecho, se anima, a cruzar el Canal o la frontera escocesa y apoderarse de cualquier cosa suya. Tal vez acabe viniendo el emperador. Tal vez venga el rey de Francia. Tal vez vengan juntos. Sería grato poder decir que estamos preparados para hacerles frente, pero la realidad es de otro modo. En caso de una incursión armada tendremos que desenterrar los huesos de los gigantes para atizarles en la cabeza con ellos, porque andamos escasos de suministros de guerra, escasos de pólvora, escasos de acero. Eso no es culpa de Thomas Cromwell; como dice Chapuys, sonriendo, el reino de Enrique estaría en mucha mejor situación si se hubiese puesto a Cromwell al cargo hace cinco años.

Si quisieses defender Inglaterra, y él querría (pues saldría a combatir también, espada en mano), deberías saber lo que es Inglaterra. En el calor de agosto, se ha detenido con la cabeza descubierta junto a las tumbas talladas de los antepasados, hombres con armaduras *cap à pie* de placas y eslabones, las manos cubiertas con guanteletes unidas y apoyadas en las sobrecotas, los pies cubiertos de malla reposando sobre lebreles, grifos y leones de piedra: hombres de piedra, hombres de acero, sus blandas esposas encajonadas a su lado como caracoles en sus conchas. Creemos que el tiempo no puede tocar a los muertos, pero toca sus tumbas, dejándolos chatos y con muñones por dedos por los accidentes y la atrición del tiempo. Un pequeño pie desmembrado (como de un querubín genuflexo) emerge de una extensión de cortinaje; la punta de un pulgar cortado yace sobre un cojín tallado. «Debemos reparar a nuestros antepasados el año que viene», dicen los lores de los condados del oeste: pero sus escudos y soportes, sus blasones y tenantes se mantienen siempre recién pintados, y cuando hablan embellecen las proezas de sus ancestros, explican quiénes fueron y lo que tenían: «Las armas que mi antepasado llevó en Agincourt, la copa que Juan de Gante donó a mi antepasado con su propia mano». Si en las últimas guerras de York y Lancaster, sus padres y abuelos eligieron el bando equivocado, no hablan de ello. Una generación después, los errores deben ser perdonados, las reputaciones rehechas; de otro modo Inglaterra no podría seguir adelante, se mantendría girando en espiral hacia atrás, en el sucio pasado.

Él, por supuesto, no tiene ningún antepasado: no del género de esos de los que te puedes enorgullecer. Hubo una vez una familia noble llamada Cromwell, y cuando él entró al servicio del rey los heraldos le instaron a que, para guardar las apariencias, adoptase su escudo de armas. «Pero yo no soy noble —dijo educadamente—, y no quiero blasones.» Había huido de los puños de su padre cuando no tenía más de quince años; había cruzado el Canal, servido en el ejército del rey francés. Llevaba luchando desde que había aprendido a andar; y si vas a luchar, ¿no es mejor que te paguen por ello? Hay oficios más lucrativos que el de soldado, y los descubrió. Así que decidió no apresurarse a volver a casa.

Y ahora, cuando sus anfitriones con título quieren consejo sobre el emplazamiento de una fuente, o un grupo de las Tres Gracias bailando, el rey les dice: «Cromwell es vuestro hombre, él ha visto cómo hacen las cosas en Italia», y lo que hará para ellos lo hará para Wiltshire. A veces el rey abandona un lugar sólo con los jinetes de su séquito, y la reina queda atrás con sus damas y músicos, mientras Enrique y unos pocos escogidos recorren el país cazando, afanosos. Y así es como llegan a Wolf Hall, donde el viejo sir John Seymour está esperando para darles la bienvenida, en medio de su floreciente familia.

—Yo no sé, Cromwell —dice el viejo sir John; le coge del brazo, cordial—, todos esos halcones con los nombres de mujeres muertas..., ¿no os descorazona?

—Yo nunca me siento descorazonado, sir John. El mundo es demasiado bueno para mí.

—Deberíais casaros de nuevo, y tener otra familia. Tal vez encontréis una novia mientras estáis con nosotros. En el bosque de Savernake hay jóvenes lozanas.

—Aún tengo a Gregory —dice él, mirando atrás por encima del hombro para ver a su hijo; siempre está un poco preocupado con Gregory.

—Ah —dice Seymour—, los muchachos están muy bien, pero un hombre necesita hijas también, las hijas son un consuelo. Mirad a Jane. Una chica tan buena.

Mira a Jane Seymour tal como su padre le indica. La conoce bien de la corte, cuando era dama de honor de Catalina, la reina anterior, y de Ana, la que es reina ahora; es una joven sencilla con una palidez plateada, un hábito de silencio y la artimaña de mirar a los hombres como si representasen una sorpresa desagradable. Lleva perlas y brocado blanco, bordado con tiesos brotecillos de claveles. Él identifica un gasto extraordinario; dejando a un lado las perlas, no podrías vestirla de ese modo por mucho menos de treinta libras. No es extraño que se mueva con una preocupación tan cuidadosa, como una niña a quien le han dicho que no se derrame algo por encima.

El rey dice:

—Jane, ahora que te vemos en tu casa, con tu gente, ¿vas a ser menos tímida? —y toma la mano de ratoncito de ella en su manaza—. En la corte nunca conseguimos sacarle una palabra.

Jane alza los ojos para mirarle, sonrojándose desde el cuello a la línea del cabello.

—¿Habéis visto alguna vez un rubor como éste? —pregunta Enrique—. Nunca, a menos que se trate de una doncellita de doce años.

—No puedo pretender tener doce años —dice Jane.

En la cena, el rey se sienta junto a lady Margery, su anfitriona. Era una beldad en sus tiempos, y por la atención exquisita del rey dirías que aún sigue siéndolo; ha tenido diez hijos, y seis de ellos aún viven, y tres están en esta habitación. Edward Seymour, el heredero, es de cabeza alargada, expresión seria, perfil fiero y limpio: un hombre guapo. Es persona leída si es que no docta, se aplica a cualquier tarea que se le encomiende; ha estado en la guerra, y, mientras espera a combatir de nuevo, se desenvuelve bien en la caza y en las justas. El cardenal, en sus tiempos, decía que estaba por encima del nivel usual entre los Seymour; y él mismo, Thomas Cromwell, le ha sondeado y descubierto en todos los aspectos a un hombre del rey. Tom Seymour, el hermano más joven de Edward, es ruidoso y bullanguero y más interesante para las mujeres; cuando entra en una habitación las vírgenes ríen, y las jóvenes matronas bajan la cabeza y le examinan por debajo de las pestañas.

El viejo sir John es un hombre con un notorio y peculiar sentimiento de familia. Dos, tres años, atrás, toda la corte murmuraba que había montado a la esposa de su hijo, no una vez en el calor de la pasión sino repetidamente, desde que era una recién casada. La reina y sus confidentes habían difundido la historia por la corte. «Hemos calculado ciento veinte veces —había dicho Ana con risa socarrona—. En fin, lo ha dicho Thomas Cromwell, y él es muy bueno con los números. Suponemos que se abstienen el domingo por vergüenza y que aflojan el ritmo en Cuaresma.» La esposa traidora dio a luz dos muchachos, y, cuando salió a la luz su conducta, Edward dijo que no los consideraría sus herederos, porque no podía estar seguro si eran hijos suyos o hermanastros. A la adúltera la recluyeron en un convento, y pronto tuvo la deferencia de morirse. Ahora Edward tiene una nueva esposa, que cultiva unos modales adustos y lleva siempre en el bolsillo una aguja de coser por si su suegro se acerca demasiado.

Pero eso está perdonado, está perdonado. La carne es frágil. Esta visita real sella el perdón del buen anciano. John Seymour tiene mil trescientos acres, que incluyen un parque de ciervos; la mayor parte del resto está entregado a las ovejas y da dos chelines por acre al año, proporcionándole claramente un veinticinco por ciento de lo que esos mismos acres producirían si se entregasen al arado. Esas ovejas son animales pequeños, de cara negra, cruzados con el ganado de montaña galés, un carnero cartilaginoso pero de lana bastante buena. A su llegada, el rey (está en vena bucólica) dice: «Cromwell, ¿qué pesará ese animal?»; él responde, sin cogerlo: «Treinta libras, señor». Francis Weston, un joven cortesano, dice con una risilla: «El señor Cromwell fue esquilador en otros tiempos. No puede equivocarse».

El rey dice: «Seríamos un país pobre sin nuestro comercio de lana. Que el señor Cromwell conozca el negocio no va en descrédito suyo».

Pero Francis Weston se ríe tapándose la boca con la mano.

Mañana, Jane Seymour va a cazar con el rey. «Yo creí que era sólo cosa de gentilhombres —oye cuchichear a Weston—. La reina se enfadaría si se enterase.» Y él murmura: «Procurad pues que no se entere, sed buen muchacho».

—En Wolf Hall somos todos grandes cazadores —se ufana sir John—. También mis hijas; pensarán que Jane es tímida pero pónganla en la silla y yo les aseguro, señores, que es la diosa Diana. Nunca agobié a mis hijas con el estudio. Aquí sir James les enseñó todo lo que necesitaban saber.

El sacerdote, que está al final de la mesa, asiente, muy complacido: un viejo imbécil de coronilla blanca con un ojo cegato. Él, Cromwell, se vuelve y le mira:

—¿Y fuisteis vos, sir James, el que las enseñasteis a bailar? Todos os alaban. He visto a la hermana de Jane, Elizabeth, en la corte, bailando con el rey.

—Ah, tienen un maestro para eso —dice el viejo Seymour con una risilla—. Maestro de baile, maestro de música, con eso tienen suficiente. Ellas no necesitan lenguas extranjeras. No van a ir a ningún sitio.

—Yo pienso de otro modo, señor —dice él—. Yo enseñé a mis hijas igual que a mi hijo.

A veces le gusta hablar de ellas, Anne y Grace, muertas hace ya siete años. Tom Seymour se ríe.

—¿Queréis decir que las adiestrasteis para las justas como a Gregory y al joven señor Sadler?

Él sonríe.

—Salvo en eso.

—No es raro —dice Edward Seymour— que las hijas de una casa de ciudad aprendan sus letras y algo más. Vos podríais haberlas necesitado en la contaduría. Son cosas que se oyen. Eso las hubiese ayudado a encontrar buenos maridos, una familia de comerciantes se alegraría de sus conocimientos.

—Imaginaos a las hijas del señor Cromwell —dice Weston—. Yo no me atrevo. Dudo que una contaduría pudiese contenerlas. Buena mano tendrían para empuñar una alabarda. Al hombre que las mirase le temblarían las piernas. Y no creo que porque se sintiesen asaltados por el amor.

Interviene Gregory. Es tan soñador que podría parecer que no ha estado siguiendo la conversación, pero su tono está encrespado de indignación.

—Ofendéis a mis hermanas y a su memoria, señor, y no las conocisteis. Mi hermana Grace...

Él ve que Jane Seymour extiende su manita y toca la muñeca de Gregory: se arriesgará, para salvarle, a atraer la atención de los presentes.

—Yo últimamente —dice— he adquirido cierto dominio de la lengua francesa.

—¿De veras, Jane? —Tom Seymour sonríe.

Jane baja la cabeza.

—Me está enseñando Mary Shelton.

—Mary Shelton es una joven bondadosa —dice el rey; y él ve por el rabillo del ojo que Weston le da con el codo a su vecino; dicen que Shelton ha sido buena con el rey en la cama.

—Así que ya veis, señores —dice Jane a sus hermanos—, que nosotras, las damas, no dedicamos todo el tiempo a la calumnia ociosa y al escándalo. Aunque bien sabe Dios que tenemos murmuraciones suficientes para ocupar a una ciudad entera de mujeres.

—¿Tantas tenéis? —dice él.

—Hablamos de quién está enamorado de la reina. Quién le escribe versos. —Baja los ojos—. Quiero decir, quién está enamorado de cada una de nosotras. Este gentilhombre o aquél. Conocemos a todos los pretendientes y hacemos inventario detallado, se sonrojarían si supiesen. Hablamos de las tierras que tienen y de cuánto les dan al año, y decidimos entonces si les dejaremos o no hacernos un soneto. Si no creemos que vayan a mantenernos como corresponde, nos burlamos de sus rimas. Es cruel, lo confieso.

Él dice, un poco incómodo, que lo de escribir versos a las damas, incluso a las casadas, no tiene importancia, que en la corte es algo acostumbrado. Weston dice:

—Gracias por esas palabras tan amables, señor Cromwell, pensábamos que podríais intentar impedírnoslo.

Tom Seymour se ríe ostentosamente.

—¿Y quiénes son vuestros pretendientes, Jane?

—Si queréis saber eso, debéis poneros un vestido y coger vuestra labor de aguja y uniros a nosotras.

—Como Aquiles entre las mujeres —dice el rey—. Tendréis que afeitaros esa linda barba, Seymour, e ir a descubrir sus lascivos secretitos. —Se está riendo, pero no es feliz—. A menos que encontremos alguien más femenino para la tarea. Gregory, tú eres un muchacho guapo, aunque temo que tus manos grandes te delatarán.

—El nieto del herrero —dice Weston.

—Ese muchacho, Mark —dice el rey—. El músico, ¿lo conocéis? Tiene una linda apostura femenina.

—Oh —dice Jane—, Mark ya está con nosotras. Anda siempre holgazaneando sin hacer nada. Casi no lo consideramos un hombre. Si deseáis conocer nuestros secretos, debéis preguntar a Mark.

La conversación se desliza al galope en otra dirección; él piensa: nunca caí en la cuenta de que Jane tuviese nada que decir por sí misma; piensa: Weston estará pinchándome, sabe que en presencia de Enrique no le frenaré; imagina de qué forma debe frenarle cuando lo haga. Rafe Sadler le mira por el rabillo del ojo.

—Bueno —le dice el rey—, ¿será mañana mejor que hoy? —Para la mesa explica—: El señor Cromwell no puede dormir a menos que esté arreglando algo.

—Reformaré la conducta del sombrero de su majestad. Y de las nubes, antes del mediodía...

—Necesitábamos ese chaparrón. La lluvia nos refrescó.

—Que lo peor que envíe Dios a Su Majestad sea una mojadura —dice Edward Seymour.

Enrique se frota la marca de la quemadura del sol.

—El cardenal afirmaba que podía predecir el tiempo. «Una mañana bastante buena —decía—, pero a las diez aún estará más claro.» Y lo estaba.

Enrique hace esto a veces. Deja caer el nombre de Wosley en la conversación, como si no hubiese sido él, sino otro monarca, quien hubiese acosado al cardenal hasta empujarlo a la muerte.

—Hay hombres que tienen buen ojo para el tiempo —dice Tom Seymour—. Eso es todo, señor. No se trata de algo especial de los cardenales.

Enrique asiente, sonriendo.

—Eso es cierto, Tom. Nunca debería haberme dejado impresionar tanto por él, ¿verdad?

—Era demasiado orgulloso para ser un súbdito —dice el viejo sir John.

El rey mira hacia él a lo largo de la mesa, hacia Thomas Cromwell. Él estimaba al cardenal. Todos lo saben. Su expresión es tan cuidadosamente inexpresiva como una pared recién pintada.

Después de la cena, el viejo sir John cuenta la historia de Edgar el Apacible. Era el soberano de estas regiones hace muchos centenares de años, antes de que los reyes tuvieran números: cuando todas las doncellas eran hermosas y todos los caballeros galantes y apuestos, y la vida simple, violenta y normalmente breve. Edgar tenía pensada una esposa para él y envió a uno de sus condes para evaluarla. El conde, que era falso y astuto al mismo tiempo, mandó comunicar al rey que su belleza había sido muy exagerada por poetas y pintores; vista en la vida real, decía, era coja y bizqueaba. Quería que fuera suya la tierna damisela, así que la sedujo y se casó con ella. Edgar, al descubrir la traición del conde, le tendió una emboscada en una arboleda que está cerca de aquí y le clavó una jabalina, matándolo de un solo golpe.

—¡Qué falso y que truhán era ese conde! —dice el rey—. Recibió su merecido.

—Era un villano más que un conde —dice Tom Seymour.

Su hermano suspira, como distanciándose del comentario.

—¿Y qué dijo la dama? —pregunta él, Cromwell—. Cuando encontró ensartado al conde...

—La damisela se casó con Edgar —dice sir John—. Se casaron en el bosque y vivieron felices después.

—Supongo que ella no tenía elección —suspira lady Margery—. Las mujeres no tienen más remedio que adaptarse.

—Y la gente del país dice —añade sir John— que ese conde traidor aún anda por el bosque, gimiendo e intentando arrancarse la lanza del vientre.

—Hay que ver —dice Jane Seymour—. Y cualquier noche de luna puedes mirar por la ventana y verle, dando tirones a la lanza y quejándose sin parar. Por suerte yo no creo en fantasmas.

—Más tonta sois, hermana —dice Tom Seymour—. Se os acercarán sin que os deis cuenta.

—De todos modos —dice Enrique, y remeda un lanzamiento de jabalina: aunque con la mesura que se debe en la mesa—. Un golpe limpio. Debía de tener buen brazo el rey Edgar.

Él dice, él, Cromwell:

—Me gustaría saber si ese cuento está escrito, y si lo está, por quién, y si lo escribió bajo juramento.

El rey dice:

—Cromwell habría llevado al conde ante un juez y un jurado.

—Bendito sea Dios, Majestad —dice riéndose sir

John—, yo no creo que en aquellos tiempos los tuviesen. —Cromwell habría encontrado uno. —El joven Weston se inclina hacia delante para hacer su comentario—. Acabaría sacando un jurado de un brote de setas. El conde no tendría salvación, lo juzgarían y luego se lo llevarían y le cortarían la cabeza. Dicen que en el juicio de Thomas Moro, aquí el señor secretario auxilió al jurado en sus deliberaciones. Cuando estaban sentados cerró la puerta y les dijo lo que había que hacer. «Permítanme que les saque de dudas —explicó a los miembros del jurado—. Su tarea es encontrar culpable a sir Thomas, y ninguno de ustedes cenará hasta que lo haya hecho.» Luego salió y cerró la puerta y se quedó esperando fuera con un hacha en la mano, por si alguien intentaba escapar en busca de un budín hervido; y como para los londinenses lo primero es la tripa, en cuanto la sintieron gruñir exclamaron: «¡Culpable! ¡Es todo lo culpable que un culpable pueda ser culpable!».

Las miradas se centran en él, en Cromwell. Rafe Sadler, a su lado, está tenso de cólera.

—Es una bonita historia —le dice a Weston— pero yo os pregunto: ¿dónde está escrita? Deberíais saber que mi señor se atiene siempre a la ley en sus relaciones con los tribunales.

—Vos no estabais allí —dice Francis Weston—. Se lo oí contar a uno de aquellos jurados. Gritaron: «Fuera con él, que se lleven al traidor y que nos traigan una pata de carnero». Y Thomas Moro fue conducido al patíbulo.

—Parece que lo lamentéis —dice Rafe.

—Yo no. —Weston alza las manos—. La reina Ana dice que la muerte de Moro debe ser una advertencia para todos esos traidores, que aunque su fama no sea tan grande, ni tan encubierta su traición, Thomas Cromwell los descubrirá.

Hay un murmullo de asentimiento; piensa un instante que los presentes se volverán hacia él y le aplaudirán. Luego lady Margery se lleva un dedo a los labios, y mueve la cabeza señalando al rey. Sentado a la cabecera de la mesa, ha empezado a inclinarse a la derecha; sus párpados, cerrados, aletean, y su respiración es profunda y tranquila.

Los presentes intercambian sonrisas. «Se ha emborrachado de aire fresco», susurra Tom Seymour.

Es un cambio respecto a lo de estar borracho por beber; el rey, estos días, pide la jarra de vino más a menudo de lo que lo hacía en su enjuta y deportiva juventud. Él, Cromwell, observa cómo Enrique oscila en su asiento. Primero hacia delante, como para apoyar la frente en la mesa. Luego da un respingo y se echa hacia atrás. Le corre por la barba un hilillo de baba.

Éste sería el momento de Harry Norris, jefe de los gentilhombres de la cámara privada; Harry con paso leve y manos suaves que no juzgan, hace despertar con un murmullo a su soberano. Pero Norris está de viaje, ha llevado la carta de amor del rey a Ana. ¿Qué hacer, pues? Enrique no parece un niño cansado, como podría haber parecido hace cinco años. Parece un hombre cualquiera de mediana edad, al que el torpor domina tras una comida demasiado pesada; parece congestionado e hinchado, y le resalta aquí y allá una vena, e incluso puedes ver a la luz de la vela que su cabello lacio está encaneciendo. Él, Cromwell, hace un gesto al joven Weston.

—Francis, es necesario vuestro toque de caballero.

Weston finge no oírle. Mira al rey y hay en su rostro una clara expresión de repugnancia. Tom Seymour cuchichea:

—Creo que deberíamos hacer algún ruido. Despertarle de forma natural.

Tom remeda el gesto de sujetarse las costillas de risa.

Edward enarca las cejas.

—Reíos, si os atrevéis. Pensará que os reís de que se le cae la baba.

El rey empieza a roncar. Se inclina hacia la izquierda. Se proyecta peligrosamente sobre el brazo de su asiento.

Weston dice:

—Hacedlo vos, Cromwell. Sois el que más influencia tiene sobre él.

Él mueve la cabeza, sonriendo.

—Dios valga a Su Majestad —dice piadosamente sir John—. No es ya tan joven como era.

Jane se levanta. Tieso murmullo de brotes de clavel. Se inclina sobre la silla del rey y le da un golpecito en el dorso de la mano: con viveza, como si estuviese tanteando un queso. Enrique da un respingo y abre los ojos.

—No estaba dormido —dice—. De veras. Sólo estaba dando un poco de descanso a los ojos.

Cuando el rey se ha ido arriba, Edward Seymour dice:

—Señor secretario, ha llegado la hora de mi venganza.

Retrepándose en su asiento, el vaso en la mano:

—¿Qué os he hecho yo? —dice él.

—Una partida de ajedrez. En Calais. Sé que os acordáis.

Final de otoño, el año 1532: la noche que el rey se fue por primera vez a la cama con la que es reina ahora. Antes de acostarse con él, Ana le hizo jurar sobre la Biblia que se casaría con ella en cuanto volviesen a pisar suelo inglés; pero las tormentas les mantuvieron atrapados en el puerto y el rey hizo buen uso del tiempo, intentando conseguir un hijo de ella.

—Me disteis jaque mate, señor Cromwell —dice Edward—. Pero sólo porque conseguisteis distraerme.

—¿Cómo lo conseguí?

—Me preguntasteis por mi hermana Jane. Qué edad tenía y cosas así.

—Creísteis que yo estaba interesado en ella.

—¿Y lo estáis? —Edward sonríe, para quitarle filo a una pregunta tan directa—. Aún no ha sido pedida, ¿sabéis?

—Sacad las piezas —dice él—. ¿Os gustaría que estuviese el tablero como estaba cuando tuvisteis aquella distracción?

Edward le mira, cuidadosamente inexpresivo. En la memoria de Cromwell hay cosas increíbles relacionadas. Sonríe para sí. Podría colocar las piezas en el tablero casi sin pensarlo; sabe el tipo de juego que hace un hombre como Seymour.

—Deberíamos empezar de nuevo —sugiere—. El mundo sigue en movimiento. ¿Os satisfacen las normas de Italia? No me gustan esas partidas que se prolongan una semana.

Las jugadas de apertura de Edward muestran cierta audacia. Pero luego, con un peón blanco sostenido entre las yemas de los dedos, se retrepa en su asiento, frunce el ceño y empieza a hablar de san Agustín; luego, pasa de san Agustín a Martín Lutero.

—Es una doctrina que llena de miedo el corazón —dice—. Que Dios nos hizo sólo para condenarnos. Que sus pobres criaturas, a excepción de unas cuantas, nacen sólo para luchar en este mundo, y luego el fuego eterno. A veces temo que sea verdad. Pero me doy cuenta de que tengo la esperanza de que no lo sea.

—Martín el Gordo ha modificado su posición. O eso me han dicho. Y en favor nuestro.

—Entonces, ¿qué?, ¿nos salvamos más criaturas? ¿O nuestras buenas obras no son del todo inútiles ante Dios?

—No debería hablar yo por él. Tendríais que leer a Felipe Melanchton. Os enviaré su nuevo libro. Espero que nos visite, que venga a Inglaterra. Estamos hablando con su gente.

Edward se lleva a los labios la cabecita redonda del peón. Como si se propusiera darse golpecitos en los dientes con ella.

—¿Permitirá eso el rey?

—Al hermano Martín no le dejaría entrar. No le

gusta que se mencione su nombre. Pero Felipe es un hombre mucho más flexible, y sería bueno para nosotros, sería muy bueno si tuviésemos que establecer alguna alianza útil con los príncipes alemanes que están a favor del Evangelio. Al emperador le daría miedo que tuviésemos amigos y aliados en sus propios dominios.

—¿Y eso es todo lo que significa para vos? —El caballo de Edward está saltando cuadros—. ¿La diplomacia?

—Me encanta la diplomacia. Es barata.

—Pero dicen que vos amáis también el Evangelio.

—No es ningún secreto —frunce el ceño—. ¿Queréis realmente hacer eso, Edward? Veo el camino abierto hacia vuestra reina. Y no me gustaría aprovecharme de nuevo de vos, y que luego digáis que os distraje de la partida con pequeños comentarios sobre el estado de vuestra alma.

Una sonrisa torcida.

—¿Y cómo está vuestra reina últimamente?

—¿Ana? Está enfadada conmigo. Siento que mi cabeza vacila sobre los hombros cuando me mira con dureza. Se ha enterado de que he hablado una o dos veces favorablemente de Catalina, la que fue reina.

—¿Y lo hicisteis?

—Sólo para admirar su espíritu. Que, nadie puede negarlo, se mantiene firme en la adversidad. Y la reina cree además que apoyo demasiado a la princesa Ana María... quiero decir, a lady María, como deberíamos llamarla ahora. El rey aún quiere a su hija mayor, dice que no puede evitarlo..., y eso ofende a Ana, porque ella pretende que la princesa Elizabeth sea la única hija que reconozca él. Piensa que somos demasiado blandos con María y que deberíamos obligarla a aceptar que su madre no estuvo nunca casada legalmente con el rey, y que ella es una bastarda.

Edward gira el peón blanco entre sus dedos, lo mira dubitativo, lo posa en su cuadrado.

—Pero ¿no es así como son las cosas? Yo creía que ya se lo habíais hecho reconocer.

—Resolvimos el asunto no planteándolo. Ella sabe que está apartada de la sucesión y yo no creo que se la pueda forzar más allá de ese punto. Como el emperador es sobrino de Catalina y primo de lady María, procuro no provocarle. Estamos en sus manos, ¿comprendéis? Pero Ana no entiende que es necesario aplacar a la gente. Ella cree que con hablarle con dulzura a Enrique ya está todo arreglado.

—Mientras que vos tenéis que hablar con dulzura a Europa. —Edward se ríe. Su risa tiene un tono herrumbroso. Sus ojos dicen: «Estáis siendo muy franco, señor Cromwell: ¿por qué?».

—Además —sus dedos revolotean sobre el caballo negro—, estoy haciéndome demasiado importante para el gusto de la reina, porque el rey delegó en mí para los asuntos de la Iglesia. Y ella quiere que Enrique sólo la escuche a ella misma y a su hermano George, y a monseñor, su padre, y hasta a su padre fustiga con la lengua, pues le llama cobarde e inútil.

—¿Y cómo se toma él eso? —Edward baja la vista hacia el tablero—. Oh...

—Echad un vistazo detenido —le insta—. ¿Queréis seguir jugando?

Cromwell echa las piezas a un lado, ahogando un bostezo.

—Y en ningún momento mencioné a vuestra hermana Jane, ¿verdad? Así que ¿cuál es vuestra excusa ahora?

Cuando sube al piso de arriba ve a Rafe y a Gregory saltando en círculo junto al ventanal. Cabriolean y forcejean, los ojos fijos en algo invisible que hay a sus pies. Al principio piensa que están jugando al fútbol sin balón. Pero luego saltan como bailarines y asestan patadas a aquella cosa, y ve que es larga y delgada: un hombre caído. Se inclinan para pellizcarlo y pincharlo, para inmovilizarlo.

—Calma —dice Gregory—, no le partas el cuello aún, quiero verle sufrir.

Rafe alza la vista y finge enjugarse la frente. Gregory apoya las manos en las rodillas, recuperando el aliento, luego patea a la víctima.

—Es Francis Weston. Cree que está ayudando al rey a acostarse, pero en realidad lo tenemos aquí, en forma fantasmal. Nos apostamos en una esquina y lo esperamos con una red mágica.

—Estamos castigándole. —Rafe se inclina—. Bueno, señor, ¿lo lamentaréis ahora? —Se escupe en las palmas—. ¿Qué hacemos ahora con él, Gregory?

—Alzarlo y tirarlo por la ventana.

—Cuidado —dice Cromwell—. Weston cuenta con el favor del rey.

—Pues que siga favoreciéndole cuando se quede con la cabeza plana —dice Rafe. Forcejean y se empujan, intentando ser el primero en aplastarle la cabeza a Francis. Rafe abre una ventana y se agachan los dos para alzar al fantasma y arrastrarlo por el alféizar. Gregory colabora más, desengancha la chaqueta, que se traba, y con un empujón lo lanza de cabeza hacia los adoquines. Se asoman a mirar.

—Rebota —observa Rafe, y luego se sacuden el polvo de las manos y le miran sonrientes.

—Que paséis buena noche, señor —dice Rafe.

Más tarde, Gregory se sienta a los pies de la cama en camisa de dormir, despeinado, sin zapatos, un pie descalzo arañando ociosamente la estera:

—¿Así que se me va a casar? ¿Se me va a casar con Jane Seymour?

—A principios de verano pensabas que iba a casarte con una viuda noble y vieja con un parque de ciervos.

—La gente se burla de Gregory: Rafe Sadler, Thomas Wriothesley, los otros jóvenes de su casa; su primo, Richard Cromwell.

—Sí, pero ¿por qué estabas hablando a última hora con su hermano? Primero el ajedrez y luego charla y charla y charla. Dicen que Jane te gustaba a ti.

—¿Cuándo?

—El año pasado. Te gustaba el año pasado.

—Si es así, lo he olvidado.

—Me lo dijo la esposa de George Bolena, lady Rochford. Dijo: «Es posible que consigáis una joven madrastra para Wolf Hall. ¿Qué te parecería eso?». Así que si Jane te gusta a ti —Gregory frunce el ceño— sería mejor que no se casase conmigo.

—¿Crees acaso que yo te robaría la novia? ¿Como el viejo sir John?

Una vez que tiene la cabeza en la almohada, dice:

—Cállate, Gregory.

Cierra los ojos. Gregory es un buen muchacho, aunque todo el latín que ha aprendido, todos los armoniosos periodos de los grandes autores, han cruzado por su cabeza y han salido de ella de nuevo, rodando como piedras. De todos modos, piensa en el hijo de Thomas Moro: vástago de un estudioso al que toda Europa admiraba y el pobrecillo apenas puede recitar a trompicones el *Pater noster*. Gregory es un excelente arquero, un magnífico jinete, una brillante estrella en el palenque de las justas y sus modales son impecables. Habla respetuosamente a sus superiores, no arrastra los pies ni se apoya sólo en una pierna, y es afable y educado con los que están por debajo de él. Sabe cómo hacer reverencias a los diplomáticos extranjeros a la manera de sus países, en la mesa no se remueve inquieto y se dedica a alimentar a los perros, puede trinchar cualquier ave si le piden que sirva a sus mayores. No haraganea por ahí con la chaqueta colgada de un hombro, ni mira en las ventanas para admirarse ni a su alrededor en la iglesia, no interrumpe a los viejos, ni acaba sus historias por ellos. Si alguien estornuda, dice: «¡Cristo os valga!».

Cristo os valga, señor o señora.

Gregory levanta la cabeza.

—Thomas Moro... —dice—. Lo del jurado... ¿Fue eso de verdad lo que pasó?

Él había reconocido la historia del joven Weston: en un sentido amplio, aunque no asintiese al detalle. Cierra los ojos.

—Yo no tenía un hacha —dice.

Está cansado: le habla a Dios; dice: guíame, Dios. A veces cuando está al borde del sueño revolotea por su visión interna la gran presencia purpúrea del cardenal. Piensa que ojalá el muerto profetizara. Pero su viejo patrón sólo habla de cuestiones domésticas, de cuestiones administrativas. ¿Dónde puse esa carta del duque de Norfolk? Le preguntará al cardenal; y al día siguiente, temprano, vendrá a su mano.

Él habla interiormente: no le habla a Wolsey, sino a la esposa de George Bolena. «No tengo ningún deseo de casarme. No tengo tiempo. Fui feliz con mi esposa pero Liz está muerta y esa parte de mi vida está muerta con ella. ¿Quién en nombre de Dios, lady Rochford, os dio licencia para especular sobre mis intenciones? Señora, yo no tengo tiempo para cortejar. Tengo cincuenta años. A mi edad, uno tendría todas las de perder en un contrato a largo plazo. Si quisiese una mujer, mejor alquilarla en el momento.»

Pero procura no decir «a mi edad»: no en su vida de vigilia. En un día bueno piensa que aún le quedan veinte años. Piensa a menudo que verá a Enrique fuera del trono, aunque en rigor no está permitido tener ese tipo de pensamientos; hay una ley contra las especulaciones sobre la duración de la vida del rey, aunque Enrique se ha dedicado toda la vida a estudiar formas originales de morir. Ha tenido varios accidentes de caza. Cuando era aún menor de edad, el Consejo Real le prohibió participar en las justas, pero aun así lo hizo, ocultando la cara con el yelmo y con una armadura sin divisa, demostrando una y otra vez ser el más fuerte en la liza. En la guerra contra los franceses se ha comportado honrosamente, y, como dice él a menudo, tiene un carácter belicoso; se le conocería sin duda como Enrique el Valiente si no fuese porque Thomas Cromwell dice que no puede permitirse una guerra. El coste no es la única consideración: ¿qué será de Inglaterra si Enrique muere? Estuvo veinte años casado con Catalina, este otoño hará tres con Ana, nada que mostrar más que una hija de cada una de ellas y todo un cementerio de niños muertos, unos medio formados y bautizados con sangre, otros nacidos vivos pero muertos a las pocas horas, o en unos días o unas semanas como máximo. Todo el alboroto, el escándalo, de su segundo matrimonio y Enrique todavía no tiene ningún hijo que le suceda. Tiene un bastardo, Harry, duque de Richmond, un muchacho excelente de dieciséis años: pero ¿de qué le sirve a él un bastardo? ¿De qué le sirve la niña de Ana, la infanta Elizabeth? Ha de idearse algún mecanismo especial para que Harry Richmond pueda reinar, para que todo le vaya bien a su padre. Él, Thomas Cromwell, se lleva muy bien con el joven duque; pero esta dinastía, aún nueva por lo que a las realezas se refiere, no está lo suficientemente asentada para sobrevivir a una prueba como ésa. Los Plantagenet fueron reyes una vez y piensan que serán reyes de nuevo; piensan que los Tudor son un intermedio. Las viejas familias de Inglaterra están inquietas y dispuestas a hacer valer sus derechos, sobre todo desde que Enrique rompió con Roma; doblan la rodilla, pero están conspirando. Casi puede oírlos, escondidos entre los árboles.

«Podéis encontrar una novia en el bosque», había dicho el viejo Seymour. Cuando cierra los ojos ella se desliza detrás de ellos, velada de telarañas y salpicada de rocío. Tiene los pies descalzos, enredados en raíces, su cabello vuela entre las ramas; su dedo, que le llama, es una hoja

45

rizada. Le señala, mientras el sueño se apodera de él. Su voz interior se burla ahora: «Creíste que ibas a tener una fiesta en Wolf Hall. Creíste que no habría nada que hacer más que los asuntos habituales, guerra y paz, hambre, connivencia traidora; una cosecha fallida, un pueblo obstinado; la peste arrasando Londres y el rey perdiendo la camisa a las cartas. Estabas preparado para eso».

En el borde de su visión interna, detrás de los ojos cerrados, percibe algo en el acto de llegar a ser. Llegará con la luz de la mañana; algo que cambia y respira, su forma disfrazada en una arboleda o un bosquecillo.

Antes de dormirse piensa en el sombrero del rey en un árbol a media noche, posado como un ave del paraíso.

Al día siguiente, como para no cansar a las damas, acortan la diversión de la jornada y regresan temprano a Wolf Hall.

Para él es una oportunidad de quitarse las prendas de montar y sumergirse en los despachos. Tiene esperanzas de que el rey se siente una hora y escuche lo que tiene que contarle él. Pero Enrique dice: «Lady Jane, ¿pasearéis por el jardín conmigo?».

Ella se levanta inmediatamente; pero con el ceño fruncido, como si intentase entender el sentido. Mueve los labios, repite casi sus palabras: ¿Pasear..., Jane?... ¿Por el jardín?

Oh, sí, por supuesto, muy honrada. Su mano, un pétalo, revolotea sobre la manga de él; luego desciende, y la carne roza el bordado.

Hay tres jardines en Wolf Hall, y se llaman el gran jardín vallado, el jardín de la vieja dama y el jardín de la dama joven. Cuando él pregunta quiénes eran, nadie se acuerda; la vieja dama y la joven dama hace mucho que son polvo, nada las diferencia ya. Él recuerda su sueño: la novia hecha de raíces, la novia compuesta de mantillo.

Lee. Escribe. Algo atrae su atención. Se levanta y

mira por la ventana los senderos de abajo. Los paños son pequeños y hay en el cristal una burbuja, así que ha de estirar el cuello para tener una vista adecuada. Piensa: «Podría mandar a mis vidrieros aquí, para ayudar a los Seymour a tener una idea más clara del mundo». Tiene un equipo de holandeses que trabajan para él en sus propiedades. Trabajaron antes para el cardenal.

Enrique y Jane pasean por abajo. Enrique es una figura enorme y Jane es como una muñequita con articulaciones, su cabeza no llega a los hombros del rey. Enrique, un hombre ancho, un hombre alto, domina cualquier habitación en la que esté. Lo haría aunque Dios no le hubiese otorgado el don de la realeza.

Ahora Jane está detrás de un seto. Enrique cabecea hacia ella; le está hablando; está convenciéndola de algo, y él, Cromwell, observa, rascándose la barbilla: ¿se le está haciendo al rey la cabeza más grande? ¿Es eso posible en la mediana edad?

Hans lo habrá notado, piensa, le preguntaré cuando vuelva a Londres. Lo más probable es que me equivoque; probablemente sea sólo el cristal.

Aparecen nubes. Una lluvia intensa golpea el paño de cristal; parpadea; la gota se ensancha, resbala por los cristales. Jane se asoma a su campo de visión. Henry tiene asida firmemente en su brazo la mano de ella y la atrapa con su otra mano. Puede ver la boca del rey, moviéndose aún.

Vuelve a su asiento. Lee que los constructores que trabajan en las fortificaciones de Calais han posado las herramientas y están exigiendo seis peniques al día. Que su nuevo abrigo de terciopelo verde llegará a Wiltshire con el próximo correo. Que un cardenal de los Médici ha sido envenenado por su propio hermano. Bosteza. Lee que los acaparadores de la isla de Thanet están subiendo deliberadamente el precio del grano. Personalmente, ahorcaría a los acaparadores, pero el jefe de ellos podría ser algún pequeño lord que esté fomentando el hambre para obtener un buen provecho, así que tienes que andar con ojo y mirar dónde pisas. Hace dos años, en Southwark, siete londinenses murieron pisoteados luchando por una ración en un reparto de pan. Es una vergüenza para Inglaterra que los súbditos del rey tengan que pasar hambre. Toma la pluma y escribe una nota.

Muy pronto (ésta no es una casa grande, puedes oírlo todo), una puerta abajo y la voz del rey y un murmullo suave y solícito alrededor de él..., ¿los pies mojados, Majestad? Los pasos ruidosos de Enrique aproximándose, pero parece que Jane se ha esfumado sin un sonido. Seguro que su madre y sus hermanas la han llevado aparte, para que les cuente todo lo que le dijo el rey.

Cuando Enrique llega detrás de él, echa hacia atrás la silla para levantarse. Enrique hace un gesto con la mano: continuad. «Majestad, los moscovitas se han apoderado de trescientas millas de territorio polaco. Dicen que han muerto cincuenta mil hombres.»

—Oh... —dice Enrique.

—Espero que respeten las bibliotecas. A la gente docta. Hay mucha gente docta magnífica en Polonia.

—¿Sí? Yo también lo espero.

Vuelve a sus despachos. Peste en los pueblos y en las ciudades..., el rey está siempre muy temeroso de las infecciones... Cartas de soberanos extranjeros, que quieren saber si es cierto que Enrique está pensando en cortarles la cabeza a todos sus obispos. Desde luego que no, comenta, ahora tenemos obispos excelentes, todos ellos conformes con los deseos del rey, todos lo reconocen como jefe de la Iglesia de Inglaterra; además, ¡qué pregunta tan descortés! ¿Cómo se atreven a insinuar que el rey de Inglaterra debería explicarse ante una potencia extranjera? ¿Cómo se atreven a impugnar su juicio soberano? El obispo Fisher, ciertamente, está muerto, y Thomas Moro, pero el trato que les dispensó Enrique, antes de que le forzaran a tomar medidas extremas, fue hasta demasiado suave; si no hubiesen mostrado una obstinación traidora, estarían ahora vivos, vivos como vos y como yo. Ha escrito muchísimas cartas como éstas, desde julio. No consigue parecer demasiado convincente, ni siquiera a sí mismo se lo parece; se da cuenta de que repite las mismas cosas, en vez de ampliar la argumentación hacia un nuevo territorio. Necesita nuevas frases... Enrique pasea detrás de él.

—Majestad, el embajador imperial Chapuys pregunta si puede ir a visitar a vuestra hija, lady María.

—No —dice Enrique.

Escribe a Chapuys: «*Esperad, sólo esperad, hasta que yo regrese a Londres, entonces todo se arreglará*»...

Ni una palabra del rey: sólo su respiración, sus pasos, el crujido de un armario cuando se apoya en él.

—Majestad, parece que el alcalde de Londres apenas sale de casa, está aquejado de migraña.

—¿Sí? —dice Enrique.

—Están sangrándole. ¿Es lo que Vuestra Majestad aconsejaría?

Una pausa. Enrique se centra en él, con cierto esfuerzo.

—¿Sangrándole? Perdonad, ¿para qué?

Esto es extraño. Por mucho que aborrezca las noticias de la peste, a Enrique siempre le gusta enterarse de los pequeños males de otras personas. Confiesa un moqueo o un cólico, y es capaz de preparar una poción de hierbas con sus propias manos y plantarse delante de ti para ver cómo la bebes.

Él posa la pluma. Se vuelve a mirar a su rey a la cara. Es evidente que el pensamiento de Enrique está otra vez en el jardín. El rey tiene una expresión que él ha visto antes, aunque en un animal, más que en un hombre. Parece anonadado, como el ternero al que el carnicero ha asestado un golpe en la cabeza.

Va a ser la última noche en Wolf Hall. Baja muy temprano, los brazos llenos de papeles. Alguien se ha levantado antes que él. Inmóvil en el gran vestíbulo, una pálida presencia a la luz lechosa, está Jane Seymour vestida con sus tiesas galas. No vuelve la cabeza para mirarle, pero le ve por el rabillo del ojo.

Si ha tenido algún sentimiento hacia ella, no es capaz de hallar ahora rastros de él. Los meses corren, alejándose de uno como un remolino de hojas otoñales que rueda y se desliza hacia el invierno; el verano se ha ido, la hija de Thomas Moro ha recogido su cabeza del puente de Londres y la conserva, en un plato o un cuenco, Dios sabe, y le reza sus oraciones. Él no es el mismo hombre que era el año anterior, y no reconoce los sentimientos de ese hombre que fue; está empezando de nuevo, siempre ideas nuevas, sentimientos nuevos. Jane, empieza a decir, seríais capaz de dejar vuestro mejor vestido, os gustaría que nos viésemos en el camino...

Jane mira al frente, como un centinela. Las nubes se han ido durante la noche. Tal vez tengamos un día mejor. El sol matutino acaricia los campos, con un tono rosado. Se esfuman los vapores de la noche. Nadan las formas de árboles en su individualidad. La casa despierta. Caballos no estabulados corretean y relinchan. Suena un portazo atrás. Crujen sobre ellos pisadas. Jane apenas parece respirar. Ningún ascenso y descenso perceptibles en ese pecho liso. Él siente que debería volver sobre sus pasos, retirarse, desvanecerse en la noche otra vez y dejarla allí en el momento que ella ocupa: mirando a Inglaterra.

II

Cuervos

LONDRES Y KIMBOLTON, OTOÑO DE 1535

¡Stephen Gardiner! Que entra cuando sale él, y se dirige hacia la cámara del rey, un folio bajo un brazo, el otro azotando el aire. Gardiner, obispo de Winchester: explotando como una tormenta de rayos y truenos, cuando por una vez tenemos un día magnífico.

Cuando Stephen entra en una habitación, los muebles se encogen huyendo de él. Los sillones se echan hacia atrás. Las sillas de tijera se aplastan como perras orinando. Las imágenes bíblicas lanudas de los tapices del rey alzan las manos para taparse los oídos.

En la corte podrías esperarle. Preverle. Pero ¿aquí? ¿Mientras estamos aún cazando por el campo y (en teoría) descansando a nuestro gusto?

—Es un placer, mi señor obispo —le dice—. Se me alegra el corazón al veros con tan buen aspecto. La corte seguirá hasta Winchester en breve, y yo no contaba con disfrutar de vuestra compañía antes de eso.

—He sabido, pues, anticiparme a vuestra maniobra, Cromwell.

—¿Estamos en guerra?

«Sabéis que lo estamos», dice la expresión del obispo.

—Fuisteis vos el que me desterrasteis.

—¿Yo? Jamás lo he considerado así, Stephen. Os echo de menos todos los días. Nada de desterrado, además. Enviado al campo.

Gardiner se lame los labios.

—Veréis a lo que he dedicado mi tiempo en el campo...

Cuando perdió el cargo de secretario de Estado (porque se lo quitó él, Cromwell), el obispo había tenido la impresión de que podría ser aconsejable un periodo en su propia diócesis de Winchester, pues se había interpuesto demasiadas veces entre el rey y su segunda esposa. Tal como lo había expuesto él: «Mi señor de Winchester, para que no pueda haber ninguna duda sobre vuestra lealtad sería muy oportuna una declaración sobre la soberanía del rey. Una declaración firme de que es él la cabeza de la Iglesia inglesa y de que, de acuerdo con la ley, siempre lo ha sido. Una declaración, formulada con firmeza, de que el papa es un príncipe extranjero que carece aquí de jurisdicción. Un sermón escrito, quizá, o una carta abierta. Para descartar cualquier ambigüedad sobre vuestras opiniones. Que pueda servir de guía a otros eclesiásticos, y disuadir al embajador Chapuys de la idea de que os habéis dejado comprar por el emperador. Debería ser una declaración dirigida a toda la Cristiandad. Bien mirado, ¿por qué no volvéis a vuestra diócesis y escribís un libro?».

Ahora aquí está Gardiner, toqueteando un manuscrito como si se tratase de la mejilla de un bebé rellenito.

—Al rey le gustará leer esto. Lo he titulado *De la verdadera obediencia*.

—Haríais mejor dejándomelo a mí antes de que vaya al impresor.

—Os lo expondrá el propio rey. Muestra por qué los juramentos de fidelidad al papado no tienen ningún efecto, mientras que nuestro juramento al rey, como cabeza de la Iglesia, es válido. Destaca con la mayor firmeza que la autoridad de un rey es divina y desciende hasta él directamente de Dios.

—Y no del papa.

—En modo alguno; desciende de Dios sin intermediario, y no fluye hacia arriba desde sus súbditos, como vos le dijisteis en una ocasión.

—¿Eso hice? ¿Fluye hacia arriba? Parecería haber ahí una dificultad.

—Le llevasteis un libro sobre eso al rey, el libro de Marsiglio de Padua, sus cuarenta y dos artículos. El rey dice que lo machacasteis con ellos hasta levantarle dolor de cabeza.

—Debería haber abreviado el asunto —dice él, sonriendo—. En la práctica, Stephen, hacia arriba, hacia abajo..., poco importa eso. «Donde está la palabra de un rey hay poder, y ¿quién puede decirle qué hacéis?»

—Enrique no es un tirano —dice Gardiner, muy serio—. Rechazo cualquier idea de que su régimen no tenga bases legítimas. Si yo fuese rey, desearía que mi autoridad estuviese totalmente legitimada, que gozase de un respeto universal y que, si se pusiese en duda, se defendiese con toda firmeza. ¿No desearíais vos lo mismo?

—Si yo fuese rey...

Iba a decir: «Si yo fuese rey os defenestraría».

Gardiner dice:

—¿Por qué miráis tanto por la ventana?

Él sonríe con aire ausente.

—Me pregunto qué diría Thomas Moro de vuestro libro.

—Oh, le desagradaría mucho, pero su opinión me importa un rábano —dice el obispo cordialmente—, puesto que su cerebro se lo comieron los milanos y su cráneo se ha convertido en una reliquia que su hija adora de rodillas. ¿Por qué la dejasteis llevarse su cabeza del Puente de Londres?

—Ya me conocéis, Stephen. El fluido de la benevolencia corre a través de mis venas y a veces se derrama. Pero, mirad, si estáis tan orgulloso de vuestro libro, tal vez deberíais pasar más tiempo escribiendo en el campo, ¿no os parece?

Gardiner frunce el ceño.

—Deberíais escribir un libro vos mismo. Eso sería algo digno de verse. Con vuestro latín macarrónico y vuestro poquito de griego.

—Yo lo escribiría en inglés —dice él—. Un idioma bueno para toda clase de cuestiones. Entrad, Stephen, no hagáis esperar al rey. Le encontraréis de buen humor. Está con él hoy Harry Norris, Francis Weston.

—Oh, ese petimetre charlatán —dice Stephen. Hace ademán de darle una bofetada—. Gracias por vuestra información.

¿Siente la bofetada el yo fantasma de Weston? De las habitaciones de Enrique llega una ráfaga de risas.

El buen tiempo no duró mucho después de su estancia en Wolf Hall. Apenas dejaron el bosque de Savernake los envolvió una niebla húmeda. En Inglaterra llueve desde hace, más o menos, una década y la cosecha será pobre de nuevo. Se prevé que el precio del trigo llegue hasta veinte chelines el cuarto. Así que ¿qué hará este invierno el trabajador, el hombre que gana cinco o seis peniques al día? Los especuladores han actuado ya, no sólo en la isla de Thanet, sino en todas partes. Sus hombres les siguen los pasos.

Era algo que sorprendía al cardenal, el que un inglés fuese capaz de matar de hambre a otro para conseguir un beneficio. Pero él le decía: «He visto a un mercenario inglés cortarle el cuello a su camarada y quitarle la manta de debajo mientras todavía se estremecía, y registrar su petate y guardarse una medalla santa junto con el dinero».

—Bueno, pero se trataba de un asesino a sueldo —decía el cardenal—. Esos hombres son unos desalmados que ya no tienen nada que perder. Pero la mayoría de los ingleses temen a Dios.

—Los italianos creen que no. Dicen que el camino entre Inglaterra y el Infierno está muy gastado por los muchos pies que lo recorren, y es cuesta abajo en todo el trayecto.

Él cavila a diario sobre el misterio de sus compatriotas. Ha visto asesinos, sí; pero ha visto a un soldado hambriento darle una hogaza de pan a una mujer, una mujer que no es nada para él, e irse sin más después, encogiéndose de hombros. Es mejor no poner a prueba a la gente, no empujarlos a la desesperación. Hacerlos prosperar; en el exceso, serán generosos. Las tripas llenas generan modales corteses. El pellizco del hambre crea monstruos.

Cuando, algunos días después de su encuentro con Stephen Gardiner, había llegado a Winchester la corte itinerante, habían sido consagrados en la catedral nuevos obispos. «Mis obispos», los llamó Ana: evangelistas, reformadores, hombres que veían en ella una oportunidad. ¿Quién habría pensado que Hugh Latimer llegaría a ser obispo? Lo previsible habría sido más bien que acabaría en la hoguera, que se consumiría en Smithfield con los Evangelios en la boca. Pero bueno, ¿quién habría pensado que Thomas Cromwell llegaría a ser algo? Tras la caída de Wolsey, era de suponer que, como servidor suyo, estuviese acabado. Cuando murieron su mujer y sus hijas, se podría haber pensado que esa pérdida lo mataría. Pero Enrique había acudido a él; Enrique le había tomado juramento; Enrique había puesto su tiempo a su disposición y había dicho: «Venid, señor Cromwell, tomad mi brazo», a través de patios y salas del trono, su camino en la vida ha pasado a ser ya claro y despejado. De joven andaba siempre abriéndose paso entre la gente, intentando llegar a la primera fila para ver bien el espectáculo. Pero ahora la gente se aparta para dejarle paso en Westminster o en cualquiera de los palacios del rey. Desde que fue nombrado consejero, no se interponen ya en su camino caballetes ni cajones ni perros sueltos. Las mujeres acallan sus murmullos, se estiran las mangas y asientan en sus dedos los anillos, desde que le nombraron primer magistrado de la Cámara de los Lores. Los desperdicios de la cocina y las cosas desordenadas de los empleados y los taburetes de las personas de baja condición se desplazan a los rincones y se apartan de la vista, ahora que él es el señor secretario del rey. Y nadie salvo Stephen Gardiner corrige su griego ahora que es canciller de la Universidad de Cambridge.

El verano de Enrique ha sido, en conjunto, un éxito: en su recorrido a través de Berkshire, Wiltshire y Somerset se ha mostrado al pueblo en los caminos y (si no llovía a cántaros) todos se han alineado a su paso y le han vitoreado. ¿Por qué no iban a hacerlo? No puedes ver a Enrique y no asombrarte. Y en cada nueva ocasión que le ves vuelves a sentir el mismo asombro, como si fuese la primera vez: un hombre enorme, cuello de toro, cabellos en retroceso, la cara rellena; ojos azules y una boca pequeña que es casi recatada. Seis pies y tres pulgadas de estatura, y cada pulgada expresa poder. Su porte, su persona, son majestuosos; sus votos, maldiciones y accesos de cólera son aterradores, sus lágrimas, conmovedoras. Pero hay momentos en que su gran cuerpo se estira y se acomoda, se le alisa la frente; y se sienta a tu lado en un banco y habla contigo como si fuera tu hermano. Como podría hacerlo un hermano, si tuvieses uno. O un padre incluso, un padre de un tipo ideal: «¿Cómo estáis? ¿No estaréis trabajando demasiado? ¿Habéis comido? ¿Que soñasteis anoche?».

El peligro de un proceso como éste es que un rey que se sienta en mesas vulgares, en una silla vulgar, pueda ser tomado por un hombre vulgar. Pero Enrique no es vulgar. ¿Qué importa que su cabello retroceda y que su vientre avance? El emperador Carlos, cuando se mira en el espejo, daría una provincia por ver el rostro del Tudor en vez de su propio semblante torvo, su nariz aguileña, que casi toca la barbilla. El rey Francisco, una espingarda, empeñaría a su delfín por tener unos hombros como los del rey de Inglaterra. Todas las cualidades que ellos puedan tener, las exhibe Enrique doblemente. Si ellos son cultos, él lo es dos veces más. Si clementes, él es el parangón de la clemencia. Si bizarros, él es el modelo del caballero andante, del mejor libro de caballerías en que puedas pensar.

Aun así: en tabernas de aldea de toda Inglaterra, echan la culpa al rey y a Ana Bolena del mal tiempo. Es por la concubina, la gran puta. Si el rey volviera con su esposa legítima Catalina, dejaría de llover. Y en realidad, ¿quién puede dudar de que todo sería diferente y mejor sólo con que Inglaterra estuviese gobernada por los tontos del pueblo y por sus amigos, los borrachos?

Regresan a Londres despacio, para que cuando llegue el rey la ciudad se halle libre de sospechas de peste. En frías capillas bajo la mirada de vírgenes de ojos penetrantes, el rey reza solo. A él no le gusta rezar solo. Quiere saber por qué está rezando; su señor anterior, el cardenal Wolsey, lo habría sabido.

Sus relaciones con la reina, cuando el verano se acerca a su fin oficial, son cautelosas, inseguras y plagadas de desconfianza. Ana Bolena tiene ya treinta y cuatro años, es una mujer elegante, con un refinamiento que hace que parezca perder importancia la simple hermosura. Sinuosa antes, ha pasado a hacerse toda ángulos. Retiene su brillo sombrío, ahora un poco erosionado, desconchado en algunos puntos. Utiliza con buenos resultados sus prominentes ojos oscuros, y lo hace de este modo: mira a un hombre a la cara, luego su mirada se aparta, como desinteresada, indiferente. Hay una pausa: algo así como un respiro. Luego, lentamente, como forzada, vuelve a dirigir la mirada hacia él. Sus ojos se posan en la cara. Examina a ese hombre. Lo examina como si no hubiese nada más en el mundo. Lo mira como si estuviese viéndolo por primera vez, y considerando toda clase de usos de él, toda clase de posibilidades en las que él mismo aún no ha pensado. A su víctima ese momento le parece que dura un siglo, durante el que ascienden por su columna vertebral escalofríos. Aunque en realidad el truco es rápido, barato, eficaz y repetible, al pobre tipo le parece que se le distingue entre todos los hombres. Sonríe bobaliconamente. Se pavonea. Se hace un poco más alto. Se hace un poco más necio.

Ha visto a Ana utilizar su truco con lores y gentes del común, con el propio rey. Observas cómo la boca del hombre se abre un poquito, y se convierte en la criatura de ella. Casi siempre funciona; pero con él nunca ha funcionado. Él es indiferente a las mujeres, bien lo sabe Dios, indiferente del todo a Ana Bolena. Eso la enoja; debería haber fingido. Él la ha hecho a ella reina, ella a él ministro; pero ahora se sienten incómodos, se vigilan los dos, se observan para ver si algún desliz traiciona los sentimientos del rey, y da ventaja así a uno sobre otro: como si sólo el disimulo les proporcionase seguridad. Pero a Ana no se le da bien ocultar sus sentimientos; ella es la voluble estimada del rey, que pasa deslizándose de la cólera a la risa. Ha habido veces este verano en que le sonreía a él secretamente, a espaldas del rey, o hacía un gesto para advertirle de que Enrique estaba de mal humor. En otras ocasiones lo ignoraba, se volvía, sus ojos negros recorrían la estancia y se posaban en otro lugar.

Para entender esto (si es que puede entenderse) debemos retroceder a la primavera pasada, cuando Thomas Moro estaba aún vivo. Ana le había llamado para hablar de diplomacia: su objetivo era un contrato matrimonial, un príncipe francés para su pequeña Elizabeth. Pero los franceses se mostraban volubles en la negociación. La verdad es que ni siquiera ahora aceptan del todo que Ana sea reina, no están convencidos de que su hija sea legítima. Ana sabe lo que hay detrás de su resistencia, y de algún modo es culpa suya: de él, de Thomas Cromwell. Le había acusado abiertamente de sabotearla. A él no le gustaban los franceses y no deseaba la alianza, clamaba ella. ¿No había eludido la posibilidad de cruzar el mar para unas conversaciones cara a cara? Los franceses estaban muy dispuestos a negociar, según ella. «Ellos os esperaban a vos, señor secretario. Y vos dijisteis que estabais enfermo y tuvo que ir mi señor hermano.»

—Y fracasó —se había lamentado él—. Muy tristemente.

—Os conozco —dijo Ana—. Vos nunca estáis enfermo, a menos que queráis estarlo... Y sé muy bien además cómo son las cosas con vos. Pensáis que cuando estáis en la ciudad y no en la corte os halláis a salvo de nuestras miradas. Pero yo sé que sois demasiado amigo del hombre del emperador. Ya sé que Chapuys es vuestro vecino. Pero ¿es eso una razón para que vuestros criados deban estar siempre circulando de una casa a la otra?

Ana vestía, ese día, de rosa claro y gris paloma. Esos colores deberían haber tenido un encanto fresco y juvenil; pero lo único que evocaban eran vísceras tensas, menudillos y tripas, intestinos de un rosa grisáceo extraídos de un cuerpo vivo; había una segunda tanda de frailes recalcitrantes que debían ser enviados a Tyburn, para que el verdugo los abriera en canal y los destripara. Eran traidores y merecían la muerte, pero era una muerte demasiado cruel. A él las perlas que rodeaban el largo cuello de ella le parecían gotitas de grasa, y mientras le hablaba levantaba la mano y tiraba de ellas; él mantenía los ojos fijos en las puntas de aquellos dedos, en las uñas que chispeaban como cuchillitos.

De todos modos, como él le dice a Chapuys, mientras cuente con el favor de Enrique, dudo que la reina pueda hacerme ningún mal. Ella tiene sus rencores, tiene sus pequeños arrebatos; es veleidosa y Enrique lo sabe. Fue lo que fascinó al rey, encontrar alguien tan diferente de aquellas rubias buenas y suaves que pasan a través de las vidas de los hombres sin dejar rastro en ellas. Pero ahora cuando aparece Ana él parece sentirse a veces acosado. Ves que su mirada se hace distante cuando ella inicia uno de sus discursos rimbombantes, y si no fuese tan caballero se embutiría el sombrero hasta taparse las orejas.

—No —le dice al embajador—, no es Ana la que me

molesta; son los hombres que ella agrupa a su alrededor. Su familia: su padre, el conde de Wiltshire, al que le gusta que le conozcan como monseñor, y su hermano George, lord Rochford, al que Enrique ha incluido entre los miembros de su cámara privada.

George es uno de los miembros del nuevo equipo, porque a Enrique le gusta mantener a su lado a hombres a los que está habituado, que eran amigos suyos cuando él era joven; de cuando en cuando el cardenal los barría a un lado, pero ellos volvían a infiltrarse como el agua sucia. Eran por entonces jóvenes de *esprit*, jóvenes con *élan*. Ha pasado un cuarto de siglo y tienen canas o están quedándose calvos, son blandos de carnes o panzudos, flojos de espolones o han perdido algún dedo, pero aun así son arrogantes como sátrapas y con el refinamiento mental del quicio de una puerta. Y ahora hay ya una nueva camada de cachorrillos, Weston y George Rochford y los de su índole, a los que Enrique ha adoptado porque cree que le mantienen joven. Estos hombres (los viejos y los nuevos) están con el rey desde que se levanta hasta que se acuesta, y durante todo el resto de sus horas privadas intermedias. Están con él en el excusado y cuando se lava los dientes y escupe en un cuenco de plata; lo secan con toallas y le colocan y atan el jubón y las medias; conocen toda su persona, cada verruga o peca, cada pelo de la barba, y cartografían las islas de su sudor cuando llega de la pista de tenis y se quita la camisa. Saben más de lo que deberían saber, tanto como su lavandera y su médico, y hablan de lo que saben; saben cuándo visita a la reina para intentar meter un hijo en ella, o cuándo, un viernes (el día en que ningún cristiano copula), sueña con una mujer fantasma y mancha las sábanas. Venden su conocimiento a un alto precio: quieren que se les hagan favores, quieren que sus deslices se ignoren, creen que son especiales y quieren que tú seas consciente de ello. Él, Cromwell, desde que entró al servicio de Enrique ha estado siempre ablandando a estos hombres, halagándolos, sonsacándolos con zalamerías, buscando siempre una forma fácil de trabajar, un compromiso; pero a veces, cuando le impiden durante una hora el acceso a su rey, no pueden evitar las sonrisas burlonas. Probablemente haya hecho todo lo que podía hacer por adaptarlos, piensa. «Ahora ellos deben adaptarse a mí, o serán desplazados.»

Las mañanas son frías ya, y nubes barrigudas siguen al cortejo real mientras recorren despacio Hampshire, en cuestión de días los caminos de polvo serán de barro. Enrique se resiste a volver con rapidez al trabajo; ojalá siempre fuese agosto, dice. Van camino de Farnham, una pequeña partida de caza, y llega al galope por el camino un informe: han aparecido casos de peste en la ciudad. Enrique, valeroso en el campo de batalla, palidece casi ante sus ojos y se vuelve en torno a la cabeza del caballo: «¿Hacia dónde? Cualquier sitio valdrá, cualquiera menos Farnham».

Él se inclina hacia delante en la silla, quitándose el sombrero mientras habla al rey:

—Podemos ir antes de lo previsto a Basin House, dejadme enviar a un hombre rápido para avisar a William Paulet. Luego, para no agobiarle, podemos ir a Elvetham a pasar un día... Edward Seymour está en casa, y yo puedo conseguir suministros si no los tiene él.

Se queda atrás, dejando que Enrique cabalgue delante. Le dice a Rafe: «Vete a Wolf Hall. Trae a lady Jane».

—¿Qué?, ¿aquí?

—Ella puede cabalgar. Y di al viejo Seymour que le dé un buen caballo. La quiero en Elvetham el miércoles por la noche, más tarde será demasiado tarde.

Rafe detiene el caballo, dispuesto a dar la vuelta.

—Pero... Señor... Los Seymour preguntarán que por qué Jane y por qué tanta prisa. Y por qué vamos a

Elvetham, cuando hay otras casas cerca, los Weston en Sutton Place...

«Los Weston pueden irse al infierno —piensa—. No son parte de este plan.» Sonríe.

—Di que deben hacerlo porque me estiman.

Se da cuenta de que Rafe piensa: «Así que mi amo va a pedir a Jane Seymour al final». ¿Para él mismo o para Gregory?

Él, Cromwell, había visto en Wolf Hall lo que Rafe no pudo ver: la silenciosa Jane en la cama de él, la pálida y muda Jane, que es con lo que Enrique sueña ahora. No se puede dar razón de las fantasías de un hombre, y Enrique no es ningún lascivo, no ha tenido muchas amantes. Que él, Cromwell, allane el camino del rey hacia ella no hace daño a nadie. El rey no trata mal a sus compañeras de lecho. No es hombre que odie a una mujer tras haberla tenido. Le escribirá versos, y si se le instiga le asignará un ingreso, favorecerá a los suyos; hay muchas familias que han decidido, desde que Ana Bolena apareció en el mundo, que gozar del calor de la mirada de Enrique es la vocación más elevada de una inglesa. Si manejan esto con cuidado, Edward Seymour ascenderá en la corte, y a él eso le proporcionará un aliado donde los aliados escasean. En esta etapa, Edward necesita consejo. Porque él, Cromwell, tiene mejor sentido para los negocios que los Seymour. No dejará que Jane se venda barata.

Pero ¿qué hará la reina Ana, si Enrique toma como amante a una joven de la que ella se ha reído desde que entró a su servicio: a la que llama «paliducha» y «quejica»? ¿Cómo se enfrentará Ana a la mansedumbre y el silencio? Enfurecerse no la ayudará mucho. Tendrá que preguntarse qué puede darle Jane al rey que ahora ella no tiene. Tendrá que pensarlo con detenimiento. Y es siempre un placer ver a Ana pensando.

Cuando los dos séquitos se encontraron después de Wolf Hall (el séquito del rey y el de la reina), Ana estuvo encantadora con él, poniéndole una mano en el brazo y hablando mucho en francés de naderías. Como si nunca hubiese mencionado, pocas semanas antes, que le gustaría cortarle la cabeza; como si estuviese sólo conversando. Es aconsejable mantenerse detrás de ella en la cacería. Es rápida y entusiasta, pero no muy precisa. Este verano le clavó un cuadrillo de ballesta a una vaca extraviada. Y Enrique tuvo que pagarle al propietario.

Pero, en fin, todo esto no importa. Las reinas vienen y van. Eso nos ha mostrado la historia reciente. Pensemos en los pagos que debe afrontar Inglaterra, los grandes gastos del rey, el coste de la caridad y el coste de la justicia, el coste de mantener a sus enemigos alejados de sus costas.

Hace un año ya que está seguro de la solución: lo aportarán los monjes, esa clase parásita de hombres. «Id a las abadías y conventos de todo el reino —les había dicho a sus visitadores, sus inspectores—, planteadles las preguntas que os daré, ochenta y seis preguntas en total. Escuchad más que hablar, y cuando hayáis escuchado, decid que queréis ver las cuentas. Hablad a los monjes y a las monjas sobre sus vidas y sobre la Regla. No me interesa dónde piensan que estará su propia salvación, si sólo a través de la sangre preciosa de Cristo o si a través en parte de sus propias obras y méritos; en fin, sí, me interesa saber eso, pero lo que más me interesa saber es qué bienes poseen. Cuáles son sus rentas y sus propiedades, y, en el caso de que el rey como cabeza de la Iglesia quisiese recuperar lo suyo, cuál es el mejor procedimiento para hacerlo.

»No esperéis un cálido recibimiento cuando lleguéis. Tomad nota de las reliquias que tienen y de otros objetos de veneración, y de cómo los explotan, cuántos ingresos les proporcionan al año, pues todo ese dinero se hace a costa de peregrinos supersticiosos que harían mejor quedándose en casa y ganándose la vida honradamente.

Presionadles sobre su lealtad, lo que piensan de Catalina, lo que piensan de lady María, y cuál es su posición sobre el papa; porque si las casas matrices de sus órdenes están fuera de estas costas, ¿no profesan una mayor fidelidad, como podrían expresarlo ellos, hacia una potencia extranjera? Planteadles esto y mostradles que están en una situación desventajosa; no es suficiente afirmar su fidelidad al rey, deben estar dispuestos a demostrarla y pueden hacer eso facilitando vuestra tarea.»

Sus hombres saben muy bien que no van a poder engañarle, pero para asegurarse los envía en parejas, para que cada uno de ellos vigile al otro. Los tesoreros de las abadías ofrecerán dinero para que valoren menos sus bienes.

Thomas Moro, en su habitación de la Torre, le había dicho:

—¿Dónde golpearéis después, Cromwell? Vais a echar abajo a Inglaterra entera.

El había dicho:

—Ruego a Dios que me conceda vida sólo mientras utilice mi poder para construir y no para destruir. Entre los ignorantes se dice que el rey está destruyendo la Iglesia. En realidad está renovándola. Será un país mejor, creedme, una vez purgada de mentirosos e hipócritas. Pero vos, a menos que os enmendéis en vuestra actitud hacia Enrique, no viviréis para verlo.

Y no vivió. Él no lamenta lo que sucedió; lo único que lamenta es que Moro no le viese sentido. Se le ofreció un juramento apoyando la supremacía de Enrique en la Iglesia; ese juramento es una prueba de lealtad. No hay muchas cosas sencillas en la vida, pero esto es sencillo. «Si no lo juraseis, vos mismo os acusaríais, implícitamente: traidor, rebelde...» Moro no juró. ¿Qué podía hacer entonces más que morir? Qué podía hacer más que ir chapoteando hasta el patíbulo, en un día de julio en que no paró de llover a cántaros, salvo por una breve hora al final del día, lo que era demasiado tarde ya para

Thomas Moro; murió con las medias mojadas, salpicado de barro hasta las rodillas, y los pies empapados como un pato. No echa de menos en realidad al hombre. Pasa sólo que a veces olvida que está muerto. Es como si estuviesen entregados a una conversación profunda y de pronto la conversación se detuviese, él dijese algo y no le llegase ninguna respuesta. Como si fuesen paseando los dos y Moro hubiese caído en un agujero del camino, un hoyo tan profundo como un hombre, lleno de agua de lluvia.

De hecho, se oye hablar de esos accidentes. Han muerto hombres al ceder el camino bajo sus pies. Inglaterra necesita caminos mejores, puentes que no se caigan. Está preparando un proyecto de ley destinado a dar empleo a hombres sin trabajo, para poder darles un salario y que dejen de mendigar por los caminos, para que trabajen reparando los puertos, construyendo murallas contra el emperador o cualquier otro oportunista. «Podríamos pagarles —calcula él— si aplicásemos un impuesto sobre las rentas de los ricos; podríamos proporcionarles cobijo, médicos si los necesitasen, su subsistencia; nos beneficiaríamos todos de los frutos de su trabajo, y ese empleo evitaría que se convirtiesen en alcahuetes o ladrones o salteadores de caminos, cosas todas ellas que los hombres harán si no ven otro modo de poder comer.» ¿Y si sus padres fueron antes que ellos alcahuetes, ladrones o salteadores? Eso no significa nada. Mírale a él. ¿Es él Walter Cromwell? Todo puede cambiar en una generación.

En cuanto a los monjes, él cree, como Martín Lutero, que la vida monástica no es necesaria, ni útil, no obedece a un mandato de Cristo. No hay nada perenne en los monasterios. No son parte del orden natural de Dios. Prosperan y decaen, como cualquier institución, y a veces sus edificios se hunden, o acaban arruinados por una administración laxa. Cierto número de ellos se han esfumado a lo largo de los años, se han reubicado o se los ha tragado otro monasterio. El número de monjes está disminuyendo de forma natural, porque en estos tiempos, el buen cristiano vive en el mundo. Piensa en la abadía de Battle. Doscientos monjes en el apogeo de su prosperidad, y ahora... ¿qué?..., cuarenta como mucho. Cuarenta barrigudos aposentados sobre una fortuna. Y lo mismo sucede por todo el reino. Unos recursos que podrían liberarse, de los que se podría hacer mucho mejor uso. ¿Por qué ha de estar el dinero encerrado en los cofres, cuando se podrían poner en circulación entre los súbditos del rey?

Sus comisarios salen a inspeccionar y le envían noticia de escándalos; le envían manuscritos frailunos, historias de fantasmas y de maldiciones, ideadas para mantener aterrada a la gente sencilla. Los monjes tienen reliquias que hacen llover o que hacen que la lluvia pare, que impiden que crezcan las malas hierbas y curan las enfermedades del ganado. Cobran por el uso de ellas, no se las dan gratuitamente a sus vecinos: viejos huesos y trozos de madera, clavos doblados de la crucifixión de Cristo. Él cuenta al rey y a la reina lo que sus hombres han encontrado en Wiltshire, en Maiden Bradley.

—Los monjes tienen un trozo de la capa de Dios, y restos de carne de la Última Cena. Tienen ramitas que florecen el día de Navidad.

—Eso último es posible —dice reverentemente Enrique—. Pensad en el espino de Glastonbury.

—El prior tiene seis hijos, y los mantiene en su casa como criados. Dice en su defensa que nunca se ha acostado con mujeres casadas, sólo con vírgenes. Y luego, cuando se cansaba de ellas o se quedaban embarazadas, les buscaba un marido. Pretende que tiene una licencia con sello papal que le permite tener una puta.

Ana ríe entre dientes.

—¿Y pudo mostrarla?

Enrique está asombrado.

—Fuera con él. Esos hombres son una desgracia para su vocación.

Pero esos necios tonsurados son por lo común peores

que los otros hombres; ¿no sabe eso Enrique? Hay algunos frailes buenos, pero después de unos cuantos años de exposición al ideal monástico, tienden a escapar. Huyen de los claustros y prefieren actuar en el mundo. En el pasado, nuestros antecesores atacaban con hoces y guadañas a los monjes y a sus criados con la misma furia con que lo harían contra un ejército de ocupación. Echaban abajo sus muros y los amenazaban con el fuego, y lo que buscaban era las listas de las rentas de los monjes, los instrumentos de su servidumbre, y cuando podían conseguirlas las rompían y hacían hogueras con ellas, y decían: «Lo que queremos es un poco de libertad: un poco de libertad, y que se nos trate como ingleses, después de siglos de tratarnos como bestias».

Llegan informes más sombríos. Él, Cromwell, dice a sus visitadores: «Decidles sólo esto, y decídselo alto: para cada monje, una cama: para cada cama, un monje». ¿Tan duro es eso para ellos? El que conoce el mundo dice: esos pecados son inevitables, si encierras a hombres sin acceso a mujeres se lanzarán sobre los novicios más tiernos y más débiles, son hombres y es sólo algo que está en su naturaleza. ¿Pero no se supone que ellos se elevan por encima de la naturaleza? ¿Qué finalidad tienen todas las oraciones, los ayunos, si los dejan sin fuerzas cuando llega el diablo a tentarlos?

El rey acepta el derroche, la mala administración; puede ser necesario, dice, reformar y reagrupar algunos de los monasterios más pequeños, como ya lo hizo el propio cardenal cuando vivía. Pero es indudable que los más grandes podemos confiar que se renueven solos, ¿no es así?

Posiblemente, dice él. Sabe que el rey es devoto y teme los cambios. Él quiere reformar la Iglesia, la quiere prístina; también quiere el dinero. Pero, como nacido bajo el signo de cáncer, actúa como un cangrejo para acercarse a su objetivo: un laborioso desplazamiento lateral. Él, Cromwell, observa a Enrique, cómo sus ojos pasan por las cifras que le ha estado mostrando. No es una fortuna, no lo es para un rey: no es el rescate de un rey. Poco a poco, Enrique debe querer pensar en conventos más grandes, en priores más obesos lardeados de amor propio. Esto va a ser sólo el principio. Me he sentado, dice, en demasiadas mesas de abades en que el abad come pasas y dátiles, mientras que para los monjes hay otra vez arenques. Él piensa: si pudiese hacer las cosas a mi modo, les daría libertad a todos ellos para llevar una vida distinta. Ellos proclaman que están viviendo la *vita apostolica*; pero los apóstoles no andan toqueteándose los huevos unos a otros. A los que quieran irse, se les deja. A los monjes que sean sacerdotes ordenados se les puede otorgar un beneficio, que hagan trabajo útil en las parroquias. A los de menos de veinticuatro años, sean hombres o mujeres, se les puede enviar de vuelta al mundo. Son demasiado jóvenes para atarse con votos de por vida.

Él está previendo: si el rey tuviese las tierras de los monjes, no sólo una pequeña parte sino todas, sería tres veces el hombre que es ahora. No necesitaría ya ir con el sombrero en la mano al Parlamento, a pedir con lisonjas un subsidio. Su hijo Gregory le comenta:

—Señor, dicen que si el abad de Glastonbury se acostase con la abadesa de Shaftesbury, su hijo sería el terrateniente más rico de Inglaterra.

—Muy probablemente —dice él—, pero ¿tú has visto a la abadesa de Shaftesbury?

Gregory parece preocupado.

—¿Debería?

Las conversaciones con su hijo son así: se escapan por los ángulos, y acaban en cualquier parte. Piensa en los gruñidos con que él y Walter se comunicaban cuando era niño.

—Puedes verla si quieres. Debo visitar Shaftesbury pronto, tengo que hacer una cosa allí.

El convento de Shaftesbury es donde Wolsey colocó a su hija. Él dice:

—¿Tomarás notas para mí, Gregory, harás un memorando? Si vienes podrás ver a Dorothea.

Gregory desea preguntar: ¿quién es Dorothea? Él ve cómo se suceden las preguntas en la cara del muchacho; hasta que por fin dice:

—¿Es guapa?

—No sé. Su padre la tenía encerrada —se ríe.

Pero se borra la sonrisa de su rostro cuando recuerda a Enrique diciendo: «Cuando los monjes son traidores, son los más recalcitrantes de esa raza maldita. Cuando los amenazas: "Os haré padecer", ellos contestan que es para sufrir para lo que han nacido. Algunos eligen morir de hambre en prisión, o ir a Tyburn rezando, a recibir las atenciones del verdugo». Él les dice, como le dijo a Thomas Moro: «Esto no tiene nada que ver con vuestro Dios, ni con mi Dios, ni con Dios. Sólo tiene que ver con una cosa: ¿Enrique Tudor o Alessandro Farnese? ¿El rey de Inglaterra en Whitehall, o un extranjero increíblemente corrupto allá en el Vaticano?».

Ellos habían apartado la cabeza; murieron sin decir palabra, sus corazones falsos arrancados del pecho.

Cuando entra a caballo, al fin, por las puertas de su casa de la ciudad, en Austin Friars, sus criados de librea se agrupan a su alrededor, con sus chaquetas largas de tela gris jaspeada. Gregory está a su derecha, y a su izquierda Humphrey, que se encarga del cuidado de sus perros de caza, y con el que ha tenido fácil conversación en esta última milla de viaje. Tras él, sus halconeros, Hugh y James y Roger, hombres despiertos, alertas frente a cualquier atropello o amenaza. Se ha formado una multitud a la entrada, que espera generosidad. Humphrey y el resto tienen dinero para distribuir. Esta noche, después de la cena, se hará el reparto de comida habitual a los pobres. Thurston, su cocinero en jefe, dice que están alimentando dos veces al día a doscientos londinenses.

Ve a un hombre entre la multitud, un hombrecillo encorvado, que apenas si puede mantenerse en pie. Ese hombre está llorando. Lo pierde de vista; vuelve a localizarle, con la cabeza inclinada, como si sus lágrimas fuesen la marea y estuviesen arrastrándolo hacia la entrada.

—Humphrey —dice—, mira a ver qué le pasa a aquel hombre.

Pero luego se olvida. Los de su casa están felices de verlo, todos lo reciben con caras resplandecientes, y hay un enjambre de perrillos alrededor de sus pies; los coge en brazos, cuerpos que se retuercen y rabos que se menean, y les pregunta cómo les va. Los criados se agrupan alrededor de Gregory, mirándolo desde el sombrero a las botas; todos los criados lo estiman por sus modales. «¡El amo!», dice su sobrino Richard, y le da un abrazo de esos que aplastan los huesos. Richard es un muchacho sólido con la mirada Cromwell, directa y brutal, y la voz Cromwell, que puede acariciar o contradecir. No teme nada que ande sobre la tierra, y nada que ande por debajo; si el demonio se apareciese en Austin Friars, Richard lo echaría escaleras abajo, a patadas en su culo peludo.

Sus sonrientes sobrinas, casadas ya, han aflojado las cintas de sus corpiños para acomodar vientres hinchados. Las besa a las dos, sus cuerpos blandos contra el suyo, su aliento dulce, calentado por confites de jengibre de los que toman las mujeres que se hallan en su estado. Echa de menos, por un instante..., ¿qué echa de menos? La flexibilidad de unas carnes gentiles; las conversaciones inconsecuentes y distraídas de primera hora de la mañana. Tiene que ser cuidadoso en todos sus tratos con mujeres, discreto. No debería dar oportunidad a los que desean difamarle. Hasta el rey es discreto; no quiere que Europa lo llame Enrique el Fornicador. Tal vez sería mejor que mirase hacia lo inalcanzable, por ahora: la señora Seymour.

En Elvetham, Jane era como una flor, la cabeza baja,

modesta como una ramita de eléboro de un verde claro. En casa de su hermano, el rey la había alabado delante de su familia: «Una doncella tierna, modesta, recatada, como hay muy pocas en estos tiempos».

Thomas Seymour, dispuesto como siempre a irrumpir en la conversación y a hablar por encima de su hermano mayor: «En cuanto a piedad y modestia, me atrevo a decir que Jane tiene pocas que la igualen».

Vio que el hermano Edward ocultaba una sonrisa. Ante sus ojos la familia de Jane ha empezado a percibir (con cierta incredulidad) de qué lado está soplando el viento. Thomas Seymour dijo:

—Yo no habría tenido el descaro, ni aunque fuese el rey no podría, de invitar a una dama como Jane a venir a mi cama. No sabría cómo empezar. ¿Acaso podríais vos? ¿Cómo podríais? Sería igual que besar una piedra. Hacerla rodar de un lado del colchón al otro, y tus partes entumeciéndose de frío.

—Un hermano no puede imaginarse a su hermana abrazada por un hombre —dice Edward Seymour—. Al menos, ningún hermano que se llame cristiano. Aunque dicen en la corte que George Bolena... —se interrumpe, frunciendo el ceño—. Y por supuesto el rey sabe cómo hacer una proposición. Cómo ofrecerse. Sabe cómo hacerlo, como un gentilhombre galante. Como no sabes tú, hermano.

Es difícil hacer callar a Tom Seymour. Él sólo sonríe.

Pero Enrique no había dicho mucho, antes de que salieran de Elvetham; se despidió cordialmente y no volvió a decir una palabra sobre la chica. Jane le había susurrado a él:

—Señor Cromwell, ¿por qué estoy yo aquí?

—Preguntad a vuestros hermanos.

—Mis hermanos dicen: preguntad a Cromwell.

—¿Así que es un absoluto misterio para vos?

—Sí. A menos que vaya a casarme al fin. ¿Voy a casarme con vos?

—Yo debo olvidar esa opción. Soy demasiado viejo para vos, Jane. Podría ser vuestro padre.

—¿Podríais? —dice Jane dubitativamente—. Bueno, cosas más extrañas han sucedido en Wolf Hall. Ni siquiera sabía que conocieseis a mi madre.

Una sonrisa fugaz y se desvanece, y él se queda mirándola marchar. Podríamos en realidad estar casados, piensa; eso mantendría mi mente ágil, preguntándome cómo podría ella malinterpretarme. ¿Lo hará a propósito?

Aunque no puedo tenerla hasta que Enrique termine con ella. Y yo juré una vez que no tomaría mujeres usadas por él...

Había pensado que quizá, había pensado, debería escribir una nota recordatoria para los jóvenes Seymour, para que tengan claro qué obsequios debería aceptar Jane y cuáles no. La regla es sencilla: joyas sí, dinero no. Y hasta que no se cierre el trato, no dejar que ella se quite ni una pieza de ropa en presencia de Enrique. Ni los guantes siquiera, aconsejará.

Hay gente mala que describe su casa como la Torre de Babel. Se dice que tiene criados de todas las naciones que existen, salvo Escocia; así que los escoceses siguen solicitando un puesto, esperanzados. Gentilhombres e incluso nobles de aquí y del extranjero le presionan para que acepte a sus hijos en la casa, y él acepta a todos los que cree que puede adiestrar. En un día cualquiera en Austin Friars, un grupo de doctos alemanes desplegarán las muchas variedades de su lengua, examinando, ceñudos, cartas de evangelistas de sus propios países. Jóvenes de Cambridge intercambian retazos de griego en la comida; son los estudiantes a los que ha ayudado, ahora vienen a ayudarle a él. A veces viene a cenar un grupo de comerciantes italianos y él charla con ellos en aquellos idiomas que aprendió cuando trabajaba para los banqueros en Florencia y Venecia. Los criados de su vecino Chapuys haraganeaban por allí, bebiendo a costa de la despensa de Cromwell, y chismorrean en español, en flamenco. Él mismo habla en francés con Chapuys, como si fuese la primera lengua del embajador, y utiliza un francés de un género más demótico con su criado Christophe, un fornido y pequeño rufián que le siguió desde Calais, y que no se separa nunca mucho de su lado; él no le deja separarse mucho de él, porque alrededor de Christophe estallan las peleas.

Éste es un verano de murmuraciones de las que hay que enterarse, y de cuentas que hay que examinar, recibos y gastos de sus casas y tierras. Pero va antes que nada a la cocina a ver a su cocinero jefe. Es ese periodo de descanso del principio de la tarde en que ya se ha retirado la comida, los espetones están limpios, el peltre fregado y guardado, hay un aroma a canela y clavo, y Thurston está solo allí de pie junto a una tabla enharinada, mirando una bola de masa como si fuese la cabeza del Bautista. Cuando una sombra le bloquea la luz.

—¡Fuera esos dedos manchados de tinta! —brama. Luego: —Oh. Sois vos, señor. Llegáis en el momento justo. Tuvimos grandes empanadas de venado preparadas para vuestra llegada, tuvimos que dárselas a vuestros amigos antes de que se estropeasen. Os las habríamos enviado, pero andabais de un sitio para otro tan deprisa.

Él muestra sus manos para la inspección.

—Perdonadme —dice Thurston—. Pero es que el joven Thomas Avery no hace más que bajar aquí en cuanto deja los libros de cuentas, y se dedica a tocar las cosas y a querer pesarlas. Luego el señor Rafe: mirad, Thurston, van a venir unos daneses, ¿qué podéis hacer vos para los daneses? Luego irrumpe aquí el señor Richard, Lutero ha enviado sus mensajeros, ¿qué clase de tartas les gustan a los alemanes?

Él da un pellizco a la masa.

—¿Esto es para los alemanes?

—Da igual lo que sea. Si queda bien, lo comeréis.

—¿Se recogieron los membrillos? Pronto habrá heladas. Puedo sentirlo ya en los huesos.

—Cualquiera que os oiga... —dice Thurston—. Parecéis vuestra abuela.

—Vos no la conocisteis. ¿O sí?

Thurston se ríe.

—¿La borracha de la parroquia?

Probablemente. ¿Qué clase de mujer podría haber amamantado a su padre, Walter Cromwell, y no recurrir a la bebida? Thurston dice, como si se le hubiese ocurrido de pronto:

—Pensad una cosa, un hombre tiene dos abuelas. ¿De qué familia era vuestra madre, señor?

—Eran norteños.

Thurston sonríe.

—Salidos de una cueva. ¿Conocéis al joven Francis Weston? ¿Ese que sirve al rey? Su gente anda diciendo que vos sois hebreo.

Él gruñe; ha oído eso antes.

—La próxima vez que estéis en la corte —le aconseja Thurston—, sacad la polla y ponedla encima de la mesa, y a ver qué dice.

—Yo eso lo hago de todas maneras —dice él—. Cuando decae la conversación.

—Procurad... —Thurston vacila—. Es verdad, señor, sois un hebreo porque prestáis dinero a interés.

Creciente, en el caso de Weston.

—En todo caso —dice; le da otro pellizco a la masa; está un poco dura, ¿no?—, ¿qué se dice de nuevo en las calles?

—Andan diciendo que la vieja reina está enferma. —Thurston espera; pero su amo ha cogido un puñado de pasas y ha empezado a comerlas—. Enferma del corazón, diría yo. Dicen que le ha echado una maldición a Ana Bolena para que no tenga un hijo. O, en caso de que lo tenga, para que no sea de Enrique. Dicen que Enrique tiene otras mujeres y que por eso Ana le persigue por su habitación con unas tijeras, gritando que lo va a capar. La reina Catalina solía cerrar los ojos como hacen las esposas, pero Ana no tiene el mismo temple y jura que le hará sufrir por ello. Así que eso sería una bonita venganza, ¿verdad? —Thurston ríe entre dientes—. Ella, para pagarle con la misma moneda, le pone los cuernos a Enrique, y pone a su bastardo en el trono.

Tienen mentes activas y murmuradoras, los londinenses: unas mentes como estercoleros.

—¿Y quién sospechan que será el padre de ese bastardo?

—¿Thomas Wyatt? —propone Thurston—. Porque es cosa sabida que antes de que fuese reina lo favorecía. O si no, su antiguo amante, Harry Percy...

—Percy está en su tierra, ¿no?

Thurston enarca las cejas.

—A ella no la detiene la distancia. Si quiere que él baje de Northumberland, no tiene más que silbar y bajará hasta aquí, rápido como el viento. Además, no es que se contente con Harry Percy. Dicen que lo hace con todos los gentilhombres de la cámara privada del rey, uno detrás de otro. No le gusta esperar, así que se ponen todos en fila, meneando el rabo, hasta que ella grita: «El siguiente».

—Y van desfilando todos —dice él—. Uno detrás de otro.

Se ríe. Se come la última pasa que le queda en la mano.

—Bienvenido a casa —dice Thurston—. A Londres, donde creemos cualquier cosa.

—Después de que fue coronada, recuerdo que reunió a todo su servicio, hombres y mujeres, y los sermoneó sobre cómo tenían que comportarse, nada de jugar, salvo con fichas; nada de lenguaje indecoroso y ni una pizca de carne a la vista. Las cosas han cambiado un poco desde entonces, estoy de acuerdo.

—Señor —dice Thurston—, os habéis manchado la manga de harina.

—Bueno, tengo que ir arriba y asistir al consejo. No dejes que la cena se retrase.

—¿Es que se retrasa alguna vez? —Thurston le sacude la harina con mimo—. ¿Es que se retrasa alguna vez?

Se trata del consejo de su casa, no del de la casa del rey; sus consejeros familiares, los jóvenes, Rafe Sadler y Richard Cromwell, rápidos y diestros con los números, rápidos para retorcer un argumento, rápidos para entender un asunto. Y también Gregory. Su hijo.

En esta sesión, los jóvenes traen sus cosas en bolsas de cuero suave y pálido, imitando a los agentes de la banca Fugger, que viajan por toda Europa e imponen la moda. Las bolsas tienen forma de corazón, de manera que a él siempre le parece como si fuesen a cortejar, pero ellos juran que no. Richard Cromwell, su sobrino, se sienta y echa una ojeada sardónica a las bolsas. Richard es como su tío, y mantiene sus cosas próximas a su persona.

—Ahí viene Llamadme Risley —dice—. Esa pluma que lleva en el sombrero es digna de verse.

Thomas Wriothesley entra, separándose de sus cuchicheantes criados; es un joven alto y guapo, la cabeza cubierta de cabello de un tono cobrizo bruñido. Una generación atrás, su familia se llamaba Writh, pero pensaron que una ampliación elegante les daría más prestigio; heraldos por oficio, estaban bien situados para la reinvención, para la transformación de antepasados vulgares en algo más caballeresco. El cambio no se produjo sin burlas; a Thomas se le conoce en Austin Friars como Llamadme Risley. Se ha dejado recientemente una barba recortada, ha tenido un hijo y aumenta en dignidad año tras año. Deja la bolsa en la mesa y se acomoda en su sitio.

—¿Qué tal, Gregory? —pregunta.

A Gregory se le ensancha de gozo la cara; admira a Llamadme y no llega a percibir el tono condescendiente.

—Oh, muy bien. He estado cazando todo el verano y ahora volveré a casa de William Fitzwilliam para unirme a su séquito, pues es un caballero próximo al rey y mi padre piensa que puedo aprender mucho con él. Fitz es bueno conmigo.

—Fitz... —Wriothesley ríe, divertido—. ¡Ay, los Cromwell!

—Bueno —dice Gregory—, él llama a mi padre Crumb.*

—Os sugiero que no lo adoptéis, Wriothesley —dice él, amistosamente—. O al menos, hacedlo a espaldas mías. Aunque acabo de venir de las cocinas y eso no es nada comparado con lo que llaman a la reina.

Richard Cromwell dice:

—Son las mujeres las que no paran de revolver la olla del veneno. No les gustan las ladronas de hombres. Piensan que Ana debería ser castigada.

—Cuando nos pusimos en camino, ella era todo codos —dice Gregory, inesperadamente—. Codos, puntas y púas. Ahora parece más suave.

—Así es.

Le sorprende que el muchacho se haya dado cuenta de eso. Los hombres casados, con experiencia, buscan en Ana indicios de que engorda con la misma atención con que lo hacen con sus esposas. Hay miradas alrededor de la mesa.

—Bueno, ya veremos. No han estado juntos en todo el verano, pero en mi opinión, han estado lo suficiente.

—Sería mejor que lo fuese —dice Wriothesley—. El rey se impacientará con ella. ¿Cuántos años tiene que esperar para que una mujer cumpla con su deber? Ana le prometió un hijo si se casaba con ella, y uno se pregunta: ¿haría tanto por ella si tuviera que volver a hacerlo?

---

* *Crumb* significa en inglés «miga». *(N. del T.)*

Richard Riche se les une el último, murmurando una disculpa. Ninguna bolsa en forma de corazón tampoco este Richard, aunque en tiempos haya sido justamente el tipo de joven galante capaz de tener cinco de distintos colores. ¡Qué cambios trae una década! Riche fue un desastre mientras estudiaba Derecho, uno de esos alumnos que tienen un expediente de alegaciones atenuantes alineadas frente a sus pecados; de los que frecuentan esas tabernas ínfimas en que llaman a los abogados «sabandijas», con lo que se ven obligados, por cuestión de honor, a iniciar una pelea; que vuelven a sus alojamientos del Temple a altas horas apestando a vino barato y con la chaqueta hecha trizas; de esos que corren azuzando a una jauría de terriers por Lincoln's Inn Fields. Pero Riche se ha hecho sobrio y controlado, es el protegido del Lord Canciller Thomas Audley, y va y viene constantemente entre ese dignatario y Thomas Cromwell. Los muchachos le llaman sir Bolsa; «Bolsa está engordando», dicen. Las tareas del cargo han caído sobre él, los deberes de padre de familia creciente; un niño bonito en tiempos, parece ahora cubierto por una leve pátina de polvo. ¿Quién habría pensado que llegaría a ser procurador de la Corona? Pero tiene un buen cerebro de abogado, y si necesitas uno bueno, él está siempre a mano.

—El libro del obispo Gardiner no sirve a vuestro propósito —comienza Riche—, señor.

—No es del todo malo. En lo de los poderes del rey, estamos de acuerdo.

—Sí, pero... —dice Riche.

—Yo me sentí movido a citarle a Gardiner esta frase: «Donde está la palabra de un rey hay poder, y ¿quién puede decirle qué hacéis?».

Riche enarca las cejas.

—El Parlamento.

El señor Wriothesley dice:

—Confiemos en que el señor Riche sepa lo que puede hacer el Parlamento.

Fue con las preguntas sobre los poderes del Parlamento, al parecer, como Riche hizo tropezar a Thomas Moro, le hizo tropezar y le empujó y tal vez desenmascaró así su traición. Nadie sabe lo que se dijo en aquella habitación, en aquella celda; Riche había salido, con el rostro encendido, esperando y medio sospechando haber conseguido suficiente y había ido derecho desde la Torre de Londres hasta él, hasta Thomas Cromwell. Que había dicho con calma: «Sí, eso servirá; le tenemos, gracias. Gracias, Bolsa, lo hicisteis bien».

Ahora Richard Cromwell se inclina hacia él:

—Decidnos, mi pequeño amigo Bolsa: ¿puede, en vuestra opinión, el Parlamento poner un heredero en el vientre de la reina?

Riche se ruboriza un poco; tiene ya casi cuarenta años, pero debido a su cutis aún puede ruborizarse.

—Yo nunca dije que el Parlamento pueda hacer lo que no haga Dios. Dije que podría hacer más de lo que admitiría Thomas Moro.

—El mártir Moro —dice él—. En Roma se dice que a él y a Fisher van a hacerlos santos.

El señor Wriothesley se ríe.

—Estoy de acuerdo en que es ridículo —dice él. Lanza una mirada a su sobrino—: basta ya, no digáis nada más sobre la reina, ni sobre su vientre ni sobre ninguna otra parte de ella.

Porque él ha confiado a Richard Cromwell un poco de los acontecimientos de Elvetham, en casa de Edward Seymour. Cuando la comitiva real se desvió de aquel modo inesperado, Edward había dado un paso adelante y los había agasajado espléndidamente. Pero el rey no podía dormir esa noche y envió a Weston a llamarle, sacándolo de la cama. Una llama de vela danzante, en una habitación de forma extraña:

—Dios Santo, ¿qué hora es?

—Las seis —dijo malévolamente Weston—, y llegáis tarde.

En realidad no eran las cuatro, aún estaba oscuro el cielo. El postigo abierto para dejar entrar el aire, Enrique sentado cuchicheando con él, los planetas, sus únicos testigos: se había asegurado de que Weston estaba fuera del campo de audición, se había negado a hablar hasta que se cerró la puerta. Era igual.

—Cromwell... —dijo el rey—, y si yo... ¿Y si yo tuviese que temer..., y si estuviese empezando a sospechar que hay algún fallo en mi matrimonio con Ana, algún impedimento, algo que desagrade a Dios Todopoderoso?

Y había sentido cómo se alejaban los años: él era el cardenal, escuchando la misma conversación: sólo que el nombre de la reina entonces era Catalina.

—Pero ¿qué impedimento? —había dicho, algo cansinamente—. ¿Qué podría ser, señor?

—No sé —había murmurado el rey—. No sé en este momento, pero debo saber. ¿No estaba ella prometida a Harry Percy?

—No, señor. El juró que no, sobre la Biblia. Vos mismo, Majestad, le oísteis jurar.

—Ah, pero vos habíais ido a verle, ¿no es cierto, Cromwell?, ¿no fuisteis hasta una posada de mala nota y le levantasteis de su banco y le aporreasteis la cabeza?

—No, señor. Yo nunca maltrataría así a un par del reino, no digamos ya al conde de Northumberland.

—Ah, bueno. Me tranquiliza oír eso. Debí de entender mal los detalles. Pero ese día el conde dijo lo que creía que yo quería que dijese. Dijo que no hubo ninguna unión con Ana, ninguna promesa de matrimonio, no digamos ya consumación. ¿Y si mintió?

—¿Bajo juramento, señor?

—Pero vos dais mucho miedo, Crumb. Vos haríais olvidar a un hombre sus modales ante el propio Dios. ¿Y si mintió? ¿Y si ella hizo un contrato con Percy equivalente a un matrimonio legítimo? Si fuese así, ella no puede estar casada conmigo.

Él había guardado silencio, pero veía que Enrique

seguía cavilando. Y su propio pensamiento se disparaba como un ciervo asustado.

—Y sospecho mucho de ella —había cuchicheando el rey—. Sospecho mucho de ella con Thomas Wyatt.

—No, señor —dijo él, vehemente, incluso antes de que le diese tiempo a pensar. Wyatt es amigo suyo; su padre, sir Henry Wyatt, le había encargado que ayudase al muchacho; Wyatt no era un muchacho ya, pero eso no importaba.

—Vos decís que no. —Enrique se inclinó hacia él—. Pero ¿no abandonó Wyatt el reino y se fue a Italia, porque ella ya no le favorecía, y con su imagen siempre presente ante él ya no podía tener ninguna tranquilidad de espíritu?

—Bueno, en eso tenéis razón. Vos mismo lo decís, Majestad. Ella no le favorecía. Si lo hubiese hecho, es indudable que él se habría quedado.

—Pero no puedo estar seguro —insiste Enrique—. ¿Y si le rechazó entonces pero le favoreció en alguna otra ocasión? Las mujeres son débiles y fáciles de conquistar con halagos. Sobre todo cuando los hombres les escriben versos, y hay algunos que dicen que Wyatt escribe mejores versos que yo, aunque yo sea el rey.

Él le mira parpadeando: cuatro de la madrugada, sin dormir; podrías llamarlo vanidad inofensiva, Dios me ampare, sólo si no fuesen las cuatro.

—Majestad —dice—, sosegad el pensamiento. Si Wyatt hubiese hecho alguna incursión en la castidad inmaculada de esa dama, estoy convencido de que no habría sido capaz de resistir la tentación de ufanarse de ello. En verso o en vulgar prosa.

Enrique sólo gruñe. Pero alza la vista: la sombra bien vestida de Wyatt se desliza sedosa cruzando la ventana, bloquea la fría luz de las estrellas. Sigue tu camino, fantasma: su mente le hace pasar ante él; ¿quién puede entender a Wyatt, quién absolverle? El rey dice:

—Bueno. Quizá. Aunque si ella cedió ante Wyatt,

eso no sería ningún impedimento para mi matrimonio, no puede haber ninguna clase de contrato entre ellos porque él por su parte estaba casado desde muchacho y no tenía libertad para prometerle nada a Ana. Pero os aseguro que sería un impedimento para que yo pudiera confiar en ella. Yo no me tomaría a bien que una mujer me engañase, y dijese que venía virgen a mi lecho no siéndolo.

«Wolsey, ¿dónde estáis? Habéis oído todo esto antes. Aconsejadme ahora.»

Se levanta. Está poniendo fin a la entrevista.

—¿Queréis que diga que os traigan algo, señor? ¿Algo que os ayude a dormir de nuevo una hora o dos?

—Necesito algo que endulce mis sueños. Ojalá supiese lo que pasó. He consultado al obispo Gardiner sobre este asunto.

El había procurado que su rostro no reflejase la conmoción. Había acudido a Gardiner: ¿a mis espaldas?

—Y Gardiner dijo... —la cara de Enrique era la viva imagen de la desolación—, dijo que no había duda suficiente en este caso, pero que si el matrimonio no fuese válido, si me viese obligado a apartar de mí a Ana, debería volver con Catalina. Y no puedo hacerlo, Cromwell. Eso está decidido, aunque venga contra mí toda la Cristiandad: nunca seré capaz de volver a tocar a esa vieja rancia.

—Bueno —había dicho él; estaba mirando al suelo, a los grandes pies blancos descalzos de Enrique—. Yo creo que podemos hacer algo mejor que eso, señor. No pretendo seguir el razonamiento de Gardiner, porque la verdad es que el obispo sabe más derecho canónico que yo. Pero no creo que se os pueda constreñir ni forzar en ningún asunto, ya que vos sois el dueño de vuestra casa, y de vuestro país y de vuestra iglesia. Tal vez Gardiner quisiese sólo preparar a Vuestra Majestad para los otros obstáculos que pudiesen surgir.

O quizá, pensó él, sólo se proponía haceros sudar y

provocaros pesadillas. A Gardiner le gustaba eso. Pero Enrique se había incorporado:

—Puedo hacer lo que me plazca —dijo—. Dios no permitiría que mi placer fuese contrario a sus designios, ni que mis designios quedasen bloqueados por su voluntad. —Y había cruzado su rostro una sombra de astucia—. El propio Gardiner lo dijo.

Enrique bostezó. Era una señal.

—Crumb, no tenéis un aspecto muy digno, haciendo una reverencia con camisa de dormir. ¿Estaréis dispuesto para cabalgar a las siete, o habremos de dejaros atrás y no volver a veros hasta la cena?

Si vais a estar listo vos, yo estaré listo, piensa él, mientras vuelve a su cama. ¿Habréis olvidado que tuvimos esta conversación cuando llegue la aurora? La corte se pondrá en movimiento, los caballos sacudiendo la cabeza y olisqueando el viento. A media mañana nos reuniremos de nuevo con la partida de la reina; Ana estará gorjeando en su caballo de caza; nunca sabrá, a menos que su amiguito Weston se lo cuente, que anoche, en Elvetham, el rey contemplaba a su próxima amante: Jane Seymour, que, ignorando sus miradas suplicantes, comía plácidamente un pollo. Gregory había dicho, abriendo mucho los ojos: «¿No come mucho lady Seymour?».

Y ahora el verano se ha acabado. Wolf Hall, Elvetham se desvanecen en la oscuridad. Él tiene los labios sellados respecto a las dudas y los temores del rey; es otoño, está en Austin Friars; con la cabeza inclinada escucha las noticias de la corte, observa los dedos de Riche, que retuercen la etiqueta de seda de un documento.

—Han estado provocándose mutuamente en las calles —dice su sobrino Richard—. Haciéndose burla, maldiciéndose, echando mano a las dagas.

—Perdón, ¿quién? —dice él.

—La gente de Nicholas Carew. Que andan riñendo con los criados de lord Rochford.

—Mientras mantengan el asunto fuera de la corte...

—dice él con viveza. La pena por desenvainar un arma dentro de los recintos de la corte del rey es la amputación de la mano infractora.

—¿Por qué esa disputa? —empieza a preguntar; luego cambia la pregunta—: ¿Cuál es su excusa?

Para evocar la imagen de Carew, uno de los viejos amigos de Enrique, uno de sus gentilhombres de la cámara privada, y devoto de la anterior reina. No hay más que verle, un hombre a la antigua con su cara larga y seria, su aire estudiado de haber salido directamente de un libro de caballerías. Es bastante natural que a sir Nicholas, con su estricto sentido de lo conveniente, le resulte imposible plegarse a las pretensiones de un advenedizo como George Bolena. Sir Nicholas es papista de pies a cabeza, y le ofende hasta los tuétanos el apoyo que George presta a la doctrina reformada. Así que hay entre ellos una cuestión de principios; pero ¿qué acontecimiento trivial ha puesto en marcha esa disputa? ¿Habrían organizado George y sus malas compañías un alboroto al lado de la cámara de sir Nicholas, mientras él se hallaba ocupado en algún asunto serio, como admirarse en el espejo? Reprime una sonrisa.

—Rafe, ten una charla con esos dos gentilhombres. Diles que controlen a sus perros. —Añade—: Has hecho bien en mencionarlo.

Procura siempre estar al tanto de las divisiones entre los cortesanos y de cómo surgen.

Poco después de que su hermana se convirtiese en reina, George Bolena le había llamado y le había aleccionado sobre cómo debía conducirse en su tarea. El joven lucía ostentosamente una cadena de oro enjoyada, que él, Cromwell, pesó mentalmente; mentalmente le quitó también a George la chaqueta, la descosió, enrolló la tela en el rodillo y le puso precio; cuando has estado en el negocio de los paños, nunca pierdes de vista la textura y la calidad de una tela, y si estás encargado de aumentar los ingresos, pronto aprendes a calcular lo que vale un hombre.

El joven Bolena le había hecho permanecer de pie mientras él ocupaba el único asiento de la habitación.

—No olvidéis, Cromwell —empezó—, que, aunque estéis en el consejo del rey, no sois por nacimiento un gentilhombre. Deberíais limitaros a hablar cuando se os pida que lo hagáis y, por lo demás, no intervenir. No os entrometáis en los asuntos de aquellos que están por encima de vos. A Su Majestad le place teneros a menudo en su presencia, pero no debéis olvidar quién os situó donde él pudiese veros.

Es interesante la versión que tiene George Bolena de su vida. Él siempre había supuesto que había sido Wolsey quien le había adiestrado, Wolsey quien le había promocionado: pero George dice que no, que fueron los Bolena. Es evidente que él no ha manifestado la gratitud adecuada. Así que la manifiesta ahora, diciendo sí señor y no señor, y veo que sois un hombre de singular buen juicio para vuestra edad. Y vuestro padre, monseñor el conde de Wiltshire, vuestro tío Thomas Howard, duque de Norfolk, no podrían haberme instruido mejor.

—Sacaré buen provecho de esto, os lo aseguro, señor, y de ahora en adelante me comportaré más humildemente.

George se sintió aplacado.

—Procurad hacerlo.

Sonríe ahora, pensando en ello; vuelve al programa que tiene redactado. Los ojos de su hijo Gregory vagan por la mesa, mientras intenta captar lo que no se dice: ahora el primo Richard Cromwell, ahora Llamadme Risley, ahora su padre, y los otros caballeros que han venido. Richard Riche examina ceñudo sus papeles, Llamadme juguetea con su pluma. Hombres atribulados ambos, piensa él, Wriothesley y Riche, y parecidos en algunos aspectos, moviéndose furtivamente por las periferias de sus propias almas, dando toquecitos en las paredes: oh, ¿de qué es ese sonido a hueco? Pero él tiene que producir para el rey hombres de talento; y ellos son ágiles, son tenaces, son infatigables en sus esfuerzos por la Corona, y por sí mismos.

—Una última cosa —dice— antes de dejarlo. Mi señor el obispo de Winchester ha complacido tanto al rey que, a instancias mías, el rey le ha enviado de nuevo a Francia como embajador. Se cree que su embajada no será breve.

Lentas sonrisas recorren la mesa. Él observa a Llamadme. Fue una vez protegido de Stephen Gardiner. Pero parece tan gozoso como el resto. Richard Riche se ruboriza, se levanta de la mesa y hace un gesto con la mano.

—Que se ponga en camino —dice Rafe— y que se quede lejos. Gardiner tiene en todo dos caras.

—¿Dos? —dice él—. Su lengua es como un tridente de ensartar anguilas. Primero con el papa, luego Enrique, luego, recordad lo que os digo, estará con el papa de nuevo.

—¿Podemos confiar en él en el extranjero? —dice Riche.

—Podemos confiar en que sólo estará donde le convenga. Que es por ahora con el rey. Y podemos vigilarle, poner algunos hombres nuestros en su séquito. Señor Wriothesley, creo que vos podéis ocuparos de eso...

Sólo Gregory parece dudoso.

—¿Winchester embajador? Fitzwilliam me dice que el primer deber de un embajador es no agraviar a nadie.

Él asiente. «Y Stephen no causó más que agravios.»

—¿No tiene un embajador que ser un hombre alegre y afable? Eso es lo que me explica Fitzwilliam. Debería ser agradable en cualquier compañía, afable y fácil de trato, y debería hacerse querer por sus anfitriones. Para tener así oportunidades de visitar sus casas, participar en sus reuniones, entablar amistad con sus esposas y sus herederos, y corromper a la gente de la casa para tenerla a su servicio.

Rafe enarca las cejas.

—¿Es eso lo que os enseña Fitz?

Los muchachos se ríen.

—Es verdad —dice él—. Eso es lo que debe hacer un embajador. Así que tengo la esperanza de que Chapuys no os esté corrompiendo, Gregory... Si yo tuviera esposa, andaría pasándole sonetos a escondidas, estoy seguro, y trayendo huesos para mis perros. En fin... Chapuys, es una compañía agradable, la verdad. No es como Stephen Gardiner. Pero la verdad es, Gregory, que necesitamos un embajador firme con los franceses, un hombre lleno de ira y de resentimiento. Y Stephen ya ha estado antes entre ellos, y ha ganado crédito. Los franceses son hipócritas, fingen una falsa amistad y demandan dinero como pago. Mira —dice, dispuesto a educar él mismo a su hijo—, en este momento preciso los franceses tienen un plan para arrebatar el ducado de Milán al emperador, y quieren que nosotros los subsidiemos. Y nosotros debemos acomodarnos a ellos, o parecer hacerlo, por miedo a que cambien de dirección y se unan al emperador y nos aplasten. Así que cuando llegue el día en que digan: «Entregadnos el oro que habéis prometido», necesitamos ese tipo de embajador, alguien como Stephen, que aborde el asunto sin ningún rubor y diga: «Ah, el oro. Podéis tomarlo de lo que ya le debéis al rey Enrique». El rey Francisco escupirá fuego, pero nosotros en cierto modo cumpliremos así con la palabra dada. ¿Comprendes? Reservamos a nuestros más fieros campeones para la corte francesa. Recuerda que mi señor Norfolk fue durante un tiempo embajador allí.

Gregory baja la cabeza.

—Cualquier extranjero temería a Norfolk.

—Y también cualquier inglés. Con buenas razones. Aunque el duque es como uno de esos cañones gigantes que tienen los turcos. El disparo es terrible, pero necesita tres horas para enfriarse y poder disparar de nuevo. Mientras que el obispo Gardiner puede disparar a intervalos de diez minutos, desde la mañana hasta la noche.

—Pero, señor —exclama Gregory—, si les prometemos dinero y no se lo entregamos, ¿qué harán ellos?

—Por entonces, espero, seremos de nuevo firmes amigos del emperador —suspira—. Es un viejo juego y parece que debemos seguir jugándolo, hasta que se me ocurra algo mejor, o se le ocurra al rey. ¿Habéis oído hablar de la reciente victoria del emperador en Túnez?

—Todo el mundo habla de ello —dice Gregory—. Todos los caballeros cristianos desearían haber estado allí.

Él se encoge de hombros.

—El tiempo dirá lo gloriosa que es esa victoria. Barbarroja encontrará pronto otra base para sus piraterías. Pero con esa victoria a la espalda y el turco tranquilo de momento, el emperador puede volverse hacia nosotros e invadir nuestras costas.

—Pero ¿y cómo le paramos? —Gregory parece desesperado—. ¿No deberíamos tener otra vez a la reina Catalina?

Llamadme se ríe.

—Gregory empieza a percibir las dificultades de nuestro oficio, señor.

—Me gustaba más cuando hablábamos de la reina actual —dice Gregory bajando la voz—. Y fui yo el que comentó que estaba más gorda.

Llamadme dice amablemente:

—No debería haberme reído. Tienes toda la razón, Gregory. Todos nuestros trabajos, nuestras estratagemas, toda nuestra sabiduría, tanto la adquirida como la fingida; las estratagemas del Estado, los pronunciamientos de los letrados, las maldiciones de los eclesiásticos y las graves resoluciones de los jueces, sagrados y seculares, todas y cada una pueden ser derrotadas por el cuerpo de una mujer, ¿no es así? Dios debería haber hecho sus vientres transparentes y nos habría ahorrado así la esperanza y el temor. Pero tal vez lo que crece allí dentro tenga que crecer en la oscuridad.

—Dicen que Catalina está enferma —comenta Richard Riche—. Me pregunto qué pasaría en el mundo si muriera en este año.

Pero mirad: ¡llevamos demasiado tiempo sentados aquí! Levantémonos y salgamos a los jardines de Austin Friars, orgullo del señor secretario; él quiere las plantas que vio florecer en el extranjero, quiere fruta mejor, así que importuna a los embajadores para que le envíen brotes y esquejes por la valija diplomática. Los jóvenes y despiertos empleados están atentos, listos para descubrir la trampa, y todo lo que sale es un cepellón, palpitando aún con vida después de un viaje a través de los estrechos de Dover.

Él quiere que las cosas tiernas vivan, que los jóvenes medren. Así que ha construido una pista de tenis, un regalo para Richard y Gregory y todos los jóvenes de su casa. Hasta él podría jugar..., si pudiese jugar con un ciego, dice, o un adversario al que le faltase una pierna. Gran parte de ese juego es táctica; le fallan ya los pies, ha de confiar en la astucia más que en la ligereza. Pero está orgulloso de su constitución y contento de permitirse el gasto. Ha consultado recientemente con los servidores del rey encargados del tenis en Hampton Court y ajustó las medidas a las preferencias de Enrique. El rey ha estado comiendo en Austin Friars, así que no es imposible que un día pueda venir para jugar una tarde en la pista.

En Italia, cuando servía en la casa de los Frescobaldi, en el calor del final de la tarde los muchachos salían y jugaban partidos en la calle. Era una especie de tenis, un *jeu de paume*, sin raquetas, sólo con la mano; se zarandeaban y se empujaban y gritaban, lanzando la pelota a las paredes y haciéndola correr por la toldilla de una sastrería, hasta que salía el sastre y los reñía: «Si no respetáis mi toldo, muchachos, os cortaré los cojones con las tijeras y los colgaré de la puerta con un lazo». Ellos decían:

«Perdón, maestro, perdón», y se iban calle abajo y jugaban más callados en un patio trasero. Pero media hora después volvían, y él aún puede oírlo en sus sueños: el golpe de la tosca costura de la pelota golpeando en el metal, deslizándose en el aire; puede sentir el golpe del cuero contra su palma. En aquellos tiempos, aunque soportaba la tensión de una vieja herida, procuraba eliminar la rigidez corriendo; esa herida la había recibido el año anterior, cuando estaba con el ejército francés, en Garellano. Los *garzoni* decían: «Oye, Tomasso, cómo fue que te hirieron ahí, en la parte de atrás de la pierna, ¿acaso escapabas?». Él decía: «Madre de Dios, sí: sólo me pagaban lo suficiente para escapar corriendo. Si queréis que les haga frente, tenéis que pagarme más».

Después de aquella matanza, los franceses se dispersaron, y por aquel entonces él era francés; era el rey de Francia quien le pagaba. Primero había gateado, luego había seguido cojeando, él y sus camaradas arrastraban sus cuerpos maltrechos todo lo deprisa que podían, huyendo de los victoriosos españoles, intentando llegar a un terreno que no estuviese empapado de sangre; eran fieros arqueros galeses, renegados suizos y unos cuantos muchachos ingleses como él, más o menos desconcertados y sin blanca todos ellos, agrupando sus ingenios en las postrimerías de la desbandada, planeando un curso que seguir, cambiando de nación y de nombre según las necesidades, arrastrados por la corriente hacia las ciudades del norte, buscando la batalla siguiente o algún oficio más seguro.

En la entrada de atrás de una casa grande, un mayordomo le había preguntado:

—¿Francés?

—Inglés.

El hombre había puesto los ojos en blanco.

—¿Y qué sabes hacer tú?

—Sé luchar.

—Es evidente que no muy bien.

—Sé cocinar.

—No nos hace ninguna falta tu bárbara cocina.

—Sé llevar cuentas.

—Esto es una banca. Estamos bien abastecidos.

—Decidme qué queréis que haga. Puedo hacerlo —alardeó como un italiano.

—Queremos un trabajador. ¿Cómo te llamas?

—Hércules.

El hombre no puede evitar la risa.

—Entra, Ercole.

Ercole entra cojeando, cruza el umbral. El hombre trajina por allí, en sus tareas. Él se sienta en un escalón, casi llorando de dolor. Mira a su alrededor. Todo lo que tiene es ese suelo. Ese suelo es su mundo. Está hambriento, está sediento, está a más de setecientas millas de su casa. Pero ese suelo puede mejorarse. «¡Jesús, María y José! —grita—. ¡Agua! ¡Un cubo! *Allez, allez!*»

Venga. Venga, rápido. Llega un balde. Mejora ese suelo. Mejora la casa. No sin resistencia. Empiezan por echarle de la cocina, donde como extranjero es mal recibido, y donde con los cuchillos, los espetones y el agua hirviendo hay tanta posibilidad de violencia. Pero él es mejor luchando de lo que pensarías: le falta estatura, le falta habilidad o destreza, pero es casi imposible derribarlo. Y le ayuda la fama de pendencieros y saqueadores y violadores y ladrones de sus compatriotas, temidos en toda Europa. Al no poder insultar a sus colegas en su idioma, utiliza el dialecto de Putney. Les enseña terribles juramentos ingleses («Por los agujeros sangrantes de los clavos de Cristo») que ellos pueden utilizar para aliviar sus sentimientos a espaldas de sus amos. Cuando llega la muchacha por las mañanas, las hierbas en su cesto húmedas de rocío, ellos retroceden, la examinan y preguntan: «Bueno, cariño, ¿y cómo estás tú hoy?». Cuando alguien interrumpe una tarea complicada, ellos dicen: «Si no te largas de aquí de una puta vez herviré tu cabeza en esta olla».

No tardó en comprender que la suerte le había conducido hasta la puerta de una de las antiguas familias de la ciudad, que no sólo trataba con dinero y seda, lana y vino, sino que tenía también grandes poetas en su estirpe. Francisco Frescobaldi, el amo, acudió a la cocina a hablar con él. No compartía el prejuicio general contra los ingleses, pensaba más bien que eran afortunados; aunque, dijo, algunos de sus antepasados habían sido llevados casi a la ruina por las deudas impagadas de reyes de Inglaterra muertos hacía mucho. Sabía un poco de inglés él mismo y le dijo: siempre podemos utilizar a vuestros compatriotas, hay muchas cartas que escribir; espero que sepas escribir. Cuando él, Tomasso o Ercole, hubiese progresado en el toscano tanto que fuese capaz de expresarse y de hacer chistes, había prometido Frescobaldi, te llamaré un día para la contaduría. Te haré una prueba.

Ese día llegó. Le probaron y superó la prueba. Desde Florencia fue a Venecia, a Roma: y cuando sueña con esas ciudades, como sucede a veces, una arrogancia residual le arrastra a aquella época, un rastro del joven italiano que fue. Piensa ya sin ninguna indulgencia en su yo más joven, pero también sin ningún reproche. Siempre ha hecho lo que era necesario para sobrevivir, y si su juicio sobre lo que era necesario resultaba a veces dudoso..., en eso consiste ser joven. Actualmente acoge a hombres instruidos pobres en su casa. Hay siempre un trabajo para ellos, un entorno propicio en que pueden escribir tratados sobre el buen gobierno o hacer traducciones de los salmos. Pero acepta también jóvenes que sean rudos y salvajes, lo mismo que era él rudo y salvaje, porque sabe que, si es paciente con ellos, le serán fieles. Estima, incluso ahora, como a un padre a Frescobaldi. La costumbre anquilosa las intimidades del matrimonio, los niños se hacen feroces y rebeldes, pero un buen amo da más de lo que toma y su benevolencia te guía a través de la vida. Piensa en Wolsey. El cardenal habla a su oído interior. Dice: te vi, Crumb, cuando estabas en Elvetham rascándote las bolas al amanecer y asombrándote de la violencia de los caprichos del rey. Si él quiere una nueva esposa, consíguele una. Yo no lo hice, y estoy muerto.

La tarta de Thurston debe de haber fracasado porque no aparece esa noche en la cena, pero hay una gelatina muy buena que tiene la forma de un castillo.

—Thurston tiene licencia para poner almenas —dice Richard Cromwell, e inmediatamente se enzarza en una disputa con un italiano que se sienta al otro lado de la mesa: ¿cuál es la mejor forma para un fuerte, circular o estrellado?

El castillo está hecho con tiras de rojo y blanco, el rojo es un carmesí intenso y el blanco perfectamente claro, de manera que las paredes parecen flotar. Hay arqueros comestibles atisbando en las almenas, que lanzan flechas de caramelo. Eso hace sonreír hasta al procurador del rey.

—Ojalá mis hijas pudieran verlo.

—Enviaré los moldes a vuestra casa. Aunque un fuerte quizá no sea adecuado. ¿Un jardín de flores?

—¿Qué les gusta a las niñas pequeñas? A él se le ha olvidado.

Después de cenar, si ningún mensajero aporrea en la puerta, es frecuente que robe una hora para pasarla entre sus libros. Los tiene en todas sus propiedades: en Austin Friars, en la casa de Chancery Lane, en Stepney, en Hackney. En estos tiempos hay libros sobre toda clase de asuntos. Libros que te aconsejan cómo ser un buen príncipe, o uno malo. Libros de poesía y volúmenes que te explican cómo llevar las cuentas, libros de frases para utilizar en el extranjero, libros que te explican cómo hay que hacer para conservar el pescado. Su amigo Andrew Boorde, el médico, está escribiendo un libro sobre barbas; él está en contra de ellas. Piensa en lo que dijo Gardiner: deberíais escribir un libro, vos, eso sería algo digno de verse.

Si lo hiciese, sería El Libro Llamado Enrique: cómo leerlo, cómo servirle, cómo preservarle mejor. Escribe mentalmente el preámbulo. «¿Quién podrá enumerar las cualidades, tanto públicas como privadas, de aquel que es el más bienaventurado de todos los hombres? Entre los sacerdotes, devoto; entre los soldados, valeroso; entre los doctos, instruido; entre los cortesanos, el más gentil y refinado; y todas estas cualidades las posee en tan notable grado el rey Enrique que jamás se ha visto nada parecido desde que el mundo es mundo.»

Erasmo dice que se debería ensalzar a un gobernante incluso por cualidades que no posee. Porque la adulación le da que pensar. Y así podría ponerse a trabajar para obtener las cualidades de las que en ese momento carece.

Alza la vista cuando se abre la puerta. Es el muchachito galés, que entra:

— ¿Queréis ya las velas, señor?

—Sí, y tanto que las quiero.

La luz tiembla, luego se asienta en la madera oscura como los discos mondados de una perla.

— ¿Ves ese taburete? —dice—. Siéntate en él.

El muchacho se acomoda en el taburete. Las exigencias de la casa le habían tenido corriendo de un lado para otro desde por la mañana temprano. ¿Por qué sucede siempre que han de ser las piernas pequeñas las que tengan que salvar a las grandes? «Corre al piso de arriba y tráeme...» Te halagaba, cuando eras joven. Pensabas que eras importante, esencial en realidad. Él solía correr por Putney, haciéndole recados a Walter. Moro le engañó. Ahora le complace decir a un muchacho: tómatelo con calma, descansa.

—Yo hablaba un poquito de galés cuando era niño. Ahora no soy capaz.

Ésa es la queja del hombre de cincuenta años, piensa: galés, tenis, y yo podía, ya no puedo. Hay compensaciones: la cabeza está mejor provista de información, el corazón más a prueba de fracturas y crujidos. Ahora precisamente anda haciendo una valoración de las propiedades galesas de la reina. Por esta razón y otras de más peso, está centrando la atención en el principado.

—Cuéntame tu vida —le pide al muchacho—. Cuéntame cómo llegaste aquí.

El muchacho va componiendo con su pobre inglés las piezas de su historia: incendio intencionado, robos de ganado, la historia habitual de la frontera, que acaba en la miseria, que crea huérfanos.

—¿Sabes rezar el *Pater noster*? —le pregunta.

—*Pater noster...* —dice el muchacho—. O Padre Nuestro.

—¿En galés?

—No, señor. No hay ninguna oración en galés.

—Cristo bendito. Pondré a un hombre a trabajar en eso.

—Hacedlo, señor. Así yo podré rezar por mi padre y mi madre.

—¿Conoces a John ap Rice? Estuvo cenando con nosotros esta noche.

—¿El que está casado con vuestra sobrina Johane, señor?

El muchacho sale corriendo. Piernas pequeñas trabajando de nuevo. El objetivo es que los galeses hablen todos inglés, pero eso no puede ser aún, y entre tanto necesitan que Dios esté de su lado. Hay bandidos por todo el principado, y sobornan y amenazan para salir de la cárcel; los piratas asuelan las costas. Esos caballeros que tienen allí tierras, como Norris y Brereton, de la cámara privada del rey, parecen oponerse a ese interés suyo. Ponen sus propios tratos por delante de la paz del rey. No les preocupa que sus actividades resulten visibles. A ellos no les importa la justicia, mientras que él se propone que haya una justicia igual, desde Essex a Anglesey, desde Cornualles hasta la frontera escocesa.

Rice trae con él una cajita de terciopelo, que coloca en el escritorio:

—Un regalo. Tenéis que adivinar.

Agita la caja. Parecen granos. Explora con el dedo fragmentos, escamosos, grises. Rice ha estado supervisando abadías por orden suya.

—¿Podrían ser los dientes de santa Apolonia?

—Probad de nuevo.

—¿Son las púas del peine de María Magdalena?

Rice cede:

—Pedacitos de uñas de san Edmundo.

—Ah. Echadlas con el resto. Ese santo debe de haber tenido quinientos dedos.

En el año 1257, murió un elefante en la casa de fieras de la Torre y fue enterrado en un pozo cerca de la capilla. Pero al año siguiente fue desenterrado y sus restos enviados a la abadía de Westminster. Ahora bien, ¿para qué querían en la abadía de Westminster los restos de un elefante? ¿No sería para extraer una tonelada de reliquias de él y convertir los huesos del animal en huesos de santos?

De acuerdo con los custodios de santas reliquias, parte del poder de estos artefactos consiste en que son capaces de multiplicarse. Hueso, madera y piedra tienen, como los animales, el poder de engendrar, pero manteniendo intacta su naturaleza; sus vástagos no son en modo alguno inferiores a los originales. Así que la corona de espinas retoña. La cruz de Cristo echa brotes; florece como un árbol viviente. La túnica inconsútil de Cristo teje copias de sí misma. Las uñas dan a luz nuevas uñas.

John ap Rice dice:

—La razón no puede nada contra esta gente. Intentas abrirles los ojos, pero se alinean contra ti las imágenes de la Virgen que lloran lágrimas de sangre.

—¡Y dicen que yo hago trampas! —Se queda pensando—. John, tenéis que sentaros y escribir. Vuestros compatriotas tienen que tener oraciones.

—Deben tener una Biblia, señor, en su propia lengua.

—Dejadme primero conseguir la bendición del rey para que la tengan los ingleses.

Es su cruzada encubierta diaria: que Enrique patrocine una gran Biblia, que todas las iglesias del reino la tengan. Está muy cerca de conseguirlo ya, cree que puede convencer a Enrique. Su ideal sería un solo país, una sola moneda, un solo método de pesar y medir, y sobre todo un idioma que todo el mundo sepa. No tienes que ir a Gales para que no te entiendan. Hay partes de este reino a menos de cincuenta millas de Londres, en que si les pides que te cocinen un arenque te miran con los ojos en blanco sin entender. Sólo cuando has señalado la sartén y remedado un pez te dicen: ah, ahora entiendo lo que queréis decir.

Pero su mayor ambición para Inglaterra es ésta: el príncipe y la nación deberían estar de acuerdo. No quiere que el reino esté regido como la casa de Walter en Putney, con luchas incesantes y el estruendo de golpes y gritos día y noche. Quiere que sea un hogar en el que todo el mundo sepa lo que tiene que hacer y se sienta seguro haciéndolo. «Stephen Gardiner dice que yo debería escribir un libro —le dice a Rice—. ¿Qué pensáis vos? Quizá pudiese si un día me retiro. Hasta entonces, ¿por qué habría de revelar mis secretos?»

Recuerda cuando leía el libro de Maquiavelo, encerrado, en los días sombríos que siguieron a la muerte de su esposa: ese libro que ahora empieza a causar tanto revuelo en el mundo, aunque sea más comentado que leído de verdad. Había estado confinado en la casa, él y Rafe, el resto de la familia y del servicio, para no propagar la fiebre en la ciudad; dejando a un lado el libro, había dicho, en realidad no puedes extraer lecciones de los principados italianos y aplicarlas a Gales y a la frontera del norte. No operamos del mismo modo. El libro le parecía casi manido y trillado, sólo veía en él abstracciones (virtud, terror) y pequeños casos particulares de conducta vil o de cálculo deficiente. Tal vez él pudiese mejorarlo, pero no tiene tiempo; lo único que puede hacer, cuando los asuntos son tan apremiantes, es lanzar frases a sus empleados, dispuestos con sus plumas, esperando a que les dicte: «Me encomiendo cordialmente a vos..., vuestro seguro amigo, vuestro amigo que os estima, vuestro amigo Thomas Cromwell». No hay retribuciones asignadas al cargo de secretario. El ámbito de la tarea está mal definido y esto le resulta conveniente; mientras el Lord Canciller tiene su papel circunscrito, el señor secretario puede investigar a cualquier cargo del Estado o recoveco del gobierno. Recibe cartas de todos los condados, pidiéndole que haga de árbitro en litigios de tierras o que preste su nombre a la causa de algún desconocido. Gente que no conoce le envía murmuraciones sobre sus vecinos, los monjes envían listas de palabras desleales pronunciadas por sus superiores, los sacerdotes entresacan para él frases de declaraciones de sus obispos. En sus oídos se susurran los asuntos de todo el reino, y sus tareas al servicio de la Corona son tan plurales que el gran asunto de Inglaterra, en pergamino y rollo que esperan sello y firma, llega a su mesa y sale de ella, para él o de él. Sus peticionarios le envían malvasía y moscatel, caballos castrados, caza y oro; regalos y donaciones y garantías, amuletos que traen buena suerte y hechizos. Quieren favores y esperan pagar por ellos. Esto lleva sucediendo desde que el rey le otorgó su favor. Es rico.

Y, como es natural, eso provoca envidia. Sus enemigos indagan lo que pueden de su vida anterior. «Así que fui hasta Putney —había dicho Gardiner—. O, para ser exacto, envié a un hombre. Y allí decían: ¿quién habría dicho que "Dádmelo, que él lo afilará" llegaría tan alto? Todos pensábamos que a estas alturas ya lo habrían ahorcado.»

Su padre afilaba cuchillos; la gente le gritaba en la

calle: Tom, ¿puedes coger esto y preguntarle a tu padre si puede hacer algo con ello? Y él lo cogía, cualquier instrumento que estuviese desafilado: dádmelo, que él lo afilará.

—Es una habilidad —le dijo él a Gardiner—. Afilar una hoja.

—Habéis matado hombres. Lo sé.

—No en esta jurisdicción.

—¿En el extranjero no cuenta?

—Ningún tribunal de Europa condenaría a un hombre que mató en defensa propia.

—Pero ¿no os preguntáis por qué la gente quería mataros?

Él se había reído.

—Bueno, Stephen..., hay mucho en esta vida que es un misterio pero eso no es ningún misterio en absoluto. Yo era siempre el que se levantaba primero por la mañana. Yo era siempre el último que seguía en pie. Yo estaba siempre con el dinero. Yo conseguía siempre a la muchacha. Mostradme un montón y yo estaré enseguida encima de él.

—O de una puta —murmuró Stephen.

—Vos fuisteis joven también en otros tiempos. ¿Habéis ido a comunicar al rey vuestros hallazgos?

—Él debería saber a qué clase de hombre emplea.

Pero luego, Gardiner se había callado. Cromwell se le acercó sonriendo.

—Haced todo el mal que podáis, Stephen. Lanzad a vuestros hombres al camino. Distribuid dinero. Investigad en Europa. No existe talento alguno que yo posea del que no pueda servirse Inglaterra.

Luego había sacado de debajo de su capa un cuchillo imaginario; y lo había colocado, suavemente, con facilidad, debajo de las costillas de Gardiner.

—Stephen, ¿no os he rogado una y otra vez que os reconciliéis conmigo? ¿Y no os habéis negado a hacerlo?

Gardiner no se asustó, eso tenía que reconocerlo.

Sólo apartó el cuerpo y, con un tirón de la capa, se libró de la hoja de aire.

—El muchacho al que apuñalasteis en Putney murió —dijo—. Hicisteis bien en escapar corriendo, Cromwell. Su familia tenía preparado un lazo corredizo para vos. Vuestro padre les pagó.

Él se queda asombrado.

—¿Qué? ¿Walter? ¿Walter hizo eso?

—No pagó mucho. Ellos tenían otros hijos.

—Aun así. —Se había quedado atónito. Walter. Walter les pagó. Walter, que nunca le daba más que una patada de vez en cuando.

Gardiner se echó a reír.

—¿Veis? Sé cosas de vuestra vida que vos mismo no sabéis.

Es tarde ya; él acabará en su escritorio, luego irá a su gabinete a leer. Tiene delante un inventario de la abadía de Worcester. Sus hombres son meticulosos; todo está aquí, desde una bola de fuego para calentarse las manos a un mortero para machacar ajo. Y una casulla de raso con visos, un alba de tela de oro, el Cordero de Dios recortado en seda negra; un peine de marfil, una lámpara de bronce, tres botellas de cuero y una guadaña; libros de salmos, libros de canciones, seis redes con campanillas para cazar zorros, dos carretillas, palas y azadones, unas reliquias de santa Úrsula y sus once mil vírgenes, junto con la mitra de san Osvaldo y una partida de mesas de caballete.

Éstos son sonidos de Austin Friars en el otoño de 1535: los niños que cantan ensayando un motete, se interrumpen, empiezan de nuevo. Las voces de estos niños, niños pequeños, llamándose entre ellos desde las escaleras, y rascar de pezuñas de perros en las tablas, más cerca. El tintineo de piezas de oro en un cofre. El susurro, amortiguado por la tapicería, de conversación políglota. El murmullo de la tinta sobre el papel. Al otro lado de las paredes, los ruidos de la ciudad: desfilar de gentes que se arremolinan en la entrada, gritos lejanos que llegan del río. Su monólogo interior, que continúa, con voz suave: es en recintos públicos donde él piensa en el cardenal, sus pisadas resonando en cámaras de elevados techos abovedados. En espacios privados es donde él piensa en su esposa Elizabeth. Es una mancha desdibujada ya en su mente, un movimiento brusco de faldas doblando una esquina. Aquella última mañana de su vida, cuando salía de casa, creyó verla siguiéndole, captó un chispazo de su gorro blanco. Se había medio dado la vuelta, diciéndole: «Vuelve a la cama». Pero allí no había nadie. Cuando llegó a casa aquella noche, ella tenía la mandíbula atada y había velas junto a su cabeza y sus pies.

Fue sólo un año antes de que murieran sus hijas por la misma causa. En su casa de Stepney guarda una caja cerrada con sus collares de perlas y corales, los cuadernos de Anne con sus ejercicios de latín. Y en un almacén donde guardan sus trajes de la representación de Navidad, aún tiene las alas hechas con plumas de pavo real que Grace llevaba en una de esas representaciones. Después de la función, ella subía al piso de arriba, aún con las alas; brillaba escarcha en la ventana. «Voy a rezar mis oraciones», dijo: alejándose de él, envuelta en sus plumas, desvaneciéndose en la oscuridad.

Y ahora cae la noche en Austin Friars. Golpe de cerrojo, tintineo de llave en una cerradura, resonar de cadena en un postigo, y la gran tranca que baja cerrando la entrada principal. El muchacho, Dick Purser, suelta los perros guardianes. Se abalanzan, corren, castañetean los dientes a la luz de la luna, se tumban bajo los frutales, las cabezas sobre las pezuñas y las orejas temblando. Cuando la casa está tranquila (cuando todas sus casas están tranquilas) entonces andan los muertos por las escaleras.

La reina Ana manda a buscarle para que vaya a su propia cámara; es después de cenar. Sólo un paso para él, pues en todos los palacios principales tiene ya habitaciones reservadas, cerca de las del rey. Sólo un tramo de escaleras: y allí, con la luz de un candil lamiendo su ornamento dorado, está el jubón tieso nuevo de Mark Smeaton. Dentro de él acecha el propio Mark.

¿A qué viene aquí Mark? No tiene instrumentos musicales como excusa, y está engalanado tan espléndidamente como cualquiera de los jóvenes señores que sirven a Ana. ¿Es justo esto?, se pregunta. Mark no hace nada y cada vez que le ve está más primoroso, y yo, que lo hago todo, estoy cada día más canoso y panzudo.

Como suele establecerse entre ellos una relación desagradable, piensa pasar con un cabeceo, pero Mark se pone de pie y sonríe:

—Lord Cromwell, ¿cómo estáis?

—Oh, no —dice él—. Sólo señor aún.

—Es un error natural. Parecéis cada vez más un lord. Y seguro que el rey hará algo por vos pronto.

—Tal vez no. Me necesita en la Cámara de los Comunes.

—Aun así —murmura el muchacho— parecería impropio de él, mientras que hay otros que son recompensados por muchos menos servicios. Decidme, cuentan que tenéis estudiantes de música en vuestra casa, ¿es cierto eso?

Una docena o así de alegres muchachitos, salvados del claustro. Trabajan en sus libros y practican con sus instrumentos, y aprenden en la mesa buenos modales; entretienen a sus invitados en las cenas. Practican con el arco, juegan con los podencos, los más pequeños arrastran sus caballos de juguete por los suelos de piedra, y le siguen a él de un lado a otro, señor, señor, señor, miradme, ¿queréis ver cómo me pongo derecho apoyado en las manos?

—Mantienen mi casa animada —dice.

—Si alguna vez queréis a alguien que pula un poco su interpretación, pensad en mí.

—Lo haré, Mark. —No te dejaría nunca, piensa, entre mis pequeños.

—Vais a encontrar a la reina descontenta —dice el joven—. Ya sabéis que su hermano Rochford ha ido hace poco a Francia en una embajada especial, y hoy ha enviado una carta; parece ser que allí todos comentan que Catalina ha estado escribiendo al papa, pidiéndole que haga efectiva esa malvada sentencia de excomunión que ha emitido contra nuestro señor. Y que traería innumerables males y peligros para nuestro reino.

Él asiente, sí, sí, sí; él no necesita que Mark le explique lo que es una excomunión; ¿no puede abreviar?

—La reina está furiosa —dice el muchacho— porque, si es así, Catalina es una simple traidora, y ella se pregunta: ¿por qué no actuamos contra ella?

—Suponed que yo os dijese la razón, Mark, ¿se la explicaríais a ella? Porque podríais ahorrarme una hora o dos.

—Si confiaseis en mí... —empieza a decir el muchacho; luego ve su gélida sonrisa. Se ruboriza.

—Confiaría en vos con un motete, Mark. Sin embargo —le mira, pensativo—... Me parece que debéis de estar situado a bastante altura en el favor de la reina.

—Yo creo que sí, señor secretario. —Halagado, Mark está ya recuperándose—. Solemos ser nosotros, los de más baja condición, los más adecuados para gozar de la confianza regia.

—Bien, pues. Barón Smeaton..., pronto, ¿eh? Yo seré el primero en felicitaros. Aunque todavía siga trajinando en los bancos de los Comunes.

Ana despide con un gesto a las damas que la rodean, que le hacen una reverencia y se van cuchicheando. Su cuñada, la esposa de George, se demora un poco; Ana dice:

«Gracias, lady Rochford, no os necesitaré más esta noche».

Sólo se queda con ellos su bufona: una enana, que le mira desde detrás de la silla de la reina. Ana lleva el cabello suelto bajo un gorro de tisú plateado en forma de luna creciente. Toma nota mental de ello; las mujeres que lo rodean siempre le preguntan cómo va vestida Ana. Así es como ella recibe a su marido, las trenzas oscuras sólo las despliega para él, y de vez en cuando para Cromwell, que es hijo de un mercader y no importa, lo mismo que no importa tampoco el muchacho Mark.

Empieza a hablarle, lo hace a menudo, como si estuviera en mitad de una frase.

—Así que quiero que vayáis. Que subáis hasta allí a verla. Muy en secreto. Llevad sólo los hombres que necesitéis. Tomad, podéis leer la carta de mi hermano Rochford.

Se la ofrece en la punta de los dedos pero luego cambia de opinión y la aparta.

—Bueno..., no —dice, y decide sentarse encima de la carta en vez de dársela; ¿contendrá tal vez, en medio de las noticias, algún comentario despectivo sobre Thomas Cromwell?—. Me inspira mucho recelo Catalina, mucho. Parece que en Francia saben lo que nosotros sólo sospechamos. Tal vez vuestra gente no vigile lo suficiente... Según mi señor hermano, la reina está instando al emperador a invadir, lo mismo que su embajador Chapuys, que por cierto debería ser expulsado de este reino.

—Bueno, sabéis... —dice él—. No podemos andar echando embajadores. Porque entonces no conseguiríamos saber nada de nada.

La verdad es que a él no le dan ningún miedo las intrigas de Catalina: las relaciones entre Francia y el Imperio son por el momento persistentemente hostiles, y si estalla la guerra abierta, el emperador no tendrá tropas sobrantes para invadir Inglaterra. Estas cosas circulan por ahí desde hace una semana, y la interpretación que hacen los Bolena de cualquier situación siempre es, como él ha podido comprobar, un poco tardía e influida por el hecho de que creen tener amigos especiales en la corte de los Valois. Ana aún sigue intentando conseguir un matrimonio regio para su hijita pelirroja. Él solía considerarla una persona que aprendía de sus propios errores, que reconsideraba; pero tiene una veta de obstinación igual que la de Catalina, la vieja reina, y parece que en este asunto nunca aprenderá. George Bolena ha ido de nuevo a Francia, a intrigar en pro de ese enlace, pero sin ningún resultado. ¿Cuál es el objetivo de George Bolena? Ésa es una pregunta que él se hace.

—Alteza —dice—, el rey no podría comprometer su honor con algo que significase un maltrato de la que fue reina. Si eso se supiese, sería para él algo personalmente muy embarazoso.

Ana parece escéptica; no capta la idea de lo embarazoso. Las luces están bajas; su cabeza plateada se balancea, brillante y pequeña; la enana alborota y ríe, murmurando para sí, oculta a la vista; Ana, sentada en sus cojines de terciopelo, balancea su zapatilla de terciopelo, como un niño a punto de sumergir un dedo del pie en un arroyo.

—Si yo fuese Catalina, también intrigaría. No perdonaría. Haría lo que ella hace. —Le dirige una sonrisa peligrosa—. En fin, sé cómo piensa. Aunque sea española, puedo ponerme en su lugar. No me veríais mansa y humilde, si Enrique me repudiase. Yo también querría guerra.

Toma una hebra de pelo entre los dedos, la recorre en toda su longitud, pensativa.

—Sin embargo... El rey cree que está enferma. Ella y su hija siempre están gimiendo las dos, tienen problemas de estómago o se les caen los dientes, padecen fiebres o catarro, andan toda la noche levantándose a vomitar y luego se pasan el día en la cama, quejándose, y todos sus males se deben a Ana Bolena. Así que, bueno. Iréis a verla, Cremuel, sin avisar. Luego me informaréis de si está fingiendo o no.

Ella mantiene, como un melindre, un tono veleidoso en su discurso, la exótica entonación francesa, su incapacidad para llamarlo por su nombre. Hay un revuelo en la puerta: entra el rey. Él hace una reverencia. Ana no se levanta y no hace ninguna inclinación; dice sin preliminares:

—Le he dicho, Enrique, que vaya.

—Quiero que vayáis, Cromwell. Y que nos deis vuestro informe personal. No hay nadie como vos para penetrar en la naturaleza de las cosas. Cuando el emperador quiere un palo para pegarme con él, dice que su tía está muriéndose, de abandono y de frío, y de vergüenza. En fin, tiene servidumbre. Tiene leña.

—Y en cuanto a la vergüenza —dice Ana—, debería morirse de ella, al pensar en las mentiras que ha contado.

—Majestad —dice él—, saldré cabalgando al amanecer y mañana os enviaré a Rafe Sadler, si me lo permitís, con la lista de los asuntos del día.

El rey gruñe.

—¿No hay manera de eludir vuestras largas listas?

—No, señor, porque si os diese un respiro me tendríais siempre de camino, con algún pretexto. Hasta que regrese, ¿podríais sólo... considerar la situación?

Ana se agita en su silla, con la carta del hermano George debajo.

—No haré nada sin vos —dice Enrique—. Tened cuidado, los caminos son traidores. Rezaré por vos. Buenas noches.

Él mira a su alrededor fuera ya de la cámara, pero Mark se ha esfumado, y sólo hay un grupo de matronas y doncellas: Mary Shelton, Jane Seymour y Elizabeth, la esposa del conde de Worcester. ¿Quién falta?

—¿Dónde está lady Rochford? —dice él, sonriendo—. ¿Es su forma la que veo detrás del tapiz de Arras?

Señala la cámara de Ana.

—Se va a la cama, creo. Así que, señoras mías, debéis dejarla acomodada y luego tendréis el resto de la noche para conduciros indebidamente.

Ellas se ríen. Lady Worcester hace pausados movimientos con un dedo.

—Las nueve en el reloj, y ahí llega Harry Norris, desnudo bajo la camisa. Corred, Mary Shelton. Corred muy despacito...

—¿De quién corréis vos, lady Worcester?

—Thomas Cromwell, no podría decíroslo. Una mujer casada como yo... —bromeando, sonriendo, recorre lentamente con los dedos el brazo de él—. Todos sabemos dónde le gustaría dormir esta noche a Harry Norris. Shelton es sólo la que le calienta la cama por ahora. Él tiene ambiciones reales. Se lo dice a todo el mundo. Está enfermo de amor por la reina.

—Yo jugaré a las cartas —dice Jane Seymour—. Conmigo misma, así no habrá pérdidas indebidas. Señor, ¿hay alguna noticia de lady Catalina?

—No tengo nada que contaros. Lo siento.

La mirada de lady Worcester le sigue. Es una mujer magnífica, despreocupada y bastante derrochadora, no mayor que la reina. Su marido está fuera y él piensa que ella podría correr bastante despacio, si él le hiciese una seña. Pero, claro, una condesa. Y él sólo un humilde servidor del rey. Que ha jurado ponerse en camino antes que salga el sol.

Cabalgan hacia Catalina sin enseña ni alarde, un puñado de hombres armados. Es un día claro y hace un frío cruel. La herbosa y parda tierra se trasluce a través de las capas de dura escarcha, y se alzan cigüeñas de estanques congelados. Se agrupan y se desplazan en el horizonte nubes de un gris pizarra y un rosa suave y engañoso; les precede desde primera hora de la tarde una luna plateada tan misérrima como una moneda recortada. Christophe cabalga a su lado, más voluble e irritado cuanto más se alejan del confort urbano.

—*On dit* que el rey eligió un país duro para Catalina. Con la esperanza de que el moho se le meta en los huesos y se muera.

—Él no piensa tal cosa. Kimbolton es una mansión vieja pero muy sólida. Cuenta con todas las comodidades. La servidumbre le cuesta al rey cuatro mil libras al año. Y eso no es ninguna mísera.

Deja a Christophe ponderar esa locución: «ninguna mísera». Finalmente el muchacho dice:

—Los españoles son *merde*, de todos modos.

—Ojo con el camino, procura que Jenny no se meta en los charcos. Si me salpicas, tendrás que seguirme a casa en burro.

—*Ji-jan* —brama Christophe, lo suficientemente alto para que los hombres de armas se vuelvan en sus sillas.

—Un burro francés —explica él.

Pijotería francesa, dice uno, bastante amistosamente. Cabalgando bajo árboles sombríos al final de ese primer día de viaje, cantan; eso anima el corazón cansado, y ahuyenta espíritus que acechan en los márgenes; nunca subestimes la superstición del inglés medio. Cuando el año se acerca a su fin, la favorita será variaciones sobre una canción que escribió el propio rey: «Pasa el tiempo con buena compañía/es algo que estimo y haré hasta que muera». Las variaciones son sólo moderadamente obscenas, porque si no él se sentiría obligado a ponerles coto.

El dueño del mesón es un hombrecillo agobiado que se esfuerza en vano cuanto puede por descubrir quiénes son sus huéspedes. Su esposa es una joven vigorosa y descontenta, con unos fieros ojos azules y una voz fuerte. Él ha traído su propio cocinero ambulante. «¿Cómo, mi señor? —dice ella—. ¿Creéis que os podríamos envenenar?» La oye trajinando ruidosamente en la cocina, dictaminando lo que se puede hacer y lo que no con sus cacerolas.

Acude a su habitación tarde y pregunta: «¿Queréis alguna cosa?». Él dice no, pero ella vuelve: «¿No, de verdad, nada?». «Podríais bajar la voz», dice él. Tan lejos de Londres, el delegado del rey en asuntos eclesiásticos podría quizá aflojar su cautela... «Quedaos, pues», le dice. Puede ser ruidosa, pero es más segura que lady Worcester. Despierta antes de amanecer, tan súbitamente que no sabe dónde está. Oye una voz de mujer que llega de abajo, y por un instante piensa que está de nuevo en El Pegaso, con su hermana Kat trajinando por allí, y que es la mañana en que huye de su padre: que aún tiene toda su vida por delante. Pero cautamente, en la habitación a oscuras, sin una vela, mueve sus miembros: no hay golpes ni magulladuras; no está herido; recuerda dónde está y lo que es, y se desplaza hacia la calidez que ha dejado el cuerpo de la mujer, y se adormila, con un brazo tendido sobre la almohada.

No tarda en oír a su mesonera subir cantando por las escaleras. Doce vírgenes salieron una mañana de mayo, parece ser lo que canta. Y ninguna de ellas volvió. Ha cogido el dinero que él le dejó. En su cara, cuando lo saluda, ningún indicio de la transacción de la noche; pero sale y le habla, bajando la voz, cuando se disponen a partir. Christophe, con un aire señorial, paga la cuenta al mesonero. El día es más suave y avanzan rápido y sin novedad. Todo lo que quede de su cabalgada por el centro de Inglaterra serán unas cuantas imágenes. Las bayas de acebo ardiendo en los árboles. El vuelo asustado de una becada, que surge casi debajo de los cascos de sus cabalgaduras. La sensación de aventurarse en un lugar acuático, donde suelo y ciénaga son del mismo color y nada es sólido bajo tus pies.

Kimbolton es una activa ciudad comercial, pero entre dos luces las calles están vacías. No se han dado demasiada prisa, no tiene sentido cansar a los caballos en una tarea que es importante, pero no urgente; Catalina vivirá o morirá a su propio ritmo. Además, a él le sienta bien salir al campo. Encajonado en las callejas de Londres, bordeando con el caballo o con la mula bajo saledizos y aleros, la lona mísera de su cielo atravesada por tejados rotos, uno olvida lo que es Inglaterra: lo anchos que son los campos, lo amplio que es el cielo, lo escuálida e ignorante que es la población. Pasan por delante de una cruz que hay en el borde del camino, muestra indicios recientes de que han cavado en su base. Uno de los hombres de armas dice:

—Creen que los frailes están enterrando sus tesoros. Que los esconden aquí para que no pueda encontrarlos nuestro amo.

—Eso hacen, así —dice él—. Pero no los esconden debajo de cruces. No son tan idiotas.

En la calle principal se detienen en la iglesia.

—¿Para qué? —dice Christophe.

—Necesito una bendición —dice él.

—Necesitáis confesaros, señor —dice alguno de los hombres.

Se intercambian sonrisas. Es inofensivo, nadie piensa mal de él, es sólo que sus camas estaban frías. Se ha dado cuenta de esto: los hombres que no le han conocido le detestan, pero después de que le han conocido, sólo algunos siguen detestándolo. Podríamos haber parado en un monasterio, se había quejado uno de su guardia; pero no hay muchachas en un monasterio, supongo. Él se había vuelto en la silla: «¿De veras pensáis eso?». Risas cómplices de los hombres.

En el gélido interior de la iglesia, los miembros de su escolta se golpean el cuerpo con las manos; patean en el suelo y exclaman «Brrrr» como malos actores.

—Silbaré para que salga un sacerdote —dice Christophe.

—No harás tal cosa —dice él, pero sonríe; puede imaginarse a su yo juvenil diciéndolo, y haciéndolo.

Pero no hay ninguna necesidad de silbar. Algún portero receloso se acerca con una luz. Un mensajero corre sin duda hacia la gran casa con noticias: atención, preparados, han llegado unos señores. Es decoroso, en su opinión, que Catalina tenga un cierto aviso, aunque no demasiado.

—Imaginaos —dice Christophe— que pudiésemos irrumpir y sorprenderla cuando se está depilando las patillas. Es algo que hacen las mujeres de esa edad.

Para Christophe, la antigua reina es una mujerzuela cascada, una vieja bruja. Él piensa: Catalina debe de ser aproximadamente de mi edad. Pero la vida es más dura con las mujeres, sobre todo con mujeres que, como Catalina, han sido bendecidas con muchos hijos y los han visto morir.

El sacerdote llegará silenciosamente a la altura de su codo, un individuo tímido que quiere mostrar los tesoros de la iglesia.

—Veamos, vos debéis de ser... —Recorre una lista en su cabeza—. ¿William Lord?

—Ah. No. —Éste es algún otro William. Sigue una larga explicación. Él la abrevia: «Mientras vuestro obispo sepa quién sois». Tras él hay una imagen de san Edmundo, el hombre de quinientos dedos; los pies del santo son delicadamente puntiagudos, como si estuviese bailando.

—Alzad las luces —dice—. ¿Es aquello una sirena?

—Sí, mi señor. —Una sombra de nerviosismo cruza el rostro del sacerdote—. ¿Debe retirarse? ¿Está prohibida?

Él sonríe.

—Sólo pensé que estaba muy lejos del mar.

—Es pescado maloliente —grita con risas Christophe.

—Perdonad al muchacho. No es ningún poeta.

Una débil sonrisa del sacerdote. En un bastidor de roble, santa Ana sostiene un libro para la instrucción de su hijita, la Virgen María; el arcángel san Miguel ahuyenta a tajos de cimitarra a un demonio que está enredado en sus pies.

—¿Estáis aquí para ver a la reina, señor? Quiero decir... —El sacerdote se corrige—: ¿A lady Catalina?

El sacerdote no tiene ni idea de quién soy, piensa. Podría ser cualquier emisario. Podría ser Charles Brandon, duque de Suffolk, podría ser Thomas Howard, duque de Norfolk. Han probado ambos con Catalina sus escasos poderes de persuasión y sus mejores trucos de matones.

Él no da su nombre, pero deja una ofrenda. La mano del sacerdote rodea las monedas como para calentarlas.

—¿Disculparéis el desliz, mi señor? Lo del título de la dama... juro que no había mala intención. Para un viejo campesino como soy yo, es difícil mantenerse al tanto de los cambios. Cuando llegamos a entender una cosa que viene de Londres, la contradice la siguiente.

—Es difícil para todos nosotros —dice él, encogiéndose de hombros—. ¿Rezáis por la reina Ana todos los domingos?

—Por supuesto, mi señor.

—¿Y qué dicen de eso vuestros feligreses?

El sacerdote parece azorado.

—Bueno, señor, son gente sencilla. No hay que hacer mucho caso de lo que dicen. Aunque son todos muy leales —añade rápidamente—, muy leales.

—Sin duda. ¿Me complaceréis ahora, y recordaréis este domingo en vuestras oraciones a Tom Wolsey?

¿El difunto cardenal? Ve que el anciano revisa sus ideas. Éste no puede ser Thomas Howard ni Charles Brandon, porque si a ellos les mencionas el nombre de Wolsey, difícilmente podrían contener el impulso de escupirte a los pies.

Cuando deja la iglesia, la última luz está desvaneciéndose en el cielo, y un copo de nieve extraviado se desplaza hacia el sur. Vuelven a montar, ha sido un día largo, nota la ropa pesada en la espalda. Él no cree que los muertos necesiten nuestras oraciones, ni que puedan hacer uso de ellas. Pero cualquiera que conozca la Biblia como la conoce él, sabe que nuestro Dios es caprichoso, y no tiene nada de malo cubrirse las espaldas. Cuando la becada alzó el vuelo en un relampagueo marrón rojizo, se le alborotó el corazón. Se le hacía presente mientras cabalgaban, cada latido un pesado batir de ala; cuando el ave alcanzó el abrigo de los árboles, su rastro de plumas se tintó de negro.

Llegaron cuando estaba ya medio oscuro: un saludo desde las murallas, y un grito de respuesta de Christophe:

—Thomas Cremuel, secretario del rey y primer magistrado de la Cámara de los Lores.

—¿Cómo podemos saberlo? —grita un centinela—. Mostrad vuestra bandera.

—Dile que muestre una luz y que me deje entrar —dice él— o le mostraré mi bota a su trasero.

Tiene que decir estas cosas cuando está en el campo; se espera de él, el consejero del rey de los Comunes.

Deben bajar para ellos el puente levadizo: un chirrido vetusto, o un crujido y un tintineo de pasadores y cadenas. En Kimbolton cierran temprano: bien.

—Recordad —dice a sus hombres— que no debéis cometer el error del sacerdote. Cuando habléis a la gente que está a su servicio, ella es la princesa viuda de Gales.

—¿Qué? —dice Christophe.

—Ya no es la esposa del rey. Nunca fue la esposa del rey. Ella es la esposa del difunto hermano del rey, Arthur, príncipe de Gales.

—Difunto significa «muerto» —dice Christophe—. Lo sé.

—Ella no es la reina, ni la antigua reina, pues su segundo supuesto matrimonio no fue lícito.

—Es decir, no permisible —dice Christophe—. Ella

cometió un error de conjugación con ambos hermanos, primero con Arthur, luego con Enrique.

—¿Y qué es lo que tenemos que pensar de tal mujer? —dice él, sonriendo.

Resplandor de antorchas y, hablando desde la oscuridad, sir Edmund Bedingfield, el custodio de Catalina.

—¡Creo que podríais habernos advertido, Cromwell!

—Grace, vos no querríais que os previniera de mi llegada, ¿verdad? —Besa a lady Bedingfield—. No traigo nada para la cena. Pero detrás de mí viene un carro de mulas, estará aquí mañana. Traigo venado para vuestra mesa, y almendras para la reina, y un vino dulce que Chapuys dice que le gusta mucho.

—Me alegro de cualquier cosa que pueda estimular su apetito. —Grace Bedingfield los conduce al gran vestíbulo; se detiene a la luz del fuego y se vuelve hacia él—. Su médico sospecha que tiene un bulto en el vientre. Pero puede tener un curso largo. Y la verdad es que la pobre señora ya ha sufrido bastante.

Él entrega los guantes y la capa de montar a Christophe.

—¿Vais a querer verla inmediatamente? —pregunta Bedingfield—. Aunque nosotros no estuviésemos esperándoos, ella tal vez sí. Para nosotros es difícil, porque la gente de aquí la estima y se entera de todo a través de los sirvientes, no puedes impedirlo, creo que hacen señales desde el otro lado del foso. Creo que ella sabe la mayoría de las cosas que pasan, de lo que pasa por el camino.

Dos damas, españolas por su indumentaria y de muy avanzada edad, se aprietan contra una pared enyesada y lo miran con resentimiento. Él les hace una inclinación y una de ellas comenta en su propia lengua que ése es el hombre que ha vendido el alma del rey de Inglaterra. La pared que hay tras ellas está pintada, ve él, con las figuras desvaídas de una escena del Paraíso: Adán y Eva, cogidos de la mano, pasean entre animales de creación tan reciente que aún no han aprendido sus nombres. Un pequeño elefante con un ojo circular atisba tímidamente a través del follaje. Él nunca ha visto un elefante, pero tiene entendido que son bastante más altos que un caballo de guerra; tal vez no hubiese tenido tiempo de crecer aún. Cuelgan sobre su cabeza ramas que se doblan cargadas de fruta.

—Bueno, vos ya sabéis cómo tratarla —dice Bedingfield—. Vive en esa habitación y tiene sus damas..., aquéllas..., que le cocinan sobre el fuego. Tenéis que llamar y entrar, y si la tratáis de lady Catalina os echará a patadas, y si la tratáis de Su Alteza os dejará quedaros. Así que yo no la llamo nada de eso. Como si fuese una muchacha que barre las escaleras.

Catalina está sentada junto al fuego encogida bajo una capa de muy buenos armiños. El rey querrá recuperar eso, piensa él, si ella muere. Alza la vista y extiende una mano para que él la bese: de mala gana, pero más por el frío, piensa él, que por que se muestre reacia a reconocerle. Está muy amarilla, y hay un olor a inválida en la habitación..., el leve olor animal de las pieles, un hedor vegetal de agua de cocinar que no se tira, y el tufo agrio de un cuenco con el que una muchacha sale, presurosa: que contiene, sospecha él, los contenidos evacuados del estómago de la viuda. Si se pone enferma durante la noche, tal vez sueñe con los jardines de la Alhambra, en los que creció: los suelos de mármol, el burbujeo del agua cristalina en los pilones, el arrastrarse de la cola de un pavo real blanco y el perfume de los limoneros. Podría haberle traído un limón en la alforja, piensa.

Ella, como si leyese sus pensamientos, le habla en castellano:

—Señor Cromwell, abandonemos este tedioso fingir que no habla usted mi idioma.

Él asiente.

—Ha sido duro a veces en el pasado, oír como sus doncellas hablaban de mí: «Jesús, qué feo es, ¿creéis que tiene el cuerpo peludo como Satanás?».

—¿Mis doncellas decían eso? —A Catalina parece divertirle. Retira la mano, apartándola de la vista de él—. Hace mucho que se han ido, aquellas muchachas animosas. Sólo quedan ancianas, y un puñado de traidores autorizados.

—Señora, los que están a vuestro alrededor os estiman.

—Informan sobre mí. De todas mis palabras. Escuchan incluso mis oraciones. Bueno, señor —alza la cara hacia la luz—, ¿qué decís de mi aspecto? ¿Qué diréis de mí cuando el rey os pregunte? Hace muchos meses que no me miro en el espejo.

Se toca el gorro de piel, se tapa los oídos con las orejeras, ríe.

—El rey solía decirme que yo era un ángel. Solía decirme que era una flor. Cuando nació mi primer hijo, fue en pleno invierno. Toda Inglaterra estaba cubierta por una capa de nieve. No había modo de conseguir flores, pensaba yo. Pero Enrique me llevó seis docenas de rosas hechas de la seda blanca más pura. «Blancas como tu mano, amor mío», dijo, y me besó la punta de los dedos.

Un temblor bajo el armiño le indica dónde está ahora ese puño cerrado.

—Las guardo en un cofre, las rosas. Al menos ellas no se marchitan. He ido dándoselas a lo largo de los años a los que me han hecho un servicio. —Hace una pausa; mueve los labios, una invocación silenciosa: oraciones por almas de difuntos—. Decidme, ¿cómo está la hija de Bolena? Dicen que reza mucho, a su Dios reformado.

—Tiene realmente fama de piadosa. Y cuenta también con la aprobación de hombres doctos y de los obispos.

—Están utilizándola. Igual que ella a ellos. Si fueran eclesiásticos de verdad se apartarían de ella con horror, como de una infiel. Me imagino que debe de estar rezando por un hijo. Perdió el último, según me dicen. En fin, yo sé lo que es eso. La compadezco desde el fondo de mi corazón.

—Ella y el rey tienen esperanzas de otro hijo pronto.

—¿Qué? ¿Esperanza particular o esperanza general?

Él hace una pausa; no se ha dicho nada definido; Gregory podría estar equivocado.

—Creí que ella confiaba en vos —dice con agudeza Catalina; escruta su rostro: ¿alguna grieta, alguna *froideur*?—. Dicen que Enrique persigue a otras mujeres.

El dedo de Catalina golpea la piel: gira y gira, ausente, frotándola.

—Es muy pronto. Llevan casados muy poco tiempo. Supongo que ella mira a las mujeres que la rodean, y se dice, preguntándose siempre: «¿Sois vos, *madame*? ¿O vos?». Me ha sorprendido siempre que los indignos de confianza depositan a ciegas su propia confianza. Ana cree que tiene amigos. Pero si no le da pronto un hijo al rey, se volverán contra ella.

Él asiente.

—Tal vez tengáis razón. ¿Quién lo hará primero?

—¿Y por qué habría de alertarla yo? —pregunta secamente Catalina—. Dicen que cuando se enfada se queja como una vulgar gruñona. No me sorprende. Una reina, y ella se llama a sí misma «reina», debe vivir y sufrir ante los ojos del mundo. Ninguna mujer está por encima de ella, más que la Reina del Cielo, así que no puede encontrar a nadie que la acompañe en su aflicción. Si sufre, sufre sola, y necesita una gracia especial para soportarlo. Parece que la hija de Bolena no ha recibido esa gracia. Me pregunto por qué podrá ser.

Se interrumpe; mueve los labios y la piel se le encoge, como si se retorciese para huir de sus ropas. Tenéis dolores, empieza a decir él; ella le hace callar con un gesto, no es nada, nada.

—Los gentilhombres que rodean al rey, que juran ahora que darán sus vidas por una sonrisa de ella, no tardarán en ofrecer su devoción a otra. Solían ofrecerme esa misma devoción a mí. Porque era la esposa del rey, no tenía nada que ver con mi persona. Pero Ana lo toma como un tributo a sus encantos. Y además, no sólo debería temer a los hombres. Su cuñada, Jane Rochford, bueno, es una joven despierta... Cuando me servía a mí solía traerme secretos, secretos amorosos, secretos que yo tal vez hubiese sido mejor que no conociese, y dudo que sus ojos y sus oídos sean ahora menos agudos.

Aún siguen trabajando sus dedos, masajean ahora en un punto cercano al esternón.

—Supongo que os preguntaréis cómo puede Catalina, que está desterrada, saber las cosas que pasan en la corte... Eso es algo que debéis considerar.

No tengo que considerarlo mucho, piensa él. Es la esposa de Nicholas Carew, una especial amiga vuestra. Y es Gertrude Courtenay, la esposa del marqués de Exeter; la cogí conspirando al año pasado, tendría que haberla encerrado. Tal vez incluso la pequeña Jane Seymour; aunque Jane tiene una carrera propia de la que ocuparse, desde Wolf Hall.

—Sé que tenéis vuestras fuentes de información. Actúan en vuestro nombre, pero no en pro de vuestros mejores intereses. Ni en los de vuestra hija.

—¿Dejaréis que me visite la princesa? Si pensáis que necesita consejos que la tranquilicen, ¿quién mejor que yo?

—Si dependiese de mí, *madame*...

—¿Qué daño puede hacerle eso al rey?

—Poneos en su lugar. Creo que vuestro embajador, Chapuys, ha escrito a lady María, diciendo que puede sacarla del país.

—¡Jamás! Chapuys no puede pensar semejante cosa. Lo garantizo con mi propia persona.

—El rey piensa que tal vez María pudiese corromper a sus guardias, y si se le permitiese hacer un viaje para veros podría escapar, huir en un barco a los territorios de su primo, el emperador.

Casi hace aflorar una sonrisa a sus labios pensar en la flaca y asustada princesita emprendiendo una acción desesperada y criminal como ésa. Catalina sonríe también; una sonrisa retorcida, maliciosa.

—¿Y luego qué? ¿Piensa Enrique que mi hija va a volver cabalgando, con un marido extranjero a su lado y a expulsarle de su reino? Podéis asegurarle que ella no tiene esa intención. Responderé por ella, de nuevo, con mi propia persona.

—Vuestra propia persona debe hacer mucho, *madame*. Garantizar esto, responder por aquello. Tenéis sólo una muerte que sufrir.

—Ojalá pudiese hacer bien a Enrique. Cuando me llegue la muerte, sea como sea, tengo la esperanza de recibirla de tal modo que sea un ejemplo para él cuando le llegue su hora.

—Comprendo. ¿Pensáis mucho en la muerte del rey?

—Pienso en su vida posterior.

—Si queréis hacer bien a su alma, ¿por qué le ponéis trabas continuamente? Eso difícilmente puede hacerle un hombre mejor. ¿Nunca habéis pensado que si os hubieseis sometido a sus deseos hace años, si hubieseis entrado en un convento y le hubieseis permitido casarse de nuevo, nunca habría roto con Roma? No habría habido ninguna necesidad. Existían suficientes dudas sobre vuestro matrimonio para que os retiraseis de buen grado. Habríais sido honrada por todos. Pero ahora los títulos a los que os aferráis están vacíos. Enrique era un buen hijo de Roma. Vos le empujasteis a esa postura extrema. Vos dividisteis la Cristiandad, no él. Y espero que sepáis eso, y que penséis en ello en el silencio de la noche.

Hay una pausa, mientras ella pasa las grandes páginas de su enorme volumen de cólera, y pone el dedo concretamente en la palabra justa.

—Lo que vos decís, Cromwell, es... despreciable.

Probablemente tenga razón, piensa él. Pero seguiré atormentándola, desvelándola ante sí misma, desnudándola de ilusiones, y lo haré por el bien de su hija: María es el futuro, el único vástago adulto que tiene el rey, la única perspectiva de Inglaterra si Dios llamase a Enrique y el trono quedase de pronto vacío.

—Así que no me daréis una de esas rosas de seda... —le dice—. Yo pensé que podríais.

Una larga mirada.

—Vos, al menos como enemigo, os dejáis ver claramente. Ojalá mis amigos pudiesen hacerse tan visibles. Los ingleses son una nación de hipócritas.

—Ingratos —concuerda él—. Mentirosos natos. Yo mismo lo he descubierto. Preferiría a los italianos. Los florentinos, tan modestos. Los venecianos, transparentes en todos sus tratos. Y vuestra propia raza, los españoles. Gente tan honesta. Solían decir de vuestro real padre, Fernando, que la franqueza de su corazón le perjudicaba.

—Os estáis divirtiendo —dice ella— a expensas de una moribunda.

—Queréis recibir un gran crédito por morir. Ofrecéis garantías en una mano y queréis privilegios en la otra.

—Un estado como el mío suele inspirar bondad.

—Yo estoy intentando ser bueno, pero vos no lo veis. Al menos, *madame*, ¿no podéis dejar a un lado vuestra propia voluntad y reconciliaros con el rey por el bien de vuestra hija? Si dejáis este mundo enfrentada con él, lo pagará ella. Y ella es joven y tiene una vida que vivir.

—Él no le echará la culpa a María. Conozco al rey. No es un hombre tan mezquino.

Él se calla. Ella aún ama su marido, piensa: en algún rincón o rendija de su viejo y coriáceo corazón alberga aún la esperanza de oír sus pasos, su voz. Y con su regalo para ella en la mano, ¿cómo puedo olvidar que una vez la amó? Después de todo, debe de haber costado muchas semanas de trabajo hacer esas rosas de seda, él debió de haberlas encargado mucho antes de saber que lo que iba a nacer era un niño. «Lo llamamos el príncipe del Año Nuevo —había dicho Wolsey—. Vivió cincuenta y dos días, y yo conté cada uno de ellos.» Inglaterra en invierno: el paño mortuorio de nieve resbaladiza cubriendo los campos y los tejados de palacio, apagando tejas y hastiales, deslizándose en silencio sobre el cristal de la ventana; emplumando los surcos de los caminos, pesando sobre las ramas de robles y tejos, sellando a los peces debajo del hielo y helando al pájaro en la rama. Él imagina la cuna, con cortinas de color carmesí, dorada con las armas de Inglaterra: los balancines ocultos bajo las telas: un brasero ardiendo y el aire fresco con aromas a canela y enebro de Año Nuevo. Las rosas traídas a su lecho triunfal..., ¿cómo? ¿En un cesto dorado? ¿En una caja larga como un féretro, un ataúd con pulidas conchas incrustadas? ¿O arrojadas sobre su colcha desde una envoltura de seda bordada con granadas? Pasan dos meses felices. El niño prospera. Corre por el mundo la noticia de que los Tudor tienen un heredero. Y luego, en el día quincuagésimo segundo, un silencio detrás de una cortina: alienta, no alienta. Las mujeres de la cámara cogen al príncipe, lloran conmovidas y asustadas; santiguándose desesperadamente, se encogen al lado de la cuna para rezar.

—Veré lo que se puede hacer —dice él—. Sobre vuestra hija. Sobre una visita. —¿Hasta qué punto puede ser peligroso trasladar a una muchachita a lo largo del país?—. Creo que el rey lo permitiría, si vos aconsejaseis a lady María que se acomodase en todos los aspectos a su voluntad y lo reconociese, cosa que ahora no hace, como cabeza de la Iglesia.

—En ese asunto, la princesa María debe consultar a su propia conciencia. —Alza una mano, con la palma hacia él—. Veo que me compadecéis, Cromwell. No deberíais. Llevo mucho tiempo preparada para la muerte. Creo que Dios Todopoderoso recompensará mis esfuerzos por servirlo. Y veré de nuevo a mis hijos, que se fueron antes que yo.

Vuestro corazón podría romperse por ella, piensa él: si no estuviese hecho a prueba de rupturas. Ella quiere una muerte de mártir en el patíbulo. En vez de eso morirá en los Fens, sola: tal vez ahogada en su propio vómito.

—Y lady María, ¿también ella está preparada para morir?

—La princesa María ha meditado sobre la pasión de Cristo desde que era una niña pequeña. Estará dispuesta cuando él la llame.

—Sois una madre antinatural —dice él—. ¿Qué madre se arriesgaría a la muerte de una hija?

Pero recuerda a Walter Cromwell. Walter solía saltar encima de mí con sus grandes botas, de mí, su único hijo. Reúne fuerzas para un último intento.

—Os he ofrecido un ejemplo, *madame*, un caso en el que vuestra obstinación en oponeros al rey y a su consejo no sirvió más que para producir un resultado que os repugna en extremo. Así que podéis estar equivocada, ¿no os dais cuenta? Os pido que consideréis que podéis equivocaros más de una vez. Por amor de Dios, aconsejad a María que obedezca al rey.

—La princesa María —dice ella mortecinamente. No parece tener aliento para ninguna protesta más.

Él la observa durante un instante y se preparará para retirarse. Pero entonces ella alza la vista.

—Me he preguntado, señor, ¿en qué idioma os confesáis? ¿O vos no os confesáis?

—Dios conoce nuestros corazones, *madame*. No hay ninguna necesidad de una fórmula ociosa, ni de un intermediario.

Ninguna necesidad tampoco de idioma, piensa: Dios está más allá de cualquier traducción.

Sale y a la puerta cae casi en los brazos del guardián de Catalina.

—¿Está ya listo mi aposento?

—Pero vuestra cena...

—Enviadme un cuenco de caldo. Estoy harto de hablar. Lo único que quiero es una cama.

—¿Alguna cosa en ella? —Bedingfield tiene una expresión rufianesca.

Así que su escolta ha informado sobre él.

—Sólo una almohada, Edmund.

A Grace Bedingfield la decepciona mucho que él se haya retirado tan pronto. Pensaba que se enteraría de todas las noticias de la corte; no soporta verse retirada aquí con las silenciosas españolas, con un largo invierno por delante. Él debe repetir las instrucciones del rey: máxima vigilancia contra el mundo exterior.

—No me importa que le lleguen las cartas de Chapuys, eso la mantendrá ocupada en la tarea de descifrarlas. Ella no es importante para el emperador en este momento, lo que le interesa es María. Pero ninguna visita, salvo con autorización del rey o mía. Aunque...

Se interrumpe; puede ver el día, la primavera próxima y si Catalina está viva aún, en que el ejército del emperador penetre en el país y sea necesario apartarla de su camino y mantenerla como rehén; sería un triste espectáculo que Edmund se negase a entregarla.

—Mirad. —Muestra su anillo de turquesa—. ¿Veis esto? Me lo dio el difunto cardenal y es un hecho conocido que lo uso.

—¿Es ése el anillo mágico? —Grace Bedingfield le coge la mano—. ¿El que funde paredes de piedra, el que hace que las princesas se enamoren de vos?

—El mismo. Si algún mensajero os muestra esto, dejadle entrar.

Cuando cierra los ojos esa noche se eleva sobre él una bóveda, el techo tallado de la iglesia de Kimbolton. Un hombre tocando unas campanillas. Un cisne, un cordero, un tullido con un bastón, dos corazones de enamorados entrelazados. Y un granado. El emblema de Catalina. Eso podría tener que eliminarse. Bosteza. Convertirlas con el cincel en manzanas, eso lo arreglaría. Estoy demasiado cansado para un esfuerzo innecesario. Recuerda la mujer de la posada y se siente culpable. Tira de una almohada hacia él: sólo una almohada, Edmund.

Cuando la esposa del posadero habló con él cuando estaban ya montando en los caballos, le dijo: «Mandadme un regalo. Mandadme un regalo de Londres, algo que no se pueda conseguir aquí». Tendrá que ser algo que ella pueda llevar puesto, si no se esfumará por obra de algún viajero ágil de dedos. Él recordará su obligación, pero lo más probable es que cuando regrese a Londres habrá olvidado ya cómo era ella. La había visto a la luz de la vela, luego la vela se apagó. Cuando la vio a la luz del día podría haber sido una mujer distinta. Quizá lo fuese.

Se duerme y sueña con el fruto del Jardín del Edén, ofrecido en la mano rolliza de Eva. Se despierta momentáneamente: si el fruto está maduro, ¿cuándo florecieron esas ramas? ¿En qué posible mes, en qué posible primavera? Los escolásticos habrán abordado la cuestión. Una docena de generaciones cavilando. Cabezas tonsuradas inclinadas. Dedos con sabañones repasando rollos de pergaminos. Es el tipo de cuestiones estúpidas para las que están hechos los monjes. Le preguntaré a Cranmer, piensa: mi arzobispo. ¿Por qué no pide Enrique consejo a Cranmer, si quiere librarse de Ana? Fue Cranmer quien le divorció de Catalina; nunca le diría que debe volver a su rancio lecho.

Pero no, Enrique no puede hablar de sus dudas en ese terreno. Cranmer estima a Ana, la cree el ejemplo de una mujer cristiana, la esperanza de los buenos lectores de la Biblia de toda Europa.

Se duerme de nuevo y sueña con las flores de antes del amanecer del mundo. Están hechas de seda blanca. No hay ningún matorral ni tallo de donde arrancarlas. Yacen en el suelo desnudo increado.

El día que regresa a dar su informe mira detenidamente a la reina Ana; parece serena, contenta, y el benigno zumbido doméstico de sus voces, cuando se aproxima, le cuenta que entre ella y Enrique reina la armonía. Están ocupados, las cabezas juntas. El rey tiene sus instrumentos de dibujo al lado: sus compases y lápices, sus reglas, tintas y cortaplumas. La mesa está cubierta de planos sin desenrollar y de moldes y regletas de artesanos.

Él hace su reverencia y va al asunto:

—Ella no está bien, y creo que sería una obra de caridad dejar que recibiera la visita del embajador Chapuys.

Ana se levanta disparada de su silla.

—¿Qué, para que pueda intrigar con ella más cómodamente?

—Sus médicos indican, *madame*, que ella estará pronto en su tumba, y no podrá ya causaros ninguna molestia.

—Saldría de ella, aleteando envuelta en el sudario, si viese la posibilidad de fastidiarme.

Enrique extiende una mano.

—Querida, Chapuys nunca te ha reconocido. Pero cuando muera Catalina, y no pueda ya causarnos problemas, me aseguraré de que dobla la rodilla.

—De todos modos yo no creo que deba salir de Londres. Estimula a Catalina en su perversidad y estimula a su hija. —Lanza una mirada hacia él—. Cremuel, estáis de acuerdo, ¿verdad? A María se la debería traer a la corte y se la debería obligar a arrodillarse ante su padre y a pronunciar el juramento, y allí, de rodillas, debería pedir perdón por su traidora obstinación, y reconocer que mi hija, y no ella, es una heredera de Inglaterra.

Él señala los planos.

—¿Estáis construyendo, señor?

Enrique parece un niño cogido con los dedos en la caja del azúcar. Empuja una de las regletas hacia él. Los diseños, novedosos aún para ojos ingleses, son aquellos a los que él se acostumbró en Italia: urnas estriadas y ja-

rrones, con mantos y alas, y las cabezas ciegas de empe-
radores y de dioses. Últimamente los árboles y flores ingleses, los sinuosos tallos y brotes, se desdeñan en los
blasones, en beneficio de guirnaldas, laureles de la victoria, el haz del hacha del lictor, el asta de la lanza. Él ve
que Ana prefiere mostrar su estatus rehuyendo la sencillez; desde hace ya más de siete años, Enrique ha estado
adaptando su gusto al de ella. A él solían gustarle mucho
las uvas de los setos, los frutos del verano inglés, pero
ahora los vinos por los que se inclina son pesados, perfu-
mados, adormecedores; y su cuerpo también es pesado,
tanto que a veces parece bloquear la luz.

—¿Estáis construyendo desde los cimientos? —inquiere él—. ¿O sólo una capa de ornamentación? Las
dos cosas cuestan dinero.

—Qué descortés sois —dice Ana—. El rey está en-
viándoos un poco de roble para lo que estáis edificando
en Hackney. Y un poco para el señor Sadler, para su nueva casa.

Él indica su agradecimiento bajando la cabeza. Pero
el pensamiento del rey está en el interior del país, con la
mujer que aún proclama ser su esposa.

—¿De qué le vale a Catalina ya seguir viviendo?
—pregunta Enrique—. Estoy seguro de que está cansa-
da de tanto enfrentamiento. Yo lo estoy de él, bien sabe
Dios. Haría mejor yendo a reunirse con los santos y los
mártires.

—Ya han esperado por ella suficiente —dice Ana
riéndose, demasiado alto.

—Imagino a la dama muriendo —dice el rey—. Lo
hará pronunciando discursos y perdonándome. Siempre
está perdonándome. Es ella la que necesita perdón. Por
su vientre ponzoñoso. Por envenenar a mis hijos antes
de que nacieran.

Él, Cromwell, desvía los ojos hacia Ana. Seguro que
si ella tiene algo que decir ahora es el momento…, pero
ella se vuelve, se inclina y coge a su podenco *Purkoy*, y se

lo coloca en el regazo. Entierra su cara en la piel del animal, y el perrillo, despertado bruscamente de su sueño, gime y se retuerce en sus manos y observa cómo el señor secretario hace una inclinación y se va.

Fuera esperándole, la esposa de George Bolena: su mano confiada arrastrándole a un lado, su cuchicheo. Si alguien le dijese a lady Rochford: «Está lloviendo», ella lo convertiría en una conspiración; cuando pasase la noticia, haría que sonase como algo indecente, improbable, pero tristemente cierto.

—¿Y bien? —dice él—. ¿Está?

—Ah. ¿Aún no ha dicho nada? Por supuesto, la comadrona no dice nada hasta que lo sienta moverse.

Él la mira: ojos pétreos.

—Sí —dice ella al fin, lanzando una mirada nerviosa por encima del hombro—. Ya se ha equivocado antes. Pero sí.

—¿Lo sabe el rey?

—Deberíais decírselo, Cromwell. Ser el hombre que da la buena noticia. Quién sabe, podría nombraros caballero en el acto.

Él está pensando: «Llamar a Rafe Sadler, llamar a Thomas Wriothesley, mandar una carta Edward Seymour, avisar con un silbido a mi sobrino Richard, cancelar la cena con Chapuys, pero no dejar que la comida preparada se desperdicie: invitar a sir Thomas Bolena».

—Supongo que era de esperar —dice Jane Rochford—. Estuvo con el rey la mayor parte del verano, ¿no? Una semana aquí, una semana allá. Y cuando no estaba con ella, le escribía cartas de amor y las enviaba por Harry Norris.

—Señora mía, debo dejaros, tengo cosas que hacer.

—Estoy segura de que las tenéis. Bueno, está bien. Vos, que sois normalmente tan buen oyente. Siempre atendéis a lo que yo digo. Y yo digo que este verano le escribió cartas de amor y se las envió por Harry Norris.

Él se aleja con demasiada prisa para entender bien esa última frase; sin embargo, como admitirá más tarde, el dato se grabará y se adherirá a ciertas frases propias, no formadas aún. Frases tan sólo. Elípticas. Condicionales. Como es condicional ya todo. Ana floreciendo mientras cae Catalina. Se las imagina, las caras tensas y las faldas recogidas, dos muchachitas en un camino cenagoso, jugando al sube y baja, columpiándose en una tabla en equilibrio sobre una piedra.

Thomas Seymour dice inmediatamente: «Ésta es la oportunidad de Jane, ahora. Él no vacilará más, querrá una nueva compañera de lecho. No tocará a la reina hasta que dé a luz. No puede hacerlo. Hay demasiado que perder».

Él piensa: tal vez ya el rey secreto de Inglaterra tenga dedos, tenga un rostro. Pero ya pensé eso antes, se recuerda. Ana, en su coronación, cuando lucía su embarazo con tanto orgullo; y al final no era más que una niña.

—Yo aún no lo veo —dice el viejo sir John, el adúltero—. No veo cómo él puede querer a Jane. Porque si fuese mi hija Bess... El rey ha bailado con ella. Le gustaba mucho.

—Bess está casada —dice Edward.

Tom Seymour se echa a reír.

—Tanto mejor para su propósito.

Edward se enfada.

—Basta de hablar de Bess. Ella no lo aceptaría. Ella no tiene nada que ver.

—Podría ser bueno —dice sir John, tanteando—. Porque hasta ahora Jane nunca nos ha servido para nada.

—Cierto —dice Edward—. Jane sirve para tanto como una crema de vainilla. Que se gane ahora su manutención. El rey necesitará compañía. Pero nosotros no la pondremos en su camino. Que sea como aquí, Cromwell, ha aconsejado. Enrique la ha visto. Y ha decidido. Ahora ella debe eludirle. No, debe rechazarle.

—Oh, cuánta arrogancia —dice el viejo Seymour—. No sé si podréis permitírosla.

—¿Permitirse lo que es casto, lo que es propio? —replica Edward—. Vos nunca podríais. Callad la boca, viejo lujurioso. El rey finge olvidar vuestros crímenes, pero en realidad nadie olvida. Estáis señalado: el viejo cabrón que le robó la esposa a su hijo.

—Sí, callad, padre —dice Tom—. Estamos hablando con Cromwell.

—Hay una cosa que me da miedo —dice él—. Vuestra hermana estima a su antigua señora, Catalina. Esto es bien sabido por la reina actual, que no pierde ocasión de maltratarla. Si ve que el rey anda mirando a Jane, me temo que se verá más perseguida aún. Ana no es de las que se quedan sentadas mientras su marido convierte en una..., una compañera..., a otra mujer. Aunque piense que se trata de algo temporal.

—Jane no le dará importancia —dice Edward—. Si recibe un pellizco o una bofetada, ¿qué? Sabrá soportarlo pacientemente.

—Conseguirá de él una gran recompensa —dice el viejo Seymour.

Tom Seymour dice:

—A Ana la hizo marquesa antes de tenerla.

La expresión de Edward es tan hosca como si estuviese pidiendo una ejecución.

—Ya sabéis qué la hizo. Primero marquesa. Después reina.

El Parlamento aplaza sus sesiones, pero los abogados de Londres, aleteando sus negras togas como cuervos, se asientan para su periodo invernal. Se filtra la feliz noticia y se difunde por la corte. Ana se afloja los corpiños. Se hacen apuestas. Garrapatean plumas. Se doblan cartas. Se aprietan sellos en la cera. Se montan caballos. Zarpan naves. Las viejas familias de Inglaterra se arrodillan y preguntan a Dios por qué favorece a los Tudor. El rey Francisco frunce el ceño. El emperador Carlos se chupa el labio. El rey Enrique baila.

La conversación en Elvetham, aquella confabulación de primera hora, es como si nunca hubiese existido. Las dudas del rey sobre su matrimonio parece que se han esfumado.

Aunque se le ha visto pasear con Jane en los desolados jardines invernales.

Su familia la rodeó; le llamaron a él.

—¿Qué os dijo, hermana? —exige Edward Seymour—. Contádmelo todo, todo lo que os dijo.

—Me preguntó si sería su buena amante —contesta Jane.

Ellos intercambian miradas. Hay una diferencia entre una amante y una buena amante: ¿sabe Jane eso? Lo primero implica concubinato. Lo segundo, algo menos inmediato: un intercambio de señales, una admiración lánguida y casta, un galanteo prolongado..., aunque no puede ser muy prolongado, claro, porque si no Ana habrá dado a luz y Jane habrá perdido su oportunidad. Las mujeres no pueden predecir cuándo nacerá su heredero, y él no puede saber más que los médicos de Ana.

—Mirad, Jane —le dice Edward—, no es el momento de ser tímida. Debéis contarnos los detalles.

—Él me preguntó si sería buena con él.

—Buena con él... ¿cuándo?

—Por ejemplo, si me escribía un poema alabando mi belleza. Así que yo le dije que lo sería. Que le daría las gracias por ello. Que no me reiría, ni siquiera tapándome la boca con la mano. Y que no pondría ninguna objeción a las cosas que él pudiese decir en verso. Aunque fuesen exageradas. Porque en los poemas es habitual exagerar.

Él, Cromwell, la felicita:

—Lo habéis hecho todo muy bien, señora Seymour. Habríais sido un magnífico abogado.

—¿Queréis decir si hubiese nacido hombre? —Frunce el ceño—. Pero aun así, no es probable, señor secretario. Los Seymour no son mercaderes.

—Buena amante... —dice Edward Seymour—. Os escribe versos. Muy bien. Bien hasta ahora. Pero si intenta algo en vuestra persona, debéis chillar.

—¿Y si no viene nadie?

Él posa su mano en el brazo de Edward. Quiere impedir que esta escena se prolongue más.

—Escuchad, Jane. No chilléis. Rezad. Rezad en voz alta, quiero decir. La oración mental no servirá. Decís una oración en la que entre la Santísima Virgen. Algo que puede apelar a la piedad y al sentido del honor de Su Majestad.

—Comprendo —dice Jane—. ¿Lleváis vos un libro de oraciones, señor secretario? ¿Vosotros, hermanos? No importa. Iría a buscar el mío. Estoy segura de que puedo encontrar algo que sirva para eso.

A principios de diciembre él recibe noticia de los médicos de Catalina de que está comiendo mejor, aunque no reza menos. La muerte se ha desplazado, tal vez, de la cabecera de la cama a los pies. Sus recientes dolores se han aliviado y está lúcida; utiliza el tiempo para hacer mandas y legados. Deja a su hija María un collar de oro que trajo de España, y sus pieles. Pide que se digan quinientas misas por su alma y se haga un peregrinaje a Walsingham.

Los pormenores de esas disposiciones llegan hasta Whitehall.

—Las pieles... —dice Enrique—. ¿Las habéis visto

vos, Cromwell? ¿Son buenas? Si lo son, quiero que se me envíen.

Las cosas vienen y van.

Las mujeres que rodean a Ana dicen: no parece que esté *enceinte*. En octubre tenía bastante buen aspecto, pero ahora da la impresión de estar perdiendo carne, en vez de ganarla. Jane Rochford le dice:

—Casi da la impresión de que esté avergonzada de su condición. Y Su Majestad no es atento con ella como cuando se le ensanchó el vientre la vez anterior. Entonces, no podía hacer lo bastante por ella. Satisfacía todos sus caprichos y la servía como una criada. Y yo una vez entré y la encontré con los pies en el regazo de él, y él se los frotaba como un mozo de establo que aliviase una yegua con los cascos abiertos.

—Frotar no alivia con un casco abierto —puntualiza él—. Hay que recortar el casco y ponerle una herradura especial.

Rochford le mira fijamente.

—¿Habéis estado hablando con Jane Seymour?

—¿Por qué?

—Por nada —dice ella.

Él ha visto la cara de Ana mientras mira al rey, mientras mira al rey mirar a Jane. Esperas negra cólera, y la proclamación de ella: labor de aguja deshecha a tijeretazos, cristal roto. En vez de eso, su expresión es contenida; mantiene la manga enjoyada sobre el vientre, donde crece el niño. «No debo alterarme. Podría hacer daño al príncipe.» Aparta las faldas cuando pasa Jane. Se encoge en sí misma, contrae los estrechos hombros; parece tan fría como un huérfano abandonado ante una puerta.

Las cosas vienen y van.

En el país se rumorea que el señor secretario se ha traído una mujer de su reciente viaje a Hertfordshire, o a Bedfordshire, y la ha instalado en su casa de Stepney, o en Austin Friars, o en King's Place, en Hackney, que está reconstruyendo para ella en lujoso estilo. Es una posadera y su marido ha sido detenido y encarcelado, por un nuevo delito inventado por Thomas Cromwell. El pobre cornudo va a ser acusado y ahorcado en la próxima sesión del tribunal del condado; aunque, según algunos informes, ya lo han encontrado muerto en la cárcel, aporreado, envenenado y degollado.

III

Ángeles

Mañana de Navidad: él llega disparado, dispuesto a resolver el problema siguiente. Le bloquea el paso un sapo inmenso.

—¿Es Matthew?

Llega una risa alegre y juvenil de la boca anfibia.

—Simon. —Feliz Navidad, señor, ¿cómo estáis?

Él suspira.

—Con demasiado trabajo. ¿Enviasteis lo que debíais a vuestro padre y a vuestra madre?

Los niños cantores se van a casa en el verano. En Navidad están ocupados cantando.

—¿Iréis a ver al rey, señor? —croa Simon—. Apuesto a que las obras que hacen en la corte no son tan buenas como las nuestras. Estamos haciendo *Robin Hood*, y figura en ella el rey Arturo. Yo soy el sapo de Merlín. El señor Richard Cromwell es el papa y tiene un cuenco para pedir limosnas. Y grita: «*Mumpsimus sumpsimus, hocus pocus*». Le damos piedras de limosna. Él nos amenaza con el Infierno.

Él da unas palmadas cariñosas en la piel verrugosa de Simon. El sapo se aparta del camino con un gran salto.

Desde su regreso de Kimbolton, Londres se ha cerrado a su alrededor: el final del otoño, sus atardeceres mortecinos y melancólicos, la temprana oscuridad. Los pausados y gravosos asuntos de la corte le han bloqueado, le han atrapado en días atado al escritorio, días prolongados por la luz de las velas en noches atado al escritorio; a veces pagaría un rescate regio por poder ver el sol. Está comprando tierras en las zonas mejores de Inglaterra, pero no dispone de ningún momento de ocio para visitarlas; así que esas granjas, esas viejas mansiones con sus jardines tapiados, esos cursos de agua con sus pequeños embarcaderos, esos estanques con sus peces dorados que ascienden hacia el anzuelo; esos viñedos, jardines de flores, enramadas y paseos, siguen siendo todos ellos para él planos, una construcción de papel, una serie de cifras en una página de cuentas: no hay márgenes mordisqueados por las ovejas, no hay prados donde las vacas pasten con hierba hasta las rodillas, no hay sotos ni arboledas donde tiembla una cierva blanca, una pezuña alzada; sólo campos de pergamino, arrendamientos y dominios plenos delimitados por cláusulas de tinta, no por antiguos setos o mojones. Sus acres son acres teóricos, fuentes de ingresos, fuentes de insatisfacción en las altas horas de la noche, cuando despierta y su pensamiento explora su geografía: en esas noches de vigilia antes de foscas o gélidas auroras, piensa no en la libertad que sus posesiones le otorgan, sino en la intrusión ofensiva de otros, sus servidumbres y derechos de paso, sus vallas y posiciones ventajosas, que les permiten actuar sobre los linderos de las tierras de él e interferir en la tranquila posesión de su futuro. Bien sabe Dios que él no es ningún muchacho de campo: aunque donde creció, en las calles próximas a los embarcaderos, Putney Heath quedaba a su espalda, un lugar en el que perderse. Pasaba largos días allí, corriendo con sus compañeros, muchachos tan salvajes como él: huidos todos ellos de sus padres, de sus cinturones y sus puños, y de la educación con la que los amenazaban si alguna vez llegaban a quedarse quietos. Pero Londres tiraba de él hacia sus tripas urbanas; mucho antes de que navegara en el Támesis en la barca del señor secretario, conocía ya sus corrientes y su marea, y sabía cuánto se podría conseguir, tranquilamente, de los barqueros, descargando y transportando cajas en carretillas cuesta arriba, hasta las casas buenas que se alineaban en el Strand, las casas de los nobles y de los obispos: las casas de hombres con los que, a diario, se sienta ahora en el consejo del rey.

La corte de invierno recorre su circuito acostumbrado: Greenwich y Eltham, las casas de la infancia de Enrique: Whitehall y Hampton Court, casas en otros tiempos del cardenal. El rey suele en estos días, dondequiera que la corte resida, cenar solo en sus habitaciones privadas. Fuera de los aposentos reales, en la cámara de vigilancia exterior o en la cámara de guardia (comoquiera que se llame el vestíbulo exterior, en los palacios en que nos encontramos) hay una mesa principal, donde el lord chambelán, jefe del servicio privado del rey, celebra corte para la nobleza. En esa mesa se sienta Norfolk, cuando está con nosotros en la corte; también lo hace Charles Brandon, duque de Suffolk, y el padre de la reina, el conde de Wiltshire. Hay otra mesa algo más baja en estatus, pero servida con el honor debido, para funcionarios como él, y para los viejos amigos del rey que no son pares del reino. Se sienta allí Nicholas Carew, caballerizo mayor; y William Fitzwilliam, el señor tesorero, que conoce a Enrique desde que era un muchacho. William Paulet, interventor de la Corona, es el que preside a la cabecera de esa mesa: y él se pregunta, hasta que se lo explican, por su hábito de alzar la copa (y las cejas) en un brindis por alguien que no está allí. Se lo explica Paulet, con cierto embarazo:

—Brindamos por el hombre que se sentó aquí antes que yo. El señor interventor anterior. Sir Henry Guildford, de bendita memoria. Vos lo conocisteis, Cromwell, por supuesto.

Ciertamente: ¿quién no conoció a Guildford, aquel experto diplomático, que era el más docto de los cortesanos? Un hombre de la misma edad que el rey, que había sido el brazo derecho de Enrique desde que éste había subido al trono, un príncipe de diecinueve años, inexperto, bien intencionado y optimista. Amo y criado habían crecido juntos, dos espíritus brillantes, ansiosos de alcanzar la gloria y de pasarlo bien. Habrías apostado que Guildford era capaz de sobrevivir a un terremoto; pero no sobrevivió a Ana Bolena. Su fidelidad estaba clara: estimaba a la reina Catalina y lo dijo así. (O aunque no la estimase, dijo, eso ya adecuadamente solo, mi conciencia cristiana me obligaría a respaldar su causa.) El rey le había excusado por su larga amistad; sólo le había dicho: dejemos el asunto y no lo mencionemos, no saquemos a colación la discrepancia. No hablemos de Ana Bolena. Hagamos lo posible por seguir siendo amigos.

Pero Ana no se había dado por satisfecha con el silencio. El día que sea reina, le había dicho a Guildford, ese día mismo perderéis vuestro cargo.

Madame, dijo sir Henry Guildford, el día que vos os convirtáis en reina, será el día que yo renunciaré.

Y así lo hizo. Enrique dijo: ¡vamos, hombre! ¡No dejéis que una mujer os haga abandonar el cargo! Son sólo celos y despecho de mujer, no le hagáis caso.

Pero yo temo por mí mismo, dijo Guildford. Por mi familia y por mi nombre.

No me abandonéis, dijo el rey.

Culpad de ello a vuestra nueva esposa, dijo Henry Guildford.

Y así fue como abandonó la corte. Y se fue a su casa, al campo.

—Y murió —dice William Fitzwilliam— al cabo de unos meses. Dicen que de pesar.

Un suspiro recorre la mesa. Eso es lo que les pasa a los hombres; el trabajo de tu vida se acaba, el predio rural se extiende ante ti: un desfile de días, de domingo a domingo, todos sin contenido. ¿Qué hay ya, sin Enrique? ¿Sin el brillo de su sonrisa? Es como un noviembre perpetuo, una vida en la oscuridad.

—Por esa razón le recordamos —dice sir Nicholas Carew—. Nuestro viejo amigo. Y hacemos un brindis (a Paulet no le importa) por el hombre que aún sería interventor del reino si no se hubiese trastornado todo.

Tiene una forma sombría de hacer un brindis, sir Nicholas Carew. Alguien tan digno como él desconoce la desenvoltura. Él, Cromwell, había estado una semana entera sentándose a aquella misma mesa sin que sir Nicholas se dignase posar en él sus fríos ojos, y empujar el cordero en su dirección. Pero sus relaciones se han hecho más fáciles desde entonces; después de todo, él, Cromwell, es un hombre con el que resulta fácil llevarse bien. Ve que hay una camaradería entre hombres como éstos, hombres que han perdido frente a los Bolena: una camaradería desafiante, como la que existe entre esos sectarios de Europa que están esperando permanentemente el fin del mundo, pero que tienen la esperanza de que, una vez consumida la tierra por el fuego, ellos estarán sentados en la gloria: un poco tostados, churruscados por los bordes y ennegrecidos en partes, pero aun así, gracias a Dios, vivos por toda la eternidad, y sentados a su diestra.

Él conoció personalmente a Henry Guildford, como le recuerda Paulet. Debe de hacer cinco años ya que fue agasajado por él espléndidamente, en el castillo de Leeds, en Kent. Sólo porque Guildford quería algo, por supuesto: un favor de mi señor el cardenal. Pero aun así, aprendió de la charla de sobremesa de Guildford, de cómo daba órdenes a los suyos, de su buen juicio y su discreto ingenio. Más tarde, había aprendido del ejemplo de Guildford cómo Ana Bolena podía destruir una carrera; y lo lejos que estaban de perdonarla sus compañeros de mesa. Sabe también que hombres como Carew tienden a culparle, a él, a Cromwell, por la ascensión de Ana en el mundo; él la facilitó, él rompió el viejo matrimonio e introdujo el nuevo. No espera que se ablanden con él, que le incluyan en su camaradería; sólo quiere que no le escupan en la comida. Pero la rigidez de Carew se dulcifica un poco cuando él se incorpora a su charla; a veces el caballerizo real vuelve hacia él su cabeza, larga y un poco equina, ciertamente; a veces le otorga un parpadeo lento de corcel y dice: «Bueno, señor secretario, ¿cómo os encontráis hoy?».

Y mientras él busca una respuesta que Nicholas comprenda, William Fitzwilliam le mirará a los ojos y sonreirá.

Durante el mes de diciembre ha pasado por su escritorio todo un alud, una avalancha de documentos. Termina la jornada a menudo encogido y frustrado, porque ha enviado mensajes urgentes y vitales a Enrique, y los gentilhombres de la cámara privada han decidido que es más cómodo para ellos bloquear los asuntos hasta que Enrique esté de un humor propicio para ellos. Pese a las buenas noticias que ha tenido de la reina, Enrique está irritable, caprichoso. Puede pedir de pronto la información más inesperada, o plantear preguntas que no tienen respuesta. ¿Cuál es el precio de mercado de la lana de Berkshire? ¿Habláis turco? ¿Por qué no? ¿Quién habla turco? ¿Quién fue el fundador del monasterio de Hexham?

Siete chelines el saco, y subiendo, majestad. No. Porque nunca estuve en esas tierras. Buscaré un hombre si es que puede conseguirse uno. San Wilfredo, señor. Él cierra los ojos. «Creo que lo asolaron los escoceses, y que se reconstruyó de nuevo en tiempos del primer Enrique.»

—¿Por qué cree Lutero —quiere saber el rey— que yo debería someterme a su Iglesia? ¿No debería él someterse a mí?

El día de santa Lucía le llama Ana obligándole a abandonar los asuntos de la Universidad de Cambridge. Pero allí está lady Rochford para inspeccionarle antes de que llegue a ella, le pone una mano en el brazo.

—Está hecha una lástima. Lloriquea sin parar. ¿No os habéis enterado? Su perrito está muerto. No nos atresi la viesen, creo que con que le echasen un vistazo ca[m]biarían de intenciones. Oh, ya lo sé, Cremuel, ya sé[...] que andan intentando hacer a mis espaldas. Hacían i[...] venir a mi hermano para conversaciones, pero nunca[...] propusieron acordar un matrimonio con Elizabeth.

Ah, piensa él, por fin lo comprende.

—Están intentando un enlace entre el delfín y la ba[s]tarda española. No hacen más que sonreírme pero p[or] detrás andan buscando eso. Vos lo sabíais y no me lo [di]jisteis.

—*Madame* —murmura él—, lo intenté.

—Es como si yo no existiese. Como si mi hija no hu[...]biese nacido. Como si Catalina aún fuese reina —su vo[z] se hace más aguda—. No lo soportaré.

¿Y qué haréis? En el aliento siguiente ella se lo cuent[a].

—He pensado en una solución. Con María. —Él es[...]pera—. Yo podría visitarla —dice—. Y no sola. Con a[l]gún gentilhombre joven y apuesto.

—No os faltan, desde luego.

—O ¿por qué no la visitáis vos, Cremuel? Vos tené[is] algunos muchachos apuestos en vuestro cortejo. ¿Sabéi[s] que a esa desgraciada no le han dicho un cumplido en s[u] vida?

—Yo creo que su padre sí lo ha hecho.

—Cuando una muchacha tiene dieciocho años, su[...] padre ya no cuenta para ella. Anhela otra compañía. Creedme, lo sé, porque también yo fui en tiempos tan[...] tonta como cualquier muchacha. Una doncella de esa[...] edad quiere que alguien le escriba unos versos. Que al[...]guien vuelva la vista hacia ella y suspire cuando entre en[...] la habitación. Admitidlo, eso es lo que no hemos intenta[...]do. Adularla, seducirla.

—¿Queréis que yo la comprometa?

—Podemos disponerlo entre nosotros. Podéis hacer[...]lo vos, incluso, a mí no me importa, alguien me dijo que[...] le agradabais. Y me gustaría ver a Cremuel fingiendo[...] estar enamorado.

víamos a decírselo. Tuvimos que pedir al propio rey que lo hiciera.

¿Purkoy? ¿Su favorito? Jane Rochford le introduce, mira a Ana. Pobre señora: tiene los ojos como ranuras de tanto llorar.

—¿Sabéis —murmura lady Rochford— que cuando abortó la última vez, no derramó una lágrima?

Las mujeres están alrededor de Ana, pero mantienen la distancia como si estuviese cubierta de púas. Él recuerda lo que dijo Gregory: Ana es toda codos y puntas. No podías confortarla; hasta extender una mano le parecería una petulancia, o una amenaza. Catalina tiene razón. Una reina está sola cuando pierde a su marido, a su podenco o a su hijo.

Vuelve la cabeza hacia él: «Cremuel». Ordena a sus damas que se vayan: un gesto vehemente, un niño que espanta a los cuervos. Sin prisa, como audaces corvinos de algún género sedoso y nuevo, las damas se recogen las colas de los vestidos y se van aleteando lánguidamente; sus voces, como voces que llegasen del aire, se arrastran tras ellas: su murmuración interrumpida, sus risueños gorjeos cómplices. Lady Rochford es la última en levantar el vuelo, arrastrando las plumas, reacia a ceder el terreno.

Ya no están en el aposento más que él y Ana, y su bufona, que tararea en un rincón, moviendo los dedos delante de la cara.

—Lo siento mucho —dice él, con la mirada baja. Sabe lo suficiente para no decir: podéis conseguir otro perro.

—Lo encontraron... —extiende bruscamente una mano— ahí fuera. Abajo, en el patio. La ventana de arriba estaba abierta. Se rompió el cuello.

No dice: debe de haber caído. Porque es evidente que no es lo que ella piensa.

—¿Os acordáis? Vos estabais aquí, aquel día que mi primo Francis Bryan lo trajo de Calais. Francis entró y yo le quité a *Purkoy* del brazo en un pestañeo. Era una criatura que no hacía daño a nadie. ¿Qué monstruo albergaría en su corazón la idea de cogerlo y matarlo?

Él quiere calmarla; parece tan destrozada, tan herida, como si el ataque hubiese sido contra su persona.

—Probablemente subiese él mismo al alféizar y luego resbalase. Esos perritos, uno espera que caigan de pie como un gato, pero no es así. Yo tuve una perrita, una podenca, que saltó de los brazos de mi hijo porque vio un ratón y se rompió una pata. Es fácil que suceda.

—¿Y qué pasó con ella?

—No pudimos curarla —dice él gentilmente. Alza la vista hacia la enana. Sonríe en su rincón, y mueve los puños como si los chasqueara. ¿Por qué conserva Ana esa cosa? Debería enviarla a un hospital. Ana se frota las mejillas; todos sus delicados modales franceses perdidos, usa los nudillos, igual que una niña.

—¿Qué noticias hay de Kimbolton? —Busca un pañuelo y se suena—. Dicen que Catalina podría vivir seis meses.

No sabe qué decir a eso. ¿Lo querrá ella para que envíe un hombre a Kimbolton que tire a Catalina desde un lugar alto?

—El embajador francés se queja de que fue dos veces a vuestra casa y no le recibisteis.

—Estaba ocupado. —Se encoge de hombros.

—¿Con?

—Estaba jugando a los bolos en el jardín. Sí, dos veces. Practico sin cesar, porque si pierdo una partida estoy luego furioso todo el día, y ando buscando papistas para darles patadas.

Antes se habría reído. Ahora no.

—Me da igual ese embajador. No muestra conmigo la misma deferencia que el anterior. De todos modos, tenéis que ser cuidadoso con él. Debéis honrarle, porque el rey Francisco es el único que mantiene al papa alejado de nuestro cuello.

El papa Farnese es como un lobo. Rugiendo y goteando baba ensangrentada. No está seguro de que ella esté de humor para hablarle, pero lo intentará.

—Francisco no nos ayuda por que nos ame.

—Sé que no lo hace por amor. —Examina su mojado pañuelo, buscando un trocito que esté seco—. No por amor a mí, desde luego. No soy tan tonta.

—Es sólo porque no quiere que el emperador Carlos nos domine y se convierta en el dueño del mundo. Y no le gusta la bula de excomunión. No cree que sea justo que el obispo de Roma o cualquier sacerdote se crea con derecho a privar a un rey de su propio país. Pero ojalá Francia se diese cuenta de cuáles son sus propios intereses. Es una lástima que no haya alguien con la inteligencia suficiente para convencerlo de las ventajas de hacer lo que ha hecho nuestro soberano, y asuma la dirección de su propia Iglesia.

—Pero no hay dos Cremuel —dice ella, y consigue esbozar una sonrisa agria.

Él espera. ¿Sabe ella cómo la ven ahora los franceses? No creen ya que pueda influir en Enrique. Creen que es una fuerza agotada. Y aunque toda Inglaterra haya jurado apoyar a sus hijos, nadie cree en el extranjero que pueda llegar a reinar la pequeña Elizabeth, si ella no consigue darle un heredero varón a Enrique. Como le dijo a él el embajador francés (la última vez que accedió a recibirle): si la elección es entre dos mujeres, ¿por qué no preferir a la mayor? Aunque la sangre de María sea española, al menos es real. Y al menos ella puede caminar derecha y controlar las tripas.

La criatura, la enana, desde su rincón, se arrastra sobre el trasero acercándose a Ana; le tira de las faldas.

—Déjame, María —dice Ana. Se ríe ante la expresión de él.

—¿No sabíais que he rebautizado a mi bufona? La hija del rey es también enana, ¿no? Aún más achaparrada que su madre. Los franceses se quedarían pasmados

—El que se atreviese a acercarse a María sería un necio. Creo que el rey le mataría.

—No estoy sugiriendo que la llevase a la cama. Dios me libre, no se lo impondría a ningún amigo mío. Lo único que hace falta es conseguir que haga el ridículo, y que lo haga en público, para que pierda su reputación.

—No —dice él.

—¿Qué?

—Ése no es mi objetivo y ésos no son mis métodos. Ana se sonroja. La cólera le colorea el cuello. Es capaz de cualquier cosa, piensa él, no tiene límites.

—Os arrepentiréis —dice— de hablarme así. Creéis que os habéis hecho grande y que ya no me necesitáis —le tiembla la voz—. Sé que estáis hablando con los Seymour. Creéis que es secreto pero nada es secreto para mí. Me chocó cuando me enteré, os lo aseguro, me pareció increíble que os arriesgaseis a invertir vuestro dinero en una operación tan peligrosa. ¿Qué tiene en realidad Jane Seymour más que la virginidad? ¿Y de qué vale la virginidad a la mañana siguiente? Antes del asunto, ella es la reina de su corazón, y después no es más que otra furcia que no sabe tener las faldas bajadas. Jane no tiene ni belleza ni inteligencia. No retendrá a Enrique una semana. Será despachada a Wolf Hall y olvidada.

—Tal vez —dice él. Hay una posibilidad de que ella tenga razón; él no la desecharía—. *Madame*, las cosas iban mejor antes entre nosotros. Solíais escuchar mis consejos. Dejad que os aconseje ahora. Abandonad vuestros planes y proyectos. Quitaos esa carga de encima. Conservad la serenidad hasta que nazca el niño. No pongáis en peligro su bienestar agitando vuestra mente. Vos misma lo habéis dicho, disputas y conflictos pueden marcar a un niño antes incluso de que vea la luz. Acomodaos a los deseos del rey. En cuanto a Jane, es pálida y discreta, ¿verdad que sí? Fingid que no la veis. Apartad la vista de miradas que no son para vos.

Ella se inclina hacia delante en su asiento, las manos cerradas sobre las rodillas.

—Os aconsejaré yo a vos, Cremuel. Llegad a un acuerdo conmigo antes de que nazca mi hijo. Aunque fuese una niña tendré más. Enrique nunca me abandonará. Esperó por mí bastante. Yo he hecho que le mereciese la pena esperar. Y si me diese la espalda se la dará también a esa gran tarea maravillosa que se ha llevado a cabo en este reino desde que yo me convertí en reina de él... Me refiero a la tarea en pro del Evangelio. Enrique nunca volverá a Roma. No hincará la rodilla. Desde mi coronación hay una Inglaterra nueva. Que no puede subsistir sin mí.

«No es así, *madame* —piensa él—. Yo podría separaros de la Historia si fuese preciso.»

—Tengo la esperanza de que no estemos enfrentados —dice—. Os daré un consejo sencillo, como de amigo a amigo. Sabéis que soy, o era, un padre de familia. Siempre aconsejé sosiego a mi esposa en un periodo como éste. Si hay alguna cosa que pueda hacer por vos, decídmelo y lo haré. —Alza la vista hacia ella. Le brillan los ojos—. Pero no me amenacéis, buena señora. Me incomoda.

Ella replica:

—No me preocupa lo que pueda incomodaros. Debéis considerar qué es lo que os conviene, señor secretario. Lo que se ha hecho se puede deshacer.

—Estoy totalmente de acuerdo —dice él.

Hace una inclinación y sale. Ella le da lástima: está luchando con las armas de las mujeres, que son lo único que tienen. En la antecámara de su aposento, sólo está lady Rochford.

—¿Lloriqueando aún? —pregunta.

—Creo que ha recuperado la compostura.

—Está perdiendo su belleza, ¿no os parece? ¿Anduvo demasiado tiempo al sol este verano? Están empezando a salirle arrugas.

—Yo no la miro, señora mía. Bueno, no más de lo que un súbdito debería.

—Oh, ¿así que vos no la miráis? —Le parece divertido—. Entonces yo os lo explicaré. Parece a cada día que pasa de la edad que tiene y más. Las caras no son neutras. En ellas están escritos nuestros pecados.

—¡Cielo Santo! ¿Qué he hecho yo entonces?

Ella se ríe.

—Señor secretario, eso es lo que nos gustaría saber a todos. Pero bueno, quizá no sea siempre verdad. María Bolena, que se ha ido al campo, tengo entendido que florece allí como un mes de mayo. Está guapa y rellenita, dicen. ¿Cómo es posible? Una pelandusca acabada como María, que pasó por tantas manos que no puedes encontrar un mozo de establo que no la haya tenido. Pero poniendo a una al lado de la otra, resulta que está sana la que parece..., ¿cómo lo diría?..., muy usada.

Las otras damas irrumpen en la habitación parloteando.

—¿La habéis dejado sola? —dice Mary Shelton como si Ana no debiese estar sola. Se recogen las faldas y revolotean de nuevo hacia la cámara interior.

Él se despide de lady Rochford. Pero hay algo que se mueve al lado de sus pies, impidiéndole irse. Es la enana, a cuatro patas. Gruñe y hace como si quisiera morderle. Le cuesta reprimir el impulso de ahuyentarla a patadas.

Se entrega a su jornada. Se pregunta: ¿cómo puede ser la vida para lady Rochford, estar casada con un hombre que la humilla, un hombre que prefiere estar con sus putas y que no hace ningún secreto de ello? No tiene ningún medio de contestar a la pregunta; ninguna vía de acceso a los sentimientos de ella. Sabe que no le gusta que ella le ponga la mano en el brazo. Parece manar y rezumar de sus poros la desdicha. Aunque se ría, sus ojos nunca ríen; revolotean de una cara a otra, lo captan todo.

El día que *Purkoy* llegó de Calais a la corte, él había cogido a Francis Bryan por la manga:

—¿Dónde puedo conseguir uno?

—Ah, para vuestra amante —había inquirido aquel diablo tuerto, haciéndose eco de las murmuraciones.

—No —había dicho él, sonriendo—, sólo para mí. Calais no tardó en andar alborotado. Revolotearon cartas cruzando el Canal. Al señor secretario le gustaría un perro bonito. Buscadle uno, buscadle uno rápido, antes de que algún otro se apunte el mérito. Lady Lisle, la esposa del gobernador, se preguntaba si debería desprenderse de su propio perro. Procedentes de unos y de otros, aparecieron media docena de podencos. Todos ellos de varios colores, alegres y risueños, con un rabo emplumado y unas patitas pequeñas y delicadas. Ninguno de ellos era como *Purkoy,* con sus orejas erguidas, su hábito interrogatorio. *Pourquoi?*

Buena pregunta.

Adviento: primero el ayuno y luego el banquete. En los almacenes y despensas, uvas pasas, almendras, nuez moscada, macis, clavos, regaliz, higos y jengibre. Los emisarios del rey de Inglaterra están en Alemania, celebrando conversaciones con la Liga de Esmalcalda, la confederación de príncipes protestantes. El emperador está en Nápoles. Barbarroja está en Constantinopla. El criado Anthony está en el gran salón de Stepney, encaramado a una escalera y vestido con una túnica bordada con la luna y las estrellas.

—¿Todo bien, Tom?

La estrella de Navidad se balancea encima de su cabeza. Cromwell se queda parado mirando hacia arriba, observando sus bordes plateados: afilados como hojas de cuchillos.

No hace más de un mes que Anthony se incorporó a la casa, pero ya resulta difícil pensar en él como un mendigo que estaba a la entrada. Cuando él había regresado de su visita a Catalina, se había reunido a la entrada de

Austin Friars la multitud habitual de londinenses. Acudían para mirar fijamente a sus criados, sus caballos y sus guarniciones, sus banderas desplegadas; pero hoy él llega con una guardia anónima, un grupo de hombres cansados que vienen de Dios sabe dónde. «¿Dónde habéis estado, lord Cromwell?», berrea un hombre: como si él les debiese una explicación a los londinenses. A veces se ve a sí mismo, con sus ojos mentales, vestido con desechos robados, un soldado de un ejército desbaratado: un muchacho hambriento, un extranjero, boquiabierto ante la puerta de su propia casa.

Están a punto de pasar al patio, pero él dice: alto; un rostro macilento cabecea a su lado; un hombrecillo ha conseguido abrirse paso como una comadreja entre la multitud y se aferra a su estribo. Llora y es tan notoriamente inofensivo que nadie alza una mano contra él; sólo él, Cromwell, siente que se le erizan los pelos del cogote: así es como te atrapan, desvían tu atención hacia algún incidente preparado mientras el asesino viene por detrás con el cuchillo. Pero los hombres de armas son una muralla a su espalda, y ese desdichado tiembla tanto encogido allí que si sacase un puñal se cortaría sus propias rodillas. Se inclina:

—¿Te conozco? Te he visto aquí antes.

Por la cara del hombre corren lágrimas. No tiene ni un diente visible, una condición que perturbaría a cualquiera.

—Dios os bendiga, mi señor. Que él vele por vos y aumente vuestra riqueza.

—Oh, ya lo hace. —Está cansado de explicar a la gente que él no es su señor.

—Dadme un sitio —suplica el hombre—. Estoy en andrajos, como veis. Dormiré con los perros si queréis.

—A los perros podría no gustarles.

Uno de los miembros de su escolta interviene:

—¿Queréis que lo aparte, señor?

Ante esto el hombre rompe a llorar de nuevo.

—Oh, callad —dice él, como si fuese un niño. El lamento redobla, fluyen las lágrimas como si tuviese una bomba detrás de la nariz. ¿Se le desprenderían los dientes de tanto llorar? ¿Es posible?

—Soy un hombre sin amo —gime la pobre criatura—. Mi querido señor murió en una explosión.

—Dios nos ampare, ¿qué clase de explosión? —Su atención se desvía: ¿anda la gente desperdiciando pólvora? Es algo que podemos necesitar si viene el emperador.

El hombre se balancea, los brazos sobre el pecho, las piernas a punto de ceder. Él, Cromwell, se inclina y le alza cogiéndole por la almilla andrajosa; no quiere que ruede por el suelo y asuste a los caballos.

—Levántate. Dime tu nombre.

Un gemido ahogado:

—Anthony.

—¿Y qué puedes hacer tú, además de llorar?

—Si os pluguiese, yo era muy valorado antes... ¡Ay! —Rompe a llorar sin control, abatido y tambaleante.

—Antes de la explosión... —dice él, pacientemente—. Bueno, ¿qué hacías? ¿Regar el huerto? ¿Limpiar las letrinas?

—Ay —gime el hombre—. Ninguna de esas cosas. Nada tan útil. —Se le hincha el pecho—. Señor, yo era un bufón.

Él suelta la almilla, le mira fijamente, y rompe a reír. Una risa incrédula corre de hombre en hombre por la multitud. Los miembros de su escolta se inclinan en sus sillas, riendo.

El hombrecito parece librarse de su presa de un brinco. Recupera el equilibrio y alza la vista hacia él. Tiene las mejillas completamente secas, y una sonrisa astuta ha sustituido las muestras de desesperación.

—Entonces —dice—, ¿puedo entrar?

Ahora, cuando se acerca la Navidad, Anthony mantiene a toda la casa boquiabierta con las historias de los horrores que les han sucedido en la época de la Navidad a personas que él conoce: asaltos a posaderos, establos que se incendian, ganado extraviado por las colinas. Remeda voces diferentes para hombres y mujeres, hace hablar a los perros impertinentemente a sus amos, puede imitar al embajador Chapuys y a cualquier otro que nombres.

—¿Me imitáis a mí? —le pregunta.

—Vos os resistís a darme la oportunidad —dice Anthony—. Ojalá tuviera un amo que hiciera rodar las palabras dentro de la boca o que estuviese siempre santiguándose y exclamando «María y José», o sonriendo, o frunciendo el ceño, o que tuviese un tic. Pero vos no tareáis ni arrastráis los pies ni retorcéis los pulgares.

—Mi padre tenía un carácter feroz. Aprendí de niño a estar quieto y callado. Si tenía que fijarse en mí, me pegaba.

—En cuanto a qué es lo que hay ahí —Anthony le mira a los ojos, se da una palmadita en la frente—, ¿quién lo sabe? Sería como imitar a un postigo. Una tabla tiene más expresión. Una tina de recoger el agua de la lluvia.

—Os daré un buen personaje, si queréis un nuevo amo.

—Al final lo conseguiré. Cuando aprenda a imitar el poste de una puerta. Una piedra enhiesta. Una estatua. Hay estatuas que mueven los ojos. En el país del norte.

—Tengo algunas guardadas. En las bóvedas de seguridad.

—¿Podéis dejarme la llave? Quiero ver si aún siguen moviendo los ojos, en la oscuridad, sin sus guardianes.

—¿Sois papista, Anthony?

—Es posible. Me gustan los milagros. He sido peregrino en mis tiempos. Pero el puño de Cromwell está más cerca que la mano de Dios.

En Nochebuena Anthony canta *Diversión con buena compañía*, imitando al rey y con un plato por corona. Se expande ante tus ojos, sus magros miembros se llenan de carne. El rey tiene una voz estúpida, demasiado aguda para un hombre grande. Es algo que fingimos no apreciar. Pero ahora él se ríe con Anthony, tapándose la boca con la mano. ¿Cuándo ha visto Anthony al rey? Parece conocer todos sus gestos. No me sorprendería, piensa, que haya estado correteando por la corte estos años, consiguiendo un *per diem* y sin que nadie le haya preguntado para qué está allí o cómo ha conseguido entrar en nómina. Si puede imitar a un rey, puede fácilmente imitar a un tipo útil y diligente que tiene que ver cosas y resolver asuntos.

Llega el día de Navidad. Tocan las campanas en la iglesia de Dunstan. Vagan en el viento copos de nieve. Los podencos llevan cintas. El primero que llega es el señor Wriothesley; era un gran actor cuando estaba en Cambridge y estos últimos años ha estado al cargo de las funciones en su casa. «Basta con que me dejéis un papel pequeño —le había rogado—. ¿Podría ser un árbol? Así no necesitaría aprender ninguna cosa. Los árboles tienen un ingenio extemporáneo.»

—En las Indias —dice Gregory—, los árboles pueden caminar. Se levantan ellos solos, con sus raíces, y si sopla el viento pueden trasladarse a un sitio más recogido.

—¿Quién te contó eso?

—Me temo que fui yo —dice Llamadme Risley—. Pero él disfrutó mucho oyéndolo. Estoy seguro de que no le hizo ningún daño.

La bella esposa de Wriothesley está vestida de Maid Marion, la enamorada de Robin Hood, el pelo suelto le cae hasta la cintura. Wriothesley sonríe bobaliconamente, vestido con unas faldas a las que se aferra su hija que aún está dando los primeros pasos.

—He venido de virgen —dice—. Son tan raras en estos tiempos que mandan unicornios a buscarlas.

—Id y cambiaos —dice él—. No me gusta. —Alza el velo del señor Wriothesley—. No estáis muy convincente, con esa barba.

Llamadme Risley hace una inclinación.

—Pero he de llevar un disfraz, señor.

—Nos queda uno de gusano —dice Anthony—. O podríais ser también una rosa gigante a rayas.

—San Desembarazo era una virgen y se dejó barba —aporta Gregory—. Para alejar a sus pretendientes y proteger así su castidad. Las mujeres le rezan si quieren librarse de sus maridos.

Llamadme Risley va a cambiarse. ¿Gusano o flor?

—Podríais ser un gusano en el capullo —sugiere Anthony.

Han llegado Rafe y su sobrino Richard; les ve intercambiar una mirada; coge en brazos a la niña de Wriothesley, le pregunta por su hermano pequeño y admira su gorro.

—Señora, he olvidado vuestro nombre.

—Me llamo Elizabeth —dice la niña.

Richard Cromwell dice:

—¿Estáis todos estos días?

Me ganaré a Llamadme, piensa él. Se lo quitaré del todo a Stephen Gardiner, y verá dónde están sus verdaderos intereses, y será leal sólo a mí y a su rey.

Cuando llega Richard Riche con su esposa, él admira las mangas nuevas de raso rojizo de ella.

—Robert Packington me cobró seis chelines —dice ella, en tono ofendido—. Y cuatro peniques por forrarlas.

—¿Le ha pagado Riche? —Él se ríe—. A Packington no hay que pagarle. Eso sólo lo envalentona.

Cuando llega el propio Packington, está serio. Es evidente que tiene algo que decir, y no es sólo «¿Qué tal?». Le acompaña su amigo Humphrey Monmouth, un defensor incondicional del gremio de pañeros.

—William Tyndale aún está en prisión, y probablemente lo maten, según me han dicho. —Packington vacila, pero es evidente que debe hablar—. Pienso en él sufriendo la cárcel, mientras nosotros disfrutamos de nuestro banquete. ¿Qué haréis por él, Thomas Cromwell?

Packington es un hombre del Evangelio, un reformador, uno de sus amigos más antiguos. Le expone como amigo sus problemas: él no puede negociar personalmente con las autoridades de los Países Bajos, necesita el permiso de Enrique. Y Enrique no se lo dará, porque Tyndale nunca le dará una buena opinión sobre su divorcio. Tyndale, lo mismo que Martín Lutero, piensa que el matrimonio de Enrique con Catalina aún es válido, y ninguna consideración política le hará cambiar de criterio. Sería lógico que lo hiciese, que se aviniese con el rey de Inglaterra, para ganarse su amistad; pero Tyndale es un hombre obstinado, simple y terco como una roca.

—¿Así que nuestro hermano debe arder en la hoguera? ¿Eso es lo que queréis decirme? Feliz Navidad para vos, señor secretario. —Se vuelve—. Dicen que el dinero os sigue últimamente como un perro a su amo.

Él le pone una mano en el brazo:

—Rob... —Luego se echa atrás y dice cordialmente—: No se equivocan.

Sabe lo que piensa su amigo. El señor secretario es tan poderoso que puede mover la voluntad del rey; y si puede, ¿por qué no lo hace, salvo porque está demasiado ocupado llenando su bolsa? Él quiere pedir: dejadme que descanse un día, por amor de Dios.

Monmouth dice:

—¿Es que habéis olvidado a aquellos hermanos nuestros a los que quemó Thomas Moro? ¿Y aquellos a los que acosó empujándolos a la muerte? ¿A los que se doblegaron después de meses de prisión?

—Él no os doblegó a vos. Vivisteis para ver la caída de Moro.

—Pero su brazo se alza desde la tumba —dice Packington—. Moro tenía hombres en todas partes, rodeando a Tyndale. Fueron los agentes de Moro quienes lo traicionaron. Si pudieseis convencer al rey, no podría la reina...

—La reina necesita que la ayuden a ella. Y si deseáis ayudarla, decid a vuestras esposas que contengan sus lenguas venenosas.

Se aleja de allí. Los hijos de Rafe (sus hijastros más bien) le gritan que vaya y vea sus disfraces. Pero la conversación, interrumpida, le deja un regusto amargo que persiste a lo largo del festejo. Anthony le persigue con chistes, pero él vuelve sus ojos hacia la niña vestida como un ángel: es la hijastra de Rafe, la niña mayor de su esposa Helen. Lleva las alas de pavo real que él hizo hace mucho para Grace.

¿Hace mucho? Ni siquiera diez años. Los ojos de las plumas brillan; el día es oscuro, pero las hileras de velas hacen resaltar los hilos de oro, las manchas color escarlata de las bayas de acebo colgadas de la pared, los puntos de la estrella de plata. Esa noche, mientras flotan hacia la tierra copos de nieve, Gregory le pregunta:

—¿Dónde viven los muertos ahora? ¿Tenemos Purgatorio o no? Dicen que existe aún, pero nadie sabe dónde. Dicen que no sirve de nada rezar por las almas que sufren. No podemos sacarlas de allí rezando, como podíamos antes.

Cuando su familia murió, él había hecho todo lo que era costumbre hacer en aquellos tiempos: ofrendas, misas.

—No sé —le dice—. El rey no permitirá que se predique sobre el Purgatorio, porque es un tema muy controvertido. Puedes hablar con el arzobispo Cranmer. —Tuerce la boca—. Él te contará lo último que se piensa sobre el asunto.

—Me resultará muy duro si no puedo rezar por mi madre. O si me dejan rezar pero dicen que estoy perdiendo el tiempo porque nadie me oye.

Imagina el silencio ahora, en ese lugar que es un no lugar, en esa antesala de Dios donde cada hora dura diez mil años. Imaginaste una vez las almas encerradas en una gran red, una urdimbre tejida por Dios, mantenidas seguras allí hasta que se liberasen en su radiación. Pero si se corta la red y la urdimbre se rompe, ¿se derramarán en el espacio gélido, e irán cayendo, año tras año, más y más en el silencio, hasta que no quede el menor rastro de ellas? Lleva a la niña hasta un espejo para que pueda verse las alas. Los pasos de la pequeña son tanteantes, está sobrecogida por su propia imagen. Los ojos del pavo real le hablan desde el espejo. «No nos olvides. Cuando el año cambia, estamos aquí: un susurro, un roce, un aliento de pluma de ti.»

Cuatro días después llegará a Stepney el embajador de España y del Sacro Imperio Romano-Germánico, Eustache Chapuys. Recibe una cálida acogida en la casa, cuyos miembros se acercan a él y le desean felicidad en latín y en francés. Chapuys es saboyano, habla algo de español pero apenas habla inglés, aunque está empezando a entender más de lo que habla.

Las dos casas han estado confraternizando desde una ventosa noche de otoño en que estalló un incendio en la del embajador, y sus sirvientes, gritando, ennegrecidos por la ceniza y llevando todo lo que pudieron salvar, llamaron a las puertas de Austin Friars. El embajador perdió su mobiliario y su guardarropa; era imposible no reírse al verlo, envuelto en una cortina chamuscada, con sólo una camisa debajo. Su séquito pasó la noche en jergones de paja, en el suelo del vestíbulo, tras abandonar su cuñado, John Williamson, su aposento para permitir que lo ocupase el inesperado dignatario. Al día siguiente, el embajador hubo de pasar por la vergüenza de tener que presentarse con ropas prestadas que le quedaban demasiado grandes; era eso o vestir la librea de Cromwell, un espectáculo del que la carrera de un embajador no podría haberse recuperado jamás. Él había puesto a trabajar a los sastres inmediatamente. «No sé cómo vamos a conseguir esa seda de color llama intenso que os gusta a vos.

Pero la pediré a Venecia.» Al día siguiente, él y Chapuys habían ido a ver lo que quedaba de la casa juntos y habían examinado el terreno bajo las vigas ennegrecidas. El embajador lanzó un gemido sordo mientras removía con un palo el fango negro y acuoso de lo que habían sido sus documentos oficiales. «¿Creéis —había dicho, levantando la vista— que hicieron esto los Bolena?»

El embajador no ha reconocido nunca a Ana Bolena, nunca ha sido presentado a ella; no debe gozar de ese placer, ha decretado Enrique, hasta que esté dispuesto a besarle la mano y llamarla reina. Es a la otra reina a la que él se mantiene leal, a la desterrada de Kimbolton; pero Enrique dice: Cromwell, alguna vez probaremos a poner a Chapuys cara a cara con la verdad. Me gustaría saber qué haría, dice el rey, si le interpusiese en el camino de Ana y no pudiese eludirla.

El embajador lleva hoy un sombrero sorprendente. Se parece más a los que lleva George Bolena que al sombrero de un consejero respetable.

—¿Qué os parece, Cremuel? —lo ladea.

—Muy adecuado. Tengo que conseguir uno igual.

—Permitidme que os lo regale... —Chapuys se lo quita de la cabeza con un floreo, luego lo reconsidera—. No, no os quedaría bien porque tenéis la cabeza muy grande. Mandaré que os hagan uno. —Lo coge del brazo—. *Mon cher*, la gente de vuestra casa es tan deliciosa como siempre, pero ¿podemos hablar a solas?

En una habitación privada, el embajador ataca.

—Dicen que el rey va a ordenar a los sacerdotes que se casen.

Le ha cogido con la guardia baja; pero no está dispuesto a que le agrien su buen humor.

—Habría cierto mérito en eso, porque se evitaría la hipocresía. Pero puedo deciros claramente que eso no sucederá. El rey no querrá oír hablar de ello.

Mira detenidamente a Chapuys; ¿habrá oído tal vez que Cranmer, arzobispo de Canterbury, tiene una esposa secreta? Seguro que no puede saberlo. Si lo supiese, le denunciaría y le hundiría. Odian a Thomas Cranmer, estos presuntos católicos, casi tanto como odian a Thomas Cromwell. Le indica al embajador el mejor asiento.

—¿No queréis sentaros y tomar un vaso de burdeos?

Pero Chapuys no se deja desviar.

—He oído decir que vais a echar a todos los monjes y monjas a los caminos.

—¿A quién oísteis decir eso?

—A los propios súbditos del rey.

—Escuchadme, *monsieur*. Cuando mis emisarios van por ahí, lo que más les piden los monjes es que se les deje marchar. Y las monjas también, no pueden soportar su esclavitud, acuden a mis hombres llorando y pidiendo la libertad. Yo tengo la intención de pensionarlos, o encontrarles puestos útiles. Si son doctos se les pueden asignar estipendios. Si son sacerdotes ordenados, las parroquias los utilizarán. Y en cuanto al dinero sobre el que están sentados los frailes, me gustaría que algo de él fuese a los curas de las parroquias. No sé cómo debe de ser en vuestro país, pero algunos beneficios sólo proporcionan cuarenta y cinco chelines al año. ¿Quién va a asumir una cura de almas por una suma con la que no puede pagar ni la leña del fuego? Y cuando yo haya asignado al clero un ingreso del que pueda vivir, me propongo hacer a cada sacerdote mentor de un escolar pobre, para que le ayude a llegar a la universidad. La generación siguiente de sacerdotes será ilustrada, e ilustrarán a su vez. Decid esto a vuestro señor. Decidle que mi propósito es que la buena religión prospere, que no se marchite.

Pero Chapuys no acepta eso. Está dándose tirones en la manga y sus palabras caen una sobre otra atropelladamente.

—Yo no digo mentiras a mi señor. Le digo lo que veo. Veo una población inquieta, Cremuel, veo descontento, veo desdicha; veo hambre, antes de la primavera. Estáis comprando trigo en Flandes. Dad gracias al emperador, que permite que sus territorios os alimenten. Ese comercio podría interrumpirse, ¿sabéis?

—¿Qué ganaría él matando de hambre a mis compatriotas?

—Ganaría esto, que viesen lo pérfidamente que están gobernados y lo ignominioso que es el proceder del rey. ¿Qué están haciendo vuestros emisarios con los príncipes alemanes? Hablar, hablar, hablar, mes tras mes. Sé que tienen la esperanza de firmar un tratado con los luteranos e importar aquí sus prácticas.

—El rey no dejará que se modifique la forma de la misa. Es muy claro en eso.

—Sin embargo —Chapuys blande un dedo en el aire—, ¡el hereje Melanchton le ha dedicado un libro! No se puede ocultar un libro, ¿verdad? No, negadlo si queréis, Enrique acabará aboliendo la mitad de los sacramentos y haciendo causa común con esos herejes, con el propósito de incomodar a mi señor, que es el emperador. Enrique empezó burlándose del papa y acabará abrazando al diablo.

—Parece que lo conocéis mejor que yo. A Enrique, quiero decir. No al diablo.

Está asombrado del giro que ha tomado la conversación. Hace sólo diez días disfrutó de una agradable cena con el embajador, en la que Chapuys le aseguró que el emperador sólo pensaba en la tranquilidad del reino. No se habló entonces de bloqueos, no se habló de matar a Inglaterra de hambre.

—Eustache —dice—, ¿qué ha pasado?

Chapuys se sienta bruscamente, se echa hacia delante apoyando los codos en las rodillas. Se le hunde más el sombrero, hasta que se lo quita y lo pone en la mesa, no sin una mirada de pesar.

—Thomas, he tenido noticias de Kimbolton. Dicen que la reina no puede retener ya el alimento, que ni siquiera puede beber agua. No ha dormido dos horas seguidas en seis noches. —Chapuys se tapa los ojos con los puños—. Temo que no vaya a vivir más de un día o dos. No quiero que muera sola, sin nadie que la quiera. Temo que el rey no me deje ir. ¿Me dejaréis ir vos?

El dolor del hombre le conmueve; brota del corazón, de más allá de sus instrucciones como enviado.

—Iremos a Greenwich y se lo pediremos —dice—. Hoy mismo. Iremos ahora. Poneos otra vez el sombrero.

En la barca él dice: «Este viento es de deshielo». Chapuys no parece apreciarlo. Va encogido, envuelto en capas de piel de cordero.

—El rey se proponía justar hoy —dice él.

—¿En la nieve? —dice Chapuys, resoplando.

—Puede hacer que le despejen el campo.

—Monjes trabajadores, sin duda.

Él no puede evitar reírse ante la tenacidad del embajador.

—Es mejor esperar que la diversión no se vea interrumpida, así Enrique estará de buen humor. Acaba de regresar de hacer una visita en Eltham a la princesita. Debéis preguntarle por su salud. Y debéis hacerle un regalo de Año Nuevo, ¿habéis pensado en ello?

El embajador le mira furioso. Lo único que él le daría a Elizabeth sería un coscorrón.

—Me alegro de que no se haya helado el río. A veces no podemos utilizarlo en varias semanas. ¿Lo habéis visto helado?—Ninguna respuesta—. Catalina es fuerte, sabéis. Si no nieva más y el rey lo permite, podréis cabalgar hasta allí mañana. Ha estado enferma antes y se ha recuperado. La encontraréis sentada la cama y os preguntará por qué habéis ido.

—¿Por qué habláis tanto? —dice Chapuys, sombrío—. No es propio de vos.

¿Por qué en realidad? Si Catalina muere será una gran cosa para Inglaterra. Carlos puede ser un sobrino afectuoso pero no mantendrá una disputa por una muerta. La amenaza de guerra se esfumará. Será una nueva era. Lo único que espera es que ella no sufra. Eso no tendría ningún sentido.

Desembarcan en el muelle del rey. Chapuys dice:

—Vuestros inviernos son tan largos. Ojalá fuese otra vez joven y estuviese en Italia.

Han despejado el muelle de nieve pero los campos están aún cubiertos por ella. El embajador recibió su educación en Turín. Allí no hay esa clase de viento, que aúlla alrededor de las torres como un alma en pena.

—Os olvidáis de los pantanos y el aire viciado, ¿verdad? —dice él—. A mí me pasa igual, no recuerdo más que la luz del sol.

Coloca una mano bajo el codo del embajador para conducirlo a tierra. Chapuys por su parte se sujeta con firmeza el sombrero. Tiene las borlas mojadas y gotean, y en cuanto al embajador parece que estuviese a punto de llorar.

El gentilhombre que les recibe es Harry Norris.

—Vaya, el gentil Norris —cuchichea Chapuys—. Podría ser peor.

Norris es, como siempre, el modelo de la cortesía.

—Corrimos lanzas —dice, en respuesta a la pregunta—. El mejor fue Su Majestad. Lo encontraréis contento. Ahora estamos ya vistiéndonos para el baile de máscaras.

Él nunca ve a Norris pero recuerda a Wolsey saliendo de su propia casa tambaleándose ante los hombres del rey, huyendo a una casa fría y vacía en Esher: arrodillándose en el barro y farfullando gracias, porque el rey le había enviado por Norris una muestra de buena voluntad. Se arrodilló para dar gracias a Dios, pero parecía que se estaba arrodillando ante Norris. No importa lo mucho que Norris lubrifique las cosas ahora a su alrededor; él nunca podrá borrar de su mente esa escena.

Dentro de palacio, un tráfago estruendoso, golpeteo de pisadas; músicos reuniendo sus instrumentos, sirvientes de categoría superior que ladran órdenes brutales a los de más baja condición. Cuando el rey sale a recibirles, lo hace con el embajador francés a su lado. Chapuys se queda sobrecogido. Es *de rigueur* un saludo efusivo: muamua. Con qué suavidad y facilidad ha vuelto Chapuys a su personaje; con qué cortés floreo hace la reverencia a Su Majestad. Un diplomático tan experto puede llegar a embaucar incluso a sus propias rodillas; Chapuys le recuerda, no por primera vez, a un maestro de danza. Sostiene al costado el llamativo sombrero.

—Feliz Navidad, embajador —dice el rey; luego añade esperanzadamente—: Los franceses me han hecho ya grandes regalos.

—Y los regalos del emperador los recibirá Su Majestad por Año Nuevo —se ufana Chapuys—. Os parecerán más majestuosos aún.

El embajador francés le mira.

—Feliz Navidad, Cremuel. ¿No hay bolos hoy?

—Hoy estoy a vuestra disposición, *monsieur*.

—Yo me voy —dice el francés. Parece sardónico; el rey ha cogido ya por el brazo a Chapuys—. Majestad, puedo aseguraros antes de partir que mi señor, el rey François, tiene su corazón unido al vuestro —su mirada pasa sobre Chapuys—. Con la amistad de Francia, podéis estar seguro de que reinaréis tranquilo y no tendréis ya por qué temer a Roma.

—¿Tranquilo? —dice él: él, Cromwell—. Bueno, embajador, sois muy gentil por ello.

El francés pasa a su lado con un breve cabeceo. Chapuys se yergue cuando el brocado francés roza su persona; aparta el sombrero, como para salvarlo de cualquier contaminación.

—¿Queréis que os lo sostenga yo? —cuchichea Norris.

Pero Chapuys ha centrado su atención en el rey.

—La reina Catalina... —comienza.

—La princesa viuda de Gales —dice con firmeza Enrique—. Sí, tengo entendido que la anciana ha dejado de comer otra vez. ¿Es por eso por lo que habéis venido?

Harry Norris cuchichea:

—Tengo que vestirme de moro. ¿Me perdonaréis, señor secretario?

—Alegremente, en ese caso —dice él. Norris se esfuma. Durante los diez minutos siguientes tiene que permanecer de pie y oír mentir al rey con fluidez. Los franceses, dice, le han hecho grandes promesas, todas las cuales se cree. El duque de Milán ha muerto, así que tanto Carlos como Francisco reclaman el ducado, y a menos que puedan resolver el asunto habrá guerra. Por supuesto, él es siempre un amigo del emperador, pero los franceses le han prometido ciudades, le han prometido castillos, un puerto de mar incluso, así que debe plantearse seriamente, pensando en el bien de su país, una alianza oficial. Sin embargo, sabe que el emperador puede hacer ofertas igual de buenas, e incluso mejores...

—No fingiré con vos —le dice Enrique a Chapuys—. Como inglés, soy honrado en mis tratos. Un inglés nunca miente ni engaña, ni siquiera en beneficio propio.

—Parece —replica Chapuys— que sois demasiado bueno para vivir en este mundo. Si vos no pensáis en los intereses de vuestro país, debo pensar yo en ellos por vos. Los franceses no os darán ningún territorio, digan lo que digan. ¿He de recordaros qué amigos tan mezquinos han sido con vos estos últimos meses, cuando no podíais alimentar a vuestro pueblo? Si no fuese por los embarques de trigo que mi señor permite, vuestros súbditos serían cadáveres amontonados desde aquí hasta la frontera escocesa.

Hay cierta exageración en eso. Es una suerte que Enrique esté hoy de un humor festivo. Le gustan los banquetes, los pasatiempos, las justas, el baile de máscaras que se prepara; le gusta aún más la idea de que su antigua esposa yace en su lecho, en los pantanos, exhalando su último aliento.

—Venid, Chapuys —dice—. Celebraremos una conferencia privada en mi cámara.

Y arrastra al embajador con él, haciendo un guiño hacia atrás por encima de su cabeza.

Pero Chapuys para en seco. El rey debe parar también.

—Majestad, podemos hablar de eso después. Mi misión ahora no permite dilación alguna. Os ruego que me deis licencia para cabalgar hasta donde la..., hasta donde está Catalina. Y os imploro que permitáis que su hija vaya a verla. Puede que sea por última vez.

—Oh, no, no podría andar llevando a lady María por ahí sin asesoramiento de mi Consejo Real. Y no veo que haya ninguna esperanza de convocarlo hoy. Pensad en cómo están los caminos. En cuanto a vos, ¿cómo pensáis viajar? ¿Tenéis alas? —El rey se ríe. Vuelve a coger al embajador del brazo y se lo lleva. Se cierra una puerta. Cromwell se queda mirándola, furioso. ¿Qué más mentiras se contarán tras ella? Chapuys tendrá que entregar los huesos de su madre para igualar esas grandes ofertas que Enrique afirma que han hecho los franceses.

Él piensa: ¿qué haría el cardenal? Wolsey solía decir: «No quiero oíros decir nunca: "No se sabe lo que pasa detrás de las puertas cerradas". Descubridlo».

Sí. Intenta pensar alguna razón para poder seguirlos hasta allí dentro. Pero aparece Norris bloqueando el paso. Con su atuendo de moro, la cara ennegrecida, se muestra juguetón, sonriente, pero vigilante aún. Juego navideño: enredemos un poco con Cromwell. Él está a punto de hacer dar la vuelta a Norris, cogiéndolo por su hombro sedoso, cuando llega resoplando un dragón.

—¿Quién es ese dragón? —pregunta.

Norris resopla. «Francis Weston.» Echa hacia atrás la lanuda peluca para revelar su noble frente. «Ese dragón va a ir meneando la cola hasta las cámaras de la reina a pedir dulces.»

Él sonríe.

—Eso no parece gustaros, Harry Norris.

¿Por qué no? Había hecho su tiempo de servicio en la puerta de la reina. En el umbral.

Norris dice:

—Ella jugará con él y le dará unas palmadas en la grupita. Le gustan los perritos.

—¿Habéis descubierto quién mató a *Purkoy*?

—No digáis eso —ruega el moro—. Fue un accidente.

Al lado de su codo, haciéndole volverse, está William Brereton.

—¿Dónde está ese dragón tres veces maldito? —inquiere—. Soy yo quien tiene que perseguirle.

Brereton está vestido como un cazador antiguo, con la piel de una de sus víctimas.

—¿Esa piel de leopardo es auténtica, William? ¿Dónde la conseguiste?, ¿en Chester? —La palpa críticamente. Brereton parece estar desnudo debajo de ella.

—¿Es apropiado esto? —pregunta.

Brereton gruñe:

—Es la estación de la licencia. Si os hubiesen forzado a disfrazaros de cazador antiguo, ¿os pondríais una almilla?

—Siempre que no se invite a la reina a contemplar vuestros *attributi*...

El moro ríe.

—No le enseñaría nada que ella no haya visto.

Él enarca una ceja.

—¿Los ha visto?

Norris se ruboriza fácilmente para ser un moro.

—Ya sabéis lo que quiero decir. No los de William. Los del rey.

Él alza una mano.

—Tomad nota, por favor, no introduje yo el tema. Por cierto, el dragón fue en esa dirección.

Él recuerda el año anterior, Brereton pavoneándose por Whitehall, silbando como un mozo de establo; interrumpiéndose para decirle: «He oído que el rey, cuando no le gustan los papeles que le traéis, os atiza capones en la cabezota».

Tú recibirás capones, se había dicho él. Hay algo en este hombre que le hace sentir que es de nuevo un muchacho, un pequeño rufián hosco y beligerante peleando en la orilla del río en Putney. Lo ha oído antes, ese rumor difundido para humillarle. Cualquiera que conozca a Enrique sabe que es imposible. Es el primer gentilhombre de Europa, su cortesía es impecable. Si quisiera que le pegasen a alguien, emplearía a un súbdito para hacerlo; no se mancharía las manos él. Es cierto que a veces discrepan, pero si Enrique le tocase, él se iría. Hay príncipes en Europa que le quieren. Le hacen ofertas; podría tener castillos.

Ahora observa a Brereton, que se encamina hacia los aposentos de la reina, el arco colgando del hombro peludo. Se vuelve para hablarle a Norris, pero su voz queda apagada por un estrépito metálico, una colisión como de guardias: gritos de «Paso a mi señor, el duque de Suffolk».

La parte superior del cuerpo del duque aún está armada; tal vez haya estado fuera en el patio, corriendo lanzas solo. Tiene la cara enrojecida, la barba (que va haciéndose cada año más impresionante) se extiende sobre la coraza por el pecho. El valeroso moro da un paso adelante para decir: «Su Majestad está conferenciando con...», pero Brandon lo echa a un lado de un golpe, como si estuviese en una cruzada.

Él, Cromwell, sigue al duque. Si tuviese una red se la arrojaría encima. Brandon da un golpe en la puerta del rey con el puño, luego la abre de golpe.

—Dejad lo que estéis haciendo, Majestad. Debéis oír esto, Dios del Cielo. Os habéis librado de la vieja dama. Está ya en su lecho de muerte. Pronto seréis viudo. Y entonces podréis libraros también de la otra, y casaros en Francia, vive Dios, y haceros con Normandía como

dote... —Se da cuenta de la presencia de Chapuys—.
Oh. El embajador. Bueno, vos podéis idos. No tiene sentido que os quedéis a recoger migajas. Idos a casa y celebrad vuestra propia Navidad, no os queremos aquí.
Enrique se ha puesto pálido.

—Pensad lo que estáis diciendo. —Se aproxima a Brandon como si se propusiese derribarle de un golpe; cosa que podría hacer si tuviese una alabarda—. Mi esposa está esperando un hijo. Estoy casado legalmente.

—Oh. —Charles resopla hinchando los carrillos—. Sí, mientras eso dure. Pero yo creí que decíais...

Él, Cromwell, se lanza hacia el duque. ¿De dónde, en el nombre de la propia hermana de Satanás, ha sacado Charles esa idea? ¿Casarse en Francia? Debe de ser el plan del rey, pues Brandon no tiene ninguno propio. Da la impresión de que Enrique está llevando dos políticas exteriores: una sobre la que él sabe y otra sobre la que no. Sujeta a Brandon. Le lleva la cabeza. No cree que pueda mover aquella media tonelada de estupidez, acolchada además y parcialmente armada. Pero parece que puede moverle con rapidez, e intenta arrastrarle fuera del campo de audición del embajador, que tiene una expresión de asombro. Sólo cuando le ha conseguido empujar hasta el otro lado de la cámara de presencia se detiene y pregunta:

—Suffolk, ¿de dónde habéis sacado eso?

—Ah, nosotros, los nobles señores, sabemos más de lo que sabéis vos. El rey nos revela sus verdaderas intenciones. Vos creéis conocer todos sus secretos, pero estáis equivocado, Cromwell.

—Ya oísteis lo que él dijo. Lleva dentro un hijo suyo. Estáis loco si pensáis que la va a repudiar ahora.

—Él está loco si piensa que es suyo.

—¿Qué? —Se aparta de Brandon como si la coraza de su pecho estuviese caliente—. Si sabéis algo que afecte al honor de la reina, estáis obligado como súbdito a hablar claramente.

Brandon le aparta el brazo.

—Hablé claramente hace tiempo y mirad a lo que me condujo. Le conté lo de ella y Wyatt, y él me echó a patadas de la corte, me envió de vuelta al este, al campo.

—Si metéis a Wyatt en esto, seré yo el que os corra a patadas hasta China.

La cara del duque está congestionada de ira. ¿Cómo ha llegado a esto? Hace sólo unas semanas Brandon le estaba pidiendo que apadrinase al hijo que ha tenido con su nueva mujercita. Pero ahora el duque gruñe:

—Volved a vuestro ábaco, Cromwell. Vos sólo servís para conseguir dinero, pero por lo que se refiere a los asuntos de las naciones no podéis intervenir, sois hombre de baja condición, sin nobleza, y el propio rey lo dice: no sois adecuado para hablar con príncipes.

La mano de Brandon en su pecho, echándole atrás: el duque se encamina de nuevo hacia el rey. Es Chapuys, congelado en su dignidad y su aflicción, el que introduce un cierto orden, interponiéndose entre el rey y la maciza y agitada masa del duque.

—Me voy, Majestad. Habéis sido, como siempre, un príncipe muy gentil. Si llego a tiempo, como confío hacer, mi señor tendrá el consuelo de recibir noticias de las últimas horas de su tía de mano de su propio enviado.

—No puedo hacer menos —dice Enrique, tranquilizado—. Que Dios nos valga.

—Partiré con las primeras luces —le dice Chapuys; se van, rápidamente, abriéndose paso entre los bailarines y los balanceantes caballos de juguete, pasan entre un tritón y su banco de peces, bordean un castillo que avanzaba retumbante hacia ellos, albañilería pintada sobre engrasadas ruedas.

Fuera en el muelle, Chapuys se vuelve hacia él. Dentro de su mente deben de estar girando también ruedas engrasadas; lo que ha oído sobre la mujer a la que él llama la concubina, estará ya siendo cifrado en despachos. No pueden fingir entre ellos que no lo oyó: cuando Brandon berrea, caen árboles en Alemania. No sería sorprendente que el embajador estuviese graznando de triunfo: no ante la idea de un matrimonio francés, desde luego, sino ante la idea del eclipse de Ana.

Pero Chapuys mantiene la compostura; está muy pálido, muy afectado.

—Cremuel —dice—, tomé nota de los comentarios del duque. Sobre vuestra persona. Sobre vuestra posición —carraspea—. Por si sirve de algo, yo soy también un hombre de orígenes humildes. Aunque quizá no tanto...

Él conoce la historia de Chapuys. Procede de una familia de pequeños letrados, a dos generaciones de distancia del campo.

—Y de nuevo, por si sirve de algo, creo que tenéis aptitudes para negociar. Yo os apoyaría en cualquier reunión de este mundo. Sois un hombre elocuente y docto. Si necesitase un abogado para defender mi vida, os encargaría de mi defensa a vos.

—Me asombráis, Eustache.

—Volvamos a Enrique. Inducidle a que permita que la princesa pueda ver a su madre. Una moribunda, en qué puede perjudicar eso políticamente, qué interés...

Un gemido seco y furioso brota de la garganta del pobre Chapuys. Se recupera al momento. Se quita el sombrero, lo mira fijamente, como si no pudiera acordarse de dónde lo ha sacado.

—Creo que no debería llevar este sombrero —dice—. En realidad es un sombrero de Navidad, ¿no creéis? De todos modos, me repugna desprenderme de él, es tan único.

—Dádmelo a mí. Lo enviaré a vuestra casa y podréis usarlo cuando volváis. —Cuando salgáis del luto, piensa—. Mirad..., no debéis tener muchas esperanzas sobre lo de María.

—Vos, siendo como sois un inglés, que nunca miente ni engaña... —Chapuys suelta una carcajada—. Jesús, María y José.

—El rey no permitirá ninguna reunión que pueda fortalecer el espíritu de desobediencia de María.

—¿Aunque su madre esté en el lecho de muerte?

—Especialmente en ese caso. No queremos juramentos, promesas en el lecho de muerte. ¿Comprendéis? Habla al capitán de su barca: yo me quedaré aquí y veré qué es lo que pasa con el dragón, si se come al cazador o qué. Llevad al embajador a Londres, debe prepararse para un viaje.

—Pero ¿cómo volveréis vos? —dice Chapuys.

—A rastras, si Brandon consigue lo que quiere. —Pone una mano en el hombro del hombrecito y dice suavemente—: Esto despeja el camino, ¿sabéis? Para una alianza con vuestro señor. Lo que será bueno para Inglaterra y su comercio, y es lo que vos y yo queremos. Catalina se ha interpuesto entre nosotros.

—¿Y qué me decís del matrimonio francés?

—No habrá ningún matrimonio francés. Es un cuento de hadas. Idos. Habrá oscurecido en una hora. Que descanséis bien esta noche.

El ocaso penetra ya furtivo por el Támesis: hay profundidades crepusculares en las olas chapoteantes, y una oscuridad azul avanza arrastrándose a lo largo de las orillas. Él dice a uno de los barqueros: ¿creéis que los caminos hacia el norte estarán abiertos? Dios me perdone, señor, dice el hombre: yo sólo conozco el río, y de todos modos nunca he ido más al norte de Enfield.

Cuando llega de vuelta a Stepney, la luz de las antorchas se derrama fuera de la casa, y los niños cantores, en un estado de gran excitación, cantan villancicos en el jardín; ladran perros, se balancean sobre la nieve negras formas, y una docena de montículos, espectralmente blancos, se elevan sobre los setos congelados. Uno más alto que los demás lleva una mitra; tiene un raigón de zanahoria pintado de azul por nariz y otro raigón más pequeño como miembro. Gregory corre hacia él, muy emocionado: «Mirad, señor, hemos hecho al papa con nieve».

—Primero hicimos al papa. —La cara relumbrante que hay a su lado pertenece a Dick Purser, el muchacho que se encarga de los perros guardianes—. Hicimos al papa, señor, y luego no parecía gran cosa él solo, así que hicimos una colección de cardenales. ¿Os gustan?

Los criados de la cocina se agrupan en un enjambre a su alrededor, escarchados y chorreando. Todos los de la casa han acudido, o al menos todos los de menos de treinta años. Han encendido una hoguera (bien alejada de los muñecos de nieve) y parecen estar bailando alrededor, dirigidos por su criado Christophe.

Gregory recupera el aliento.

—Sólo lo hicimos para proclamar mejor la supremacía del rey. Yo no creo que esté mal, porque podemos tocar una trompeta luego y deshacerlas todas, y el primo Richard dijo que podíamos, y él mismo moldeó la cabeza del papa, y el señor Wriothesley, que había venido en busca de vos, le colocó ese pequeño miembro al papa y se rió.

—¡Qué niños sois! —dice él—. Me gustan muchísimo. Tendremos la fanfarria mañana cuando haya más luz, ¿no?

—¿Y podemos disparar un cañón?

—¿Dónde iba a conseguir yo un cañón?

—Hablad con el rey, señor. —Gregory se está riendo; sabe que el cañón es demasiado.

Los ojos agudos de Dick Purser se han posado en el sombrero del embajador.

—¿Podríais prestármelo? Hemos hecho mal la tiara del papa, porque no sabíamos cómo tenía que ser.

Él gira el sombrero en la mano.

—Tenéis razón, esto se parece más a las cosas que usan los Farnese. Pero no. Es un encargo sagrado. Tengo que responder por él ante el emperador. Ahora, debo irme —dice, riendo—, tengo que escribir cartas, esperamos grandes cambios pronto.

—Está aquí Stephen Vaughan —dice Gregory.

—¿De veras? Ah. Bien. Hay una cosa que quiero que haga.

Va hacia la casa, la luz del fuego le lame los talones.

—Lástima, el señor Vaughan —dice Gregory—. Creo que vino por la cena.

—¡Stephen! —Un rápido abrazo—. No hay tiempo —le dice—. Catalina se está muriendo.

—¿Qué? —dice su amigo—. No oí nada de eso en Amberes.

Vaughan siempre está en tránsito. Y está a punto de ponerse en marcha de nuevo. Es sirviente de Cromwell, es servidor del rey, es los ojos y los oídos del rey al otro lado del Canal. Nada pasa entre los mercaderes flamencos o los gremios de Calais que Stephen no sepa e informe de ello.

—Me veo obligado a decir, señor secretario, que tenéis una casa muy desordenada. Esto es como si uno cenase en el campo.

—Estáis en un campo —dice él—. Más o menos. O pronto lo estaréis. Debéis poneros en marcha.

—¡Pero si acabo de bajar del barco!

Así es como Stephen manifiesta su amistad: quejas constantes, críticas y gruñidos. Él se vuelve e imparte órdenes: dad de comer a Vaughan, dad de beber a Vaughan, dad una cama a Vaughan, tened un buen caballo listo para él al amanecer.

—No os preocupéis, podéis dormir toda la noche. Luego debéis escoltar a Chapuys hasta Kimbolton. ¡Vos habláis lenguas, Stephen! Nada debe pasar en francés o en español o en latín sin que yo lo sepa palabra por palabra.

—Ya veo. —Stephen se yergue.

—Porque creo que, si Catalina muere, María estará deseando desesperadamente coger un barco para los dominios del emperador. Es primo suyo, después de todo, y aunque no debería confiar en él, no se la puede convencer de eso. Y difícilmente podemos encadenarla a una pared.

—Mantenedla en el campo. Mantenedla donde haya que andar dos días a caballo para llegar a un puerto.

—Si Chapuys viese una salida para ella, volaría en el viento y zarparía montada en un cedazo.

—Thomas —Vaughan, un hombre grave, posa una mano en él—, ¿qué es toda esta agitación? No es propio de vos. ¿Teméis que os venza una muchachita?

Le gustaría contarle a Vaughan lo que ha pasado, pero cómo transmitir la textura de todo ello: la suavidad de las mentiras de Enrique, el sólido peso de Brandon cuando él le empujó, le arrastró, le apartó a empellones del rey; la cruda humedad del viento en su cara, el gusto a sangre en la boca. Siempre será así, piensa. Seguirá siendo así. Adviento, Cuaresma, Pascua de Pentecostés.

—Mirad —suspira—, tengo que ir y escribir a Stephen Gardiner a Francia. Si éste es el final de Catalina, debo asegurarme de que se entera por mí.

—No más servilismo con los franceses por nuestra salvación —dice Stephen. ¿Es eso una sonrisa? Es una lobuna. Stephen, un comerciante, valora el comercio con los Países Bajos. Cuando las relaciones con el emperador se hunden, Inglaterra se queda sin dinero. Cuando el emperador está de nuestra parte, nos hacemos ricos.

—Podemos zanjar todas las disputas —dice Stephen—. Catalina era la causa de todas. Su sobrino se sentirá tan aliviado como nosotros. Nunca quiso invadirnos. Y ahora tiene bastante que hacer en Milán. Dejémosle combatir a los franceses si ha de hacerlo. Nuestro rey estará libre. Tendrá una mano libre para hacer lo que guste.

Eso es lo que me preocupa, piensa él. Esa mano libre. Ofrece sus disculpas a Stephen. Éste le para.

—Thomas. Os destrozaréis si seguís con este ritmo. ¿Os habéis parado alguna vez a pensar que han transcurrido la mitad de los años de vuestra vida?

—¿La mitad? Stephen, tengo cincuenta.

—Lo olvidé. —Una risita—. ¿Cincuenta ya? No tengo la sensación de que hayáis cambiado mucho desde que os conozco.

—Eso es una ilusión —dice él—. Pero os prometo que haré un descanso, cuando lo hagáis vos.

Se está caliente en su gabinete. Cierra los postigos, aislándose de la blanca claridad de fuera. Se sienta a escribir a Gardiner, alabándolo. El rey está muy complacido con su embajada en Francia. Está enviando fondos.

Posa la pluma. ¿Qué se había apoderado de Charles Brandon? Él sabe que corren murmuraciones de que el hijo de Ana no es de Enrique. Ha habido murmuraciones de que no está embarazada en absoluto, que sólo lo finge; y es verdad que parece muy insegura de cuándo dará a luz. Pero él había pensado que esos rumores procedían de Francia; y ¿qué sabían en la corte francesa? Lo ha desechado como malevolencia vacua. Es lo que Ana provoca. Ésa es su desdicha, o una de ellas.

Bajo su mano hay una carta de Calais, de lord Lisle. Se siente agotado al pensar en ella. Lisle le explica con todo detalle su día de Navidad, desde que se despierta en el frío amanecer. En determinado punto de las festividades, lord Lisle fue víctima de una ofensa: el alcalde de Calais le hizo esperar. Así que él, a su vez, hizo esperar al alcalde..., y ahora ambas partes le escriben a él: ¿qué es más importante, señor secretario, un gobernador o un alcalde? ¡Decid que soy yo, decid que soy yo!

Lord Lisle es el hombre más agradable del mundo; salvo, es evidente, cuando se interpone el alcalde. Pero está endeudado con el rey y lleva siete años sin pagar un penique. Tal vez debería hacer algo sobre eso. Y hablando de ese tema... Harry Norris, en virtud de su posición en el entorno inmediato del rey, por cierta costumbre cuyo origen y finalidad nunca ha podido desentrañar, está al cargo de los fondos secretos que el rey tiene guardados en sus principales residencias, para utilizarlos en caso de emergencia; no está claro qué liberaría esos fondos, o de dónde proceden, o cuántas monedas hay almacenadas, o quién tendría acceso a ellos si Norris llegase..., si Norris llegase a no estar disponible cuando surgiese la necesidad. O si Norris tuviese algún accidente. Posa una vez más la pluma. Empieza a imaginar accidentes. Apoya la cabeza en las manos, las yemas de los dedos sobre los ojos cansados. Ve a Norris saliendo despedido del caballo. Ve a Norris tumbado en el barro. Dice para sí: «Volved a vuestro ábaco, Cromwell».

Han empezado a llegar ya sus regalos de Año Nuevo. Un partidario suyo de Irlanda le ha enviado un rollo de mantas irlandesas blancas y una botellita de *aqua vitae*. Le gustaría envolverse en las mantas, vaciar la botellita, echarse en el suelo y dormir.

Irlanda está tranquila esta Navidad, hay más paz de la que ha habido allí en cuarenta años. Él ha conseguido eso, sobre todo ahorcando gente. No muchos: sólo los justos. Es un arte, un arte necesario; los caudillos irlandeses han estado pidiendo al emperador que utilice el país como una plataforma de desembarco para su invasión de Inglaterra.

Toma aliento. Lisle, el alcalde, insultos, Lisle. Calais, Dublín, fondos secretos. Él quiere que Chapuys llegue a tiempo a Kimbolton. Pero no quiere que Catalina se reponga. No debería desear la muerte de ninguna criatura humana, lo sabe muy bien. La muerte es tu ama, tú no eres su señor; cuando pienses que está ocupada en otro sitio, echará abajo la puerta de tu casa, entrará y se limpiará las botas contigo.

Mueve sus papeles. Más crónicas de monjes que se pasan toda la noche sentados en la cervecería y vuelven tambaleándose al claustro al amanecer; más priores encontrados al pie de un seto con una prostituta; más oraciones, más peticiones; historias de clérigos despreocupados que no bautizan a los niños o que no entierran a los muertos. Los aparta. Ya es suficiente. Un desconocido le escribe (es un hombre viejo, a juzgar por la letra) para decir que la conversión de los mahometanos es inminente. Pero ¿qué clase de Iglesia podemos ofrecerles nosotros? A menos que haya un cambio radical pronto, dice la carta, los paganos estarán en una oscuridad mayor que antes. Y vos sois vicario general, señor Cromwell, vos sois el vicegerente del rey: ¿qué vais a hacer al respecto?

Él se pregunta: ¿hace trabajar el Turco a su gente tanto como Enrique me hace trabajar a mí? Si yo fuese un infiel súbdito suyo podría haber sido un pirata. Podría haber navegado por el Mediterráneo.

Cuando pasa al documento siguiente casi se echa a reír; alguien ha puesto ante él una cuantiosa concesión de tierras, del rey a Charles Brandon. Tierras de pastos y bosque, aulaga y brezo, y las mansiones esparcidas por ellas: Harry Percy, el conde de Northumberland, ha entregado esas tierras a la Corona como parte del pago de sus enormes deudas. Harry Percy, piensa él: le dije que le hundiría por su participación en el hundimiento de Wolsey. Y, vive Dios, no he tenido que sudar mucho; se ha destruido él mismo por su forma de vida. Sólo falta quitarle el condado, como juré que haría.

Se abre la puerta, discretamente; es Rafe Sadler. Él alza la vista, sorprendido.

—Deberías estar en tu casa.

—Oí que habíais estado en la corte, señor. Pensé que podría haber cartas que escribir.

—Repasa éstas, pero no esta noche. —Le entrega los documentos de las concesiones—. Brandon puede que no consiga muchos regalos de éstos este Año Nuevo.

Le cuenta a Rafe lo que ha pasado. El arrebato de Suffolk, la cara de asombro de Chapuys. No le cuenta lo que Suffolk dijo de que él no era adecuado para tratar los asuntos de sus superiores. Rafe mueve la cabeza y dice:

—Charles Brandon, estuve mirándole hoy... ¿Recordáis cómo solían alabarle como un hombre guapo? Hasta la hermana del rey se enamoró de él. Pero, ahora, con esa cara grande de losa que tiene..., tiene tanta gracia como una cacerola agujereada.

Rafe acerca un asiento bajo y se sienta pensando, los codos apoyados en el escritorio, la cabeza reposando sobre ellos. Están los dos acostumbrados a la compañía silenciosa del otro. Él aproxima más una vela y examina, ceñudo, más papeles, toma notas al margen. La cara del rey se alza ante él: no Enrique como era hoy, sino Enrique como era en Wolf Hall, volviendo del jardín, con una expresión aturdida, gotas de lluvia en la chaqueta. Y el círculo pálido del rostro de Jane Seymour a su lado.

Al cabo de un rato mira a Rafe:

—¿Estás bien ahí abajo?

Rafe dice:

—Esta casa siempre huele a manzanas.

Es verdad; Great Place está emplazada entre huertos de frutales, y el verano parece persistir en los desvanes donde se almacena la fruta. En Austin Friars los huertos son más toscos de momento, arbolitos nuevos sostenidos por estacas. Pero ésta es una casa vieja; fue en tiempos una casa de labranza, pero la reformó para su propio uso sir Henry Colet, padre del docto deán de Saint Paul. Cuando murió sir Henry, lady Christian acabó sus días aquí y luego, de acuerdo con el testamento de sir Henry, se entregó la casa al gremio de merceros. Él la tiene subarrendada por cincuenta años, lo que debería valer para toda su vida y luego para Gregory. Los hijos de Gregory pueden crecer envueltos en el aroma del horno, de miel y manzanas cortadas, uvas pasas y clavo.

—Rafe —dice—. Tengo que conseguir casar a Gregory.

—Haré un memorando —dice Rafe, y se ríe.

Un año atrás, Rafe no podía reír. Thomas, su primer hijo, había vivido sólo un día o dos después de haber sido bautizado. Rafe lo aceptó como un buen cristiano, pero le hizo más serio, y era ya un joven serio. Helen tenía hijos de su primer marido, pero nunca había perdido uno; se lo tomó muy mal. Este año, sin embargo, después de un parto largo y laborioso que la asustó, tiene otro hijo en la cuna, y le ha llamado también Thomas. Ojalá eso le traiga mejor fortuna que a su hermano; reacio como era a salir y enfrentarse al mundo, parece fuerte, y Rafe se ha relajado en la paternidad.

—Señor —dice Rafe—. He estado deseando preguntarlo. ¿Es ése su nuevo sombrero?

—No —dice él con gravedad—. Es el sombrero del embajador de España y del Imperio. ¿Quieres probártelo?

Una conmoción en la puerta. Es Christophe. No puede entrar de la forma ordinaria; trata la puerta como si fuese un enemigo. Tiene la cara aún negra de la hoguera.

—Hay aquí una mujer que quiere verle, señor. Muy urgente. No quiere marcharse.

—¿Qué clase de mujer?

—Muy vieja. Pero no tan vieja como para echarla a patadas por la escalera. No en una noche fría como ésta.

—Oh, qué vergüenza —dice él—. Lávate la cara, Christophe. —Se vuelve hacia Rafe—. Una mujer desconocida. ¿Estoy negro yo?

—Lo estaréis.

En su gran vestíbulo, esperando por él a la luz de los candelabros, una dama que alza el velo y le habla en castellano: lady Willoughby, antes María de Salinas. Él está asombrado:

—¿Cómo es posible?, ¿ha venido sola desde su casa de Londres, de noche, con la nieve?

Ella le corta:

—Vine arrastrada por la desesperación. No puedo llegar hasta el rey. No hay tiempo que perder. Debo disponer de un pase. Debéis darme un documento. O cuando llegue a Kimbolton no me dejarán entrar.

Pero él cambia al inglés; en los tratos con los amigos de Catalina, quiere testigos.

—Señora mía, no podéis viajar con este tiempo.

—Tomad. —Busca una carta—. Leed esto, es del médico de la reina. Mi señora estaba sufriendo y tiene miedo y está sola.

Él coge el papel. Hace unos veinticinco años, cuando el séquito de Catalina había llegado a Inglaterra, Thomas Moro había descrito a los que lo formaban como pigmeos jorobados, refugiados del Infierno. Él no puede decir nada sobre eso, pues aún estaba fuera de Inglaterra y lejos de la corte, pero parece una de las exageraciones poéticas de Moro. Esta dama llegó un poco más tarde; era la favorita de Catalina; sólo su matrimonio con un inglés las había separado. Era bella entonces, y ahora, viuda ya, sigue siéndolo aún; lo sabe y lo utilizará, incluso a pesar de que esté encogida por la aflicción y el azul del frío. Se deshace de su capa y se la entrega a Rafe Sadler, como si él estuviese allí sólo con esa finalidad. Cruza la habitación y le coge las manos.

—Virgen santa, Thomas Cromwell, dejadme ir. No podéis negarme esto.

Él mira a Rafe. El muchacho es tan inmune a la pasión española como podría serlo a un perro mojado que rascase en la puerta.

—Debéis comprender, lady Willoughby —dice fríamente Rafe—, que se trata de un asunto de familia, ni siquiera es una cuestión del consejo. Podéis implorar al señor secretario lo que gustéis, pero corresponde al rey decir quién visita a la viuda.

—Mirad, señora mía —dice él—. El tiempo es muy malo. Aunque hubiese un deshielo esta noche, será peor aún en el campo, al norte. No podría garantizar vuestra seguridad, ni aunque os proporcionase una escolta. Podríais caeros del caballo.

—¡Iré andando hasta allí! —dice ella—. ¿Cómo me lo vais a impedir, señor secretario? ¿Pensáis encadenarme? ¿Haréis que vuestro rústico de cara negra me ate y me encierre en un armario hasta que la reina esté muerta?

—No tiene sentido que digáis eso, *madame* —dice

Rafe; parece sentir cierta necesidad de intervenir y protegerlo a él, a Cromwell, de las artimañas de las mujeres—. El señor secretario tiene razón. No podéis cabalgar con este tiempo. Ya no sois joven.

Ella formula entre dientes una oración, o una maldición.

—Gracias por su cortés recordatorio, señor Sadler, sin su consejo podría haber pensado que aún tenía dieciséis años. ¡Ah, ved, soy ya una inglesa! Sé cómo decir lo contrario de lo que quiero decir. —Cruza su rostro una sombra de cálculo—. El cardenal me habría dejado ir.

—Entonces es una lástima que no esté aquí para decírnoslo. —Pero coge la capa que aún tiene Rafe, se la pone a ella por los hombros—. Id, pues. Veo que estáis resuelta a ello. Chapuys va a ir allí con un pase, así que quizá...

—He jurado ponerme en marcha al amanecer. Dios me dará la espalda si no lo hago. Llegaré antes que Chapuys, a él no le impulsa la misma fuerza que me impulsa a mí.

—Aunque llegaseis allí... es una tierra agreste y los caminos apenas merecen el nombre de tales. Podríais llegar hasta el castillo y tener allí una caída. Tal vez bajo las mismas murallas.

—¿Cómo? —dice ella—. Oh, comprendo.

—Bedingfield tiene órdenes. Pero no podría dejar abandonada a una dama en medio de la nieve.

Ella le besa.

—Thomas Cromwell. Dios y el emperador os recompensarán.

Él asiente.

—Confío en Dios.

Ella sale. Pueden oír su voz, que se eleva en una pregunta:

—¿Qué son esos extraños montículos de nieve?

—Espero que no se lo diga —le dice él a Rafe—. Es una papista.

—Nunca me besó una así —se queja Christophe.

—Quizá si te lavases la cara... —dice él; mira atentamente a Rafe—. Tú no la habrías dejado ir.

—No —dice secamente Rafe—. No se me habría ocurrido la estratagema. Y aunque se me hubiera ocurrido..., no, no lo habría hecho, habría tenido miedo de ofender al rey.

—Por eso tú prosperarás y llegarás a viejo. —Se encoge de hombros—. Cabalgar hasta allí... Chapuys hará lo mismo. Y Stephen Vaughan los vigilará a los dos. ¿Vas a venir mañana por la mañana? Trae a Helen y a las niñas. Al pequeño no, hace demasiado frío. Vamos a tener una fanfarria, según Gregory, y luego acabaremos con la corte papal.

—Le encantaron las alas —dice Rafe—. A nuestra niña. Quiere saber si va a poder usarlas cada año.

—No veo por qué no. Hasta que Gregory tenga una hija lo suficientemente mayor para hacerlo.

Se abrazan.

—Procurad dormir, señor.

Él sabe que las palabras de Brandon girarán en su cabeza en cuanto toque la almohada. «Los asuntos de las naciones vos no podéis tratarlos, no sois adecuado para hablar con príncipes.» Inútil jurar venganza contra el duque de la cacerola agujereada. Él mismo se destruirá, y esta vez quizá definitivamente, gritando por Greenwich que Enrique es un cornudo. Ni siquiera un antiguo favorito puede permitirse eso...

Pero Brandon tiene razón. Un duque puede representar a su señor en la corte de un rey extranjero. O un cardenal; aunque sea de baja condición, como Wolsey, su cargo en la Iglesia le dignifica. Un obispo como Gardiner; puede ser de origen dudoso, pero es por su cargo Stephen Winchester, titular de la sede más rica de Inglaterra. Cremuel, sin embargo, sigue siendo un don nadie. El rey le da títulos que nadie en el extranjero entiende, y tareas que nadie en el país pueda hacer. Sus cargos se multiplican, sus deberes pesan sobre él: el vulgar señor Cromwell sale por la mañana, el vulgar señor Cromwell vuelve de noche. Enrique le ha ofrecido el cargo de lord canciller; no, no hay que ofender a lord Audley, había dicho él. Audley hace un buen trabajo; Audley hace, en realidad, lo que se le dice. Pero ¿debería haber accedido de todos modos? Suspira ante la idea de arrastrar la cadena. No puedes, seguro, ser al mismo tiempo Lord Canciller y señor secretario, ¿verdad? Y él ese puesto no lo cederá. No importa que le otorgue una dignidad inferior. No importa que los franceses no comprendan. Que juzguen por los resultados. Brandon puede organizar un alboroto cerca de la persona del rey sin que se le repruebe por ello; puede darle una palmada en la espalda al rey y llamarle Enrique; puede reír con él evocando viejas chanzas y sus aventuras en las justas. Pero los tiempos de la caballería han terminado. No tardará en llegar el día en que crezca el musgo en la liza. Ha llegado la hora del que presta dinero, la del corsario bravucón; el banquero se sienta con el banquero, y los reyes son sus servidores.

Finalmente, abre el postigo para dar las buenas noches al papa. Oye un goteo de un desagüe arriba, oye el gruñir de nieve, que resbala por las tejas encima de él, y cae una limpia sábana de blancura que durante un segundo le bloquea la vista. Sus ojos la siguen; la nieve caída, con una pequeña bocanada como humo blanco, se une al fango pisoteado del suelo. Tenía razón en el río con lo del viento. Cierra el postigo. Ha empezado el deshielo. El gran expoliador de almas, con su cónclave, se queda goteando en la oscuridad.

En Año Nuevo visita a Rafe en su nueva casa de Hackney, tres plantas de ladrillo y cristal al lado de la iglesia de san Agustín. En su primera visita al final del verano, se había dado cuenta de que todo estaba en su sitio para que Rafe tuviese una vida feliz: tiestos de albahaca en los alféizares de la cocina, parcelas sembradas en el huerto y las abejas en sus panales, las palomas en el palomar y las enramadas en su sitio para que pudiesen trepar las rosas por ellas; las paredes con paneles de roble ceniciento brillaban a la espera de pintura.

Ahora la casa está asentada, organizada, brillan en la pared escenas de los Evangelios: Cristo como pescador de hombres, un mayordomo sorprendido saboreando el vino bueno en Caná. En una habitación de arriba a la que se llega por unas empinadas escaleras desde el salón, Helen lee el Evangelio de Tyndale mientras sus doncellas cosen: «... por la gracia sois salvados». Puede que san Pablo no soportase que una mujer enseñara, pero no se trata exactamente de enseñar. Helen se ha desprendido de la pobreza de su vida anterior. El marido que la pegaba está muerto, o tan lejos que se le da por muerto. Puede convertirse en la esposa de Sadler, un hombre que está ascendiendo en el servicio de Enrique; puede convertirse en una serena anfitriona, una mujer docta. Pero no puede perder su historia. Un día el rey dirá: «Sadler, ¿por qué no traéis a vuestra esposa a la corte, tan fea es?».

Él responderá: «No, señor; es muy bella. —Pero añadirá—: Helen es de humilde cuna y desconoce los modales de la corte».

La noche de Reyes se come la última figurita de mazapán. Se retira la estrella, bajo la supervisión de Anthony. Sus malvadas puntas se encajan en las fundas, y se transporta cuidadosamente a la habitación donde se guarda. Las alas de pavo real suspiran en su mortaja de lino y se cuelgan en su percha, detrás de la puerta.

Llegan informes de Vaughan de que la vieja reina está mejor. Chapuys la ve tan bien que vuelve ya camino de Londres. La encontró acabada, tan débil que no podía incorporarse. Pero ahora come de nuevo, y la conforta la compañía de su amiga María de Salinas; sus carceleros se vieron obligados a admitirla, después de que sufriese un accidente bajo las mismas murallas.

Pero más tarde él, Cromwell, oirá cómo la noche del 6 de enero (justo a tiempo, piensa, de que se dejara ya atrás la Navidad) Catalina recae. Siente que se acerca el final y durante la noche le dice a su capellán que quiere comulgar. Pregunta ansiosamente qué hora es. Aún no son las cuatro, le dice él, pero en caso de urgencia, se puede adelantar la hora canónica. Catalina espera, moviendo los labios, una santa medalla sostenida en la palma.

Morirá ese día, dice. Ha estudiado la muerte, la ha anticipado muchas veces y no se muestra apocada ante su cercanía. Dicta sus deseos sobre la forma del entierro, que no espera que se cumplan. Pide que se pague a los miembros de su servicio, que se salden sus deudas.

A las diez de la mañana la unge un sacerdote, depositando el óleo santo en sus párpados y sus labios, en sus manos y pies. Esos párpados quedarán sellados ya y no volverán a abrirse, no mirará ni verá más. Esos labios han terminado sus oraciones. Esas manos no firmarán más documentos. Esos pies han terminado su jornada. A mediodía el aliento es ya estertóreo, Catalina avanza laboriosamente hacia su fin. A las dos, en medio de la luz que arrojan en su cámara los campos de nieve, deja este mundo. Cuando da su último aliento, las formas sombrías de sus guardianes se acercan. Se sienten reacios a perturbar al anciano capellán y a las ancianas que trajinan al lado de la cama. Antes de que la hayan lavado, Bedingfield ha puesto en camino a su jinete más veloz.

8 de enero: llega la noticia a la corte. Se filtra desde las habitaciones del rey, luego sube desenfrenadamente las escaleras hasta las habitaciones donde se están vistiendo las doncellas de la reina y atraviesa los cuchitriles donde se acurrucan para dormir los mozos de cocina y recorre callejas y pasajes, atravesando las destilerías y las frías habitaciones donde se conserva el pescado y sube de nue-

vo a través de los huertos hasta las galerías y salta hacia arriba hasta las cámaras alfombradas donde Ana Bolena se hinca de rodillas y dice: «¡Por fin, Dios mío, en el momento justo!». Los músicos afinan sus instrumentos para las celebraciones.

La reina Ana viste de amarillo, como hizo cuando apareció por primera vez en la corte, bailando en un baile de máscaras: el año, 1521. Todos lo recuerdan, o dicen que lo recuerdan: la hija segunda de Bolena con sus audaces ojos negros, su desenvoltura, su gracia. La moda del amarillo había empezado entre los ricos de Basilea; durante unos cuantos meses, si un pañero podía hacerse con él, podía hacer su agosto. Y luego de pronto estaba en todas partes, en mangas y medias e incluso en cintas del pelo para las que no podían permitirse más que un pedacito. En la época de la presentación en sociedad de Ana había descendido de estatus en el extranjero: en los dominios del emperador, podías ver a una mujer en un burdel alzando sus gordas tetas y tensando bien las cintas de un jubón amarillo.

¿Sabe esto Ana? Hoy su vestido vale cinco veces más que el que llevaba cuando no tenía más banquero que su padre. Está cubierto de perlas cosidas, de manera que se mueve en un manchón de luz de un amarillo pálido. Él le dice a lady Rochford: ¿lo llamamos un color nuevo o uno viejo que vuelve? ¿Vais a usarlo vos, mi señora?

Ella dice: no creo que se adapte a cualquier cutis. Y Ana debería atenerse al negro.

En esta ocasión feliz, Enrique quiere exhibir a la princesa. Uno pensaría que una niña pequeña como ella (tiene ahora casi dos años y medio) estaría mirando a su alrededor buscando a la niñera, pero Elizabeth ríe cuando los gentilhombres la pasan de mano en mano, les tira de la barba y les ladea el sombrero. Su padre la hace saltar en sus brazos.

—Está deseando ver a su hermanito, ¿verdad, gordita?

Hay un revuelo entre los cortesanos; toda Europa conoce la condición de Ana, pero es la primera vez que se menciona en público.

—Y yo comparto su impaciencia —dice el rey—. Ha sido una larga espera.

La cara de Elizabeth está perdiendo su redondez de bebé. Viva la Princesa de Cara de Hurón. Los viejos cortesanos dicen que pueden ver en ella la cara del padre del rey y la de su hermano, el príncipe Arthur. Pero tiene los ojos de su madre, vivos y plenos en sus órbitas. A él los ojos de Ana le parecen bellos, aunque mejoran cuando brillan con interés, como los de una rata cuando capta el coletazo del rabo de algún animal pequeño.

El rey vuelve a coger a su querida hija y la arrulla.

—¡Al cielo! —dice, y la lanza en alto, luego la recoge y le planta un beso en la cabeza.

Lady Rochford dice:

—Enrique tiene un corazón tierno, ¿verdad? Le gustan todos los niños, por supuesto. Le he visto besar al bebé de un desconocido casi del mismo modo.

A la primera señal de rebeldía se llevan a la niña, bien envuelta en pieles. Los ojos de Ana la siguen. Enrique dice, como si recordara sus buenos modales:

—Debemos aceptar que el país llora a la viuda Catalina.

Ana dice:

—No la conocían. ¿Cómo pueden llorarla? ¿Qué era para ellos? Una extranjera.

—Supongo que es lo adecuado —dice el rey, renuente—. Pues se le dio una vez el título de reina.

—Equivocadamente —dice Ana. Es implacable.

Los músicos empiezan a tocar. El rey saca a bailar a Mary Shelton. Mary se ríe. Ha estado ausente esta última media hora, y tiene las mejillas ruborosas, los ojos brillantes; es evidente lo que ha estado haciendo. Él piensa: si el viejo obispo Fisher pudiese ver este escándalo, pensaría que había llegado el Anticristo. Se sorprende al descubrir, aunque sólo un momento, que está viendo el mundo a través de los ojos del obispo Fisher.

En el puente de Londres, después de la ejecución, la cabeza de Fisher se mantuvo en tal estado de conservación que los londinenses empezaron a hablar de un milagro. Finalmente le había mandado al encargado del puente que la retirara y la tirara al Támesis en un saco lastrado.

En Kimbolton, el cuerpo de Catalina ha sido entregado a los embalsamadores. Él imagina un murmullo en la oscuridad, un suspiro, mientras la nación se prepara para rezar.

—Ella me envió una carta —dice Enrique. La saca de los pliegues de su chaqueta amarilla—. No la quiero. Tomad, Cromwell, lleváosla.

Cuando la dobla mira: «Y por último hago este voto, que mis ojos os desean por encima de todas las cosas».

Ana le llama después del baile. Su actitud es sombría, seca, vigilante: toda sentido práctico.

—Deseo que lady María, la hija del rey, sepa lo que pienso. —Él se da cuenta de la denominación respetuosa. No es «la princesa María». Pero tampoco es «la bastarda española»—. Ahora que su madre no está y no puede influir en ella, debemos esperar que se obstine menos en mantenerse en sus errores. Yo no tengo ninguna necesidad de reconciliarme con ella, bien lo sabe Dios. Pero creo que si fuese capaz de poner fin al resentimiento entre el rey y María, él me lo agradecería.

—Os estaría agradecido, sí, *madame*. Y sería un acto de caridad.

—Deseo ser su madre. —Se ruboriza; no resulta impropio—. No espero que ella me llame «mi señora madre», pero espero que me llame Su Alteza. Si se reconciliase con su padre me complacería tenerla en la corte. Disfrutaría de un puesto honroso, y no muy por debajo del mío. No esperaré de ella una profunda reverencia, sino la forma ordinaria de cortesía que las personas reales usan entre ellas, dentro de sus familias, los más jóvenes con los mayores. Aseguradle que no la haré llevarme la cola. No tendrá que sentarse en la mesa con su hermana, la princesa Elizabeth, así que no se planteará el asunto de su rango inferior. Yo creo que es una oferta justa.

Él espera.

—Si me muestra el respeto debido, no andaré delante de ella en las ocasiones ordinarias, sino que iremos cogidas de la mano.

Para alguien tan celoso de sus prerrogativas como la reina Ana, es una serie de concesiones sin paralelo. Pero él imagina la cara de María cuando se le plantee. Se alegra de que no estará allí para verlo en persona.

Da un respetuoso buenas noches, pero Ana le llama de nuevo. Dice con voz grave:

—Cremuel, ésa es mi oferta, no iré más allá. Estoy decidida a hacerlo y a que luego no se me pueda culpar. Pero no creo que ella lo acepte, y, si es así, lo lamentaremos las dos, porque estamos condenadas a luchar hasta el último aliento. Ella es mi muerte y yo soy la suya. Así que decídselo, me aseguraré de que no viva para reírse de mí después de que yo me haya ido.

Él va a casa de Chapuys a expresar sus condolencias. El embajador viste de negro riguroso. Recorre las habitaciones una corriente que parece soplar directamente desde el río, y el embajador está atribulado por el remordimiento.

—¡Ojalá no la hubiese dejado! Pero parecía haberse recuperado. Se incorporó en la cama aquella mañana y le arreglaron el pelo. La había visto comer un poco de pan, un bocado o dos, pensé que era un progreso. Me fui lleno de esperanza y al cabo de unas horas había recaído.

—No debéis culparos. Vuestro señor comprenderá

que hicisteis todo lo que podíais. Después de todo, os enviaron aquí a vigilar al rey, no podéis estar demasiado tiempo fuera de Londres en el invierno.

Él piensa: yo he estado al corriente del asunto desde que empezaron los juicios de Catalina: un centenar de eruditos, un millar de abogados, diez mil horas de debate. Casi desde que se dijo la primera palabra contra su matrimonio, porque el cardenal me mantuvo informado; de noche, tarde con un vaso de vino, hablaba sobre el gran asunto del rey y cómo pensaba él que acabaría.

Mal, dijo él.

—Oh, este fuego... —dice Chapuys—. ¿Y llamáis a esto un fuego? ¿Llamáis a esto un clima? —El humo de la leña pasa ante ellos—. ¡Echa humo, huele y no da ningún calor!

—Conseguid una estufa. Yo tengo estufas.

—Oh, sí —dice el embajador—, pero luego los criados las llenan de basura y explotan. O se desmoronan las chimeneas y tienes que enviar recado al otro lado del mar para que venga un hombre que las arregle. Sé todo lo que hay que saber sobre estufas. —Se frota las manos azules—. Le dije al capellán, sabéis. Cuando ella estaba en el lecho de muerte, dije: preguntadle si el príncipe Arthur la dejó virgen o no. Todo el mundo tiene que creer una declaración hecha por una moribunda. Pero es un anciano. En su dolor y su tribulación se le olvidó hacerle esa pregunta. Así que ahora nunca estaremos ya seguros.

Eso es una gran confesión, piensa él; que la verdad puede ser diferente de lo que nos contó Catalina todos estos años.

—Pero, sabéis —dice Chapuys—, antes de que la dejase, ella me dijo una cosa turbadora. Dijo: «Podría ser todo culpa mía. Porque me enfrenté al rey, cuando podría haber aceptado una retirada honorable y dejarle casarse otra vez». Yo le dije: «*Madame*... —porque estaba asombrado—..., *madame*, pero qué estáis pensando, tenéis la razón de vuestra parte, el gran peso de la opinión, tanto seglar como eclesiástica». «Ay, pero —me dijo ella— los abogados tenían dudas en el caso. Y si yo erré, empujé al rey, que no tolera la oposición a actuar de acuerdo con sus peores inclinaciones, y en consecuencia comparto en parte la culpa de su pecado.» Yo le dije: «Buena señora, sólo la autoridad más severa diría eso; dejad que el rey cargue con sus pecados, dejadle responder por ellos. Pero ella movió la cabeza. —Chapuys mueve la suya, turbado, perplejo—. Todas aquellas muertes, el buen obispo Fisher, Thomas Moro, los santos monjes de la Cartuja... «Me voy de este mundo —dijo— arrastrando sus cadáveres.»

Él guarda silencio. Chapuys cruza la habitación hasta su escritorio y abre una pequeña caja taraceada.

—¿Sabéis qué es esto?

Él coge la flor de seda, cuidadosamente, por si se convierte en polvo entre sus dedos.

—Sí. El regalo que le hizo Enrique. El regalo que le hizo cuando nació el príncipe de Año Nuevo.

—Muestra un aspecto bueno del rey. Yo no le habría creído tan tierno. Estoy seguro de que a mí no se me habría ocurrido hacerlo.

—Vos sois un viejo soltero y triste, Eustache.

—Y vos un viudo triste y viejo. ¿Qué le regalasteis a vuestra esposa cuando nació vuestro encantador Gregory?

—Oh, supongo que... un plato de oro. Un cáliz de oro. Algo que pudiera poner en su estantería. —Devuelve la flor de seda—. Una esposa de ciudad quiere un regalo que pueda pesar.

—Catalina me dio esta rosa cuando nos despedimos —dice Chapuys—. Dijo: «Es todo lo que puedo dejaros. Elegid una flor del cofre y partid». Le besé la mano y me puse en marcha.

Suspira. Deja caer la flor sobre el escritorio y se tapa las manos con las mangas.

—Me cuentan que la concubina está consultando a adivinos para que le digan el sexo de su hijo, aunque ya hizo eso antes y todos le dijeron que era un niño. Bueno, la muerte de la reina ha modificado su posición. Pero tal vez no del modo que a ella le gustaría.

Él deja pasar eso. Espera. Chapuys dice:

—Me han informado de que Enrique presentó a su pequeña bastarda a la corte cuando se enteró de la noticia.

—Elizabeth es una niña adelantada —le explica al embajador. Pero luego debe recordar que, cuando tenía poco más de un año de los que su hija tiene ahora, el pequeño Enrique cabalgó por Londres, encaramado en la silla de un caballo de guerra, a seis pies del suelo y agarrado con sus gordos puños infantiles al arzón de la silla—. No deberíais desdeñarla —le dice a Chapuys— sólo porque sea pequeña. Los Tudor son guerreros desde la cuna.

—Oh, claro, sí. —Chapuys se sacude una brizna de ceniza de la manga—. Suponiendo que sea una Tudor. Lo que hay gente que duda. Y el pelo no demuestra nada, Cremuel. Considerando que yo podría salir a la calle y encontrar media docena de pelirrojos sin problema.

—Así que entonces —dice él, riendo—, ¿consideráis que la hija de Ana podría haber sido engendrada por cualquier transeúnte?

El embajador vacila. No le gusta confesar que ha estado escuchando rumores franceses.

—De todos modos —replica—, aunque sea hija de Enrique, sigue siendo una bastarda.

—Debo dejaros. —Se levanta—. Oh. Tendría que haberos traído vuestro sombrero de Navidad.

—Podéis seguir teniéndolo en custodia. —Chapuys se encoge de frío—. Estaré de luto un tiempo. Pero no os lo pongáis, Thomas. Me lo ensancharíais.

Llamadme Risley llega directo de ver al rey, con noticias sobre los preparativos para el funeral.

—Yo le dije, Majestad, ¿llevaréis el cadáver a san Pablo? Él dijo: se la puede dejar que descanse en Peterborough, que es un lugar antiguo y honorable y costará menos. Yo me quedé asombrado. Insistí; le dije: esas cosas se hacen de acuerdo con los precedentes. Mary, la hermana de Su Majestad, la esposa del duque de Suffolk, fue llevada a la catedral de san Pablo para que permaneciera allí de cuerpo presente. Y ¿vos no llamáis a Catalina hermana vuestra? Y él dijo: ah, pero mi hermana Mary era una dama real, había estado casada con el rey de Francia. —Wriothesley frunce el ceño—. Y Catalina no es de sangre real, según él, aunque sus padres fueran soberanos. Tendrá, dijo, todo lo que tiene derecho a tener como princesa viuda de Gales. Dijo: ¿dónde está el baldaquino que se puso sobre el coche fúnebre cuando murió Arthur? Tiene que estar en alguna parte del guardarropa. Se puede usar otra vez.

—Eso es razonable —dice él—. Las plumas del príncipe de Gales. No habría tiempo para hacer uno nuevo. A menos que la tengamos esperando sin enterrar.

—Parece que ella pidió quinientas misas por su alma —dice Wriothesley—. Pero yo no estaba dispuesto a decirle a Enrique eso, porque uno nunca sabe de un día para otro qué es lo que piensa él. De todos modos, tocaron las trompetas. Y él fue a misa. Y la reina con él. Y ella sonreía. Y él tenía una cadena de oro nueva.

El tono de Wriothesley sugiere que siente curiosidad: sólo eso. No emite ningún juicio sobre Enrique.

—Bueno —dice él—, si uno está muerto, Peterborough es un lugar tan bueno como cualquier otro.

Richard Riche está en Kimbolton haciendo un inventario, y ha iniciado una discusión con Enrique sobre los efectos de Catalina; no es que Riche amase a la vieja reina, pero ama la ley. Enrique quiere la plata y las pieles, pero Riche dice: Majestad, si nunca habéis estado casado con ella, era una *femme sole*, no una *femme covert*, si vos no erais su marido no tenéis ningún derecho a poner las manos en nada de su propiedad.

Él ha estado riéndose con esto.

—Enrique conseguirá las pieles —dice—. Riche le encontrará un medio de sortear el asunto, creedme. ¿Sabéis lo que debería haber hecho ella? Recogerlas y dárselas a Chapuys. Es un hombre muy sensible al frío.

Llega un mensaje para la reina Ana de lady María, en respuesta a su amable propuesta de ser una madre para ella. María dice que ha perdido a la mejor madre del mundo y que no tiene ninguna necesidad de una sustituta. En cuanto a relacionarse con la concubina de su padre, ella no piensa degradarse. No le daría la mano a nadie que haya estrechado las garras del diablo.

Él dice:

—Tal vez no fuese el momento. Tal vez se enterase de lo del baile. Y el vestido amarillo.

María dice que obedecerá a su padre, siempre que su honor y su conciencia se lo permitan. Pero que eso será todo lo que haga. No hará ninguna declaración ni ningún juramento que la obligue a reconocer que su madre no estaba casada con su padre, o a aceptar a un hijo de Ana Bolena como heredero de Inglaterra.

Ana dice:

—¿Cómo se atreve? ¿Cómo puede pensar que tiene posibilidad de negociar? Si tengo un niño, sé lo que le pasará a ella. Habría hecho mejor haciendo las paces con su padre ahora, para no tener que acudir llorando a él, pidiéndole perdón, cuando sea ya demasiado tarde.

—Es un buen consejo —dice él—. Dudo que ella lo siga.

—Entonces yo no puedo hacer nada más.

—Yo pienso sinceramente que no podéis.

Y él no ve qué más puede hacer por Ana Bolena. Está coronada, ha sido proclamada, su nombre está escrito en los estatutos, en los rollos: pero si el pueblo no la acepta como reina...

El funeral de Catalina está previsto para el 29 de enero. Llegan las primeras facturas, por las prendas de luto y las velas. El rey continúa entusiasmado. Está organizando diversiones cortesanas. Tiene que haber un torneo la tercera semana del mes, y Gregory va a participar en él. El muchacho está ya entregado a los preparativos. No hace más que llamar a su armero, despidiéndolo y haciéndole volver de nuevo; cambia de idea respecto al caballo.

—Padre, espero que no tenga que enfrentarme al rey —dice—. No es que lo tema. Pero será un asunto difícil, esforzarme por recordar que es él y procurar al mismo tiempo olvidar que es él, haciendo todo lo posible por conseguir darle un golpe, pero, Dios mío, por favor, no más de uno. ¿Os imagináis si tuviese la mala suerte de descabalgarlo? ¿Os imagináis que cayese frente a un novicio como yo?

—Yo no me preocuparía —dice él—. Enrique lleva justando desde antes de que tú pudieses andar.

—Ahí está precisamente el problema, señor. Que no es tan rápido como era. Los gentilhombres ya lo dicen. Norris dice que ha perdido la aprensión. Según dice él, para que todo vaya bien tienes que temer al adversario, y Enrique está convencido de que es el mejor, así que no teme a ningún adversario. Y has de tener miedo además, dice Norris, porque eso es lo único que te mantiene alerta.

—La próxima vez —dice él—, procura entrar en el grupo del rey al principio. Eso evita el problema.

—¿Y cómo se puede conseguir eso?

Oh, Dios santo. ¿Cómo se hacen las cosas, Gregory?

—Ya me encargaré yo —dice pacientemente.

—No, no lo hagáis. —Gregory se siente molesto—. Eso iría en menoscabo de mi honor. El que fueseis a solucionarme las cosas. Es algo que debo hacer yo. Ya sé que lo sabes todo, padre. Pero nunca participaste en las justas.

Él asiente.

—Como quieras.

Su hijo se va. Su tierno hijo.

Cuando empieza el Año Nuevo, Jane Seymour continúa con sus deberes al servicio de la reina, y cruzan su rostro expresiones ilegibles, como si se estuviese moviendo dentro de una nube. Mary Shelton le cuenta a él:

—La reina dice que, si Jane cede ante Enrique, él se cansará de ella al día siguiente, y si no cede, se cansará de ella de todos modos. Entonces Jane será enviada de vuelta a Wolf Hall, y su familia la encerrará en un convento porque ya no le sirve para nada. Y Jane no dice una palabra.

Shelton se ríe, pero bastante bondadosamente.

—Jane cree que no sería muy distinto. Porque ahora está en una especie de convento portátil, y atada por sus propios votos. Dice: «El señor secretario piensa que sería una gran pecadora si dejase que el rey me cogiese la mano, aunque él me rogase: "Jane, dame tu patita". Y como el señor secretario es el que manda después del rey en las cosas de la Iglesia, y es un hombre muy piadoso, yo tomo nota de lo que él dice».

Un día, Enrique coge a Jane cuando ella pasa y la sienta en su rodilla. Es un gesto juguetón, infantil, impetuoso, no hay nada malo en ello; eso es lo que dice él más tarde, excusándose dócilmente. Jane no sonríe ni habla. Se queda sentada muy tranquila hasta que la dejan libre, como si el rey fuese un taburete cualquiera.

Christophe se acerca a él, cuchicheando:

—Señor, andan diciendo por las calles que Catalina fue asesinada. Dicen que el rey la encerró en un cuarto y la dejó morir de hambre. Dicen que le envió almendras y ella las comió y murió envenenada. Dicen que vos enviasteis dos asesinos con puñales y que le sacaron el corazón y que, cuando lo inspeccionaron, tenía escrito vuestro nombre allí con grandes letras negras.

—¿Qué? ¿En su corazón? ¿«Thomas Cromwell»?

Christophe vacila.

—*Alors*..., tal vez fuesen sólo vuestras iniciales.

Segunda parte

I

El Libro Negro

Cuando oye gritar «¡Fuego!» se vuelve y se zambulle de nuevo en su sueño. Supone que la conflagración es un sueño; es de la clase de sueños que él sueña. Luego despierta porque Christophe está aullándole en el oído. «¡Levantaos! La reina arde en llamas.» Está fuera de la cama. Le traspasa el frío. Christophe grita: «¡Rápido, rápido! Está completamente incinerada».

Momentos después, cuando llega al piso de la reina, se encuentra con un denso olor a tela chamuscada en el aire, y a Ana, rodeada de mujeres que parlotean incoherentemente, pero ilesa, en una silla, envuelta en seda negra, con un cáliz de vino caliente entre las manos. La copa tiembla, derrama un poco del vino; Enrique está lloroso, la abraza, a ella y a su heredero, que está dentro de ella. «Debería haber estado con vos, querida. Debería haber pasado la noche aquí. Os habría librado de todo peligro en un instante.»

Y sigue y sigue así. «Gracias a Dios Nuestro Señor, que vela por nosotros. Gracias a Dios, que protege a Inglaterra. Sólo con que yo... Con una manta, un edredón, sofocando las llamas. Yo, en un instante, apagándolas.»

Ana bebe un trago de su vino.

—Todo ha terminado ya. Y no he sufrido ningún daño. Por favor, mi señor marido. Paz. Dejadme beber esto.

Él ve, en un relampagueo, cómo la irrita Enrique: su

solicitud, su afectuosidad excesiva, el que se aferre de ese modo a ella. Y en las profundidades de una noche de enero ella no puede disfrazar la irritación. Roto su sueño, parece mustia. Se vuelve hacia él, Cromwell, y habla en francés.

—Hay una profecía de que una reina de Inglaterra será quemada. No creí que fuese en su propio lecho. Fue una vela olvidada. O eso se supone.

—¿Olvidada por quién?

Ana se estremece. Aparta la vista.

—Sería mejor dar orden —le dice él al rey— de que haya agua a mano, y que haya una mujer, por turnos, que compruebe que todas las velas están apagadas alrededor de la reina. No puedo entender cómo es que no existe esa costumbre.

Todas esas cosas están escritas en el Libro Negro, desde los tiempos del rey Eduardo. Ese libro establece las normas que deben regir en la casa del rey: en toda ella, en realidad, salvo en la cámara privada del rey, cuyo funcionamiento es reservado.

—Debería haber estado yo con ella —dice el rey—. Pero, claro, siendo nuestras esperanzas las que son...

El rey de Inglaterra no puede permitirse relaciones carnales con la mujer que lleva dentro a su hijo. El riesgo de aborto es demasiado grande. Y busca compañía en otra parte. Esta noche se puede ver cómo el cuerpo de Ana se crispa cuando se aparta de las manos de su marido, mientras que durante las horas del día sucede lo contrario. Él ha observado cómo Ana intenta que el rey charle con ella. Y cómo él reacciona con brusquedad con demasiada frecuencia. Cómo le da la espalda. Como desmintiendo que tenga necesidad de ella. Y sin embargo sus ojos la siguen...

Él está irritado; ésas son cosas de mujeres. Y el hecho de que el cuerpo de la reina, envuelto sólo en un camisón de damasco, parezca tan delgado para ser el de una mujer que va a dar a luz en primavera; eso es también una cosa de mujeres. El rey dice: «El fuego no llegó muy cerca de ella. Fue una esquina del tapiz de Arras lo que se quemó. Es Absalón colgando del árbol. Es un tapiz muy bueno y me gustaría que vos...».

—Ya haré que venga alguien de Bruselas —dice él.

El fuego no ha tocado al hijo del rey David. Cuelga de las ramas, enredado en su largo cabello, con espanto en los ojos y la boca abierta en un grito.

Aún faltan horas para que amanezca. Las habitaciones del palacio parecen calladas, como si estuviesen esperando una explicación. Patrullan centinelas durante las horas de oscuridad; ¿dónde estaban? ¿No debería haber alguna mujer con la reina, durmiendo en una cama de paja al pie de la de ella? Le dice a lady Rochford: «Sé que la reina tiene enemigos, pero ¿cómo se permitió que se acercaran tanto a ella?».

Jane Rochford se ensoberbece; cree que intenta culparla.

—Mirad, señor secretario. ¿Puedo ser clara con vos?

—Quiero que lo seáis.

—Uno, se trata de una cuestión doméstica. Queda fuera de vuestro cometido. Dos, ella no corrió ningún peligro. Tres, yo no sé quién encendió la vela. Cuatro, si lo supiese no os lo diría.

Él espera.

—Cinco: nadie más os lo dirá tampoco.

Él espera.

—Si, como puede suceder, alguna persona visita a la reina después de que estén apagadas las luces, se trata de un hecho sobre el cual deberíamos correr un velo.

—Alguna persona —él digiere esto, lo va asimilando—. ¿Alguna persona con el propósito de provocar un incendio o con propósitos de algo distinto?

—Para los propósitos habituales en los dormitorios —dice ella—. No es que diga que exista esa persona. Yo no tendría ningún conocimiento de ello. La reina sabe cómo guardar sus secretos.

—Jane —dice él—, si llega el momento en que deseéis descargar vuestra conciencia, no acudáis a un sacerdote, venid a mí. El sacerdote os dará una penitencia, pero yo os daré una recompensa.

¿De qué naturaleza es la frontera entre verdad y mentiras? Es permeable e imprecisa porque crecen en ella prolíficos el rumor, la confabulación, los malentendidos y las historias retorcidas. La verdad puede echar abajo las puertas, la verdad puede gritar en la calle; pero, a menos que sea agradable, bien parecida, placentera y gustosa, está condenada a permanecer lloriqueando en la puerta de atrás.

Mientras ponía las cosas en orden después de la muerte de Catalina, se había sentido impulsado a investigar algunas leyendas de la vida anterior de la difunta. Los libros de cuentas componen una narración tan atractiva como cualquier historia de monstruos marinos o de caníbales. Catalina había dicho siempre que, entre la muerte de Arthur y su matrimonio con el joven príncipe Enrique, había quedado miserablemente desatendida, teniendo que soportar una vida de estrecheces: que si comer el pescado de ayer, y cosas similares. La culpa parecía natural que la tuviese el viejo rey, pero cuando examinabas los libros, veías que él había sido bastante generoso. La servidumbre de Catalina la engañaba. Su vajilla y su cubertería y sus joyas estaban filtrándose al mercado; ¿había sido cómplice ella en eso? Era derrochadora, comprueba él, y generosa; es decir, regia, no se planteaba vivir de acuerdo con sus medios.

Y te preguntas qué más has creído siempre, creído sin fundamento. Su padre Walter había pagado dinero por él, o eso había dicho Gardiner: compensación, por la puñalada que había dado él, a la familia perjudicada. ¿Y si Walter, piensa, no me odiase? ¿Y si yo simplemente le exasperase, y él lo demostrase corriéndome a patadas por el patio de la destilería? ¿Y si yo en realidad lo merecía? Porque yo siempre estaba croando: «Ítem, tengo mejor cabeza para beber que vos. Ítem, tengo mejor cabeza para todo. Ítem, soy el príncipe de Putney y puedo machacar a cualquiera de Wimbledon, que vengan de Mortlake y los haré pedazos. Ítem, soy ya una pulgada más alto que vos, mirad la puerta donde he puesto una señal. Vamos, venga, padre, id y poneos contra la pared».

Escribe:

Dientes de Anthony.
Pregunta: ¿Qué les pasó?

Testimonio de Anthony respondiéndome a mí, Thomas Cromwell:
Los extrajo a golpes un padre brutal.

Para Richard Cromwell: Estaba en una fortaleza asediada por el papa. En algún sitio del extranjero. Un año cualquiera. Un papa cualquiera. La fortaleza fue minada y se colocó una carga. Cuando él se hallaba en un lugar desafortunado, le saltaron de la boca con la explosión todos los dientes.

Para Thomas Wriothesley: Cuando era marinero en Islandia su capitán los cambió por provisiones a un hombre que era capaz de tallar piezas de ajedrez con dientes. No comprendió la naturaleza de la transacción hasta que llegaron hombres vestidos con pieles a arrancárselos.

Para Richard Riche: Los perdió en una disputa con un hombre que impugnó los poderes del Parlamento.

Para Christophe: Alguien le hizo un hechizo y se le cayeron todos. Christophe dice: «Me contaron de niño cosas sobre los satanistas de Inglaterra. Hay un brujo en cada calle. Prácticamente».

Para Thurston: Tenía un enemigo que era cocinero. Y ese enemigo pintó una serie de piedras para que pareciesen avellanas y le dio un puñado.

Para Gregory: Se los sorbió de la cabeza un gran gusano que salió arrastrándose de la tierra y se comió a su esposa. Eso fue en Yorkshire, el año pasado.

Traza una línea debajo de sus conclusiones. Dice: «Gregory, ¿qué debería hacer yo con el gran gusano?».

—Enviar una comisión contra él, señor —dice el muchacho—. Hay que destruirlo. Podría ir contra él el obispo Rowland Lee. O Fitz.

Lanza una larga mirada a su hijo.

—¿Sabes que eso es de los cuentos de Arthur Cobbler?

Gregory le responde también con una larga mirada.

—Sí, lo sé —parece afligido—. Pero se sienten todos tan felices cuando les creo. Sobre todo el señor Wriothesley. Aunque ahora se ha vuelto muy serio. Antes se divertía metiéndome la cabeza debajo del grifo del agua. Pero ahora vuelve los ojos hacia el cielo y dice «Su Majestad el rey». Aunque antes le llamaba Su Horrible Alteza. E imitaba su forma de caminar.

Gregory apoya los puños en las caderas y recorre dando zapatazos la habitación.

Él alza una mano para tapar la sonrisa.

Llega el día del torneo. Él está en Greenwich pero se excusa y abandona el estrado de los espectadores. El rey había estado con él esa mañana, habían estado sentados uno al lado del otro en el cubículo real, en la misa, temprano:

—¿Cuánto aporta el señorío de Ripon? Para el arzobispo de York...

—Un poco más de doscientas sesenta libras, señor.

—¿Y cuánto aporta Southwell?

—Escasamente ciento cincuenta libras, señor.

—¿Eso sólo? Creía que sería más.

Enrique está tomándose un interés muy asiduo por
las finanzas de los obispos. Algunas personas dicen, y él
no se opondría, que se debería asignar un estipendio fijo
a los obispos y hacerse cargo de los beneficios de sus sedes
en favor del Tesoro. Él ha calculado que con el dinero
que se recaudase podría pagarse un ejército permanente.

Pero éste no es el momento de planteárselo a Enrique. El rey cae de rodillas y reza por el santo que vela por
los caballeros en las justas, sea el que sea.

—Majestad —dice él—, si os enfrentáis a mi hijo
Gregory, ¿os abstendréis de derribarle? Si podéis evitarlo...

Pero el rey dice:

—Si el pequeño Gregory me derribase a mí no me
importaría. Aunque es improbable, lo aceptaría de buen
grado. Y no podemos evitar lo que hacemos, en realidad. Una vez que has derribado a un hombre, ya no tiene remedio —se detiene y dice bondadosamente—: Es
un hecho bastante raro, sabéis, lo de derribar al adversario. No es el objetivo único de la justa. Si os preocupa
cómo quedará, no tenéis por qué preocuparos. Es muy
hábil. No participaría como combatiente, si no. No puede uno romper lanzas con un adversario timorato, tiene
que correr al galope contra ti. Además, nadie se hace
daño nunca. No está permitido. Ya sabéis lo que dicen
los heraldos. Podrían decir en este caso: «Gregory
Cromwell ha justado bien, Henry Norris ha justado
muy bien, pero nuestro soberano señor el rey ha sido el
mejor de todos».

—¿Y es así, señor? —Sonríe para quitar cualquier
aguijón que pudieran contener sus palabras.

—Sé que los consejeros pensáis que yo debería estar en el banco de los espectadores. Y así lo haré, lo prometo, no se me escapa que un hombre de mi edad ya no está en su mejor momento. Pero es difícil, sabéis, renunciar a aquello que has hecho desde que eras un muchacho. Una vez, unos visitantes italianos nos estaban vitoreando a Brandon y a mí pensando que habían vuelto a la vida Aquiles y Héctor. Así lo dijeron.

Pero ¿quién era quién? Uno arrastraba por el polvo al otro...

El rey dice:

—Habéis educado muy bien a vuestro hijo, y también a vuestro sobrino Richard. Ningún noble podría hacer más. Son un crédito para vuestra casa.

Gregory lo ha hecho bien. Gregory lo ha hecho muy bien. Gregory ha sido el mejor de todos. «No quiero que él sea Aquiles —dice—, sólo quiero que no acabe aplastado.»

Hay una correspondencia entre una hoja de control y el cuerpo humano, el papel tiene divisiones diferenciadas, para la cabeza y para el torso. Un toque en la coraza del pecho se anota, pero las costillas fracturadas no. Un toque en el yelmo se registra, pero un cráneo roto no. Puedes coger las hojas de control después y volver a leer un registro del día, pero las señales sobre el papel no te cuentan nada del dolor de un tobillo roto o los esfuerzos de un hombre que se ahoga para no vomitar dentro del casco. Como te dirán siempre los combatientes, tenías que verlo de verdad, tenías que estar allí.

Gregory se sintió decepcionado cuando su padre se excusó y se fue sin presenciar el espectáculo. Alegó un compromiso previo con sus papeles. El Vaticano le está ofreciendo a Enrique tres meses a cambio de obediencia, o se imprimirá la bula de excomunión y se distribuirá por toda Europa, y todos los cristianos estarán contra él. La flota del emperador ha partido hacia Argel, con cuarenta mil hombres armados. El abad de Fountains ha estado robando sistemáticamente de su propio tesoro, y mantiene seis putas, aunque es de suponer que necesite un descanso entre una y otra. Y las sesiones del Parlamento comienzan en quince días.

Él había conocido a un viejo caballero en otros tiempos, en Venecia, uno de aquellos hombres que habían hecho carrera participando en torneos por toda Europa. Aquel hombre le había contado su vida, cruzando fronteras con sus escuderos y ayudantes, y su reata de monturas, siempre en movimiento de un premio al siguiente, hasta que la edad y la acumulación de heridas lo dejaron fuera del juego. Solo ya, intentaba ganarse la vida enseñando a jóvenes de buenas familias, soportando las burlas y las pérdidas de tiempo; en mi época, le había dicho, les enseñaban a los jóvenes buenos modales, pero ahora puedo tener que preparar caballos y pulir corazas para algún pequeño borrachín al que en otros tiempos no le habría dejado limpiarme las botas; miradme ahora, reducido a beber con, ¿qué sois vos, un inglés?

El caballero era portugués, pero hablaba latín macarrónico y una especie de alemán, intercalado con tecnicismos, que son muy parecidos en todos los idiomas. En los viejos tiempos, cada torneo era un terreno de pruebas. No había ningún despliegue de lujo ocioso. Las mujeres, en vez de sonreírte bobaliconamente desde pabellones dorados, se reservaban para después. En aquellos tiempos, el conteo era muy complejo y los jueces no perdonaban ningún quebrantamiento de las normas, así que podías romper todas tus lanzas pero perder por puntos, podías aplastar a tu adversario y acabar, no con una bolsa de oro, sino con una multa o una mancha en tu historial. Una infracción de las normas os seguía por toda Europa, de manera que infracciones cometidas, por ejemplo, en Lisboa, os atraparían en Ferrara; la reputación de un hombre iba delante de él, y al final, decía, tras una mala estación, un caso de mala suerte, lo único que tenías era tu reputación; así que no hay que forzar la suerte, decía, cuando brilla la estrella de la fortuna, porque al minuto siguiente, ya no brilla. Y hablando de eso, no paguéis buen dinero por horóscopos. Si os van a ir mal las cosas, ¿es eso lo que necesitáis saber cuando montéis?

Tras beber un poco, el viejo caballero hablaba como si todo el mundo hubiese seguido su oficio. Teníais que situar a vuestros escuderos, decía, a cada extremo de la barrera, para hacer desviarse bien a vuestro caballo si intentaba atajar por medio, porque si no podíais engancharos el pie, cosa que era fácil que sucediese si no había un guardapiés, y que era condenadamente dolorosa: ¿os ha pasado alguna vez eso? Algunos necios agrupan a sus sirvientes en el medio, donde tendrá lugar el alcance; pero ¿de qué vale eso? En realidad, concordaba él, de qué vale: y se preguntaba por aquella palabra delicada, *alcance*, para designar la conmoción brutal del contacto. Esos escudos de resorte, decía el viejo, ¿los habéis visto?, dan un bote a un lado cuando los golpeas. Trucos de niños. Los jueces de antes no necesitaban un instrumento como ése para saber cuándo había recibido alguien un toque... No, ellos utilizaban los ojos, en aquellos tiempos tenían ojos. Mirad, decía: hay tres formas de fallar. Puede fallarte el caballo. Pueden fallarte los ayudantes. Puede fallarte el temple.

Tenéis que conseguir afirmar bien el yelmo para poder disponer de una buena línea de visión. Y debéis mantener el cuerpo mirando hacia delante, y, cuando estéis a punto de golpear, entonces y sólo entonces, volver la cabeza de manera que tengáis una visión completa del adversario, y dirijáis bien la punta de la lanza hacia el objetivo. Hay quien se desvía un instante antes del choque. Es natural, pero olvidad lo natural. Practicad hasta doblegar el instinto. Si os dan la oportunidad, siempre os desviaréis. El cuerpo quiere preservarse y el instinto procurará evitar que tu caballo de guerra armado y tu yo armado choquen con otro hombre y otro caballo que llega a galope tendido desde el otro lado. Algunos no se desvían, pero en vez de eso cierran los ojos en el momento del impacto. Esos hombres son de dos clases: los que saben que lo hacen y no pueden evitarlo, y los que no saben que lo hacen. Haz que tus muchachos te vigilen cuando practicas. No seas de ninguna de esas dos clases de hombres. ¿Cómo mejoraré entonces?, dijo él al viejo caballero, ¿cómo conseguiré triunfar? Éstas fueron sus instrucciones: debéis sentaros tranquilamente en la silla, como si salieseis a tomar el aire. Mantened las riendas flojas, pero el caballo controlado. En el *combat à plaisance*, con sus banderas al viento, sus guirnaldas, sus espadas sin filo ni punta y sus lanzas de puntas coronadas, cabalgad como si hubieseis salido a matar. En el *combat à l'outrance*, matad como si fuese una diversión. Ahora, mirad, dijo el caballero, y dio una palmada en la mesa, esto es lo que yo he visto, más veces de las que debo contar: vuestro hombre se prepara para el encuentro, y en el último momento, la urgencia del deseo le desbarata: tensa los músculos, empuja el brazo de la lanza contra el cuerpo, la punta se eleva y se desvía de su objetivo; si tenéis que evitar un fallo, evitad ése. Llevad la lanza un poco suelta, de manera que, cuando tenséis el cuerpo y repleguéis el brazo, la punta vaya directamente hacia el objetivo. Pero sobre todo recordad esto: domad el instinto. Vuestro amor a la gloria ha de derrotar a vuestra voluntad de sobrevivir; o si no ¿para qué luchar? ¿Por qué no ser un herrero, un destilador, un mercader de lana? ¿Por qué estáis en la liza, sino para ganar, y si no, entonces para morir?

Al día siguiente volvió a ver al caballero. Él, Tommaso, volvía de beber con su amigo Karl Heinz, y cuando vieron al viejo estaba tirado con la cabeza en *terra firma*, los pies en el agua; en Venecia al oscurecer puede ser igual de fácil que sea al revés. Lo retiraron de la orilla y le dieron la vuelta. Conozco a este hombre, dijo él. Su amigo dijo: ¿de quién es? No es de nadie, pero maldice en alemán, así que llevémosle a la Casa Alemana, pues yo no estoy parando en la Casa Toscana sino con un hombre que lleva una fundición. Karl Heinz dijo: es más fácil cagar rubíes que conocer los secretos de un inglés.

Mientras hablaban ponían de pie al viejo y Karl Heinz dijo: mirad, le han birlado la bolsa. Es un milagro que no le hayan matado. Le llevaron en una barca al Fondaco, donde paraban los mercaderes alemanes, y que se estaba reconstruyendo por entonces después de un incendio. Se le puede acostar allí en el almacén entre las cajas, dijo él. Buscad algo para taparle y dadle comida y bebida cuando despierte. Vivirá. Es un viejo pero es duro. Tomad dinero.

Un inglés raro, dijo Karl Heinz. Él dijo: también a mí me han ayudado desconocidos que eran ángeles disfrazados.

Hay un guardia en la puerta de la esclusa, que no han puesto los mercaderes sino el Estado, pues los venecianos quieren saber todo lo que pasa dentro de las casas de las naciones. Así que más monedas, para el guardia. Sacan al hombre del bote; está medio despierto ya, mueve los brazos y dice algo, tal vez en portugués. Cuando entran con él bajo el pórtico, Karl Heinz dice: «Thomas, ¿habéis visto nuestros cuadros?». «Aquí —dice—, guardia, ¿nos haréis el favor de alzar vuestra antorcha, o tendremos que pagaros también por eso?»

Flamea la luz contra la pared. Brota del ladrillo un flujo de seda, seda roja o sangre estancada. Él ve una curva blanca, una luna delgada, la hoja de una hoz; cuando la luz inunda la pared, ve un rostro de mujer, la curva de su pómulo bordeada de oro. Es una diosa. «Alzad la antorcha», dice. En su cabello hinchado y enredado hay una corona dorada. Detrás de ella están los planetas y las estrellas. «¿A quién contratasteis para esto?», pregunta él.

Karl Heinz dice: «Está pintándolo para nosotros Giorgione, su amigo Tiziano está pintando la fachada del Rialto, es el Senado el que les paga. Pero bien sabe

Dios que nos lo sacarán a nosotros en comisiones. ¿Te gusta ella?».

La luz acaricia su carne blanca. Tiembla al apartarse de ella, remendándola de oscuridad. El vigilante baja la antorcha y dice, «qué, ¿creéis que voy a estar aquí toda la noche por complaceros con este frío insoportable?». Lo que es una exageración para conseguir más dinero, aunque es verdad que la niebla se arrastra por encima de los puentes y los pasajes y ha subido del mar un viento frío.

Al separarse de Karl Heinz, la propia luna, una piedra en las aguas del canal, ve una puta cara; es tarde para que esté en la calle, sus criados la sostienen por los codos, se balancea sobre el empedrado con sus altos chapines. Su risa resuena en el aire, y el extremo festoneado de un pañuelo amarillo culebrea en la niebla separado de su cuello blanco. Él la observa; ella no advierte su presencia. Luego desaparece. Se abre para ella alguna puerta en algún sitio y se cierra. Igual que la mujer de la pared, se funde y se pierde en la oscuridad. La plaza estaba vacía de nuevo; y él es sólo una forma negra contra la pared de ladrillo, un fragmento cortado de la noche. Si alguna vez necesitase esfumarme, dice, aquí es donde lo haría.

Pero eso fue hace mucho y en otro país. Ahora está aquí Rafe Sadler con un mensaje: debe volver rápidamente a Greenwich, en esta cruda mañana, cuando parece que podría llover en cualquier momento. ¿Dónde estará hoy Karl Heinz? Probablemente muerto. Desde la noche que vio cómo crecía la diosa en la pared, ha tenido la intención de encargar una él, pero otros propósitos (ganar dinero y redactar leyes) le han ocupado el tiempo.

—¿Rafe?

Rafe está parado en la puerta y no habla. Alza la vista hacia la cara del joven. Su mano suelta la pluma y la tinta salpica el papel. Se levanta inmediatamente, envolviéndose en su ropón forrado de piel como si amortiguase así un poco el impacto de lo que va a venir. «¿Gregory?», dice, y Rafe niega con la cabeza.

Gregory está intacto. No ha participado siquiera en la lid.

El torneo se ha interrumpido.

—Es el rey —dice Rafe—. Es Enrique, está muerto.

—Ah —dice él.

Seca la tinta con polvo de la caja de hueso. Sangre por todas partes, sin duda, dice.

Tiene siempre a mano un regalo que le hicieron una vez, una daga turca hecha de hierro, con un dibujo de girasoles grabado en la vaina. Hasta ahora la había considerado siempre un adorno, una curiosidad. La coge y la mete entre sus ropas.

Recordará, más tarde, lo difícil que fue cruzar la puerta, adaptar las pisadas a un suelo que bascula. Se siente débil, es el reflujo de la debilidad que le había hecho dejar caer la pluma al pensar que Gregory estaba herido. No es Gregory, se dice; pero su cuerpo está aturdido, le cuesta hacerse cargo de la noticia, como si hubiese recibido él mismo un golpe mortal. Sí, ahora seguir adelante, intentar hacerse con el mando, o aprovechar este momento, tal vez el último momento, para abandonar el escenario: una buena huida, antes de que los puertos se bloqueen. ¿E ir adónde? ¿Alemania, quizá? ¿Hay algún principado, algún Estado, en el que estuviese seguro, fuera del alcance del emperador, del papa o del nuevo soberano de Inglaterra, fuese quien fuese?

Él nunca ha retrocedido; o una vez, quizá, ante Walter cuando tenía siete años: pero Walter no se había parado. Desde entonces: adelante, adelante, *en avant!* Así que su vacilación no se prolonga mucho, aunque después no tendrá ningún recuerdo de cómo llegó a una tienda alta y dorada, con las divisas y las armas de Inglaterra bordadas, a estar de pie delante del cadáver del rey

Enrique VIII. No habían empezado las justas, dice Rafe, él estaba corriendo la sortija, se le enganchó en el ojo del círculo la punta de la lanza. Luego el caballo trastabilló, y cayeron los dos, el caballo rodando con un bramido y Enrique debajo de él. Ahora el gentil Norris está de rodillas junto al ataúd, rezando, le corren lágrimas en cascada por las mejillas. Hay un manchón de luz sobre la armadura de placas, yelmos que ocultan caras, mandíbulas de acero, bocas de rana, las ranuras de las viseras. Alguien dice: el animal cayó como si se le hubiese roto una pata, nadie estaba cerca del rey, nadie tiene la culpa. Él parece oír el ruido sobrecogedor, el bramido aterrado del caballo al cabecear, los gritos de los espectadores, el estrépito rechinante de acero y de cascos sobre acero cuando un enorme animal se enreda con otro, caballo de guerra y rey cayendo juntos, metal penetrando en carne, casco en hueso.

—Traed un espejo —dice— para ponérselo en los labios. Una pluma, a ver si se mueve.

El rey ha sido despojado de la armadura, pero aún tiene ceñida la chaqueta de justar, negra y forrada, como si estuviese de luto por sí mismo. No hay sangre visible, así que pregunta: ¿dónde se ha herido? Alguien dice: se dio un golpe en la cabeza; pero eso es todo lo que puede arrancar con sentido entre los lamentos y balbuceos incoherentes que llenan la tienda. Plumas, espejos, le dicen que eso ya se ha hecho; lenguas que claman como badajos de campanas, ojos duros como piedras en las cabezas, un rostro inexpresivo y estupefacto que se vuelve hacia otro, se formulan juramentos y oraciones, y todos se mueven lentamente, lentamente; nadie quiere llevar el cadáver dentro, es demasiado para hacerse cargo uno mismo, ya se verá, se informará de ello. Es un error pensar que cuando el rey muere sus consejeros gritan: «Viva el rey». El hecho de la muerte se oculta con frecuencia varios días. Como debe ocultarse éste... Enrique está pálido, y él ve la conmovedora ternura de la carne humana despojada de acero. Yace boca arriba, toda su majestuosa estatura extendida sobre una pieza de tela azul marino. Tiene los miembros estirados. Parece ileso. Le toca la cara. Aún está caliente. El destino no le ha destrozado ni mutilado. Está intacto, un regalo para los dioses. Se lo llevan de vuelta igual que lo enviaron.

Él abre la boca y grita. ¿Qué es lo que se proponen dejando al rey allí tendido, sin que le toque una mano cristiana, como si estuviese ya excomulgado? Si fuese cualquier otro hombre caído habrían estado intentando seducir sus sentidos con pétalos de rosa y mirra. Estarían tirándole del pelo y de las orejas, quemando papel bajo sus narices, abriendo la mandíbula para verter en su boca agua bendita, tocando un cuerno al lado de su cabeza. Todo eso debería hacerse y..., alza la vista y ve a Thomas Howard, el duque de Norfolk, corriendo hacia él como un demonio. Tío Norfolk: tío de la reina, primer noble del reino. «¡Santo Dios, Cromwell!», ruge. Y está claro lo que significa. Santo Dios, ahora sí que te tengo; Santo Dios, tus presuntuosas agallas van a ser arrancadas, Santo Dios, antes de que termine este día tu cabeza estará clavada en una estaca.

Quizá. Pero en el segundo siguiente, él, Cromwell, parece ensancharse y llenar todo el espacio que rodea al caído. Se ve a sí mismo, como si estuviese observando desde arriba desde la lona de la tienda: su contorno se expande, incluso su estatura. De modo que ocupa más terreno. De modo que ocupa más espacio, respira más aire, está más sólidamente asentado cuando Norfolk choca con él violentamente, y se estremece, tiembla. Mientras que él es una fortaleza asentada en la roca, sereno, y Thomas Howard simplemente rebota de sus murallas, con un respingo, sobresaltado, balbuciendo Dios sabe qué sobre Dios sabe quién. «¡MI SEÑOR NORFOLK! —le grita—. Mi señor Norfolk, ¿dónde está la reina?»

Norfolk jadea y resuella:

—En el suelo. Se lo conté. Yo mismo. Era yo quien

tenía que hacerlo. Me correspondía, soy su tío. Cayó en un desmayo. Al suelo. Una enana intentó levantarla. La eché a patadas. ¡Dios Todopoderoso!

¿Quién gobierna ahora, para el hijo nonato de Ana? Cuando Enrique propuso ir a Francia, dijo que dejaría a Ana como regente, pero eso fue hace más de un año, y además nunca llegó a ir, así que no sabemos si lo habría hecho; Ana le había dicho a él: Cremuel, si soy regente yo, tened cuidado, si no tengo vuestra obediencia tendré vuestra cabeza. Ana como regente habría dado buena cuenta enseguida de Catalina, de María: Catalina está ya fuera de su alcance, pero María sigue ahí para el asesinato. Tío Norfolk, que se había arrodillado junto al cadáver para una oración rápida, se ha levantado de nuevo torpemente:

—No, no, no —dice—. Ninguna mujer con una barriga puede reinar. Ana no puede. Yo, yo, yo.

Gregory está abriéndose paso entre la multitud. Ha tenido el buen sentido de traer a Fitzwilliam, tesorero del rey.

—La princesa María —le dice él a Fitz—. Debo llegar hasta ella. Tengo que hacerlo. O el reino está perdido.

Fitzwilliam es uno de los viejos amigos de Enrique, un hombre de su misma edad: demasiado capaz por carácter, gracias a Dios, para aterrarse y farfullar.

—La custodian los Bolenas —dice Fitz—. No sé si la entregarán.

Sí, y qué necio fui, piensa, no introduciéndome entre ellos y sobornándolos, y repartiendo dádivas por adelantado previendo una situación como ésta; dije que enviaría mi anillo para la liberación de Catalina, pero para la princesa no hice ningún acuerdo similar. Si dejo seguir a María en manos de los Bolena, está muerta. Si la dejo caer en manos de los papistas, la harán reina, y el muerto seré yo. Habrá guerra civil.

Los cortesanos afluyen ahora en masa a la tienda,

todos inventando cómo murió Enrique, exclamándose todos, negando, lamentándose; el ruido crece, y él ase por el brazo a Fitz: «Si esta noticia llega al campo antes que nosotros, nunca veremos viva a María». Sus guardianes no la ahorcarán de la escalera, no la apuñalarán, pero se asegurarán de que tenga un accidente, de que se parta el cuello en el camino. Luego, si el nonato de Ana es una niña, Elizabeth será reina, porque no tenemos ninguna más.

Fitzwilliam dice: «Esperad un momento, dejadme pensar. ¿Dónde está Richmond?». El bastardo del rey, dieciséis años. Hay que tenerle en cuenta, hay que protegerle. Richmond es yerno de Norfolk. Así que Norfolk debe saber dónde está, Norfolk es el que se encuentra en mejor posición para apoderarse de él, tratar con él, encerrarle o dejarle suelto; pero él, Cromwell, no teme a un muchacho bastardo, y además, el joven le favorece, le ha tratado siempre con una delicadeza exquisita.

Norfolk anda zumbando ahora de un sitio para otro, una avispa enloquecida, y como si fuese realmente una avispa los presentes lo eluden, se apartan, vuelven después. El duque se encamina zumbando hacia él; él, Cromwell, le aparta de un empujón. Mira a Enrique. Cree haber visto, pero podría ser una fantasía, un temblor en un párpado. Es suficiente. Se planta sobre Enrique, como una figura en una tumba: un guardián ancho, mudo, feo. Espera: luego ve de nuevo aquel temblor, cree verlo. Y le da un vuelco el corazón. Posa una mano en el pecho del rey, apretando, como un mercader al cerrar un trato. Dice con calma: «El rey respira».

Hay un clamor impío. Es algo entre gemido y vitoreo y chillido de pánico, un grito a Dios, una réplica del diablo.

Debajo de la chaqueta, dentro del forro de crin, una fibrilación, un temblor de vida: su mano plana y pesada sobre el pecho regio, tiene la sensación de estar resucitando a Lázaro. Es como si su palma, magnetizada, estuviese infundiendo de nuevo vida a su príncipe. La respiración del rey, aunque superficial, parece firme. Él, Cromwell, ha visto el futuro; ha visto a Inglaterra sin Enrique; reza en voz alta. «¡Viva el rey!»

—Traed a los cirujanos —dice—. Traed a Butts. Traed a cualquier hombre con habilidad. Si muere de nuevo, no se les culpará. Doy mi palabra. Que venga Richard Cromwell, mi sobrino. Traed un taburete para mi señor Norfolk, ha sufrido una conmoción.

Siente la tentación de añadir; echadle un cubo de agua por encima al gentil Norris, cuyas oraciones, ha tenido tiempo para darse cuenta, son de un marcado carácter papista.

La tienda está ahora tan llena que parece que haya sido cogida por sus anclajes para instalarla sobre las cabezas de los hombres. Mira por última vez a Enrique antes de que su forma inmóvil desaparezca bajo los cuidados de doctores y sacerdotes. Oye una larga náusea jadeante; pero eso también lo ha oído en los cadáveres.

—Respira —grita Norfolk—. ¡Dejad respirar al rey!

Y, como obedeciendo, el caído inicia una inspiración profunda, absorbente, rechinante. Y luego jura. Y luego intenta incorporarse.

Y asunto concluido.

Pero no enteramente: no hasta que haya estudiado las expresiones de los Bolena que están allí. Parecen entumecidos, aturdidos. Tienen las caras ateridas por el frío penetrante. Su gran hora ha pasado, antes de que en realidad llegase. ¿Cómo se han juntado todos aquí tan rápido? ¿De dónde han salido?, le pregunta a Fitz. Sólo entonces repara en que está oscureciendo. Lo que nos parecieron diez minutos han sido dos horas: dos horas desde que Rafe apareció en la puerta y él dejó caer la pluma sobre la página.

—Por supuesto —le dice a Fitzwilliam— nunca sucedió. O, si sucedió, fue un incidente sin importancia.

Para Chapuys y los demás embajadores, se atendrá a su versión original: el rey cayó, se dio un golpe en la cabeza y estuvo inconsciente diez minutos. No, en ningún momento pensamos que estuviese muerto. Al cabo de diez minutos se levantó. Y ahora está perfectamente bien.

—Por mi forma de contarlo —le dice a Fitzwilliam—, pensaríais que el golpe en la cabeza le había mejorado. Que en realidad quiso dárselo. Que todos los monarcas necesitan un golpe en la cabeza, de vez en cuando.

A Fitzwilliam le divierte eso.

—Los pensamientos de un hombre en un momento así difícilmente soportan el análisis. Recuerdo que pensé: «¿No deberíamos mandar a por el Lord Canciller?». Pero no sé qué pensaba yo que iba a hacer él.

—Lo que pensé yo —confiesa él— fue que alguien debía ir a buscar al arzobispo de Canterbury. Creo que pensé que no podía morir un rey sin su supervisión. Imaginaos intentando traer a Cranmer a través del Támesis. Nos haría unirnos primero a él en una lectura del Evangelio.

¿Qué dice el Libro Negro? Nada al respecto. Nadie ha elaborado un plan para un rey que se desploma entre un instante y el siguiente, que un segundo está firme y seguro en el caballo y cabalga a galope tendido, y al segundo siguiente está aplastado en el suelo. Nadie se atreve. Nadie osa pensar en eso. Cuando el protocolo falla, es guerra a cuchilladas. Recuerda a Fitzwilliam a su lado; Gregory entre la multitud; Rafe junto a él y luego Richard, su sobrino. ¿Fue Richard quien ayudó a incorporarse al rey cuando intentaba sentarse, y los médicos gritaban: «¡No, no, echadle!»? Enrique había juntado las manos sobre el pecho, como para apretarse el corazón. Había intentado levantarse, había emitido sonidos articulados, que parecían palabras pero no lo eran, como si el Espíritu Santo hubiese descendido sobre él y estuviese hablando lenguas. Él había pensado, traspasado por el pánico: ¿y si nunca recupera el juicio? ¿Qué dice el Libro Negro si un rey se vuelve simple? Fuera recuerda el bramido del caballo caído de Enrique, luchando por levantarse; pero seguro que no pudo ser eso lo que oyó, seguro que lo habían sacrificado... Luego estaba bramando el propio Enrique. Esa noche, el rey rasga las vendas que tiene en la cabeza. La contusión, la inflamación, son el veredicto de Dios de aquel día. Está decidido a mostrarse así ante la corte, a contrarrestar cualquier rumor de que esté muerto o destrozado. Ana se acerca a él, sostenida por su padre, monseñor. El conde la sostiene de verdad, no es que finja hacerlo. Parece pálida y frágil; ahora se hace notoria su preñez. «Mi señor —dice—, rezo, y toda Inglaterra reza, por que no justéis nunca más.»

Enrique le hace señas de que se aproxime. Sigue haciéndoselas hasta que su rostro está cerca del suyo. Con voz baja y vehemente dice: «¿Y por qué no me capáis también? Eso os gustaría, ¿verdad que sí, *madame*?».

Hay una consternación manifiesta en los rostros. Los Bolena tienen el buen sentido de apartar a Ana de él, de apartarla y de llevársela, la señora Shelton y Jane Rochford aletean y se exclaman, todo el clan Howard, Bolena, se agrupa en torno a ella. Jane Seymour, única entre las damas, no se mueve. Está quieta y mira a Enrique, y la mirada de Enrique vuela directa hacia ella, y se abre un espacio a su alrededor y durante un instante se mantiene en el vacío, como una bailarina dejada atrás cuando la hilera sigue.

Más tarde, él está con Enrique en su dormitorio, el rey derrumbado en un sillón de terciopelo. Enrique dice: cuando yo era un muchacho, iba andando con mi padre por una galería en Richmond, una noche de verano sobre las once del reloj, él tenía mi brazo en el suyo y estábamos entregados a la conversación o lo estaba él, y de pronto hubo un gran estruendo y un estallido, el edificio entero lanzó un gruñido profundo y se desprendió el suelo a nuestros pies. Lo recordaré toda la vida, estar allí en el borde, y había desaparecido el mundo debajo de nosotros. Pero durante un instante no supe lo que oía, si lo que se rompían eran las maderas o nuestros propios huesos. Estábamos los dos gracias a Dios aún asentados sobre suelo sólido, y sin embargo yo me había visto caer a plomo, sin parar, sin parar, a través del piso de abajo, hasta dar en tierra y olerla, húmeda como la tumba. Bueno..., cuando caí hoy, fue así. Oí voces. Muy lejanas. No podía entender las palabras. Me sentía sostenido a través del aire. No veía a Dios. Ni ángeles.

—Espero que no os sintieseis decepcionado cuando os desperté, sólo para ver a Thomas Cromwell.

—Nunca fuisteis tan bienvenido —dice Enrique—. Vuestra propia madre el día que nacisteis no se alegró más de veros de lo que yo me alegré hoy.

Los sirvientes de cámara están aquí, se desplazan con pisadas suaves haciendo sus tareas de siempre, rocían con agua bendita las sábanas del rey. «Basta —dice Enrique, irritado—. ¿Queréis que coja un catarro? Un ahogamiento no es menos eficaz que una caída. —Se vuelve y añade bajando la voz—: Crumb, ¿sabéis que esto nunca sucedió?»

Él asiente. Las anotaciones que se hayan hecho, él se halla en proceso de expurgarlas. Después se sabrá que en esa fecha, el caballo del rey tropezó. Pero la mano de Dios recogió al rey del suelo y le colocó de nuevo riendo en su trono. Otro ítem para El Libro Llamado Enrique: si le tiras al suelo rebota.

Pero la reina tiene cierta razón. Has visto a aquellos caballeros que justaban en los tiempos del viejo rey, cojeando por la corte, los supervivientes de los torneos, desorientados y con una mueca de dolor; hombres que han recibido un golpe en la cabeza demasiadas veces, hombres que caminan encorvados. Y de nada sirve toda tu destreza cuando llega la hora de la verdad. El caballo puede fallar. Los ayudantes pueden fallar. El temple puede fallar.

Esa noche le dice a Richard Cromwell: «Fue un mal momento para mí. ¿Cuántos hombres pueden decir, como yo: "Soy un hombre cuyo único amigo es el rey de Inglaterra"? Lo tengo todo, pensaríais. Pero si no está Enrique, ya no tengo nada».

Richard ve la verdad desvalida de eso. Dice: «Sí». ¿Qué más puede decir?

Luego expresa el mismo pensamiento, de una forma cauta y modificada, para Fitzwilliam. Fitzwilliam le mira: pensativo, no sin simpatía. «Yo no sé, Crumb. No os faltan apoyos, sabéis.»

—Perdonadme —dice él escéptico— pero ¿de qué modo se manifiesta ese apoyo?

—Quiero decir que tendríais apoyo, en caso de que lo necesitaseis contra los Bolena.

—¿Y por qué habría de necesitarlo? La reina y yo somos muy buenos amigos.

—Eso no es lo que le contáis a Chapuys.

Él inclina la cabeza. Interesante, la gente que habla con Chapuys; interesante, también, lo que el embajador decide transmitir, de una parte a otra.

—¿Los oísteis? —dice Fitz; el tono es de disgusto—. Fuera de la tienda, cuando pensaban que el rey estaba muerto... Gritaban «¡Bolena, Bolena!». Invocaban su propio nombre. Como cuclillos.

Él espera. Por supuesto que los oyó; ¿cuál es la verdadera pregunta aquí? Fitz está próximo al rey. Se ha criado en la corte con Enrique desde que los dos eran pequeños, aunque su familia sea de la baja nobleza, no de la aristocracia. Ha estado en la guerra. Ha tenido clavado un cuadrillo de ballesta en el cuerpo. Ha estado en el extranjero en embajadas, conoce Francia, conoce Calais, el enclave inglés de allí y su política. Es de ese selecto grupo de los caballeros de la Orden de la Jarretera. Escribe con buena letra, con precisión, sin brusquedad ni circunloquios, sin carga de adulación ni superficialidad en las expresiones de respeto. Al cardenal le gustaba, y es afable con Thomas Cromwell cuando comen diariamente en la cámara de la guardia. Es siempre afable: ¿y lo es más ahora?

—¿Qué habría sucedido, Crumb, si el rey no hubiese vuelto a la vida? Nunca olvidaré a Howard gritando: «¡Yo, yo, yo!».

—No es un espectáculo que borraremos de nuestras mentes. En cuanto a... —vacila—. Bueno, si hubiese sucedido lo peor, el cuerpo del rey muere pero el cuerpo político continúa. Habría la posibilidad de convocar un consejo de regencia, compuesto por funcionarios de la ley y por aquellos consejeros principales que están ahora...

—... entre ellos, vos mismo...

—Yo mismo, por supuesto. —Yo mismo con varias capacidades, piensa: ¿quién de más confianza, quién más próximo y no sólo secretario sino un funcionario de la ley, al cargo del registro de la Corona?—. Si el Parlamento estuviese dispuesto, podríamos crear un órgano que habría gobernado como regente hasta que la reina diese a luz, y quizá con su permiso durante una minoría...

—Pero vos sabéis que Ana nunca daría ese permiso —dice Fitz.

—No, lo tendría todo para gobernar sola. Pero tendría que enfrentarse a tío Norfolk. No sé, entre los dos, a quién respaldaría. Creo que a la dama.

—Dios ampare al reino —dice Fitzwilliam— y a todos los hombres de él. De los dos, yo preferiría a Thomas Howard. Al menos, en caso necesario, uno podría desafiarle a salir fuera a pelear. Si dejamos que la dama sea regente, los Bolena caminarán sobre nuestras espaldas. Seríamos su alfombra viviente. Ella haría que nos cosieran «AB» en la piel. —Se frota la barbilla—. Aunque de todos modos lo hará. Si le da un hijo a Enrique.

Él se da cuenta de que Fitz le está observando.

—Hablando de hijos —dice—, ¿os he dado las gracias de la forma adecuada? Si hay alguna cosa que pueda hacer por vos, decid. Gregory ha prosperado bajo vuestra guía.

—Es para mí un placer. Volved a enviarle conmigo pronto.

Lo haré, piensa, y con el arriendo de una pequeña abadía o dos, cuando se aprueben mis nuevas leyes. En su escritorio hay montones de asuntos acumulados para la nueva sesión del Parlamento. Antes de que pasen muchos años le gustaría que Gregory tuviese un escaño a su lado en los Comunes. Ha de tener conocimiento de todos los aspectos del gobierno del reino. Un periodo en el Parlamento es un ejercicio de frustración, o una lección de paciencia: dependiendo de cómo prefieras mirarlo. Se discute de la guerra, la paz, de luchas, disputas, debates, de murmuraciones, quejas, riquezas, la pobreza, la verdad, la falsedad, la justicia, la equidad, la opresión, la traición, el asesinato y la edificación, y la continuidad del bien común; luego hacen lo que hicieron sus predecesores (en la medida, claro, en que pudieron) y lo dejan donde empezaron.

Después del accidente del rey, todo es igual, pero nada es igual. Él aún sigue teniendo enfrente a los Bolena, a los partidarios de María, del duque de Norfolk, del duque de Suffolk y del ausente obispo de Winchester; por no mencionar al rey de Francia, al emperador y al obispo de Roma, conocido también como el papa. Pero el enfrentamiento (cada enfrentamiento) es más agudo ahora.

El día del funeral de Catalina, se siente abatido. ¡Con qué fuerza abrazamos a nuestros enemigos! Son nuestros familiares, nuestros otros yos. Cuando ella estaba sentada en un cojín de seda en la Alhambra, con siete años, haciendo su primer bordado, él estaba raspando raíces en la cocina de Lambeth Palace, bajo la mirada de su tío John, el cocinero.

Había asumido tantas veces en el consejo la posición de Catalina, como si fuese uno de sus abogados oficiales. «Señores míos, vos plantearéis ese razonamiento», decía, «La princesa viuda alegará...» y «Catalina os refutará, así». No porque se inclinase por su causa sino porque eso ahorraba tiempo; como adversario suyo, se hacía cargo de sus intereses, consideraba sus estratagemas, llegaba a cada punto antes que ella. Había sido durante mucho tiempo un enigma para Charles Brandon: «¿De parte de quién está este hombre?», preguntaba.

Pero en Roma la causa de Catalina no se considera decidida, ni siquiera ahora. Una vez que los abogados del Vaticano han puesto un caso en marcha, no se detiene sólo porque una de las partes haya muerto. Es posible que, cuando todos nosotros estemos muertos, desde alguna mazmorra del Vaticano, un secretario esqueleto castañetee los dientes para consultar a sus colegas esqueletos sobre alguna cuestión del derecho canónico. Charlarán castañeteando los dientes entre ellos; sus ojos ausentes girarán en las órbitas, para ver que sus pergaminos se han convertido en motas de polvo en la luz. ¿Quién tomó la virginidad de Catalina, su primer marido o su segundo? No lo sabremos en toda la eternidad.

—¿Quién puede entender las vidas de las mujeres? —le dice a Rafe.

—O sus muertes —dice Rafe.

Él alza la vista.

—¡Tú no! Tú no crees que fuese envenenada, ¿verdad?

—Se rumorea —dice Rafe con gravedad— que el veneno se le introdujo en cierta cerveza galesa fuerte. Una bebida a la que ella le había tomado afición, al parecer, estos últimos meses.

Él mira a Rafe a los ojos y rompe a reír con una alegría reprimida. La princesa viuda, trasegando cerveza galesa fuerte.

—De una jarra de cuero —dice Rafe—. Imaginadla golpeando con ella la mesa. Y gritando: «Llenadla otra vez».

Él oye rumor de pies que corren acercándose. ¿Quién ahora? Un golpe en la puerta, y aparece su muchachito galés, sin aliento.

—Señor, tenéis que ir inmediatamente a ver al rey. Ha venido a buscaros gente de Fitzwilliam. Creo que alguien ha muerto.

—¿Qué?, ¿alguien más? —dice él. Coge su gavilla de papeles, los arroja en un cofre, lo cierra, le da la llave a Rafe. A partir de ahora no dejará ningún secreto descuidado, ninguna tinta fresca expuesta al aire. «¿A quién tendré que resucitar esta vez?»

¿Sabéis lo que pasa cuando vuelca un carro en la calle? Todos aquellos que te encuentras lo han presenciado. Vieron la pierna de un hombre cortada limpiamente. Vieron a una mujer exhalar el último aliento. Vieron las mercancías saqueadas, ladrones robando de la parte de atrás mientras el conductor del carro estaba aplastado en la de delante. Oyeron gritar a un hombre su última confesión, mientras otro cuchicheaba su última voluntad y testamento. Y si todos aquellos que dicen que estaban allí hubiesen estado de veras, la escoria de Londres se habría concentrado en ese único punto, las cárceles se habrían vaciado de ladrones, de putas las camas y estarían de pie encima de los hombros de los carniceros para ver mejor todos los abogados.

Ese día, 29 de enero, más tarde, iba camino de Greenwich, sobrecogido, receloso, por la noticia que le habían llevado los hombres de Fitzwilliam. La gente le contará: «Yo estaba allí, yo estaba allí cuando Ana dejó de hablar, yo estaba allí cuando posó el libro, la costura, el laúd, yo estaba allí cuando ella abandonó su alegría por el pensamiento de Catalina sepultada en la tumba. Yo vi cómo le cambiaba la cara. Yo vi cómo se agolpaban sus damas alrededor de ella. Yo las vi llevarla hasta su cámara y cerrar la puerta, y vi el rastro de sangre que quedó en el suelo por donde ella anduvo».

No necesitamos creer eso, lo del rastro de sangre. Lo vieron quizá en su pensamiento. El preguntará: ¿a qué hora empezaron los dolores de la reina? Pero nadie pareció capaz de decírselo, a pesar de su conocimiento detallado del incidente. Se habían concentrado en el rastro de sangre y prescindido de los hechos. Tardará todo el día en filtrarse la mala noticia fuera del dormitorio de la reina. A veces las mujeres sangran pero el niño se aferra y crece. Esta vez no. Catalina estaba demasiado fresca en su tumba para estarse quieta. Ha extendido la mano y ha liberado al niño de Ana, para que así salga a destiempo al mundo, no mayor que una rata.

Por la noche, fuera de las habitaciones de la reina, la enana está sentada en las baldosas, balanceándose y gimiendo. «Finge que está de parto», dice alguien, innecesariamente. «¿No podéis sacarla de aquí?», pregunta él a las mujeres.

Jane Rochford dice:

—Era un niño, señor secretario. Lo había llevado menos de cuatro meses, según nuestros cálculos.

Principios de octubre, entonces. Aún estábamos en marcha.

—Vos tomaríais nota del itinerario —murmura lady Rochford—. ¿Dónde estaba ella entonces?

—¿Importa eso?

—Yo diría que vos querríais saber. Bueno, los planes cambiaban, ya se sabe, a veces al instante. A veces ella estaba con el rey, a veces no, a veces estaba con ella Norris, y a veces otros gentilhombres. Pero tenéis razón, señor secretario. Eso no tiene ninguna importancia. Los médicos pueden estar seguros de muy poco. No hay modo de saber cuándo fue concebido. Quién estaba aquí y quién estaba allá.

—Tal vez deberíamos dejarlo así —dice él.

—Tal vez. Ahora que ya ha perdido otra oportunidad, la pobre..., ¿qué pasará en el mundo?

La enana se pone de pie. Lo observa, le sostiene la mirada, se levanta las faldas. Él no es lo suficientemente rápido para apartar la vista. Se ha afeitado o la ha afeitado alguien, y sus partes están calvas, como las de una vieja o una niña pequeña.

Más tarde, ante el rey, cogiendo la mano de Mary Shelton, Jane Rochford no está segura de nada.

—Tenía la apariencia de un varón —dice—, de unas quince semanas de gestación.

—¿Qué queréis decir con «la apariencia de»? —exige el rey—. ¿Es que no podéis asegurarlo? Oh, idos, mujer, vos nunca habéis dado a luz, ¿qué sabéis? Debería haber habido matronas a su lado, ¿qué falta hacíais vos allí? ¿No podríais vosotros, los Bolena, ceder el puesto a alguien más útil?, ¿tenéis que estar todos presentes en multitud siempre que se produce un desastre?

La voz de lady Rochford tiembla, pero se mantiene firme en su punto.

—Su Majestad debe hablar con los médicos.

—Ya lo he hecho.

—Yo sólo repito sus palabras.

Mary Shelton rompe a llorar. Enrique la mira y dice humildemente:

—Señora Shelton, perdonadme. No quería haceros llorar, querida mía.

Enrique tiene dolores. Lleva la pierna vendada por los cirujanos, la pierna en que se hirió en la liza unos diez años atrás; es propensa a ulcerarse, y parece que la caída reciente le ha abierto un canal en la carne. Toda su fanfarronería se ha esfumado; es como en los tiempos en que soñaba con su hermano, aquella época en que los muertos le perseguían. Es el segundo hijo que ella ha perdido, dice él esa noche, en privado: aunque quién sabe, podrían haber sido más, las mujeres mantienen esas cosas ocultas hasta que sus vientres lo revelan, no sabemos cuántos de mis herederos se han desangrado así. ¿Qué quiere Dios ahora de mí? ¿Qué debo hacer para complacerlo? Veo que no me dará hijos varones.

Él, Cromwell, se mantiene atrás mientras Thomas Cranmer, pálido y suave, se hace cargo del duelo del rey. Malinterpretamos mucho a nuestro Creador, dice el arzobispo, si le culpamos a él de cada accidente de la naturaleza caída.

Yo pensaba que velaba por cada gorrión que cae, dice el rey, truculento como un niño. ¿Por qué no vela entonces por Inglaterra?

Cranmer tendrá alguna razón que dar. Él apenas escucha. Piensa en las mujeres que rodean a Ana: prudentes como serpientes, sencillas como palomas. Se está contando ya una cierta versión de los acontecimientos del día; se cuenta en la cámara de la reina. Ana Bolena no tiene la culpa de esta desgracia. Es su tío Thomas Howard, el duque de Norfolk, quien la tiene. Cuando el rey sufrió la caída, fue Norfolk el que irrumpió donde estaba la reina, gritando que Enrique había muerto, y causándole una conmoción tal que se le paró al nonato el corazón.

Y más aún: es culpa de Enrique. Por cómo ha estado comportándose, soñando con la hija del viejo Seymour, dejando cartas en el sitio de ella en la capilla y enviándole dulces de su mesa. Cuando la reina vio que amaba a otra, se sintió herida en lo más vivo. La aflicción se apoderó de ella, y se le alborotaron las vísceras y rechazaron al tierno niño.

Sólo por dejar claras las cosas, dice fríamente Enrique, cuando se encuentra a los pies del lecho de la dama y oye esa interpretación de los acontecimientos. Sólo por dejar claras las cosas sobre este asunto, *madame*. Si se ha de culpar a alguna mujer, es a esta a la que yo estoy mirando. Hablaré con vos cuando estéis mejor. Y ahora deseo que os vaya bien, porque yo debo irme a Whitehall a prepararme para el Parlamento, lo mejor es que guardéis cama hasta que os recuperéis del todo. Algo que yo dudo que alguna vez vaya a conseguir.

Entonces Ana le gritó (o eso dice lady Rochford): «Esperad, esperad, mi señor, pronto os daré otro hijo, mucho más rápido ahora que Catalina está muerta...».

—No veo cómo eso va a poder acelerar el asunto.

Enrique se va cojeando. Luego, en sus propias habitaciones, los gentilhombres de la cámara privada se desplazan cuidadosamente a su alrededor, como si estuviese hecho de cristal, disponiendo los preparativos para la partida. Enrique está arrepentido ahora de su precipitado pronunciamiento, porque, si la reina se queda atrás, todas las mujeres deben quedarse atrás, y no podrá ya recrear sus ojos con la carita de panecillo de Jane. Le siguen más razones, transmitidas por Ana quizá en una nota: ese feto perdido, concebido cuando Catalina estaba viva, es inferior a la concepción que seguirá, en fecha desconocida, pero pronto. Porque incluso en el caso de que el niño hubiese vivido y crecido, habría algunos que seguirían dudando de su derecho; mientras que ahora Enrique es viudo, nadie en la Cristiandad puede poner en duda que su matrimonio con Ana sea lícito, y cualquier hijo que engendren es heredero legítimo de Inglaterra.

—Bueno, decidme, ¿qué pensáis de ese razonamiento? —pregunta Enrique. Está derrumbado en un sillón en sus habitaciones privadas, la pierna hinchada de vendajes.

—No, no, nada de conferencias, quiero una respuesta de cada uno, de cada Thomas. —Hace una mueca, aunque lo que pretende es sonreír—. ¿Sabéis la confusión que provocáis entre los franceses? Os han convertido en un consejero de nombre compuesto, y en los despachos os llaman «doctor Chramuel».

Ellos intercambian miradas, él y Cranmer: el carnicero y el ángel. Pero el rey no espera a que den su consejo, conjunto o por separado; sigue hablando, como un hombre que se clava una daga él mismo para demostrar cuánto duele.

—Si un rey no puede tener un hijo, si no puede hacer eso, qué importa lo demás que pueda hacer. Las victorias, el botín que se obtenga en ellas, las leyes justas que haga, la fama de sus cortes, todo eso no es nada.

Es verdad. Mantener la estabilidad del reino: ése es el pacto que un rey hace con su pueblo. Si no puede tener un hijo propio, debe encontrar un heredero, nombrarlo antes de que el país se precipite en la duda y la confusión, las facciones y la conspiración. ¿Y a quién puede nombrar Enrique, sin que se rían de él? El rey dice:

—Cuando recuerdo lo que hice por la reina actual, cómo la elevé de la condición de simple hija de un caballero... No puedo entender ya por qué lo hice. —Mira como diciendo: ¿lo sabéis vos, doctor Chramuel?—. Me parece —tantea, perplejo, buscando las frases correctas—, me parece que se me condujo a este matrimonio de un modo un tanto deshonesto.

Él, Cromwell, mira a la otra mitad de sí mismo, como a través de un espejo: Cranmer parece dispararse.

—¿Cómo que deshonesto? —pregunta.

—Estoy seguro de que en aquel momento yo no tenía la mente serena. No como la tengo ahora.

—Pero, señor —dice Cranmer—. Majestad. Disculpadme, señor, no podéis tener la mente serena. Habéis sufrido una gran pérdida.

Dos, en realidad, piensa él: hoy vuestro hijo nació muerto y fue enterrada vuestra primera esposa. No tiene nada de extraño que tembléis.

—A mí me parece que fui seducido —dice Enrique—, es decir, se aprovecharon de mí, quizá con encantamientos, quizá con hechizos. Las mujeres se valen de esas cosas. Y si fuese así, entonces el matrimonio sería nulo, ¿verdad?

Cranmer alza las manos, como un hombre que intentase hacer retroceder la marea. Ve a su reina desvaneciéndose en el aire sutil: su reina, que ha hecho tanto por la verdadera religión.

—Señor, señor... Majestad...

—¡Oh, paz! —dice Enrique, como si quien hubiese empezado aquello hubiese sido Cranmer—. Cromwell, cuando vos erais soldado, ¿oísteis alguna vez hablar de algo que curase una pierna como la mía? He vuelto a darme un golpe en ella y los cirujanos dicen que deben salir los humores malsanos. Temen que la podredumbre haya llegado hasta el hueso. Pero no se lo digáis a nadie. No me gustaría que esto se difundiese en el extranjero. ¿Querréis enviar un paje a buscar a Thomas Vicary? Creo que ha de sangrarme. Necesito un alivio. Os deseo buenas noches, señores —añade, casi en un murmullo—, porque supongo que hasta este día debe acabarse.

El doctor Chramuel se va. En una antecámara, uno de ellos se vuelve al otro.

—Estará de un humor distinto mañana —dice el arzobispo.

—Sí. Un hombre con dolores puede decir cualquier cosa.

—No deberíamos tenerlo en cuenta.

—No.

Son como dos hombres cruzando sobre una delgada capa de hielo; se apoyan uno en otro, dan pasos pequeños y tímidos. Como si eso sirviese de algo, cuando empiezan a oírse crujidos por todas partes.

—El dolor por el niño le trastorna —dice Cranmer sin convicción—. ¿Cómo iba a esperar tanto por Ana, para tirarlo todo por la borda tan rápido? Pronto volverán a ser amigos perfectos.

—Además —dice él—. No es hombre que acepte haberse equivocado. Él puede tener dudas sobre su matrimonio, pero si las plantea algún otro, que Dios se apiade de él.

—Debemos acabar con esas dudas —dice Cranmer—. Debemos hacerlo entre los dos.

—Le gustaría ser amigo del emperador. Ahora que ya no está Catalina para provocar rencor entre ellos. Así que debemos afrontar el hecho de que la reina actual es... —duda si decir «superflua»; duda si decir «un obstáculo para la paz».

—Ella se interpone en su camino —dice sin rodeos Cranmer—. Pero no la sacrificará, ¿verdad? Seguro que no lo hará por complacer al emperador Carlos ni a ningún otro hombre. No tienen por qué pensar eso. Roma no tiene por qué pensarlo. Él nunca se volverá atrás.

—No. Hay que tener cierta fe en que nuestro buen soberano respaldará a la Iglesia.

Cranmer oye las palabras que él ha evitado decir: el rey no necesita a Ana para ayudarle a hacer eso.

De todos modos, le dice a Cranmer, cuesta recordar al rey antes de Ana; cuesta imaginarle sin ella. Revolotea en torno a él. Lee por encima de su hombro. Penetra en sus sueños. Hasta cuando está echada a su lado no está lo suficientemente cerca para ella.

—Os diré lo que haremos —dice él, y aprieta el brazo de Cranmer—. ¿Qué os parece si preparamos una cena e invitamos al duque de Norfolk?

Cranmer se encoge.

—¿Norfolk? ¿Por qué?

—Para una reconciliación —dice él tranquilamente—. Me temo que el día del accidente del rey yo tal vez fui un poco desdeñoso con sus pretensiones. En la tienda. Cuando él entró corriendo. Pretensiones bien fundadas —añade respetuosamente—. Porque ¿acaso no es él nuestro primer par? Compadezco al duque desde el fondo de mi corazón.

—¿Qué hicisteis, Cromwell? —El arzobispo se ha puesto pálido—. ¿Qué hicisteis en aquella tienda? ¿Le pusisteis las manos encima con violencia, como he oído que hicisteis recientemente con el duque de Suffolk?

—¿A quién?, ¿a Brandon? Sólo quería que se apartase.

—Cuando él no quería hacerlo.

—Fue por su propio bien. Si lo hubiese dejado allí en presencia del rey, se habría encerrado con sus propias palabras en la Torre. Estaba difamando a la reina, ¿comprendéis?

Y cualquier difamación, cualquier duda, piensa él, debe proceder de Enrique, de su propia boca, y no de la mía, ni de la de cualquier otro hombre.

—Por favor, por favor —dice—, hagamos una cena. Debéis ser vos quien la hagáis, en Lambeth. Norfolk no vendrá a mi casa, pensará que me propongo echarle un narcótico en el clarete y trasladarle a bordo de un barco para que le vendan como esclavo. Pero a vuestra casa le agradará ir. Yo aportaré el venado. Y habrá jaleas con la forma de los principales castillos del duque. No os costará nada. Y no será ningún problema para vuestros cocineros.

Cranmer se ríe. Se ríe por fin. Ha sido una campaña dura, conseguir que sonría.

—De acuerdo, Thomas. Haremos esa cena.

El arzobispo le posa las manos en los brazos, le besa a derecha e izquierda. El beso de la paz. Él no se siente suavizado ni apaciguado, mientras vuelve a sus habitaciones cruzando un palacio anormalmente silencioso: ninguna música de habitaciones lejanas, tal vez un murmullo de oración. Intenta imaginar al niño perdido, el maniquí, sus miembros germinando, su rostro viejo y sabio.

Pocos hombres han visto una cosa así. Él no, ciertamente. En Italia, una vez, estuvo sosteniendo una luz para un cirujano, mientras en una habitación sellada, envuelta en sombras, troceaba a un hombre muerto para ver qué le hacía funcionar. Fue una noche temible, el hedor de tripas y sangre obstruía la garganta y los pintores, que se habían dado empujones unos a otros y habían sobornado para conseguir un puesto, intentaban desplazarle a codazos: pero él se mantuvo firme, pues había dado garantías de hacerlo, había dicho que sostendría la luz. Y figuró así entre los elegidos de aquel grupo, las luminarias, que vieron cómo se desnudaban los huesos de músculos. Pero nunca ha visto por dentro una mujer, y aún menos un cadáver grávido; ningún cirujano, ni incluso por dinero, realizaría ese trabajo para un público.

Piensa en Catalina, embalsamada y enterrada. Su espíritu quedó libre y fue en busca de su primer marido: deambula ahora, gritando su nombre. ¿Se sentirá sobrecogido Arthur al verla, una vieja gorda, y él aún un niño flaco?

El rey Arthur, de bendita memoria, no pudo tener un hijo. ¿Y qué pasó después de Arthur? No sabemos. Pero sabemos que su gloria se esfumó de este mundo.

Piensa en el lema elegido por Ana, pintado en su escudo de armas: «La Más Feliz».

Él le había dicho a Jane Rochford: «¿Cómo está mi señora la reina?».

Rochford había dicho: «Sentada en la cama, lamentándose».

Lo que él había querido decir era si había perdido mucha sangre.

Catalina no estaba libre de pecado, pero ahora sus pecados se han desprendido de ella. Están todos amontonados sobre Ana: la sombra que revolotea tras ella, la mujer envuelta en noche. La vieja reina habita en la irradiación de la presencia de Dios, sus hijos muertos envueltos en pañales a sus pies, pero Ana habita en este mundo pecador de abajo, marchitándose en el sudor del puerperio, en sus sábanas sucias. Pero tiene los pies y las manos fríos, y su corazón es como una piedra.

Aquí está, pues, el duque de Norfolk, esperando a ser alimentado. Viste sus mejores galas, o al menos lo que es suficientemente bueno para Lambeth Palace, y parece un trozo de cuerda mascado por un perro, o un pedazo de ternilla dejado a un lado por un trinchador. Ojos fieros, brillantes, bajo cejas rebeldes. El cabello, un rastrojo de hierro. Su persona es flaca, nervuda, y huele a caballos y a cuero, y al taller del armero y, misteriosamente, a hornos o quizá a ceniza enfriándose: seco y polvoriento, picante. No teme a nadie vivo salvo a Enrique Tudor, que podría, a su capricho, quitarle el ducado, pero teme a los muertos. Dicen que en cualquiera de sus casas al final del día se le puede oír cerrando a golpes los postigos y corriendo pestillos, por si el difunto cardenal Wolsey quiere penetrar por una ventana o deslizarse escaleras arriba. Si Wolsey quisiese a Norfolk se mantendría tendido en silencio en el tablero de una mesa, respirando por las vetas de la madera; se deslizaría por el ojo de la cerradura, o se dejaría caer por una chimenea con un remolineo suave como una paloma manchada de hollín.

Cuando Ana Bolena ascendió en el mundo, siendo una sobrina de su ilustre familia, el duque pensó que sus problemas se habían acabado. Porque tiene problemas; el primer noble del reino tiene sus rivales, tiene quien le quiere mal, quien le difama. Pero él creyó que, con Ana coronada a su debido tiempo, estaría siempre a la diestra del rey. Las cosas no han ido así, y el duque está resentido. El enlace no ha traído a los Howard las riquezas y honores que él esperaba. Ana ha tomado para sí las recompensas, y también las ha tomado para sí Thomas Cromwell. El duque piensa que Ana debería dejarse guiar por sus parientes masculinos, pero ella no se deja guiar; en realidad ha dejado claro que se ve a sí misma, y no al duque, como cabeza de la familia ahora. Lo que es antinatural, en opinión del duque: una mujer no puede ser cabeza de nada, su papel es la subordinación y la sumisión. Puede ser una reina y una mujer rica, pero de todos modos debería saber cuál es su sitio, o debería enseñársele. Howard rezonga a veces en público: no por Enrique, sino por Ana Bolena. Y ha considerado más conveniente pasar el tiempo en sus propias tierras, acosando a su duquesa, que escribe a menudo a Thomas Cromwell con quejas por el tratamiento que la dispensa. Como si él, Thomas Cromwell, pudiese convertir al duque en uno de los grandes amantes del mundo, o incluso en una semblanza de hombre razonable.

Pero luego, cuando se conoció el último embarazo de Ana, el duque empezó a acudir a la corte, flanqueado por sus criados de sonrisa engolada, y pronto se le unió su peculiar hijo. Surrey es un joven que tiene una gran opinión de sí mismo, se considera guapo, inteligente y afortunado. Pero tiene la cara torcida y no se hace ningún favor llevando el pelo cortado como si fuera un cuenco. Hans Holbein confiesa que es para él todo un reto. Surrey está aquí esta noche, en Lambeth, perdiéndose una velada de burdel. Sus ojos vagan por la estancia; tal vez piense que Cranmer guarda muchachas desnudas detrás del tapiz de Arras.

—Bueno, vamos a ver —dice el duque, frotándose las manos—. ¿Cuándo vais a bajar a verme a Kenninghall, Thomas Cromwell? Tenemos buena caza, vive Dios, tenemos algo a lo que tirar en todas las estaciones del año. Y podemos proporcionaros un calentador de cama si lo queréis, una mujer del común de las que os gustan a vos, tenemos ahora precisamente una doncella —el duque resopla—, tendríais que ver qué tetas tiene...

Toquetea el aire con sus nudosos dedos.

—Bueno, si es vuestra —murmura él—, no me gustaría privaros de ella.

El duque lanza una mirada a Cranmer. ¿Quizá no deberían hablar de mujeres? Pero bueno, Cranmer no es propiamente un arzobispo, al menos en opinión de Norfolk; es un pequeño empleado que Enrique encontró un año en los pantanos, que prometió hacer cualquier cosa que se le pidiese a cambio de una mitra y dos buenas comidas al día.

—Vive Dios, parecéis enfermo, Cranmer —dice el duque con lúgubre satisfacción—. Parece como si no pudieseis mantener la carne pegada a los huesos. Tampoco puedo yo. Mirad esto.

El duque se aparta de la mesa, dando un codazo a un pobre joven que estaba allí esperando con la jarra de vino. Se pone de pie y retira la ropa para mostrar una pantorrilla flaca.

—¿Qué os parece esto?

Horrible, concuerda él. ¿Es la humillación, seguramente, lo que desgasta a Thomas Howard hasta los huesos? Su sobrina le interrumpe en público y habla por encima de él. Se ríe de sus medallas santas y de las reliquias que lleva, algunas de ellas muy sagradas. En la mesa se inclina hacia él, dice: «Vamos tío, tomad un mendrugo de mi mano, os estáis consumiendo». «Y lo estoy», dice él.

—No sé cómo hacéis vos, Cromwell. Hay que ver, todo carne debajo de la tela, un ogro os comería asado.

—Bueno, sí – dice él sonriendo—, ése es el peligro que corro.

—Yo creo que vos tomáis algunos polvos que conseguisteis en Italia. Os mantienen lustroso. Supongo que no querréis compartir el secreto...

—Comed vuestra gelatina, mi señor —dice él pacientemente—. Si sé de algunos polvos, conseguiré una muestra para vos. Mi único secreto es que duermo de noche. Estoy en paz con mi Hacedor. Y, por supuesto —añade, retrepándose a placer—, no tengo ningún enemigo.

—¿Qué? —dice el duque. Se le clavan las cejas en el pelo. Se sirve un poco más de las almenas de gelatina de Thurston, escarlatas y pálidas, la piedra ligera y el ladrillo sangriento. Mientras les da vueltas en la boca opina sobre varios temas. Principalmente Wiltshire, el padre de la reina. Que debería haber educado a Ana apropiadamente y con más atención a la disciplina. Pero no, estaba demasiado ocupado ufanándose de ella en francés, presumiendo de lo que ella conseguiría.

—Bueno, lo consiguió —dice el joven Surrey—. ¿No es así, mi señor padre?

—Yo creo que es una llama que se está consumiendo —dice el duque—. Ella sabe todo lo que hay que saber sobre polvos. Dicen que tiene envenenadores en su casa. Ya sabéis lo que le hizo al viejo obispo Fisher.

—¿Qué le hizo? —dice el joven Surrey.

—¿Tú no sabes nada, hijo? Se pagó al cocinero de Fisher para que echara unos polvos en el caldo. Estuvo a punto de morir.

—No se habría perdido mucho —dice el muchacho—. Era un traidor.

—Sí —dice Norfolk—, pero por entonces su traición aún no había sido probada. Y esto no es Italia, muchacho. Nosotros tenemos tribunales de justicia. En fin, el pobre viejo salió de ésa, pero nunca volvió a estar bien ya. Enrique mandó que cocieran vivo al cocinero.

—Pero ese cocinero nunca confesó —dice él: él, Cromwell—. Así que no podemos estar seguros de que lo hicieran los Bolena.

Norfolk resopla.

—Tenían motivos. María haría bien en tener cuidado.

—Estoy de acuerdo —dice él—. Aunque no creo que el veneno sea lo más peligroso para ella.

—¿Qué entonces? —dice Surrey.

—Los malos consejos, mi señor.

—¿Creéis que ella debería escucharos a vos, Cromwell?

El joven Surrey posa luego el cuchillo y empieza a quejarse. A los nobles, se lamenta, no se les respeta como se les respetaba en los tiempos en que Inglaterra era grande. El rey actual mantiene a su alrededor a una camarilla de hombres de baja condición, y de eso no saldrá nada bueno. Cranmer se echa hacia delante en su silla, como para intervenir, pero Surrey le dirige una mirada feroz que dice: «Es a vos precisamente a quien me refiero, arzobispo».

Él hace una seña a un criado para que llene de nuevo el vaso del joven.

—No adecuáis vuestra charla a vuestra audiencia, señor.

—¿Por qué habría de hacerlo? —dice Surrey.

—Thomas Wyatt dice que estáis aprendiendo a escribir versos. A mí me gusta mucho la poesía, pues pasé la juventud entre los italianos. Me gustaría que leyeseis alguno.

—Seguro que sí, que os gustaría —dice Surrey—. Pero los reservo para mis amigos.

Cuando llega a casa sale su hijo a recibirle.

—¿Habéis oído lo que está haciendo la reina? Se ha levantado del puerperio y dicen de ella cosas increíbles. Dicen que se la vio tostando avellanas en el fuego en su cámara, echándolas en una cacerola de latón, preparadas para hacer dulces envenenados para María.

—El de la cacerola de latón sería otro —dice él, sonriendo—. Un acólito. Weston. Ese chico, Mark.

Gregory se atiene obstinadamente a su versión.

—Fue ella. Estaba tostándolas. Y entró el rey y frunció el ceño al verla en esa ocupación, porque no sabía lo que significaba, y recela de ella, sabéis. Qué estáis haciendo, le preguntó, y Ana la reina dijo: oh, mi señor, estoy haciendo sólo dulces para recompensar a esas pobres mujeres que están siempre a la puerta y que me dan la bienvenida. El rey dijo: ¿es eso lo que haces, querida? Entonces, bendita seas. Con lo que le engañó por completo, claro.

—¿Y dónde sucedió eso, Gregory? Porque ella está en Greenwich y el rey en Whitehall.

—No importa —dice Gregory alegremente—. En Francia las brujas pueden volar, con cacerolas de latón y avellanas y todo. Y fue allí donde ella lo aprendió. En realidad toda la parentela de los Bolena se convirtieron en brujos y brujas, para conseguir un niño para ella por brujería, pues el rey teme que no pueda darle ninguno.

Su sonrisa se vuelve dolorosa.

—No difundas eso entre la gente de la casa.

—Demasiado tarde —dice Gregory, feliz—, me lo han contado ellos a mí.

Él recuerda a Jane Rochford diciéndole, debe de hacer ya dos años de eso: «La reina se ha ufanado de que le dará a la hija de Catalina un desayuno del que no se recuperará».

«Alegre al desayuno, muerto a la cena.» Era lo que solían decir sobre las fiebres del sudor, que mataron a su esposa y a sus hijas. Y los fallecimientos no naturales, cuando se producen, suelen ser más rápidos; te abaten de un golpe.

—Me voy a mis habitaciones —dice él—. Tengo que redactar un documento. No dejes que me interrumpan. Richard puede entrar si quiere.

—Y yo, ¿puedo entrar yo? Por ejemplo, si en la casa hubiese un fuego, ¿os gustaría enteraros?

—No por ti. ¿Por qué habría de creerte? —Da una palmada su hijo. Se dirige, presuroso, a su cuarto privado y cierra la puerta.

La reunión con Norfolk no ha dado, al parecer, ningún resultado. Pero coge papel. En la cabecera escribe:

THOMAS BOLENA

Éste es el padre de la dama. Se lo imagina mentalmente. Un hombre de bien, ágil aún, orgulloso de su apariencia, se esfuerza mucho por dar una impresión favorable de sí mismo, igual que su hijo George: un hombre para poner a prueba el ingenio de los orfebres de Londres, y para hacer girar alrededor de sus dedos joyas que dice que le han dado gobernantes extranjeros. Esos muchos años que ha servido a Enrique como diplomático, un oficio para el que está dotado por su fría suavidad. No es hombre entregado a la acción, un Bolena, sino más bien alguien que se queda a un lado, sonriendo, mesándose la barba; cree parecer enigmático, pero en vez de eso parece que estuviese recreándose consigo mismo.

De todos modos, sabía cómo actuar cuando se presentaba la ocasión, cómo hacer trepar y trepar a su familia, hasta las ramas más altas del árbol. Hace frío allá arriba cuando sopla el viento, el viento cortante de 1536.

Como sabemos, su título de conde de Wiltshire le parece insuficiente para indicar su estatus especial, así que se ha inventado un título francés, monseñor. Y le causa placer que se dirijan a él utilizándolo. Deja que se sepa que piensa que debería adoptarse universalmente. A partir de la aceptación de su uso por los cortesanos, puedes deducir en gran medida de qué lado están.

Escribe:

Monseñor: Todos los Bolena. Sus mujeres. Sus capellanes. Sus sirvientes.
Todos los aduladores de los Bolena de la cámara privada, es decir,
Henry Norris.
Francis Weston.
William Brereton, etc.

Pero el viejo y sencillo «Wiltshire» declaró con vivos acentos:

El duque de Norfolk.
Sir Nicholas Carew (de la cámara privada), que es primo de Edward Seymour, y casado con la hermana de:

241

Sir Francis Bryan, primo de los Bolena, pero también primo de los Seymour, y amigo de:
El señor tesorero William Fitzwilliam.

Mira la lista. Añade los nombres de dos grandes:

El marqués de Exeter, Henry Courtenay.
Henry Pole, lord Montague.

Éstas son las viejas familias de Inglaterra; derivan sus pretensiones de estirpes antiguas; les escuecen, más que a ninguno de nosotros, las pretensiones de los Bolena.

Enrolla el papel. Norfolk, Carew, Fitz. Francis Bryan. Los Courtenay, los Montague y su parentela. Y Suffolk, que odia a Ana. Es un conjunto de nombres. No puedes extraer demasiado de ello. Estas gentes no son necesariamente amigas entre sí. Son sólo, en grados diversos, amigas de la antigua situación y enemigas de los Bolena.

Cierra los ojos. Se sienta, la respiración tranquila. Aparece en su mente un cuadro. Un noble vestíbulo. En el que él organiza una mesa.

Los sirvientes traen los caballetes.

Se coloca en su posición el tablero.

Servidores de librea extienden el mantel, lo ajustan y lo alisan; es bendecido, como el mantel del rey, los criados murmuran una fórmula en latín mientras se distancian para tener una perspectiva e igualan los bordes.

Esto en cuanto a la mesa. Ahora algo donde los invitados se sienten.

Los criados arrastran por el suelo un pesado sillón, con el escudo de armas de los Howard tallado en el respaldo. Es para el duque de Norfolk, que posa en él su culo huesudo.

—¿Qué habéis preparado —pregunta quejumbrosamente— para tentar mi apetito, Crumb?

Ahora traed otro asiento, ordena a los criados. Colocadlo a la derecha de mi señor Norfolk.

Éste es para Henry Courtenay, el marqués de Exeter, que dice: «¡Cromwell, mi esposa insistió en venir!».

—Se me alegra el corazón al veros, lady Gertrude —dice él, con una inclinación—. Ocupad vuestro asiento.

Hasta esta cena, siempre había procurado evitar a esa mujer precipitada y entrometida. Pero ahora adopta su expresión cortés:

—Cualquier amiga de lady María es bienvenida en esta cena.

—La princesa María —replica Gertrude Courtenay.

—Como vos queráis, mi señora —dice él con un suspiro.

—¡Ahora aquí llega Henry Pole! —exclama Norfolk—. ¿Me robará mi cena?

—Hay comida para todos —dice él—. Traed otro asiento para lord Montague. Un asiento adecuado para un hombre de sangre real.

—Nosotros lo llamamos un trono —dice Montague—. Por cierto, está mi madre aquí.

Lady Margaret Pole, la condesa de Salisbury. Legítima reina de Inglaterra, según algunos. El rey Enrique ha adoptado una actitud prudente con ella y con toda su familia. Los ha honrado, valorado, mantenido cerca. Eso le ha hecho mucho bien: aún siguen pensando que los Tudor son usurpadores, aunque la condesa le tiene cariño a la princesa María, de la que de niña fue tutora: la honra más por su regia madre, Catalina, que por su padre, al que considera el retoño de unos ladrones de ganado galeses.

Ahora, la condesa, en el pensamiento de él, se sienta con un crujido en su lugar. Mira a su alrededor.

—Tenéis un salón majestuoso aquí, Cromwell —dice, resentida.

—Las recompensas del vicio —dice su hijo Montague.

Él se inclina de nuevo. Se tragará cualquier insulto de momento.

—Bueno —dice Norfolk—, ¿dónde está mi primer plato?

—Paciencia, mi señor —dice él.

Ahora ocupa su propio lugar, un humilde taburete de tres patas al final de la mesa. Alza la vista desde allí hacia sus superiores.

—Enseguida llegarán las fuentes. Pero, primero, ¿rezamos una oración?

Alza la vista hacia las vigas. Allá arriba están talladas y pintadas las caras de los muertos: Moro, Fisher, el cardenal, Catalina la reina. Bajo ellos, la flor de la Inglaterra viva. Esperemos que no se caiga el techo.

Al día siguiente de haber ejercitado de este modo su imaginación, él, Thomas Cromwell, siente la necesidad de aclarar su posición en el mundo real; y de aumentar la lista de invitados. Su ensueño no ha llegado tan lejos como el verdadero banquete, así que no sabe qué platos va a ofrecer. Debe cocinar algo bueno, porque si no los magnates se irán indignados, después de arrancar el mantel de la mesa y dar de puntapiés a sus criados.

Así pues, ahora habla con los Seymour, en privado pero claramente:

—Mientras el rey mantenga a la reina actual, yo la apoyaré también. Pero si él la rechaza, debo reconsiderarlo.

—¿Así que no tenéis ningún interés propio en esto? —dice escéptico Edward Seymour.

—Yo represento los intereses del rey. Eso es lo que defiendo yo.

Edward sabe que él no llegará más allá. «De todos modos...», dice. Ana pronto se recuperará de su percance y Enrique podrá tenerla de nuevo en la cama, pero es evidente que la perspectiva no le ha hecho perder interés por Jane. El juego ha cambiado, y es preciso resituar a Jane. El reto hace brillar los ojos de los Seymour. Ana ha fracasado ya de nuevo, es posible que Enrique pueda querer casarse otra vez. Toda la corte habla de ello. El éxito anterior de Ana Bolena es lo que les permite imaginarlo.

—Vos, los Seymour, no deberíais avivar vuestras esperanzas —dice—. Igual que se enemista con Ana puede reconciliarse de nuevo, en cuyo caso no podrá hacer demasiado por ella. Así ha sido siempre.

Tom Seymour dice:

—¿Por qué iba a preferir uno una gallina vieja y dura a una pollita bien rellena? ¿Para qué sirve?

—Para caldo —dice él; pero de manera que Tom no pueda oírlo.

Los Seymour están de luto, aunque no por la viuda Catalina. Ha muerto Anthony Oughtred, el gobernador de Jersey, y Elizabeth, la hermana de Jane, se ha quedado viuda.

Tom Seymour dice:

—Si el rey toma a Jane como amante, o como lo que sea, deberíamos procurar conseguir un buen enlace para Bess.

Edward dice:

—Atencos al asunto que estamos tratando, hermano.

La joven y activa viuda llega a la corte, para ayudar a la familia en su campaña. Él había pensado que a aquella joven la llamaban Lizzie, pero al parecer sólo su marido la llamaba así, y para su familia era Bess. Eso le alegra, aunque no sabe por qué. Es absurdo que piense que otras mujeres no deberían tener el nombre de su esposa. Bess no es una gran belleza y es más morena que su hermana, pero tiene una vivacidad confiada que atrae la vista.

—Sed bueno con Jane, señor secretario —le dice—. Ella no es orgullosa, como piensan algunos. Se preguntan por qué no les habla, y es sólo porque no sabe qué decir.

—Pero conmigo hablará.

—Escuchará.

—Una cualidad atractiva en las mujeres.

—Una cualidad atractiva en cualquiera. ¿No os parece? Aunque Jane, más que ninguna otra mujer, mira a los hombres para que le digan qué es lo que ella debería hacer.

—¿Y luego lo hace?

—No necesariamente —se ríe; roza con las yemas de los dedos el dorso de la mano de él—. Vamos. Está lista para vos.

Estimulada por el sol del deseo del rey de Inglaterra, ¿qué muchacha no brillaría? Pues Jane no. Observa un luto más riguroso, al parecer, que el resto de la familia, y comunica que ha estado rezando por el alma de la difunta Catalina: no es que lo necesite, desde luego, si hay una mujer que merezca subir derecha al cielo...

—Jane —dice Edward Seymour—, os aviso ahora y quiero que escuchéis con atención, y que hagáis lo que os diga. Cuando estéis en presencia del rey, debe ser como si la difunta Catalina nunca hubiese existido. Si os oye pronunciar su nombre dejará en ese mismo instante de favoreceros.

—Escuchad —dice Tom Seymour—. Aquí Cromwell quiere saber si sois total y verdaderamente virgen...

Él, Cromwell, podría ruborizarse por ella.

—Si no lo sois, señora Jane —dice—, se puede arreglar. Pero debéis decirlo ahora.

La mirada apagada y abstraída de ella:

—¿Qué?

Tom Seymour:

—Jane, hasta vos tenéis que entender esa pregunta.

—¿Es cierto que nadie os ha pedido nunca en matrimonio? ¿No ha habido ningún contrato ni acuerdo? —Se siente desesperado—. ¿Nunca os ha gustado nadie, Jane?

—Me gustó William Dormer. Pero se casó con Mary

Sidney. —Alza la vista: un relampagueo de aquellos ojos azul hielo—. Dicen que son muy desgraciados.

—A los Dormer no les parecimos lo suficientemente buenos —dice Tom—. Pero mirad ahora.

—Obra en vuestro favor, señora Jane —dice él—, el que no hayáis establecido vinculación alguna hasta que vuestra familia estuviese dispuesta a casaros. Porque las jóvenes suelen establecerlas, y luego acaban mal. —Considera que debería aclarar la cuestión—. Los hombres os dirán que están tan enamorados de vos que les estáis haciendo enfermar. Dirán que han dejado de comer y de dormir. Dicen que temen que, si no pueden teneros, morirán. Luego, en cuanto cedéis, se levantan y se van y pierden todo interés. La semana siguiente pasarán a vuestro lado como si no os conociesen.

—¿Hicisteis vos eso, señor secretario?—pregunta Jane.

Él vacila.

—¿Y bien? —dice Tom Seymour—. Nos gustaría saberlo.

—Es probable que lo hiciese. Cuando era joven. Os lo digo por si vuestros hermanos no se sienten capaces de decirlo. No es una cosa bonita para un hombre tener que confesar eso a su hermana.

—Así que ya sabéis —insta Edward—. No debéis ceder ante el rey.

Jane dice:

—¿Por qué iba yo a querer hacer eso?

—Sus melosas palabras... —empieza Edward.

—¿Sus qué?

El embajador del emperador ha estado cavilando, ceñudo, en su casa, sin querer salir a encontrarse con Thomas Cromwell. No subió a Peterborough para el funeral de Catalina porque no se la enterraba como una reina, y ahora dice que tiene que observar un periodo de luto. Finalmente, se concierta un encuentro: el embajador volverá casualmente de oír misa en la iglesia de Austin Friars, mientras Thomas Cromwell, que ahora reside en Rolls House, en Chancery Lane, ha hecho una breve visita para inspeccionar su obra en construcción, las ampliaciones de su cercana casa principal. «¡Embajador!», grita, como si estuviese terriblemente sorprendido.

Los ladrillos preparados para utilizar hoy se seleccionaron el verano pasado, cuando el rey estaba aún en su recorrido por los condados del oeste; la arcilla para ellos se excavó el invierno anterior, y la escarcha estuvo rompiendo los terrones mientras él, Cromwell, intentaba romper la resistencia de Thomas Moro. A la espera de la aparición de Chapuys, ha estado arengando al jefe de los albañiles sobre una posible filtración de agua, que él claramente no desea. Ahora se hace cargo del embajador y le aleja del ruido y el polvo del aserradero. Eustache hierve de preguntas; puede sentirlas, saltan y se agitan en los músculos de su brazo, zumban en el tejido de su ropa.

—Es esa muchacha Semer...

Es un día oscuro, quieto, de aire gélido.

—Hoy sería un buen día para pescar lucios —dice él.

El embajador pugna por dominar su abatimiento.

—Seguro que vuestros criados..., si queréis conseguir ese pescado...

—Ah, Eustache, veo que no comprendéis lo que es el deporte. No temáis, yo os enseñaré. ¿Qué podría haber mejor para la salud que estar al aire libre desde el amanecer hasta el oscurecer, horas y horas en la cenagosa ribera, los árboles goteando encima, contemplando vuestro propio aliento en el aire, solo o con una buena compañía?

Dentro de la cabeza del embajador se debaten diversas ideas. Por una parte, horas y horas con Cromwell, durante las cuales podría bajar la guardia, decir alguna cosa. Por otra parte, ¿qué bien puedo hacer a mi señor imperial si se me traban las rodillas del todo y tienen que llevarme a la corte en una litera?

—¿No podríamos pescarlo en el verano? —pregunta, sin mucha esperanza.

—No podría poner en peligro a vuestra persona. Un lucio podría arrastraros al agua en el verano. —Se ablanda—. La dama a la que os referís se llama Seymour. Aunque hay gente que lo pronuncia Semer.

—No hago ningún progreso en esta lengua —se queja el embajador—. Cada uno puede decir su nombre de la forma que guste, y un día de una manera y otro día de otra. Lo que he oído decir es que la familia es antigua, y la mujer no demasiado joven.

—Sirvió a la princesa viuda, ¿sabéis?, quería mucho a Catalina. Lamentó su desgracia. Y estaba atribulada por lady María, y dice que le ha enviado mensajes para animarla. Si el rey continúa favoreciéndola, es posible que pueda hacerle algún bien a María.

—Hum. —El embajador parece escéptico—. He oído eso, y también que tiene un carácter muy modesto y que es piadosa. Pero me temo que pueda haber un escorpión acechando debajo de la miel. Me gustaría ver a la señora Semer, ¿podéis arreglar eso? No para conocerla. Para verla.

—Me sorprende que os toméis tanto interés. Yo pensaba que estaríais más interesado por saber con qué infanta francesa se casará Enrique si disuelve su actual matrimonio.

Ahora el embajador se estira, tenso en la escalerilla del terror. ¿Mejor el diablo conocido? ¿Mejor Ana Bolena que una nueva amenaza, un nuevo tratado, una nueva alianza de Francia e Inglaterra?

—¡Pero eso no puede ser! —explota—. ¡Cremuel, vos me explicasteis que eso era un cuento de hadas! Vos os habéis declarado amigo de mi señor, no podéis ver con buenos ojos un enlace francés.

—Calmaos, embajador, calmaos. Yo no pretendo poder controlar a Enrique. Y después de todo, él puede decidir continuar con su matrimonio actual, o incluso vivir castamente.

—¡Os burláis de mí! —le acusa el embajador—. ¡Cremuel! Os estáis riendo por detrás de esa mano.

Y así es. Los constructores trajinan alrededor de ellos, dejándoles espacio, son duros artesanos de Londres con herramientas embutidas en los cinturones. Arrepentido, él dice:

—No abriguéis demasiadas esperanzas. Cuando el rey y su esposa tienen una de sus reconciliaciones, las cosas se ponen difíciles para los que se han puesto antes en contra de ella.

—¿Vos la apoyaríais? ¿La sostendríais? —El cuerpo del embajador se ha quedado rígido, como si hubiese estado realmente todo el día en la orilla del río—. Debe de ser correligionaria vuestra...

—¿Qué? —Abre mucho los ojos—. ¿Correligionaria mía? Yo, como mi señor el rey, soy un hijo fiel de la Santa Iglesia Católica. Sólo que en este momento no estamos en comunión con el papa.

—Permitidme que lo exprese de otro modo —dice Chapuys; alza la vista hacia el cielo gris de Londres, como si buscase ayuda de lo alto—. Digamos que vuestros vínculos con ella son materiales, no espirituales. Comprendo que habéis recibido ayuda suya. Soy consciente de eso.

—No os equivoquéis conmigo. Yo no le debo nada a Ana. Estoy en deuda con el rey, con nadie más.

—A veces la habéis llamado «vuestra querida amiga». Recuerdo ocasiones.

—Os he llamado a vos también «mi querido amigo». Pero no lo sois, ¿verdad?

Chapuys digiere el comentario.

—No hay nada que yo desee más —dice— que el que haya paz entre nuestras naciones. ¿Qué mejor muestra de éxito en su cargo para un embajador que un nuevo acercamiento después de tantos años problemáticos? Y ahora tenemos la oportunidad.

—Ahora que Catalina ya no está.

Chapuys no discute eso. Se limita a envolverse más en su capa.

—El rey no ha conseguido nada bueno con la concubina, y tampoco lo conseguirá ahora. Ninguna potencia de Europa reconoce su matrimonio. Ni siquiera los herejes lo reconocen, aunque ella ha hecho todo lo posible para conseguir su amistad. ¿Qué provecho se puede sacar en vuestra opinión, de mantener las cosas como están: el rey desdichado, el Parlamento preocupado, la nobleza rebelde, todo el país revuelto por las pretensiones de esa mujer?

Han empezado a caer lentas gotas de lluvia: potentes, gélidas. Chapuys alza la vista, de nuevo irritado, como si Dios no estuviese ayudándole en aquel momento crucial. Él, asiendo una vez más al embajador, le arrastra por el terreno accidentado en busca de cobijo. Los constructores han instalado un dosel, y los echa de debajo de él, diciendo: «Dennos un minuto, muchachos, ¿quieren?». Chapuys se acurruca junto al brasero, y se tranquiliza.

—He oído que el rey habla de brujería —cuchichea—. Dice que le indujeron a casarse valiéndose de ciertos encantamientos y prácticas engañosas. Veo que no confía en vos. Pero sí le ha hablado de ello a su confesor. Si eso es así, si contrajo matrimonio en un estado de enajenación, entonces podría considerar que no está casado, que dispone de libertad para tomar una nueva esposa.

Él mira por encima del hombro del embajador. Mira, dice, así es como será: en un año esos espacios húmedos y congelados serán espacios habitados. Su mano esboza la línea de las plantas superiores muradas, de los entrepaños vidriados.

Inventarios para este proyecto: cal y arena, maderas

de roble y cementos especiales, picos y palas, cestos y cuerdas, tachuelas, puntas, clavos de techo, tubos de plomo; mosaicos amarillos y mosaicos azules, cierres de ventanas, aldabas, goznes y pasadores, pomos de puertas de hierro en forma de rosas; dorados, pintura, dos libras de incienso para perfumar las nuevas habitaciones; seis peniques al día por trabajador y el coste de las velas para trabajar durante la noche.

—Amigo mío —dice Chapuys—. Ana está desesperada y es peligrosa. Golpead primero, antes de que lo haga ella. Recordad cómo acabó con Wolsey.

Su pasado yace a su alrededor como una casa ardiendo. Ha estado construyendo, construyendo, pero le ha llevado años barrer la basura.

En Rolls House, encuentra a su hijo, que está haciendo el equipaje porque se va para la fase siguiente de su educación.

—Gregory, ¿te acuerdas de san Desembarazo? Decías que las mujeres le rezaban para que las librara de sus maridos. Ahora dime: ¿hay algún santo al que puedan rezar los hombres si quieren deshacerse de sus mujeres?

—Yo no lo creo. —Gregory está asombrado—. Las mujeres rezan porque no tienen otra solución. Un hombre puede consultar a un clérigo para ver por qué el matrimonio no es lícito. O puede echarla a ella y darle dinero para que viva en otra casa. Como hace el duque de Norfolk con su mujer.

Él asiente.

—Eso es de mucha ayuda, Gregory.

Ana Bolena sube hasta Whitehall para celebrar con el rey la fiesta de san Matías. Ha cambiado, en sólo una estación. Parece liviana, desnutrida, como parecía en su periodo de espera, aquellos años fútiles de negociaciones antes de que él, Thomas Cromwell, fuera y cortara el nudo. Su vivacidad extravagante ha quedado reducida a algo austero, estrecho, casi monjil. Pero no tiene la compostura de una monja. Sus dedos juegan con las joyas de la faja, tiran de las mangas, tocan y retocan las joyas del cuello.

Lady Rochford dice: «Ella pensaba que cuando fuese reina, disfrutaría recordando los días de su coronación, hora a hora. Pero dice que los ha olvidado. Cuando intenta recordar, es como si le hubiese sucedido a otra persona, y ella no estuviese allí. Eso no me lo dijo a mí, claro. Se lo dijo a su hermano George».

Llega un despacho de las habitaciones de la reina: una profetisa le ha dicho que Enrique no le dará un hijo mientras su hija María esté viva.

Hay que admitirlo, le dice él a su sobrino. Está a la ofensiva. Es como una serpiente, no sabes cuándo atacará.

Él siempre ha considerado a Ana una gran estratega. Nunca ha creído que fuese una mujer apasionada y espontánea. Todo lo que hace está calculado, como todo lo que hace él. Se da cuenta, como lo ha hecho durante todos estos años, del despliegue cuidadoso de sus ojos chispeantes. Se pregunta qué haría falta para que llegase a tener miedo.

El rey canta:

Mi mano puede alcanzar mi más ansiado deseo,
a mi alcance tengo ya aquello que más anhelo.
Por lo que yo más estimo ya no tendré que implorar,
a aquella a quien otorgué poder para en mí reinar.

Eso piensa él. Puede implorar e implorar, pero eso no tiene ningún efecto en Jane.

Hay que seguir atendiendo los asuntos del país, y así es como lo hace. Una ley para que Gales tenga representantes en el Parlamento, para convertir el inglés en el idioma de los tribunales de justicia y para privar a los señores de Gales de los poderes de que disfrutan. Una ley para clausurar los monasterios pequeños, los que producen menos de doscientas libras al año. Una ley para crear un Tribunal de Anexiones, un nuevo organismo que se haga cargo de los ingresos procedentes de esos monasterios: su canciller debe ser Richard Riche.

En marzo, el Parlamento rechaza su nueva ley de pobres. Era demasiado para que los Comunes lo digiriesen, el que los ricos pudiesen tener algún deber con los pobres; el que si te enriqueces, como hacen los gentilhombres de Inglaterra, con el comercio de la lana, tengas alguna responsabilidad con los hombres expulsados de la tierra, los trabajadores sin trabajo, los sembradores sin tierra que sembrar. Inglaterra necesita caminos, fuertes, puertos, puentes. Los hombres necesitan trabajo. Es una vergüenza verles mendigar el pan, cuando el trabajo honrado podría mantener seguro el reino. ¿No podemos juntarlos, los brazos y la tarea?

Pero el Parlamento no es capaz de aceptar que crear trabajo sea tarea del Estado. ¿No son cosas esas que están en manos de Dios, y no son la pobreza y el desamparo parte de su orden eterno? Para todo hay una estación: hay una época de hambre y una época de robar. Si cae la lluvia durante seis meses seguidos y pudre el grano en los campos, tiene que ser obra de la providencia; porque Dios sabe lo que hace. Es un ultraje para los ricos y los emprendedores, sugerir que deberían pagar un impuesto sobre la renta, sólo para poner pan en las bocas de los perezosos. Y si el secretario Cromwell aduce que el hambre provoca criminalidad: bueno, ¿no hay acaso verdugos suficientes?

El propio rey acude a los Comunes para hablar en favor de la ley. Quiere ser Enrique el Estimado, el padre de su pueblo, el pastor del rebaño. Pero le miran todos con rostro inexpresivo desde sus bancos y no le hacen caso. El fracaso de la medida es comprensible. «Ha acabado como una ley para la flagelación de los mendigos —dice Richard Riche—. Es más contra los pobres que a su favor.»

—Quizá podamos proponerla de nuevo —dice Enrique—. En un año mejor. No os desaniméis, señor secretario.

Sí, habrá años mejores, ¿verdad? Él seguirá intentándolo; conseguirá sortearlos cuando no estén en guardia. Poner en marcha la medida en la Cámara de los Lores y afrontar la oposición... Hay medios y medios con el Parlamento, pero a veces él desearía poder echar a patadas a sus miembros de nuevo a sus tierras, porque conseguiría ir mucho más deprisa sin ellos.

—Si yo fuese rey —dice—, no me lo tomaría tan tranquilamente. Les haría temblar en sus zapatos.

Richard Riche es el portavoz de este Parlamento, y dice, nervioso:

—No encolericéis al rey, señor. Ya sabéis lo que solía decir Moro: «Si el león conociese su propia fuerza, sería difícil controlarle».

—Gracias —dice él—. Eso me consuela mucho, señor Bolsa, una frase enviada desde la tumba por aquel hipócrita empapado de sangre. ¿Tiene él algo más que decir sobre la situación? Porque si es así, iré a quitarle su cabeza a su hija y la haré correr por todo Whitehall a patadas hasta que se calle de una vez por todas. —Rompe a reír—. Los Comunes. Dios los confunda. Tienen las cabezas huecas. No piensan más que en su dinero.

De todos modos, si sus colegas del Parlamento están preocupados por sus ingresos, él está boyante con los suyos. Aunque las casas monásticas más pequeñas tienen que disolverse, pueden solicitar exenciones, y todas esas solicitudes llegan a él, acompañadas de una retribución o una pensión. El rey mantendrá todas sus nuevas tierras a su nombre, pero las alquilará, así que él recibe solicitudes continuas, por este sitio o aquél, por señoríos, granjas, pastos; cada solicitante le ofrece su pequeño algo, un pago sólo o una anualidad, anualidad que pasará en su momento a Gregory. Es así como se han hecho siempre las cosas, favores, sobornos, una transferencia oportuna de fondos para asegurar la atención, o una promesa de acelerar los trámites: en este momento justo hay tanta actividad, tantas transacciones, tantas ofertas que él difícilmente puede, por cortesía, rechazar. Ningún hombre de Inglaterra trabaja más de lo que trabaja él. Puedes decir lo que quieras sobre Thomas Cromwell, pero ofrece un buen precio por lo que toma. Y está siempre dispuesto a prestar: William Fitzwilliam, sir Nicholas Carew, el envejecido, tuerto y réprobo Francis Bryan.

Coge aparte a sir Francis y lo emborracha. Él, Cromwell, puede confiar en sí mismo; cuando era joven, aprendió a beber con los alemanes. Hace ya un año que Francis Bryan se peleó con George Bolena: de eso Francis apenas se acuerda, pero el rencor persiste, y mientras no pierda el control de las piernas es capaz de ejecutar las partes más floridas de la pelea, poniéndose de pie y braceando. De su prima Ana dice: «A uno le gusta saber cómo son las cosas con una mujer. ¿Es una puta, o una dama? Ana quiere que la trates como a la virgen María, pero también quiere que pongas el dinero en la mesa, hagas el asunto y te largues».

Sir Francis es intermitentemente piadoso, como tienden a serlo los pecadores señalados. Ha llegado Cuaresma: «Es hora de que os entreguéis a vuestro frenesí de penitencia anual, ¿no?».

Francis alza el trapo que le tapa el ojo tuerto y se rasca el tejido cicatricial; pica, explica.

—Por supuesto —dice—, Wyatt se ha acostado con ella.

Él, Thomas Cromwell, espera.

Pero entonces Francis apoya la cabeza en la mesa y empieza a roncar.

—El vicario del Infierno —dice él, pensativo; llama para que acudan los criados—. Llevad a sir Francis a casa, con su gente. Pero tapadlo bien, podemos necesitar su testimonio en el futuro.

Se pregunta cuánto habría que dejar en la mesa exactamente, para Ana. A Enrique le ha costado su honor, su tranquilidad mental. Para él, Cromwell, ella es sólo otro comerciante. Admira cómo dispone sus artículos. Él personalmente no quiere comprar; pero hay bastantes clientes.

Edward Seymour es ascendido a la cámara privada del rey, una muestra de favor singular. Y el rey le dice: «Creo que debería tener entre mis mozos de establo al joven Rafe Sadler. Es un gentilhombre nato, y un joven agradable para tenerlo cerca de mí, y creo que eso os ayudaría, Cromwell, ¿no es cierto? Sólo que no debe estar poniéndome siempre papeles delante de las narices».

Helen, la mujer de Rafe, rompe a llorar cuando se entera de la noticia.

—Estará fuera, en la corte —dice—, durante semanas.

Él se sienta con ella en el salón de Brick Place, consolándola lo mejor que puede.

—Ésta es la mejor cosa que le ha sucedido nunca a Rafe, lo sé —dice ella—. Soy una tonta por llorar por eso. Pero no puedo soportar estar separada de él, ni él de mí. Cuando llega tarde, mando hombres a que lo busquen por el camino. Querría que pudiésemos estar todas las noches bajo el mismo techo, toda la vida.

—Es un hombre afortunado —dice él—. Y no lo digo sólo por que disfrute del favor del rey. Sois afortunados los dos. Por amaros tanto.

Enrique solía cantar una canción, en sus tiempos con Catalina:

No hago daño a nadie, no hago ningún mal.
A mi esposa quiero, la amo de verdad.

Rafe dice:

—Hace falta tener los nervios bien templados para estar siempre con Enrique.

—Tú tienes los nervios bien templados, Rafe.

Él podría aconsejarle. Extractos de El Libro Llamado Enrique. De niño, de joven, alabado por la dulzura de su carácter y su bella apostura, Enrique creció pensando que todo el mundo era amigo suyo y que todos querían que él fuese feliz. Así que cualquier dolor, cualquier demora, frustración o golpe de mala suerte, le parecía una anomalía, un ultraje. Cualquier actividad que le resulte tediosa o desagradable, intentará, sin tapujos, convertirla en diversión, y si no puede hallar algún hilo de placer la evitará; a él esto le parece razonable y natural. Tiene consejeros a su servicio para que se estrujen los sesos por él, y si está de mal humor lo más probable es que la culpa la tengan ellos; no deberían ponerle obstáculos ni provocarle. No quiere gente que diga: «No, pero...». Quiere gente que diga: «Sí, y...». No le gustan los hombres pesimistas y escépticos, que ponen mal gesto y calculan al coste de sus brillantes proyectos con unos garabatos en el margen de sus papeles. Así que haz las sumas dentro de tu cabeza, donde nadie pueda verlas. No esperes de él coherencia. Enrique se enorgullece de entender a sus consejeros, sus opiniones y deseos secretos, pero está decidido a que ninguno de ellos lo entienda a él. Recela de cualquier plan que no proceda de una iniciativa suya, o lo parezca. Puedes discutir con él pero debes ser cuidadoso sobre cómo y cuándo. Es mejor que cedas en todos los puntos posibles hasta que llegue el que es vital, y que aparentes ser alguien que necesita guía e instrucción, en vez de mantener una opinión fija desde el principio y hacerle pensar que crees que sabes más que él. Sé sinuoso en la discusión y déjale siempre escapes: no le acorrales, no le pongas contra la pared. Recuerda que su estado de ánimo depende de otra gente, así que piensa en quién ha estado con él desde que lo estuviste tú por última vez.

Recuerda que él no sólo quiere que se le indique que puede hacer algo, quiere que se le diga que tiene razón. Él nunca se equivoca. Son siempre los demás los que cometen errores en su nombre o lo engañan con información falsa. Quiere que le digan que se está portando bien, a la vista de Dios y del hombre. «Cromwell —dice—, ¿sabéis lo que deberíamos intentar hacer? Cromwell, ¿no resultaría honroso para mí que yo...? Cromwell, ¿no confundiría a mis enemigos que...?» Y son todas ideas que tú le has propuesto la semana anterior. No importa. Tú no quieres el mérito. Tú sólo quieres que se haga.

Pero no hay ninguna necesidad de esas lecciones. Rafe ha estado adiestrándose para eso toda su vida. Es un muchacho flacucho, que no tiene nada de atleta, nunca podría haberse ejercitado en justas ni torneos, una brisa esporádica le habría arrancado de la silla. Pero tiene el temple preciso para esto. Sabe observar. Sabe escuchar. Sabe enviar un mensaje en clave, o un mensaje tan secreto que no parece haber allí ningún mensaje; un trozo de información tan sólido que su significado parece estar troquelado en la tierra, sin embargo su forma es tan frágil que parece transmitido por ángeles. Rafe conoce a su señor; su señor es Enrique. Pero Cromwell es su padre y su amigo.

Puedes ser alegre con el rey, puedes compartir un chiste con él. Pero, como solía decir Thomas Moro, es como jugar con un león domesticado. Le acaricias la melena y le tiras de las orejas, pero estás pensando todo el tiempo: esas garras, esas garras, esas garras.

En la nueva iglesia de Enrique, Cuaresma es tan cruda y fría como lo fue siempre bajo el papa. Días desdichados sin carne que debilitan el aguante de un hombre. Cuando Enrique habla de Jane, parpadea, le brotan las lágrimas. «Sus manitas, Crumb. Sus zarpitas, como las de un niño. No hay en ella la menor culpa. No habla. Y si lo hace tengo que inclinar la cabeza para oír lo que dice. Y en la pausa puedo oír mi corazón. Sus trocitos de bordado, sus retazos de seda, sus mangas con dorados, que hizo con tela que le dio una vez un admirador, algún pobre muchacho herido de amor por ella..., y sin embargo, ella no ha sucumbido nunca. Sus manguitas, su collar de aljófar... Ella no tiene nada..., no espera nada...» Y del ojo de Enrique culebrea finalmente una lágrima, rueda mejilla abajo y desaparece en el gris y jengibre moteado de su barba.

Fijaos cómo habla de Jane: con qué humildad, con qué timidez. Hasta el arzobispo Cranmer tiene que reconocer el retrato, el negro reverso de la reina actual. Todas las riquezas del Nuevo Mundo no la satisfarían; mientras que Jane está contenta con una sonrisa.

Voy a escribir una carta a Jane, dice Enrique. Le envía una bolsa, porque necesitará dinero para ella, ahora que la han retirado de la cámara de la reina.

Se acercan a su mano papel y plumas. Se sienta y suspira, y se apresta a ello. La letra del rey es rígida, es la que aprendió de niño de su madre. Nunca ha adquirido velocidad; cuanto más se esfuerza en ello más parecen girar hacia atrás sobre sí mismas las letras. A él le da lástima: «Señor, ¿no preferiríais dictar, y que escribiese yo?».

No sería la primera vez que escribiese una carta de amor para Enrique. Por encima de la cabeza inclinada de su soberano, Cranmer alza la vista y se encuentra con su mirada llena de acusación.

—Echad un vistazo —dice Enrique; no se la ofrece a Cranmer—. Comprenderá que la quiero, ¿verdad?

Él lee, intentando ponerse en el lugar de una joven dama. Alza la vista.

—Está expresado muy delicadamente, señor. Y ella es muy inocente.

Enrique coge otra vez la carta y escribe unas cuantas frases de refuerzo.

Es el final de marzo. La señora Seymour, llena de pánico, pide una entrevista con el señor secretario; la concierta sir Nicholas Carew, aunque el propio sir Nicholas está ausente, no está dispuesto aún a comprometerse con charlas. Está con ella su hermana viuda. Bess le dirige una mirada escrutadora; luego baja sus brillantes ojos.

—Éste es mi problema —dice Jane. Le mira, enloquecida; él piensa: tal vez sea eso todo lo que se propone decir: éste es mi problema.

Ella dice: «No puedes... Su Gracia, Su Majestad, no puedes olvidar en ningún momento quién es él, aunque te pida que lo hagas. Cuanto más dice él: "Jane, no soy más que vuestro humilde pretendiente", menos humilde sabes que es. Y no paras de pensar: ¿y si deja de hablar y he de decir algo yo? Tengo la sensación de estar sentada encima de un alfiletero, con los alfileres apuntando hacia mí. Pienso constantemente: la próxima vez lo haré mejor, pero cuando viene, "Jane, Jane..." soy como un gato escaldado. Aunque ¿habéis visto vos, señor secretario, alguna vez un gato escaldado? Yo no. Pero creo que si después de este breve periodo me da tanto miedo él...»

—Él quiere que la gente esté asustada. —Con las palabras llega la verdad. Pero Jane está demasiado atenta a sus propias cuitas para oír lo que ha dicho él.

—... si me da miedo él ahora, ¿cómo será verle todos los días? —se interrumpe—. Oh. Imagino que vos sabéis. Vos le veis, señor secretario, casi todos los días. De todos modos. No es lo mismo, me imagino.

—No, no es lo mismo —dice él.

Ve que Bess, comprensiva, alza los ojos hacia su hermana.

—Pero, señor Cromwell —dice Bess—, no puede ser siempre leyes del Parlamento y despachos para embajadores, y rentas y Gales y monjes y piratas, y maquinaciones traidoras y biblias, y juramentos y fideicomisos, y tutelas y arriendos, y el precio de la lana y si deberíamos rezar por los muertos. A veces debe haber otros temas.

A él le impresiona la visión que ella tiene de su situación. Es como si hubiese entendido lo que es su vida. Se siente impulsado a cogerla de la mano y pedirle que se case con él; aunque no llegaran a acostarse nunca, ella parece tener un don para resumir del que carecen la mayoría de sus empleados.

—¿Bueno? —dice Jane—. ¿Los hay? ¿Otros temas?

Él no puede pensar. Aplasta su blando sombrero entre las manos.

—Caballos —dice—. A Enrique le gusta saber de oficios y trabajos, cosas simples. Yo, en mi juventud, aprendí a herrar caballos, a él le gusta saber sobre eso, cuál es la herradura adecuada, para poder asombrar así a los herreros con sus conocimientos secretos. El arzobispo es también un hombre capaz de montar en cualquier caballo que le pongan delante, es hombre timorato pero le gustan los caballos, aprendió a manejarlos de joven. Cuando está cansado de Dios y de los hombres hablamos de esos asuntos con el rey.

—¿Y? —dice Bess—. Estáis juntos muchas horas.

—Perros, a veces. Perros de caza, su cría y sus virtudes. Fortalezas. Cómo se construyen. Artillería. El alcance de las piezas. Cómo se funden. Dios Santo. —Se pasa una mano por el pelo—. A veces decimos: saldremos un día juntos, iremos cabalgando hasta Kent, a los bosques, a ver a los que forjan hierro allí, a estudiar sus operaciones y proponerles nuevas formas de fundir cañones. Pero nunca lo hacemos. Siempre hay algo que lo impide.

Se siente irremediablemente triste. Como si hubiese estado sumergido en el luto. Y al mismo tiempo siente que si alguien extendiese un lecho de plumas en la habitación (cosa improbable) tiraría a Bess en él, y lo haría con ella.

—Bueno, ya está —dice Jane, en tono resignado—. Yo no podría encontrar un cañón para salvar mi vida.

Perdonadme, señor secretario, por haber ocupado vuestro tiempo. Será mejor que volváis a Gales.

Él sabe lo que ella quiere decir.

Al día siguiente, la carta de amor del rey es llevada a Jane con una pesada bolsa. Es una escena que se desarrolla ante testigos. «Debo devolver esta bolsa», dice Jane. (Pero no lo dice hasta después de haberla sopesado, acariciado, en su manita.) «He de suplicar al rey que, si quiere hacerme un regalo de dinero, que lo envíe otra vez después de que yo haya contraído un honorable matrimonio.»

Cuando le dan la carta del rey, proclama que será mejor que no la abra. Pues conoce bien el corazón de él, su galante y ardiente corazón. En cuanto a ella, su única posesión es su honor femenil, su doncellez. Así que..., en realidad no..., era mejor que no rompiese el sello.

Y luego, antes de devolvérsela al mensajero, la coge en sus dos manos, y deposita en el sello un casto beso.

—¡Lo besó! —grita Tom Seymour—. ¿Qué genio la poseyó? Primero su sello. Luego —ríe entre dientes—, ¡su cetro!

En un arrebato de alegría, le tira a su hermano Edward el sombrero de la cabeza. Lleva veinte años o más gastando esa broma, y a Edward nunca le ha divertido. Pero, justamente esta vez, esboza una sonrisa.

Cuando el rey recibe la carta devuelta de Jane, escucha atentamente lo que tiene que contarle su mensajero y se le ilumina la cara.

—Veo que hice mal mandándosela. Aquí Cromwell me ha hablado de su inocencia y su virtud, y con toda razón, por lo que veo. A partir de ahora no haré nada que vaya en detrimento de su honor. De hecho, sólo hablaré con ella en presencia de los suyos.

Si la esposa de Edward Seymour hubiese de venir a la corte, podrían hacer una fiesta familiar, y así el rey podría cenar con Jane sin que fuese ninguna afrenta para su honestidad. ¿Debería quizá tener Edward una suite en palacio? Esas habitaciones mías de Greenwich, le recuerda a Enrique, que comunican directamente con las vuestras: ¿y si me trasladase yo y dejase a los Seymour instalarse allí? Enrique le mira, resplandeciente.

Él ha estado estudiando con atención a los hermanos Seymour desde la visita a Wolf Hall. Tendrá que trabajar con ellos; las mujeres de Enrique llegan arrastrando a sus familiares, no encuentra a sus novias en el bosque, ocultas debajo de una hoja. Edward es serio, grave, pero está dispuesto sin embargo a revelarte sus pensamientos. Tom es reservado, eso es lo que le parece; reservado y listo, un cerebro trabajando diligentemente tras la apariencia de afabilidad. Pero tal vez no sea el mejor cerebro. Tom Seymour no me dará ningún problema, piensa, y a Edward puedo llevarlo conmigo. Su mente está ya desplazándose hacia delante, hacia un periodo en que el rey indique lo que desea. Gregory y el embajador del emperador, ambos, han sugerido el camino que seguir. «Si puede anular los veinte años con su verdadera esposa —le ha dicho Chapuys—, estoy seguro de que se halla al alcance de vuestro ingenio dar con razones para librarle de su concubina. Nadie ha creído nunca que ese matrimonio fuese válido, para empezar, salvo aquellos cuya tarea es decirle que sí.»

Él se pregunta, sin embargo, sobre el «nadie» del embajador. Nadie en la corte del emperador, quizá: pero toda Inglaterra ha jurado, aceptando matrimonio. No es cuestión liviana, le dice a su sobrino Richard, deshacerlo legalmente, aunque lo pida el rey. Esperaremos un poco, no acudiremos a nadie, que vengan ellos a nosotros.

Pide que se redacte un documento, en el que aparezcan todas las concesiones a los Bolena desde 1524. «Sería bueno tener a mano algo como eso, por si el rey lo pide.»

No se propone quitarles nada. Más bien acrecentar sus propiedades. Cargarlos de honores. Reírles los chistes.

Aunque has de mirar bien de qué te ríes. El señor Sexton, el bufón del rey, se ha burlado de Ana y la ha llamado «lasciva». Creyó que tenía licencia, pero Enrique cruzó lentamente el salón y le abofeteó, le dio de cabezazos contra la pared y le expulsó de la corte. Dicen que Nicholas Carew le dio refugio, por compasión.

Antony se siente agraviado por lo de Sexton. A un bufón no le gusta oír hablar de la caída de otro. Y, especialmente, dice Anthony, cuando su único fallo es la previsión. Oh, dice él, habéis estado escuchando las murmuraciones de la cocina. Pero el tonto dice: «Enrique echó a patadas a la verdad y al señor Sexton con ella. Pero últimamente tiene un medio de arrastrarse por debajo de la puerta y de bajar por la chimenea. Un día la aceptará y la invitará a ocupar un sitio junto al fuego».

William Fitzwilliam viene a Rolls House y se sienta con él.

—¿Y qué tal la reina, Crumb? ¿Aún sois buenos amigos, aunque cenéis con los Seymour?

Él sonríe.

Fitzwilliam se levanta bruscamente, abre la puerta para comprobar que no hay nadie escuchando, luego vuelve a sentarse y continúa.

—Volved atrás con el pensamiento. Al galanteo de la Bolena, al matrimonio con la Bolena. ¿Qué parecía el rey a ojos de los adultos? Alguien que sólo se ocupa de sus propios placeres. Como un niño, quiero decir. Que se apasiona, que se deja esclavizar por una mujer, que está hecha después de todo exactamente igual que las otras mujeres... Algunos decían que era impropio de un hombre.

—¿Decían eso? Vaya, me sorprende mucho. No se puede decir de Enrique que no sea un hombre.

—Un hombre —y Fitzwilliam resalta la palabra—, un hombre debería ser gobernador de sus pasiones. Enrique muestra mucha fuerza de voluntad pero poca sabiduría. Eso le hace daño. Ella le hace daño. El daño seguirá.

Parece que no la nombrará, a Ana Bolena, La Ana, la concubina. Así que, si ella hace daño al rey, ¿no sería actuar como un buen inglés apartarla de él? La posibilidad yace entre ellos, próxima ya pero aún inexplorada. Es traición, por supuesto, hablar contra la reina actual y sus herederos; una traición de la que sólo está exento el rey, ya que él no podría ir contra su propio interés. Le recuerda esto a Fitzwilliam: aunque Enrique hable contra ella, añade, no hay que dejarse arrastrar.

—Pero ¿qué buscamos en una reina? —pregunta Fitzwilliam—. Ella debería tener todas las virtudes de una mujer ordinaria, pero además en un alto grado. Debe ser más honesta, más humilde, más discreta y más obediente incluso que ellas: a fin de constituir un ejemplo. Hay quienes se preguntan: ¿es Ana Bolena alguna de esas cosas?

Él mira al señor tesorero: seguid.

—Creo que puedo hablar claramente con vos, Cromwell —dice Fitz: y (después de comprobar una vez más en la puerta) lo hace—. Una reina debería ser dulce y compasiva. Debería mover al rey a la misericordia..., no a la dureza.

—¿Tenéis algún caso concreto en la cabeza?

Fitz estaba en casa de Wolsey de joven. Nadie sabe qué papel desempeñó Ana en la caída del cardenal; tenía la mano oculta en la manga. Wolsey sabía que no podía esperar de ella ninguna piedad, y no recibió ninguna. Pero Fitz parece dejar a un lado al cardenal. Dice:

—Yo tenía en poco a Thomas Moro. No era el experto en asuntos de Estado que creía ser. Creía que podía manejar al rey, creyó que podía controlarle, creyó que Enrique aún seguía siendo un príncipe dulce y joven al que podía llevar de la mano. Pero Enrique es un rey al que hay que obedecer.

—Sí, ¿y?

—Y pienso que, con Moro, ojalá las cosas hubiesen acabado de otra forma. Un erudito, un hombre que era Lord Canciller, sacarlo bajo la lluvia y cortarle la cabeza...

—¿Sabéis? —dice él—, yo a veces me olvido de que ya no está. Llega de pronto una noticia y pienso: ¿qué diría Moro de esto?

Fitz alza la vista.

—No habláis con él, ¿verdad?

Él se ríe.

—No acudo a él a pedirle consejo.

Aunque lo hago, por supuesto, consulto al cardenal: en la intimidad de mis breves horas de sueño.

—Thomas Moro —dice Fitz— perdió toda posibilidad con Ana al no acudir a verla coronada. Le habría hecho matar un año antes de lo que sucedió, si hubiese podido demostrar que había cometido traición.

—Pero Moro era un abogado listo. Entre otras cosas que también era.

—La princesa María..., lady María, debería decir..., no es ningún abogado. Es una muchacha sin amigos.

—Oh, yo diría que su primo, el emperador, cuenta como amigo suyo. Y es un buen amigo, además.

Fitz parece irritado.

—El emperador es un gran ídolo, asentado en otro país. Ella necesita, día a día, un defensor más cercano. Necesita a alguien que promueva sus intereses. Basta ya, Crumb..., basta de bailar alrededor del asunto.

—María sólo necesita seguir respirando —dice él—. No me acusan a menudo de bailar.

Sir William se levanta.

—Está bien. A buen entendedor.

El sentimiento es que hay algo que está mal en Inglaterra y que hay que enderezar. No se trata de las leyes ni de las costumbres. Es algo más profundo.

Fitzwilliam deja la estancia, luego vuelve a entrar. Dice bruscamente:

—Si la siguiente es la hija del viejo Seymour, habrá envidias entre los que piensan que debería ser preferida su propia noble casa..., después de todo, los Seymour son una familia antigua, y con ella él no tendrá este problema. Quiero decir, los hombres corriendo tras ella como perros tras una..., en fin... Basta con mirarla, a la muchachita de Seymour, y te das cuenta de que nadie le ha levantado nunca las faldas.

Esta vez se va; pero dirigiéndole a él, Cromwell, una especie de saludo burlón, un floreo en dirección a su sombrero.

Viene a verle sir Nicholas Carew. Hasta las mismas fibras de su barba están erizadas de conspiración. Él medio espera que el caballero le haga un guiño al sentarse.

Cuando llega el asunto, Carew es sorprendentemente enérgico.

—Queremos fuera a la concubina. Sabemos que vos también lo queréis.

—¿Sabemos?

Carew le mira, desde debajo de sus cejas erizadas; como un hombre que ha lanzado su único cuadrillo de ballesta, ahora debe recorrer el terreno, buscando un amigo o un enemigo o sólo un lugar donde ocultarse durante la noche. Sopesadamente, aclara.

—Mis amigos en este asunto incluyen a una buena parte de la nobleza antigua de esta nación, esos linajes honorables y... —Ve la expresión de Cromwell y acelera—: Hablo de aquellos que están muy cerca del trono, los de la estirpe del viejo rey Eduardo. Lord Exeter, la familia Courtenay. También lord Montague y su hermano Geoffrey Pole. Lady Margaret Pole, que como sabéis, fue tutora de la princesa María.

Él alza la vista.

—Lady María.

—Sí, vos debéis llamarla así. Nosotros la llamamos «princesa».

Asiente.

—No dejaremos que eso nos impida hablar.

—Esos a los que he nombrado —dice Carew— son las personas principales en cuyo nombre hablo, pero, como vos sabréis, la mayor parte de Inglaterra celebraría que el rey se librase de ella.

—Yo no creo que la mayor parte de Inglaterra esté al tanto del asunto ni le interese.

Carew se refiere, por supuesto, a la mayor parte de su Inglaterra, la Inglaterra de sangre antigua. Para sir Nicholas no existe ningún otro país.

—Supongo —dice él— que Gertrude, la esposa de Exeter, participa en este asunto.

—Ella ha estado —Carew se inclina hacia delante para transmitir algo muy secreto— en comunicación con María.

—Lo sé —dice él con un suspiro.

—¿Leéis sus cartas?

—Yo leo las cartas de todo el mundo —incluidas las vuestras—. Pero, mirad —dice—, esto huele a intriga contra el propio rey, ¿no os parece?

—En modo alguno. El honor del rey figura en el centro de todo.

Él asiente. Una cuestión que aclarar.

—¿Entonces? ¿Qué queréis de mí?

—Queremos de vos que os unáis a nosotros. Nos satisface que la muchacha de Seymour sea coronada. La joven es parienta mía, y se sabe de ella que es partidaria de la verdadera religión. Creemos que hará volver a Enrique a Roma.

—Una causa próxima a mi corazón —murmura él.

Sir Nicholas se inclina hacia delante.

—Ése es nuestro problema, Cromwell. Vos sois un luterano.

Él se acaricia la chaqueta, a la altura del corazón.

—No, señor, yo soy un banquero. Lutero condena al Infierno a los que prestan a interés. ¿Creéis que yo puedo ser de los suyos?

Sir Nicholas se ríe cordialmente.

—Yo no sabía. ¿Qué haríamos nosotros sin Cromwell para prestarnos dinero?

—¿Y qué va a pasar con Ana Bolena? —pregunta él.

—No sé. ¿Un convento?

Así que el trato está acordado y sellado: él, Cromwell, tiene que ayudar a las viejas familias, a los verdaderos fieles; y después, bajo el nuevo régimen, tendrán en cuenta sus servicios: su celo en este asunto puede hacerles olvidar las blasfemias de estos últimos tres años, que de otro modo exigirían merecido castigo.

—Sólo una cosa, Cromwell. —Carew se levanta—. La próxima vez no me hagáis esperar. Es impropio que un hombre de vuestra condición tenga a uno de la mía paseando a la espera en una antesala.

—Ah, ¿aquel ruido erais vos?

Aunque Carew lleva el raso almohadillado del cortesano, él siempre lo imagina con armadura de gala: no aquella con la que se combate, sino la que se compra en Italia para impresionar a los amigos. El pasear, por tanto, debía ser necesariamente un asunto ruidoso: clac, cataclac. Alza la vista.

—No pretendía ofenderos, sir Nicholas. En delante lo haremos todo rápido. Considerad que me tenéis a vuestra mano derecha, listo para el combate.

Ése es el tipo de grandilocuencia que entiende Carew.

Ahora Fitzwilliam está hablando con Carew. Carew, con su mujer, que es hermana de Francis Bryan. Su mujer está hablando, o al menos escribiendo, a María para hacerle saber que sus perspectivas mejoran muy deprisa, que La Ana puede ser desplazada. Es, como mínimo, un medio de mantener tranquila a María por un tiempo. Él no quiere que lleguen a sus oídos los rumores de que Ana desencadena nuevas hostilidades. Podría asustarse e intentar escapar; dicen que tiene varios planes absurdos, como drogar a las Bolena que la rodean y huir de noche. Él ha advertido a Chapuys, aunque no con todas esas palabras, por supuesto, de que si Mary escapa es probable que Enrique le haga a él responsable, y que no tenga en cuenta la protección que le otorga su estatus diplomático. Como mínimo, será echado a patadas, igual que Sexton el bufón. En el peor de los casos, puede no volver a ver nunca sus costas natales.

Francis Bryan está manteniendo a los Seymour en Wolf Hall al tanto de los acontecimientos de la corte. Fitzwilliam y Carew hablan con el marqués de Exeter y con Gertrude, su esposa. Gertrude habla en la cena con el embajador imperial, y con la familia Pole, que son todo lo papistas que se atreven a ser, que llevan vacilando al borde de la traición los últimos cuatro años. Nadie habla con el embajador francés. Pero todos hablan con él, Thomas Cromwell.

Esto es, en resumen, lo que sus nuevos amigos están planteando: si Enrique pudo repudiar a una esposa, y tratándose además de una hija de España, ¿no va a poder asignar una pensión a la hija de Bolena y recluirla en alguna residencia en el campo, tras descubrir deficiencias en los documentos matrimoniales?

Su repudio de Catalina, después de veinte años de matrimonio, ofendió a toda Europa. El matrimonio con Ana no es reconocido en ninguna parte más que en este reino, y no ha durado ni tres años; podría anularlo, como una locura. Después de todo, cuenta con una iglesia propia para hacerlo, con arzobispo propio.

Él ensaya mentalmente una petición. «¿Sir Nicholas? ¿Sir William? ¿Vendríais a mi humilde casa a cenar?»

No se propone en realidad pedírselo. Pronto llegaría la noticia a la reina. Una mirada en clave basta, un cabeceo y un guiño. Pero pone una vez más la mesa mentalmente.

La preside Norfolk. Montague y su bendita madre. Courtenay y su maldita esposa. Deslizándose tras ellos, nuestro amigo *monsieur* Chapuys.

—Oh, maldita sea —refunfuña Norfolk—, ¿ahora tendremos que hablar francés?

—Yo traduciré —ofrece él.

Pero ¿de quién es ese taconeo que entra? Es el duque del Plato.

—Bienvenido, mi señor Suffolk —dice él—. Tomad asiento. Cuidad no se os caigan migas en esa gran barba vuestra.

—Si las hubiese —Norfolk está hambriento.

Margaret Pole le lanza una mirada glacial.

—Habéis puesto una mesa. Nos habéis dado asientos a todos. Pero no nos habéis dado servilletas.

—Mis disculpas. —Llama a un sirviente—. No necesitaríais ensuciaros las manos.

Margaret Pole extiende su servilleta. Está estampado en ella el rostro de la difunta Catalina.

Llega de fuera un vocerío, viene de la despensa. Francis Bryan, que entra haciendo eses, con una botella de más ya. «Entretenimiento con buena compañía...» Se derrumba en su asiento.

Ahora él, Cromwell, hace una seña a sus sirvientes. Traen más asientos. «Que se aprieten.»

Entran Carew y Fitzwilliam. Ocupan sus lugares sin una sonrisa ni un cabeceo. Han venido listos para el banquete, con los cuchillos en las manos.

Él contempla a sus invitados. Todo está dispuesto. Una oración en latín para bendecir la mesa; el preferiría el inglés, pero se adaptará a los invitados. Que se santiguan ostentosamente, al estilo papista. Que le miran, expectantes.

Llama a los camareros. Se abren de golpe las puertas. Hombres sudorosos posan las fuentes en la mesa. Parece que la carne está demasiado fresca, en realidad no ha sido sacrificada aún.

Es sólo un pequeño fallo de etiqueta. Los invitados deben esperar sentados, salivando.

Los Bolena están tendidos ante él, listos para ser trinchados.

Ahora que Rafe está en la cámara privada, tiene una relación más estrecha con el músico, Mark Smeaton, que ha sido ascendido entre los sirvientes de cámara. Cuando Mark apareció en la puerta del cardenal, lo hizo con botas remendadas y un jubón de lona que había pertenecido a alguien más corpulento. El cardenal le dio prendas de estambre, pero desde que se incorporó a la casa real viste de damasco, monta un excelente caballo castrado con una silla de cuero español y sostiene las riendas con guantes de orlas doradas. ¿De dónde procede el dinero? Ana es de una generosidad desmedida, dice Rafe. Se murmura que le ha dado a Francis Weston una suma para que pueda mantener a raya a sus acreedores.

Se puede entender, dice Rafe, que, como el rey no admira ya tanto a la reina, a ella le guste mucho tener jóvenes a su alrededor pendientes de sus palabras. Sus habitaciones son avenidas concurridas, con los gentilhombres de la cámara privada entrando constantemente con un recado u otro, y demorándose para jugar una partida o compartir una canción; cuando no hay ningún mensaje que llevar, inventan uno.

Los gentilhombres que gozan menos del favor de la reina están deseosos de hablar con el recién llegado y darle cuenta de todas las murmuraciones. Y algunas cosas no hace falta que se las digan, puede verlas él y hasta oírlas. Cuchicheos y riñas detrás de las puertas. El rey es objeto de burlas encubiertas. Sus ropas, su música. Se insinúa que es incompetente en la cama. ¿De dónde podrían proceder esas insinuaciones, sino de la reina?

Hay algunos hombres que hablan todo el tiempo de sus caballos. «Éste es un buen caballo pero yo tenía uno que era más veloz; es una buena potranca esa que tenéis ahí, pero tendríais que ver el bayo al que le tengo echado el ojo.» Con Enrique, se habla de damas: él encuentra algo que le gusta casi en cualquier mujer que se cruce en su camino, y encontrará un cumplido para ella, aunque sea vulgar y vieja y agria. Con las jóvenes, se queda en trance dos veces al día: «¿Verdad que tiene unos ojos adorables?, qué cuello tan blanco, qué voz tan dulce, qué mano tan bien formada». Generalmente es ver y no tocar; a lo más que se atreverá, sonrojándose un poco, es a: «¿No os parece que debe tener unos pechitos preciosos?».

Un día, Rafe oye la voz de Weston en la habitación contigua, haciendo, divertido, una imitación del rey: «¿Verdad que tiene el coño más jugoso que habéis tentado?». Risillas cómplices. Y «¡Chis! Anda por ahí el espía de Cromwell».

Harry Norris ha estado ausente de la corte últimamente, retirado en sus tierras. Cuando está de servicio, dice Rafe, procura suprimir la charla, a veces parece enfurecerle; pero a veces se permite sonreír. Hablan sobre la reina y especulan...

Continúa, Rafe, dice él.

A Rafe no le gusta contar esto. Considera que escuchar furtivamente es indigno de él. Piensa mucho antes de hablar.

—La reina necesita concebir otro hijo rápidamente para complacer al rey, pero de dónde va a venir, preguntan. Dado que no se puede ya confiar en que Enrique lo haga, ¿cuál de ellos le va a hacer el favor?

—¿Llegan a alguna conclusión?

Rafe se frota la coronilla, lo que hace que se le ponga el pelo de punta. Bueno, dice, ellos en realidad no lo harían. Ninguno de ellos. La reina es sagrada. Es un pecado demasiado grande incluso para hombres tan lascivos como deben ser ellos, y temen demasiado al rey, sin duda, aunque se burlen de él. Además, ella no sería tan estúpida.

—Os lo pregunto de nuevo: ¿llegan a alguna conclusión?

—Creo que es cada uno para sí.

Él se ríe. «*Sauve qui peut.*»

Tiene la esperanza de que nada de esto sea necesario. Si actúa contra Ana espera contar con un medio más limpio. Todo eso es charla estúpida. Pero Rafe no puede dejar de oírla, él no puede dejar de conocerla, ésa es la cuestión.

Tiempo de marzo, tiempo de abril, chaparrones gélidos y astillas de sol; esta vez se encuentra con Chapuys bajo techado.

—Parecéis pensativo, señor secretario. Acercaos al fuego.

Él se sacude las gotas de lluvia del sombrero.

—Tengo un peso en la cabeza que me agobia.

—Sabéis, yo creo que sólo tenéis estas reuniones conmigo para enojar al embajador francés.

—Oh, sí —dice él suspirando—, es muy celoso. La verdad es que os visitaría más a menudo, si no fuese porque la noticia siempre acaba llegando a la reina. Y ella procura utilizarla contra mí de un modo u otro.

—Deberíais tener una señora más amable.

La pregunta implícita del embajador: ¿cómo va lo de conseguir una nueva señora? Chapuys le ha venido a decir: ¿no podría haber un nuevo tratado entre nuestros soberanos? ¿Algo que salvaguardase a María, sus intereses, que la volviese a situar en la línea de sucesión, después de cualquier hijo que Enrique pudiese tener con una nueva esposa? Suponiendo, por supuesto, que la reina actual desapareciese...

—Ah, lady María.

Últimamente ha dado en llevarse la mano al sombrero cuando se menciona su nombre. Puede ver que esto conmueve al embajador, puede verle disponiéndose a incluirlo en sus despachos.

—El rey está dispuesto a sostener conversaciones oficiales. Le gustaría estar unido en amistad con el emperador. Así lo ha dicho.

—Entonces debéis hacerle concretar las cosas.

—Yo tengo influencia con el rey pero no puedo responder por él, ningún súbdito puede. Ése es mi problema. Para tener éxito con él, debe uno anticiparse a sus deseos. Aunque entonces uno se expone a que cambie de idea.

Wolsey, su maestro, le había advertido: hacedle decir lo que quiere, no supongáis, porque suponiendo podéis perderos vos mismo. Aunque tal vez, desde los tiempos de Wolsey, las órdenes tácitas del rey se hayan hecho más difíciles de ignorar. El rey llena toda la estancia de un descontento hirviente, alza la vista al cielo cuando le pides que firme un documento, como si estuviese implorando salvación.

—Teméis que se vuelva contra vos —dice Chapuys.

—Lo hará, supongo. Un día.

A veces se despierta de noche y piensa en ello. Hay cortesanos que se han retirado honorablemente. Puede pensar en ejemplos. Pero son los otros los que más destacan, si estás despierto hacia medianoche.

—Y si ese día llega —dice el embajador—, ¿qué haréis?

—¿Qué puedo hacer? Armarme de paciencia y dejar el resto a Dios.

Y esperar que el final sea rápido.

—Vuestra piedad os honra —dice Chapuys—. Si la fortuna se vuelve contra vos, necesitaréis amigos. El emperador...

—El emperador no haría nada por mí, Eustache. Ni por cualquier hombre del común. Nadie alzó un dedo para ayudar al cardenal.

—El pobre cardenal. Ojalá le hubiese conocido mejor.

—Dejad de halagarme —dice él con aspereza—. Basta ya.

Chapuys le dirige una mirada escrutadora. Ruge el fuego. Se elevan vapores de su ropa. Tamborilea la lluvia en la ventana. Él tiembla.

—¿Estáis enfermo? —inquiere Chapuys.

—No, no se me permite estarlo. Si me fuese a la cama, la reina me sacaría de ella y diría que estoy fingiendo. Si queréis alegrarme, lucid aquel sombrero de Navidad vuestro. Fue una lástima que tuvieseis que dejarlo a un lado por el luto. A ver si llega pronto Pascua para volver a verlo.

—Creo que estáis burlándoos, Thomas, a costa de mi sombrero. Me he enterado de que, mientras estuvo en vuestra custodia, fue objeto de mofa no sólo por parte de vuestros criados sino de vuestros mozos de establo y de los perreros.

—Sucedió todo lo contrario. Hubo muchas solicitudes de probárselo. Ojalá pudiésemos verlo en todas las grandes festividades de la Iglesia.

—Una vez más —dice Chapuys— vuestra piedad os honra.

Envía a Gregory con su amigo Richard Southwell, para que aprenda el arte de hablar en público. Es bueno para él salir de Londres, apartarse de la corte, donde la atmósfera es tensa. Hay por todas partes a su alrededor indicios de desasosiego, pequeños grupos de cortesanos que se dispersan cuando él se acerca. Si él tiene que dejarlo todo al azar, y cree que debe hacerlo, entonces Gregory no debería tener que pasar por el dolor y la duda, hora tras hora. Que oiga la conclusión de los acontecimientos; no necesita vivirlos. Él no tiene ya tiempo para explicar el mundo a los simples y a los jóvenes. Tiene que vigilar los movimientos de la caballería y los pertrechos de guerra por Europa, y los barcos en los mares, los mercantes y los de guerra: la afluencia de oro de las Américas al tesoro del emperador. A veces la paz parece guerra, no puede diferenciarlas; a veces estas islas parecen muy pequeñas. La noticia que llega de Europa es que el monte Etna ha entrado en erupción, y ha provocado inundaciones por toda Sicilia. En Portugal hay una sequía; y en todas partes envidias y disputas, temor al futuro, temor al hambre, temor a Dios y dudas sobre cómo aplacarlo, y en qué idioma. Las noticias, cuando él las recibe, llegan siempre con quince días de retraso: las postas son lentas, las mareas están en contra suya. Justo cuando el trabajo de fortificar Dover está llegando a su fin, se desmoronan las murallas de Calais; la escarcha ha agrietado la albañilería y ha abierto una fisura entre Watergate y Lanterngate.

El domingo de Pasión predica un sermón en la capilla del rey el limosnero de Ana, John Skip. Parece ser una alegoría; y parece estar especialmente dirigido contra él, Thomas Cromwell. Sonríe cuando los que asistieron se lo explican frase por frase: los que le desean mal y también los que le desean bien. Él no es un hombre que pueda ser derribado por un sermón, o sentirse perseguido por figuras retóricas.

Una vez, cuando era niño, en un acceso de cólera contra su padre, se había lanzado contra él, con el propósito de pegarle en el vientre con la cabeza. Pero era justo antes de que llegaran los rebeldes de Cornualles invadiendo el país, y como Putney comprendió que estaba en su línea de avance, Walter había estado preparando armaduras para él y para sus amigos. Así que cuando le asestó el cabezazo, hubo un bang, que oyó antes de sentirlo. Walter estaba probando una de sus creaciones. «Eso te enseñará», dijo, flemático, su padre.

Él piensa a veces en eso, en aquel vientre de hierro. Y piensa que tiene que conseguir uno, sin el inconveniente y el peso del metal. «Cromwell tiene mucho estómago», dicen sus amigos; también sus enemigos. Quieren decir que tiene apetito, gusto, empuje. Primera cosa por la mañana o última por la noche, un trozo sangrante de carne no le disgustaría, y si le despiertas durante la noche también entonces tiene hambre.

Llega un inventario de la abadía de Tilney: vestiduras de raso turco rojo y linón blanco, con animales en oro. Dos paños de altar de raso de Brujas, con gotas como manchas de sangre, hechas en terciopelo rojo. Y los utensilios de la cocina: romanas, tenazas y tenedores para el fuego, anchos para la carne.

El invierno se funde en primavera. Se disuelve el Parlamento. Día de Pascua: cordero con salsa de jengibre, una bendita ausencia de pescado. Él recuerda los huevos que los niños solían pintar, poniendo en cada cáscara moteada un gorro de cardenal. Recuerda a su hija Anne, su manita caliente alrededor de la cáscara del huevo para extender más el color: «¡Mirad! ¡*Regardez*!». Ella estaba aprendiendo francés ese año. Luego, su expresión de asombro; su lengua curiosa asomando para lamer la mancha de la palma.

El emperador está en Roma, y lo que se dice es que ha tenido una entrevista de siete horas con el papa; ¿cuánto de ella se dedicó a conspirar contra Inglaterra? ¿O intercedió el emperador por su monarca hermano? Se rumorea que habrá un acuerdo entre el emperador y los franceses: malas noticias para Inglaterra si es así. Hora de iniciar negociaciones. Concierta una entrevista entre Chapuys y Enrique.

Le envían una carta desde Italia, que empieza, «*Molto magnifico signor...*»; él se acuerda de Hércules, el trabajador.

Dos días después de Pascua, George Bolena le da la bienvenida en la corte al embajador imperial. Ante la visión del resplandeciente George, dientes y botones de perlas relumbrando, los ojos del embajador giran como los de un caballo asustado. Ha sido recibido antes por George, pero hoy no le esperaba: esperaba más bien a alguno de sus amigos, tal vez Carew. George se dirige a él por extenso en su francés elegante y cortesano. Oiréis si os place misa con Su Majestad y luego, si tenéis a bien favorecerme, será para mí un placer atenderos personalmente hasta la cena, a las diez.

Chapuys mira alrededor: ¡Cremuel, ayudadme!

Él se mantiene atrás, sonriendo, observando las operaciones de George. Le echaré de menos, piensa, cuando todo haya terminado para él: cuando le mande a patadas de vuelta a Kent, a contar sus ovejas y tomarse un interés doméstico por la cosecha de trigo.

El propio rey dirige a Chapuys una sonrisa, una palabra amable. Él, Enrique, se encamina a su cuarto privado de arriba. Chapuys se sitúa en medio de los parásitos de George. «*Judica me, Deus*», entona el sacerdote. «Juzgadme, oh, Dios, y separad mi causa de la de los gentiles que son impíos: libradme del hombre inicuo y engañoso.»

Chapuys se gira en redondo ahora y le clava una mirada. Él sonríe. «¿Por qué estás triste, oh, alma mía?», pregunta el sacerdote: en latín, por supuesto.

Cuando el embajador se dirige arrastrando los pies hacia el altar para recibir la sagrada hostia, los gentilhombres que le rodean, limpiamente, como bailarines experimentados, retroceden medio paso y se colocan detrás de él. Chapuys vacila; los amigos de George le han rodeado. Lanza una mirada por encima del hombro: ¿dónde estoy?, ¿qué debería hacer?

En ese momento, y exactamente en su línea de visión, desciende de su propio espacio privado de galería Ana, la reina: la cabeza alta, terciopelo y armiño, rubíes al cuello. Chapuys vacila. No puede seguir adelante, porque tiene miedo a interponerse en el camino de ella. No puede volver atrás, porque se lo impiden George y sus acólitos. Ana vuelve la cabeza. Una sonrisa hiriente: y para el enemigo, ella hace una reverencia, una graciosa inclinación de su cuello enjoyado. Chapuys hace de tripas corazón y se inclina ante la concubina.

¡Después de todos estos años! Todos estos años eligiendo el camino que seguir para no encontrarse nunca, nunca, cara a cara con ella, no verse nunca ante ese dilema terrible, ante esa condenable cortesía. Pero ¿qué otra cosa podría hacer? Pronto se propagará la noticia. Llegará al emperador. Alberguemos la esperanza de que Carlos lo entenderá y recemos por ello.

Todo esto es visible en la cara del embajador. Él, Cremuel, se arrodilla y toma la comunión. Dios se convierte en pasta en su lengua. Mientras ese proceso se produce, es reverente cerrar los ojos; pero en esta ocasión singular Dios le perdonará por mirar a su alrededor. Ve a George Bolena, ruboroso de placer. Ve a Chapuys, pálido de humillación. Ve a Enrique, deslumbrante de oro, que desciende, majestuoso, de la galería. El rey camina con deliberación, su paso es lento; su rostro resplandece de triunfo solemne.

Pese a los mejores esfuerzos del perlado George, cuando abandonan la capilla se le escapa el embajador. Se escurre hacia él, luego su mano le aprieta en una presa de terrier.

—¡Cremuel! Sabíais que esto estaba planeado. ¿Cómo pudisteis ponerme en una situación tan embarazosa?

—Todo irá mejor así, os lo aseguro. —Luego añade, sombrío, pensativo—: ¿De qué valdríais como diplomático, Eustache, si no comprendieseis el carácter de los príncipes? No piensan como piensan los demás hombres. Para la mente de un hombre del común, como nosotros, Enrique parece perverso.

Al embajador se le iluminan los ojos. «Ahh», emite un largo suspiro. Comprende, en aquel preciso instante, por qué Enrique le ha forzado a hacer una reverencia en público a una reina a la que él ya no quiere. Enrique posee una voluntad tenaz, es obstinado. Ha conseguido ya su propósito: su segundo matrimonio ha sido reconocido. Ahora, si quiere, puede prescindir de él.

Chapuys se arropa, como si sintiese una corriente que viniese del futuro. Cuchichea: «¿Debo realmente cenar con su hermano?».

—Oh, sí. Os resultará un anfitrión encantador. Después de todo —alza la mano para ocultar una sonrisa—, ¿no acaba de disfrutar de un triunfo? ¿Él y toda su familia?

Chapuys se arrima más a él.

—Me ha dejado impresionado. Nunca la había visto tan cerca. Parece una vieja flaca. ¿Es ésa la señora Seymour, la de las mangas con dorados? Es muy vulgar. ¿Qué ve Enrique en ella?

—Piensa que es tonta. Y eso no resulta tranquilizador.

—Está enamorado, es evidente. Tiene que haber algo en ella que no sea apreciable a la vista por un extranjero. —El embajador ríe entre dientes—. No hay duda de que tiene un *enigme* muy delicado.

—Nadie lo diría —dice él en un tono inexpresivo—. Es virgen.

—¿Después de tanto tiempo en vuestra corte? Enrique debe de estar engañado, sin duda.

—Embajador, dejad eso para más tarde. Aquí está vuestro anfitrión.

Chapuys posa las manos sobre el corazón. Hace una rápida inclinación a George, lord Rochford. Éste hace lo mismo. Se alejan, cogidos del brazo. Da la impresión de que lord Rochford esté recitando versos en honor de la primavera.

—Hum —dice lord Audley—: Qué representación.

La débil luz del sol brilla desde la cadena de su cargo de Lord Canciller.

—Venid, hijo mío, vayamos y mordisqueemos una corteza de pan. —Audley ríe entre dientes—. El pobre embajador. Parece que le lleven a la costa de Berbería para venderlo como esclavo. No sabe en qué país despertará mañana.

Ni yo tampoco, piensa él. Se puede confiar en la jovialidad de Audley. Él cierra los ojos. Le ha llegado algún indicio, alguna insinuación, de que ha disfrutado de lo mejor del día, aunque no sean más que las diez. «¿Crumb?», dice el Lord Canciller.

Es poco después de comer cuando todo empieza a desmoronarse, y del peor modo posible. Ha dejado a Enrique y al embajador juntos en el alféizar de una ventana, acariciándose mutuamente con palabras, gorjeando sobre una alianza, haciéndose mutuamente proposiciones deshonestas. Es el cambio de color del rey lo que advierte primero. De blanco y rosado a rojo. Luego oye la voz de Enrique, aguda, cortante:

—Creo que dais por supuesto demasiado, Chapuys. Decís que yo reconozco el derecho de vuestro señor a reinar en Milán, pero tal vez el rey de Francia tenga tanto derecho, o incluso más. No supongáis que conocéis mi política, embajador.

Chapuys da un salto atrás. Él piensa en la pregunta de Jane Seymour: señor secretario, ¿habéis visto alguna vez un gato escaldado?

El embajador habla: dice alguna cosa en tono bajo y suplicante. Enrique le replica:

—¿Queréis decir que lo que yo tomé como una cortesía, de un príncipe cristiano a otro, es en realidad una posición de trato? ¿Accedéis a inclinaros ante mi esposa, la reina, y luego pretendéis cobrarlo?

Él, Cromwell, ve que Chapuys alza una mano aplacadora. El embajador está intentando interrumpir, limitar el daño, pero Enrique habla por encima de él, con voz audible en toda la estancia, por todos los boquiabiertos presentes, y por los que presionan atrás.

—¿No se acuerda vuestro señor de lo que hice por él al principio, cuando tenía problemas? ¿Cuando sus súbditos españoles se sublevaron contra él? Yo mantuve abierto el mar para él. Yo le presté dinero. ¿Y qué recibo a cambio?

Una pausa. Chapuys tiene que desplazar el pensamiento hacia atrás, hacia la época en que él no estaba ocupando aquel cargo.

—¿El dinero? —sugiere débilmente.

—Nada más que promesas rotas. Recordad, si queréis, cómo le ayudé contra los franceses. Me prometió territorios. Y la primera noticia que tuve fue que estaba haciendo un tratado con Francisco. ¿Por qué debería yo confiar en lo que dice?

Chapuys se yergue todo lo que puede un hombrecito como él.

—Un gallito de pelea —le dice al oído Audley.

Pero él, Cromwell, no se deja distraer. Su mirada está clavada en el rey. Oye decir a Chapuys:

—Majestad. Ésa no es una pregunta que deba hacerle un príncipe a otro.

—¿No lo es? —replica Enrique—. En el pasado, nunca habría tenido yo que hacerla. Considero que todo príncipe hermano ha de ser honorable, lo mismo que yo soy honorable. Pero a veces, *monsieur*, he de deciros que nuestras afectuosas suposiciones naturales deben dejar paso a la amarga experiencia. Decidme, ¿es que vuestro señor me toma por tonto?

La voz de Enrique se eleva aún más; se dobla por la cintura y sus dedos hacen pequeños movimientos como de remar sobre las rodillas, como si estuviese intentando seducir a un niño o a un perrillo.

—¡Enrique! —chilla—. ¡Carlos os llama, venid! ¡Os llama vuestro buen señor!

Se endereza, casi escupiendo de rabia.

—El emperador me trata como a un niño pequeño. Primero me azota, luego me mima, luego vuelve a azotarme. Decidle que yo no soy un niño. Decidle que yo soy un emperador en mi propio reino, y un hombre, y un padre. Decidle que no intervenga en mis asuntos familiares. He soportado su intromisión durante demasiado tiempo. Primero pretende decirme con quién puedo casarme. Luego quiere mostrarme cómo debo tratar a mi hija. Decidle que trataré a María como me parezca adecuado, como un padre trata a una niña desobediente. No importa quién sea su madre.

La mano del rey (en realidad, Dios Santo, su puño) hace brusco contacto con el hombro del embajador. Despejado el camino, Enrique sale con paso sonoro. Una actuación imperial. Salvo porque arrastra la pierna. Grita por encima del hombro:

—¡Exijo una disculpa pública y franca!

Él, Cromwell, lanza un suspiro. El embajador cruza la estancia, bufando y farfullando. Se aferra al brazo de él, aturullado.

—Cremuel, no sé por qué tengo que disculparme. Yo vine aquí de buena fe, se me engaña poniéndome cara a cara con esa criatura, me veo obligado a intercambiar cumplidos con su hermano durante toda la comida, y luego Enrique me ataca. Él quiere a mi señor, necesita a mi señor, sólo está jugando el juego de siempre, intentar venderse caro, fingir que podría enviar tropas al rey Francisco para combatir en Italia... ¿Dónde están esas tropas? Yo no las veo, yo tengo ojos, yo no veo su ejército.

—Paz, paz —dice apaciguador Audley—. Nosotros nos disculparemos, *monsieur*. Dejadle que se aplaque. No temáis. No enviéis hoy un despacho a vuestro buen señor, no escribáis esta noche. Nosotros mantendremos las conversaciones en marcha.

Él ve, por encima del hombro de Audley, a Edward Seymour, deslizándose entre la multitud.

—Ah, embajador —dice, con una suave seguridad que no siente—. Aquí está una oportunidad para que conozcáis...

Edward salta hacia delante: «*Mon cher ami...*».

Miradas sombrías de los Bolena. Edward en la brecha, armado de un seguro francés. Barriendo a un lado a Chapuys: en el momento justo. Un revuelo en la puerta. Vuelve el rey, brota en medio de los gentilhombres.

—¡Cromwell! —Enrique se detiene ante él; respira con dificultad—. Hacédselo entender. No se trata de que el emperador me ponga condiciones. Se trata de que el emperador se disculpe, por amenazarme con la guerra.

—Se le congestiona la cara—. Cromwell, sé muy bien lo que habéis hecho. Habéis ido demasiado lejos en este asunto. ¿Qué le habéis prometido? Sea lo que sea, no tenéis ninguna autoridad. Habéis puesto mi honor en peligro. Pero ¿qué podía esperar yo? ¿Cómo puede un hombre como vos comprender el honor de los príncipes? Habéis dicho: «Oh, estoy seguro de Enrique, tengo al rey en el bolsillo». No lo neguéis, Cromwell, puedo oíros diciéndolo. Os proponéis adiestrarme, ¿verdad? ¿Como a vuestros muchachos de Austin Friars? ¿Que cuando bajéis por la mañana me toque el sombrero y diga «¿Qué tal, señor?». ¿Que vaya por Whitehall medio paso por detrás de vos? ¿Que lleve vuestros folios, vuestro cuerno de tinta y vuestro sello? ¿Y por qué no una corona, eh, que la lleve detrás de vos en una bolsa de cuero? —Enrique está convulso de cólera—. Creo realmente, Cromwell, que creéis que el rey sois vos y yo el hijo del herrero.

Nunca pretenderá, más tarde, que no le dio un vuelco el corazón. No es alguien que se ufane de una frialdad que ningún hombre razonable poseería. Enrique podría, en cualquier momento, hacer un gesto a sus guardias; él podría encontrarse con frío metal en las costillas y el final de sus días.

Pero retrocede; sabe que su rostro no muestra nada, ni arrepentimiento ni pesar ni miedo. Piensa: vos nunca podríais ser el hijo del herrero. Walter no os habría dejado entrar en su fragua. La fuerza muscular no basta. Con las llamas necesitas una cabeza fría, cuando las chispas vuelan hasta las vigas del techo tienes que estar pendiente de cuándo caen sobre ti y apartar el fuego con un golpe de tu endurecida palma: ahora, el rostro sudoroso de su monarca asediando el suyo, recuerda algo que le dijo su padre: si te quemas una mano, Tom, alza las dos y cruza las muñecas delante de ti y mantenlas así hasta que llegues al agua o al bálsamo: no sé a qué se debe, pero eso confunde al dolor de manera que, si dices una oración al mismo tiempo, puede que consigas no salir demasiado mal parado

Alza las palmas. Cruza las muñecas. Atrás, Enrique. Como confundido por el gesto (como casi aliviado de que le contuviesen), el rey deja de chillar: y se aparta un paso, desviando la cara y librándole así a él, a Cromwell, de aquella mirada inyectada de sangre, de la proximidad indecorosa de las azuladas escleróticas protuberantes de los ojos del rey.

—Dios os guarde, Majestad —le dice—. Y ahora, ¿me excusaréis?

Así, le excuse o no, él se va. Entra en la estancia siguiente. ¿Habéis oído la expresión «Me hervía la sangre»? Pues la sangre le hierve. Cruza las muñecas. Se sienta en un baúl y pide una bebida. Cuando se la traen toma en la mano derecha la fresca copa de peltre, rodeando con los dedos sus curvas: el vino es clarete fuerte, derrama una gota, la esparce con el índice y lo acaricia con la lengua, para limpiarlo, para que desaparezca. No puede estar seguro de si el truco ha aplacado el dolor, como decía Walter que haría. Pero se siente alegre por el hecho de que su padre esté con él. Alguien tiene que estar.

Levanta la vista. La cara de Chapuys se cierne sobre él: sonríe, una máscara pícara.

—Mi querido amigo. Creí que había llegado vuestra

última hora. ¿Sabéis que pensé que no os controlaríais y le pegaríais?

Él alza la vista y sonríe.

—Yo siempre me controlo. Lo que hago, es porque quiero hacerlo.

—Aunque puede que no queráis decir lo que decís.

Él piensa: el embajador ha sufrido cruelmente, sólo por hacer su trabajo. Además, yo he herido sus sentimientos, me he burlado de su sombrero. Mañana le enviaré un regalo, un caballo, un caballo de cierta majestuosidad, un caballo para que lo monte él. Antes de que abandone mis establos, le alzaré un casco yo mismo y comprobaré las herraduras.

El consejo del rey se reúne al día siguiente. Wiltshire, o monseñor, está presente: los Bolena son gatos lustrosos, repantigados en sus asientos y mesándose las patillas. Su pariente, el duque de Norfolk, parece enfadado, nervioso; le para a él a la entrada (le para a él, a Cromwell): «¿Cómo estáis, hombre?».

¿Se ha dirigido alguna vez así el mariscal conde de Inglaterra al primer magistrado de la cámara? En la cámara del consejo, Norfolk examina los asientos, se aposenta en uno que le parece bien.

—Eso es lo que él hace, sabéis —le hace una mueca, hay un atisbo de colmillo—. Estás muy seguro, con los pies asentados en el suelo, y el va y retira el suelo de pronto de debajo de ti.

Él asiente, sonriendo resignado. Entra Enrique, se sienta como un gran bebé enfadado en un sillón situado a la cabecera de la mesa. No mira a nadie a los ojos.

Ahora: tiene la esperanza de que sus colegas conozcan sus deberes. Se lo ha dicho bastante a menudo. Halagad a Enrique. Suplicad a Enrique. Imploradle que haga lo que sabéis que debe hacer de todos modos. Así cree tener elección. Así se siente gratamente satisfecho de sí mismo al pensar que está considerando, no sus propios intereses, sino los tuyos.

Majestad, dicen los consejeros. Por favor. Considerad favorablemente, por el bien del reino y del pueblo, las ofertas serviles del emperador. Sus súplicas y gemidos.

Esto ocupa quince minutos. Finalmente, Enrique dice: bueno, si es por el bien del pueblo, recibiré a Chapuys, continuaremos las negociaciones. Yo debo tragarme, me imagino, cualquier ofensa personal que haya recibido.

Norfolk se inclina hacia delante.

—Consideradlo como un trago de medicina, Enrique. Amargo. Pero no lo escupáis, por el bien de Inglaterra.

Una vez planteado el tema de los médicos, se discute el asunto del matrimonio de lady María. Ella continúa quejándose, siempre que el rey la traslada, de aire insano, comida insuficiente, insuficiente consideración de su intimidad, molestos dolores en los miembros, jaquecas y desánimo. Sus médicos han aconsejado que la cópula con un hombre sería buena para su salud. Si el espíritu vital de una joven se queda encajonado, se vuelve pálida y flaca, pierde el apetito, empieza a debilitarse; el matrimonio es para ella una ocupación, olvida con él sus pequeños males; el vientre se mantiene anclado y dispuesto para el uso, y no muestra esa tendencia a vagar por el cuerpo como si no tuviese nada mejor que hacer. En ausencia de un hombre, lady María necesita ejercicio intenso a caballo; difícil, para alguien en arresto domiciliario.

Enrique carraspea finalmente y habla.

—El emperador, no es ningún secreto, ha tratado con sus propios consejeros el asunto de María. Le gustaría que se casase fuera de este reino, con uno de sus parientes, dentro de sus propios dominios. —Aprieta los labios—. Yo no permitiré de ninguna manera que salga del país; en realidad no permitiré que vaya a ningún sitio, mientras su comportamiento conmigo no sea el que debería ser.

Él, Cromwell, dice:

—La muerte de su madre está aún reciente para ella. No tengo la menor duda de que comprenderá cuál es su deber, en estas próximas semanas.

—Qué agradable oíros hablar al fin, Cromwell —dice monseñor con una sonrisilla—. Lo más frecuente es que vos seáis el primero que habla, y el último, y el que ocupa todo espacio intermedio, de tal modo que nosotros, consejeros más modestos, nos vemos obligados a hablar *sotto voce*, si es que llegamos a hablar, y a pasarnos notas entre nosotros. ¿Podemos preguntar si esta novedosa reticencia vuestra se relaciona, de algún modo, con acontecimientos de ayer? Cuando Su Majestad, si no recuerdo mal, puso un freno a vuestras ambiciones...

—Gracias por eso —dice, lisamente, el Lord Canciller—, mi señor Wiltshire.

—Señores míos —dice el rey—, el tema es mi hija. Lamento tener que recordároslo. Aunque no estoy seguro ni mucho menos de si este tema debería tratarse en consejo del rey.

—Si fuera yo —dice Norfolk—, subiría hasta donde está María y la obligaría a hacer el juramento, le pondría la mano encima del Evangelio y se la aguantaría allí, y si no hiciera el juramento al rey y a la hija de mi sobrina, le machacaría la cabeza contra la pared hasta que le quedase tan blanda como una manzana asada.

—Gracias de nuevo —dice Audley—, mi señor Norfolk.

—En cualquier caso —dice con tristeza el rey—, no tenemos tantos hijos que podamos permitirnos que el reino pierda uno. Preferiría no separarme de ella. Un día será conmigo una buena hija.

Los Bolena se retrepan en sus asientos, sonriendo, al oírle decir al rey que no busca ningún gran enlace en el extranjero para María, que ella no tiene ninguna importancia, que es una bastarda de la que uno se ocupa sólo por caridad. Están muy satisfechos con el triunfo que les proporcionó ayer el embajador imperial; y están exhibiendo su buen gusto por no ufanarse de ello.

En cuanto termina la reunión, Cromwell se ve acosado por los consejeros: salvo por los Bolena, que se van en la otra dirección. La reunión ha ido bien; él ha conseguido todo lo que quería; Enrique está de nuevo dispuesto a firmar un tratado con el emperador: ¿por qué se siente entonces tan inquieto, tan agobiado? Aparta a sus colegas, aunque de forma educada. Necesita aire. Enrique pasa a su lado, se detiene, se vuelve, dice:

—Señor secretario. ¿Queréis venir conmigo?

Caminan los dos. En silencio. Corresponde al príncipe, no al ministro, introducir un tema.

Él puede esperar.

Enrique dice:

—¿Sabéis?, me gustaría que fuésemos a algún bosque, un día, como hemos dicho, a hablar con los herreros.

Él espera.

—He recibido varios dibujos, dibujos matemáticos, y consejos sobre cómo se puede mejorar nuestra artillería, pero, a decir verdad, no soy capaz de sacar de ello todo el provecho que podríais sacar vos.

Más humilde, piensa él. Un poco más humilde aún.

Enrique dice:

—Vos habéis estado en los bosques y habéis conocido a los carboneros. Recuerdo que me dijisteis una vez que eran gente muy pobre.

Él espera. Enrique dice:

—Debe uno conocer el proceso desde el principio, pienso yo, se esté haciendo una armadura o una pieza de artillería. No vale de nada pretender que un metal tenga ciertas propiedades, un temple determinado, si no sabes cómo se hace, y las dificultades con que se puede encontrar el artesano. Pero, bueno, yo nunca he sido tan orgulloso como para no sentarme y estar una hora con el que hace el guantelete, el que protege mi mano derecha. Debemos estudiar, creo, cada clavo, cada remache.

¿Y? ¿Sí?

Deja que el rey siga caminando.

—Y, bueno. En fin. Vos, señor, sois mi mano derecha.

Él asiente. Señor. Conmovedor.

Enrique dice:

—Así pues, ¿iremos a Kent, al bosque? ¿Escogeréis vos la semana? Dos o tres días deberían bastar.

Él sonríe.

—Este verano no, señor. Estaréis ocupado en otras cosas. Además, los herreros son como todos nosotros. Han de tener sus vacaciones. Deben poder tumbarse al sol. Coger manzanas.

Enrique le mira, suave, suplicante, por el rabillo de un ojo azul: dadme un verano feliz. Dice:

—No puedo vivir como he vivido, Cromwell.

Él está aquí para recibir instrucciones. Conseguidme a Jane: Jane, tan buena, su nombre es un suspiro que cubre el paladar como mantequilla dulce. Libradme de la amargura, de la hiel.

—Creo que debería ir a casa —dice—. Si me lo permitís. Tengo mucho que hacer si he de poner este asunto en marcha, y creo...

Su inglés le abandona. Pasa esto a veces.

—*Un peu...*

Pero su francés le abandona también.

—Pero ¿no estáis enfermo? ¿Volveréis pronto?

—Haré una consulta a los canonistas —dice él—. Puede llevar unos días, ya sabéis cómo son. Procuraré resolverlo lo antes posible. Hablaré con el arzobispo.

—Y quizá con Harry Percy —dice Enrique—. Ya sabéis que ella..., el desposorio, lo que fuese, la relación que hubo entre ellos..., bueno, yo creo que estaban prác-

ticamente casados, ¿no es así? Y si eso no resultara...
—Se frota la barba—. Ya sabéis que yo estuve, antes que
con la reina, estuve, a veces, con su hermana, su hermana
María, la que...

—Oh, sí, señor. Recuerdo a María Bolena.

—... y hay que tener en cuenta que, al haber estado
vinculado con una parienta tan cercana a Ana, no podría
contraer un matrimonio válido con ella..., pero eso no lo
utilicéis más que si no hay otra opción, no quiero si no
es necesario...

Él asiente. No queréis que la Historia haga de vos un
mentiroso. En público ante vuestros cortesanos me hicisteis afirmar que no habíais tenido nada que ver con María Bolena, mientras vos estabais allí sentado y asentíais.
Vos mismo eliminasteis todos los impedimentos: María
Bolena, Harry Percy, los barristeis a un lado. Pero ahora
nuestras necesidades son otras, y los hechos han cambiado.

—Que os vaya bien —dice Enrique—. Sed reservado. Confío en vuestra discreción y en vuestra habilidad.

Qué necesario, pero qué triste, oír disculparse a Enrique. Ha empezado a sentir un respeto perverso por
Norfolk, con su gruñido de «¿Qué tal, hombre?».

El señor Wriothesley está esperándolo en una antecámara.

—¿Tenéis, pues, instrucciones, señor?

—Bueno, tengo insinuaciones.

—¿Sabéis cuándo podrían concretarse?

Él sonríe. Llamadme dice:

—Dicen que el rey declaró en su consejo que va a casar a lady María con un súbdito.

Eso no es, ciertamente, la conclusión a la que se llegó.
En un instante, se siente de nuevo él mismo: se oye reír y
decir:

—Oh, por amor de Dios, Llamadme. ¿Quién os contó eso? A veces —dice— creo que ahorraría tiempo y
trabajo si todas las partes interesadas viniesen al consejo

del rey, incluidos los embajadores extranjeros. Lo que se dice allí acaba sabiéndose de todos modos, y para ahorrarles malentendidos tal vez fuese mejor dejar que lo oyesen todo de primera mano.

—¿No es cierto lo que oí, entonces? —dice Wriothesley—. Porque yo pensé que casarla con un súbdito, con un hombre de baja condición, era un plan concebido por la que es reina ahora...

Él se encoge de hombros. El joven le dirige una mirada vidriosa. Tardará unos años aún en entender por qué.

Edward Seymour busca una entrevista con él. Está convencido de que los Seymour acudirán a su mesa, aunque tengan que sentarse debajo de ella y recoger las migas.

Edward está tenso, apurado, nervioso.

—Señor secretario, en una visión a largo plazo...

—En este asunto, un día sería una visión a largo plazo. Sacad a vuestra chica del asunto, dejad que Carew se la lleve a su casa, a Surrey.

—No penséis que quiero conocer vuestros secretos —dice Edward, escogiendo las palabras—. No penséis que quiero meterme en asuntos que no me atañen. Pero me gustaría, por el bien de mi hermana, tener algún indicio sobre...

—Oh, comprendo, ¿queréis saber si debería encargar su ropa de boda? —Edward le dirige una mirada implorante, y él dice sobriamente—: Vamos a buscar una anulación. Aún no sé basada en qué.

—Pero ellos lucharán —dice Edward—. Los Bolena, si caen, nos arrastrarán con ellos. He oído hablar de serpientes que, aunque estén muriendo, exudan veneno a través de la piel.

—¿Habéis cogido alguna vez una serpiente? —pregunta él—. Yo lo hice una vez, en Italia. —Extiende las manos—. No me quedó señal.

—Entonces debemos ser muy reservados —dice Edward—. Ana no debe saber.

—Bueno —dice él, burlón—, no creo que podamos ocultárselo eternamente.

Pero ella se enterará mucho más deprisa si sus nuevos amigos no dejan de atraparlo en antecámaras, cortándole el paso e inclinándose hacia él; si no dejan de cuchichear y de enarcar las cejas y de darse codazos.

A Edward le dice: debo irme a casa y cerrar la puerta y consultar conmigo mismo. La reina está preparando algo, no sé lo que es, algo tortuoso, algo oscuro, tal vez tan oscuro que ni ella misma sepa lo que es, y, de momento, sólo esté soñando con ello: pero he de ser rápido, he de soñarlo por ella, hacerlo realidad en el sueño.

Según lady Rochford, Ana se queja de que, desde que salió del puerperio, Enrique está siempre observándola; y no del modo que solía.

Él llevaba mucho tiempo fijándose en que Harry Norris observaba a la reina; y desde cierta elevación, encaramado como un halcón tallado sobre una puerta, se ha visto a sí mismo observando a Harry Norris.

De momento, Ana parece darse poca cuenta de las alas que revolotean sobre ella, de los ojos que estudian la dirección que sigue cuando zigzaguea y se desvía. Charla sobre su hija Elizabeth, sosteniendo en sus dedos un lindo gorrito de cintas, que acaba de llegar de la bordadora.

Enrique la mira, indiferente, como si dijese: ¿por qué estáis mostrándome eso?, ¿qué es eso para mí?

Ana acaricia el trocito de seda. Él siente una punzada de piedad, un instante de remordimiento. Estudia la delicada trenza de seda que bordea la manga de la reina. Había mujeres que hacían esas trenzas con la misma pericia que su esposa muerta. Está mirando muy de cerca a la reina, cree conocerla como una madre conoce a su hijo, o un hijo a su madre. Conoce cada puntada de su jubón. Aprecia el sube y baja de cada respiración suya. ¿Qué hay en vuestro corazón, *madame*? Ésa es la última puerta que hay que abrir. Ahora él está en el umbral con la llave en la mano y casi tiene miedo a introducirla en la cerradura. Porque si no encaja, qué; si no encaja y tiene que andar manipulando allí, con los ojos de Enrique posados en él, oyendo el clic impaciente de la lengua regia, tan claramente como su señor Wosley la oyó...

Bueno, en fin. Hubo una vez (¿fue en Brujas?) en que él tuvo que derribar una puerta. No tenía la costumbre de derribar puertas, pero tenía un cliente que quería resultados y los quería ya. Las cerraduras se pueden abrir con una ganzúa, pero eso es para un especialista que dispone de tiempo. Y si tienes un hombro y una bota, no necesitas habilidad ni necesitas tiempo. Yo no tenía treinta años entonces, piensa. Era joven. Su mano derecha acaricia, distraída, el hombro izquierdo, el antebrazo, como si recordase las magulladuras. Se imagina entrando en Ana, no como un amante sino como un abogado, sus papeles, sus documentos, enrollados en el puño; se imagina entrando en el corazón de la reina. Oye en sus cámaras el clic de los tacones de sus botas.

En casa, saca de su baúl el Libro de Horas que perteneció a su esposa. Se lo había dado su primer marido, Tom Williams, que era un tipo bastante aceptable, aunque no un hombre de provecho como él. Siempre que piensa en Tom Williams ahora es como un hombre indefinido, sin rostro, que espera vestido con la librea de Cromwell, sosteniéndole la chaqueta o tal vez el caballo. Ahora que puede manejar a su capricho los mejores libros de la biblioteca del rey, ese libro de oración parece una cosa pobre; ¿dónde está la hoja dorada? Sin embargo la esencia de Elizabeth está en este libro, pobre esposa con su gorro blanco, sus modales torpes, su sonrisa de medio lado, los hábiles dedos de artesana. Una vez había observado a Liz cuando hacía una trenza de seda. Un extremo estaba fijado a la pared y en cada dedo de sus manos iba trenzando lazos de hilo, y aquellos dedos volaban tan deprisa que él no podía ver cómo trabajaban. «Ve más despacio —le dijo— para que pueda ver cómo lo haces», pero ella se había reído y había dicho: «No puedo ir más despacio, si me parase a pensar cómo lo estoy haciendo no habría manera de que pudiese hacerlo».

II

Señor de fantasmas

—Venid y sentaos conmigo un rato.

—¿Por qué? —Lady Worcester está recelosa.

—Porque tengo pasteles.

—Yo soy muy glotona —dice ella con una sonrisa.

—Tengo incluso un camarero para servirlos.

Ella ve a Christophe.

—¿Este chico es un camarero?

—Christophe, primero lady Worcester necesita un cojín.

El cojín estará bien relleno de plumas y bordado con un dibujo de halcones y flores. Ella lo coge con las dos manos, lo acaricia con aire distraído, luego se lo coloca detrás y se apoya en él. «Oh, mucho mejor así», sonríe. Embarazada, apoya una mano serena sobre el vientre, con una madona en un cuadro. En esta pequeña habitación, la ventana abierta al aire suave de primavera, él está poniendo en marcha una investigación. No le importa quién venga a verle, ni quién se fije en cómo vienen y van. ¿Quién no pasaría el rato con un hombre que tiene pasteles? Y el señor secretario es siempre agradable y útil.

—Christophe, dale una servilleta a mi señora, y ve y siéntate a tomar el sol un rato. Cierra la puerta al salir.

Lady Worcester (Elizabeth) observa cómo se cierra la puerta; luego se inclina hacia delante y cuchichea:

—Señor secretario, estoy tan atribulada...

—Y con esto —hace un gesto indicativo—, no puede ser fácil. ¿Está celosa la reina de vuestra condición?

—Bueno, sí, se mantiene muy próxima a mí, y no tiene por qué. Me pregunta todos los días cómo estoy. No podría tener una señora más amable. —Pero su expresión refleja duda—. En algunos sentidos sería mejor si hubiese de irme a casa, al campo. Pero, dadas las circunstancias, tengo que estar aquí en la corte, y todos me señalan.

—¿Pensáis entonces que fue la propia reina la que empezó las murmuraciones contra vos?

—¿Quién, si no?

Corre el rumor en la corte de que el bebé de lady Worcester no es hijo del conde. Tal vez se propagó por maldad; tal vez porque a alguien le pareció un chiste: tal vez porque alguien estaba aburrido. Su gentil hermano, el cortesano Anthony Browne, irrumpió en sus habitaciones para hacerla hablar: «Yo le dije —explica ella—: no te metas conmigo. ¿Por qué yo?» La pequeña torta de cuajada que tiene en la palma de la mano tiembla en su concha de pasta como si compartiese su indignación.

Él frunce el ceño.

—Dejadme que os haga dar un paso atrás. ¿Está acusándoos vuestra familia porque la gente anda hablando de vos, o porque hay algo de verdad en lo que dicen?

Lady Worcester se embadurna los labios. «¿Creéis que voy a confesar sólo por unos pasteles?»

—Dejadme que lime las asperezas para vos. Me gustaría ayudaros si puedo. ¿Tiene vuestro marido algún motivo para estar enfadado?

—Oh, los hombres —dice ella—. Siempre están enfadados. Están tan enfadados que no son capaces de contar con los dedos.

—¿Así que podría ser del conde?

—Si es un muchacho fuerte me atrevo a decir que será suyo. —Los pasteles la están distrayendo—. Ese blanco, ¿es de crema de almendra?

El hermano de lady Worcester, Anthony Browne, es hermanastro de Fitzwilliam. (Toda esta gente está emparentada entre ella. Afortunadamente, el cardenal le dejó un mapa, que él pone al día siempre que hay una boda.) Fitzwilliam y Browne y el conde agraviado han estado conferenciando por los rincones. Y Fitzwilliam le ha dicho a él: «¿Podéis aclarar, Crumb, porque yo estoy seguro de que no puedo, qué demonios está pasando entre las damas que sirven a la reina?».

—Y luego están las deudas —le dice él—. Os halláis en una triste situación, señora mía. Habéis pedido prestado a todo el mundo. ¿Qué comprasteis? Sé que hay dulces jóvenes alrededor del rey, jóvenes de mucho ingenio además, siempre amorosos y dispuestos a escribir una carta a una dama. ¿Pagáis para que os halaguen?

—No. Para que me hagan cumplidos.

—Deberíais conseguir eso gratis.

—Así es el lenguaje galante. —Se lame los dedos—. Pero vos sois un hombre de mundo, señor secretario, y sabéis que si le escribieseis un poema a una mujer adjuntaríais una factura.

Él se ríe.

—Cierto. Conozco el valor de mi tiempo. Pero no pensé que vuestros admiradores fuesen tan tacaños.

—¡Oh, tienen tanto que hacer, esos muchachos! —Elige una violeta confitada, la mordisquea—. No sé por qué hablamos de jóvenes ociosos. Ellos están ocupados día y noche, haciendo carrera. No te incluyen la cuenta. Pero debes comprarles una joya para el sombrero. O unos botones dorados para una manga. Pagar a su sastre, quizá.

Él piensa en Mark Smeaton, en sus galas.

—¿Paga la reina de ese modo?

—Nosotras lo llamamos «patronazgo». No lo llamamos «pagar».

—Acepto vuestra corrección. —Dios Santo, piensa, un hombre podría usar una puta y llamarlo «patronazgo». Lady Worcester ha dejado caer unas uvas en la mesa y él siente el impulso de cogerlas y dárselas en la boca; probablemente a ella le pareciese muy bien—. Y cuando la reina hace de patrona, ¿patrocina siempre en privado?

—¿En privado? ¿Cómo podría saberlo yo?

Él asiente. «Es tenis, piensa. Ese tiro fue demasiado bueno para mí.»

—¿Qué es lo que lleva puesto, para patrocinar?

—Yo nunca la he visto desnuda.

—Así que esos aduladores, ¿no creéis que llegue a hacerlo con ellos?

—No, que yo haya visto u oído.

—Pero ¿detrás de una puerta cerrada?

—Las puertas están a menudo cerradas. Es una cosa común.

—Si yo os pidiese que prestaseis testimonio, ¿repetiríais eso bajo juramento?

Ella se sacude una mota de crema.

—¿Que las puertas están a menudo cerradas? Podría. Sí, podría llegar hasta eso.

—¿Y cuáles serían vuestros honorarios por ello? —Él sonríe; la mira a la cara.

—Tengo un poco de miedo de mi marido. Porque he pedido prestado dinero. Él no lo sabe, así que, por favor..., chis.

—Que vuestros acreedores vengan a verme. Y en cuanto al futuro, si necesitáis algún cumplido, contad con el banco de Cromwell. Nos cuidamos de nuestros clientes y nuestras condiciones son generosas. Se nos conoce por ello.

Ella posa la servilleta; coge un último pétalo de prímula del último pastel de queso. Se vuelve en la puerta. La ha asaltado un pensamiento. Se recoge con la mano las faldas.

—El rey quiere una razón para apartarla, ¿no? ¿Y la puerta cerrada será suficiente? No me gustaría que le hiciesen daño.

Ella se hace cargo de la situación, al menos parcialmente. La esposa del César debe hallarse por encima de cualquier reproche. La sospecha destruiría a la reina, una migaja o un pedacito de verdad la destruiría más rápido; no necesitarías una sábana con un rastro de caracol dejado por Francis Weston o algún otro sonetista.

—Apartarla —dice él—. Sí, posiblemente. A menos que esos rumores resulten ser malentendidos. Como estoy convencido de que serán en vuestro caso. Estoy seguro de que vuestro marido se pondrá contento cuando el niño haya nacido.

A ella se le alegra la cara.

—¿Así que le hablaréis? Pero ¿no sobre la deuda? ¿Y hablaréis con mi hermano? ¿Y con William Fitzwilliam? ¿Los convenceréis para que me dejen en paz, por favor? Yo no he hecho nada que no hayan hecho las otras damas.

—¿La señora Shelton? —dice él.

—Eso no sería ninguna novedad.

—La señora Seymour.

—Eso sería una novedad realmente.

—¿Lady Rochford?

Ella vacila.

—A Jane Rochford no le gusta jugar.

—¿Por qué?, ¿acaso lord Rochford es un inepto?

—Inepto... —Ella parece saborear la palabra—. No la he oído describirle así. —Sonríe—. Pero la he oído describirle.

Vuelve Christophe. Ella pasa a su lado, una mujer que se ha desprendido de su carga.

—Oh, mirad eso —dice Christophe—. Ha cogido todo los pétalos de arriba, y ha dejado la miga.

Christophe se sienta a llenarse las fauces con los restos. La miel y el azúcar le vuelven loco. Nunca puedes engañar a un muchacho que ha crecido hambriento. Estamos llegando a la estación dulce del año, cuando el aire es suave y las hojas pálidas y las tartas de limón están sazonadas con lavanda: natillas, poco hechas, con un poquito de albahaca; flores de saúco hervidas a fuego lento en almíbar y vertidas sobre fresas partidas por la mitad.

Día de san Jorge. Dragones de tela y papel se balancean en ruidosa procesión por las calles en toda Inglaterra, seguidos por el matador de dragones con su armadura de lata, aporreando un escudo con una espada vieja y oxidada. Las vírgenes trenzan guirnaldas de hojas y se llevan a las iglesias flores de primavera. En el salón de Austin Friars, Anthony ha colgado de las vigas del techo una bestia con escamas verdes, unos ojos que giran y una lengua que cuelga; resulta lascivo y a él le recuerda algo, pero no consigue recordar qué.

Éste es el día en que los caballeros de la Jarretera celebran su capítulo, en el que eligen un nuevo caballero si ha muerto algún miembro. La Orden de la Jarretera es la orden de caballería más distinguida de toda la Cristiandad: pertenece a ella el rey de Francia, así como el rey de los escoceses. También monseñor, el padre de la reina, y el bastardo del rey, Harry Fitzroy. Este año se celebra la reunión en Greenwich. Los miembros extranjeros no asistirán, al parecer, y sin embargo el capítulo sirve como una reunión de sus nuevos aliados: William Fitzwilliam, Henry Courtenay, marqués de Exeter, Norfolk y Charles Brandon, que parece haberle perdonado a él, a Thomas Cromwell, el que le hubiese dado de empujones en la cámara de presencia; ahora le busca y dice: «Cromwell, hemos tenido nuestras diferencias. Pero yo siempre le dije a Enrique Tudor: tomad nota de Cromwell, no dejéis que caiga con su ingrato señor, porque Wolsey le ha enseñado sus trucos y os puede ser útil».

—¿Eso hicisteis, mi señor? Os estoy muy obligado por esas palabras.

—Sí, bueno, a la vista están las consecuencias, porque ahora sois un hombre rico, ¿verdad? —Ríe entre dientes—. Y también lo es Enrique.

—Y es siempre una alegría para mí poder demostrar mi gratitud a quien corresponde. ¿Puedo preguntaros, mi señor, a quién votaréis en el capítulo de la Jarretera?

Brandon le dirige un trabajoso guiño.

—Depende de mí.

Hay una vacante, debido a la muerte de lord Bergavenny; hay dos hombres que esperan cubrirla. Ana ha estado defendiendo los méritos del hermano George. El otro candidato es Nicholas Carew; y cuando se han hecho sondeos y se han contado los votos es el de sir Nicholas el nombre que lee en voz alta el rey. La gente de George se apresura a limitar el daño, a decir que ellos no esperaban nada: que a Carew le habían prometido la próxima vacante, el propio rey Francisco le había pedido al rey tres años atrás que se la diese. Si la reina está disgustada, no lo muestra, y el rey y George Bolena tienen un proyecto que discutir. Al día siguiente de la fiesta del uno de mayo, una partida real bajará hasta Dover a inspeccionar la nueva obra del puerto, y George irá con ella en su condición de Guardián de las Cinco Puertas: un cargo que desempeña deficientemente, en su opinión, la de Cromwell. También él piensa bajar con el rey. Podría incluso pasar a Calais por un día o dos, y poner las cosas en orden allí; así que lo comunica y el rumor de su llegada sirve para mantener la guarnición en el *qui vive*.

Harry Percy ha bajado desde sus propias tierras para la reunión de la Jarretera, y está ahora en su casa de Stoke Newington. Eso podría ser útil, le dice a su sobrino Richard, podría enviar a alguien a verle y a sondearle, para tantear si estaría dispuesto a volver a declarar sobre ese asunto del precontrato. Ir yo mismo, si es necesario. Pero debemos organizar esta semana hora por hora. Richard Sampson está esperando por él, deán de la real capilla, doctor en derecho canónico (Cambridge, París, Perugia, Siena): el procurador del rey en su primer divorcio.

—Tenemos un pequeño lío —es todo lo que dirá el deán, posando sus folios a su manera precisa. Hay un carro de mulas fuera cargado con más folios, bien envueltos por el clima adverso: los documentos se remontan todos a la primera insatisfacción expresada por el rey con su primera reina. Una época en que, dice él al deán, éramos todos jóvenes. Sampson se ríe; es una risa clerical, como el crujir de un baúl de ropa.

—Yo apenas me acuerdo de cuando era joven, pero supongo que lo fuimos. Y algunos de nosotros, libres de cuidados.

Van a probar con la nulidad, a ver si se puede liberar así a Enrique.

—Tengo entendido que Harry Percy rompe a llorar cuando oye vuestro nombre —dice Sampson.

—Exageran mucho. El conde y yo hemos tenido muchos intercambios corteses estos últimos meses.

Él sigue mirando documentos del primer divorcio, y ve en ellos la letra del cardenal enmendando, sugiriendo, dibujando flechas en el margen.

—A menos —dice— que Ana la reina decidiera hacerse religiosa. Entonces el matrimonio se disolvería por sí solo.

—Estoy seguro de que sería una excelente abadesa —dice Sampson educadamente—. ¿Habéis sondeado ya a mi señor arzobispo?

Cranmer está fuera. Ha estado postergándolo.

—Tengo que mostrarle —le cuenta al deán— que nuestra causa, es decir, la causa de la Biblia inglesa, estará mejor sin ella. Queremos que la palabra viva de Dios suene como música en los oídos del rey, no como el lloriqueo ingrato de Ana.

Dice «nosotros», incluyendo al deán por cortesía. No está nada seguro de que Sampson sea un devoto de la reforma en el fondo de su corazón, pero es la aceptación exterior lo que le interesa, y el deán siempre se muestra cooperativo.

—Ese asuntillo de la hechicería... —Sampson carraspea—. ¿El rey no se propondrá plantearlo en serio? Si se pudiese probar que se utilizaron algunos medios sobrenaturales para atraerlo al matrimonio, entonces, por supuesto, su consentimiento no habría sido libre, y el contrato no tendría ninguna validez; pero supongo que cuando él dice que fue seducido con encantos, con hechizos, está hablando, como si dijésemos, ¿con figuras retóricas? Como podría hablar un poeta de los encantos mágicos de una dama, de sus artimañas, sus seducciones. Oh, por Dios —dice el deán suavemente—. No me miréis de ese modo, Thomas Cromwell. Es un asunto en el que preferiría no inmiscuirme. Preferiría utilizar de nuevo a Harry Percy, y presionarlo entre nosotros hasta conseguir que actúe juiciosamente. Preferiría recurrir al asunto de María Bolena, cuyo nombre, debo decirlo, tenía la esperanza de no volver a oír más.

Él se encoge de hombros. A veces piensa en María; cómo habría sido si él hubiese aceptado sus ofertas. Aquella noche, en Calais, había estado tan cerca que podía saborear su aliento, a dulces y especias, a vino..., pero, por supuesto, aquella noche en Calais cualquier hombre al que le funcionase el aparejo lo habría hecho con María. Suavemente, el deán interrumpe sus pensamientos:

—¿Puedo hacer una sugerencia? Id y hablad con el padre de la reina. Hablad con Wiltshire. Es un hombre razonable, estuvimos juntos en Bilbao en una embajada hace unos años, siempre me pareció razonable. Conseguid que le pida a su hija que se vaya pacíficamente. Que nos ahorre a todos veinte años de dolor.

A por monseñor, pues: tiene a Wriothesley para tomar nota de la reunión. El padre de Ana llega con un folio propio, mientras que el hermano George trae sólo su delicioso yo. Es siempre un espectáculo digno de verse: a George le gusta que su ropa esté llena de trencillas y borlas, de motas y de cintas, y acuchillada. Hoy va de terciopelo blanco sobre seda roja, el escarlata ondulando en las aberturas de las partes acuchilladas. A él le recuerda un cuadro que vio una vez en los Países Bajos, de un santo al que desollaban vivo. La piel de las pantorrillas de aquel hombre estaba doblada sobre los tobillos como unas blandas botas, y en su cara había una expresión de serenidad imperturbable.

Él posa los papeles en la mesa.

—No malgastaré palabras. Conocéis la situación. Han llegado a oídos del rey cosas que, si las hubiese conocido anteriormente, habrían impedido este presunto matrimonio con lady Ana.

—Yo he hablado con el conde de Northumberland. Él se mantiene firme en lo que juró. No hubo ningún precontrato.

—Entonces eso es una desdicha —dice él—. No veo qué voy a poder hacer yo. ¿Podríais vos quizá ayudarme, lord Rochford, con alguna sugerencia propia?

—Os ayudaremos a ir a la Torre —dice George.

—Anotad eso —le dice él a Wriothesley—. Mi señor Wiltshire, ¿me permitís que os recuerde ciertas circunstancias de las que aquí, su hijo, tal vez no tenga conocimiento? En la cuestión de vuestra hija y Harry Percy, el difunto cardenal os llamó para rendir cuentas, advirtiéndoos de que no podría haber ningún enlace entre ellos, por la baja extracción de vuestra familia, y la elevada condición del linaje de Percy. Y vuestra respuesta fue que no erais responsable de lo que hiciese Ana, que no podíais controlar a vuestros propios hijos.

Thomas Bolena cambia de expresión al aflorar cierto fragmento de recuerdo.

—Así que erais vos, Cromwell. Escribiendo en las sombras.

—Nunca lo negué, mi señor. En aquella ocasión conseguisteis mucha simpatía del cardenal. Yo mismo, siendo padre, comprendo cómo son esas cosas. Vos afirmabais, entonces, que vuestra hija y Harry Percy habían ido demasiado lejos en el asunto. Con lo que queríais referiros (tal como gustó de expresarlo el cardenal) a un pajar y una noche cálida. Vinisteis a decir que su enlace se había consumado, y era un matrimonio auténtico.

Bolena ríe con satisfacción.

—Pero, luego, el rey manifestó sus sentimientos hacia mi hija.

—Por lo que vos reconsiderasteis vuestra posición. Como se suele hacer. Estoy pidiéndoos que la reconsideréis una vez más. Sería mejor para vuestra hija si se hubiese casado en realidad con Harry Percy. Entonces su matrimonio con el rey se podría declarar nulo. Y el rey tendría libertad para elegir a otra dama.

Ha sido una década muy positiva para él, desde que su hija le dejó entrever su coño al rey. Ha hecho a Bolena rico y le ha asentado, le ha dado seguridad. Su era se acerca al final, y él, Cromwell, le ve decidido a no luchar. Las mujeres envejecen, a los hombres les gusta la variedad: es una vieja historia, y ni siquiera una reina ungida puede eludirla para escribir su propio final.

—Entonces. Con Ana... ¿qué? —dice su padre. No hay la menor ternura asociada a la pregunta.

Él dice, como hizo Carew:

—¿Un convento?

—Yo esperaría un acuerdo generoso —dice Bolena—. Para la familia, me refiero.

—Un momento —dice George—. Mi señor padre, no lleguéis a acuerdos con este hombre. No sostengáis ninguna discusión.

Wiltshire habla fríamente a su hijo.

—Señor. Calmaos. Las cosas son como son. ¿Y si se la dejase, Cromwell, en posesión de sus bienes como marquesa? ¿Y nosotros, su familia, continuásemos en posesión de los nuestros sin problema?

—Yo creo que el rey preferiría que ella se retirase del mundo. Estoy seguro de que podríamos encontrar alguna casa piadosa, bien gobernada, en consonancia con sus creencias e ideas.

—Yo no estoy de acuerdo —dice George. Se aparta de su padre.

Él dice:

—Tomad nota del desacuerdo de lord Rochford.

La pluma de Wriothesley rasca el papel.

—Pero ¿nuestras tierras? —dice Wiltshire—. ¿Nuestros cargos? Yo podría seguir sirviendo al rey como lord del Sello Privado, sin duda. Y aquí, mi hijo, conservaría sus dignidades y títulos...

—Cromwell quiere echarme. —George se pone bruscamente de pie—. Ésa es la pura verdad. Nunca ha dejado de entrometerse en lo que yo hago en defensa del reino, está escribiendo a Dover, está escribiendo a Sandwich, sus hombres andan por todas partes, mis cartas se remiten a él, mis órdenes chocan con sus contraórdenes...

—Oh, sentaos —dice Wriothesley. Se ríe: tanto de su propia impertinencia, como de la expresión de George—. O, por supuesto, mi señor, seguid de pie, si os place.

Rochford no sabe ya qué hacer. Sólo reafirmar que se ha puesto de pie, hacer aspavientos así; coger su sombrero; decir:

—Me dais pena, señor secretario. Si conseguís obligar a mi hermana a irse, vuestros nuevos amigos darán cuenta de vos en cuanto se haya ido, y si no lo conseguís, y ella y el rey se reconcilian, entonces seré yo quien dé cuenta de vos. Así que de cualquier modo, Cromwell, esta vez os habéis excedido.

Él dice suavemente:

—Yo sólo busqué esta entrevista, mi señor Rochford, porque vos tenéis influencia con vuestra hermana, ningún hombre tiene más. Estoy ofreciéndoos seguridad, a cambio de vuestra amable ayuda.

El Bolena mayor cierra los ojos.

—Hablaré con ella. Hablaré con Ana.

—Y hablad con vuestro hijo también, porque yo no hablaré más con él.

Wiltshire dice:

—Me asombra, George, que no veáis hacia dónde conduce todo esto.

—¿Qué? —dice George—. ¿Qué, qué?

Aún sigue queando mientras su padre le arrastra fuera. En el umbral, el Bolena mayor inclina la cabeza cortésmente.

—Señor secretario. Señor Wriothesley.

Observan cómo se van: padre e hijo.

—Fue interesante —dice Wriothesley—. ¿Y adónde conduce todo esto, señor?

Él remueve sus papeles.

—Yo recuerdo —dice Wriothesley— cierta obra que se representó en la corte después de la caída del cardenal. Me acuerdo de Sexton, el bufón, vestido con ropas de color escarlata, en el personaje del cardenal, y cómo cuatro demonios lo llevaban al Infierno, cogiéndolo cada uno por una extremidad. Iban enmascarados. Y yo me pregunté si sería George...

—Pata delantera derecha —dice él.

—Ah... —dice Llamadme Risley.

—Fui detrás de la pantalla del fondo del salón. Les vi desprenderse de sus cuerpos peludos, y lord Rochford se quitó la máscara. ¿Por qué no me seguisteis? Podríais haberle visto vos mismo.

El señor Wriothesley sonríe.

—No quise ir detrás del escenario. Temía que vos pudieseis confundirme con los actores, y que después estaría manchado para siempre en vuestro pensamiento.

Él lo recuerda: una noche de hedor animal, en que los representantes de la flor de la caballería se convirtieron en perros cazadores, pidiendo sangre a ladridos; toda la corte silbaba y vitoreaba mientras la figura del cardenal era arrastrada y pateada por el suelo. Luego

sonó una voz desde el salón: «¡Deberíais avergonzaros!».
Le pregunta a Wriothesley:

—¿No fuisteis vos el que habló?

—No —Llamadme no mentirá—. Creo que tal vez fuese Thomas Wyatt.

—Creo que así fue. He pensado en eso muchos años. Mirad, Llamadme, tengo que ir a ver al rey. ¿Tomamos primero un vaso de vino?

El señor Wriothesley se levanta. Busca un criado. Brilla la luz en la curva de la jarra de peltre, chapotea en un vaso vino gascón.

—Le di a Francis Bryan una licencia de importación para este vino —dice él—. Unos tres meses atrás. No tiene paladar, ¿verdad? No sabía que estuviese vendiéndoselo al despensero del rey.

Va a ver a Enrique, apartando guardias, ayudantes, gentilhombres; apenas se anuncia, de manera que Enrique alza la vista, sorprendido, de su libro de música.

—Thomas Bolena se hace cargo de las cosas. Lo único que quiere es conservar su buen nombre con Vuestra Majestad. Pero no consigo ninguna cooperación de su hijo.

—¿Por qué no?

¿Porque es un idiota?

—Yo pienso que cree que Vuestra Majestad puede cambiar de idea.

Enrique se ofende.

—Debería conocerme. George era un chico de diez años cuando llegó a la corte, debería conocerme. Yo no cambio de idea.

Es verdad, lo de que sigue una dirección. El rey, como el cangrejo, avanza de lado hacia su objetivo, pero luego hunde sus pinzas en él. Y las pinzas se han cerrado sobre Jane Seymour.

—Os diré lo que pienso de Rochford —añade Enrique—. Qué es, con treinta y dos años ya, si aún le siguen llamando el hijo de Wiltshire, aún le llaman el hermano de la reina, no siente que se haya convertido en él mismo, y no tiene ningún heredero que le siga, ni siquiera una hija. Yo he hecho lo que he podido por él. Le he mandado al extranjero varias veces para representarme. Y eso cesará, supongo, porque cuando no sea ya mi hermano, nadie hará caso de él. Pero no será un hombre pobre. Puedo seguir favoreciéndole. Aunque no si se entromete. Así que habría que advertirle. ¿Debo hablar con él yo mismo?

Enrique parece irritado. No debería tener que ocuparse él de eso. Es Cromwell el que tiene que ocuparse de ello por él. Despedir a los Bolena, traer a los Seymour. Su tarea es más regia: rezar por el éxito de sus empresas y escribir canciones para Jane.

—Dejémoslo un día o dos, señor, y me entrevistaré con él sin su padre. Creo que en presencia de lord Wiltshire siente la necesidad de pavonearse y lucirse.

—Sí, yo no suelo equivocarme —dice Enrique—. Vanidad, eso es lo que es. Ahora escuchad.

Canta:

La margarita es deleitosa,
azul y pálida es la violeta.
Mi voluntad no es veleidosa...

—¿Os dais cuenta de que lo que estoy intentando reelaborar es una vieja canción?... ¿Qué rima con violeta? ¿Aparte de «discreta»?

Qué más necesitáis, piensa él. Pide licencia. Las galerías están iluminadas con antorchas, de las que se desvanecen figuras. La atmósfera en la corte, esta noche del viernes de abril, le recuerda los baños públicos que tienen en Roma. El aire es denso y pasan a tu lado deslizándose figuras de otros hombres que parece que nadan..., tal vez hombres que conoces, pero no los conoces sin sus ropas. Notas la piel caliente, luego fría, luego otra vez caliente. Las baldosas están resbaladizas bajo los pies. A cada lado tuyo hay puertas entreabiertas, sólo unos centímetros, y fuera de tu línea de visión, pero muy cerca de ti, están produciéndose perversidades, conjugaciones antinaturales de cuerpos, hombres y mujeres, y hombres y hombres. Sientes náuseas, por el calor pegajoso y por lo que conoces de la naturaleza humana, y te preguntas por qué has ido allí. Pero te han dicho que un hombre debe ir a los baños por lo menos una vez en su vida, porque, si no, no lo creerá cuando otra gente le cuente lo que pasa.

—La verdad es —dice Mary Shelton— que yo habría intentado veros, señor secretario, aunque no hubieseis mandado a por mí.

Le tiembla la mano; bebe un sorbo de vino, lanza una mirada profunda al interior de la copa como si estuviese adivinando, alza luego sus ojos elocuentes.

—Rezo por que nunca vuelva a pasar un día como éste. Nan Cobham quiere veros. Majorie Horsman. Todas las mujeres de la cámara del lecho.

—¿Tenéis alguna cosa que decirme? ¿O es sólo que queréis llorar sobre mis papeles y hacer que se corra la tinta?

Ella posa la copa y le da las manos. A él le conmueve el gesto, es como una niña que muestra que sus manos están limpias.

—¿Intentaremos desentrañarlo? —pregunta él gentilmente.

Todo el día, desde las habitaciones de la reina, gritos, portazos, carreras, conversaciones susurradas en voz baja.

—Ojalá no estuviera en la corte —dice Shelton—. Ojalá estuviese en otro sitio. —Aparta las manos—. Debería estar casada. ¿Es eso pedir demasiado, estar casada y tener unos hijos, mientras aún soy joven?

—Vamos, no os compadezcáis de vos misma. Yo creí que ibais a casaros con Harry Norris.

—Así lo creí yo.

—Sé que hubo alguna pelea entre los dos, pero eso fue un año atrás o así, ¿no?

—Supongo que os lo contó lady Rochford. No deberíais hacer caso, ¿sabéis?, ella inventa cosas. Pero sí, fue verdad, me peleé con Harry, o él se peleó conmigo, y fue por causa de que el joven Weston venía a las habitaciones de la reina a tiempo y a destiempo, y Harry pensó que estaba fantaseando conmigo. Y lo mismo pensaba yo. Pero no di alas a Weston, lo juro.

Él se ríe.

—Pero, Mary, vos dais alas a los hombres. Es lo que hacéis. No podéis evitarlo.

—Así dijo Harry Norris, le daré una patada a ese cachorrillo en las costillas que no olvidará. Aunque Harry no es el tipo de hombre que anda por ahí dando patadas a cachorrillos. Y la reina, mi prima, dijo: nada de patadas en mi cámara, por favor. Harry dijo: con vuestro real permiso le sacaré al patio y se las daré allí y... —No puede evitar la risa, aunque es una risa temblona y desdichada—..., y Francis allí parado todo el tiempo, hablaban de él, y era como si no estuviera. Así que fue y dijo: bueno, me gustaría ver cómo me pegáis, porque a vuestra edad avanzada, Norris, creo que vais a perder el equilibrio...

—Señora —dice él—, ¿podéis abreviarlo?

—Pues siguieron así una hora o más, raspando y arañando en busca de favor. Y mi señora la reina nunca se cansa de eso, les incita a seguir. Luego Weston dijo: no os agitéis, gentil Norris, pues yo no vine aquí por la señora Shelton, vive por otra, y ya sabéis quién es. Y Ana dijo: no, decídmelo, no soy capaz de adivinarlo. ¿Es lady Worcester? ¿Es lady Rochford? Venid, contadnos, Francis. Contadnos a quién amáis. Y él dijo: a vos, *madame*.

—¿Y qué dijo la reina?

—Oh, le regañó. Dijo: no debéis hablar así, porque

vendrá mi hermano George y os dará de patadas también, por el honor de la reina de Inglaterra. Y se reía. Pero entonces Harry Norris se peleó conmigo, por causa de Weston. Y Weston se peleó con él, por causa de la reina. Y los dos se pelearon con William Brereton.

—¿Brereton? ¿Qué tenía que ver él con el asunto?

—Bueno, él entró por casualidad. —Frunce el ce-ño—. Creo que fue entonces. O fue en alguna otra ocasión cuando sucedió eso de que entró... La reina dijo: bueno, aquí está el hombre que yo necesito, Will es alguien que lanza su flecha recta. Pero ella estaba atormentándolos a todos. No hay quien la entienda. Está leyendo el Evangelio del señor Tyndale y al momento siguiente... —Se encoge de hombros—. Abre los labios y asoma por ellos la cola del diablo.

Luego, según el relato de Shelton, pasa un año. Harry Norris y la señora Shelton hablan de nuevo, y pronto se reconcilian, y Harry vuelve a meterse en su cama. Y todo es como antes. Hasta hoy: 29 de abril.

—Esta mañana empezó el asunto con Mark —dice Mary Shelton—. Ya sabéis que anda por allí revoloteando... Siempre está a la entrada de la cámara de presencia de la reina. Y cuando ella sale y pasa junto a él, no le habla pero se ríe y le tira de la manga o le da en el codo, y una vez le arrancó la pluma de la gorra.

—Nunca oí calificar eso de juego amoroso —dice él—. ¿Se trata de algo que hacen en Francia?

—Y esta mañana ella dijo: oh, mira este perrillo, y le revolvió el pelo y le tiró de las orejas. Y al muy idiota le brillaron los ojos de satisfacción. Luego ella le dijo: por qué estás tan triste, Mark, tu tarea no es estar triste, estás aquí para divertirnos. Y él hizo ademán de arrodillarse, diciendo: *madame*..., y ella le cortó, le dijo: oh, por amor de la dulce María, manteneos sobre vuestros dos pies, os favorezco por el simple hecho de prestaros atención, ¿esperáis, creéis que debería hablar con vos como si fueseis un gentilhombre? No puedo, Mark, porque sois una persona inferior. Él dijo: no, no, *madame*, no espero una palabra, a mí me basta con una mirada. Así que ella esperó. Porque pensaba que él ensalzaría el poder de su mirada. Diría que sus ojos eran piedras imanes, y cosas así. Pero él no lo hizo, él sólo se echó a llorar y dijo adiós, y se fue. Le dio la espalda sin más. Y ella se rió. Y luego entramos en su cámara.

—Tomaos el tiempo necesario —dice él.

—Ana dijo: ¿se cree que soy algún artículo del París Garden? Es decir, ya sabéis...

—Sé lo que es el París Garden.

Ella se ruboriza.

—Por supuesto que lo sabéis. Y lady Rochford dijo: estaría bien arrojar a Mark desde una gran altura, como a vuestro perro *Purkoy*. Entonces la reina se echó a llorar. Luego le pegó a lady Rochford. Y lady Rochford dijo: haced eso otra vez y os responderé a bofetadas, porque vos no sois ninguna reina sino la hija de un simple caballero, el señor secretario Cromwell sabe muy bien lo que sois y vuestro tiempo se acaba, *madame*.

—Lady Rochford está anticipándose —dice él.

—Entonces entró Harry Norris.

—Ya estaba preguntándome dónde estaría.

—Y dijo: ¿qué conmoción es ésta? Ana dijo: hacedme un favor, llevaos a la mujer de mi hermano y ahogadla para que pueda tener una nueva, que pueda hacerle algún bien. Y Harry Norris se quedó asombrado. Ana le dijo: ¿no jurasteis que haríais cualquier cosa que yo quisiera? ¿Que iríais andando descalzo a China por mí? Y Harry dijo: ya sabéis que es bromista, dijo, yo creo que fue ir descalzo a Walsingham lo que ofrecí. Sí, dijo ella, a arrepentiros de vuestros pecados allí, porque andáis a la espera de los despojos de los muertos, y si algo malo le pasase al rey, esperaríais poder tenerme a mí.

Él quiere anotar lo que está diciendo Shelton, pero no se atreve a moverse por si ella deja de decirlo.

—Entonces la reina se volvió a mí y dijo: señora

Shelton, ¿os dais cuenta ya de por qué él no se casa con vos? Está enamorado de mí. Eso proclama, y hace mucho que lo hace. Pero no lo demostrará, metiendo a lady Rochford en un saco y llevándola a la orilla del río, algo que yo tanto deseo. Entonces lady Rochford se marchó corriendo.

—Creo que entiendo por qué.

Mary alza la vista.

—Sé que os estáis riendo de nosotras. Pero fue horrible. Para mí lo fue. Porque yo pensaba que era una broma entre ellos el que Harry Norris la amaba, y entonces vi que no lo era. Juro que él se puso pálido y le dijo a Ana: ¿difundiréis todos vuestros secretos o sólo algunos? Y se fue y ni siquiera le hizo una inclinación, y ella corrió detrás. Y no sé lo que dijo, porque estábamos todas paralizadas como estatuas.

Difundir sus secretos. Todos o sólo algunos.

—¿Quién oyó eso?

Ella mueve la cabeza.

—Quizá una docena de personas. No tenían más remedio que oírlo.

Y parece que luego la reina se puso frenética.

—Nos miraba, agrupadas alrededor de ella, y quería que volviese Norris, dijo que había que ir a buscar un sacerdote, dijo que Harry debía jurar que sabía que ella era casta, una buena esposa fiel. Dijo que él debía retirar todo lo que había dicho, y que ella lo retiraría también, y que pondrían las manos en la Biblia de su cámara, y entonces todo el mundo sabría que había sido charla ociosa. Está aterrada pensando que lady Rochford irá al rey.

—Sé que a Jane Rochford le gusta llevar malas noticias. Pero no tan malas como ésas.

No a un marido. Que su querido amigo y su esposa han hablado de su muerte, con vistas a cómo se consolarán ellos después.

Es traición. Posiblemente. Prever la muerte del rey. La ley lo reconoce: qué breve el paso, de soñar a desear hacer. Lo llamamos «imaginar» su muerte: el pensamiento es padre del hecho, y el hecho nace crudo, feo, prematuro. Mary Shelton no sabe lo que ha presenciado. Piensa que es una pelea de enamorados. Cree que es un incidente en su propia larga carrera de amores y de desdichas de amor.

—Yo dudo —dice lentamente— que Harry Norris vaya a casarse ya conmigo, o incluso a molestarse en fingir que se casará conmigo. Si me hubieseis preguntado la semana pasada si le había dado pie la reina, yo os habría dicho no, pero cuando los miro ahora, está claro que esas palabras han pasado entre ellos, esas miradas y ¿cómo puedo saber yo qué hechos? Yo creo..., no sé qué pensar.

—Ya me casaré yo con vos, Mary —dice él.

Ella se ríe, sin poder evitarlo.

—Señor secretario, no lo haréis, vos siempre estáis diciendo que os casaréis con esta dama y con aquélla, pero ya sabemos que os consideráis un gran premio.

—Bueno. Así que otra vez al París Garden. —Se encoge de hombros, sonríe; pero siente la necesidad de ser enérgico con ella, de acelerar—. Oídme bien, ahora debéis ser discreta y guardar silencio. Y lo que debéis hacer, vos y las otras damas, es procurar protegeros.

Mary se debate.

—Las cosas podrían no ir tan mal, ¿verdad? Si el rey se entera, sabrá cómo tomarlo, ¿no? Supondrá que todo son palabras dichas a la ligera. Sin importancia. Es todo conjetura, tal vez yo haya hablado precipitadamente, una no puede saber si ha pasado algo entre ellos, yo no podría jurarlo.

Él piensa: pero lo juraréis; más tarde lo haréis.

—Porque, claro, Ana es mi prima —se le quiebra la voz—. Lo ha hecho todo por mí...

Hasta empujaros al lecho del rey, piensa él, cuando ella estaba embarazada: para mantener a Enrique en la familia.

—¿Qué le pasará a ella? —La mirada de Mary es

solemne—. ¿La dejará él? Se habla de eso pero Ana no lo cree.

—Debe ampliar un poco su credulidad.

—Ella dice: puedo recuperarle siempre, yo sé cómo. Y ya sabéis que siempre lo ha conseguido. Pero haya sucedido lo que haya sucedido con Harry Norris, yo no continuaré con ella, porque sé que me lo quitará y sin ningún escrúpulo, si es que no lo ha hecho ya. Y las damas nobles no pueden relacionarse de ese modo. Y lady Rochford no puede seguir. Y Jane Seymour está retirada, por..., bueno, no diré por qué. Y lady Worcester debe irse a casa por el parto este verano.

Él ve que los ojos de la joven se mueven, calculando, contando. Para ella se plantea un problema: el problema de figurar en la cámara privada de Ana.

—Pero yo supongo que Inglaterra tiene damas suficientes —dice—. Estaría bien que ella empezase de nuevo. Sí, un nuevo comienzo. Lady Lisle, en Calais, quiere enviar a sus hijas. Me refiero a las hijas de su primer marido. Son preciosas y creo que lo harán muy bien en cuanto aprendan.

Es como si Ana Bolena les hubiese sumido en un trance, tanto a los hombres como a las mujeres, de tal modo que no pueden ver lo que está pasando a su alrededor y no pueden captar lo que significan sus propias palabras. Han vivido en la estupidez durante un periodo muy largo.

—Así que escribidle a Honor Lisle —dice Mary, con absoluta seguridad—. Estará en deuda con vos siempre si consigue que sus hijas entren en la corte.

—¿Y vos? ¿Qué haréis?

—Ya lo pensaré —dice ella. Nunca se queda abatida mucho tiempo. Por eso gusta a los hombres. Habrá otras veces, otros hombres, otras maneras. Se pone de pie bruscamente. Le planta un beso en la mejilla.

Es un anochecer de sábado.

Domingo: «Ojalá hubieseis estado aquí esta mañana —dice con satisfacción lady Rochford—. Fue algo digno de verse. El rey y Ana juntos en el ventanal, de modo que todos los que estaban abajo, en el patio, podían verles. El rey ha sabido de la pelea que ella tuvo ayer con Norris. En fin, toda Inglaterra se ha enterado. Era evidente que el rey estaba fuera de sí, tenía la cara roja. Ella estaba inmóvil con las manos cruzadas sobre el pecho... —se lo muestra, con sus propias manos—. Bueno, como la reina Ester, en el gran tapiz del rey...».

Él puede imaginarlo fácilmente, aquella escena de rica textura, cortesanos tejidos agrupados alrcdcdor de su angustiada reina. Una doncella, que parece despreocupada, porta un laúd, tal vez va camino de las habitaciones de Ester; otros murmuran a un lado, las caras lisas de las mujeres alzadas, las cabezas de los hombres inclinadas. Entre esos cortesanos con sus joyas y sus complicados sombreros él ha buscado en vano su propio rostro. Puede que esté en algún otro lugar, conspirando: una madeja rota, un cabo suelto, un nudo de hilos obstinado.

—Cómo Ester —dice—. Sí.

—Ana debía de haber enviado a por la princesita —dice lady Rochford— porque no tardó en llegar una niñera con ella, y Ana se la quita y la coge en brazos, como diciendo: «Marido, ¿cómo podéis dudar de que es vuestra hija?».

—Estáis suponiendo que ésa fue la pregunta que él le hizo. No podíais oír lo que se decía —habla con voz fría; él mismo se sorprende al oírse de su frialdad.

—Desde donde yo estaba, no. Pero dudo que presagiase nada bueno para ella.

—¿No acudisteis a su lado para consolarla, siendo como es vuestra señora?

—No. Fui a buscaros a vos. —Se contiene, el tono se hace súbitamente sobrio—. Nosotras, las mujeres que la servimos, queremos hablar y salvarnos. Tenemos miedo a que ella no sea sincera y que luego se nos eche la culpa por ocultarlo.

—En el verano —dice él—, no el verano pasado sino el anterior, me dijisteis que creíais que la reina estaba desesperada por conseguir un hijo, y tenía miedo de que el rey no pudiese darle uno. Dijisteis que no era capaz de satisfacer a la reina. ¿Lo repetiréis ahora?

—Me sorprende que no tengáis una nota de nuestra charla.

—Una charla larga y, por lo que se refiere a vos, mi señora, más llena de insinuaciones que de hechos. Quiero saber qué es lo que diríais, si se os hiciese declarar bajo juramento ante un tribunal.

—¿Quién va a ser juzgado?

—Eso es lo que estoy intentando determinar. Con vuestra amable ayuda.

Oye cómo salen esas frases de él. Con su amable ayuda. No os ofendáis. Con todo respeto a Su Majestad.

—Ya sabéis lo que ha pasado con Norris y Weston —dice ella—. Cómo han proclamado su amor por ella. No son los únicos.

—¿No lo tomáis como sólo una forma de cortesía?

—Nadie anda serpenteando por ahí en la oscuridad por cortesía. Yendo y viniendo en barcas. Deslizándose por las puertas a la luz de una antorcha. Sobornando a los porteros. Eso lleva sucediendo desde hace dos años e incluso más. Tendríais que ser listo para atrapar a alguno de ellos. —Hace una pausa para asegurarse de que cuenta con la atención de él—. Digamos que la corte está en Greenwich. Ves a cierto gentilhombre, uno que sirve al rey. Y supones que ha terminado su servicio y te imaginas que está en el campo; pero luego estás haciendo sus tareas con la reina y lo ves escurriéndose por una esquina. Piensas: ¿qué haces tú aquí? ¿Eres tú, Norris? He pensado muchas veces que uno de ellos está en Westminster y luego le veo de pronto en Richmond. O se supone que está en Greenwich y aparece en Hampton Court.

—Si intercambian entre ellos sus deberes, no tiene importancia.

—Pero yo no me refiero a eso. No son los tiempos, señor secretario. Son los lugares. Es la galería de la reina, es su antecámara, es su umbral, y a veces la escalera del jardín, o una puertecita que se deja sin cerrar por un descuido.

Se inclina hacia delante y roza con las yemas de los dedos la mano de él, que reposa sobre los papeles.

—Yo me refiero a que vienen y van de noche. Y si alguien pregunta por qué tienen que estar allí, dicen que llevan un mensaje privado del rey, que no pueden decir para quién.

Él asiente. La cámara privada lleva mensajes no escritos, es una de sus tareas. Van y vienen entre el rey y sus pares, a veces entre el rey y embajadores extranjeros, y sin duda entre el rey y su esposa. No toleran que se los interrogue. No se les puede obligar a rendir cuentas.

Lady Rochford se echa hacia atrás en su asiento. Dice suavemente:

—Antes de que estuviesen casados, ella solía practicar con Enrique a la manera francesa. Ya sabéis lo que quiero decir.

—No tengo ni idea de lo que queréis decir. ¿Habéis estado vos alguna vez en Francia?

—No. Creí que vos habíais estado.

—Como soldado. Entre los militares, el *ars amatoria* no es refinada.

Ella considera esto. Se desliza en su voz cierta dureza.

—Deseáis avergonzarme para que no diga lo que debo decir, pero no soy ninguna muchachita virgen, no veo razón alguna para no hablar. Ella indujo a Enrique a poner su semilla de una forma distinta a como debería. Así que ahora él la reprende a gritos, por haber sido la causa de que hiciese eso.

—Oportunidades perdidas. Comprendo.

Semilla desperdiciada, que se ha derramado por

alguna grieta de su cuerpo o garganta abajo. Cuando él podría haberla depositado a la honrada manera inglesa.

—Él dice que es una forma sucia de obrar. Pero Enrique, Dios lo ampare, no sabe dónde empieza la suciedad. Mi marido George está siempre con Ana. Pero ya os lo he dicho antes.

—Él es su hermano, supongo que es natural.

—¿Natural? ¿Así es como lo llamáis?

—Mi señora, sé que os gustaría que fuese un crimen ser un hermano amoroso y un marido frío. Pero no hay ninguna ley que diga eso, y no hay ningún precedente que os ayude —vacila—. No creáis que no siento simpatía hacia vos.

Porque ¿qué puede hacer una mujer como Jane Rochford cuando las circunstancias están en contra suya? Una viuda bien provista puede ser algo en el mundo. La esposa de un mercader puede, con diligencia y buen juicio, tomar en sus manos los asuntos del negocio, y atesorar un acopio de oro. Una mujer laboriosa mal usada por un marido puede alistar amigos robustos, que se plantarán fuera de su casa toda la noche y darán golpes en las contras hasta que el patán sin afeitar salga en camisa tras ellos, y ellos le levanten la camisa y se burlen de su miembro. Pero una mujer noble y joven no tiene ningún medio de socorrerse. No tiene más poder del que tiene un asno: su única esperanza reside en que tenga un amo que escatime el látigo.

—Habéis de saber —dice él— que vuestro padre, lord Morley, es un erudito al que yo tengo en gran estima. ¿Nunca habéis buscado su consejo?

—¿De qué vale eso? —dice, burlona—. Cuando nos casamos él dijo que estaba haciendo lo que era mejor para mí. Es lo que dicen los padres. Prestó menos atención a casarme con un Bolena de la que habría prestado para vender el cachorro de un sabueso. Si pensáis que hay una perrera caliente y un plato con restos de carne,

¿qué más necesitáis saber? No le preguntáis al animal lo que quiere.

—¿Nunca habéis pensado entonces en que podríais liberaros de vuestro matrimonio?

—No, señor Cromwell. Mi padre lo preparó todo muy bien. Todo lo bien que podríais esperar de un amigo vuestro. Ninguna promesa previa, ningún contrato previo, ni sombra siquiera de uno. Ni siquiera vos y Cranmer podríais, entre los dos, conseguir una anulación. El día de la boda nos sentamos a cenar con nuestros amigos y George me dijo: sólo estoy haciendo esto porque mi padre me dice que debo. Una cosa agradable de oír, estaréis de acuerdo, para una chica de veinte años que albergaba esperanzas de amor. Y yo lo desafié, le respondí lo mismo: si mi padre no me obligase, estaría lejos de vos, señor. Y luego se apagó la luz y nos metimos en la cama. Él estiró la mano y me tocó el pecho y dijo: he visto muchos de éstos, y mucho mejores. Dijo: tumbaos, abrid el cuerpo, cumplamos con nuestro deber y hagamos a mi padre abuelo, y luego si tenemos un hijo podremos vivir separados. Yo le dije: entonces hacedlo si creéis que podéis, quiera Dios que seáis capaz de plantar la semilla esta noche, y entonces podréis retirar vuestro plantador y yo no tendré necesidad de volver a verlo nunca más. —Una risita—. Pero soy estéril, como veis. O eso debo creer. Puede ser que la semilla de mi marido sea mala o débil. Dios sabe, él la gasta en ciertos lugares dudosos. Oh, él es un evangelista, George es eso, sí, que san Mateo lo guíe y que san Lucas lo proteja. Ningún hombre tan piadoso como George, la única falta que le encuentra a Dios es que hizo a la gente con demasiados pocos orificios. Si George pudiese encontrar una mujer con un coñito en el sobaco, exclamaría: «Bendito sea Dios» y le pondría una casa y la visitaría todos los días, hasta que dejase de ser una novedad. Para George nada está prohibido, sabéis. Sería capaz de hacerlo con una perra si le menease el rabo y dijese guau, guau.

Por una vez él se queda callado. Sabe que nunca podrá borrar de su mente la imagen de George en un peludo abrazo con una perrita ratonera.

Ella dice:

—Temo que me haya transmitido una enfermedad y que sea por eso por lo que no he concebido nunca un niño. Creo que hay algo que está destruyéndome por dentro. Creo que podría morir de ello un día.

Ella le había pedido una vez: si muriese de pronto, que abran mi cadáver para mirar dentro. Por entonces pensaba que Rochford podría envenenarla; ahora está segura de que lo ha hecho. Él murmura:

—Mi señora, habéis soportado mucho. —Alza la vista—. Pero ésa no es la cuestión. Si George sabe algo sobre la reina que debería decirse al rey, puedo llamarle para que atestigüe, pero no puedo saber si hablará. Difícilmente puedo forzar a un hermano contra su hermana.

Ella dice:

—No estoy hablando de que él actúe como testigo. Estoy hablándoos de que él pasa tiempo en la cámara de ella. Sólo con ella. Y la puerta cerrada.

—¿En conversación?

—He estado en la puerta y no he oído ninguna voz.

—Quizá —dice él— estén juntos en oración silenciosa.

—Les he visto besarse.

—Un hermano puede besar a su hermana.

—No puede, no de aquel modo.

Él coge la pluma.

—Lady Rochford, yo no puedo escribir: «Él la besó de aquel modo».

—La lengua de él en la boca de ella. Y la de ella en la de él.

—¿Queréis que anote eso?

—Si teméis no recordarlo.

Él piensa: si esto se dijese ante un tribunal de justicia habría un alboroto en la ciudad, si se mencionase en el

Parlamento los obispos se agitarían en sus bancos. Espera, con la pluma dispuesta.

—¿Por qué haría ella eso, un crimen tal contra natura?

—Para reinar mejor. ¿Es que no os dais cuenta? Ella tiene suerte con Elizabeth, la niña es como ella. Pero imaginad que tiene un hijo y que sale con la cara larga de Weston... o que se parece a Will Brereton, ¿qué podría decir a eso el rey? Pero no pueden llamarlo bastardo si parece un Bolena.

Brereton también. Toma nota. Recuerda que Brereton bromeó en una ocasión con él diciendo que podría estar en dos sitios a la vez: un chiste estremecedor, un chiste hostil, y ahora, piensa él, ahora por fin río yo. Lady Rochford dice:

—¿Por qué sonreís?

—He oído que en las habitaciones de la reina, entre sus amantes, se hablaba de la muerte del rey. ¿Se unió George alguna vez a eso?

—Si Enrique supiese cómo se ríen de él, bastaría eso para matarle. Cómo se habla de su miembro.

—Quiero que lo penséis bien —dice él—. Que estéis segura de lo que estáis haciendo. Si prestáis testimonio contra vuestro marido, en un tribunal de justicia o ante el consejo del rey, podréis veros luego en los años futuros como una mujer muy sola.

El rostro de ella dice: ¿tan rica en amistades soy ahora?

—No se me hará responsable a mí —dice—. Se os hará a vos, señor secretario. Se me considera una mujer de no mucho ingenio ni penetración. Y vos sois lo que sois, un hombre de recursos que no ahorra ninguno. Se pensará que vos me sacasteis la verdad, quisiese yo decirla o no.

A él le parece que poco más necesita decirse.

—Con el fin de apoyar esta idea, será necesario que contengáis vuestra satisfacción y finjáis pesar. Una vez que sea detenido George, deberíais solicitar clemencia para él.

—Eso puedo hacerlo. —Jane Rochford saca la punta de la lengua, como si el momento estuviese azucarado y pudiese gustarlo—. Estoy segura, pues el rey no hará ningún caso, puedo garantizarlo.

—Seguid mi consejo. No habléis con nadie.

—Seguid mi consejo. Hablad con Mark Smeaton.

Él le dice:

—Voy a ir a mi casa de Stepney. He dicho a Mark que vaya a cenar.

—¿Por qué no recibirlo aquí?

—Ya ha habido bastante alboroto, ¿no creéis?

—¿Alboroto? Oh, ya entiendo —dice ella.

Observa cómo se va. Antes de que se cierre la puerta están en la habitación con él Rafe y Llamadme Risley. Pálidos y decididos, serenos los dos: eso le indica que no han estado escuchando.

—El rey desea que se inicien las indagaciones —dice Wriothesley—. Máxima discreción, pero toda la rapidez posible. No puede ignorar ya lo que se dice, después del incidente. La pelea. No ha hablado con Norris.

—No —dice Rafe—. Los gentilhombres de la cámara privada piensan que ya ha pasado todo. La reina se ha calmado, según todas las referencias. Las justas siguen adelante mañana como siempre.

—Me pregunto —dice él—... ¿Irías tú, Rafe, a ver a Richard Sampson, y a decirle, *entre nous*, que las cosas se nos han escapado de las manos? Tal vez no sea necesaria una demanda por nulidad después de todo. O al menos yo creo que la reina estará dispuesta a acceder a cualquier cosa que el rey requiera de ella. No le quedan muchas posibilidades de negociación. Creo que tenemos a Henry Norris a tiro de flecha. A Weston. Oh, y a Brereton también.

Rafe Sadler enarca las cejas.

—Yo habría dicho que la reina apenas lo conocía.

—Parece ser que tiene la costumbre de entrar en el momento inapropiado.

—Parecéis muy tranquilo, señor —dice Llamadme.

—Sí. Aprended de mí.

—¿Qué dice lady Rochford?

Él frunce el ceño.

—Rafe, antes de que vayas a ver a Sampson, siéntate ahí, en la cabecera de la mesa. Finge que somos el consejo del rey, reunido en sesión privada.

—¿Todos ellos, señor?

—Norfolk y Fitzwilliam y todos. Ahora, Llamadme, vos sois una dama de la cámara del lecho de la reina. A vuestros pies. ¿Debemos hacer una reverencia? Gracias. Ahora, yo soy un paje que os lleva un taburete. Y un cojín en él. Sentaos y dirigid una sonrisa a los consejeros.

—Si os place —dice Rafe, inseguro; pero luego el espíritu del asunto se apodera de él. Se echa hacia delante y acaricia a Llamadme bajo la barbilla—. ¿Qué tenéis que contarnos, delicada *madame*? Hablad, os lo ruego, moved vuestros labios de rubí.

—Esta bella dama alega —dice él, Cromwell, con un gesto de la mano— que la reina es de liviana condición. Que su conducta da lugar a sospechas de que obra mal, de que desobedece las leyes de Dios, aunque nadie haya presenciado actos contrarios a las normas.

Rafe carraspea.

—Alguien podría preguntar, *madame*, por qué no hablasteis de esto antes.

—Porque era traición hablar contra la reina. —El señor Wriothesley es hombre muy dispuesto y fluyen de él excusas doncelliles—. No teníamos más opción que protegerla. ¿Qué podíamos hacer más que razonar con ella, y persuadirla de que abandonase su liviana conducta? Y sin embargo no pudimos. Nos mantenía asustadas. Tiene celos de cualquiera que tenga un admirador. Quiere cogerlo para ella. Amenaza a cualquiera que piense que ha errado sin ningún escrúpulo, sea matrona o doncella, y puede destruir de ese modo a una mujer, mirad a Elizabeth Worcester.

—¿Así que ahora ya nada os impide hablar?

—Ahora romped a llorar, Wriothesley —le instruye él.

—Consideradlo hecho. —Llamadme se enjuga la mejilla.

—Toda una obra de teatro —dice él, y suspira—. Ojalá pudiéramos ya todos quitarnos los disfraces e irnos a casa.

Él está pensando en Sion Madoc, un barquero del río en Windsor: «Ella se lo hace con su hermano».

Thurston, su cocinero: «Se ponen de pie en fila meneando el rabo».

Recuerda lo que le contó Thomas Wyatt: «Ésa es la táctica de Ana, ella dice que sí, sí, sí, luego dice no... Lo peor de todo es que me insinúa, ufanándose casi, que me dice no a mí, pero sí a otros».

Él le había preguntado a Wyatt: «¿Cuántos amantes creéis que tiene?». Y Wyatt había respondido: «¿Una docena? ¿O ninguno? ¿O un centenar?».

Él por su parte había considerado a Ana fría, una mujer que llevaba su himen al mercado y lo vendía por el mejor precio. Pero esa frialdad..., eso era antes de que se casara. Antes de que Enrique se le pusiera encima, y se fuera después, y ella se quedara, al regresar él a sus habitaciones, con los círculos balanceantes de la luz de las velas en el techo, los murmullos de sus mujeres, la jofaina con agua caliente y la ropa: y la voz de lady Rochford mientras ella se limpia: «Con cuidado, *madame*, no vayáis a derramar un príncipe de Gales». Pronto se queda sola en la oscuridad, con el olor a sudor masculino en la ropa de cama, y tal vez una doncella inútil dando vueltas y resollando en un lecho de paja: está sola con los pequeños sonidos del río y de palacio. Y habla, y nadie contesta, salvo la muchacha que murmura en su sueño: reza y nadie contesta; y se vuelve de costado y se pasa las manos por los muslos, se acaricia los pechos.

Así que ¿qué si un día es sí, sí, sí? ¿A cualquiera que dé la casualidad de que esté al lado cuando el hilo de su virtud se rompa? ¿Aunque se trate de su hermano?

Él les dice a Rafe y a Llamadme:

—He oído cosas hoy que nunca creí que oiría de un país cristiano.

Los jóvenes gentilhombres esperan: los ojos fijos en su rostro. Llamadme Risley dice:

—¿Soy aún una dama o he de tomar asiento y coger la pluma?

Él piensa: qué hacemos aquí en Inglaterra, enviamos a nuestros hijos a otras casas cuando son pequeños, y así no es raro que un hermano y una hermana se encuentren, cuando ya son mayores, como si lo hiciesen por primera vez. Piensa cómo debe de ser entonces: ese desconocido fascinante al que conoces, ese espejo de ti. Te enamoras, sólo un poco: por una hora, una tarde. Y luego haces broma de ello; el sedimento residual de ternura persiste. Es un sentimiento que civiliza a los hombres, y les hace comportarse mejor con las mujeres que dependen de ellos de lo que si no podrían hacerlo. Pero ir más allá, invadir carne prohibida, dar el gran salto de un pensamiento fugaz a la acción... Los sacerdotes te dirán que la tentación se convierte en pecado enseguida y que apenas si cabe un cabello entre ellos. Pero eso seguramente no es verdad. Besas la mejilla de la mujer, muy bien; ¿luego la muerdes en el cuello? Dices: «Dulce hermana», ¿y luego en el minuto siguiente la echas de espaldas y le alzas las faldas? Seguramente no. Hay un espacio que cruzar y botones que desabrochar. No te pones a hacerlo, sonámbulo. No fornicas sin darte cuenta. No dejas de ver a la otra parte, quién es. Ella no oculta la cara.

Pero, entonces, puede que Jane Rochford esté mintiendo. Tiene motivos para ello.

—No me quedo a menudo perplejo —dice— respecto a cómo debo proceder, pero lo cierto es que debo lidiar con un asunto del que casi no me atrevo a hablar. Sólo puedo describirlo parcialmente, así que no sé cómo redactar un pliego de cargos. Me siento como uno de esos hombres que exhiben un monstruo en una feria.

En una feria los pueblerinos borrachos tiran su dinero y luego desdeñan lo que les ofreces. «¿Llamáis un monstruo a eso? ¡Eso no es nada comparado con la madre de mi mujer!»

Y todos sus compadres se dan palmadas en la espalda y ríen.

Pero entonces tú les dices: bueno, vecinos, os enseñé esto sólo para poner a prueba vuestro temple. Pagad un penique más y os enseñaré lo que tengo en la parte de atrás de la tienda. Es un espectáculo que puede hacer temblar a hombres endurecidos. Y os garantizo que nunca habéis visto una obra del diablo como ésta.

Y entonces ellos miran. Y se vomitan en las botas. Y tú cuentas el dinero. Y lo guardas en la caja fuerte.

Mark en Stepney.

—Ha traído su instrumento —dice Richard—. El laúd.

—Dile que lo deje fuera.

Aunque estaba alegre antes, ahora se muestra receloso, vacilante. En el umbral:

—Yo pensaba, señor, que venía para divertiros...

—No lo dudéis.

—Creí que habría mucha gente, señor.

—Conocéis a mi sobrino, el señor Richard Cromwell.

—De todos modos, me gustaría mucho tocar para vos. ¿Queréis tal vez que oiga a vuestros niños cantores?

—Hoy no. Dadas las circunstancias podríais sentiros tentado a alabarlos en exceso. Pero ¿os sentaréis y tomaréis un vaso de vino con nosotros?

—Sería un acto de caridad el que pudieseis indicarnos un maestro de rabel —dice Richard—. Sólo tenemos uno y siempre está escapándose a Farnham a ver a su familia.

—Pobre muchacho —dice él en flamenco—, debe de tener nostalgia.

Mark alza la vista.

—No sabía que hablaseis mi idioma.

—Ya sé que no lo sabíais. Porque no lo habríais usado para hablar insolentemente de mí si lo hubieseis sabido.

—Estoy seguro, señor, de que nunca pretendí ofenderos. —Mark no puede recordar lo que ha dicho o no ha dicho sobre su anfitrión. Pero su cara muestra que recuerda el tenor general de ello.

—Dijisteis que sería ahorcado. —Extiende las manos—. Sin embargo, vivo y respiro. Pero tengo un problema y, aunque no os agrado, no tengo más elección que acudir a vos. Así que os ruego que me ayudéis.

Mark se sienta, los labios ligeramente separados, la espalda rígida y un pie apuntando hacia la puerta, que indica que le gustaría mucho estar al otro lado de ella.

—Mirad —junta las palmas: como si Mark fuese un santo colocado en un pedestal—. Mi señor el rey y mi señora la reina están enfadados. Todo el mundo lo sabe. Ahora, mi más caro deseo es reconciliarlos. Por el bien de todo el reino.

Hay que conceder esto al muchacho: no carece de temple.

—Pero, señor secretario, lo que en la corte se dice es que vos os habéis unido a los enemigos de la reina.

—Para descubrir mejor sus prácticas —dice él.

—Ojalá pudiese creer eso.

Ve que Richard se mueve en el taburete, impaciente.

—Vivimos tiempos amargos —dice él—. No recuerdo ningún periodo de tensión y de pesadumbre como éste, al menos desde la caída del cardenal. Lo cierto es que no os culpo, Mark, de que os resulte difícil confiar en mí, hay tanto malestar en la corte que nadie confía en nadie. Pero acudí a vos porque vos estáis próximo a la reina, y los otros gentilhombres no me ayudarán. Puedo recompensaros, y me aseguraré de que tengáis todo lo que merezcáis, si sois capaz de darme algún acceso a los deseos de la reina. Necesito saber por qué es tan desgraciada, y qué puedo hacer para remediarlo. Pues es improbable que llegue a concebir un heredero mientras su mente esté agitada. Y si ella pudiese hacer eso: ah, entonces todas nuestras lágrimas se secarían.

Mark alza la vista.

—Bueno, no es nada extraño que se sienta desgraciada —dice—. Está enamorada.

—¿De quién?

—De mí.

Él, Cromwell, se inclina hacia delante, los codos en la mesa. Luego alza una mano para taparse la cara.

—Estáis asombrado —sugiere Mark.

Eso es sólo una parte de lo que siente. Creí, se dice, que esto sería difícil. Pero es como coger flores. Baja la mano y mira resplandeciente al muchacho.

—No tan asombrado como podríais pensar. Pues os he observado y he visto los gestos de ella, sus miradas elocuentes, sus muchas indicaciones de favor. Y si muestra eso en público, ¿qué no será en privado? Y por supuesto no es ninguna sorpresa, cualquier mujer se sentiría atraída por vos. Un joven tan apuesto.

—Aunque nosotros pensábamos que erais un sodomita —dice Richard.

—¡Yo no, señor! —Mark se ruboriza—. Soy un hombre tan bueno como cualquiera de ellos.

—¿Así que la reina daría buenas referencias de vos? —pregunta él, sonriendo—. ¿Os ha probado y os ha hallado de su gusto?

La mirada del muchacho se desliza desviándose, como una pieza de seda sobre cristal.

—No puedo hablar de eso.

—Por supuesto que no. Pero nosotros debemos extraer nuestras conclusiones. Ella no es una mujer inexperta, creo yo, no se interesaría por cualquier cosa que no fuese una actuación magistral.

—Nosotros, los pobres —dice Mark—, los hombres que hemos nacido pobres, no somos en modo alguno inferiores en ese sentido.

—Cierto —dice él—. Aunque los gentilhombres procuran por todos los medios que no lo sepan las damas.

—Porque, si no —dice Richard—, todas las duquesas andarían retozando por el bosque con un leñador.

Él no puede evitar reírse.

—Sólo que hay tan pocas duquesas y tantos leñadores. Tiene que haber una competencia entre ellos, ¿verdad que sí?

Mark le mira como si estuviese profanando un misterio sagrado.

—Si os referís a si ella tiene otros amantes, nunca se lo he preguntado, no se lo preguntaría, pero sé que están celosos de mí.

—Quizá ya los haya probado y la hayan decepcionado —dice Richard—. Y aquí Mark se lleve el premio. Os felicito, Mark. —Con qué abierta sencillez cromwelliana se inclina hacia delante y pregunta—: ¿Con qué frecuencia?

—No debe de resultar fácil aprovechar la oportunidad —sugiere él—. Aunque las damas de ella ayuden.

—No son amigas mías tampoco —dice Mark—. Hasta negarían lo que yo os he contado. Ella son amigas de Weston, Norris, esos señores. Yo no soy nada para ellas, me revuelven el pelo y me llaman sirviente.

—La reina es vuestra única amiga —dice él—. ¡Pero qué amiga! —Hace una pausa—. En determinado momento, será necesario que digáis quiénes son los otros. Nos habéis dado dos nombres. —Mark alza la vista, consternado, ante el cambio de tono—. Ahora nombradlos a todos. Y contestad al señor Richard. ¿Con qué frecuencia?

El muchacho se ha quedado paralizado bajo su mirada. Pero al menos ha disfrutado de su momento de gloria. Al menos puede decir que cogió por sorpresa al señor secretario: lo que pocos hombres que estén ahora vivos pueden decir.

Espera por Mark.

—Bueno, tal vez hagáis bien en no hablar. Mejor ponerlo por escrito, ¿no? He de decir, Mark, que mis ayudantes están tan asombrados como yo. Les temblarán los dedos y mancharán la página de tinta. E igual de asombrado se quedará el consejo el rey, cuando se entere de vuestros éxitos. Habrá muchos señores que os envidiarán. No podéis esperar su simpatía. «Smeaton, ¿cuál es vuestro secreto?», os preguntarán. Vos os sonrojaréis y diréis: «Ah, caballeros, no puedo decirlo». Pero lo diréis todo, Mark, porque os obligarán a hacerlo. Y lo haréis libremente o lo haréis a la fuerza.

Aparta la vista del muchacho, porque la cara de éste se desploma en el desmayo, mientras el cuerpo empieza a temblar: cinco minutos de arrebato impulsivo, en una vida ingrata, y los dioses, como comerciantes nerviosos, le pasan sus cuentas. Mark ha vivido un cuento ideado por él, en el que la bella princesa oye en su torre, al otro lado del ventanal, una música de dulzura celestial. Mira fuera y ve a la luz de la luna al humilde músico con su laúd. Pero a menos que el músico resulte ser un príncipe disfrazado, esa historia no puede terminar bien. Las puertas se abren e irrumpe en rostros ordinarios, la superficie del sueño se hace añicos: estás en Stepney en una noche cálida a principios de primavera, el último canto de un pájaro se apaga en el rumor del crepúsculo, traquetea en algún lugar un cerrojo, arrastran por el suelo un taburete, ladra un perro debajo de la ventana y Thomas Cromwell te dice: «Todos queremos cenar, vamos, aquí hay papel y tinta. Aquí está el señor Wriothesley, él escribirá para nosotros».

—Yo no puedo dar ningún nombre —dice el muchacho.

—¿Queréis decir que la reina no tiene ningún amante más que vos? Os dice eso. Pero yo creo, Mark, que ha estado engañándoos. Cosa que podría fácilmente hacer, tenéis que admitirlo, si ha estado engañando al rey.

—No. —El pobre muchacho mueve la cabeza—. Creo que ella es casta. No sé cómo llegué a decir lo que dije.

—Tampoco yo lo sé. Nadie os había hecho daño, ¿verdad? Ni os había coaccionado ni engañado... Hablasteis libremente. El señor Richard es mi testigo.

—Lo retiro.

—No creo que podáis.

Hay una pausa, mientras la habitación se reordena, las personas se sitúan en el paisaje del anochecer. El señor secretario dice:

—Hace frío, deberíamos tener un fuego encendido.

Una simple petición doméstica, y sin embargo Mark piensa que están pensando en quemarlo. Se levanta bruscamente de su taburete y se dirige a la puerta; quizá el primer detalle de juicio que muestra, pero allí está Christophe, corpulento y amistoso, para disuadirlo. «Sentaos, niño bonito», dice Christophe.

Han puesto ya la leña. Lleva mucho tiempo reavivar la llama. Un pequeño crepitar bienvenido y el criado se retira, limpiándose las manos en el delantal, y Mark ve cómo la puerta se cierra tras él, con una expresión perdida que puede ser envidia, porque preferiría ser un pinche de cocina ahora o el muchacho que limpia las letrinas.

—Ay, Mark —dice el señor secretario—. La ambición es un pecado. Eso me dicen. Aunque yo nunca he visto que sea algo diferente a utilizar tus talentos, como la Biblia nos manda hacer. Así que aquí estáis vos y aquí estoy yo, y los dos servimos al cardenal en una época. Y si él pudiese vernos aquí sentados esta noche, sabéis, no creo que se sorprendiese lo más mínimo... Ahora vayamos al asunto. ¿A quién desplazasteis vos en el lecho de la reina?, ¿fue a Norris? ¿O quizá tenéis una lista, como las sirvientas de cámara de la reina?

—No sé. Lo retiro. No puedo dar ningún hombre.

—Es una vergüenza que tengáis que sufrir solo, si otros son culpables. Y, por supuesto, son más culpables que vos, pues ellos son gentilhombres a los que el rey ha recompensado personalmente y hecho grandes, y todos ellos hombres educados, y algunos de edad madura; mientras que vos sois simple y joven, y tan digno de ser compadecido como castigado, diría yo. Habladnos ya de vuestro adulterio con la reina y de lo que sabéis de sus tratos con otros hombres, y luego si vuestra confesión es rápida y completa, clara y detallada, es posible que el rey muestre clemencia.

Mark apenas lo oye. Le tiemblan las extremidades y se le acelera la respiración, está empezando a llorar y se le traban las palabras. Lo mejor ahora es la sencillez, preguntas rápidas que exijan respuestas sencillas. Richard le preguntará: «¿Veis a esa persona de ahí?». Christophe se señala a sí mismo, por si Mark tiene alguna duda. «¿Creéis que es un individuo agradable? —pregunta Richard—. ¿Os gustaría pasar diez minutos solo con él?»

—Cinco bastarían —predice Christophe.

Él dice:

—Os expliqué, Mark, que el señor Wriothesley anotará lo que digamos. Pero no necesariamente lo que hacemos. ¿Entendéis? Eso quedará sólo entre nosotros.

Mark dice:

—Madre María, ayudadme.

El señor Wriothesley dice:

—Podemos llevaros a la Torre, donde hay un potro de tortura.

—Wriothesley, ¿puedo hablar un momento con vos aparte?

Indica a Llamadme que salga de la habitación y en el umbral habla en voz baja.

—Es mejor no especificar la naturaleza del dolor. Como dice Juvenal, la mente es su propio mejor torturador. Además, no deberíais hacer amenazas vacías. Yo no le haré pasar por el potro. No quiero que tengan que llevarle ante el tribunal en una silla. Y si necesitase hacer pasar por el potro a un triste muchachito como éste..., ¿después qué? ¿Pisotear lirones?

—Acepto la regañina —dice el señor Wriothesley.

Él le pone una mano en el brazo.

—No importa. Lo estáis haciendo muy bien.

Se trata de un asunto que pone a prueba al más experimentado. Él recuerda aquel día en la forja en que un hierro caliente le había quemado la piel. No había más salida que resistir el dolor. Abrió la boca y brotó un grito y golpeó en la pared. Su padre corrió hasta él y dijo: «Cruza las manos», y le ayudó con el agua y el bálsamo, pero después le dijo: «Eso nos ha pasado a todos. Así es como se aprende. Aprendes a hacer las cosas tal como te enseñó tu padre, y no por algún método estúpido que hayas podido encontrar hace media hora».

Él piensa en eso: al volver a la habitación, le preguntará a Mark: «¿Sabéis que podéis aprender del dolor?».

Pero, le explica, las circunstancias deben ser adecuadas. Para aprender, debes tener un futuro: ¿y si alguien ha elegido ese dolor para ti y van a infligírtelo todo el tiempo que quieran, y sólo cesará cuando hayas muerto? Tal vez puedas dar un sentido a tu sufrimiento. Puedes ofrecerlo por las ánimas del Purgatorio, si crees en el Purgatorio. Eso podría resultar en el caso de los santos, cuyas almas son de un blanco resplandeciente. Pero no en el caso de Mark Smeaton, que está en pecado mortal, que es un adúltero confeso. Él dice: «Nadie quiere que vos sufráis, Mark. No le hace bien a nadie, nadie está interesado en eso. Ni siquiera el propio Dios, y desde luego yo no. De nada me valen los gritos. Yo quiero palabras que tengan sentido. Palabras que pueda transcribir. Ya las habéis dicho y será bastante fácil decirlas otra vez. Así que ahora, ¿cuál es vuestra elección? La responsabilidad es vuestra. Habéis hecho suficiente, por vuestra cuenta, para condenaros. No nos convirtáis a todos nosotros en pecadores».

Es posible que sea necesario, incluso ahora, grabar en la imaginación del muchacho las etapas de la ruta que le espera: el camino desde la habitación de confinamiento hasta el lugar de sufrimiento: la espera, mientras se desenrolla la cuerda o se pone a calentar el hierro inocente. En ese espacio, se retiran todos los pensamientos que ocupan la mente y se sustituyen por el terror ciego. Se te vacía el cuerpo y se llena de pánico. Te fallan los pies, te cuesta trabajo respirar. Los ojos y los oídos funcionan pero la cabeza no puede dar sentido a lo que se ve y lo que se oye. Se tergiversa el tiempo, los instantes se convierten en días. Los rostros de tus torturadores surgen como gigantes o resultan inverosímilmente lejanos, pequeños, como motas. Se dicen palabras: traedle aquí, sentadle, ahora es el momento. Eran palabras vinculadas a otros sentidos vulgares, pero, si sobrevives, ése será ya el único sentido que tengan, y el sentido es dolor. El hierro silba cuando lo separan de la llama. La cuerda se dobla como una serpiente, forma un lazo, y espera. Es demasiado tarde para ti. Ya no hablarás, porque se te ha hinchado la lengua y te ha llenado la boca, y el lenguaje se te atraganta. Más tarde hablarás, cuando te retiren de la maquinaria y te depositen en la paja. Lo he soportado, dirás. He conseguido superarlo. Y la piedad y el amor a ti mismo abrirán tu corazón con un chasquido, de manera que al primer gesto de bondad (por ejemplo, una manta o un sorbo de vino) tu corazón se desbordará, tu lengua no parará. Fluirán las palabras. No te llevaron a esa habitación para pensar, sino para sentir. Y al final has sentido demasiado.

Pero Mark se ahorrará eso porque ahora alza la vista:

—Señor secretario, ¿me dirá de nuevo cómo debe ser mi confesión? Clara y... ¿qué más? Había cuatro cosas pero ya las he olvidado.

Está atrapado en una espesura de palabras y cuanto más se debate, más profundamente le rasgan la carne las espinas. Si resulta adecuado, se le puede hacer una traducción, aunque su inglés ha sido siempre bastante bueno.

—Pero entendedme, señor, no puedo deciros lo que no sé.

—¿No podéis? Entonces tenéis que ser mi huésped esta noche. Christophe, tú puedes encargarte de eso, creo. Por la mañana, Mark, os sorprenderán vuestros propios poderes. Tendréis la cabeza clara y una memoria perfecta. Comprenderéis que es contrario a vuestros intereses proteger a los gentilhombres que comparten vuestro pecado. Porque si las posiciones se invirtiesen, creedme, ellos no tendrían la menor consideración con vos.

Observa cómo Christophe se lleva a Mark de la mano, como podría llevar uno a un simple. Indica a Richard y a Llamadme con un gesto que pueden ir a cenar. Él se había propuesto unirse a ellos, pero se da cuenta de que no quiere nada, o sólo un plato que comía cuando era un muchacho, una simple ensalada de verdolaga, las hojas cogidas aquella mañana y envueltas durante todo el día en un paño húmedo. Lo comía entonces por falta de algo mejor y no alejaba el hambre. Ahora tiene suficiente con eso. Cuando la caída del cardenal, había encontrado puestos para muchos de sus criados pobres, quedándose él mismo con algunos; si Mark hubiese sido menos insolente, podría haberlo cogido también. Si hubiese sido así, no sería ahora lo que era, un ser destruido. Sus presunciones habrían sido bondadosamente ridiculizadas, hasta que se hiciese más viril. Su pericia habría sido prestada a otras casas y se le habría mostrado de ese modo cómo valorarse y apreciar su tiempo. Se le habría mostrado cómo podría ganar dinero por su cuenta y se le habría puesto en camino hacia una esposa: en vez de perder sus mejores años rezongando y riñendo a la puerta de las habitaciones de la esposa de un rey, que lo cogería del codo y le arrancaría la pluma del sombrero.

A media noche, después de que todos los de la casa se han retirado, lleva un mensaje del rey, para comunicar que ha cancelado la visita a Dover de esa semana. Sin embargo, las justas seguirán adelante. Norris está apuntado, y George Bolena. Están incluidos en equipos opuestos, uno de los atacantes y otro de los defensores: tal vez se hagan daño uno a otro.

No duerme. Sus pensamientos fluyen a la carrera. Piensa: nunca estuve despierto en la cama una noche por amor, aunque los poetas me cuenten que es lo que procede. Ahora estoy despierto en la cama por su contrario. Pero no, no odia a Ana, le es indiferente. Ni siquiera odia a Francis Weston, más de lo que uno puede odiar a un mosquito que le pica; sólo te preguntas por qué fue creado. Le da lástima Mark, pero luego piensa: le tomamos por un muchacho; cuando yo tenía la edad que tiene Mark ahora, había cruzado el mar y las fronteras de Europa. Había estado chillando tirado en una zanja y había conseguido salir de ella y ponerme en camino: no una vez sino dos, una huyendo de mi padre y otra de los españoles en el campo de batalla. Cuando yo tenía la edad que tiene Mark ahora, o Francis Weston, me había distinguido en las casas de los Portinari, los Frescobaldi, y mucho antes de que tuviese la edad de George Bolena había comerciado en su nombre en las casas de cambio de Europa; había echado abajo puertas en Amberes; y había vuelto a casa, a Inglaterra, convertido en un hombre distinto. Había rehecho mi lenguaje, y comprobado con entusiasmo, e inesperadamente, que hablaba mi lengua materna con más fluidez que cuando me había ido; me encomendé al cardenal y, al mismo tiempo, me casé, me ponía a prueba ante los tribunales de justicia, entraba en la sala y sonreía a los jueces y hablaba hábilmente a la espera del día de mi actuación, y los jueces se sentían tan felices de que les sonriera y no les atizara coscorrones, que la mayoría de las veces fallaban el caso a mi favor. Las cosas que piensas que son los desastres de tu vida no son en realidad desastres. Se puede dar la vuelta a casi todo: se puede salir de las zanjas, de los caminos, si te esfuerzas.

Piensa en pleitos en los que hace años que no piensa. Si la sentencia fue buena. Si la habría dictado él contra sí mismo.

Se pregunta si se dormirá alguna vez, y qué soñará. No está en privado más que en sus sueños. Thomas Moro solía decir que uno debería construir un retiro, una ermita, dentro de su casa. Pero eso era Moro: capaz de cerrar la puerta en la cara a todo el mundo. La verdad es que no puede separarlos, su yo público y su yo privado. Moro creía que podías, pero al final arrastró a hombres a los que él llamaba herejes a su casa de Chelsea, para poder perseguirlos allí cómodamente, en el seno de su familia. Puedes insistir en la separación, si debes: ir a tu gabinete y decir: «No me molestéis, quiero leer».

Pero puedes oír respirar y arrastrarse pies fuera de la habitación, cómo va creándose un descontento hirviente, fragor de expectación: él es un hombre público, nos pertenece, ¿cuándo saldrá? No puedes borrarlo, el arrastrar los pies del cuerpo político.

Se da la vuelta en la cama y reza una oración. La profundidad de la noche, oye gritar. Parece más el chillido de un niño que tiene una pesadilla que el grito de dolor de un hombre, y él piensa, medio dormido: ¿no debería una mujer estar haciendo algo para solucionar eso? Luego piensa: debe de ser Mark. ¿Qué le están haciendo? Yo dije que no hicieran nada aún.

Pero no se mueve. No cree que los suyos contravengan sus órdenes. Se pregunta si estarán durmiendo en Greenwich. La armería está demasiado cerca del palacio, y las horas que preceden a una justa suelen estar llenas del estruendo de los martillos. El golpeteo, el ajuste, la soldadura, el pulido, esas operaciones están ya hechas; quedan sólo algunas tareas de última hora, el aceitado y encaje, los ajustes finales para complacer a los nerviosos combatientes.

Se pregunta: ¿por qué dejé a Mark aquel espacio para ufanarse, para destruirse? Podría haber condensado el proceso; podría haberle dicho lo que quería y haberle amenazado. Pero le estimulé; para hacerle cómplice. Si dijo la verdad sobre Ana, es culpable. Si mintió sobre Ana, difícilmente es inocente. Yo estaba dispuesto, en caso necesario, a someterle a castigo. En Francia la tortura es habitual, tan necesaria como la sal para la carne; en Italia, es una diversión para la *piazza*. En Inglaterra, la ley no la ve con buenos ojos. Pero se puede utilizar, con un gesto del rey, una autorización. Es verdad que hay un potro de tortura en la Torre. Nadie aguanta esa prueba. Nadie. Para la mayoría de los hombres, dado que el funcionamiento de la maquinaria es tan obvio, echarle un vistazo es suficiente.

Le contaré eso a Mark, piensa. Le hará sentirse mejor consigo mismo.

Se arrebuja en las sábanas. Al instante siguiente, entra Christophe a despertarle. Parpadea ante la luz. Se incorpora.

—Oh, Jesús. No he dormido en toda la noche. ¿Por qué gritaba Mark?

El muchacho se ríe.

—Le encerramos con Navidad. Lo pensé yo, yo mismo. ¿Recordáis cuando vi por primera vez la estrella con sus mangas? Dije: señor, ¿qué máquina es esa que sólo tiene puntas? Creí que era un aparato para torturar. Bueno, pues allí en Navidad está oscuro. Cayó contra la estrella y le empaló. Luego las alas de pavo real salieron del sudario y le cepillaron la cara con sus dedos. Y él creyó que había un fantasma encerrado con él en la oscuridad.

—Debéis arreglároslas sin mí durante una hora.

—No estáis enfermo, ¿verdad? Dios no lo quiera.

—No, sólo destrozado por la falta de sueño.

—Tapaos la cabeza con los cobertores y quedaos estirado debajo como un muerto —le aconseja Christophe—. Volveré dentro de una hora con pan y cerveza.

Cuando Mark sale dando tumbos de la habitación está pálido de espanto. Tiene plumas adheridas a la ropa, no plumas de pavo real sino pelusa de las alas de serafines parroquiales y dorado sucio de las vestiduras de los Tres Reyes. Los nombres brotan de su boca con tanta fluidez que hay que pararle; las piernas del muchacho amenazan con ceder y debe sostenerle Richard. Nunca se había encontrado con este problema, el problema de tener que asustar tanto a alguien. «Norris», aflora en algún punto del murmullo incoherente, también «Weston», hasta allí muy probable: y luego Mark nombra cortesanos tan deprisa que sus nombres se funden y vuelan; él oye Brereton y dice: «Anotad eso», jura que oye Carew, también Fitzwilliam y el limosnero de Ana y el arzobispo de Canterbury; está allí él mismo, por supuesto, y en determinado momento el chico afirma que Ana ha cometido adulterio con su propio marido. «Thomas Wyatt...», gorjea...

—No, Wyatt no.

Christophe se inclina hacia delante y chasquea los nudillos en un lado de la cabeza del chico. Mark para. Mira alrededor, inquisitivamente, buscando la fuente del dolor. Luego sigue una vez más confesando y confesando. Ha recorrido toda la cámara privada, desde gentilhombres a mozos de establo, y nombrará personas desconocidas, probablemente cocineros y pinches que conoció en su vida anterior, menos encumbrada.

—Llévalo otra vez con el fantasma —dice él, y Mark lanza un grito y luego se queda callado.

—¿Tú lo has hecho con la reina cuántas veces? —le pregunta.

Mark dice:

—Un millar.

Christophe le da un cachete.

—Tres veces o cuatro.

—Gracias.

Mark dice:

—¿Qué me pasará a mí?

—Eso ya lo dirá el tribunal que os juzgue.

—¿Qué le pasará a la reina?

—Eso ya lo dirá el rey.

—Nada bueno —dice Wriothesley, y se ríe.

Él se vuelve.

—Llamadme, habéis venido pronto hoy.

—No podía dormir. Una cosa, señor...

Así que hoy las posiciones están invertidas, es Llamadme, ceñudo, quien quiere decirle algo confidencialmente.

—Tendréis que incluir a Wyatt, señor. Os tomáis demasiado a pecho el encargo que os hizo su padre. Si la cosa sigue adelante, no podréis protegerle. La corte lleva años hablando sobre lo que debe de haber hecho con Ana. Es el primero del que se sospecha.

Él asiente. No es fácil explicar a un joven como Wriothesley por qué valora tanto a Wyatt. Él desea decir: porque, aunque sois buenos muchachos, él no es como vos ni como Richard Riche. Él no habla simplemente para oír su propia voz, ni inicia discusiones sólo para ganarlas. No es como George Bolena: no escribe versos a seis mujeres con la esperanza de coger a una de ellas en un rincón oscuro donde pueda meterle el pijo. Él escribe para advertir y para reprender, y no para confesar su necesidad sino para ocultarla. Él comprende lo que es el honor pero no se ufana del suyo. Está perfectamente equipado como cortesano, pero sabe lo poco que eso vale. Ha estudiado el mundo sin despreciarlo. Lo comprende sin rechazarlo. No tiene ilusiones pero tiene esperanzas. No anda como un sonámbulo por la vida. Tiene los ojos abiertos, y los oídos para sonidos que otros pasan por alto.

Pero decide darle a Wriothesley una explicación que él pueda entender.

—No es Wyatt —dice— quien se interpone en el camino del rey. No es Wyatt el que me aleja de la cámara privada cuando necesito la firma del rey. No es él quien está continuamente dejando caer calumnias contra mí como veneno en los oídos de Enrique.

El señor Wriothesley le mira especulativamente.

—Comprendo. No es tanto quién sea culpable, como la culpa de quien os es útil a vos. —Sonríe—. Os admiro, señor. Sois diestro en estos asuntos y no tenéis falsos remordimientos.

Él no está seguro de querer que Wriothesley le admire. No por esas razones.

—Puede ser —dice— que cualquiera de esos gentilhombres nombrados consiga librarse de sospecha. O, en caso de que persistiese la sospecha, lograr mediante alguna apelación detener la mano del rey. Nosotros no somos sacerdotes, Llamadme. No queremos el tipo de confesión que buscan ellos. Nosotros somos abogados. Queremos la verdad poco a poco y sólo aquellas partes de ella que podamos utilizar.

Wriothesley asiente.

—Pero de todos modos yo digo: incluid a Thomas Wyatt. Si no le detenéis vos, lo harán vuestros nuevos amigos. Y he estado preguntándome, señor, perdonadme que sea tan insistente, pero ¿qué sucederá después con vuestros nuevos amigos? Si los Bolena caen, y parece que deben, los partidarios de la princesa María se llevarán todo el mérito. No os darán las gracias por lo que habéis hecho. Pueden hablaros ahora con buenas palabras, pero nunca os perdonarán lo de Fisher y Moro. Os apartarán del cargo y pueden destruiros. Carew, los Courtenay, esa gente lo tendrá todo para gobernar.

—No. Lo tendrá todo el rey.

—Pero ellos le persuadirán y le seducirán. Me refiero a los hijos de Margaret Pole, las casas de la vieja nobleza... Ellos consideran natural tener el predominio y se proponen tenerlo. Desbaratarán todo lo bueno que habéis hecho vos estos últimos cinco años. Y dicen también que la hermana de Edward Seymour, si él la desposa, le reconciliará de nuevo con Roma.

Él sonríe.

—Bueno, Llamadme, ¿a quién respaldaréis en una lucha, a Thomas Cromwell o a la señora Seymour?

Pero, por supuesto, Llamadme tiene razón. Sus nuevos aliados le menosprecian. Consideran su triunfo algo natural, y él ha de seguirlos y trabajar para ellos, y arrepentirse de todo lo que ha hecho a cambio de una mera promesa de perdón. Él dice: «No pretendo poder predecir el futuro, pero sé una o dos cosas que esa gente ignora».

Nunca se puede estar seguro de qué está informando Wriothesley a Gardiner. Es de esperar que de cosas que hagan que Gardiner se rasque la cabeza con desconcierto y se estremezca con alarma. Le dice:

—¿Qué sabéis de Francia? Tengo entendido que se habla mucho del libro que escribió Winchester, justificando la supremacía del rey. Los franceses creen que lo escribió bajo amenaza. ¿Deja él que la gente crea eso?

—Estoy seguro... —empieza a decir Wriothesley.

Él le corta.

—Da igual. Me gusta la imagen que me evoca eso. Gardiner gimoteando que se le presiona.

Él piensa: veamos si vuelve a surgir eso. Está convencido de que Llamadme se olvida durante semanas seguidas de que está al servicio del obispo. Es un joven nervioso, tenso, y los gritos de Gardiner le ponen malo; Cromwell es un amo agradable y de fácil trato. Él le ha dicho a Rafe: me gusta mucho Llamadme, ¿sabes? Estoy interesado en su carrera. Me gusta observarle. Si alguna vez rompiese con él, Gardiner mandaría otro espía, que podría ser peor.

—Ahora —dice, volviéndose a los presentes— sería mejor que enviásemos al pobre Mark a la Torre.

El muchacho se ha puesto de rodillas y está suplicando que no vuelvan a llevarle con Navidad.

—Dadle un descanso —le dice a Richard— en una habitación en que no haya fantasmas. Ofrecedle comida. Cuando esté más tranquilo, tomadle una declaración formal, y que esté bien atestiguada antes de que él se vaya de aquí. Si resulta difícil, dejadlo con Christophe y el señor Wriothesley, es un asunto más adecuado para ellos que para vos.

Los Cromwell no se agotan en las tareas serviles; aunque lo hiciesen en tiempos, eso ha quedado ya atrás.

—Si Mark intenta volverse atrás una vez fuera de aquí —dice él—, ya sabrán qué hacer con él en la Torre. Después de que tengáis su confesión segura, y todos los nombres que necesitáis, id a ver al rey a Greenwich. Él os estará esperando. No confiéis el mensaje a nadie. Decídselo vos mismo al oído.

Richard hace ponerse de pie a Mark Smeaton, manejándolo como se podría manejar un títere: y sin más voluntad que la que podría tener una marioneta. Cruza de pronto su pensamiento la imagen del viejo obispo Fisher subiendo con paso vacilante al cadalso, esquelético y terco.

Son ya las nueve de la mañana. El rocío del 1 de mayo se ha esfumado de la hierba. Se cortan en los bosques ramas verdes por toda Inglaterra. Él tiene hambre. Podría comerse un trozo de carne de carnero: con hinojo marino, si hubiesen mandado algo de Kent. Tiene que sentarse para el barbero. No ha perfeccionado el arte de dictar cartas mientras lo afeitan. Tal vez me deje crecer la barba, piensa. Ahorraría tiempo. Sólo que entonces, Hans insistiría en perpetrar contra mí otro retrato.

En Greenwich a esa hora estarán esparciendo arena

en el palenque. Christophe dice: «¿Combatirá hoy el rey? ¿Se enfrentará al señor Norris y lo matará?».

No, piensa él, lo dejará para mí. Más allá de los talleres, los almacenes y los muelles, el refugio natural de hombres como él, los pajes estarán poniendo cojines de seda para las damas en las torres que dominan la liza. Lona y cuerda y brea dejan paso a damasco y lino delicado. El aceite y el hedor y el estrépito, el olor del río, dejan paso al perfume de agua de rosas y a los murmullos de las doncellas cuando visten a la reina para el día que empieza. Barren los restos de su pequeño ágape, las migas de pan blanco, las rodajas de conservas dulces. Traen enaguas y túnicas y mangas, y ella elige. La enlazan y atan y refuerzan, la pulen y adornan y tachonan con gemas.

El rey (unos tres años o cuatro atrás y para justificar su primer divorcio), el rey publicó un libro titulado *Un espejo de la verdad*. Dicen que algunas partes de ese libro las escribió él mismo.

Ahora Ana Bolena pide su espejo. Se ve en él: la piel ictérica, el cuello flaco, clavículas como hojas gemelas de cuchillo.

1 de mayo de 1536: éste es sin duda alguna el último día de la caballería. Lo que suceda después (y estas representaciones continuarán) no será ya más que un desfile muerto con estandartes, un enfrentamiento de cadáveres. El rey dejará el campo. El día acabará, roto, quebrado como una tibia, escupido como un diente destrozado. George Bolena, hermano de la reina, entrará en el pabellón de seda para desarmarse, dejando a un lado señales y recuerdos, los trozos de cinta que las damas le han dado para que los lleve. Cuando se quite el casco se lo pasará al escudero, y verá el mundo con ojos nebulosos, halcones emblasonados, leopardos yacentes, garras, zarpas, dientes: sentirá bambolearse la cabeza sobre los hombros, blanda como gelatina.

Whitehall: esa noche, sabiendo que Norris está bajo custodia, él va a ver al rey. Unas palabras sobre la marcha con Rafe en una habitación exterior:

—¿Cómo está él?

—Bueno —dice Rafe—, uno esperaría que estuviese furioso como Edgar el Apacible, buscando por ahí alguien a quien ensartar con una jabalina. —Intercambian una sonrisa, recordando la mesa de la cena en Wolf Hall—. Pero está tranquilo. Sorprendentemente tranquilo. Como si lo supiese, desde hace mucho. En el fondo de su corazón. Y está solo, por deseo expreso.

Solo: pero ¿quién iba a estar con él? Inútil esperar que el gentil Norris se le acercase cuchicheando. Norris era el encargado de la bolsa privada del rey; ahora uno imagina el dinero del rey desperdigado y rodando carretera abajo. Las cuerdas de las arpas de los ángeles están cortadas y la discordancia es general; los cordones de la bolsa están cortados, y las cintas de seda de las ropas rotas, para que la carne se derrame.

Cuando se para en el umbral, Enrique vuelve la vista: «Crumb —dice pesadamente—. Venid y sentaos». Rechaza con un gesto las atenciones del sirviente que revolotea junto a la puerta. Tiene vino y se lo sirve él mismo. «Vuestro sobrino os habrá dicho lo que pasó en la liza.» Luego dice suavemente: «Es un buen muchacho, Richard, ¿verdad que sí?». La mirada es distante, como si le gustase desviarse del tema. «Yo estaba hoy entre los espectadores, no participé en nada. Ella, por supuesto, estaba como siempre: tranquila entre sus mujeres, la expresión muy altiva, pero luego sonreía y se paró a conversar con un gentilhombre y otro.» Ríe entre dientes, un sonido plano de incrédulo. «Oh, sí, ella ha tenido un ratito de charla.»

Luego se inició la contienda, los heraldos convocaron a cada uno de los jinetes. Henry Norris tuvo mala suerte. Su caballo, espantado por algo, se detuvo y echó hacia atrás las orejas, bailoteó e intentó descabalgar a su jinete.

(El caballo puede fallar. Los ayudantes pueden fallar. Los nervios pueden fallar.) El rey envió un mensaje a Norris, aconsejándole que se retirara; se enviaría otro caballo en sustitución, uno del propio círculo de caballos de combate del rey, aún adornados y ornamentados por si éste tuviese el súbito deseo de salir al campo.

—Era una cortesía normal —explica Enrique; y se mueve en la silla, como alguien a quien se ha pedido que se justifique. Él asiente: por supuesto, señor. No está seguro de si Norris se reincorporó en realidad a la lid.

Fue a media tarde cuando Richard Cromwell se abrió paso entre la multitud hasta la galería y se arrodilló ante el rey; y, obtenida licencia, se acercó para susurrar en su oído.

—Explicó que el músico Mark había sido detenido —dice el rey—. Lo había confesado todo, dijo vuestro sobrino. ¿Qué, confesado libremente?, le pregunté. Vuestro sobrino dijo: no se hizo nada contra Mark. No se tocó ni un cabello de su cabeza.

Él piensa: pero tendré que quemar las alas de pavo real.

—Y entonces... —dice el rey. Se detiene, como hizo el caballo de Norris: y se queda callado.

No continuará. Pero él, Cromwell, ya sabe lo que ocurrió. Al oír el mensaje de Richard, el rey abandonó su puesto. Los sirvientes se arremolinaron en torno a él. Llamó a un paje: «Localizad a Henry Norris y decidle que me voy a Whitehall ahora. Quiero su compañía».

No dio ninguna explicación. No se demoró. No habló con la reina. Cubrió las millas de vuelta a caballo, Norris a su lado: Norris desconcertado, Norris atónito, Norris casi escurriéndose de la silla de miedo.

—Le planteé el asunto —dice Enrique—. La confesión de Mark. No decía nada, sólo que era inocente. —De nuevo aquella risilla plana, burlona—. Pero más tarde lo interrogó el señor tesorero. Y Norris lo admite, dice que la ama. Pero cuando Fitz le dijo que era un adúltero, que deseaba mi muerte para poder casarse con ella, él dijo no, no y no. Vos lo interrogaréis, Cromwell, pero cuando lo hagáis decidle de nuevo lo que yo le dije cuando cabalgábamos. Puede haber clemencia. Puede haber clemencia, si confiesa y nombra a los demás.

—Tenemos los nombres de Mark Smeaton.

—Yo no confiaría en él —dice Enrique despectivamente—. No pondría en manos de un simple violinista las vidas de hombres a los que he llamado amigos. Espero alguna corroboración de su historia. Veremos lo que dice la dama cuando se le pregunte.

—Las confesiones de ellos serán suficientes, señor, seguro. Ya sabéis de quién se sospecha. Dejadme ponerles a todos bajo custodia.

Pero el pensamiento de Enrique se ha desviado.

—Cromwell, ¿qué significa cuando una mujer da vueltas y vueltas en la cama? ¿Y se ofrece de una forma y de otra? ¿Qué tiene en la cabeza para hacer algo así?

Sólo hay una respuesta. La experiencia, señor. De los deseos de los hombres y de los suyos propios. No hace falta decirlo.

—Una forma es apta para la procreación de hijos —dice Enrique—. El hombre yace sobre ella. La Santa Iglesia lo sanciona, los días permitidos. Algunos eclesiásticos dicen que, aunque sea una cosa lamentable que un hermano copule con una hermana, es más lamentable aún que una mujer se coloque a horcajadas sobre un hombre, o que un hombre cubra a una mujer como si fuese una perra. Por estas prácticas, y otras que no nombraré, fue destruida Sodoma. Temo que cualquier cristiana o cristiano esclavizado por tales vicios debe ser juzgado: ¿qué pensáis vos? ¿Dónde adquiriría una mujer, no criada en un prostíbulo, conocimiento de esas cosas?

—Las mujeres hablan entre ellas —dice él—. Lo mismo que hacen los hombres.

—Pero ¿una matrona seria y piadosa, cuyo único deber es conseguir un hijo?

—Supongo que ella podría querer atraer el interés de su buen marido, señor. Para que no se aventurase a ir al París Garden o algún otro lugar de mala reputación. Si, digamos, llevaban mucho casados.

—Pero ¿tres años? ¿Es tanto eso?

—No, señor.

—No son siquiera tres.

Por un momento el rey ha olvidado que no estamos hablando de él, sino de algún inglés teórico temeroso de Dios, algún guardabosques o algún labrador.

—¿De dónde sacaría la idea? —insiste—. ¿Cómo sabría qué le gustaría al hombre?

Él se calla la respuesta obvia: tal vez ella habló con su hermana, que estuvo primero en el lecho de él. Porque ahora el rey se ha ido de Whitehall y ha vuelto al campo, al tosco campesino de manos callosas y su esposa de cofia y delantal: el hombre que se santigua y pide permiso al papa antes de apagar la luz y montar sombríamente a su esposa, ella con las rodillas apuntando a las vigas del techo y él moviendo el trasero. Después, esta pareja piadosa se arrodilla al pie de la cama: se unen los dos en oración.

Pero un día, cuando el labrador anda por ahí haciendo su trabajo, el pequeño aprendiz de leñador se cuela en su casa y saca su instrumento: mira, Joan, dice, mira, Jenny, dóblate sobre la mesa y déjame que te enseñe una lección que tu madre nunca te enseñó. Y entonces ella tiembla; y él la enseña; y cuando el honrado labrador llega a casa y la monta esa noche, ella piensa a cada empujón y gruñido en una forma más nueva de hacer las cosas, una forma más dulce, una forma más sucia, una forma que hace que se le abran mucho los ojos de sorpresa y se le escape de la boca el nombre de otro hombre. Dulce Robin, dice. Dulce Adam. Y cuando su marido cae en la cuenta de que él se llama Enrique, ¿no le hace eso rascarse la cabezota?

Está oscuro ya al otro lado de las ventanas del rey; su

reino se está enfriando, su consejero también. Necesitan luces y un fuego. Él abre la puerta e inmediatamente la habitación se llena de gente: alrededor de la persona del rey, corren y revolotean los criados como golondrinas tempranas al oscurecer. Enrique apenas advierte su presencia. Dice: «Cromwell, ¿podéis creer que los rumores no llegaron hasta mí? ¿Cuando no había cervecera que no los conociese? Soy un hombre sencillo, sabéis. Ana me contó que estaba intacta y decidí creerla. Me mintió durante siete años diciéndome que era una doncella pura y casta. Si fue capaz de mantener ese engaño, ¿qué más podría ser capaz de hacer? Podéis detenerla mañana. Y a su hermano. Algunos de esos actos que se le atribuyen no son adecuados para discutirlos entre personas decentes, pues podría inducírselas con el ejemplo a pecados que, de otro modo, no habrían imaginado siquiera que existiesen. Os pido a vos y a todos mis consejeros que seáis reservados y discretos.

—Es fácil —dice él— dejarse engañar sobre la historia de una mujer.

¿Y si Joan, y si Jenny, tuvieron otra vida antes de su vida en la casa del labrador? Pensabas que había crecido en un claro del otro lado del bosque. Y de pronto te enteras, por fuentes fidedignas, que se hizo mujer en una ciudad portuaria y que bailaba desnuda en una mesa para los marineros.

¿Se daba cuenta Ana, se pregunta él más tarde, de lo que estaba pasando? Lo lógico sería pensar que en Greenwich ella hubiese estado rezando, escribiendo cartas a sus amistades. En vez de eso, si los informes son ciertos, ha estado recorriendo a ciegas toda su última mañana, haciendo lo que siempre suele hacer: ir hasta las pistas de tenis, donde apostó por el resultado de los partidos. Al final de la mañana llegó un mensajero a pedirle que se presentara ante el consejo del rey, convocado en ausencia de Su Majestad: en ausencia, también, del señor secretario; está ocupado en otro lugar. Los consejeros le dijeron que sería acusada de adulterio con Henry Norris y Mark Smeaton: y con cierto gentilhombre más, por el momento no nombrado. Debía ir a la Torre, para permanecer allí hasta que se iniciase el proceso contra ella. Su actitud, le contó Fitzwilliam más tarde, era incrédula y altiva. No podéis someter a juicio a una reina, dijo. ¿Quién es competente para juzgarla? Pero luego, cuando se le dijo que Mark y Henry Norris habían confesado, rompió a llorar.

Desde la cámara del consejo del rey fue escoltada hasta sus habitaciones, para cenar. A las dos, él se dirige allí, con el Lord Canciller Audle y Fitzwilliam a su lado. El rostro afable del señor tesorero está crispado de tensión.

—No fue agradable esta mañana, en el consejo, decirle de golpe que Harry Norris había confesado. Él me confesó que la amaba. No confesó ningún acto.

—¿Qué hicisteis entonces, Fitz? —pregunta él—. ¿Le explicasteis claramente las cosas?

—No —dijo Audley—. Se puso nervioso y miró a la media distancia. ¿No hicisteis eso, señor tesorero?

—¡Cromwell! —Es Norfolk, que se abre paso rugiendo y bamboleándose entre la multitud de cortesanos dirigiéndose hacia él—. ¡Bueno, Cromwell! Me he enterado de que el cantor ha cantado siguiendo vuestra melodía. ¿Qué le hicisteis? Ojalá hubiese estado yo allí. Esto proporcionará una linda balada a los impresores. Enrique tocando el laúd, mientras los dedos del músico tocaban el coñito de su mujer.

—Si os llega noticia de algún impresor que haga eso —dice él—, decídmelo y le cerraré el taller.

—Pero escuchadme Cromwell —dice Norfolk—. Yo no estoy dispuesto a que ese saco de huesos sea la ruina de mi noble casa. Si ella se ha conducido mal, eso no debe recaer sobre los Howard, sólo sobre los Bolena. Y no necesito acabar con Wiltshire. Sólo quiero que se le quite ese título estúpido. Monseñor, por favor... —El duque enseña los dientes, alegre—. Yo quiero verle rebajado, después de su orgullo de estos últimos años. Recordaréis que yo nunca promoví este matrimonio. No, Cromwell, fuisteis vos. Yo siempre previne a Enrique Tudor sobre el carácter de ella. Puede que esto le enseñe que en el futuro debería escucharme.

—Mi señor —dice él—, ¿tenéis la orden?

Norfolk enarbola un pergamino. Cuando entran en las habitaciones de Ana, los gentilhombres que la sirven están enrollando en ese momento el gran mantel, y ella está aún sentada bajo el palio regio. Viste un terciopelo carmesí y vuelve (el saco de huesos) el óvalo marfileño perfecto de su rostro. No ha debido de comer nada; hay un silencio temeroso en la habitación, tensión visible en todas las caras. Ellos, los consejeros, deben esperar hasta que se acabe de recoger el mantel, hasta que se doble todo y se retire, y se hagan las reverencias precisas.

—Así que estáis ahí, tío —dice ella; su voz es pequeña; los reconoce uno a uno—. Lord Canciller. Señor tesorero.

Están entrando otros consejeros tras ellos. Mucha gente, parece, ha soñado con este momento; han soñado que Ana les suplicaría de rodillas.

—Mi señor Oxford —dice—. Y William Sandys. ¿Cómo estáis, sir William? —Es como si le resultase tranquilizador, nombrarlos a todos—. Y vos, Cremuel. —Se inclina hacia delante—. Sabéis, yo os creé.

—Y él os creó a vos, *madame* —replica Norfolk—. Y seguro que se arrepiente de ello.

—Pero yo lo lamenté primero —dice Ana; se ríe—. Y lo lamento más.

—¿Dispuesta para ir? —dice Norfolk.

—No sé cómo estar dispuesta —dice ella simplemente.

—Sólo tenéis que venir con nosotros —dice él: él, Cromwell. Extiende una mano.

—Yo preferiría no ir a la Torre —la misma voz pequeña, vacía de todo salvo cortesía—. Preferiría ir a ver al rey. ¿No puedo permanecer en Whitehall?

Ella conoce la respuesta. Enrique nunca dice adiós. Una vez, un día de verano de calor quieto, se alejó a caballo de Windsor y dejó atrás a Catalina; nunca volvió a verla.

—Supongo, señores —dice ella—, que no querrán llevarme de este modo, tal como estoy... No tengo ninguna cosa necesaria, ni una muda de ropa, y debería tener conmigo a mis mujeres.

—Ya se os llevarán vuestras ropas —dice él—. Y mujeres para serviros.

—Preferiría tener mis propias damas, las de mi cámara privada.

Se intercambian miradas. Ella parece no saber que son esas mujeres las que han dado testimonio contra ella, esas mujeres que se agrupan en torno al señor secretario por todos los sitios a los que va, deseosas de contarle cualquier cosa que quiera, desesperadas por protegerse.

—Bueno, si no puedo elegir yo..., al menos algunas personas de mi casa. Para que pueda mantener adecuadamente mi condición.

Fitz carraspea.

—*Madame*, vuestra casa será disuelta.

Ella se encoge.

—Cremuel les encontrará puestos —dice alegremente—. Él es bueno con los sirvientes.

Norfolk da un codazo al Lord Canciller.

—Porque creció con ellos, ¿eh? —Audley aparta la cara: él es siempre un hombre de Cromwell.

—No creo que vaya a ir con nadie más —dice ella— que con William Paulet, si a él le place escoltarme, porque esta mañana, en el consejo del rey, todos me ofendisteis, pero Paulet fue muy gentil conmigo.

—Dios Santo —dice Norfolk, riendo entre dientes—. Ir con Paulet, ¿eso es lo que queréis? Yo os cogeré debajo del brazo y os llevaré hasta la barca con el culo en el aire. ¿Es eso lo que queréis?

Los consejeros se vuelven y le miran furiosos, de común acuerdo.

—*Madame* —dice Audley—, no os preocupéis, seréis conducida como corresponde a vuestra condición.

Ella se levanta. Recoge sus faldas carmesí, las alza, melindrosa, como si no tocase ya el suelo común.

—¿Dónde está mi señor hermano?

La última vez se le vio en Whitehall, le dicen: lo que es cierto, aunque ahora deben de haber ido ya los guardias a por él.

—¿Y mi padre, monseñor? Eso es lo que no comprendo —dice ella—. ¿Por qué no está monseñor aquí conmigo? ¿Por qué no se sienta con ustedes, caballeros, y soluciona esto?

—Habrá sin duda una resolución después —el Lord Canciller casi lo ronronea—. Se dispondrá todo lo necesario para vuestro confort. Está previsto.

—Pero ¿previsto para cuánto tiempo?

Nadie le responde. Fuera de la cámara, la espera William Kingston, el condestable de la Torre. Kingston es un hombre inmenso, de una corpulencia parecida a la del rey; se comporta noblemente, pero su oficio y su apariencia han infundido terror en los corazones de los hombres más fuertes. Él recuerda a Wolsey, cuando Kingston se trasladó fuera de Londres para detenerlo: al cardenal le fallaron las piernas y tuvo que sentarse en un baúl para recuperarse. Deberíamos haber dejado a Kingston en casa, le cuchichea a Audley, y llevarla nosotros. Audley murmura: «Podríamos haberlo hecho, ciertamente; pero ¿no creéis, señor secretario, que estáis asustando bastante por vuestra propia cuenta?».

Le asombra la ligereza del Lord Canciller cuando salen al aire libre. En el embarcadero del rey, las cabezas de animales de piedra nadan en el agua, y también lo hacen sus propias formas, las formas de los gentilhombres, sus formas rotas por las olas, y la reina invertida, temblequeando con una llama en un espejo: alrededor de ellos, la danza de la suave claridad del sol de la tarde, y una inundación de cantos de pájaros. Le da la mano a Ana para subir a la barca, pues Audley parece reacio a tocarla, y ella huye de Norfolk; y como si pescara pensamientos en su mente, ella murmura: «Cremuel, vos nunca me perdonasteis lo de Wolsey».

Fitzwilliam le lanza una mirada a él, murmura algo que él no capta. Fitz era uno de los favoritos del cardenal en su época, y tal vez estén compartiendo un pensamiento: ahora Ana Bolena sabe lo que es que te saquen de tu casa y te lleven al río, toda tu vida alejándose a cada golpe de los remos.

Norfolk, que ocupa un lugar opuesto al de su sobrina, parpadea y se exclama:

—¿Lo veis? ¡Lo veis ahora, *madame*! ¿Veis lo que pasa cuando se desdeña a la propia familia?

—Yo no creo que «desdeñar» sea la palabra —dice Audley—. Ella no hizo precisamente eso.

Él lanza una mirada sombría a Audley. Ha pedido discreción sobre las acusaciones contra el hermano, George. No quiere que Ana empiece a agitarse violentamente y lance a alguien fuera de la barca. Se retira dentro de sí mismo. Observa el agua. Su escolta es una compañía de alabarderos, y admira cada delicado filo de hacha, el brillo agudo sobre las hojas. Desde el punto de vista de un armero, las alabardas son sorprendentemente baratas de fabricar. Pero es probable que, como arma de guerra, hayan tenido ya su época. Piensa en Italia, el campo de batalla, el empuje hacia delante de la pica. Hay un polvorín en la Torre y le gusta ir allí a hablar con los artesanos que hacen la pólvora. Pero tal vez eso sea asunto de otro día.

Ana dice:

—¿Dónde está Charles Brandon? Estoy segura de que lamenta no haber visto esto.

—Está con el rey, supongo —dice Audley; se vuelve hacia él y murmura—: Envenenando su mente contra vuestro amigo Wyatt. Ahí tenéis paralizado vuestro trabajo, señor secretario.

Él tiene los ojos fijos en la orilla lejana.

—Wyatt es un hombre demasiado bueno para perderlo.

El Lord Canciller resopla.

—Los versos no le salvarán. Le condenarán, más bien. Sabemos que escribe en acertijos. Pero yo pienso que tal vez el rey pensará que han sido aclarados.

Él piensa que no. Hay códigos tan sutiles que cambian por completo su sentido en medio verso, una sílaba, o en una pausa, una cesura. Él se ha enorgullecido, se enorgullecerá siempre, de no hacer a Wyatt ninguna pregunta que le fuerce a mentir, aunque deba disimular. Ana debería haber disimulado, le ha explicado a él lady Rochford: en su primera noche con el rey, ella debería haber representado el papel de la virgen, yaciendo rígida y llorando.

—Pero, lady Rochford —había objetado él—, enfrentado con ese temor, cualquier hombre podría haber flaqueado. El rey no es un violador.

—Oh, bueno, entonces —había dicho lady Rochford—. Ella debería al menos haberle halagado. Debería haber actuado como una mujer que estuviese recibiendo una feliz sorpresa.

Él no apreció mucho esos comentarios; percibió en el tono de Jane Rochford la crueldad peculiar de las mujeres. Luchan con las pobres armas que Dios les ha otorgado (despecho, culpa, habilidad para engañar) y es probable que en conversaciones entre ellas penetren en lugares donde un hombre nunca se atrevería a poner el pie. El cuerpo del rey carece de fronteras, es fluido, como su reino: es una isla que se construye a sí misma o se erosiona, su sustancia se la llevan las aguas saladas y frescas; tiene sus costas de pólderes, sus extensiones de pantanos, sus márgenes rehabilitados; tiene mareas, emisiones y efusiones de agua, ciénagas que aparecen y desaparecen en la conversación de las inglesas, y barrizales oscuros donde sólo deberían adentrarse sacerdotes con velas de junco en la mano.

En el río, la brisa es fría; el verano aún queda a semanas de distancia. Ana está observando el agua. Alza la vista y dice:

—¿Dónde está el arzobispo? Cranmer me defenderá y lo mismo harán todos mis obispos, me deben a mí su ascenso. Traed a Cranmer y él jurará que soy una mujer buena.

Norfolk se inclina hacia delante y le dicen a la cara:

—Un obispo os escupiría, sobrina.

—Yo soy la reina y si me hacéis daño, caerá sobre vos una maldición. No caerá una gota de lluvia hasta que se me deje en libertad.

Un suave gruñido de Fitzwilliam. El Lord Canciller dice:

—*Madame*, es esa charla necia de maldiciones y hechizos la que os ha traído aquí.

—¿Ah, sí? Yo creí que decíais que era una esposa falsa, ¿estáis diciendo ahora que soy también una hechicera?

Fitzwilliam dice:

—No fuimos nosotros los que sacamos a colación el tema de las maldiciones.

—No podéis hacer nada contra mí. Declararé bajo juramento que digo la verdad y el rey me escuchará. No podéis presentar ningún testigo. Ni siquiera sabéis cómo acusarme.

—¿Acusaros? —dice Norfolk—. Por qué acusaros, me pregunto. Nos ahorraría problemas si os tirásemos de la barca y os ahogaseis.

Ana se encoge en sí misma. Acurrucada todo lo lejos

que puede de su tío, parece tener el tamaño de un niño.

Cuando la barca llegar a la Court Gate, él ve al ayudante de Kingston, Edmund Walsingham, oteando el río; en conversación con él, Richard Riche.

—Bolsa, ¿qué estás haciendo tú aquí?

—Pensé que podríais necesitarme, señor.

La reina pisa en tierra firme, se equilibra apoyándose en el brazo de Kingston. Walsingham se inclina ante ella. Parece nervioso; mira alrededor, preguntándose a qué consejero debería dirigirse.

—¿Tenemos que disparar el cañón?

—Es lo habitual —dice Norfolk—, ¿no es así? Cuando una persona de nota llega, porque al rey le place. Y ella es una persona de nota, supongo yo.

—Sí, pero una reina... —dice el hombre.

—Disparad el cañón —ordena Norfolk—. Los londinenses deben saber.

—Yo creo que lo saben ya —dice él—. ¿No les vio mi señor correr por las orillas?

Ana alza la vista, examina la mampostería que hay sobre su cabeza, las estrechas ventanas de lupa y los enrejados. No hay rostros humanos, sólo el batir del ala de un cuervo, y su ruido, que sobresalta porque parece una voz humana.

—¿Está Harry Norris aquí? —pregunta—. ¿No ha defendido mi inocencia?

—Temo que no —dice Kingston—. Ni la suya.

Algo le pasa a Ana entonces, que luego él no entenderá del todo. Parece disolverse y escurrirse de su presa, de las manos de Kingston y de las suyas, parece licuarse y eludirles, y cuando vuelve a adquirir una vez más una forma de mujer está con las rodillas y las manos apoyadas en el empedrado, la cabeza echada hacia atrás, gritando.

Fitzwilliam, el Lord Canciller, incluso su tío, retroceden; Kingston frunce el ceño, su ayudante mueve la cabeza, Richard Riche parece conmocionado. Él, Cromwell, la coge (porque ningún otro lo hará) y la pone de nuevo de pie. No pesa nada, y cuando la levanta, el grito cesa, como si su respiración se hubiese detenido. Silenciosa, se apoya contra el hombro de él, se sostiene en él: atenta, cómplice, dispuesta para la cosa siguiente que harán juntos, que será matarla.

Cuando ellos vuelven a la barca real, Norfolk aúlla:

—¿Señor secretario? Necesito ver al rey.

—Ay —dice él, como si el lamento fuese auténtico: ay, eso no será posible—. Su Majestad ha pedido paz y aislamiento. Seguramente, mi señor, vos haríais lo mismo dadas las circunstancias.

—¿Dadas las circunstancias? —repite Norfolk. El duque se queda mudo, al menos durante un minuto, mientras avanzan poco a poco hasta el canal central del Támesis: y frunce el ceño, pensando sin duda en su propia esposa mal usada y en las posibilidades de librarse de ella.

Un bufido de desdén es lo mejor, decide el duque:

—Os diré una cosa, señor secretario, sé que vos tenéis amistad con mi duquesa, así que ¿qué me decís? Cranmer nos lo puede anular, y luego no tenéis más que pedirla y es vuestra. Qué, ¿no la queréis? Con su ropa de cama y una mula de montar, y no come gran cosa. Digamos cuarenta chelines al año y cerramos el trato.

—Controlaos, mi señor —dice con fiereza Audley; luego hace uso del reproche de último recurso—: Recordad vuestro linaje.

—Es más de lo que puede hacer Cromwell —dice el duque con una risilla—. Ahora escuchadme, Crumb. Si yo digo que necesito ver al Tudor, ningún hijo de herrero me dirá no.

—Puede soldaros, mi señor —dice Richard Riche; no se han dado cuenta de que se ha deslizado a bordo—. Puede ocurrírsele machacaros la cabeza a martillazos para darle otra forma. El señor secretario tiene habilidades que nunca habéis imaginado.

Se ha apoderado de él una especie de vértigo, una reacción al horrible espectáculo que han dejado atrás en el muelle.

—Puede daros una forma completamente distinta a base de martillazos —dice Audley—. Podéis despertaros duque y a mediodía haber sido transformado en un mozo de cuadra.

—Puede fundiros —dice Fitzwilliam—. Empezáis como duque y acabáis como una gota de plomo.

—Podéis pasaros el resto de la vida convertido en unas trébedes —dice Richard—. O en una bisagra.

Él piensa: debéis reíros, Thomas Howard, debéis reír o estallar en llamas: ¿qué será? Si os combustionáis podemos al menos tiraros agua encima. El duque, con un espasmo, con un temblor, les da la espalda para controlarse.

—Decidle a Enrique —dice—, decidle que renuncio a la moza. Decidle que no la considero ya sobrina mía.

Él, Cromwell, dice:

—Tendréis la oportunidad de demostrar vuestra lealtad. Si se celebra un juicio, presidiréis vos el tribunal.

—Al menos, creemos que es el procedimiento —interviene Riche—. Nunca ha comparecido antes una reina en un juicio. ¿Qué dice el Lord Canciller?

—Yo no digo nada. —Audley alza las palmas de las manos—. Vos y Wriothesley y el señor secretario lo habéis preparado todo entre vosotros, como soléis hacer. Sólo que... Cromwell, ¿no incluiréis al conde de Wiltshire entre los jueces?

Él sonríe:

—¿A su padre? No. Yo no haría eso.

—¿Cómo acusaremos a lord Rochford? —pregunta Fitzwilliam—. Si es que en realidad se le va a acusar...

Norfolk dice:

—¿Van a ser juzgados los tres? ¿Norris, Rochford y el músico?

—Oh, no, mi señor —dice él tranquilamente.

—¿Hay más? ¡Dios del cielo!

—¿Cuántos amantes tenía ella? —dice Audley, con un entusiasmo apenas contenido.

Riche dice:

—Lord Canciller, ¿habéis visto al rey? Yo le he visto. Está pálido y enfermo de la tensión. Eso, en realidad, es por sí solo traición, si algún mal le sucediese a su cuerpo regio. De hecho, yo creo que debemos decir que el mal se ha producido ya.

Si los perros pudiesen olfatear la traición, Riche sería un sabueso, el príncipe de los buscadores de trufas.

Él dice:

—No pongo ninguna objeción a cómo sean acusados esos gentilhombres, si por ocultar una traición o por la ofensa en sí. Si ellos afirman ser sólo testigos de los delitos de otros, deben decir quiénes son esos otros, deben decirnos cumplida y francamente lo que saben; pero si retienen nombres, debemos sospechar que figuran ellos mismos entre los culpables.

El estruendo del cañón los coge desprevenidos, temblando a través del agua; sienten la sacudida en los huesos.

Esa noche llega un mensaje para él de Kingston desde la Torre. Anotad todo lo que ella dice y todo lo que hace, le había dicho él al condestable, y se podía confiar en que Kingston (un hombre cumplidor, cortés y prudente, aunque algo obtuso) lo hiciese. Cuando los consejeros salían hacia la barca, Ana le preguntó: «Señor Kingston, ¿iré a una mazmorra?». No, *madame*, le había asegurado él, tendréis las habitaciones en que estuvisteis antes de vuestra coronación.

Ante esto, informa él, ella cayó en un acceso de llanto. «Es demasiado bueno para mí. Jesús, tened piedad de mí.» Luego se arrodilló en las piedras y rezó y lloró, decía el condestable: luego, lo más extraño, o así le pareció a él, se echó a reír.

Le pasa la carta sin ningún comentario a Wriothesley. Éste alza la vista de ella y cuando habla su tono es susurrante.

—¿Qué es lo que ha hecho ella, señor secretario? Tal vez algo que nosotros aún no hemos imaginado.

Él le mira, exasperado.

—¿No iréis a empezar con ese asunto de la brujería?

—No. Pero... si ella dice que no es digna, está diciendo que es culpable. O eso me parece a mí. Pero no sé, culpable de qué.

—Recordadme lo que dije yo. ¿Qué clase de verdad queremos? ¿Dije yo acaso la verdad?

—Vos dijisteis que sólo la verdad que podamos utilizar.

—Reitero eso. Pero sabéis, Llamadme, no debería tener que hacerlo. Vos sois rápido para entender. Con una vez debería bastar.

Es un anochecer cálido, y él está sentado junto a una ventana abierta, con su sobrino Richard como compañía. Richard sabe cuándo guardar silencio y cuándo hablar; es un rasgo de familia, supone él. Rafe Sadler es la única otra compañía que le habría gustado, y Rafe está con el rey.

Richard alza la vista.

—Tuve carta de Gregory.

—¿Ah, sí?

—Ya conocéis las cartas de Gregory.

—«Brilla el sol. La cacería ha sido buena y nos hemos divertido mucho. Yo estoy bien, ¿cómo estáis vos? Y bueno, nada más porque no tengo tiempo.»

Richard asiente.

—Gregory no cambia. Aunque lo hace, supongo. Quiere venir aquí, con vos. Él piensa que debería estar con vos.

—Yo estaba intentando ahorrárselo.

—Lo sé. Pero tal vez debieseis dejarle. No podéis mantenerle siempre como si fuera un niño.

Él cavila. Si su hijo ha de acostumbrarse al servicio del rey, tal vez debería saber lo que eso entraña. «Puedes dejarme solo —le dice a Richard—. Podría escribirle.»

Richard se detiene a impedir la entrada del aire de la noche. Al otro lado de la puerta se oye su voz, dando órdenes amablemente: «Traed la túnica de piel de mi tío, puede necesitarla, y llevadle más luces». A veces se sorprende al darse cuenta de que alguien se cuida de él lo suficiente para pensar en su confort corporal, salvo por sus criados, a los que se paga por hacerlo. Se pregunta cómo se encontrará la reina, en medio de su nuevo servicio en la Torre. Lady Kingston ha sido incluida entre sus acompañantes y aunque ha colocado mujeres de la familia Bolena en torno a ella, podrían no ser las que hubiese elegido ella misma. Son mujeres con experiencia, que sabrán en qué dirección va la marea. Escucharán atentamente el llanto y la risa y palabras como: «Es demasiado bueno para mí».

Él cree que entiende a Ana, mientras que Wriothesley no. Cuando dijo que las habitaciones de la reina eran demasiado buenas para ella, no quiso decir que admitiese su culpa, sino decir esta verdad: no soy digna, y no soy digna porque he fallado. Había una cosa que tenía que hacer, desde este lado de la salvación: conseguir a Enrique y conservarle. Lo ha perdido frente a Jane Seymour, y ningún tribunal de justicia la juzgará con más dureza de lo que se juzga ella misma. Desde que Enrique se fue de su lado ayer, ella ha sido una impostora, como una niña o un bufón de la corte, vestida con prendas de reina y ahora conducida a vivir en las habitaciones de la reina. Ella sabe que el adulterio es un pecado y la traición un delito, pero estar en el bando perdedor es una falta mayor.

Richard asoma de nuevo la cabeza y dice:

—Vuestra carta, ¿queréis que la escriba por vos? ¿Queréis descansar la vista?

Él dice:

—Ana está muerta para sí misma. Ya no tendremos ningún problema con ella.

Ha pedido al rey que no salga de su cámara privada, que admita al menor número de personas posible. Ha dado instrucciones estrictas a los guardias de que rechacen a los solicitantes, sean hombres o mujeres. No quiere el juicio del rey contaminado, como podría estarlo por la última persona con la que hable; no quiere que lo persuadan o seduzcan con halagos o lo desvíen de su curso. Y el rey parece inclinado a obedecerle. Estos últimos años ha tendido a retirarse de la vista del público: al principio porque quería estar con su concubina Ana, y luego porque quería estar sin ella. Detrás de su cámara privada tiene sus alojamientos secretos; y a veces, después de haberse metido en su gran lecho y el lecho ha sido bendecido, después de que se han apagado las velas, retira la colcha de damasco, se desliza fuera de la cama y se va a una cámara secreta, donde se mete en otra cama no oficial y duerme como un hombre natural, desnudo y solo.

Así que es en el silencio apagado de estas habitaciones secretas, en las que cuelgan tapices de la Caída del Hombre, donde el rey le dice: «Cranmer ha enviado una carta desde Lambeth. Leédmela, Cromwell. La he leído una vez, pero leedla vos de nuevo».

Él coge el papel. Puedes sentir a Cranmer encogiéndose cuando escribe, con la esperanza de que la tinta se corra y se emborronen las palabras. La reina Ana le ha favorecido, Ana le ha escuchado y ha apoyado la causa del Evangelio; Ana le ha utilizado a él también, pero Cranmer nunca es capaz de ver eso.

—«*Estoy tan perplejo* —escribe— *que el desconcierto paraliza mi mente; pues nunca tuve mejor opinión de una mujer que la que tenía de ella.*»

Enrique le interrumpe.

—¿Veis cómo estábamos todos engañados?

—«*... lo que me hace pensar* —lee— *que ella no de-*

bería ser culpable. *Y luego pienso que Vuestra Alteza no habría ido tan lejos si ella no hubiese sido con toda certeza culpable.»*

—Esperad a que se entere de todo —dice Enrique—. No habrá oído jamás algo parecido. Al menos, espero que sea así. No creo que haya habido jamás un caso como éste en el mundo.

—«*Creo que Vuestra Alteza sabía mejor que nadie que, aparte de vos, no había ninguna otra criatura viviente a la que estuviese yo tan obligado como a ella...*» Enrique interrumpe de nuevo.

—Pero veréis que continúa diciendo que, si ella es culpable, debería ser castigada sin compasión, y debería servir de ejemplo. Viendo cómo la elevé yo desde la nada. Y dice, además, que nadie que ame el Evangelio la apoyará, más bien la aborrecerá.

Cranmer añade: «*Confío por tanto en que Vuestra Alteza no dejará por ello de favorecer la verdad del Evangelio tanto como ha hecho hasta el presente, pues ese apoyo al Evangelio no se debía al afecto que sentíais por ella sino a vuestro celo en defensa de la verdad*».

Cromwell posa la carta. Parece cubrirlo todo. Ella no puede ser culpable. Pero sin embargo debe ser culpable. Nosotros, sus hermanos, la repudiamos.

—Señor —dice—, si queréis a Cranmer enviad por él. Podríais confortaros mutuamente, y tal vez intentar entender todo esto entre los dos. Diré a vuestra gente que lo dejé pasar. Parecéis necesitar aire fresco. Bajad la escalera hasta el jardín privado. Nadie os molestará.

—Pero no he visto a Jane —dice Enrique—. Quiero verla. ¿Podemos traerla aquí?

—Aún no, señor. Esperad hasta que esté más adelantado el asunto. Hay rumores en las calles, y multitudes que quieren verla, y se han hecho baladas, denigrándola.

—¿Baladas? —Enrique está asombrado—. Buscad a los autores. Deben ser rigurosamente castigados. No, tenéis razón, no debemos traer a Jane aquí hasta que el aire esté puro. Así que iréis a verla, Cromwell. Quiero que le llevéis cierto regalo.

Saca de entre sus papeles un librito enjoyado: de esos que una mujer lleva en la faja, colgando de una cadena de oro.

—Era de mi esposa —dice; luego se contiene y desvía la vista, avergonzado—. Quería decir, de Catalina.

No quiere tomarse el tiempo necesario para bajar hasta Surrey, a casa de Carew, pero parece ser que debe hacerlo. Es una casa bien proporcionada de hace unos treinta años, con un gran salón particularmente espléndido y muy copiado por gentilhombres que se construyeron casas propias. Ha estado allí antes, con el cardenal, en su época. Da la impresión de que desde entonces Carew ha traído italianos para arreglar los jardines. Los jardineros se quitan los sombreros de paja a su paso. Los caminos están entrando en su temprana gloria estival. Gorjean pájaros de un aviario. La hierba está cortada tan al ras que parece una extensión de terciopelo. Le observan ninfas de ojos de piedra.

Ahora que el asunto tiende hacia un lado y sólo hacia uno, los Seymour han empezado a enseñar a Jane cómo ser una reina.

—Ese asunto que tenéis con las puertas —dice Edward Seymour. Jane le mira parpadeando—. Esa costumbre que tenéis de sostener la puerta y deslizaros bordeándola.

—Vos me decís que sea discreta. —Jane baja los ojos, para mostrarle lo que significa la discreción.

—Vamos a ver. Salid de la habitación —dice Edward—. Volved a entrar. Como una reina, Jane.

Jane se desliza fuera. La puerta cruje tras ella. En el hiato, se miran entre ellos. Se abre la puerta. Hay una larga pausa..., como podría ser una pausa regia. La entrada sigue vacía. Luego aparece Jane, despacito, por el rincón.

—¿Así mejor?

—¿Saben lo que pienso? —dice él—. Creo que a partir de ahora Jane no se abrirá la puerta ella, así que no importa.

—Lo que yo creo —dice Edward— es que esta modestia podría aburrir. Alzad la vista y miradme, Jane. Quiero ver vuestra expresión.

—Pero ¿qué os hace pensar —murmura Jane— que yo quiero ver la vuestra?

Toda la familia está reunida en la galería. Los dos hermanos, Edward el prudente y Tom el precipitado. El digno sir John, el viejo cabrito. Lady Margery, la gran belleza de su época, sobre la que John Skelton escribió una vez un verso: «benigna, cortés y mansa», la llamó. La mansedumbre no es evidente hoy: parece agriamente triunfal, como una mujer que ha exprimido el éxito de la vida, aunque haya tardado en hacerlo casi sesenta años.

Entra Bess Seymour, la hermana que ha enviudado. Lleva en la mano un paquete envuelto en lino.

—Señor secretario —dice, con una reverencia. A su hermano le dice—: Tomad, Tom, sostened esto. Sentaos, hermana.

Jane se sienta en un taburete. Esperas que alguien le dé una pizarra y empiece a enseñarle A, B, C.

—Bueno —dice Bess—. Fuera con esto.

Por un momento parece como si estuviese agrediendo a su hermana: con un vigoroso tirón de ambas manos, arranca su tocado capilar de media luna, le retira el velo y lo deposita todo en las manos de su madre, que esperan.

Jane, con su gorro blanco, parece desnuda y dolorida, la cara tan pequeña y pálida como un rostro en un lecho de enfermo. «El gorro también fuera, y a empezar de nuevo», ordena Bess. Tira de la cinta anudada que su hermana tiene bajo la barbilla. «¿Qué has hecho con esto, Jane? Parece como si hubieras estado chupándolo.» Lady Margery saca un par de ornamentadas tijeras. Un chasquido y Jane queda libre. Su hermana le quita el gorro, y su cabello pálido, una cinta fina de luz, cae sobre el hombro. Sir John carraspea y aparta la vista, el viejo hipócrita: como si hubiese visto algo que quedase fuera de la jurisdicción masculina. El cabello goza de un momento de libertad hasta que lady Margery lo alza y se lo enrolla en la mano, tan insensible como si se tratase de una madeja de lana; Jane arruga el ceño mientras es alzado desde la nunca, enrollado y embutido debajo de otro gorro más tieso y más nuevo.

—Vamos a prender esto —dice Bess. Trabaja, absorta—. Es más elegante, si puedes sostenerlo.

—A mí las cintas nunca me han gustado —dice lady Margery.

—Gracias, Tom —dice Bess, y coge su paquete. Retira el envoltorio—. El gorro más prieto —decreta.

Su madre sigue las instrucciones, vuelve a prenderlo. Al cabo de un instante se embute en la cabeza de Jane una caja de tela. Jane alza los ojos, como pidiendo ayuda, y emite un pequeño balido cuando la estructura de alambre le muerde el cuero cabelludo.

—Bueno, estoy sorprendida —dice lady Margery—. Tenéis una cabeza más grande de lo que yo creía, Jane.

—Bess se aplica a doblar el alambre. Jane permanece muda—. Así, ya está —dice lady Margery—. Ha cedido un poco ya. Aprieta hacia bajo. Alza los bordes. Al nivel de la barbilla, Bess. Así era como le gustaba a la vieja reina.

Retrocede para valorar a su hija, apresada ahora en una anticuada caperuza de gablete, de un tipo que no se ha visto desde la ascensión de Ana. Lady Margery se chupa los labios y estudia a su hija.

—Inclinado —decide.

—Eso es Jane, creo yo —dice Tom Seymour—. Poneos derecha, hermana.

Jane se lleva las manos a la cabeza, cautelosamente, como si el complejo tocado pudiese estar caliente.

—Olvídate de él —dice su madre con brusquedad—. Ya lo has llevado antes. Te acostumbrarás.

Bess se saca de algún lugar una extensión de delicado velo negro.

—Estate quieta. —Empieza a prenderlo en la parte de atrás de la caja, la expresión absorta.

—Ay, eso era mi cuello —dice Jane, y Tom Seymour lanza una risa despiadada; algún chiste privado suyo, demasiado impropio para compartir, pero uno puede imaginar.

—Siento entretenerle, señor secretario —dice Bess—, pero tiene que conseguir llevarlo bien. No podemos permitir que le recuerde al rey a..., ya sabéis.

Pues tened cuidado, piensa él, inquieto: hace sólo cuatro meses que murió Catalina, tal vez el rey no quiera que se la recuerde tampoco.

—Tenemos varios tocados más de éstos a nuestra disposición —le explica Bess a su hermana—, así que si en realidad no puedes llevarlo en equilibrio, podemos deshacerlo todo e intentarlo otra vez.

Jane cierra los ojos.

—Estoy segura de que valdrá.

—¿Cómo los conseguisteis tan rápido? —pregunta él.

—Estaban guardados —dice lady Margery—. En baúles. Por mujeres que sabían, como yo, que volverían a hacer falta. No veremos ya las modas francesas, no por muchos años, gracias a Dios.

El viejo sir John dice:

—El rey le ha enviado joyas.

—Cosas que La Ana no utilizaba —dice Tom Seymour—. Pero pronto serán todas para ella.

Bess dice:

—Supongo que tía Ana no las querrá, en su convento.

Jane alza la vista: y ahora lo hace, mira a los ojos a sus hermanos y aparta la vista de nuevo. Es siempre una sorpresa oír su voz, tan suave, tan poco utilizada, el tono tan contrapuesto a lo que tiene que decir.

—Yo no veo cómo eso puede resultar, el convento. Primero Ana afirmaría que lleva dentro al hijo del rey. Entonces él se vería obligado a esperar, sin resultado, porque nunca hay resultado. Después de eso ella pensaría en nuevas dilaciones. Y mientras tanto ninguno de nosotros estaría seguro.

Tom dice:

—Ella conoce los secretos de Enrique, estoy seguro. Y se los vendería a sus amigos los franceses.

—No es que sean sus amigos —dice Edward—. Ya no.

—Pero lo intentaría —dice Jane.

Él los ve, cerrando filas: una magnífica vieja familia inglesa. Le pregunta a Jane:

—¿Haríais vos alguna cosa, si pudieseis, por destruir a Ana Bolena? —Su tono no entraña ningún reproche; sólo está interesado.

Jane lo considera: pero sólo un momento.

—Nadie necesita colaborar en su destrucción. Y nadie es culpable de ella. Se ha destruido ella misma. No se puede hacer lo que hizo Ana Bolena y llegar a vieja.

Él debe estudiar a Jane ahora, la expresión de su cara inclinada hacia abajo. Cuando Enrique cortejaba a Ana, ella miraba directamente al mundo, la barbilla hacia arriba, los ojos sin profundidad, como estanques de oscuridad contrastando con el resplandor de la piel. Pero una mirada escrutadora es suficiente para Jane, y entonces ella baja los ojos. Su expresión es retraída, cavilosa. Es una expresión que él ha visto antes. Ha estado mirando cuadros estos cuarenta años. Cuando era un muchacho, antes de escapar de Inglaterra, un cuadro era un coño pintado con tiza en una pared, o un santo de ojos planos que examinabas los domingos en misa entre bostezo y bostezo. Pero en Florencia los maestros habían pintado vírgenes de rostro plateado, recatadas, humildes, cuyo destino se movía dentro de ellas, un lento cálculo en la sangre; sus ojos estaban vueltos hacia dentro, hacia imágenes de dolor y de gloria. ¿Ha visto Jane esos cuadros? ¿Es posible que los maestros dibujaran del natural, que estudiasen el rostro de algunas prometidas, algunas mujeres a las que los suyos llevaban caminando hasta la puerta de la iglesia? Caperuza francesa, caperuza de gablete, no basta eso. Si Jane pudiese velar del todo su rostro, lo haría, y ocultaría sus cálculos al mundo.

—Bueno —dice él; se siente incómodo, al atraer la atención hacia sí—. La razón de que haya venido es que el rey me ha enviado con un regalo.

Está envuelto en seda. Jane alza la vista mientras lo gira en sus manos.

—Una vez me hicisteis un regalo, señor Cromwell. Y en aquellos tiempos nadie más lo hacía. Podéis estar seguro de que recordaré eso, cuando esté a mi alcance haceros bien.

Justo en el momento preciso para fruncir el ceño ante esto, ha hecho su entrada sir Nicholas Carew. Él no entra en una habitación como los hombres de inferior condición, sino que lo hace atropelladamente, como una máquina de asedio o algún formidable instrumento lanzador: y ahora, deteniéndose ante Cromwell, parece como si desease bombardearle.

—He oído lo de esas baladas —dice—. ¿No podéis eliminarlas?

—No son nada personal —dice él—. Sólo libelos recalentados de cuando Catalina era reina y Ana la pretendiente.

—Los dos casos no son similares en absoluto. Esta dama virtuosa, y esa... —A Carew le fallan las palabras; y verdaderamente la condición judicial de Ana es imprecisa, los cargos aún no han sido presentados, es difícil describirla. Si es una traidora está pendiente del veredicto del tribunal, técnicamente muerta; aunque en la Torre, informa Kingston, come bastante animosamente y se ríe, como Tom Seymour, con sus chistes privados.

—El rey está reescribiendo viejas canciones —explica—. Reelaborando sus referencias. Una dama de cabello oscuro es rechazada y una rubia dama admitida. Jane sabe cómo se manejan esas cosas. Ella estuvo con la vieja reina. Si Jane no se hace ilusiones, siendo como es una doncellita, entonces vos deberíais libraros de las vuestras, sir Nicholas. Sois demasiado viejo para ellas.

Jane se mantiene inmóvil con su regalo en las manos, aún sin desenvolver.

—Podéis abrirlo, Jane —dice amablemente su hermana—. Sea lo que sea, es para vos.

—Estaba escuchando al señor secretario —dice Jane—. Se puede aprender muchísimo de él.

—Lecciones poco aptas para vos —dice Edward Seymour.

—No sé. Diez años con el señor secretario y podría aprender a hacerme valer por mí misma.

—Vuestro feliz destino —dice Edward— es ser reina, no una empleada.

—¿Así que vos —dice Jane— dais gracias a Dios por que yo naciese mujer?

—Damos gracias a Dios de rodillas diariamente —dice Tom Seymour, con plúmbea galantería. Es nuevo para él tener esta mansa hermana que requiere cumplidos, y él no es rápido para reaccionar. Lanza una mirada al hermano Edward y se encoge de hombros: lo siento, es lo mejor de lo que soy capaz.

Jane desenvuelve su regalo. Hace correr la cadena entre los dedos; es tan fina como uno de sus propios cabellos. Sostiene en la palma de su mano el librito y le da la vuelta. En el esmaltado negro y oro de la tapa, hay tachonadas iniciales en rubíes, y entrelazadas: «E» y «A».

—No os importe eso, las piedras se pueden reordenar —dice él rápidamente. Jane le devuelve el objeto. Ha bajado la cara; aún no sabe lo ahorrador que puede ser el rey, ese príncipe tan majestuoso. Enrique debería haberme prevenido, piensa. Bajo la inicial de Ana aún puedes distinguir la «C». Él se lo pasa a Nicholas Carew.

—¿Tomáis nota?

El caballero lo abre, tras manipular torpemente el pequeño cierre.

—Ah —dice—. Una oración en latín. ¿O un versículo de la Biblia?

—¿Me permitís? —Lo coge de nuevo—. Es del Libro de Proverbios. «¿Quién puede encontrar una esposa buena, virtuosa? Su precio es mayor que los rubíes.»

Evidentemente no lo es, piensa él: tres presentes, tres esposas y sólo una factura del joyero.

—¿Conocéis a esta mujer que se menciona aquí? —le dice a Jane, sonriendo—. Su ropa es de seda y de púrpura, dice el autor. Podría deciros mucho más sobre ella, de versículos que esta página no contiene.

Edward Seymour dice:

—Deberíais haber sido obispo, Cromwell.

—Edward —dice él—, yo debería haber sido papa.

Solicita licencia para irse, pero Carew tuerce un dedo perentorio. Oh, Dios Santo, se dice, ahora tengo problemas, por no ser lo suficientemente humilde. Carew le lleva aparte. Pero no es para hacerle reproches.

—La princesa María —murmura Carew— tiene grandes esperanzas de que se la llame al lado de su padre. ¿Qué mejor remedio y consuelo en un momento así, para el rey, que tener a la hija de su verdadero matrimonio en su casa?

—María está mejor donde está. Los temas discutidos aquí, en el consejo y en la calle, no son adecuados para los oídos de una joven.

Carew frunce el ceño.

—Puede haber cierta lógica en eso. Pero parece ser que ella está esperando mensajes del rey. Algún detalle.

Algún detalle, piensa él; eso puede arreglarse.

—Hay damas y gentilhombres de la corte —dice

Carew— que desearían cabalgar hasta allí para presentar sus respetos, y si no se trae a la princesa aquí, ¿no deberían aliviarse sus condiciones de confinamiento? No es muy adecuado ya que tenga Bolenas a su alrededor. Tal vez su vieja tutora, la condesa de Salisbury...

¿Margaret Pole? ¿Esa hacha de guerra papista ojerosa? Pero ahora no es momento de decirle duras verdades a sir Nicholas; eso puede esperar.

—El rey dispondrá —dice tranquilamente—. Es una cuestión íntima de familia. Él sabrá qué es lo mejor para su hija.

De noche, cuando se encienden las velas, Enrique derrama fáciles lágrimas por María. Pero a la luz del día la ve tal como es: desobediente, obstinada, aún sin domar. Cuando todo esto esté arreglado, dice el rey, volveré mi atención hacia mis deberes como padre. Me entristece que lady María y yo nos hayamos distanciado. Después de Ana, será posible la reconciliación. Pero, añade, habrá ciertas condiciones. A las que, tened en cuenta mis palabras, mi hija María se someterá.

—Una cosa más —dice Carew—. Debéis incluir a Wyatt.

En vez de eso, hace comparecer a Francis Bryan. Francis entra sonriendo: se cree el hombre intocable. Lleva el parche del ojo decorado con una pequeña esmeralda que hace guiños, lo que produce un efecto siniestro: un ojo verde, y el otro...

Él lo examina, dice:

—Sir Francis, ¿de qué color son vuestros ojos? Quiero decir, ¿vuestro ojo?

—Rojo, generalmente —dice Bryan—. Pero procuro no beber durante la Cuaresma. Ni en Adviento. Ni los viernes —el tono es lúgubre—. ¿Por qué estoy aquí yo? Sabéis que estoy de vuestra parte, ¿no?

—Sólo os pedí que vinierais a cenar.

—También invitasteis a cenar a Mark Smeaton. Y mirad dónde está ahora.

—No es que dude de vos —dice él con un hondo suspiro de actor (cómo disfruta con sir Francis)—. No soy yo, sino el mundo en general, quien pregunta de qué lado está vuestra lealtad. Vos sois, claro, pariente de la reina.

—También soy pariente de Jane. —Bryan aún se siente cómodo, y lo muestra retrepándose en su asiento, los pies metidos debajo de la mesa—. No me había imaginado que se me llegase a interrogar.

—Estoy hablando con todos los que están próximos a la familia de la reina. Y vos lo estáis sin duda, habéis estado con ellos desde los primeros días; ¿no fuisteis a Roma, cuando el divorcio del rey, a presionar en favor de los Bolena con los mejores de ellos? Pero ¿por qué habríais de tener miedo? Sois un viejo cortesano, lo sabéis todo. El conocimiento, usado prudentemente, prudentemente compartido, debe protegeros.

Él espera. Bryan se ha enderezado en la silla.

—Y vos queréis complacer al rey —dice él—. Lo único que yo quiero es estar seguro de que, si es preciso, prestaréis testimonio sobre cualquier cuestión que yo os plantee.

Podría jurar que Francis suda vino gascón, que sus poros vierten ese artículo mohoso y de baja calidad que él ha estado comprando barato y vendiendo caro para las propias bodegas del rey.

—Mirad, Crumb —dice Bryan—. Lo que yo sé es que Norris siempre andaba imaginándose que lo hacía con ella.

—Y su hermano, ¿qué se imaginaba?

Bryan se encoge de hombros.

—A ella la enviaron a Francia y no se conocieron en realidad hasta que eran mayores. Yo sé que esas cosas pasan, ¿verdad que sí?

—No, yo no puedo decir que lo sepa. Donde yo me

crié no se practicaba el incesto, bien sabe Dios que había bastantes delitos y pecados, pero había espacios a los que nuestra fantasía no llegaba.

—Apuesto a que lo visteis en Italia. Sólo que a veces la gente lo ve y no se atreve a nombrarlo.

—Yo me atrevo a nombrar cualquier cosa —dice él calmosamente—. Como veréis. Mi imaginación puede que se quede atrás en cuanto a las revelaciones de cada día, pero estoy trabajando de firme para darles alcance.

—Ahora ella no es reina —dice Bryan—, porque no lo es, ¿verdad?..., puedo llamarla lo que es, una zorra lujuriosa, y ¿dónde tiene mejor oportunidad que con su familia?

—Según ese razonamiento —dice él—, ¿creéis que ella lo hacía con su tío Norfolk? Podría incluso hacerlo con vos, sir Francis. Si le gustan los parientes. Vos sois un buen galán.

—Oh, Dios Santo —dice Bryan—. Cromwell, vos no podéis...

—Yo sólo lo menciono. Pero, puesto que estamos de acuerdo en este asunto, o parecemos estar, ¿me haréis un servicio? Podríais ir hasta Great Hallingbury y preparar a mi amigo lord Morley para lo que se avecina. No es el tipo de noticias que se pueden comunicar en una carta, sobre todo cuando el amigo es anciano.

—¿Creéis que es mejor cara a cara? —Una risa incrédula—. Mi señor, diré, vine para ahorraros una conmoción..., vuestra hija Jane pronto será viuda, porque su marido va a ser decapitado por incesto.

—No, la cuestión del incesto se la dejamos a los sacerdotes. Es por traición por lo que morirá. Y no sabemos si el rey elegirá decapitación.

—No creo que yo pueda hacerlo.

—Pero yo sí. Tengo una gran fe en vos. Consideradlo una misión diplomática. Habéis realizado algunas. Aunque no sé muy bien cómo.

—Sobrio —dice Francis Bryan—. Necesitaré beber

algo para ésta. Y, sabéis, le tengo miedo a lord Morley. Siempre anda sacando algún manuscrito antiguo y diciendo: «¡Mira esto, Francis!». Y riéndose cordialmente de los chistes que hay allí. Y bueno, mi latín, cualquier escolar se avergonzaría de él.

—Dejad las zalamerías —dice él—. Ensillad el caballo. Pero antes de partir para Essex, hacedme un servicio más. Id a ver a vuestro amigo Nicholas Carew. Decidle que estoy de acuerdo con sus demandas y que hablaré con Wyatt. Pero advertidle, decidle que no me presione porque no me dejaré presionar. Recordadle que va a haber más detenciones, aún no puedo decir de quién. O más bien, aunque pudiese, no estoy dispuesto. Entended, y haced entender a vuestros amigos, que yo he de tener una mano libre para negociar. No soy su criado.

—¿Tengo ya libertad para marcharme?

—Sois libre como el aire —dice él suavemente—. Pero ¿qué me decís de la cena?

—Podéis comeros vos la mía —dice Francis.

Aunque la cámara del rey es oscura, el rey dice:

—Debemos mirar en el espejo de la verdad. Yo creo que soy culpable, pues lo que suponía tener no lo tenía.

Enrique mira a Cranmer como diciendo: ahora es vuestro turno; yo confieso mi culpa, dadme pues la absolución. El arzobispo parece muy afectado; no sabe qué dirá Enrique a continuación, o si puede confiar en sí mismo para responder. No es una noche esta para la que le preparase nunca Cambridge.

—No fuisteis negligente —le dice al rey; lanza una mirada interrogante, como una larga aguja, hacia él, hacia Cromwell—. En estas cuestiones, la acusación no debería llegar, en realidad, antes de las pruebas.

—Debéis tener en cuenta —le dice él a Cranmer, pues él es suave y flexible y dispone de frases abundantes—, debéis tener en cuenta que no yo sino todo el consejo del rey examinó a los gentilhombres que ahora están acusados. Y el consejo del rey os convocó, os expuso la materia y no pusisteis reparos. Como vos mismo habéis dicho, mi señor arzobispo, no habríamos ido tan lejos en el asunto sin una seria consideración.

—Cuando miro hacia atrás —dice Enrique—, encajan tantas cosas en su sitio... Fui embaucado y traicionado. Tantos amigos perdidos, amigos y buenos servidores, perdidos, apartados, desterrados de la corte. Y peor..., pienso en Wolsey. La mujer a la que yo llamaba «mi esposa» utilizó contra él todo su ingenio, todas las armas de la astucia y el rencor.

¿Qué esposa sería ésa? Tanto Catalina como Ana trabajaron contra el cardenal.

—No sé cómo he podido estar tan engañado —dice Enrique—. Pero ¿no llama san Agustín al matrimonio «una vestidura mortal de esclavitud»?

—Crisóstomo —murmura Cranmer.

—Pero dejemos eso a un lado —dice rápidamente él, Cromwell—. Si este matrimonio se deshace, Majestad, el Parlamento os pedirá que volváis a casaros.

—Me atrevo a decir que sí que lo hará. ¿Cómo puede un hombre cumplir su deber al mismo tiempo con su reino y con Dios? Pecamos incluso en el propio acto de la generación. Debemos tener descendientes, y los reyes en especial, y sin embargo se nos advierte contra la lujuria; incluso en el matrimonio, hay algunas autoridades que dicen que amar a la esposa desmedidamente es una especie de adulterio, ¿verdad?

—Jerónimo —cuchichea Cranmer: como si inmediatamente repudiara al santo—. Pero hay muchas otras doctrinas que son más cómodas, y que alaban el estado marital.

—Rosas arrancadas de las espinas —dice él—. La Iglesia no ofrece mucho consuelo al hombre casado, aunque Pablo diga que deberíamos amar a nuestras esposas. Es difícil, Majestad, no pensar que el matrimonio es intrínsecamente pecaminoso, dado que los célibes se han pasado muchos siglos diciendo que ellos están mejor que nosotros. Pero no están mejor. La repetición de doctrinas falsas no las hace ciertas. ¿Vos estáis de acuerdo, Cranmer?

Que me maten ahora mismo, dice la cara del arzobispo. Él, contra todas las leyes del rey y de la Iglesia, es un hombre casado; se casó en Alemania cuando estaba entre los reformadores, tiene a *frau* Grete escondida, la oculta en sus casas de campo. ¿Lo sabe Enrique? Debe saberlo. ¿Lo dirá? No, porque está pensando en su propio problema.

—Ahora no puedo entender por qué pude tenerla alguna vez —dice el rey—. Por eso es por lo que creo que ella ha utilizado conmigo hechizos y encantamientos. Asegura que me ama. Catalina proclamaba que me amaba. Ellas dicen amor y quieren decir lo contrario. Yo creo que Ana ha intentado minarme continuamente. Siempre era antinatural. Pensad en cómo se burlaba de su tío, mi señor de Norfolk. Pensad con qué desdén trataba a su padre. Presumía de censurar mi propia conducta, y se empeñaba en aconsejarme sobre cuestiones que quedaban muy fuera del alcance de su comprensión, y me decía cosas que ningún pobre estaría dispuesto a aguantar que se las dijese su mujer.

—Era atrevida, cierto. Sabía que era un defecto e intentaba controlarse.

—Ahora se controlará, vive Dios. —El tono de Enrique es feroz; pero en el instante siguiente lo ha modulado, con los tonos quejumbrosos de la víctima; abre su caja de escribir de nogal.

—¿Veis este librito? —No es un libro en realidad, o no lo es aún, sólo una colección de hojas sueltas atadas; no hay página del título, sólo una hoja blanca con la laboriosa escritura del propio Enrique.

—Es un libro en elaboración. Lo he escrito yo. Es una obra de teatro. Una tragedia. Es mi propio caso —lo ofrece.

—Guardadlo, señor —dice él—, hasta que tengamos más tiempo de ocio para hacerle justicia.

—Pero debéis saber —insiste el rey—. Conocer el carácter de ella. Lo mal que se ha portado conmigo, cuando yo se lo di todo. Todos los hombres deberían saberlo y estar advertidos sobre lo que son las mujeres. Sus apetitos no tienen límites. Ella ha cometido adulterio, creo yo, con un centenar de hombres.

Enrique parece de pronto una criatura cazada: acosada por el deseo de las mujeres, arrastrada y despedazada.

—Pero ¿su hermano? —dice Cranmer; él aparta la vista, no quiere mirar al rey—. ¿Es posible eso?

—Dudo que ella pudiera resistirse —dice Enrique—. ¿Por qué privarse? ¿Por qué no apurar la copa hasta las sucias heces? Y mientras ella se entregaba a sus deseos, estaba matando los míos. Cuando me acercaba a ella, sólo para cumplir con mi deber, me lanzaba una mirada que era como para desalentar a cualquier hombre. Ahora sé por qué lo hacía. Quería estar fresca para sus amantes.

El rey se sienta. Empieza a hablar, a divagar. Ana lo cogió de la mano, diez años atrás y más. Lo llevó al bosque y en el selvático lindero de él, donde la amplia luz del día se astilla y se filtra en el verdor, él dejó su buen juicio, su inocencia. Ella lo arrastró, cautivo, todo el día, hasta que estaba ya temblando, exhausto, pero no podía pararse siquiera a tomar aliento, no podía volver atrás, no conocía el camino. Así lo torturaba todo el día, hasta que se apagaba la luz, y él la seguía a la luz de las antorchas: entonces ella se volvía y apagaba las antorchas y lo dejaba solo en la oscuridad.

Se abre la puerta suavemente: alza la vista y allí está Rafe, donde antes habría estado Weston, quizá.

—Majestad, mi señor de Richmond está aquí para daros las buenas noches. ¿Puede entrar?

Enrique se interrumpe.

—Fitzroy. Por supuesto.

El bastardo de Enrique es ahora un principito de dieciséis años, aunque su piel delicada, su mirada franca, le hace parecer más joven de esa edad. Tiene el cabello entre dorado y pelirrojo de la estirpe del rey Eduardo IV; tiene también un aire del príncipe Arthur, el hermano mayor de Enrique que murió. Se muestra vacilante al enfrentarse al toro de su padre, deteniéndose por si se le rechaza. Pero Enrique se levanta y abraza al muchacho, la cara húmeda de lágrimas. «Mi hijito —dice, a un niño que pronto medirá uno ochenta—. Mi único hijo.» El rey llora tanto que tiene que secarse la cara con la manga. «Ella os habría envenenado —gime—. Gracias a Dios que por la astucia del señor secretario se descubrió a tiempo la conjura.»

—Gracias, señor secretario —dice, muy serio, el muchacho—. Por descubrir la conjura.

—Ella os habría envenenado a vos y a vuestra hermana María, a los dos, y habría hecho heredera de Inglaterra a ese granito que engendró. O mi trono habría pasado al mocoso al que engendrase después, Dios me valga, si conseguía vivir. Dudo que un hijo suyo pudiese vivir. Era demasiado malvada. Dios la abandonó. Rezad por vuestro padre, rezad para que Dios no me abandone. He pecado, tengo que haber pecado. El matrimonio era ilícito.

—¿Qué, éste? —dice el muchacho—. ¿Éste también?

—Ilícito y maldito —Enrique balancea al muchacho adelante y atrás, apretándolo ferozmente en su abrazo, los puños cerrados a su espalda: tal vez un oso apriete así a sus crías—. El matrimonio estaba fuera de la ley de Dios. Nada podría hacerlo legítimo. Ninguna de ellas fue mi esposa, ni ésta ni la otra, que gracias a Dios está ya en la tumba, y no tengo que escuchar sus gimoteos y sus rezos y sus ruegos, ni soportar que se inmiscuya en mis asuntos. No me digáis que hubo dispensas, no quiero oírlo, ningún papa puede dispensarnos de la ley del Cielo. ¿Cómo fue que llegó a acercarse a mí ella, Ana Bolena? ¿Por qué llegué yo a fijarme en ella? ¿Por qué me cegó? Hay tantas mujeres en el mundo, tantas mujeres lozanas y jóvenes y virtuosas, tantas mujeres buenas y amables. ¿Por qué he estado maldecido yo con mujeres que destruyen a los niños en sus vientres?

Suelta al muchacho tan bruscamente que éste se tambalea.

Enrique resopla.

—Ahora idos, hijo. A vuestro lecho inocente. Y vos, señor secretario, al vuestro..., volved con vuestra gente.

—El rey se seca la cara con su pañuelo—. Estoy demasiado cansado para confesar esta noche, mi señor arzobispo. Podéis idos a casa también. Pero venid de nuevo, y absolvedme.

Parece una idea cómoda. Cranmer vacila: pero no es alguien que presione para descubrir secretos. Cuando salen de la cámara, Enrique coge su pequeño libro; pasa las páginas y se pone a leer su propia historia.

Fuera de la cámara del rey, él hará la señal a los gentilhombres que están esperando. «Entrad y ved si quiere algo.» Lentos, renuentes, los sirvientes de cámara se dirigen hacia el cubil de Enrique: inseguros de cómo van a ser recibidos, inseguros de todo. Pasar el tiempo en buena compañía; pero ¿dónde está ya la compañía? Está encogida contra la pared.

Se despide de Cranmer abrazándolo y susurrando:

—Todo saldrá bien.

El joven Richmond le toca en el brazo:

—Señor secretario, hay algo que debo contaros.

Él está cansado. Se levantó al amanecer a escribir cartas a Europa.

—¿Es urgente, mi señor?

—No. Pero es importante.

Dónde buscar un maestro que conozca la diferencia.

—Adelante, mi señor, soy todo oídos.

—Quiero contaros que he tenido ya una mujer.

—Espero que ella fuese todo lo que deseabais.

El muchacho se ríe, inseguro.

—En realidad no. Era una puta. Lo arregló mi hermano Surrey. —Se refiere al hijo de Norfolk; a la luz de un candelabro de pared, la cara del muchacho titila, de oro a negro, a oro cuadriculado de nuevo, como si estuviese sumergida en sombras—. Pero después de eso, soy ya un hombre y creo que Norfolk debería dejarme vivir con mi mujer.

Richmond ha sido casado ya, con la hija de Norfolk, la pequeña Mary Howard. Norfolk ha mantenido separados a los chicos por razones propias: si Ana le hubiese dado un hijo a Enrique en su matrimonio, el bastardo no valdría nada ya para el rey, y Norfolk había considerado en sus cálculos que, en ese caso, si su hija era aún virgen, tal vez pudiese casarla en otra parte con mayor provecho.

Pero todos estos cálculos son inútiles ya.

—Hablaré con el duque en favor vuestro —dice él—. Creo que ahora se mostrará propicio a ceder a vuestros deseos.

Richmond se ruboriza: ¿placer, embarazo? El muchacho no es tonto y conoce su situación, que en unos cuantos días ha mejorado inmensamente. Él, Cromwell, puede oír la voz de Norfolk, tan clara como si estuviese razonando en el consejo del rey: la hija de Catalina ha sido convertida ya en bastarda, la hija de Ana la seguirá, así que todos los tres hijos de Enrique son ilegítimos. Y, en ese caso, ¿por qué no preferir el varón a la hembra?

—Señor secretario —dice el chico—, los criados de mi casa andan diciendo que Elizabeth no es siquiera hija de la reina. Dicen que fue introducida en secreto en la cámara de la reina en un cesto y que se sacó de allí al hijo muerto que ella había tenido.

—¿Por qué iba a hacer eso ella? —siempre siente curiosidad por los razonamientos de los criados domésticos.

—Es todo porque, para ser reina, hizo un pacto con el diablo. Pero el diablo siempre te engaña. La dejó ser reina, pero no la dejaba tener un hijo vivo.

—Sin embargo, lo más normal sería pensar que el demonio hubiese aguzado su ingenio. Si iba a introducir en secreto un bebé en un cesto, ¿no sería más lógico que hubiese elegido un niño?

Richmond consigue esbozar una triste sonrisa.

—Tal vez fuese el único recién nacido con el que consiguió hacerse. Después de todo, la gente no los deja en la calle.

Lo hacen, sin embargo. Él va a introducir una nueva ley en el Parlamento para proporcionar amparo a los niños huérfanos de Londres. Su idea es: vela por los niños huérfanos y ellos velarán por las niñas.

—A veces —dice el chico—, pienso en el cardenal. ¿Vos pensáis alguna vez en él?

Se agacha para sentarse en un baúl; y él, Cromwell, se sienta a su lado.

—Cuando yo era muy pequeño, y muy tonto, como son los niños, solía pensar que el cardenal era mi padre.

—El cardenal era vuestro padrino.

—Sí, pero yo pensaba... Porque era tan bueno conmigo. Me visitaba y me llevaba por ahí y, aunque me hizo grandes regalos de cubertería y vajilla de oro, me regaló también una pelota de seda y también una muñeca, cosas que, como sabéis, les gustan a los niños... —baja la cabeza— cuando son pequeños, y yo estoy hablando de cuando vestía aún una túnica. Sabía que había un secreto sobre mí, y pensaba que era ése, que yo era hijo de un sacerdote. Cuando vino el rey era un desconocido para mí. Me regaló una espada.

—¿Y pensasteis entonces que era vuestro padre?

—No —dice el chico; abre las manos para mostrar

su desvalida condición, la condición en que se hallaba cuando era un niño pequeño—. No. Tuvieron que explicármelo. No se lo digáis a él, por favor. No lo entendería.

De todas las sorpresas desagradables que el rey ha recibido, podría ser la mayor, saber que su hijo no le reconoció.

—¿Tiene él muchos más hijos? —pregunta Richmond. Habla ahora con la autoridad de un hombre de mundo—. Supongo que debe de tenerlos.

—Que yo sepa, no tiene más hijo que pudiese invalidar vuestro derecho. Dijeron que el hijo de María Bolena era suyo, pero estaba casada por entonces y el chico recibió el apellido de su marido.

—Pero supongo que ahora él se casará con la señora Seymour, cuando este matrimonio —el muchacho se aturulla con las palabras—, cuando lo que tenga que suceder, cuando suceda. Y ella tendrá un hijo, quizá, porque los Seymour son una estirpe fértil.

—Si eso ocurre —dice él amablemente—, debéis estar preparado, ser el primero en felicitar al rey. Y debéis estar dispuesto toda vuestra vida a poneros al servicio de ese pequeño príncipe. Pero respecto a un asunto más inmediato, si me permitís que..., en caso de que la convivencia con vuestra esposa se dilatase aún más, es mejor que busquéis una mujer joven, buena y limpia, y hagáis un acuerdo con ella. Luego, cuando la dejéis, debéis pagarle alguna pequeña cantidad para que no hable de vos.

—¿Es eso lo que haríais vos, señor secretario? —La pregunta es ingenua, pero por un instante piensa si el muchacho no estará espiando para alguien.

—Se trata de una cuestión que es mejor no mencionar entre gentilhombres —dice él—. Y emulad a vuestro padre, el rey, que, cuando habla de mujeres, nunca es grosero —violento, tal vez, piensa, pero grosero nunca—. Sed prudente y no tratéis con putas. No debéis arriesgaros a coger una enfermedad, como el rey francés.

Luego, también, si vuestra joven os da un hijo, debéis cuidaros de él y educarle, y saber que no es de otro hombre.

—Pero no puedes estar seguro... —Richmond se interrumpe; las realidades del mundo están irrumpiendo deprisa en este joven—. Si se puede engañar al rey, se debe poder engañar sin duda a cualquier hombre. Si las damas casadas son falsas, cualquier gentilhombre podría estar criando al hijo de otro.

Él sonríe. «Pero otro caballero estaría criando al suyo.»

Tiene pensado iniciar, cuando tenga tiempo para planearlo, alguna forma de registro, de documentación que registre los bautismos para poder así contar los súbditos del rey y saber quiénes son, o al menos, de quién dicen sus madres que son: apellido y paternidad son dos cosas distintas, pero hay que empezar por algún sitio. Cuando recorre la ciudad escruta los rostros de los londinenses y piensa en calles de otras ciudades donde ha vivido o por las que ha pasado, y se pregunta. Podría tener más hijos, piensa. Ha sido moderado en su vida en la medida en que resulta razonable para un hombre serlo, pero el cardenal solía inventar escándalos sobre él y sus muchas concubinas. Siempre que se llevaba a la horca a algún joven y fornido felón, el cardenal decía: «Mirad, Thomas, ése debe de ser uno de los tuyos».

El muchacho bosteza:

—Estoy tan cansado —dice—. Aunque no he ido de caza hoy. Así que no sé por qué.

Los criados de Richmond están aguardando: su enseña, un león rampante demediado; su librea en azul y amarillo, desvaída a la luz vacilante. Como niñeras apartando a un niño de los charcos cenagosos, quieren apartar al joven duque de lo que pueda estar maquinando Cromwell. Hay una atmósfera de miedo y la ha creado él. Nadie sabe durante cuánto tiempo continuarán las detenciones y a quién más se va a detener. Hasta él pien-

sa que no sabe, y él está al cargo del asunto. George Bolena está encerrado en la Torre. A Weston y a Brereton
se les ha concedido dormir una última noche en el mundo, unas cuantas horas de gracia para arreglar sus asuntos; mañana a esta hora habrá girado la llave para ellos:
podrían escapar, pero ¿adónde? Ninguno de los deteni-
dos salvo Mark ha sido interrogado apropiadamente, es
decir, interrogado por él. Pero se ha iniciado la pelea por
los despojos. Norris no llevaba ni siquiera un día bajo
custodia y ya llegó la primera carta, solicitando una parte de sus cargos y privilegios, de un hombre que alegaba
que tenía catorce hijos. Catorce bocas hambrientas, por
no mencionar sus propias necesidades, y los dientes cas-
tañeteantes de su señora esposa.

Al día siguiente, temprano, le dice a William Fitzwilliam: «Venid conmigo a la Torre a hablar con Norris».
   Fitz dice: «No, id vos. Yo no soy capaz de hacerlo por
segunda vez. Le conozco de toda la vida. La otra visita
casi acaba conmigo».

El gentil Norris: el limpiaculos jefe del rey, hilador de
hilos de seda, araña máxima, negro centro de una red
vasta y goteante de padrinazgo cortesano: qué hombre
tan lleno de vida y tan amable, más de cuarenta años
pero los lleva con tanta ligereza. Norris es un hombre
siempre en equilibrio, una ilustración viva del arte de la
sprezzatura. Nadie lo ha visto jamás despeinado. Tiene el
aire de un hombre que, más que haber alcanzado el éxito, ha llegado a resignarse a él. Es tan cortés con una le-
chera como con un duque; al menos, mientras hay una
audiencia. Un maestro en el campo de la lid, rompe una
lanza con aire de disculpa, y cuando cuenta las monedas
del reino se lava las manos después, con agua de primavera perfumada con pétalos de rosa.

Sin embargo, Harry se ha hecho rico, porque los que rodean al rey no pueden evitar hacerse ricos, por muy modestamente que se esfuercen por ello; cuando Harry elimina algún requisito previo, es como si él, vuestro obediente servidor, os hubiese apartado de la vista algo desagradable. Y cuando se presenta voluntario para algún cargo lucrativo, es como si estuviese haciéndolo por un sentido del deber, y por evitar ese problema a hombres de inferior condición.

¡Pero mirad al gentil Norris ahora! Es una cosa triste ver llorar a un hombre fuerte. Él lo dice así, cuando se sienta, y le pregunta por el trato que recibe, si le gusta la comida que le sirven y cómo ha dormido. Su actitud es benigna y tranquila.

—Durante los días de la Navidad pasada, señor Norris, vos os disfrazasteis de moro y William Brereton se exhibió medio desnudo a guisa de cazador o de hombre salvaje de los bosques, encaminándose así a la cámara de la reina.

—Por amor de Dios, Cromwell —replica Norris, resoplando—. ¿Habláis en serio? ¿Estáis preguntándome en serio sobre lo que hicimos cuando estábamos disfrazados para una mascarada?

—Yo le aconsejé a William Brereton que no se exhibiera de aquel modo. Vuestra respuesta fue que la reina le había visto así más de una vez.

Norris enrojece: igual que en la fecha en cuestión.

—Me entendisteis mal a propósito. Sabéis que quería decir que ella es una mujer casada y por ello el..., el instrumento de un hombre no es para ella una cosa extraña.

—Vos sabéis lo que quisisteis decir. Yo sólo sé lo que dijisteis. Debéis admitir que un comentario de ese género no sonaría como algo inocente a los oídos del rey. Precisamente cuando estábamos conversando vimos a Francis Weston, disfrazado. Y vos comentasteis que iba a ver a la reina.

—Al menos él no estaba desnudo —dice Norris—. Llevaba un disfraz de dragón, ¿no?

—No estaba desnudo cuando le vimos, estoy de acuerdo. Pero ¿qué dijisteis a continuación? Me hablasteis de que la reina se sentía atraída por él. Estabais celoso, Harry. Y no lo negasteis. Decidme lo que sepáis de Weston. Será más fácil para vos después.

Norris se ha repuesto, se suena.

—Todo lo que alegáis son unas cuantas palabras sueltas que se pueden interpretar de muchos modos. Si lo que buscáis son pruebas de adulterio, Cromwell, tendréis que hacer algo mejor que eso.

—Bueno, no sé. Dada la naturaleza del asunto, raras veces hay un testigo del acto. Pero consideramos circunstancias y oportunidades y deseos expresos, consideramos probabilidades sólidas, y consideramos confesiones.

—No tendréis ninguna confesión de mí ni de Brereton.

—No sé, no sé.

—No podréis someter a un gentilhombre a la tortura, el rey no lo permitiría.

—No tienen por qué ser las cosas habituales. —Se ha puesto de pie, golpea con fuerza en la mesa con la palma de la mano—. Podría poneros los pulgares en los ojos, y entonces cantaríais «Verde crece el acebo» si yo os lo pidiese. —Se sienta, vuelve a su tranquilo tono anterior—. Poneos en mi lugar. La gente dirá de todos modos que os he torturado. Dirán que he torturado a Mark, ya andan diciéndolo. Aunque no se ha tocado ni un pelo de él, lo juro. Tengo la confesión libre y voluntaria de Mark. Me ha dado nombres. Algunos de ellos me sorprendieron. Pero me he controlado.

—Estáis mintiendo. —Norris aparta la vista—. Estáis intentando engañarnos para que nos traicionemos unos a otros.

—El rey sabe lo que tiene que pensar. No pide testigos oculares. Sabe de vuestra traición y la de la reina.

—Preguntaos vos mismo —dice Norris— lo probable que es que yo olvidase mi honor hasta el punto de traicionar al rey, que ha sido tan bueno conmigo, e hiciese correr un peligro tan terrible a una dama a la que reverencio. Mi familia ha servido al rey de Inglaterra desde tiempo inmemorial. Mi bisabuelo sirvió al rey Enrique VI, aquel santo varón, al que Dios tenga en su gloria. Mi abuelo sirvió al rey Eduardo, y habría servido a su hijo si hubiese vivido para reinar, y después fue expulsado del reino por el escorpión Ricardo Plantagenet, sirvió a Enrique Tudor en el exilio y lo siguió sirviendo cuando fue coronado rey. Yo he estado al lado de Enrique desde que era un muchacho. Lo quiero como a un hermano. ¿Vos tenéis un hermano, Cromwell?

—Ninguno vivo. —Mira a Norris, exasperado. Parece pensar que con elocuencia, con sinceridad, con franqueza, puede cambiar lo que está sucediendo. Toda la corte le ha visto babeando sobre la reina. ¿Cómo podía esperar ir a comprar con la vista y manosear sin duda las mercancías y no tener que pagar una cuenta al final?

Él se levanta, se va, vuelve, mueve la cabeza: suspira.

—Ay, por amor de Dios, Harry Norris. ¿Tengo que escribirlo yo en la pared por vos? El rey tiene que librarse de ella. No puede darle un hijo y él ya no la quiere. Quiere a otra dama y no puede unirse a ella a menos que se aparte a Ana. Decidme, ¿es eso lo suficientemente simple para vuestros simples gustos? Ana no se irá tranquilamente, me lo advirtió una vez; dijo que si alguna vez Enrique la dejaba de lado, sería la guerra. Así que si ella no se va, habrá que empujarla para que lo haga, y debo empujarla yo, ¿quién, si no? ¿Os hacéis cargo de la situación? ¿Reflexionaréis? En cualquier caso, mi antiguo señor Wolsey no pudo satisfacer al rey, y entonces ¿qué? Cayó en desgracia y se le empujó a la muerte. Pero yo me propongo aprender de él, y me propongo que el rey quede satisfecho en todos los aspectos.

Ahora es un desdichado cornudo, pero lo olvidará en cuanto vuelva a ser un recién casado, y eso no tardará mucho.

—Supongo que los Seymour tienen ya preparado el banquete de boda.

Él sonríe.

—Y Tom Seymour está rizándose el pelo. Y en ese día de la boda, el rey será feliz, yo seré feliz, toda Inglaterra será feliz, salvo Norris, porque me temo que estará muerto. No veo modo de evitarlo, a menos que confeséis y solicitéis la clemencia del rey. Él ha prometido ser clemente. Y cumple sus promesas. Por lo general.

—Cabalgué con él desde Greenwich —dice Norris—, desde el palenque, todo ese largo camino. Me acosó con sus palabras sin tregua, qué habéis hecho, confesad. Os diré lo que le dije, que soy un hombre inocente. Y lo que es peor —y ahora está perdiendo la compostura, está airado—, lo que es peor es que vos y él, ambos, lo sabéis. Decidme una cosa, ¿por qué yo? ¿Por qué no Wyatt? Todo el mundo sospecha de él con Ana, y ¿lo ha desmentido él alguna vez rotundamente? Wyatt la conocía de antes. La conoció en Kent. La conoció desde que era una muchacha.

—¿Y qué? La conoció cuando era sólo una jovencita. Si tuvo algo que ver con ella, ¿qué? Puede ser vergonzoso pero no es ninguna traición. No es como cuando se trata de la esposa del rey, la reina de Inglaterra.

—Yo no estoy avergonzado de ninguna relación que haya tenido con Ana.

—¿Estáis avergonzado de vuestros pensamientos sobre ella, tal vez? Eso le contasteis a Fitzwilliam.

—¿Hice eso? —dice Norris sombríamente—. ¿Es eso lo que retuvo de lo que yo le dije? ¿Que estoy avergonzado? Y si lo estuviese, Cromwell, incluso en ese caso... vos no podéis convertir mis pensamientos en un delito.

Él extiende las palmas de las manos.

—Si los pensamientos son intenciones, si las intenciones son perversas..., si no la tuvisteis a ella ilícitamente, y decís que no, ¿os propusisteis tenerla legalmente, después de la muerte del rey? Va a hacer ya seis años que vuestra esposa murió, ¿por qué no os habéis vuelto a casar?

—¿Por qué no lo habéis hecho vos?

Él asiente.

—Una buena pregunta. Yo mismo me la hago. Pero yo no he estado prometido a una joven y he roto luego mi promesa como vos. Mary Shelton ha perdido su honor por vos...

Norris se ríe.

—¿Por mí? Por el rey, más bien.

—Pero el rey no estaba en posición de casarse con ella, y vos sí, y ella tenía vuestra promesa y vos fuisteis dándole largas. ¿Pensasteis que el rey moriría y que podríais casaros con Ana? ¿O esperabais que ella deshonrase sus votos matrimoniales durante la vida del rey y se convirtiese en concubina vuestra? Es una cosa u otra.

—Si digo cualquiera de las dos cosas, me condenaréis. Y me condenaréis si no digo nada en absoluto, considerando mi silencio aceptación.

—Francis Weston piensa que sois culpable.

—Lo de que Francis piense algo es una novedad. ¿Por qué habría él de...? —Norris se interrumpe—. Pero ¿está aquí él? ¿En la Torre?

—Está bajo custodia.

Norris mueve la cabeza.

—Es un muchacho. ¿Cómo podéis hacerles eso a los suyos? Admito que es un muchacho despreocupado y testarudo, y es sabido que no es ningún favorito mío, es sabido que hemos tenido enfrentamientos...

—Y también rivalidades en el amor —dice él, llevándose la mano al corazón.

—En absoluto.

Ah, Harry se descompone ahora: ha enrojecido lúgubremente, está temblando de cólera y de miedo.

—¿Y qué pensáis del hermano, George? —le pregunta—. Es posible que os sorprendiese encontraros con un rival por ese lado. Espero que os sorprendiese. Aunque la moral de los gentilhombres me asombra.

—No me atraparéis de ese modo. Nombréis al hombre que nombréis, no diré nada contra él y nada a su favor. No tengo ninguna opinión sobre George Bolena.

—Cómo, ¿no tenéis ninguna opinión sobre el incesto? Si lo tomáis con tanta tranquilidad y sin ninguna objeción, me veo obligado a suponer que puede haber verdad en ello.

—Y si yo dijese: creo que podría haber culpabilidad en ese caso, vos me diríais: «¡Cómo, Norris! ¡Incesto!». ¿Cómo podéis creer algo tan abominable? ¿Es una treta para desviarme de vuestra propia culpabilidad?

Él mira a Norris con admiración.

—Se nota que me conocéis desde hace veinte años, Harry.

—Oh, os he estudiado —dice Norris—. Lo mismo que estudié a vuestro señor Wolsey antes que a vos.

—Eso fue muy diplomático por vuestra parte. Un tan gran servidor del Estado.

—Y un traidor tan grande al final.

—Debo haceros volver atrás. No os pido que recordéis los numerosos favores que recibisteis de manos del cardenal. Sólo os pido que recordéis un pasatiempo, una pequeña representación que se celebró en la corte. Se trató de una obra en la que el difunto cardenal era apresado por demonios y conducido al Infierno.

Ve que Norris mueve los ojos, al surgir la escena ante él: la luz del fuego, el calor, los espectadores aullando. Él mismo y Bolena asiendo las manos de la víctima, Brereton y Weston cogiéndola por los pies. Los cuatro zarandeando a la figura púrpura, derribándola y pateándola. Cuatro hombres, que, para burlarse, convirtieron al cardenal en una bestia; que le privaron de su ingenio, su bondad y su gracia, le convirtieron en un animal aullante, arrastrándolo por las tablas y tirando de sus patas.

No era de verdad el cardenal, por supuesto. Era el bufón Sexton vestido con un ropón púrpura. Pero el público abucheaba como si fuese real, gritaban y agitaban los puños, juraban y se mofaban. Detrás de una pantalla los cuatro demonios se quitaron las máscaras y las peludas almillas, entre risas y maldiciones. Vieron a Thomas Cromwell apoyado en la pared, silencioso, envuelto en una túnica de negro luto.

Norris le mira boquiabierto:

—¿Y ésa es la razón? Era una representación teatral. Era una diversión, como vos dijisteis. El cardenal estaba muerto, no podía saberlo. Y aunque estuviese vivo, ¿acaso no fui bueno con él en su desdicha? ¿No cabalgué tras él, cuando estaba desterrado de la corte, y le entregué en Putney Heath un regalo de la propia mano del rey?

Él asiente.

—Admito que otros se portaron peor. Pero, sabéis, ninguno se comportó como un cristiano. Os comportasteis como salvajes, en realidad, lanzándoos sobre sus tierras y posesiones.

Se da cuenta de que no necesita continuar. En la cara de Norris sustituye a la cólera una expresión de terror desnudo. Al menos, piensa él, tiene el ingenio suficiente para ver de qué se trata: no de un agravio o dos de un año, sino un grueso extracto del libro del dolor, guardado desde que el cardenal cayó.

—La vida os paga, Norris —le dice—. ¿No os parece? Y —añade suavemente— no es sólo por lo del cardenal, además. No querría que pensaseis que no tengo motivos propios.

Norris alza la cara.

—¿Qué os ha hecho Mark Smeaton?

—¿Mark? —Se ríe—. No me gusta cómo me mira.

¿Lo entendería Norris si se lo explicase? Necesita culpables. Así que ha buscado hombres que son culpables. Aunque no quizá de las acusaciones que se les hacen.

Se hace un silencio. Él sigue sentado, espera, los ojos fijos en el moribundo. Está pensando ya lo que hará con los cargos de Norris, las concesiones que le ha otorgado la Corona. Procurará que los humildes solicitantes le queden obligados, como el hombre de los catorce hijos, que quiere la administración de un parque en Windsor y un puesto en la administración del castillo. Los cargos de Norris en Gales pueden pasar al joven Richmond, y eso los devolverá en la práctica al rey, y quedarán bajo su propia supervisión. Y Rafe podría disponer de la finca de Norris en Greenwich, podría albergar allí a Helen y a los niños cuando tenga que estar en la corte. Y Edward Seymour ha mencionado que le gustaría la casa que Norris tiene en Kew.

Harry Norris dice:

—Supongo que no os limitaréis a conducirnos al patíbulo. Habrá un proceso, un juicio, ¿no? Espero que sea rápido. Supongo que lo será. El cardenal solía decir: Cromwell hará en una semana lo que a otro le llevaría un año, y no vale la pena intentar bloquearle u oponerse a él. Cuando intentéis cogerle ya no estará allí, habrá recorrido veinte millas mientras estéis poniéndoos las botas. —Alza la vista—. Si os proponéis matarme en público, y preparáis un espectáculo, daos prisa. Puedo morir de dolor solo en esta habitación.

Él niega con la cabeza.

—Viviréis.

Él también pensó una vez que podría morir de dolor: por su esposa, sus hijas, sus hermanas, su padre y maestro, el cardenal. Pero el pulso, obstinado, mantiene su ritmo. Crees que no puedes seguir respirando, pero el costillar tiene otra opinión, sube y baja, emite suspiros. Debes vivir a pesar de ti mismo; y para que lo hagas, Dios te arranca el corazón de carne y te da un corazón de piedra.

Norris se toca las costillas.

—El dolor es aquí. Lo sentí anoche. Me incorporé, sin aliento. No me atreví a echarme de nuevo.

—El cardenal dijo lo mismo cuando fue derribado. El dolor era como una piedra de afilar, dijo. Una piedra de afilar, y el cuchillo pasaba sobre ella. Y siguió haciéndolo, hasta que se murió.

Se levanta, recoge sus papeles, inclina la cabeza y se va. Henry Norris: pata delantera izquierda.

William Brereton. Gentilhombre de Cheshire. Servidor en Gales del joven duque de Richmond, y un mal servidor, además. Un hombre turbulento, arrogante, duro como las uñas, de una estirpe turbulenta.

—Volvamos atrás —dice él—, volvamos a la época del cardenal, porque yo recuerdo que alguien de vuestra casa mató a un hombre en una partida de bolos.

—Esas partidas pueden calentarse mucho —dice Brereton—. Vos lo sabéis bien. Vos jugáis, según tengo entendido.

—Y el cardenal pensó: es hora de un ajuste de cuentas; y vuestra familia fue multada porque impidieron la investigación. Me pregunto: ¿ha cambiado algo desde entonces? Pensáis que podéis hacer lo que os plazca porque estáis al servicio del duque de Richmond y porque Norfolk os favorece...

—El propio rey me favorece.

Él enarca las cejas.

—¿De veras? Entonces deberíais quejaros a él. Porque estáis mal alojado, ¿no es así? Tristemente para vos, el rey no está aquí, así que debéis arreglároslas conmigo y mi larga memoria. Pero no vayamos atrás para buscar ejemplos. Consideremos sin ir más lejos el caso del gentilhombre de Flintshire, John ap Eyton. Eso es tan reciente que no lo habréis olvidado.

—Así que estáis aquí por eso —dice Brereton.

—No exclusivamente, pero dejad a un lado ahora vuestro adulterio con la reina y concentraos en Eyton. Los hechos del caso son conocidos por vos. Hay una disputa, se intercambian golpes, uno de vuestra casa acaba muerto, pero el hombre de Eyton es juzgado en la debida forma ante un jurado de Londres y es absuelto. Ahora bien, sin respeto alguno por la ley o la justicia, vos y los vuestros jurasteis venganza. Os apoderasteis del galés. Vuestros sirvientes lo ahorcaron inmediatamente, todo esto, no me interrumpáis, todo esto con vuestro permiso y vuestra colaboración. Lo menciono sólo como un ejemplo. Vos pensáis que se trata de un hombre nada más y que no importa, pero ya veis que importa. Pensáis que ha pasado un año o más y que nadie se acuerda, pero yo me acuerdo. Creéis que la ley debería ser lo que a vos os gustaría que fuese, y es de acuerdo con ese principio como os comportáis en vuestras posesiones de las fronteras de Gales, donde la justicia del rey y el nombre del rey se menosprecian a diario. El lugar es un baluarte de ladrones.

—¿Me llamáis ladrón?

—Digo que os asociáis con ellos. Pero vuestras artimañas concluyen aquí.

—Vos sois juez y jurado y verdugo, ¿verdad?

—Es mejor justicia que la que tuvo Eyton.

Y Brereton dice:

—Eso lo acepto.

Qué caída ésta. Hace sólo unos días, estaba pidiendo al señor secretario despojos, cuando tenían que repartirse las tierras de la abadía de Cheshire. Ahora pasan sin duda las palabras por su cabeza, las palabras que utilizó con el señor secretario cuando se quejó de sus modales prepotentes: debo aleccionaros en realidades, había dicho fríamente. No somos criaturas de algún cónclave de abogados de Gray's Inn. En mi país, mi familia sostiene la ley, y la ley es lo que nosotros queremos sostener.

Ahora él, el señor secretario, pregunta:

—¿Creéis vos que Weston ha tenido que ver con la reina?

—Quizá. —Da la impresión de que apenas le interesa, de todos modos—. Le conozco muy poco. Es joven y necio y bien parecido, verdad, y a las mujeres esas cosas las atraen. Y ella puede ser una reina pero es sólo una mujer, ¿quién sabe de lo que se la podría persuadir?

—¿Vos creéis que las mujeres son más necias que los hombres?

—En general, sí. Y más débiles. En cuestiones de amor.

—Anoto vuestra opinión.

—¿Y Wyatt, Cromwell? ¿Dónde está él en esto?

—Vos no os halláis en situación —dice él— de hacerme preguntas.

William Brereton, pata trasera izquierda.

George Bolena pasa bastante de los treinta, pero tiene aún ese brillo que admiramos en la juventud, la chispa y la mirada clara. Resulta difícil asociar su agradable persona con el género de apetito bestial del que su esposa le acusa, y por un momento él piensa en George y se pregunta si es posible que sea culpable de algún agravio, salvo de cierto orgullo y exaltación. Con las gracias de su persona y su entendimiento, podría haber flotado y revoloteado por encima de la corte y sus sórdidas maquinaciones, un hombre refinado que se desplaza en su propia esfera: encargando traducciones de los poetas antiguos y haciendo que se publiquen en ediciones exquisitas. Podría haber montado bonitos caballos que corveteasen e hiciesen reverencias a las damas. Desgraciadamente, le gustaban la disputa y la bravuconería, la intriga y el menosprecio. Cuando le encontramos ahora, en su clara estancia circular de la Torre de Martin, está paseando, ávido de conflicto; nos preguntamos: ¿sabe por qué está aquí? ¿O aún ha de llegar esa sorpresa?

—Tal vez no se os pueda acusar de mucho —dice él, cuando toma asiento: él, Thomas Cromwell—. Sentaos conmigo en esta mesa —ordena—. Se oye hablar de presos que llegan a hacer un camino en la piedra, pero yo no creo que eso pueda pasar de verdad. Harían falta quizá trescientos años.

Bolena dice:

—Estáis acusándome de algún tipo de conspiración, encubrimiento, mala conducta oculta junto con mi hermana, pero esa acusación no se sostendrá, porque no hubo mala conducta alguna.

—No, mi señor, ésa no es la acusación.

—¿Cuál es entonces?

—De eso no es de lo que estáis acusado. Sir Francis Bryan, que es un hombre de grandes dotes imaginativas...

—¡Bryan! —Bolena parece horrorizado—. Pero sabéis que es un enemigo mío. —Sus palabras se atropellan unas a otras—. ¿Qué ha dicho él?, ¿cómo podéis dar crédito a algo que él diga?

—Sir Francis me lo ha explicado todo. Y yo empiezo a verlo. Cómo un hombre puede apenas conocer a su hermana y encontrarse luego con ella luego cuando es una mujer adulta. Es como él, y sin embargo no. Es familiar, pero despierta su interés. Un día su abrazo fraterno es un poco más prolongado de lo habitual. El asunto avanza desde ahí. Tal vez ninguno de los dos piense que está haciendo algo malo, hasta que se cruza una frontera. Pero yo por mi parte tengo demasiada poca imaginación para imaginar lo que esa frontera podría ser. —Hace una pausa—. ¿Empezó antes del matrimonio o después?

Bolena empieza a temblar. Está desconcertado; apenas puede hablar.

—Me niego a contestar a eso.

—Mi señor, yo estoy acostumbrado a tratar con aquellos que se niegan a contestar.

—¿Estáis amenazándome con el potro?

—Bueno, vamos a ver, yo no tuve que someter al potro a Thomas Moro, ¿verdad? Me senté en una habitación con él. Una habitación de aquí, de la Torre, como esta que ocupáis vos. Escuché los murmullos que había en su silencio. Se puede interpretar el silencio. Se interpretará.

George dice:

—Enrique mató a los consejeros de su padre. Mató al duque de Buckingham. Destruyó al cardenal y lo empujó a la muerte, y le cortó la cabeza a uno de los grandes sabios de Europa. Ahora piensa matar a su esposa y a la familia de ella, y a Norris, que ha sido su más íntimo amigo. ¿Qué os hace pensar que en vuestro caso será diferente, que no sois igual que cualquiera de esos otros hombres?

Él dice:

—No está bien que alguien de vuestra familia evoque el nombre del cardenal. Ni el de Thomas Moro, en realidad. Vuestra hermana ardía en deseos de venganza. Me decía: qué, ¿aún no está muerto Thomas Moro?

—¿Quién inició esta calumnia contra mí? No Francis Bryan, ciertamente. ¿Mi esposa? Sí. Debería haberlo supuesto.

—Sois vos el que lo suponéis. Yo no lo confirmo. Debéis tener una conciencia culpable con ella si creéis que tiene motivos para odiaros así.

—¿Y vos vais a creer algo tan monstruoso? —suplica George—. ¿Por la palabra de una mujer?

—Hay otras mujeres que han sido objeto de vuestra galantería. No las llevaré ante un tribunal si puedo evitarlo, es cuanto puedo hacer para protegeros. Siempre habéis considerado a las mujeres desechables, mi señor, y no podéis quejaros si ellas acaban pensando lo mismo de vos.

—¿Así que voy a ser juzgado por galantería? Sí, están celosos de mí, todos estáis celosos, porque he tenido cierto éxito con las mujeres.

—¿Aún lo llamáis éxito? Debéis pensarlo mejor.

—Nunca oí que fuese un delito pasar el tiempo con una amante dispuesta.

—Sería mejor que no dijeseis eso en vuestra defensa. Si una de vuestras amantes es vuestra hermana..., al tribunal le parecería, como lo diremos..., insolente y descarado. Carente de gravedad. Lo que os salvaría ahora, quiero decir, lo que podría libraros de la muerte, sería una declaración completa de todo lo que sabéis de las relaciones de vuestra hermana con otros hombres. Hay quien sugiere que existen relaciones que eclipsarían la vuestra, por antinatural que pueda ser.

—¿Sois un cristiano y me preguntáis eso? ¿Que dé testimonio para matar a mi hermana?

Él abre las manos.

—Yo no pido nada. Sólo señalo que algunos lo verían como la forma de salir adelante. No sé si el rey se inclinaría por la clemencia. Podría dejaros vivir en el extranjero, o podría ser clemente en cuanto a la forma de vuestra muerte. O no. La pena por traición, como sabéis, es temible y pública: el traidor muere con gran dolor y humillación. Veo que lo sabéis, que lo habéis presenciado.

Bolena se pliega sobre sí mismo: se encoge, los brazos cruzados sobre el cuerpo, como para protegerse las vísceras del cuchillo del carnicero, y se desploma en un taburete; él piensa, deberíais haber hecho eso antes, os dije que os sentaseis, ¿veis cómo, sin tocaros, os he hecho sentaros? Le dice suavemente:

—Vos profesáis el Evangelio, mi señor, y pensáis que estáis salvado. Pero vuestras acciones no sugieren que lo estéis.

—Debéis apartar vuestros dedos de mi alma —dice George—. Yo esos asuntos los discuto con mis capellanes.

—Sí, eso me dicen. Creo que habéis pasado a sentiros demasiado seguro del perdón, creyendo que tenéis años por delante para pecar, y aunque Dios lo vea todo debe ser paciente, como los criados, y vos le haréis caso al final, y responderéis a su demanda, sólo debe esperar a que seáis viejo. ¿Es ése vuestro caso?

—Hablaré con mi confesor sobre eso.

—Yo soy vuestro confesor ahora. ¿Dijisteis, ante otros que lo oían, que el rey era impotente?

George se ríe de él.

—Puede hacerlo si el tiempo es bueno.

—Al decir eso, pusisteis en entredicho la paternidad de la princesa Elizabeth. Supongo que os dais cuenta de que eso es traición, considerando su condición de heredera del trono de Inglaterra.

—*Faute de mieux*, por lo que se refiere a vos.

—El rey ahora cree que no podría tener un hijo de este matrimonio, porque no fue legítimo. Cree que había impedimentos ocultos y que vuestra hermana no fue sincera sobre su pasado. Así que se propone un nuevo matrimonio, que será limpio.

—Me maravilla que os expliquéis —dice George—. Nunca lo hicisteis antes.

—Lo hago por una razón, para que podáis comprender vuestra situación y no albergar falsas esperanzas. Esos capellanes de los que habláis, os los enviaré. Son compañía adecuada para vos ahora.

—Dios otorga hijos a cualquier mendigo —dice George—. Los otorga a la unión ilícita, así como a la bendecida, a la puta y también a la reina. Me asombra que el rey pueda ser tan simple.

—Es una santa simplicidad —dice él—. Se trata de un soberano ungido, y por tanto muy próximo a Dios.

Bolena escruta su expresión, buscando frivolidad o desdén: pero él sabe que su cara no dice nada, puede confiar en ella. Podrías mirar hacia atrás hacia la trayectoria de Bolena y decir: «Ahí erró, y ahí». Fue demasiado orgulloso, demasiado peculiar, no quiso contener sus caprichos ni hacerse útil. Necesita aprender a doblarse con la brisa, como su padre; pero su tiempo para aprender algo se está agotando rápidamente. Hay un tiempo para mantener firme tu dignidad, pero hay un tiempo para abandonarla en interés de tu seguridad. Hay un tiempo para sonreír detrás de la mano de cartas que te han tocado y hay un tiempo para arrojar la bolsa en la mesa y decir: «Thomas Cromwell, habéis ganado».

George Bolena, pata delantera derecha.

Cuando llega a Francis Weston (pata trasera derecha) la familia del joven se ha puesto ya en contacto con él y ha ofrecido una gran cantidad de dinero. Él lo ha rechazado educadamente; piensa que haría lo mismo en sus circunstancias, aunque es difícil imaginar a Gregory o a cualquier otro miembro de su casa siendo tan necio como ha sido ese joven.

La familia Weston va más allá: van a ver al propio rey. Harán una oferta, harán una caridad, harán una donación grande e incondicional al Tesoro del rey. Él lo discute con Fitzwilliam: «No puedo aconsejar a Su Majestad. Es posible que se puedan hacer acusaciones menores. Depende de hasta qué punto considere Su Majestad que se vea afectado su honor».

Pero el rey no se siente inclinado a la clemencia. Fitzwilliam dice torvamente: «Si yo fuese la familia de Weston, pagaría de todos modos. Para asegurar el favor. Después».

Ése es el mismo enfoque que ha hecho él, pensando en la familia Bolena (los que sobrevivan) y en los Howard. Él sacudirá los robles ancestrales y caerán monedas de oro en cada estación.

Antes incluso de que llegue a la habitación donde está encerrado Weston, el joven sabe lo que puede esperar; sabe quién está preso con él; se sabe o tiene una idea bastante exacta de las acusaciones; sus carceleros deben haber hablado, porque él, Cromwell, ha cortado la comunicación entre los cuatro presos. Un carcelero charlatán puede ser útil; puede empujar a un preso a la cooperación, a la aceptación, a la desesperación. Weston debe suponer que la iniciativa de su familia ha fracasado. Miras a Cromwell y piensas: si el soborno no sirve, ninguna otra cosa servirá. Es inútil protestar o negar o contradecir. Someterse podría resultar, merece un intento.

—Me burlé de vos, señor —dice Francis—. Os menosprecié. Siento haberlo hecho. Sois el servidor del rey y yo tendría que haberos respetado.

—Bueno, es una bonita disculpa —dice él—. Aunque deberíais pedir perdón al rey y a nuestro Señor Jesucristo.

Francis dice:

—Sabéis que llevo muy poco tiempo casado.

—Y tenéis a vuestra esposa en casa en el campo. Por razones obvias.

—¿Puedo escribirle? Tengo un hijo. Aún no tiene un año. —Un silencio—. Deseo que se rece por mi alma después de mi muerte.

Él había pensado que Dios podría tomar sus propias decisiones, pero Weston cree que el Creador necesita que le empujen y le persuadan con ruegos y tal vez que le sobornen un poco. Weston, como si siguiese su pensamiento, dice:

—Tengo deudas, señor secretario. Por la cuantía de un millar de libras. Lo lamento ahora.

—Nadie espera que un joven y galante gentilhombre como vos ande haciendo economías. —Su tono es amable, y Weston alza la vista—. Por supuesto, esas deudas son más de lo que vos podríais razonablemente pagar, e, incluso teniendo en cuenta los bienes que recibáis cuando fallezca vuestro padre, son una pesada carga. Así que vuestra prodigalidad hace pensar a la gente: ¿qué expectativas tenía el joven Weston?

El joven le mira en principio con una expresión estúpida y rebelde, como si no entendiese por qué debería alegarse eso contra él: ¿qué tenían que ver sus deudas?

No entiende adónde lleva eso. Luego lo entiende. Él, Cromwell, extiende una mano para cogerle por la ropa, para impedir que caiga a causa de la conmoción.

—Un jurado comprenderá el asunto fácilmente. Sabemos que la reina os dio dinero. ¿Cómo podríais vivir, si no, cómo vivíais? Es fácil de ver. Para vos mil libras no son nada, si esperabais casaros con ella después de que hubieseis urdido la muerte del rey.

Cuando está seguro de que Weston puede sostenerse derecho sentado, abre el puño y suelta la presa. El muchacho se yergue mecánicamente y se estira la ropa, endereza la golilla del cuello de la camisa.

—Se velará por vuestra esposa —le dice él—. No os preocupéis por eso. El rey nunca extiende su animosidad a las viudas. Se velará por ella mejor, me atrevo a decir, de lo que nunca habéis velado por ella vos.

Weston alza la vista.

—No puedo poner objeciones a vuestro razonamiento. Veo el peso que tendrá cuando se exponga como prueba. He sido un necio y vos habéis permanecido a un lado y lo habéis visto todo. Sé que he sido yo la causa de mi ruina. No puedo culparos además de vuestra conducta, porque yo os habría hecho daño si hubiese podido. Y sé que no he vivido una buena..., no he vivido..., bueno, pensé que dispondría de otros veinte años o más para vivir como lo he hecho, y luego, cuando fuese viejo, a los cuarenta y cinco o cincuenta, daría dinero a los hospitales y dotaría una capellanía, y Dios vería que estaba arrepentido.

Él asiente.

—Bueno, Francis —dice—. Nunca sabemos cuándo va a llegar la hora, ¿verdad?

—Pero, señor secretario, vos sabéis que, haya hecho todo lo malo que haya hecho, no soy culpable de este asunto de la reina. Veo por vuestra expresión que lo sabéis, y toda la gente lo sabrá también cuando me lleven a morir, y el rey lo sabrá y pensará en ello cuando se quede solo. Así que se me recordará. Como se recuerda al inocente.

Habría sido cruel desbaratar esa creencia; espera que su muerte le dé mayor fama de la que le ha dado su vida. Todos los años que se extendían ante él, y no hay razón alguna para creer que se propusiese hacer mejor uso de ellos del que había hecho de los primeros veinticinco; lo dice él mismo. Criado bajo el ala de su soberano, cortesano desde que era niño, de familia de cortesanos: nunca dudó de su lugar en el mundo, nunca tuvo un momento de angustia, nunca un momento de agradecimiento por el gran privilegio de haber nacido como Francis Weston, en el seno de la fortuna, nacido para servir a un gran rey y una gran nación: no dejará nada más que sus deudas, y un nombre manchado, y un hijo; y cualquiera puede engendrar un hijo, se dice él: hasta que recuerda por qué estamos aquí y de qué va todo este asunto.

—Vuestra esposa —dice— ha escrito en favor vuestro al rey. Pidiendo clemencia. Tenéis muchos amigos.

—De mucho me valdrán.

—No creo que comprendáis que en esta tesitura, muchos hombres se encontrarían solos. Debería alegraros. No deberíais amargaros, Francis. La fortuna es voluble, todo joven aventurero lo sabe. Resignaos. Mirad a Norris. No siente ninguna amargura.

—Quizá —replica el joven—, quizá Norris piense que no tiene ningún motivo para la amargura. Tal vez sus pesares sean sinceros, y necesarios. Tal vez él merezca morir, pero yo no.

—Pensáis que él se lo merece, por entrometerse con la reina.

—Siempre estaba con ella. Y no para hablar del Evangelio.

Está, quizá, al borde de una denuncia. Norris había empezado a admitir cosas con William Fitzwilliam, pero luego se había vuelto atrás. ¿Aflorarán quizá ahora los hechos? Espera. Ve que el muchacho hunde la cabeza en las manos; luego, él, impelido por algo, no sabe por qué, se levanta, dice:

—Francis, perdonadme. —Y sale de la habitación.

Fuera está esperando Wriothesley, con gentilhombres de su casa. Están apoyados en la pared, compartiendo algún chiste. Se yerguen al verlo, miran, expectantes.

—¿Hemos acabado? —dice Wriothesley—. ¿Ha confesado?

Él lo niega con un gesto.

—Cada hombre dará buena cuenta de sí mismo, pero no absolverá a sus compañeros. Además, todos dirán: «Yo soy inocente», pero no dirán: «Ella es inocente». No son capaces. Puede que ella lo sea, pero ninguno de ellos lo dirá.

Es exactamente como una vez que le explicó Wyatt: «Lo peor del asunto —había dicho— es lo que ella me insinúa, alardeando casi, que me dice, no a mí, pero sí a otros».

—Bueno, no tenéis ninguna confesión —dice Wriothesley—. ¿Queréis que las consigamos nosotros?

Lanza a Llamadme una mirada que le hace retroceder, de manera que pisa en un pie a Richard Riche.

—Qué, Wriothesley, ¿pensáis que soy demasiado blando con el joven?

Riche se frota el pie.

—¿Haremos acusaciones concretas?

—Cuantas más mejor. Perdonadme, necesito un momento...

Riche supone que ha ido a orinar. Él no sabe qué le ha hecho dejar a Weston y salir de la habitación. Puede que fuese cuando el muchacho dijo «cuarenta y cinco o cincuenta». Como si, después de media vida, hubiese una segunda infancia, una nueva fase de inocencia. Le conmovió, quizá, la simplicidad de ello. O tal vez sólo necesitó aire. Digamos que estás en una habitación, las ventanas completamente cerradas, tienes conciencia de la proximidad de otros cuerpos, de la luz menguante. En la habitación te planteas supuestos, juegas partidas, mueves a tu personal por allí: cuerpos imaginarios, duros como marfil, negros como ébano, empujados en sus caminos a través de los cuadrados. Luego dices: no puedo soportar esto más, tengo que respirar; sales rápidamente de la habitación y entras en un jardín selvático donde los culpables están colgados de los árboles, no marfil ya, no ébano ya, carne; y sus fieras lenguas plañideras proclaman su culpabilidad mientras mueren. En este asunto, la causa ha estado precedida por el efecto. Lo que tú soñaste se ha representado. Buscas un puñal pero la sangre ya está derramada. Los corderos se han matado y comido ellos mismos. Han llevado cuchillos a la mesa, se han trinchado y han dejado limpios sus propios huesos.

Mayo está floreciendo hasta en las calles de la ciudad. Él lleva flores a las damas de la Torre. Es Christophe quien porta los ramos. El muchacho está engordando y parece un buey adornado para el sacrificio. Él se pregunta qué harían con sus sacrificios, los paganos y los judíos del Antiguo Testamento; no desperdiciarían seguramente carne fresca, pero ¿la darían a los pobres?

Ana está alojada en las habitaciones que se redecoraron para su coronación. Él mismo había supervisado la tarea, y observado cómo florecían en las paredes diosas, con sus ojos oscuros suaves y brillantes. Toman el sol en jardines, bajo cipreses; una cierva blanca atisba entre el follaje, mientras los cazadores se desvían en otra dirección y los perros brincan delante de ellos, con su música canina.

Lady Kingston se levanta para recibirle, y él dice:

—Sentaos, mi querida señora... ¿Dónde está Ana? No aquí en su cámara de presencia.

—Está rezando —dice una de las tías Bolena—. Así que la dejamos hacerlo.

—Ya lleva un rato —dice la otra tía—. No sabemos si tendrá un hombre allí dentro.

Las tías ríen entre dientes; él no se une a ellas; lady Kingston les lanza una mirada dura.

La reina sale del pequeño oratorio; ha oído la voz de él. La luz del sol golpea en su rostro. Es cierto lo que dice lady Rochford, empiezan a marcársele las arrugas. Si no supieses que es una mujer que ha tenido en la mano el corazón de un rey, la tomarías por una persona muy normal. Él supone que siempre habrá en ella una levedad tensa, una astucia bien adiestrada. Será una de esas mujeres que a los cincuenta piensan que aún están en el candelero: una de esas viejas cansadas duchas en insinuaciones, mujeres que sonríen bobaliconamente como doncellas y que te ponen la mano en el brazo, que intercambian miradas con otras mujeres cuando surge en el horizonte un buen partido como Tom Seymour.

Pero, por supuesto, ella nunca tendrá cincuenta años. Él se pregunta si será ésta la última vez que la vea, antes del juicio. Está sentada, en la sombra, en medio de las mujeres. La Torre siempre resulta húmeda por el río y hasta en esas habitaciones nuevas y alegres hay una atmósfera húmeda y pegajosa. Le pregunta si quiere que le traigan pieles, y ella dice:

—Sí. Armiño. Además, no quiero a estas mujeres. Me gustaría tenerlas de mi propia elección, no de la vuestra.

—Lady Kingston os atiende porque...

—Porque es vuestra espía.

—... porque es vuestra anfitriona.

—¿Soy entonces su invitada? Una invitada tiene libertad para irse.

—Pensé que os gustaría tener a la señora Orchard —dice él—, dado que es vuestra vieja niñera. Y no creí que pusieseis objeciones a vuestras tías.

—Tienen resentimientos contra mí, las dos. Lo único que veo y oigo son risillas burlonas y exclamaciones.

—¡Dios bendito! ¿Esperáis aplausos?

Éste es el problema con los Bolena: odian a los suyos.

—No me hablaréis de ese modo —dice Ana— cuando esté libre.

—Perdonad. Lo dije sin pensarlo.

—No sé lo que se propone el rey teniéndome aquí. Supongo que lo hace para probarme. Es alguna estratagema que ha ideado, ¿verdad?

Ella no piensa en realidad eso, así que él no contesta.

—Me gustaría ver a mi hermano —dice Ana.

Una de las tías, lady Shelton, alza la vista de su labor de aguja.

—Es una petición estúpida, dadas las circunstancias.

—¿Dónde está mi padre? —dice Ana—. No comprendo por qué no viene en mi ayuda.

—Tiene suerte de estar en libertad —dice lady Shelton—. No esperéis ayuda por ese lado. Thomas Bolena siempre veló por sí mismo primero, y le conozco, porque soy su hermana.

Ana la ignora.

—Y mis obispos, ¿dónde están? Los he alimentado, los he protegido, he defendido la causa de la religión, así que ¿por qué no interceden ante el rey por mí?

La otra tía Bolena se ríe.

—¿Esperáis que intervengan los obispos para excusar vuestro adulterio?

Es evidente que, en esta corte, Ana ya ha sido juzgada. Él le dice:

—Ayudad al rey. Vuestra causa está perdida si él no se muestra clemente, no podéis hacer nada en favor vuestro. Pero debéis hacer algo por vuestra hija, Elizabeth. Cuanto más humilde os mostréis, cuanto más arrepentida, cuanto más pacientemente soportéis el proceso, menos amargura sentirá Su Majestad cuando surja después vuestro nombre.

—Ah, el proceso —dice Ana, con un chispazo de su antigua agudeza—. ¿Y qué clase de proceso va a ser ése?

—Se están recogiendo ya las confesiones de los gentilhombres.

—¿Las qué? —dice Ana.

—Ya lo habéis oído —dice lady Shelton—. No mentirán por vos.

—Ha de haber otras detenciones, otras acusaciones, aunque hablando ahora, sincerándoos con nosotros, podríais hacer que todos los afectados sufriesen menos. Los gentilhombres comparecerán en juicio todos juntos. En cuanto a vos y a mi señor vuestro hermano, dado que habéis sido ennoblecidos, seréis juzgados por vuestros pares.

—No tienen ningún testigo. Pueden hacer cualquier acusación, y yo puedo decir que no a ella.

—Eso es verdad —concede él—. Aunque no es verdad respecto a los testigos. Cuando estabais en libertad, *madame*, vuestras damas se sentían intimidadas por vos, forzadas a mentir por vos, pero ahora están envalentonadas.

—Estoy segura de que lo están. —Sostiene la mirada de él; su tono es burlón—. Lo mismo que Seymour estará envalentonada. Decidle de mi parte que Dios se da cuenta de sus trucos.

Él se levanta para irse. Ella le pone nervioso, el fiero desasosiego que mantiene a raya, que controla pero sólo lo justo. No parece que tenga objeto prolongar la entrevista, pero dice:

—Si el rey iniciase un proceso para anular vuestro matrimonio, yo debo volver aquí para tomaros declaración.

—¿Qué? —dice ella—. ¿También eso? ¿Es necesario? ¿No bastará el asesinato?

Él se inclina y se da la vuelta para irse.

—¡No!

Le hace volver atrás. Se ha puesto de pie, deteniéndolo, tocándole tímidamente en el brazo; como si no fuese tanto su liberación lo que quisiera como la buena opinión de él.

—¿Vos no creéis esas historias que se cuentan contra mí? Sé que en el fondo no las creéis. ¿Cremuel?

Es un largo instante. Él se siente al borde de algo desagradable: conocimiento superfluo, información inútil. Se vuelve, vacila, y extiende la mano, tanteante...

Pero entonces ella alza las suyas y las posa sobre el pecho, en el gesto que lady Rochford le había mostrado. Ah, la reina Ester, piensa él. No es inocente; sólo puede remedar inocencia. Deja caer la mano a un lado. Se vuelve. Sabe que ella es una mujer sin remordimientos. Está convencido de que cometería cualquier pecado o crimen. Piensa que es hija de su padre, que nunca desde la infancia ha emprendido ninguna acción, presionado o halagado si eso pudiese dañar sus propios intereses. Pero ahora, con un gesto, los ha dañado.

Ella ha visto el cambio de expresión de él. Retrocede, se lleva las manos al cuello: las cierra alrededor de su propia carne como un estrangulador. «Sólo tengo un cuello pequeño. Será cosa de un momento.»

Kingston sale apresurado a su encuentro; quiere hablar.

—Sigue haciendo eso. Poniendo las manos alrededor del cuello. Y riendo. —Su cara de carcelero honrado muestra disgusto—. No puedo ver que haya motivo ninguno para reírse. Y hay otras cosas tontas que dice, de las que me ha informado mi señora. Dice: no dejará de llover hasta que se me deje libre. O que no empezará a llover. Cosas así.

Él lanza una mirada a la ventana y sólo ve una lluvia de verano. En un momento el sol borrará la humedad de las piedras.

—Mi mujer le dice —explica Kingston— que abandone esa charla necia. A mí me dijo: señor Kingston, ¿habrá justicia para mí? Yo le dije: *madame*, hasta para el súbdito más pobre del rey hay justicia. Pero ella se ríe —dice Kingston—. Y pide la cena. Y come con buen apetito. Y dice versos. Mi esposa no puede seguirlos. La reina dice que son versos de Wyatt. Dice: oh, Wyatt, Thomas Wyatt, ¿cuándo te veré aquí conmigo?

En Whitehall oye la voz de Wyatt y camina hacia ella, los ayudantes se vuelven y le siguen; tiene más ayudantes que nunca, algunos de ellos son gente a la que nunca ha visto antes. Charles Brandon, duque de Suffolk, Charles Brandon grande como una casa: está bloqueando el paso a Wyatt, y se gritan uno a otro. «¿Qué es lo que sucede?», grita él, y Wyatt se interrumpe y dice por encima del hombro: «Estamos haciendo las paces».

Él se ríe. Brandon se aparta, riendo detrás de su vasta barba. Wyatt dice:

—Le he rogado: abandonad vuestra vieja enemistad conmigo, o acabará matándome, ¿queréis eso? —Mira hacia el duque, que se aleja con disgusto—. Sospecho que sí. Ésta es su oportunidad. Fue a ver a Enrique hace tiempo, a decirle que tenía sospechas de mí y de Ana.

—Sí, pero si recordáis, Enrique le echó a patadas de vuelta al campo.

—Enrique le escuchará ahora. Le resultará fácil creer.

Coge a Wyatt por el brazo y tira de él. Si es capaz de mover a Charles Brandon, lo es de mover a cualquiera.

—No quiero discutir en un lugar público. Mandé a buscaros para que vinierais a mi casa, no para que os pusierais a discutir en un lugar público y que la gente diga: ¿cómo, Wyatt? ¿Aún anda suelto?

Wyatt pone una mano sobre la suya. Hace una profunda inspiración, intentando calmarse.

—Mi padre me dijo: vete a ver al rey y estate con él día y noche.

—Eso no es posible. El rey no ve a nadie. Debéis venir conmigo a Rolls House, pero luego...

—Si voy a vuestra casa la gente dirá que estoy detenido.

Él baja la voz:

—Ningún amigo mío sufrirá.

—Son amigos súbitos y extraños los que tenéis este mes. Amigos papistas, gente de lady María, Chapuys. Hacéis causa común con ellos ahora, pero ¿y después? ¿Qué pasará si os abandonan antes de que vos los abandonéis?

—Ah —dice él ecuánimemente—, ¿así que creéis que toda la casa de Cromwell se vendrá abajo? Confiad en mí, ¿lo haréis? Bueno, en realidad no tenéis elección, ¿verdad?

Desde la casa de Cromwell hasta la Torre: Richard Cromwell como escolta, y todo ello hecho tan alegremente, con tal espíritu de amistad, que pensarías que salen para un día de caza. «Rogad al condestable que trate con todos los honores al señor Wyatt», le dice a Richard. Y a Wyatt: «Es el único lugar en el que estáis seguro. Una vez que estéis en la Torre nadie puede interrogaros sin mi permiso».

Wyatt dice:

—Si entro no saldré. Vuestros nuevos amigos me quieren sacrificado.

—No querrán pagar el precio —dice él tranquilamente—. Me conocéis, Wyatt. Sé cuánto tiene cada uno, sé lo que pueden permitirse. Y no sólo en dinero. Tengo a vuestros enemigos pesados y valorados. Sé lo que pagarán y a lo que se resistirán, y creedme, el dolor que les causaré si me ponen obstáculos en este asunto, les hará llorar hasta quedar sin lágrimas.

Cuando Wyatt y Richard se han ido ya, le dice a Llamadme Risley, frunciendo el ceño:

—Wyatt me dijo una vez que yo era el hombre más listo de Inglaterra.

—No era un halago —dice Llamadme—. Yo aprendo mucho todos los días, sólo con estar cerca de vos.

—No, es él. Wyatt. Él nos deja a todos atrás. Escribe una cosa y luego dice que no la ha escrito. Anota un verso en un trozo de papel y te lo da, cuando estás cenando o rezando en la capilla. Luego desliza un papel en la mano de otro, y es el mismo verso, pero con una palabra diferente. Entonces esa persona dice: ¿visteis lo que escribió Wyatt? Vos decís sí, pero estáis hablando de cosas distintas. Luego vas y le dices: Wyatt, ¿hiciste de verdad lo que cuentas en este verso? Él sonríe y te dice: es la historia de un gentilhombre imaginario, nadie que conozcamos; o dirá: ésa no es mi historia, la que yo escribí, es vuestra, aunque no la conozcáis. Dirá: esta mujer a la que describo aquí, la morena, es en realidad una mujer que tiene el cabello rubio, disfrazada. Proclamará: debes creer de lo que leas todo y nada. Señalas la página, le dices: este verso qué, ¿es verdad? Él dice: es verdad de poeta. Además, proclama, yo no soy libre para escribir como quiero. No es el rey, sino el metro lo que me constriñe. Y sería más claro, dice, si pudiese: pero tengo que mantener el ritmo.

—Alguien debería llevar sus versos al impresor —dice Wriothesley—. Eso los fijaría.

—Él no consentiría eso. Son comunicaciones privadas.

—Si yo fuese Wyatt —dice Llamadme—, me habría asegurado de que nadie pudiese interpretarme mal. Me habría mantenido alejado de la mujer del César.

—Es el camino prudente —dice, y sonríe—. Pero no es para él. Es para gente como vos y como yo.

Cuando Wyatt escribe, sus versos despliegan plumas, y usando ese plumaje se zambullen por debajo de su significado y se deslizan sobre él. Nos dicen que las reglas del poder y las reglas de la guerra son las mismas, el arte es engañar; y engañarás y serás engañado a tu vez, seas embajador o pretendiente. Ahora bien, si el tema de un hombre es el engaño, os engañaréis si creéis que captáis su sentido. Cierras la mano y escapa volando. Un estatuto se escribe para atrapar significados, un poema para eludirlos. Una pluma, afilada, puede agitarse y susurrar como las alas de los ángeles. Los ángeles son mensajeros. Son criaturas con una mente y una voluntad. No sabemos seguro si su plumaje es como el plumaje de los halcones, los cuervos, los pavos reales. Apenas visitan a los hombres ya. Aunque en Roma él conoció un hombre, un asador de las cocinas pontificias, que se había encontrado cara a cara con un ángel en un pasadizo, temblando de frío, en un almacén subterráneo del Vaticano por el que los cardenales nunca pasaban; y la gente le pagaba bebidas para hacerle hablar de aquello. Decía que la sustancia del ángel era pesada y lisa como el mármol, su expresión distante e implacable; las alas eran de cristal tallado.

Cuando llegan las acusaciones a sus manos, él ve inmediatamente que, aunque la letra es de un amanuense, el rey ha intervenido. Puede oír su voz en cada línea: su indignación, sus celos, su temor. No basta con decir que ella incitó a Norris al adulterio en octubre de 1533, o a Brereton en noviembre del mismo año; Enrique debe imaginar las «conversaciones soeces y besos, caricias, regalos». No basta con citar su conducta con Francis Weston, en mayo de 1534, o alegar que yació con Mark Smeaton, un hombre de baja condición, en abril del año pasado; es necesario hablar del fogoso resentimiento de los amantes entre ellos, de los celos furibundos que inspiraba a la reina cualquier otra mujer a la que ellos mirasen. No basta con decir que ella pecó con su propio hermano: debe uno imaginar los besos, regalos, joyas que se intercambiaron, y cómo se miraban cuando ella «introducía seductoramente su lengua en la boca del dicho George, y el dicho George la suya en la boca de ella». Parece más bien una conversación con lady Rochford, o cualquier otra mujer amante del escándalo, que un documento que uno presenta ante un tribunal de justicia; pero de todos modos, tiene sus méritos, explica una historia, y fija en la cabeza de aquellos que la oigan ciertas imágenes que no volverán a salir a la luz pública. Él dice: «Debéis añadir en cada caso y en cada ofensa, y varios días antes y después». O una frase similar que deje claro que los delitos son numerosos, quizá más numerosos incluso de lo que los acusados recuerdan. «Porque de ese modo —dice él— si se niega específicamente una fecha, un lugar, no será suficiente para invalidar el total.»

¡Y lo que ha dicho Ana! Según este documento, ella ha confesado que «nunca amó al rey en el fondo de su corazón».

Nunca. No ahora. Y nunca podría.

Él examina ceñudo los documentos y luego los pasa para que sean inspeccionados. Se plantean objeciones. ¿Debe añadirse Wyatt? No, en modo alguno. Si se le ha de juzgar, piensa él, si el rey llega tan lejos, entonces se le segregará de ese grupo contaminado, y empezaremos de nuevo con una hoja en blanco; en este juicio, con estos acusados, sólo hay un camino, no hay más salida, no hay más dirección que la del patíbulo.

¿Y si hay discrepancias, visibles para los que llevan las cuentas de dónde residía la corte este día o aquél? Él dice: Brereton, en una ocasión, me contó que era capaz de estar en dos sitios al mismo tiempo. Y puestos a pensar en ello, Weston lo hizo así. Los amantes de Ana son gentilhombres fantasmas, que revolotean en la noche con intenciones adúlteras. Vienen y van de noche, sin que nadie pueda detenerlos. Se deslizan sobre la superficie del río como mosquitos, titilan contra la oscuridad, los jubones cosidos con diamantes. La luna los ve, atisbando desde su capirote de hueso, y el agua del Támesis los refleja, reluciendo como peces, como perlas.

Sus nuevos aliados, los Courtenay y la familia Pole, aseguran no sorprenderse lo más mínimo de las acusaciones que se hacen contra Ana. Ella es una hereje y su hermano lo mismo. Los herejes, es bien sabido, no tienen límites naturales, ni nada que los coarte, no temen ni a las leyes de este mundo ni a la ley de Dios. Ven lo que quieren y lo toman. Y aquellos que (neciamente) han tolerado las herejías, por holgazanería o por lástima, descubren entonces por fin cuál es su verdadera naturaleza.

Enrique Tudor aprenderá duras lecciones de esto, dicen las viejas familias. ¿Le tenderá quizá Roma una mano en su tribulación? ¿Es posible que el papa, una vez muerta Ana, le perdone y le acoja de nuevo en su seno si se postra de hinojos ante él?

¿Y yo?, pregunta él. Oh, bueno, vos, Cromwell... Sus nuevos amos le miran con diversas expresiones de desconcierto o de disgusto. «Seré vuestro hijo pródigo —dice él, sonriendo—. Seré la oveja que estaba perdida.»

En Whitehall, pequeños grupos de hombres que murmuran, se juntan en prictos círculos, los codos apuntando hacia fuera mientras las manos acarician las dagas que llevan a la cintura. Y entre los abogados una oscura agitación, conferencias en rincones.

Rafe le pregunta: ¿podría obtenerse la libertad del rey, señor, con más economía de medios? ¿Con menos derramamiento de sangre?

Mira, dice él: una vez agotado el proceso de negociación y compromiso, una vez que os habéis propuesto la destrucción de un enemigo, esa destrucción debe ser rápida y debe ser perfecta. Antes de que lleguéis a mirar siquiera en su dirección, debéis tener ya su nombre en una orden de detención, los puertos bloqueados, a su esposa y a sus amigos comprados, a su heredero bajo vuestra protección, su dinero en vuestra bóveda de seguridad y su perro corriendo cuando vos silbéis. Antes de que despierte por la mañana, deberíais tener ya el hacha en la mano.

Cuando él, Cromwell, llega a ver a Thomas Wyatt en la prisión, el condestable Kingston está deseoso de asegurarle que ha obedecido sus instrucciones, que Wyatt ha sido tratado con todos los honores.

—Y la reina, ¿cómo está?

—Inquieta —dice Kingston; parece incómodo—. Estoy acostumbrado a toda clase de presos, pero nunca he tenido uno como éste. De pronto dice: sé que debo morir. Al momento siguiente, completamente lo contrario de eso. Cree que el rey vendrá en su barca y la sacará de aquí. Cree que se ha cometido un error, que hay un malentendido. Cree que el rey de Francia intervendrá en su favor.

El carcelero mueve la cabeza.

Encuentra a Thomas Wyatt jugando a los dados contra sí mismo: el tipo de actividad inútil que el viejo sir Henry Wyatt censura.

—¿Quién gana? —le pregunta.

Wyatt alza la vista.

—Mi yo peor, ese idiota cantarín, juega con mi yo mejor, el necio llorica. Podéis suponer quién gana. De todos modos, siempre existe la posibilidad de que suceda lo contrario.

—¿Estáis cómodo?

—¿En cuerpo o en espíritu?

—Yo sólo respondo por los cuerpos.

—Nada os hace flaquear —dice Wyatt. Lo dice con una admiración renuente que está próxima al miedo. Pero él, Cromwell, piensa: flaqueé pero nadie lo sabe, no han llegado informes al exterior. Wyatt no me vio abandonar el interrogatorio de Weston. Wyatt no me vio cuando Ana posó su mano en mi brazo y me preguntó qué era lo que creía en el fondo de mi corazón.

Posa los ojos sobre el preso, toma asiento. Dice suavemente:

—Creo que he estado adiestrándome toda la vida para esto. He hecho un aprendizaje por mi cuenta.

Toda su carrera ha sido una educación en la hipocresía. Ojos que antes le taladraban le miran ahora amables, con un respeto simulado. Manos a las que les gustaría tirarle el sombrero de un revés se extienden ahora para estrechar la suya, a veces en un apretón estrujador. Ha hecho girar a sus enemigos para que le miren de frente, para que se unan a él: como en un baile. Tiene previsto darles la vuelta otra vez, para que echen un vistazo al panorama largo y frío de sus años, para que sientan el viento, el viento de los lugares desprotegidos, que corta hasta el hueso; para que se acuesten entre ruinas y despierten fríos.

—Cualquier información que me deis —le dice a Wyatt— la anotaré, pero os doy mi palabra de que la destruiré en cuanto se consiga esto.

—¿Se consiga? —Wyatt está considerando la elección de esa palabra.

—El rey está informado de que su esposa le traicionó con varios hombres, uno de ellos su hermano, otro su amigo más íntimo, otro un criado al que ella dice que apenas conoce. El espejo de la verdad se ha roto, dice el rey. Por ello, sí, habría que conseguir reunir los fragmentos.

—Pero decís que él está informado, ¿cómo es que lo está? Nadie admite nada, salvo Mark. ¿Y si está mintiendo?

—Cuando un hombre se confiesa culpable tenemos que creerle. No podemos ponernos a demostrarle que está equivocado. Si no, los tribunales de justicia nunca funcionarían.

—Pero ¿dónde está la prueba? —insiste Wyatt.

Él sonríe.

—La verdad llegará a la puerta de Enrique, cubierta con capa y capucha. Él la deja entrar porque tiene una idea perspicaz de lo que hay debajo, de que el que llega no es un desconocido. Thomas, yo creo que él lo ha sabido siempre. Él sabe que si ella no le engañó con el cuerpo lo hizo con las palabras, y si no con los hechos entonces en sueños. Piensa que nunca lo estimó ni lo amó, cuando él puso el mundo a sus pies. Piensa que nunca la complació o la satisfizo y que cuando estaba en el lecho, a su lado, ella imaginaba que estaba con otro.

—Eso es común —dijo Wyatt—. ¿No os parece? Así es como funciona el matrimonio. Yo no sabía que la ley pudiese considerarlo un delito. Válgame Dios. Media Inglaterra estaría encarcelada.

—Vos comprendéis que están por una parte las acusaciones escritas en un acta de cargos. Y luego están los otros cargos, aquellos que no se encomiendan al papel.

—Si sentir es un delito, entonces confieso...

—No confeséis nada. Norris confesó. Admitió que la amaba. Si lo que alguien desea de vos es una confesión, no os conviene nunca hacerla.

—¿Qué quiere Enrique? Estoy desconcertado, francamente. No puedo ver qué salida me queda.

—Él cambia de opinión, de un día para otro. Le gustaría reconstruir el pasado. Le gustaría no haber visto jamás a Ana. Le gustaría haberla visto, pero haber visto a través de ella. Y sobre todo la quiere muerta.

—Querer no equivale a hacerlo.

—Equivale, si sois Enrique.

—Tal como yo entiendo la ley, el adulterio de una reina no es ninguna traición.

—No, pero el hombre que la viola, comete traición.

—¿Creéis que utilizaron la fuerza? —dice secamente Wyatt.

—No, es sólo el término legal. Es un eufemismo que nos permite pensar bien de cualquier reina desdichada. Pero en cuanto a ella, es una traidora también, ella misma lo ha dicho. Querer la muerte del rey es traición.

—Pero —dice Wyatt—, perdonad de nuevo mis cortas entendederas, yo creí que Ana había dicho «si él muriese» o algo parecido. Así que dejadme plantearos una cuestión. Si yo digo «todos los hombres deben morir», ¿es eso un anuncio de la muerte del rey?

—Sería bueno no poner ejemplos —dice él amablemente—. Thomas Moro planteaba ejemplos cuando empezó a inclinarse por la traición. Pero dejadme ir al grano sobre vuestro caso. Puedo necesitar una declaración vuestra como prueba contra la reina. La aceptaré por escrito, no es necesario que se airee en un juicio público. Vos lo dijisteis una vez, cuando me visitasteis en mi casa, cómo se conducía Ana con los hombres: ella dice «Sí, sí, sí, sí, no».

Wyatt asiente; reconoce esas palabras; parece lamentar haberlas dicho.

—Ahora debéis tener que transponer una palabra de ese testimonio. Sí, sí, sí, no, sí.

Wyatt no contesta. El silencio se extiende, se asienta alrededor de ellos: un silencio adormecido, mientras en otra parte se despliegan hojas, florece mayo en los árboles, tintinea el agua en los surtidores, ríen los jóvenes en los jardines. Por fin Wyatt habla, con voz tensa:

—No era un testimonio.

—¿Qué era entonces? —Se inclina hacia delante—. Sabéis que no soy un hombre con el que podáis tener conversaciones intrascendentes. No me puedo dividir en dos, uno vuestro amigo y otro el servidor del rey. Así que debéis decirme: ¿escribiréis vuestros pensamientos y si se os requiere los diréis de palabra? —Se recuesta de nuevo en su asiento—. Y si podéis tranquilizarme en este punto, yo escribiré a vuestro padre, para tranquilizarlo también. Para decirle que saldréis de esto vivo. —Hace una pausa—. ¿De acuerdo?

Wyatt asiente. El mínimo gesto posible, un asentimiento para el futuro.

—Bueno. Después, por vuestro apoyo, para compensaros por esta detención, dispondré lo necesario para que recibáis un dinero.

—No lo necesito. —Wyatt aparta la cara, deliberadamente: como un niño.

—Creedme, lo necesitáis. Seguís arrastrando todavía
deudas de vuestra época en Italia. Vuestros acreedores
acuden a mí.

—Yo no soy vuestro hermano. Vos no sois mi guardián.

Él mira a su alrededor.

—Lo soy, si lo pensáis bien.

Wyatt dice:

—Tengo entendido que Enrique quiere también
una anulación. Matarla y divorciarse de ella, todo en un
solo día. Ella es así, ya sabéis. Todo está regido por extre-
mos. No estaba dispuesta a ser su amante, debía ser reina
de Inglaterra; así que se prescinde de la fe y se modifican
las leyes, hay un clamor en el país. Si tuvo tantos problemas para conseguirla, ¿cuántos tendrá para librarse de
ella? Incluso después de muerta, él haría bien en asegurarse de que el ataúd tiene la tapa bien clavada.

—¿Es que no os queda ningún sentimiento de ternura hacia Ana? —pregunta él con curiosidad.

—Estoy harto de ella —dice Wyatt brevemente—.
O quizá nunca tuve ese sentimiento, no conozco mi propia mente, sabéis. Me atrevo a decir que los hombres han
sentido muchas cosas por Ana, pero nadie salvo Enrique
ha sentido ternura. Ahora él piensa que le han tomado
por un imbécil.

Él se levanta.

—Escribiré unas palabras tranquilizadoras a vuestro
padre. Le explicaré que debéis permanecer aquí durante
un breve periodo, que es más seguro. Pero primero
debo... Creíamos que Enrique había prescindido de la
anulación, pero ahora, como vos decís, la revive, así que
debo...

Wyatt dice, como saboreando su incomodidad:

—Tendréis que ir a ver a Harry Percy, ¿no?

Hace ya casi cuatro años que, en una mísera posada llamada San Marcos y el león, con Llamadme pisándole los talones, se enfrentó a Harry Percy y le hizo comprender ciertas verdades sobre la vida, siendo la principal de ellas que, pese a lo que pudiera pensar, no estaba casado con Ana Bolena. Aquel día había dado un manotazo en la mesa y le había explicado al joven que, si no se apartaba del camino del rey, sería aplastado: él, Thomas Cromwell, daría rienda suelta a sus acreedores para acabar con él, para arrebatarle su condado y sus tierras. Había dado el manotazo en la mesa y le había dicho que, además, si no olvidaba a Ana Bolena y cualquier pretensión sobre ella, su tío, el duque de Norfolk, descubriría dónde se escondía y le arrancaría los huevos de un mordisco.

Desde entonces él ha hecho muchos negocios con el conde, que es ahora un hombre enfermo y destrozado, con grandes deudas, al que, día a día, el control de sus propios asuntos se le está yendo de las manos. De hecho, casi se ha cumplido el juicio que él emitió, lo que le había dicho, salvo que el conde, que se sepa, aún conserva los huevos. Después de su charla en San Marcos y el león, el conde, que llevaba varios días bebiendo, había hecho que sus criados le limpiasen la ropa, borrasen todo rastro de vómito, y envuelto en un olor agrio, torpemente afeitado, temblando y con náuseas, se había presentado ante el consejo del rey y le había obedecido a él, a Thomas Cromwell, reescribiendo la historia de su enamoramiento, abjurando de cualquier pretensión sobre Ana Bolena; afirmando que no había existido jamás contrato de matrimonio alguno entre ellos; que juraba por su honor como noble que nunca se había acostado con ella, y que ella estaba completamente libre y al alcance del corazón, el lecho conyugal y las manos del rey. Todo lo cual lo había jurado sobre la Biblia, sostenida por el anciano Warham, que era arzobispo antes de Thomas Cranmer, y tras lo cual había recibido el Santísimo Sacramento, con los ojos de Enrique clavados en su espalda.

Ahora él, Cromwell, cabalga a encontrarse con el conde en su mansión campestre de Stoke Newington, situada al noreste de la ciudad, en el camino de Cambridge. Los criados de Percy se hacen cargo de sus caballos, pero él, en vez de entrar inmediatamente, retrocede para echar un vistazo al tejado y a las chimeneas.

—Cincuenta libras gastadas antes del invierno próximo serían una buena inversión —le dice a Thomas Wriothesley—. Sin contar el trabajo.

Si tuviese una escalera subiría y echaría una ojeada para ver cómo estaban los tejados. Pero eso tal vez no casase con su dignidad. El señor secretario puede hacer todo lo que le plazca, pero el primer magistrado de la Cámara tiene que pensar en su venerable cargo y lo que se exige de él. Si le está permitido o no subir a los tejados como vicegerente de asuntos espirituales del rey no está del todo claro... El cargo es demasiado nuevo y aún no hay experiencia sobre él. Sonríe. Ciertamente sería una afrenta para la dignidad del señor Wriothesley si se le pidiese que subiera por una escalera hasta el tejado.

—Estoy pensando en mi inversión —le explica a Wriothesley—. En la mía y en la del rey.

El conde le debe a él sumas considerables, pero al rey le debe diez mil libras. Cuando Harry Percy se muera, la Corona se tragará su condado: así que él examina también al conde, para ver cómo está. Está amarillento, demacrado, parece más viejo de lo que es, de unos treinta y cuatro o treinta y cinco años; y ese olor agrio que cuelga en el aire, le lleva de nuevo a Kimbolton, a la vieja reina encerrada en sus habitaciones: el cuarto sin ventilar y mohoso como una celda y el cuenco de vómito que había pasado ante él, en manos de una de sus damas. Dice sin mucha esperanza:

—¿No os habréis puesto enfermo a causa de mi visita?

El conde le mira desde unos ojos hundidos.

—No. Dicen que es mi hígado. No, en absoluto,

Cromwell, vos os habéis portado muy razonablemente conmigo, debo decirlo. Considerando...

—Considerando con qué os amenacé. —Mueve la cabeza, pesaroso—. Oh, mi señor. Hoy se presenta ante vos un pobre solicitante. Nunca podréis imaginar a lo que vengo.

—Creo que podría.

—Vengo a deciros, mi señor, que estáis casado con Ana Bolena.

—No.

—Vengo a deciros que, más o menos en el año de 1523, hicisteis un contrato de matrimonio secreto con ella, y que por tanto su supuesto matrimonio con el rey es nulo.

—No.

El conde encuentra, en algún lugar, una chispa de su espíritu ancestral, aquel fuego de la frontera que arde en las partes septentrionales del reino y que achicharrará a cualquier escocés que se cruce en su camino.

—Vos me hicisteis sudar, Cromwell. Acudisteis a mí cuando estaba bebiendo en San Marcos y el león y me amenazasteis. Fui llevado a rastras ante el consejo del rey y se me hizo jurar sobre la Biblia que no había celebrado ningún contrato con Ana. Se me hizo ir con el rey y comulgar. Vos me visteis, me oísteis. ¿Cómo puedo volverme atrás ahora? ¿Estáis diciendo que cometí perjurio?

El conde se ha puesto de pie. Él permanece sentado. No se propone ser descortés; piensa más bien que, si se pusiese de pie, podría darle una bofetada al conde, y no recuerda haberle pegado nunca a un hombre enfermo.

—No es perjurio —dice amistosamente—. Lo que yo planteo es que, en aquella ocasión, os falló la memoria.

—¿Estaba casado con Ana, pero lo había olvidado?

Vuelve a sentarse y considera a su adversario.

—Habéis sido siempre un bebedor, mi señor, lo que es el motivo, creo yo, de que os encontréis reducido a vuestra actual condición. En el día en cuestión, yo os encontré, como habéis dicho, en una taberna. ¿Es posible que cuando acudisteis ante el consejo del rey, aún estuvieseis borracho? Y que no tuvieseis del todo claro por ello lo que estabais jurando...

—Estaba sereno.

—Os dolía la cabeza. Teníais náuseas. Teníais miedo de vomitar sobre los reverendos zapatos del arzobispo Warham. Esa posibilidad os turbaba tanto que no podíais pensar en ninguna otra cosa. No estabais atento a las preguntas que se os hacían. Es algo que no se os puede reprochar.

—Pero —dice el conde— yo estaba atento.

—Cualquier consejero comprendería vuestra situación. Todos hemos bebido de más una vez u otra.

—Juro por mi alma que estaba atento.

—Entonces considerad otra posibilidad. Tal vez hubiese algún descuido en la toma de juramento. Alguna irregularidad. El viejo arzobispo estaba enfermo también aquel día. Recuerdo que le temblaban las manos mientras sostenía el santo libro.

—Estaba paralítico. Es frecuente a esa edad. Pero era competente.

—Si hubiese algún defecto en el procedimiento, vuestra conciencia no os atribularía en caso de que repudiaseis ahora vuestro juramento. Es posible que no fuese siquiera una Biblia...

—Estaba encuadernado como una Biblia —dice el conde.

—Yo tengo un libro de contabilidad que se confunde muchas veces con una Biblia.

—Especialmente por vos.

Él sonríe. El conde no tiene el ingenio atrofiado del todo, aún no.

—¿Y qué me decís de la sagrada forma? —dice Percy—. Yo tomé el sacramento para confirmar lo que había jurado, y ¿no era el cuerpo mismo de Dios?

Él calla. Podría daros un argumento sobre eso, piensa, pero no os proporcionaré una oportunidad para que me llaméis hereje.

—No lo haré —dice Percy—. Y no puedo entender por qué habría de hacerlo. Todo lo que yo sé es que Enrique se propone matarla. ¿No es bastante para ella que la maten? Después de que esté muerta, ¿qué importa con quién pudiese haber hecho ella contratos?

—Sí que importa, por una cuestión. Él sospecha sobre la hija que tuvo Ana. Pero no quiere presionar para que se investigue quién es su padre.

—¿Elizabeth? Yo he visto a esa criatura —dice Percy—. Es de él. Eso os lo puedo asegurar.

—Pero aunque fuese..., incluso si lo fuese, él ahora piensa apartarla de la sucesión, porque, si nunca estuvo casado con su madre..., en fin, en ese caso, la cosa se aclara. Queda despejado el camino para los hijos de su próxima esposa.

El conde asiente.

—Eso lo comprendo.

—Así que si queréis ayudar a Ana, ésta es vuestra última oportunidad.

—¿Cómo la ayudaré?, ¿haciendo que su matrimonio quede anulado y su hija se convierta en bastarda?

—Eso podría salvarle la vida. Si la cólera de Enrique se aplaca.

—Vos os aseguraréis de que no se aplaque. Amontonaréis combustible y aplicaréis los fuelles, ¿no es cierto?

Él se encoge de hombros.

—No es cuestión mía. Yo no odio a la reina, eso se lo dejo a otros. Así que si alguna vez habéis sentido algo por ella...

—Yo ya no puedo ayudarla más. Sólo puedo ayudarme a mí. Dios sabe la verdad. Me convertisteis en un mentiroso ante Dios. Ahora queréis convertirme en un imbécil ante los hombres. Debéis buscar otro medio, señor secretario.

—Eso haré —dice tranquilamente; se pone de pie—. Lamento que perdáis una oportunidad de complacer al rey.

En la puerta, se vuelve.

—Sois obstinado —dice—, porque estáis débil.

Harry Percy alza la vista hacia él.

—Estoy peor que débil, Cromwell. Me estoy muriendo.

—Duraréis hasta el juicio, ¿no? Os pondré en el panel de pares. Si no sois el marido de Ana, podéis ser su juez sin problema. El tribunal necesita hombres prudentes y experimentados como vos.

Harry Percy grita tras él, pero él abandona el salón a grandes pasos y hace un gesto negativo a los caballeros que aguardan al otro lado de la puerta.

—Vaya —dice el señor Wriothesley—, yo estaba seguro de que conseguiríais hacerle entrar en razón.

—La razón ha huido.

—Parecéis triste, señor.

—¿Lo parezco, Llamadme? No se me ocurre por qué.

—Aún podemos liberar al rey. Mi señor arzobispo verá el medio. Aunque tengamos que meter en el asunto a María Bolena, y decir que el matrimonio fue ilegal por afinidad.

—El problema es, en el caso de María Bolena, que el rey estaba al tanto de los hechos. Puede que si Ana estaba casada en secreto no lo supiese. Pero siempre supo que era hermana de María.

—¿Habéis hecho vos alguna vez algo así? —pregunta cavilosamente el señor Wriothesley—. ¿Dos hermanas?

—¿Es ésa la clase de problema que os absorbe en este momento?

—Es sólo que uno se pregunta cómo sería. Dicen que María Bolena era una gran puta cuando estaba en la corte francesa. ¿Creéis que el rey Francisco tuvo que ver con las dos?

Él mira a Wriothesley con un nuevo respeto.

—Hay un ángulo que yo podría explorar. Bueno..., como habéis sido un buen muchacho y no habéis atacado a golpes a Harry Percy ni le habéis insultado, sino que habéis esperado pacientemente a la puerta como se os ordenó, os diré algo que os gustará saber. Una vez, cuando se encontraba entre dos patrones, María Bolena me pidió que me casara con ella.

El señor Wriothesley le mira, boquiabierto. Luego emite breves interrogantes. ¿Qué? ¿Cuándo? ¿Por qué? Sólo cuando están ya a caballo hace un comentario al respecto:

—Dios me ampare. Habríais sido el cuñado del rey.

El día es ventoso y bueno. Vuelven con bastante rapidez a Londres. En otros días, con otra compañía, él habría disfrutado del viaje.

Pero qué compañía sería ésa, se pregunta, al desmontar en Whitehall. ¿La de Bess Seymour?

—Señor Wriothesley —pregunta—, ¿podéis leerme el pensamiento?

—No —dice Llamadme. Parece desconcertado, y un poco afrentado.

—¿Creéis que un obispo podría leerme el pensamiento?

—No, señor.

Él asiente.

—Pienso igual.

Va a verle el embajador imperial, con su gorro de Navidad.

—Especialmente por vos, Thomas —dice—, porque sé que os hace feliz.

Se sienta, hace una señal al criado pidiendo vino. El criado es Christophe.

—¿Utilizáis a este rufián para todo propósito? —pregunta Chapuys—. ¿No es el que torturó a ese chico, Mark?

—En primer lugar, Mark no es un chico, es sólo inmaduro. En segundo, nadie le torturó, o al menos, no que yo lo viese u oyese, ni por mi mandato o sugerencia, ni con mi permiso expreso o implícito.

—Ya veo que os estáis preparando para el juicio —dice Chapuys—. Una cuerda con nudos, ¿no fue eso? Apretada alrededor de la frente, amenazando con saltarle los ojos...

Él se enfada.

—Eso puede ser lo que hacen donde vos os criasteis. Yo nunca he oído hablar de esa práctica.

—¿Así que en vez de eso fue el potro?

—Podéis verle en el juicio. Podéis juzgar vos mismo si muestra daños. Yo he visto hombres que han pasado por el potro. No los he visto aquí. En el extranjero. Tienen que llevarlos en una silla. Mark está tan ágil como en sus tiempos de bailarín.

—Si vos lo decís —Chapuys parece contento de haberle provocado—. ¿Y cómo está ahora vuestra reina herética?

—Brava como un león. Supongo que lamentaréis saberlo.

—Y orgullosa, pero será humillada. No es ningún león, no es más que uno de esos gatos londinenses vuestros que cantan en los tejados.

Él piensa en un gato negro que tenía, *Marllinspike*. Después de unos años de luchar y hurgar en las basuras escapó, como hacen los gatos, a hacer carrera en otra parte.

—Como sabéis —dice Chapuys—, muchas damas y gentilhombres de la corte han ido a ver a la princesa María, para ponerse a su servicio en el futuro inmediato. Pensé que vos mismo podríais ir.

Maldita sea, piensa él, yo ya tengo trabajo de sobra, y

más que de sobra; no es pequeña cosa echar abajo a una reina de Inglaterra.

—Confío —dice— en que la princesa perdonará mi ausencia en este momento. Es por su bien.

—Ahora no tenéis ningún problema para llamarla «la princesa» —comenta Chapuys—. Será repuesta, claro, como heredera de Enrique —aguarda—. Ella espera, todos sus leales partidarios esperan, el propio emperador espera...

—La esperanza es una gran virtud. Pero —añade— espero que vos le advirtáis de que no reciba a ninguna persona sin permiso del rey. O mío.

—Ella no puede impedir que vayan a verla. Todos los que antes la servían. Acuden en tropel. Será un nuevo mundo, Thomas.

—El rey estará deseoso, está deseoso, de una reconciliación con ella. Es un buen padre.

—Lástima que no haya tenido más oportunidades de demostrarlo.

—Eustache... —Hace una pausa, indica con un gesto a Christophe que se vaya—. Sé que nunca os habéis casado, pero ¿no tenéis ningún hijo? Parecéis sorprendido. Tengo curiosidad por vuestra vida. Debemos llegar a conocernos mejor.

El embajador se irrita ante el cambio de tema.

—Yo no tengo líos con mujeres. No soy como vos.

—Yo no rechazaría a un hijo. Nadie me ha reclamado nunca por ese motivo. Si lo hiciesen, cumpliría.

—Las damas no desean prolongar el encuentro —sugiere Chapuys.

A él eso le hace reír.

—Es posible que tengáis razón. Venid, mi buen amigo, vayamos a cenar.

—Anhelo muchas más veladas cordiales como ésta —dice el embajador, resplandeciente—. Una vez que la concubina esté muerta e Inglaterra tranquila.

Los hombres de la Torre, aunque lamentan su probable destino, no se quejan tan amargamente como lo hace el rey. De día se pasea como una ilustración del Libro de Job. De noche navega río abajo, acompañado de músicos, a visitar a Jane.

Pese a todas las bellezas de la casa de Nicholas Carew, queda a ocho millas del Támesis y no es por tanto adecuada para los viajes vespertinos, ni siquiera en estas noches claras de principios de verano; el rey quiere estar con Jane hasta que cae la oscuridad. Así que la futura reina tiene que subir hasta Londres, y dejar que la alberguen sus partidarios y amigos. Se reúnen multitudes alrededor de un lugar u otro en el que se rumorea que está, intentando tener un vislumbre de ella, estirando el cuello, abriendo mucho los ojos; los curiosos bloquean las puertas y se aúpan unos a otros en los muros.

Los hermanos de Jane se muestran generosos con los londinenses, con la esperanza de obtener su apoyo. Corre la voz de que se trata de una auténtica inglesa de la nobleza, una de las nuestras; a diferencia de Ana Bolena, que muchos creían que era francesa. Pero las multitudes están desconcertadas, descontentas incluso: ¿no debería el rey casarse con una gran princesa, como Catalina, de un país lejano?

Bess Seymour le cuenta:

—Jane está poniendo dinero a buen recaudo en un cofre cerrado, por si el rey cambia de opinión.

—Así deberíamos hacer todos. Es una buena cosa eso de tener un cofre cerrado.

—Lleva la llave en el pecho —dice Bess.

—No es probable que alguien la busque ahí.

Bess le lanza una mirada alegre, por el rabillo del ojo.

La noticia de la detención de Ana está empezando a difundirse ya por Europa, y aunque Bess no lo sabe, están llegando hora tras hora ofertas para Enrique. El emperador sugiere que al rey podría gustarle su sobrina, la infanta de Portugal, que llegaría con cuatrocientos mil ducados; y el príncipe portugués, Dom Luís, podría casarse con la princesa María. O si el rey no quiere a la infanta, ¿qué le parecería la duquesa de Milán, una joven viuda muy bonita, que aportaría también una buena suma?

Son días de presagios y portentos para los que valoran esas cosas y pueden interpretarlas. Las historias malignas han salido de los libros y se representan por sí solas. Una reina está encerrada en una torre, acusada de incesto. La nación, naturaleza ella misma, está turbada. Se atisban fantasmas en las entradas, apostados junto a las ventanas, apoyados en las paredes, con la esperanza de escuchar los secretos de los vivos. Toca una campana sola, sin ninguna intervención humana. Hay un estallido de conversación donde no hay nadie presente, un silbido en el aire como el sonido que hace un hierro caliente cuando se sumerge en el agua. Una mujer se abre paso entre la multitud a la entrada de su casa, coge las bridas de su caballo. Antes de que los guardias la obliguen a dejarlo, le grita: «¡Dios nos valga, Cromwell, qué clase de hombre es el rey! ¿Cuántas esposas piensa tener?».

Por una vez le colorea las mejillas a Jane Seymour un rubor; o quizá sea un reflejo de su vestido, del rosa claro suave del dulce de membrillo.

Circulan declaraciones, acusaciones, escritos, entre jueces, acusadores, el fiscal general, el despacho del Lord Canciller; cada paso del proceso es claro, lógico y está destinado a crear cadáveres de acuerdo con el procedimiento legal debido. George Rochford será juzgado aparte, como un par del reino; los del común serán juzgados antes. Llega la orden a la Torre: «Traigan los cuerpos». Es decir, traigan a los acusados, llamados Weston, Brereton, Smeaton y Norris, a Westminster Hall para el juicio. Kingston los lleva en barca; es 12 de mayo, un viernes. Guardias armados los conducen a través de una multitud fulminante, que grita la suerte que les aguarda.

Los apostadores creen que Weston saldrá libre, es la campaña que ha puesto en marcha su familia. Pero para los demás, están igualadas las posibilidades de que vivan o mueran. Para Mark Smeaton, que lo ha confesado todo, no hay apuestas; pero existe el dilema de si será ahorcado, decapitado, hervido o quemado, o sometido a alguna pena novedosa que invente el rey.

No entienden cómo funciona la justicia, le dice él a Riche, mirando desde una ventana las escenas de abajo. Sólo hay una pena por alta traición: para un hombre, ser colgado, descuartizado vivo y eviscerado, o para una mujer ser quemada. El rey puede modificar esas penas por decapitación; sólo a los envenenadores se les hierve vivos. El tribunal sólo puede dar una sentencia en este caso, y será transmitida desde él a las multitudes, y malinterpretada, de manera que aquellos que han ganado rechinarán los dientes y aquellos que han perdido exigirán su dinero, y habrá peleas y ropa rota, y cabezas machacadas y sangre en el suelo mientras los acusados están aún seguros en la sala del juicio, y a días de la muerte.

No oirán las acusaciones hasta el juicio y, como es habitual en casos de traición, no tendrán ninguna representación legal. Pero tendrán una oportunidad de hablar, y representarse a sí mismos, y pueden solicitar testigos, si es que alguien está dispuesto a prestarles apoyo. Ha habido hombres estos últimos años que han sido juzgados por traición y han salido libres, pero estos acusados saben que ellos no escaparán. Tienen que pensar en sus familias a las que dejan atrás; quieren que el rey sea bueno con ellas y eso sólo debería silenciar cualquier protesta, impedir cualquier alegación estridente de inocencia. Se debe permitir al tribunal trabajar sin obstáculos. A cambio de su cooperación, se entiende, se entiende más o menos que el rey les otorgará la merced de muerte por el hacha, que no aumentará su deshonra; aunque entre los jurados se murmura que a Smeaton se le ahorcará porque, al ser hombre de bajo nacimiento, no hay ningún honor que proteger.

Preside Norfolk. Cuando traen a los presos, los tres gentilhombres se apartan de Mark; quieren demostrarle su desdén, y que son mejores que él. Pero esto les hace aproximarse mucho entre sí, más de lo que desean; él se da cuenta de que no se miran, procuran además mantenerse lo más lejos posible unos de otros, de manera que parecen estar encogiéndose, se ajustan chaquetas y mangas. Sólo Mark se declarará culpable. Lo han mantenido encadenado por si intentaba matarse: seguramente una buena medida, pues lo estropearía todo. Así que llega ante el tribunal intacto, según lo prometido, sin ninguna señal de heridas, pero incapaz de contener las lágrimas. Suplica clemencia. Los otros acusados son sucintos pero respetuosos con el tribunal: tres héroes de las justas que ven que carga contra ellos el adversario invencible, el propio rey de Inglaterra. Podrían plantear objeciones, pero los cargos, sus fechas y detalles, pasan ante ellos muy deprisa. Tal vez alguna objeción prosperase, si se mantuviesen firmes en ella, pero eso sólo retrasaría lo inevitable, y lo saben. Cuando entran, los guardias están con las alabardas giradas; cuando salen, condenados, el borde del hacha apunta hacia ellos. Pasan en medio del griterío, son hombres muertos: conducidos a través de las hileras de alabarderos hasta el río y de vuelta a su hogar temporal, su antecámara, para escribir sus últimas cartas y hacer los preparativos espirituales. Todos han expresado contrición, aunque ninguno, salvo Mark, ha dicho por qué.

Una tarde fresca: y después de que las multitudes se han dispersado y ha terminado el juicio, él se encuentra sentado junto a una ventana abierta con los empleados que empaquetan los documentos, y observa cómo lo hacen y luego dice: ahora me iré a casa. Me voy a mi casa de la ciudad, a Austin Friars, mandad los documentos a Chancery Lane. Es el señor de los espacios y los silencios, de los huecos y las tachaduras, mientras la noticia pasa del inglés al francés y tal vez a través del latín a las lenguas española e italiana, y a través de Flandes a los territorios del este del emperador, por encima de las fronteras de los principados alemanes y hasta Bohemia y Hungría y los reinos nevados de más allá, a través de barcos mercantes que navegan hacia Grecia y Levante; a la India, donde nunca han oído hablar de Ana Bolena, no digamos ya de sus amantes y de su hermano; y siguiendo las rutas de la seda hasta China, donde nunca han oído hablar de Enrique, octavo de ese nombre, ni de cualquier otro Enrique, y hasta la existencia de Inglaterra es para ellos un mito oscuro, un lugar donde los hombres tienen la boca en el vientre y las mujeres pueden volar, o los gatos gobiernan la nación y los hombres se acuclillan en las ratoneras para poder atrapar la cena. En el vestíbulo de Austin Friars se queda un momento parado ante la gran imagen de Salomón y la reina de Saba; el tapiz perteneció en tiempos al cardenal, pero Enrique se adueñó de él y luego, después de muerto Wolsey, y de que él, Cromwell, hubiese obtenido el favor del monarca, éste se lo había regalado, como si se sintiese avergonzado, como si devolviese a su auténtico propietario algo que nunca debería haberle sido arrebatado. El rey le había visto mirar con añoranza, y más de una vez, la cara de la reina de Saba, no porque anhele una reina sino porque le remite a su pasado, a una mujer a la que por accidente se parece: Anselma, una viuda de Amberes, con la que podría haberse casado, piensa a menudo, si no hubiese tomado bruscamente la decisión de regresar a Inglaterra y volver con su propia gente. En aquella época, él hacía las cosas de esa forma brusca: no sin cálculo, no sin cuidado, pero una vez que tomaba una decisión la ejecutaba rápidamente. Y sigue siendo el mismo hombre. Como sus adversarios descubrirán.

—¿Gregory? —Su hijo aún lleva chaqueta de montar, polvorienta del camino; lo abraza—. Dejadme veros. ¿Cómo es que estáis aquí?

—No dijisteis que no pudiese venir —explica Gregory—. No lo prohibisteis terminantemente. Además, he aprendido ya el arte de hablar en público. ¿Queréis oírme hacer un discurso?

—Sí. Pero no ahora. No deberíais andar por los caminos sólo con un criado o dos. Hay gente que te podría hacer daño porque se os conoce como hijo mío.

—¿Cómo se sabe que lo soy? —dice Gregory—. ¿Cómo podrían saber eso?

Se abren puertas, se oyen pisadas en las escaleras, hay rostros interrogantes llenando el vestíbulo; la noticia del juicio le ha precedido. Sí, confirma, son todos culpables, están todos condenados, no sé si irán a Tyburn, pero procuraré que el rey les otorgue un final rápido; sí, Mark también, porque cuando estaba bajo mi techo le ofrecí clemencia, y ésa es toda la clemencia que yo puedo otorgar.

—Oímos que están todos endeudados, señor —dice su empleado Thomas Avery, que lleva las cuentas.

—Oímos que había multitudes peligrosas, señor —dice uno de sus guardianes.

Aparece Thurston el cocinero, con aspecto harinoso.

—Thurston ha oído que había pasteles en venta —dice el bufón Anthony—. Yo, señor, he oído que vuestra nueva comedia fue muy bien recibida. Y todo el mundo se rió menos los moribundos.

Gregory dice:

—Pero ¿podría haber aún indultos?

—Indudablemente. —No se siente inclinado a añadir nada. Alguien le ha dado un trago de cerveza; se limpia la boca.

—Recuerdo cuando estábamos en Wolf Hall —dice Gregory— y Weston os habló tan impertinentemente, y Rafe y yo lo atrapamos en nuestra red mágica y lo tiramos desde una altura. Pero en realidad no le habríamos matado.

—El rey está disfrutando de su venganza, serán ejecutados muchos excelentes gentilhombres —habla para que todos los de la casa le oigan—. Cuando la gente a la que conocéis os diga, como hará, que soy yo quien ha condenado a esos hombres, decidles que es el rey, y un tribunal de justicia, y que se han respetado todos los procedimientos establecidos, y que no se ha dañado a nadie corporalmente para extraer la verdad, dígase lo que se diga en la ciudad. Y, por favor, si personas mal informadas os cuentan que estos hombres van a morir por resentimiento mío contra ellos, no lo creáis. No se trata de resentimientos. Y aunque intentase salvarlos no podría.

—Pero el señor Wyatt no morirá, ¿verdad? —pregunta Thomas Avery. Hay un murmullo; Wyatt es un favorito en su casa, por sus hábitos generosos y su cortesía.

—Ahora he de irme dentro. Tengo que leer las cartas del extranjero. Thomas Wyatt..., bueno, digamos que yo le he aconsejado. Creo que pronto volveremos a verle aquí con nosotros, pero tened en cuenta que nada es seguro, la voluntad del rey... No. No quiero más.

Se va, Gregory le sigue.

—¿Son culpables de verdad? —pregunta, cuando se quedan solos—. ¿Por qué tantos hombres? ¿No habría sido mejor, pensando en el honor del rey, que sólo se nombrase a uno?

Él dice irónicamente:

—Eso le destacaría demasiado, al gentilhombre en cuestión.

—Oh, ¿queréis decir que la gente diría: Harry Norris tiene una polla más grande que el rey y sabe lo que hay que hacer con ella?

—Qué control tienes de las palabras, realmente. El rey se siente inclinado a tomarlo con paciencia, y mientras que otro hombre habría procurado que todo fuese secreto, él sabe que no puede, porque no es un particular. Cree, o al menos quiere mostrar eso, que la reina obró de una forma indiscriminada, que es impulsiva, que es mala por naturaleza y que no puede controlarlo. Y al descubrirse que hay tantos hombres que han errado con ella no hay ya defensa posible, ¿comprendes? Por eso los han juzgado a ellos primero. Si ellos son culpables, ella tiene que serlo.

Gregory asiente. Parece entender, pero quizá sólo lo parezca. Cuando Gregory dice «¿Son culpables?», quiere decir: «¿Lo hicieron?». Pero cuando «¿Son culpables?» lo dice él, quiere decir: «¿Los consideró así el tribunal?». El mundo de los abogados es algo encerrado en sí mismo, desprovisto de lo humano. Fue un triunfo, en cierto modo, desanudar la trabazón de muslos y lenguas, retirar la masa de carne agobiante y alisarla sobre el papel en blanco: lo mismo que el cuerpo, después del clímax, yace tendido sobre lino blanco. Él ha visto hermosas acusaciones, en las que no había una palabra que sobrase. Ésta no era una: las frases se empujaban y chocaban entre sí, y se aguijoneaban y se derramaban, feas en el contenido y feas en la forma. El plan contra Ana no está santificado en su gestación, es intempestivo en su presentación, una masa de tejido nacida sin forma; esperaba una lengua que lo moldease como moldea a los oseznos la lengua de su madre que los lame. Tú lo alimentaste, pero no sabías lo que alimentabas. ¿Quién habría pensado que Mark confesaría, o que Ana actuaría en todos los aspectos como una mujer oprimida y culpable, con el peso del pecado sobre ella? Es como los hombres dijeron hoy en el juicio: somos culpables de toda clase de acusaciones, hemos pecado todos, estamos todos carcomidos y podridos de delitos e, incluso a la luz de la Iglesia y del Evangelio, no debemos saber siquiera cuáles son. Ha llegado un mensaje del Vaticano, donde son especialistas en pecados, de que cualquier oferta de amistad, cualquier gesto de reconciliación del rey Enrique, sería visto bondadosamente en este periodo difícil; porque, aunque otros pudiesen sorprenderse, en Roma no se sorprenden por el giro que han tomado los acontecimientos. En Roma, por supuesto, no sería nada notable: adulterio, incesto, uno se limita a encogerse de hombros. Cuando él estaba en el Vaticano en los tiempos del cardenal Bainbridge, se dio cuenta enseguida de que en la corte papal nadie captaba lo que estaba pasando, nunca; y el que menos lo captaba de todos era el papa. La intriga se alimenta a sí misma; las conspiraciones no tienen nunca padre ni madre, y sin embargo prosperan: lo único que hay que saber es que nadie sabe nada.

Aunque en Roma, piensa él, no se da mucha importancia a la legalidad de los procedimientos. En las cárceles, cuando se olvida y se mata de hambre a un acusado o cuando los carceleros lo matan de una paliza, se limitan a meter el cuerpo en un saco y luego lo hacen rodar y de una patada lo tiran al río, donde se une a los vertidos generales del Tíber.

Alza la vista. Gregory ha estado sentado en silencio, respetuoso con sus pensamientos. Pero ahora dice:

—¿Cuándo morirán?

—No puede ser mañana, necesitan tiempo para arreglar sus asuntos. La reina será juzgada en la Torre el lunes, así que debe ser después de eso, Kingston no puede... El juicio será público, sabes, la Torre se llenará de gente...

Se imagina una confusión indecorosa, los condenados teniendo que abrirse camino hasta el patíbulo a través de las hordas que querrán ver juzgar a una reina.

—Pero ¿tú estarás allí para verlo? —insiste Gregory—. ¿Cuando ocurra? Yo podría ayudarles al final ofreciéndoles mis oraciones, pero no podría hacerlo si tú no estuviese allí. Podría desplomarme.

Él asiente. Es bueno ser realista en estas cuestiones. Ha oído en su juventud a bravucones callejeros ufanarse de su temple, y luego palidecer por un corte en un dedo, y además presenciar una ejecución no es como verse metido en una lucha: hay miedo, y el miedo es contagioso, mientras que en una pelea no hay tiempo para el miedo, y hasta que no ha terminado no empiezan a temblar las piernas.

—Si no estoy yo allí, estará Richard. Es una idea bondadosa y aunque te causase dolor creo que es una muestra de respeto. —No puede conjeturar cómo será la próxima semana—. Depende... La anulación ha de seguir adelante, así que dependerá de la reina, de cómo nos ayude, de si quiere dar su asentimiento. —Está pensando en voz alta—. Puede ser que yo esté en Lambeth con Cranmer. Y por favor, hijo mío querido, no me preguntes por qué tiene que haber una anulación. Confórmate con saber que es lo que quiere el rey.

Descubre que no puede pensar en los que van a morir. Surge en su mente en vez de eso la imagen de Moro en el patíbulo, vista a través del velo de la lluvia: su cuerpo, ya muerto, doblado hacia atrás limpiamente por el golpe del hacha. El cardenal no tuvo perseguidor más implacable en su caída que Thomas Moro. Sin embargo, piensa él, yo no le odiaba. Utilicé mis habilidades al máximo para persuadirle de que se reconciliase con el rey. Y aunque pensé que le convencería, pensé realmente que lo conseguiría, porque él tenía un apego tenaz al mundo, un apego tenaz a su propia persona, y tenía muchas cosas por las que vivir. Pero al final fue su propio asesino. Escribía y escribía, y hablaba y hablaba, luego de pronto, de golpe, se tachó. Si alguna vez un hombre llegó casi a decapitarse él mismo, ese hombre fue Thomas Moro.

La reina viste de escarlata y negro, y en vez de una capucha lleva un garboso gorro, con plumas en negro y blanco que recorren el borde. Recuerda esas plumas, se dice él; ésta será la última vez, o casi. Qué parecía, preguntarán las mujeres. Él podrá decir que estaba pálida, pero no tenía miedo. ¿Cómo puede ser para ella entrar en el gran salón y presentarse ante los pares de Inglaterra, todos hombres y ninguno de ellos deseándola? Estará manchada ya, es carne muerta, y en vez de desearla (pecho, cabello, ojos) aparta la vista. Sólo tío Norfolk la mira ferozmente: como si su cabeza no fuese la de la Medusa.

En el centro del gran salón de la Torre han construido un estrado con bancos para los jueces y los pares, y hay algunos bancos también en las arcadas de los lados, pero la mayor parte de los espectadores estarán de pie, empujándose desde atrás entre ellos hasta que los guardias digan: «Nadie más» y bloqueen las entradas con travesaños. Incluso entonces empujan, y el ruido crece cuando aquellos a los que les han dejado pasar forcejean en el pozo de la sala del juicio, hasta que Norfolk, el bastón de mando en la mano, pide silencio y, ante la expresión feroz de su rostro, hasta el más ignorante de la multitud sabe que habla en serio.

Ahí está el Lord Canciller sentado junto al duque, para suministrarle el mejor asesoramiento legal del reino. Ahí está el conde de Worcester, cuya esposa, podríamos decir, inició todo esto; y el conde le dirige una mirada sucia, él no sabe por qué. Ahí está Charles Brandon, duque de Suffolk, que ha odiado a Ana desde que posó los ojos en ella y lo ha dicho claramente en presencia del rey. Ahí están el conde de Arundel, el conde de Oxford, el conde de Rutland, el conde de Westmorland: él se desplaza suavemente entre ellos, el sencillo Thomas Cromwell, un saludo aquí y una palabra allá, infundiendo tranquilidad: el caso de la Corona está en orden, no se espera ninguna perturbación ni se tolerará, estaremos todos en casa para la cena y dormiremos sin problema en nuestras camas esta noche. Lord Sandys, lord Audley, lord Clinton y muchos lores más son señalados en una lista según van tomando asiento: lord Morley, el suegro de George Bolena, que le coge la mano y dice: por favor,

Thomas Cromwell, si me estimáis en algo, no permitáis que este sórdido asunto repercuta en mi pobre hijita Jane.

Ella no es tanto vuestra pobre hijita, piensa él, cuando la entregasteis sin consultarle; pero es lo habitual, no puedes reprochárselo como padre, porque como le dijo una vez el rey con tristeza, sólo los hombres y mujeres muy pobres tienen libertad para elegir a quién amar. Aprieta en correspondencia la mano de lord Morley y le desea valor, le ruega que ocupe su asiento, porque el preso ya está entre nosotros y el tribunal preparado.

Se inclina ante los embajadores extranjeros; pero ¿dónde está Chapuys? Se le comunica la noticia, padece fiebre cuartana. Responde: lamento oír eso, decidle que pida en mi casa cualquier cosa que pueda hacerle sentirse más cómodo. Decidle que la fiebre es alta hoy, el primer día: bajará mañana, el miércoles estará levantado pero débil, y el jueves por la noche caerá de nuevo, pues la fiebre volverá a apretar.

El fiscal general lee la acusación, y eso lleva un tiempo: delitos previstos en la ley humana, delitos contra la ley de Dios. Cuando se levanta él para la acusación piensa: el rey espera un veredicto a media tarde; y mirando hacia el otro lado de la sala del juicio ve a Francis Bryan, aún con su chaqueta de calle, dispuesto para ponerse en marcha por el río con un recado para los Seymour. Calma, Francis, piensa él, esto puede llevar algún tiempo, pueden complicarse las cosas aquí.

Lo básico del caso es tarea de una hora o dos, pero cuando hay noventa y cinco nombres que verificar, de los jueces y de los pares, luego el mero reacomodo y los carraspeos, el sonarse, el ajustar ropajes y fajas (todos esos rituales perturbadores que algunos hombres necesitan antes de hablar en público), teniendo en cuenta todo eso, está claro que llevará todo el día; la reina en sí es una presencia muda, que escucha atentamente desde su asiento la lectura de la lista de sus delitos, el desconcertante catálogo de fechas, horas, lugares, de hombres, sus miembros, sus lenguas: en la boca, fuera de la boca, en diversas hendiduras del cuerpo, en Hampton Court y Richmond Palace, en Greenwich y Westminster, en Middlesex y en Kent; y luego las palabras impropias y las burlas, las disputas celosas y las intenciones aviesas, la declaración, por la reina, de que cuando su marido esté muerto, ella elegirá a alguno de ellos para ser su marido, pero aún no puede decir cuál. «¿Dijisteis eso?». Ella niega con la cabeza. «Debéis contestar en voz alta.»

Gélida vocecita: «No».

Es todo lo que ella dirá, no, no y no: y en una ocasión contesta «Sí», cuando le preguntan si le ha dado dinero a Weston, y vacila y lo admite; y hay un grito de la multitud, y Norfolk detiene el proceso y amenaza con hacerlos detener a todos si no guardan silencio. En cualquier país bien organizado, dijo Suffolk ayer, el juicio de una mujer de la nobleza debería celebrarse en una decorosa intimidad; él había elevado los ojos al cielo y había dicho: pero, mi señor, esto es Inglaterra.

Norfolk ha obtenido silencio, una calma susurrante salpicada de toses y cuchicheos; está listo para que se reanude la acusación y dice: «Muy bien, proseguid, ejem..., vos». Le azora, no por primera vez, tener que dirigirse a un hombre del común que no es un mozo de cuadra o un carretero, sino un ministro del rey: el Lord Canciller se inclina hacia delante y susurra, recordándole quizá que el acusador es el primer magistrado de la Cámara. «Proseguid, señoría —dice, más correctamente—. Proceded, por favor.»

Ella niega la traición, ése es el asunto: nunca eleva la voz, pero desdeña ampliar, excusar, atenuar: mitigar. Y no hay nadie que lo haga por ella. Él recuerda lo que el anciano padre de Wyatt le había contado una vez, cómo una leona moribunda puede asestarte un zarpazo y dejarte marcado para toda la vida. Pero él no siente ninguna amenaza, ninguna tensión, nada en absoluto.

Es un buen orador, conocido por su elocuencia, su estilo y su buena voz, pero hoy no tiene ningún interés en si, además de los jueces, le oye el acusado, ni de si lo que oiga el pueblo se malinterprete: y así su voz parece apagarse en un murmullo soñoliento, la voz de un sacerdote rural canturreando sus oraciones, no más alto que una mosca zumbando en un rincón, golpeando contra el cristal; por el rabillo del ojo ve al fiscal general ocultando un bostezo, y piensa: he hecho lo que creí que nunca podría conseguir, he cogido el adulterio, el incesto, la conspiración y la traición y los he hecho rutina. No necesitamos ninguna excitación falaz. Después de todo, es un tribunal de justicia, no el circo romano.

Los veredictos se demoran: es asunto que lleva tiempo; el tribunal implora brevedad, nada de discursos, por favor, una palabra bastará: noventa y cinco votan culpable y ni uno solo dice no. Cuando Norfolk empieza a leer la sentencia, se alza de nuevo el griterío, y se puede sentir la presión de la gente que está fuera y quiere entrar, así que parece que la sala del juicio se balancea suavemente, como una embarcación en el amarradero. «¡Su propio tío!», chilla alguien, y el duque aporrea en la mesa y dice que hará una escabechina. Eso produce cierta tranquilidad; el apaciguamiento le permite concluir; «... Vuestra pena es ésta: seréis quemada aquí, dentro de la Torre, o se os cortará la cabeza, según sea la voluntad del rey, que él mismo...».

Se oye un grito agudo de uno de los jueces. El hombre está inclinado hacia delante y cuchichea furiosamente; Norfolk parece enfurecido; los abogados se han agrupado todos, los pares estiran el cuello hacia delante para descubrir a qué se debe la dilación. Él se acerca. Norfolk dice:

—Esta gente me dice que no lo he hecho correctamente, que no puedo decir quemada o decapitada, tengo que decir una de las dos cosas, y dicen que debe ser quemada, que es lo que se aplica a una mujer cuando es una traidora.

—Mi señor Norfolk tiene instrucciones del rey. —Su propósito es aplastar las objeciones y lo consigue—. La decisión queda a voluntad del rey y además, nadie puede decirme lo que se puede hacer y lo que no, nunca hemos juzgado antes a una reina.

—Vamos decidiendo sobre la marcha —dice amistosamente el Lord Canciller.

—Concluid lo que estabais diciendo —le dice a Norfolk. Retrocede.

—Creo que ya lo he hecho —dice Norfolk, rascándose la nariz—... Se os cortará la cabeza, según sea la voluntad del rey, que él mismo dará a conocer.

El duque baja la voz y concluye en tono de conversación; así que la reina no llega a oír el final de su sentencia. Capta sin embargo el meollo. Él observa cómo se levanta de su asiento, aún serena, y piensa: no lo cree; ¿por qué no lo cree? Mira enfrente, donde estaba aguardando Francis Bryan, pero el mensajero ya se ha ido.

Hay que proceder ahora con el juicio de Rochford; deben llevarse a Ana, antes de que entre su hermano. La solemnidad de la ocasión se ha disipado. Los miembros de más edad del tribunal tienen que salir a orinar, y los más jóvenes a estirar las piernas y a tener una charla, y enterarse de cómo van las apuestas sobre la absolución de George. Le favorecen de momento, aunque su expresión, cuando le introducen en la sala del juicio, muestra que no se engaña. Para aquellos que insisten en que será absuelto, él, Cromwell, ha dicho: «Si lord Rochford es capaz de satisfacer al tribunal, se le dejará libre. Vamos a ver qué defensa hará.»

Él sólo tiene un temor real: que Rochford no es vulnerable a la misma presión que los otros hombres, porque no deja atrás a nadie que le preocupe. Su esposa le ha traicionado, su padre abandonado y su tío presidirá el tribunal que le juzga. Él piensa que George hablará con elocuencia y brío, y acierta. Cuando se le leen las acusaciones, pide que se le digan una a una, cláusula por cláusula: «Porque ¿qué es vuestro tiempo mundano, caballeros, frente a la garantía de eternidad de Dios?». Hay sonrisas: admiración por su suavidad. Bolena se dirige a él, Cromwell, directamente. «Planteádmelas una a una. Las ocasiones, los lugares. Yo os confundiré.»

Pero es un combate desigual. Él tiene sus documentos, y si llega el caso, puedo dejarlos sobre la mesa y hacer sus alegaciones sin ellos; tiene su memoria adiestrada, tiene su seguridad en sí mismo habitual, su voz de la sala de juicios, que no crea ninguna tensión en su garganta, la corrección de sus modales, que no crea ninguna tensión en sus emociones; y si George cree que a él se le quebrará la voz al leer los detalles de las caricias administradas y recibidas, entonces es que no sabe de qué lugar procede, los tiempos, los modales, en que se ha forjado el señor secretario. Lord Rochford no tardará en empezar a parecer un muchacho bisoño y lacrimoso; está luchando por su vida, y por ello en condiciones desiguales frente a un hombre que parece tan indiferente al desenlace; que el tribunal absuelva si quiere, habrá otro tribunal, o un proceso, más informal, que acabará con George convertido en un cadáver roto. Él piensa, también, que pronto el joven Bolena perderá su temple, demostrará su desprecio por Enrique, y entonces se habrá acabado todo para él. Entrega a Rochford un papel: «Hay aquí escritas ciertas palabras, que se dice que la reina os dijo a vos, y vos por vuestra parte las difundisteis. No necesitáis leerlas en voz alta. Basta que digáis al tribunal si reconocéis esas palabras».

George sonríe desdeñoso. Saborea el momento, se regodea en él: hace una prolongada inspiración; lee las palabras en voz alta. «El rey no puede copular con una mujer, no tiene ni la habilidad ni el vigor.»

Lo ha leído porque piensa que a la multitud le gustará. Y así es, aunque la risa sea asombrada, incrédula. Pero entre sus jueces (y son ellos los que importan) hay un siseo audible de desaprobación. George alza la vista.

Extiende las manos. «Esas palabras no son mías. No me pertenecen.»

Pero él pertenece ya a ellas. En un momento de bravuconería, para conseguir el aplauso de la multitud, ha impugnado la sucesión, menospreciado a los herederos del rey, aunque se le había advertido de que no lo hiciera. Él, Cromwell, asiente. «Hemos oído que vos propagasteis rumores de que la princesa Elizabeth no es hija del rey. Parece ser que lo hacéis. Lo acabáis de hacer incluso aquí, en esta sala.»

George no dice nada.

Él se encoge de hombros y se retira. Es duro para George el que no pueda siquiera mencionar las acusaciones contra él sin convertirse en culpable de ellas. Él, como acusador, preferiría que no se hubiese mencionado el problema del rey; sin embargo no es mayor vergüenza para Enrique el que se haya proclamado en el juicio que el que se haya dicho en la calle, y en las tabernas donde andan cantando la balada del rey Pijicorto y su esposa la bruja. En tales circunstancias, el hombre culpa, en general, a la mujer. Algo que ella ha hecho, algo que ha dicho, la mirada sombría que le lanzó cuando él falló, la expresión despectiva de su rostro. Enrique tiene miedo de Ana, piensa él. Pero será potente con su nueva esposa.

Se prepara, prepara sus documentos; los jueces quieren conferenciar. Las pruebas contra George son bastante endebles en realidad, pero si se rechazan las acusaciones, Enrique le acusará de alguna otra cosa, y será duro para la familia, no sólo para los Bolena sino también para los Howard: él cree que, por esa razón, el tío Norfolk no le dejará escapar. Y nadie ha proclamado que las acusaciones sean increíbles, en este juicio ni en los juicios que le precedieron. Se ha convertido en algo que uno puede creer, el que estos hombres conspiraban contra el rey y copulaban con la reina: Weston porque es temerario, Brereton porque es veterano en el pecado, Mark porque es ambicioso, Henry Norris porque por su familiaridad, su proximidad, ha confundido su propia persona con la persona del rey; y George Bolena, no a pesar de ser el hermano de ella, sino por serlo. Es algo sabido por todos que los Bolena harán lo que haya que hacer para mandar; si Ana Bolena se aposentó en el trono, pasando por encima de los cadáveres de los caídos, ¿acaso no puede colocar un bastardo Bolena allí también?

Alza la vista hacia Norfolk, que le dirige un cabeceo de asentimiento. El veredicto es indudable, pues, y la sentencia. La única sorpresa es Harry Percy. El conde se levanta de su sitio. Se queda de pie allí, la boca un poco abierta, y se hace un silencio que no es el remedo susurrante y cuchicheante de silencio que el tribunal ha soportado hasta ahora, sino un silencio callado y expectante. Él piensa en Gregory: ¿quieres oírme pronunciar un discurso? Luego el conde bascula hacia delante, emite un gruñido, se encoge y se desploma con estrépito en el suelo. Los guardias retiran inmediatamente su cuerpo postrado y se alza un gran clamor: «Harry Percy ha muerto».

Improbable, piensa él. Le reanimarán. Es media tarde ya, hace calor y no corre el aire, y las pruebas presentadas ante los jueces, las declaraciones sólo, harían desmayarse a un hombre sano. Hay una extensión de tela azul sobre las tablas nuevas del estrado en el que se sientan los jueces, y él observa cómo los guardias la arrancan del suelo e improvisan una manta en la que transportar al conde; y le aguijonea un recuerdo: Italia, calor, sangre, levantando y girando y zarandeando a un agonizante para hacerse con las ropas, las prendas que se arrebatan a los muertos, se le arrastra a la sombra del muro (¿de qué?, ¿una iglesia, una granja?), sólo para que unos minutos después pueda morir, maldiciendo, intentando volver a meterse las tripas en la herida de la que se estaban derramando, como si quisiese dejar el mundo limpio.

Se encuentra mal, y se sienta al lado del fiscal general. Los guardias se llevan fuera al conde, la cabeza colgando, los ojos cerrados, los pies balanceándose. Su vecino dice: «He ahí otro hombre al que la reina ha destruido. Supongo que tardaremos años en conocerlos a todos».

Es verdad. El juicio es un arreglo provisional, un instrumento para que Ana se vaya, para que venga Jane. Sus efectos aún no han sido probados, no se han apreciado aún las resonancias; pero él espera un estremecimiento en el corazón del cuerpo político, un vuelco en el estómago de la nación. Se levanta y va a urgir a Norfolk para que se ponga en marcha de nuevo el juicio. George Bolena (suspendido como está entre juicio y condena) parece como si pudiera desplomarse también y se ha echado a llorar. «Ayudad a lord Rochford a sentarse —dice él—. Dadle algo de beber.» Es un traidor, pero sigue siendo un conde; puede oír su sentencia de muerte sentado.

Al día siguiente, 16 de mayo, está en la Torre, con Kingston, en los alojamientos del propio condestable. Kingston está nervioso porque no sabe qué clase de patíbulo preparar para la reina: pesa sobre ella una sentencia dudosa, a la espera de que hable el rey. Cranmer la acompaña en sus aposentos, ha venido a oír su confesión, y podrá insinuarle, delicadamente, que su cooperación ahora le ahorrará dolor. Que el rey aún puede ser clemente.

Un guardia a la puerta que se dirige al condestable: «Hay un visitante. No quiere verle a usted, señor, sino al señor Cromwell. Es un gentilhombre extranjero».

Es Jean de Dinteville, que estuvo aquí en una embajada durante el tiempo de la coronación de Ana. Jean está parado en la puerta:

—Dijeron que debía buscaros aquí, como hay poco tiempo...

—Mi querido amigo. —Se abrazan—. Ni siquiera sabía que estabais en Londres.

—Vengo directamente del barco.

—Sí, se os nota.

—No soy ningún marinero.

El embajador se encoge de hombros; o al menos, su grueso almohadillado se mueve, y se inmoviliza de nuevo; en esta mañana balsámica, está envuelto en capas desconcertantes, parece un hombre que se hubiese vestido para enfrentarse al mes de noviembre.

—De todos modos, parecía mejor venir aquí y localizaros antes de que volvieseis a idos a jugar a los bolos, cosa que creo que hacéis en general cuando deberíais estar recibiendo a nuestros representantes. Se me envía para hablar con vos sobre el joven Weston.

Dios Santo, piensa él, ¿ha conseguido sir Richard Weston sobornar al rey de Francia?

—Llegáis justo a tiempo. Está condenado a morir mañana. ¿Qué queréis de él?

—Se siente uno inquieto —dice el embajador— si ha de ser castigada la galantería. El joven debe ser culpable sólo de un poema o dos..., de hacer cumplidos y de gastar bromas. Tal vez el rey pudiese perdonarle la vida. Se entiende que durante un año o dos fuese aconsejable mantenerse alejado de la corte..., viajando, tal vez...

—Tiene una esposa y un hijo pequeño, *monsieur*. Aunque no creo que el pensar en ellos haya constreñido nunca su conducta.

—Tanto peor, si el rey ratifica la condena. ¿No estima en nada Enrique su reputación como un príncipe clemente?

—Oh, sí. Habla mucho de ello. *Monsieur*, mi consejo es que os olvidéis de Weston. Por mucho que mi señor reverencie y respete al vuestro, no se lo tomará bondadosamente si el rey de Francia quisiese interferir en algo que es, después de todo, una cuestión de familia, algo que él considera muy próximo a su propia persona.

Esto a Dinteville le divierte.

—Se le podría llamar «una cuestión de familia», sí.

—Veo que no pedís clemencia para lord Rochford.

Ha sido embajador, parecería lógico que el rey de Francia se interesase más por él.

—Oh, bueno —dice el embajador—. George Bolena. Uno comprende que hay un cambio de régimen y lo que eso entraña. Toda la corte francesa tiene la esperanza, claro está, de que a monseñor no le pase nada.

—¿Wiltshire? Ha servido bien a los franceses, veo que le echáis de menos. No corre ningún peligro en este momento. Por supuesto, no podéis pretender que su influencia sea ya la que era. Un cambio de régimen, como decís.

—¿Puedo decir... —el embajador se interrumpe para beber un trago de vino, para mordisquear un barquillo que los criados de Kingston han traído— que a nosotros, en Francia, todo este asunto nos parece incomprensible? Porque si Enrique desea librarse de su concubina puede hacerlo sin duda discretamente...

Los franceses no entienden lo que son los tribunales de justicia ni los parlamentos. Para ellos, las mejores actuaciones son las encubiertas.

—Y si debe mostrar su vergüenza al mundo, con uno o dos adulterios es sin duda suficiente, ¿no? Sin embargo, Cremuel —el embajador le recorre con la mirada—, podemos hablar de hombre a hombre, ¿no? La gran cuestión es: ¿puede Enrique hacerlo? Porque lo que oímos es que él se prepara y entonces su dama va y le lanza cierta mirada y las esperanzas de él se desmoronan. Eso a nosotros nos parece brujería, pues las brujas es común que vuelvan a los hombres impotentes. Pero —añade, con una mirada de desdén escéptico—, no puedo imaginar que semejante aflicción pudiese aquejar a un francés.

—Debéis haceros cargo —dice él— de que, aunque Enrique es en todos los aspectos un hombre, es un gentilhombre y no un rufián que gruñe en el arroyo con..., bueno, no digo nada sobre los gustos de vuestro propio rey en cuanto a mujeres. Estos últimos meses —se interrumpe para respirar hondo—, estas últimas semanas en particular, han sido un gran periodo de prueba y de aflicción para mi señor. Ahora busca la felicidad. No os quepa duda alguna de que su nuevo matrimonio afianzará su reinado y promoverá el bienestar de Inglaterra.

Habla como si estuviese escribiendo; está ya preparando su versión en los despachos.

—Oh, sí —dice el embajador—, esa personilla. No se oyen grandes alabanzas ni de su belleza ni de su ingenio. ¿No se casará realmente con ella, con otra mujer insignificante? Cuando el emperador le ofrece enlaces tan lucrativos..., o eso se oye. Nosotros lo entendemos todo, Cremuel. El rey y su concubina han de tener, como hombre y mujer, sus disputas, pero en el mundo hay algo más que ellos dos, no estamos en el jardín del Edén. En realidad, es la nueva política lo que no encaja. La antigua reina era, en cierto modo, la protectora de la concubina, y desde que murió, Enrique ha estado investigando cómo puede convertirse de nuevo en un hombre respetable. Así que debe casarse con la primera mujer honrada que vea, y la verdad es que no importa en realidad si es pariente del emperador o no, porque, desaparecidos los Bolena, Cremuel está en la cúspide, y él se asegurará de llenar el consejo del rey de buenos partidarios del Imperio. —Frunce los labios; podría ser una sonrisa—. Cremuel, me gustaría que dijeseis cuánto os paga el emperador Carlos. Estoy seguro de que podríamos igualarlo.

Él se ríe.

—Vuestro señor está sentado sobre espinas. Sabe que a mi rey le está entrando dinero. Teme que pueda hacer una visita a Francia, armado.

—Vos sabéis lo que le debéis al rey Francisco. —El embajador está enojado—. Sólo nuestras negociaciones, las negociaciones más sagaces y sutiles, impidieron al papa borrar vuestro país de la lista de naciones cristianas. Creo que hemos sido leales con vos, representando vuestra causa mejor de lo que vos podéis hacer.

Él asiente.

—Es siempre gozoso para mí oír a los franceses alabarse a sí mismos. ¿Estaréis conmigo más tarde esta semana? ¿Después de que esto acabe? ¿Y se haya aplacado vuestra desazón?

El embajador inclina la cabeza. La enseña de su gorro brilla y hace guiños: es una calavera de plata.

—Informaré a mi señor de que tristemente lo he intentado y he fracasado en el asunto de Weston.

—Decid que llegasteis demasiado tarde. Que la marea os fue contraria.

—No, diré que me fue contrario Cremuel. Por cierto, sabéis lo que ha hecho Enrique, ¿no? —Parece divertirle—. Envió la semana pasada a por un verdugo francés. No uno de nuestras propias ciudades, sino el hombre que corta cabezas en Calais. Parece que no hay ningún inglés en el que confíe para decapitar a su esposa. Me asombra que no la coja él mismo y la estrangule en plena calle.

Él vuelve a Kingston. El condestable es ya un hombre mayor, y aunque estuvo en Francia por asuntos del rey quince años atrás no ha utilizado gran cosa la lengua desde entonces; el consejo del cardenal era: habla inglés y grita fuerte.

—¿Os habéis enterado? —pregunta—. Enrique ha enviado a por el decapitador de Calais.

—Dios del cielo —dice Kingston—. ¿Lo hizo antes del juicio?

—Eso me cuenta *monsieur* el embajador.

—Me alegro de la noticia —dice Kingston, fuerte y despacio—. Sí, señor. Es un gran alivio. —Se da una palmada en la cabeza—. Tengo entendido que utiliza una...
—Hace un movimiento cortante en el aire.

—Sí, una espada —dice Dinteville en inglés—. Debéis esperar una elegante actuación. —Se toca el sombrero—. *Au revoir*, señor secretario.

Le mira marcharse. Es toda una actuación; sus criados necesitan reforzarle con más envoltorios. Cuando estuvo aquí en su última misión, se pasó el tiempo sudando bajo los edredones, intentando librarse así de una fiebre contraída por el influjo del aire inglés, de la humedad y el frío punzante.

—El pequeño Jeannot —dice él, mirando cómo se aleja el embajador—. Aún teme al verano inglés. Y al rey... Cuando tuvo su primera audiencia con Enrique, no podía parar de temblar de terror. Tuvimos que sostenerle, Norfolk y yo.

—¿Entendí mal yo —dice el condestable—, o dijo que Weston era culpable de escribir poemas?

—Algo así. —Ana era, al parecer, un libro dejado abierto en un escritorio para que cualquiera escribiese en sus páginas, donde sólo debería escribir su marido.

—De todos modos, hay una cosa que me obsesiona —dice el condestable—. ¿Habéis visto alguna vez quemar a una mujer? Es algo que yo no quiero ver jamás, válgame Dios.

Cuando Cranmer llega a verle la noche del 16 de mayo, el arzobispo parece enfermo, le corren surcos sombreados desde la nariz a la barbilla. ¿Estaban ahí hace un mes?

—Estoy deseando que acabe todo esto —dice— y volver a Kent.

—¿Dejasteis allí a Grete? —dice él cariñosamente.

Cranmer asiente. Casi no parece capaz de decir el nombre de su esposa. Le entra el pánico cada vez que el rey menciona el matrimonio, y por supuesto últimamente el rey casi no habla de otra cosa.

—Ella tiene miedo a que, con su próxima reina, el rey vuelva a Roma, y nos veamos obligados a separarnos. Yo le digo: no, conozco la voluntad firme del rey. Pero en cuanto a lo de si cambiará de forma de pensar, y que un sacerdote pueda vivir abiertamente con su esposa... Si yo pensase que no había ninguna esperanza de eso, entonces creo que debería dejarla irse a su país, antes de que no quede allí nada para ella. Ya sabéis cómo son esas cosas, en unos cuantos años la gente se muere, te olvidan, tú olvidas tu propio idioma, o eso imagino yo.

—No hay ninguna razón para desesperar —responde él con firmeza—. Y decidle que, dentro de pocos meses, en el nuevo Parlamento, yo habré barrido todos los restos de Roma de los códigos de leyes. Y entonces, sabéis —sonríe—, una vez que se obtengan los bienes... En fin, una vez que pasen a encauzarse hacia los bolsillos de los ingleses, no volverán a ir nunca más a los bolsillos del papa. —Y añade—: ¿Cómo encontrasteis a la reina?, ¿se confesó con vos?

—No. Aún no es la hora. Se confesará. Al final. Si es que llega.

Está contento por Cranmer. ¿Qué sería peor en este momento? ¿Oír a una mujer culpable admitirlo todo u oír a una mujer inocente suplicar? Y verse obligado a guardar silencio, de un modo u otro... Tal vez Ana espere hasta que no haya ninguna esperanza de un indulto, preservando su secreto hasta entonces. Él lo comprende. Él haría lo mismo.

—Le expliqué todo lo que se ha dispuesto —dice Cranmer— para la audiencia de anulación. Le expliqué que será en Lambeth, será mañana. Ella dijo: ¿estará el rey allí? Yo dije: no, *madame*, él envía a sus procuradores. Ella dijo: está ocupado con Seymour, y luego se reprochó eso ella misma, diciendo: no debería decir nada contra Enrique, ¿verdad? Yo dije: sería imprudente. Ella me dijo: ¿puedo yo ir allí a Lambeth, a hablar por mí misma? Yo dije: no, no hay ninguna necesidad, se han nombrado procuradores para vos también. Eso pareció entristecerla. Pero luego dijo: decidme lo que quiere el rey que firme. Cualquier cosa que el rey quiera, yo estaré de acuerdo. Debe permitirme marchar a Francia, a un convento. ¿Quiere que diga que estuve casada con

Harry Percy? Yo le dije: *madame*, el conde lo niega. Y ella se echó a reír.

Él parece dudoso. Incluso la revelación más plena, incluso una admisión completa y detallada de culpabilidad, no la ayudaría nada, ya no, aunque podría haberla ayudado antes del juicio. El rey no quiere pensar en los amantes de ella, pasados o presentes. Los ha borrado de su mente. Y también a ella. Ella no sería capaz de creer hasta qué punto Enrique la ha borrado. Ayer mismo dijo: «Espero que estos brazos míos reciban pronto a Jane».

Cranmer dice:

—Ella no puede entender que el rey la haya abandonado. Aún no hace un mes que hizo inclinarse ante ella al embajador del emperador.

—Yo creo que hizo eso por razones propias. No por ella.

—No sé —dice Cranmer—. Yo creía que él la amaba. Creía que no había ningún distanciamiento entre ellos, lo creí hasta al final. No tengo más remedio que pensar que no sé nada. Sobre los hombres. Ni sobre las mujeres. Ni sobre mi fe, ni sobre la fe de los demás. Ella me dijo: «¿Iré al Cielo? Porque yo he hecho muchas cosas buenas en mi tiempo».

Ella ha hecho la misma pregunta a Kingston. Quizá se lo esté preguntando a todo el mundo.

—Ella habla de obras. —Cranmer mueve la cabeza—. No dice nada de fe. Y yo tenía la esperanza de que comprendiese, como yo comprendo ahora, que somos salvados no por nuestras obras sino sólo por el sacrificio de Cristo, por sus méritos, no por los nuestros.

—Bueno, yo no creo que tengáis por qué llegar a la conclusión de que haya sido una papista todo este tiempo. ¿De qué le habría valido eso?

—Lo siento por vos —dice Cranmer—. Por que os correspondiese la responsabilidad de descubrirlo todo.

—Yo no sabía lo que iban a contar, cuando empecé.

Ésa es la única razón de que pudiese hacerlo, porque cada poco me llevaba una sorpresa.

Piensa en Mark ufanándose, en los gentilhombres en el juicio apartándose unos de otros y procurando no mirarse; ha aprendido cosas sobre la naturaleza humana que ni siquiera él había sabido nunca.

—Gardiner, en Francia, clama por conocer los detalles, pero la verdad es que no quiero poner por escrito los datos concretos por lo abominables que son.

—Corred un velo sobre ello —concuerda Cranmer; aunque el propio rey no rehúye los detalles, al parecer; Cranmer añade—: Lo lleva con él a todas partes, el libro que ha escrito. La otra noche lo enseñó en la casa del obispo de Carlisle, ya sabéis, supongo, que Francis Bryan la tiene arrendada... En medio de los pasatiempos de Bryan, el rey sacó ese texto y se puso a leerlo en voz alta, y a obligar a todos a oírlo. El dolor le ha trastornado.

—Sin duda —dice él—. De todos modos, Gardiner estará contento. Le he dicho que él será el ganador, cuando se repartan los despojos. Los cargos, me refiero, y las pensiones y pagos que ahora vuelven al rey.

Pero Cranmer no está escuchando.

—Ella me dijo: cuando muera, ¿seré la esposa del rey? Yo dije: no, *madame*, porque el rey habrá anulado el matrimonio y yo he venido a buscar vuestro consentimiento para eso. Ella dijo: consiento. Me dijo: pero ¿aún seré reina? Y yo pienso: según la ley será. No sabía qué decirle a ella. Pero parecía satisfecha. Se hacía tan largo, sin embargo. El tiempo que pasaba con ella. Se reía y luego un momento después se ponía a rezar y luego se ponía furiosa... Me preguntó por lady Worcester, por el niño que espera. Dijo que creía que el niño no se movía como debería, porque estaba ya en el quinto mes o así, y ella piensa que es porque lady Worcester tiene miedo, o está sufriendo por ella. No fui capaz de decirle que esa dama ha declarado en contra suya.

—Yo investigaré —dice él—. Sobre la salud de la

condesa. Aunque no del conde. Él me miró, furioso. No sé por qué razón.

Una serie de expresiones, todas ellas insondables, se suceden persiguiéndose en el rostro del arzobispo.

—¿No sabéis por qué? Entonces veo que el rumor no es cierto. Me alegro de ello —vacila—. ¿De verdad no lo sabéis? En la corte se dice que el niño de lady Worcester es vuestro.

Él se queda asombrado.

—¿Mío?

—Dicen que habéis pasado horas con ella, tras puertas cerradas.

—¿Y eso es prueba de adulterio? Bueno, veo que lo sería. Lo tengo merecido. Lord Worcester me apuñalará.

—No parece que tengáis miedo.

—Lo tengo, pero no de lord Worcester.

Más bien de los tiempos que llegan. Ana subiendo las escaleras de mármol camino del Cielo, sus buenas acciones como joyas oprimiendo muñecas y cuello.

Cranmer dice:

—No sé por qué, pero ella cree que aún hay esperanza.

Todos estos días él no está solo. Sus aliados están observándole. Fitzwilliam está a su lado, aún turbado por lo que medio dijo Norris y luego se volvió atrás: siempre hablando sobre eso, estrujándose el cerebro, intentando convertir en frases completas otras que no lo son. Nicholas Carew está sobre todo con Jane, pero Edward Seymour revolotea entre su hermana y la cámara privada, donde la atmósfera es atenuada, vigilante, y el rey, como el minotauro, respira invisible en un laberinto de habitaciones. Él comprende que sus nuevos amigos están protegiendo su inversión. Le vigilan para detectar cualquier indicio de vacilación. Le quieren tan concentrado en el asunto como sea posible y quieren mantener sus propias manos ocultas, de manera que si más tarde el rey expresase algún pesar, o pusiese en entredicho la rapidez con que se estuviesen haciendo las cosas, quien sufra sea Thomas Cromwell y no ellos.

Riche y el señor Wriothesley aparecen también continuamente. Dicen: «Queremos prestaros ayuda, queremos aprender, queremos ver lo que hacéis». Pero no pueden ver. Cuando él era un muchacho, y huía para poner el Canal de la Mancha entre su padre y él, andaba por Dover sin un penique e instaló en la calle un puesto de trilero. «Miren a la reina. Mírenla bien. Ahora... ¿dónde está?»

La reina la tenía él en la manga. El dinero en el bolsillo. Los jugadores gritaban: «¡Seréis azotado!».

Lleva los documentos a Enrique para que los firme. Kingston aún no ha recibido instrucciones sobre cómo deben morir los hombres. Él promete: haré que el rey se ocupe de ello. Dice:

—Majestad, no hay patíbulos en la Torre, y no creo que fuese buena idea llevarlos a Tyburn, la multitud podría crear problemas.

—¿Por qué habrían de hacerlo? —dice Enrique—. El pueblo de Londres no ama a esos hombres. En realidad no los conoce.

—No, pero cualquier excusa para el desorden, si hace además buen tiempo...

El rey gruñe.

—Muy bien. El verdugo.

—¿Mark también? Después de todo, le prometí clemencia si confesaba, y como sabéis confesó libremente.

El rey dice:

—¿Ha venido el francés?

—Sí, Jean de Dinteville. Ha hecho peticiones.

—No —dice Enrique.

No ese francés. Se refiere al verdugo de Calais. Él le dice al rey:

—¿Creéis que fue en Francia, cuando la reina estuvo allí en la corte en su juventud, creéis que fue allí donde ella se comprometió primero?

Enrique se queda callado. Piensa, luego habla:

—Siempre estaba presionándome, tened en cuenta lo que os digo..., siempre presionándome sobre las ventajas de Francia. Creo que tenéis razón. He estado pensando en ello y no creo que fuese Harry Percy el que tomó su doncellez. Él no mentiría, ¿verdad? Por su honor como par de Inglaterra. No, yo creo que fue en la corte de Francia donde la corrompieron por primera vez.

Así que él no puede decir si el verdugo de Calais, tan diestro en su arte, es una muestra de clemencia o no; o si esta forma de muerte, aplicada a la reina, se ajusta simplemente al severo sentido que tiene Enrique de cómo deben ser las cosas.

Pero piensa: si Enrique culpa a algún francés por pervertirla, a algún extranjero desconocido y tal vez muerto, tanto mejor.

—¿Así que no fue Wyatt? —dice él.

—No —dice sombríamente Enrique—. No fue Wyatt.

Será mejor que siga donde está, piensa él, por el momento. Estará más seguro así. Pero puede enviarse un mensaje, diciéndole que no va a ser juzgado.

—Majestad —dice—, la reina se queja de las damas que la sirven. Le gustaría que fuesen las de su propia cámara privada.

—Su servicio ha quedado disuelto. Se ha encargado de ello Fitzwilliam.

—Dudo que las damas hayan vuelto todas a casa.

Sabe que andan revoloteando en las casas de sus amistades, esperando nueva señora.

Enrique dice:

—Lady Kingston debe quedarse, pero al resto podéis cambiarlas. Si es que puede encontrar alguna dispuesta a servirla.

Es posible que Ana aún no sepa hasta qué punto ha sido abandonada. Si Cranmer tiene razón, piensa que sus antiguas amigas están lamentando su suerte, cuando en realidad están sudando de miedo hasta que le corten la cabeza.

—Alguna habrá que la sirva por caridad —dice él.

Enrique baja ya la vista hacia los documentos que tiene delante, como si no supiese lo que son. «Las sentencias de muerte. Para ratificarlas», le recuerda. Permanece inmóvil al lado del rey mientras moja la pluma y estampa su firma en cada una de las sentencias: letras complejas, cuadradas, que se extienden pesadas sobre el papel; una letra de hombre, hay que reconocerlo.

Él está en Lambeth, ante el tribunal reunido para el proceso de divorcio, cuando mueren los amantes de Ana: es ya el último día de ese proceso, tiene que serlo. Su sobrino Richard estará allí en representación suya en la colina de la Torre y comunicarle luego cómo fue todo. Rochford hizo un elocuente discurso, pareciendo tener dominio de sí mismo. Fue el primer ejecutado, hicieron falta tres golpes del hacha; tras lo cual, los otros no dijeron mucho. Se proclamaron todos pecadores, todos dijeron que merecían morir, pero una vez más sin explicar por qué; Mark, el último y resbalando en la sangre, pidió clemencia a Dios y las oraciones de todos. El verdugo debió de serenarse porque después de sus fallos con el primero, todos los demás murieron limpiamente.

Sobre el papel todo ha acabado ya. Los documentos de los juicios están en su poder, para llevarlos al registro, para guardarlos o destruirlos o extraviarlos. Los cuerpos de los muertos son un problema urgente y sucio. Hay que cargarlos en un carro y llevarlos dentro de los muros de la Torre: él puede ver un montón de cuerpos entrelazados sin cabeza, amontonados promiscuamente como en una cama, o como si, igual que los cadáveres en la guerra, hubiesen sido ya enterrados y desenterrados. Dentro de la fortaleza los despojan de sus ropas, que son un extra del verdugo y de sus ayudantes, y se les deja en camisa. Hay un cementerio encajonado contra las paredes de Saint Peter ad Vincula, y los que no pertenecen a la nobleza serán enterrados allí. Sólo Rochford lo será bajo el suelo de la capilla. Pero ahora los muertos están sin las enseñas de sus rangos y eso provoca cierta confusión. Un miembro del grupo de enterradores dijo: que traigan a la reina, ella conoce las partes de cada uno; los otros, dice Richard, le reprendieron por ello. Él dice: los carceleros ven demasiadas cosas, pronto pierden su sentido de lo que es apropiado.

—Vi a Wyatt mirando por una rejilla en la Torre de la Campana —dice Richard—. Me hizo señas y quise darle esperanzas, pero no supe cómo hacerlo.

—Será puesto en libertad —dice él—. Pero tal vez no antes de que Ana esté muerta.

Las horas que faltan para ese acontecimiento parecen largas. Richard le abraza; dice:

—Si ella hubiese reinado más os habría arrojado a los perros para que os comieran.

—Si la hubiésemos dejado reinar más, nos lo habríamos merecido.

En Lambeth habían estado presentes los dos procuradores de la reina: como sustitutos del rey, el doctor Bedyll y el doctor Tregonwell, y Richard Sampson como su consejero. Y él mismo, Thomas Cromwell; y el Lord Canciller y otros consejeros, incluido el duque de Suffolk, cuyos propios asuntos maritales habían estado tan enmarañados que había aprendido un poco de derecho canónico, tragándoselo como un niño toma una medicina; hoy Brandon había estado sentado haciendo muecas y moviéndose en su asiento, mientras sacerdotes y abogados tamizaban las circunstancias. Habían hablado sobre Harry Percy, y coincidido en que no les servía. «No puedo entender por qué no conseguisteis su cooperación, Cromwell», dice el duque. Habían hablado, con renuencia, sobre María Bolena y habían coincidido en que tendría que proporcionar ella el impedimento; sin embargo, el rey era tan culpable como el que más, porque sabía, claro, que no podía contraer matrimonio con Ana si se había acostado con su hermana... Supongo que el asunto no era del todo evidente, dice suavemente Cranmer. Había afinidad, eso está claro, pero él tenía una dispensa del papa, que pensaba que era válida por entonces. No sabía que, en una cuestión tan grave, el papa no puede dispensar; ese punto se aclaró más tarde.

Es todo sumamente insatisfactorio. El duque dice:

—Bueno, de todos es sabido que ella es una bruja. Y si lo embrujó para que se casara con ella...

—No creo que el rey piense eso —dice él: él, Cromwell.

—Oh, sí que lo piensa —dice el duque—. Yo creí que era eso lo que habíamos venido a tratar aquí. Si ella lo embrujó para que se casara con ella, el matrimonio fue nulo, ésa es mi opinión.

El duque se sienta de nuevo, cruza los brazos.

Los procuradores se miran. Sampson mira a Cranmer. Nadie mira al duque. Finalmente Cranmer dice:

—No tenemos que hacerlo público. Podemos emitir el decreto pero mantener las razones secretas.

Un suspiro de alivio. Él dice:

—Supongo que es un consuelo el que no tengamos que pasar por que se rían de nosotros en público.

El Lord Canciller dice:

—La verdad es tan rara y preciosa que a veces debe guardarse baje llave y candado.

El duque de Suffolk se dirige presuroso a su barca, gritando que por fin se ha librado de los Bolena.

El final del primer matrimonio del rey fue prolongado, público y se discutió en toda Europa, no sólo en los consejos de los príncipes sino en las plazas de los mercados. El final del segundo, si prevalecía la decencia, sería rápido, privado, tácito y oscuro. Sin embargo es necesario que esté refrendado por la ciudad y por los hombres de rango. La Torre es un pueblo. Es un arsenal, un palacio, una ceca. Trabajadores de todo tipo, funcionarios, entran y salen. Pero se puede vigilar, y se puede evacuar a los extraños. Él ordena a Kingston que haga eso. Lamenta enterarse de que Ana se ha equivocado en el día de su muerte, levantándose a las dos de la mañana a rezar el 18 de mayo, enviando a por su limosnero y a por Cranmer para que acuda al amanecer y ella pueda purgarse de sus pecados. Nadie parece haberle dicho que Kingston llega sin falta al amanecer en la mañana de una ejecución, para avisar al que va a ser ejecutado para que esté listo. Ella no está familiarizada con el protocolo, ¿y por qué habría de estarlo? Hay que verlo desde mi punto de vista, dice Kingston: cinco muertes en un día, y estar preparado además para una reina de Inglaterra al día siguiente. ¿Cómo puede ella morir cuando los funcionarios correspondientes de la ciudad no están aquí? Los carpinteros han estado haciendo su patíbulo en el prado de la Torre, aunque afortunadamente ella no puede oír los ruidos desde el alojamiento regio.

De todos modos, el condestable siente mucho que ella se haya equivocado; especialmente porque su error se mantiene, a lo largo de la mañana. La situación es de una gran tensión tanto para él como para su esposa. En vez de alegrarse por otro amanecer, informa él, Ana lloró, y dijo que sentía mucho no morir aquel día: deseaba que hubiese quedado atrás ya su dolor. Sabía lo del verdugo francés, y «yo le expliqué —dice Kingston— que no habrá ningún dolor, que es todo muy sutil». Pero ella, dice Kingston, cerró una vez más los dedos alrededor del cuello. Había tomado la eucaristía, declarando sobre el cuerpo de Dios su inocencia.

Cosa que seguramente no haría, dice Kingston, si fuese culpable, ¿verdad?

Ella lamenta los hombres que han muerto.

Hace chistes, dice que será conocida después como Ana la Descabezada, Ana *sans tête*.

Él le dice a su hijo:

—Si vienes conmigo a presenciar esto, será casi la prueba más dura por la que has pasado en tu vida. Si puedes aguantarlo sin que se te altere la expresión, será comentado y obrará muy en tu favor.

Gregory se limita a mirarle. Dice:

—Una mujer, yo no puedo.

—Yo estaré a tu lado para demostrarte que puedes. No necesitas mirar. Cuando el alma pase, nos arrodillamos y bajamos los ojos y rezamos.

Se ha instalado el patíbulo en un lugar despejado, donde en otros tiempos se solían celebrar torneos. Se está reuniendo una guardia de doscientos alabarderos para que encabecen el desfile. El desbarajuste de ayer, la confusión con la fecha, las dilaciones, la información errónea: nada de eso se debe repetir. Él llega allí temprano, cuando están retirando el serrín, dejando atrás a su hijo en los alojamientos de Kingston, con los demás que se están congregando: los alguaciles, concejales, funcionarios de Londres y dignatarios. Revisa la escalera del patíbulo, comprobando que aguanten su peso; uno de los hombres que están retirando el serrín le dice: es sólida, señor, hemos estado subiendo y bajando por ella, pero supongo que queréis probarla vos mismo. Cuando levanta la vista ve que el verdugo está allí ya, hablando con

Christophe. El joven está bien vestido, se ha destinado una cantidad a comprarle un atuendo de gentilhombre, para que no sea fácil distinguirlo de los otros funcionarios; esto se hace para evitar que la reina se alarme, y si las ropas se estropean, al menos no tendrá que pagarlas de su propio peculio. Sube hasta donde está el verdugo.

—¿Cómo lo haréis?

—La sorprenderé, señor.

El joven señala sus pies, cambiando al inglés. Llevan calzado flexible, como el que uno podría utilizar en casa.

—Ella nunca verá la espada. La he puesto allí, en la paja. La distraeré. No verá por dónde llego.

—Pero me lo mostraréis a mí.

El hombre se encoge de hombros.

—Si queréis. ¿Sois Cremuel? Me contaron que vos estáis al cargo de todo. De hecho bromearon conmigo, diciendo: si os desmayaseis al ver lo fea que es, hay uno que cogerá la espada, se llama Cremuel y es un hombre tal que podría cortarle la cabeza a la Hidra, que no sé lo que es. Pero dicen que es un lagarto o serpiente y que por cada cabeza que se le corta le crecen dos más.

—En este caso no —dice él. Los Bolena, una vez liquidados, están liquidados.

El arma es pesada, hay que empuñarla con las dos manos. Tiene casi cuatro pies de longitud: dos pulgadas de anchura, redonda en la punta, doble filo.

—Se practica así —dice el hombre; gira allí mismo como un bailarín, los brazos en alto, los puños juntos como si estuviese asiendo la espada—. Tiene uno que manejarla todos los días, aunque sólo sea para seguir los movimientos. Pueden llamarte en cualquier momento. No se mata a tantos en Calais, pero uno va a otras ciudades.

—Es un buen oficio —dice Christophe. Quiere la espada, pero él, Cromwell, no quiere desprenderse aún de ella.

El hombre dice:

—Me explicaron que puedo hablar francés con ella y que me entenderá.

—Sí, hacedlo.

—Pero tendrá que arrodillarse, hay que informarla de eso. No hay ningún tajo, como veis. Tiene que ponerse de rodillas, derecha y no moverse. Si se mantiene firme, será un momento. Si no, acabará cortada en pedazos.

Él le devuelve el arma.

—Puedo responder por ella.

El hombre dice:

—Se hace entre un latido del corazón y el siguiente. Ella no se enterará. Estará en la eternidad.

Se van. Christophe dice:

—Amo, él me ha dicho: avisad a las mujeres que ella debería enrollarse las faldas en los pies cuando se arrodille, por si cae mal y enseña al mundo lo que tantos finos gentilhombres ya han visto.

Él no reprueba al muchacho por su grosería. Es grosero pero correcto. Y cuando llegue el momento, será efectivo, las mujeres lo hacen de todos modos. Deben haberlo hablado entre ellas.

Francis Bryan ha aparecido a su lado, exhalando vaho dentro de un jubón de cuero.

—¿Y bien, Francis?

—Tengo el encargo de que tan pronto como caiga su cabeza corra con la noticia al rey y a la señora Jane.

—¿Por qué? —dice él fríamente—. ¿Creéis que el verdugo podría fallar o algo así?

Son casi las nueve.

—¿Desayunasteis algo? —dice Francis.

—Yo siempre desayuno. —Pero pregunta si el rey lo hizo.

—Enrique apenas ha hablado de ella —dice Francis Bryan—. Sólo para decir que no puede entender cómo sucedió todo. Cuando mira hacia atrás, los últimos diez años, no puede entenderse a sí mismo.

Se quedan callados. Francis dice:

—Mirad, ya vienen.

La procesión solemne, a través de Coldharbour Gate: primero la ciudad, concejales y funcionarios, luego la guardia. En medio de ellos la reina con sus mujeres. Lleva un vestido de damasco oscuro y una capa corta de armiño, un gorro de gablete; es la ocasión, supone uno, de ocultar la cara el máximo posible, de esconder la expresión. Esa capa de armiño, ¿no la conoce? Estaba enrollada en torno a Catalina, piensa, cuando la vi por última vez. Esas pieles, pues, son las últimas prebendas de Ana. Hace tres años, cuando iba a ser coronada, anduvo sobre una tela azul que se extendía a todo lo largo de la abadía..., tan cargada por el embarazo que los espectadores contenían el aliento por ella; y ahora tiene que arreglárselas sobre ese suelo desigual, tanteando el camino con sus zapatitos de dama, con su cuerpo hueco y liviano, y sólo con muchas manos en torno a ella, dispuestas a protegerla de cualquier tropezón y caída, y a conducirla segura a la muerte. Tropieza una o dos veces, y toda la procesión debe aminorar el paso; pero no ha caído, se vuelve y mira a su espalda. Cranmer había dicho: «No sé por qué, pero ella piensa que aún hay esperanza». Las damas llevan velos, incluso lady Kingston; no quieren que sus vidas futuras estén asociadas con el trabajo de esta mañana, no quieren que sus maridos o sus pretendientes las miren y piensen en la muerte.

Gregory se ha deslizado a su lado. Su hijo tiembla y él puede sentirlo. Extiende una mano enguantada y la apoya en su brazo. El duque de Richmond le reconoce; ocupa un lugar destacado, con su suegro Norfolk. Surrey, el hijo del duque, cuchichea a su padre, pero Norfolk mira fijamente hacia delante. ¿Cómo ha llegado la casa de Howard a esto?

Cuando las mujeres despojan a la reina de su capa es

una figura pequeña, un hato de huesos. No parece un poderoso enemigo de Inglaterra, pero las apariencias pueden engañar. Si ella hubiese podido llevar a Catalina a aquel mismo lugar, lo habría hecho. Si hubiese mantenido su dominio, la niña María podría haber estado aquí; y él mismo, por supuesto, quitándose la chaqueta y esperando la tosca hacha inglesa. «Será sólo un momento ya», le dice a su hijo. Ana ha ido dando limosnas a lo largo del trayecto, y la bolsa de terciopelo está vacía ya; introduce la mano en ella y le da la vuelta, un gesto de ama de casa prudente, comprobar para cerciorarse de que no se tira nada.

Una de las mujeres extiende una mano para coger la bolsa. Ana pasa delante sin mirarla, luego se encamina hacia el borde del patíbulo. Vacila, mira por encima de las cabezas de la multitud, luego empieza a hablar. La multitud empuja hacia delante, pero sólo puede aproximarse a ella unas pulgadas, todos tienen la cabeza alzada, miran fijamente. La reina habla con voz muy baja, sus palabras apenas se oyen, sus sentimientos son los habituales en la ocasión: «... rezar por el rey, pues es un príncipe bueno, gentil, amistoso y virtuoso...». Uno ha de decir esas cosas, porque incluso en ese momento podría llegar el mensajero del rey...

Ella hace una pausa... Pero no, ha acabado. No hay nada más que decir y no quedan ya más que unos cuantos instantes de este mundo. Toma aliento. Su rostro expresa desconcierto. Amén, dice, amén. Baja la cabeza. Luego parece reponerse, controlar el temblor que se ha apoderado de todo su cuerpo, desde la cabeza a los pies.

Una de las mujeres veladas se coloca a su lado y le habla. El brazo de Ana tiembla cuando lo alza para quitarse la capucha. Sale fácilmente, sin titubeos. Él piensa: no puede haber estado prendida con alfileres. Tiene el cabello recogido en una red de seda en la nuca y lo suelta, agrupa las guedejas, alzando las manos sobre la cabeza, las enrolla en un moño; lo sujeta con una mano, y una de las mujeres le da una cofia de lino. Se la pone. No pensarías que sujetase su cabello, pero lo sujeta; debe haber ensayado con ella. Ahora mira a su alrededor como esperando instrucciones. Alza de nuevo la cofia sin quitársela, se la pone de nuevo. No sabe qué hacer, él ve que no sabe si debería atarse la cinta de la cofia bajo la barbilla..., si se sostendría sin eso o si tiene tiempo de hacer un nudo y cuántos latidos del corazón le quedan en el mundo. El verdugo se adelanta y él puede ver (está muy cerca) que los ojos de Ana le miran. El francés se pone de rodillas para pedir perdón. Es un formalismo y sus rodillas apenas rozan la paja. Ha hecho arrodillarse a Ana, y cuando ella lo hace él se aparta, como si no quisiese rozar siquiera sus ropas. A la distancia del brazo, ofrece una tela doblada a una de las mujeres y se lleva una mano a los ojos para mostrarle lo que desea. Él tiene la esperanza de que es lady Kingston la que coge la venda de los ojos; sea quien sea, lo hace con destreza, pero Ana emite un pequeño sonido cuando su mundo se oscurece. Mueve los labios en oración. El francés indica a las mujeres que se retiren; se arrodillan, una de ellas casi se desploma en el suelo y las otras la levantan; a pesar de los velos se pueden ver sus manos, sus manos desnudas desvalidas, cuando recogen sus propias faldas, como si estuviesen haciéndose pequeñas, protegiéndose. La reina está sola ya, tan sola como ha estado toda su vida. Dice: Cristo, ten piedad, Jesús, ten piedad, Cristo, recibe mi alma. Alza un brazo, de nuevo sus dedos van hacia la cofia, y él piensa: baja el brazo, por amor de Dios, baja el brazo, y no podría desearlo más si... El verdugo dice con voz aguda: «Dadme la espada». La cabeza con la venda en los ojos gira. El hombre está detrás de Ana, que se equivoca de dirección, no lo siente. Hay un gruñido, un solo sonido de toda la multitud. Luego un silencio y, en ese silencio, un suspiro agudo o un sonido como un silbido a través del ojo de una cerradura: el cuerpo se desangra y su plana y pequeña presencia se convierte en un charco de sangre.

El duque de Suffolk aún está de pie, inmóvil. Richmond también. Todos los demás, que se han arrodillado, se ponen de pie ya. El verdugo se ha vuelto, modestamente, y ha entregado ya su espada. Su ayudante se aproxima al cadáver, pero las cuatro mujeres llegan allí primero, bloqueándole con sus cuerpos. Una de ellas dice ferozmente: «No queremos que la manejen los hombres».

Él oye decir al joven Surrey: «Sí, ya la han manejado bastante». Él le dice a Norfolk: «Mi señor, controlad a vuestro hijo, y lleváoslo de aquí». Ve que Richmond parece sentirse mal y ve con aprobación que Gregory se acerca a él y hace una inclinación, amistosamente, como un joven con otros, diciendo: «Mi señor, dejadlo ya, marchad». No sabe por qué Richmond no se arrodilló. Tal vez crea en el rumor de que la reina intentó envenenarle, y no quiera ofrecerle siquiera ese último respeto. En el caso de Suffolk, es más comprensible. Brandon es un hombre duro y no le debe ningún perdón a Ana. Ha estado en la guerra. Aunque nunca en una orgía de sangre como ésta.

Kingston no pensó más allá de la muerte, en el entierro. «Dios quiera —dice Cromwell a nadie en particular— que el condestable se haya acordado de que se izaran las banderas de la capilla», y alguien le contesta: «yo creo que sí, señor, porque se levantaron hace dos días, para que pudiese pasar por debajo su hermano».

El condestable no ha acrecentado su reputación durante estos últimos días, aunque el rey lo ha mantenido en una situación de incertidumbre y, como confesará más tarde, había estado pensando toda la mañana que podría llegar de Whitehall en cualquier momento un mensajero a pararlo todo: hasta cuando se ayudaba a la reina a subir los escalones, hasta el momento en que se quitó la capucha. No se ha pensado en un ataúd, sino que se ha tenido que vaciar precipitadamente y llevar al escenario de la carnicería un baúl de olmo para flechas. Ayer estaba destinado a Irlanda con su carga, cada asta dispuesta para causar un daño independiente y solitario.

Ahora es un objeto de contemplación pública, un ataúd lo suficientemente amplio para el cuerpecito de la reina. El verdugo ha cruzado el patíbulo y ha alzado la cabeza cortada; la envuelve en una tela de lino, como a un recién nacido. Espera a que alguien se haga cargo de ella. Las mujeres, sin ayuda, levantan los restos empapados de la reina y los colocan en el baúl. Una de ellas da un paso adelante, recibe la cabeza y la coloca dentro, a los pies de la reina (no hay más espacio). Luego se yerguen, todas ellas empapadas de su sangre, y se alejan rígidas, cerrando filas como soldados.

Esa noche él está en casa en Austin Friars. Ha escrito cartas a Francia, a Gardiner. Gardiner en el extranjero: un animal agazapado afilando las garras, esperando el momento de atacar. Ha sido un triunfo mantenerlo lejos. Se pregunta cuánto tiempo más podrá hacerlo.

Le gustaría que estuviese Rafe allí, pero o bien está con el rey o ha vuelto con Helen a Stepney. Está habituado a ver a Rafe casi todo los días y no puede acostumbrarse al nuevo orden de cosas. Sigue esperando oír su voz, y oírles a él y a Richard y a Gregory cuando está en casa, peleándose por los rincones e intentando empujarse escaleras abajo, escondiéndose detrás de las puertas para saltar unos sobre otros, entregándose a todos esos juegos a los que se entregan hasta hombres de veinticinco años cuando piensan que no están cerca sus serios mayores. En vez de Rafe está con él, paseando, Wriothesley. Parece pensar que alguien debería dar cuenta del día, como para una crónica; o si no eso, que él debería dar cuenta de sus propios sentimientos.

—Tengo la sensación de estar, señor, como plantado en lo alto de un promontorio, de espaldas al mar, y con una llanura ardiendo a mis pies.

—¿De veras, Llamadme? Entonces apeaos del viento —dice él— y tomad un vaso de ese vino que me envía lord Lisle desde Francia. Lo reservo habitualmente para beberlo yo.

Llamadme toma el vaso.

—Huelo a edificios ardiendo —dice—. Torres que caen. No hay nada más en realidad que ceniza. Restos.

—Pero son restos útiles, ¿no? —Con los restos de un naufragio se pueden hacer todo tipo de cosas: preguntad a cualquier constructor de la costa.

—No habéis contestado adecuadamente a una cuestión —dice Wriothesley—. ¿Por qué dejasteis a Wyatt sin juzgar? ¿Por algo distinto a que sea vuestro amigo?

—Veo que no estimáis en mucho la amistad. —Observa cómo Wriothesley digiere esto.

—Aun así —dice Llamadme—. Ya veo que Wyatt no representa ninguna amenaza para vos, ni os ha menospreciado ni ofendido. William Brereton era altanero con vos y os ofendió muchas veces, y se interponía en vuestro camino. Harry Norris, el joven Weston, bueno, ahora hay vacíos donde ellos estaban, y podéis poner allí a vuestros amigos en la cámara privada, junto con Rafe. Y Mark, aquel fiasco de muchacho con su laúd; os doy la razón, el lugar parece más limpio sin él. Y George Rochford, su caída barre a todo el resto de los Bolena, monseñor tendrá que volver al campo y procurar no levantar la voz. El emperador estará agradecido por todo lo que ha pasado. Es una lástima que la fiebre impidiese al embajador asistir hoy. Le habría gustado verlo.

No, no le habría gustado, piensa él. Chapuys es impresionable. Pero uno debería levantarse de su lecho de enfermo en caso necesario, y ver los resultados que has deseado.

—Ahora tendremos paz en Inglaterra —dice Wriothesley.

Cruza por su cabeza una frase (¿era de Thomas Moro?: «La paz del gallinero cuando ha escapado el zorro». De los cadáveres esparcidos, algunos matados con un chasquido de mandíbula, el resto mordidos y despedazados: el zorro da vueltas y clava los dientes aterrado y las gallinas aletean a su alrededor, mientras gira en redondo y distribuye muerte; restos que luego han de ser baldeados, el mantillo de plumas escarlata pegadas al suelo y a las paredes.

—Todos los actores han muerto —dice Wriothesley—. Los cuatro que arrastraron al cardenal al Infierno: y también el pobre idiota de Mark, que compuso una balada de sus hazañas.

—Todos los cuatro —dice él—. Todos los cinco.

—Un gentilhombre me preguntó: si es esto lo que Cromwell hace con los enemigos pequeños del cardenal, ¿qué acabará haciendo con el propio rey?

Él está mirando hacia abajo, hacia el jardín a oscuras: la pregunta se ha clavado como un cuchillo entre sus omoplatos. Sólo hay un nombre entre todos los súbditos del rey al que se le ocurriría esa pregunta, sólo uno que se atrevería a hacerla. Sólo hay un hombre que es capaz de poner en duda la lealtad que él muestra hacia su rey, la lealtad que demuestra diariamente.

—Así que... —dice al fin—. Stephen Gardiner se considera un gentilhombre.

Quizá Wriothesley vea, en los pequeños paños de cristal que nublan y distorsionan, una imagen dudosa: confusión, miedo, emociones que no suelen aparecer en la cara del señor secretario. Porque si Gardiner piensa eso, ¿quién más lo piensa? ¿Quién más lo pensará en los meses y años futuros?

—Wriothesley —dice—, supongo que no esperaréis que justifique ante vos mis acciones. Cuando ya se ha elegido una forma de actuar, no hay que disculparse por ella. Dios sabe que no persigo otra cosa que el bien de nuestro señor el rey. Estoy obligado a obedecer y servir. Y si me observáis atentamente veréis que es lo que hago.

Se vuelve cuando considera apropiado que Wriothesley le vea la cara. Su sonrisa es implacable. Dice:

—Bebed a mi salud.

III

Los despojos

El rey dice:

¿Qué pasó con su ropa? ¿Su tocado?

Él dice:

—Lo tiene todo la gente de la Torre. Les corresponde a ellos.

—Comprádselo —dice el rey—. Quiero cerciorarme de que se destruye.

El rey dice:

—Pedid todas las llaves de acceso a mi cámara privada. De aquí y de todas partes. Todas las llaves de todas las habitaciones. Quiero que se cambien las cerraduras.

Hay nuevos sirvientes en todas partes, o viejos sirvientes con nuevos cargos. Sir Francis Bryan reemplaza a Henry Norris como jefe de la cámara privada, y debe recibir una pensión de cien libras. El joven duque de Richmond es nombrado chambelán de Chester y del norte de Gales, y (sustituyendo a George Bolena) Guardián de las Cinco Puertas y condestable del castillo de Dover. Se pone en libertad a Thomas Wyatt y se le concede también una renta de cien libras. Edward Seymour es nombrado vizconde de Beauchamp. Richard Sampson es nombrado obispo de Chichester. La esposa de Francis Weston anuncia su nuevo matrimonio.

Él ha hablado con los hermanos Seymour sobre el lema que debería adoptar Jane como reina. Quedan en que será: «Obligada a Obedecer y Servir».

Se lo plantean a Enrique. Una sonrisa, un cabeceo de asentimiento: satisfacción absoluta. Los ojos azules del rey están serenos. A lo largo del otoño de este año, 1536, en las ventanas de cristal, en tallas de piedra o madera, la enseña del fénix sustituirá al halcón blanco con su corona imperial; los leones heráldicos de la muerta son sustituidos por las panteras de Jane Seymour, y se hace económicamente, ya que los animales sólo necesitan colas y cabezas nuevas.

El enlace matrimonial es rápido y privado, en el cuarto de la reina en Whitehall. Se descubre que Jane es prima lejana del rey, pero se otorgan todas las dispensas de la forma adecuada.

Él, Cromwell, está con el rey antes de la ceremonia. Enrique está tranquilo, y más melancólico ese día de lo que debería estar alguien que se va a casar. No es que piense en su última reina; lleva diez días muerta y nunca habla de ella. Pero dice: «Crumb, no sé si tendré ya hijos. Platón afirma que los mejores vástagos de un hombre nacen cuando tiene entre treinta y treinta y nueve. Yo tengo bastantes más. He desperdiciado mis mejores años. No sé dónde se han ido».

El rey piensa que el destino le ha engañado. «Cuando murió mi hermano, el astrólogo de mi padre predijo que yo disfrutaría de un reinado próspero y tendría muchos hijos.»

Al menos sois próspero, piensa él: y si seguís conmigo, más rico de lo que jamás podríais haber imaginado. Parece, pues, que Thomas Cromwell estaba en vuestra carta astral.

Han de pagarse las deudas de la muerta. Ascienden a unas mil libras, que la confiscación de sus propiedades permitirá pagar: a su peletero y su calcetero, a las sederas, al boticario, al pañero de lino, al talabartero, al tintorero, al herrador y al alfiletero. La condición de su hija es incierta, pero por el momento la niña estaba bien provista de flecos dorados para su lecho y cofias y gorros blancos y morados de raso con adornos de oro. A la bordadora de la reina se le deben cincuenta y cinco libras, y ya puede verse adónde se fue el dinero.

Los honorarios del verdugo francés son de veintitrés libras, pero es un gasto que no es probable que se repita.

En Austin Friars, coge las llaves y entra en el cuartito donde se guardan las cosas de Navidad: donde estuvo encerrado Mark, donde gritaba de miedo por la noche. Las alas de pavo real tendrán que destruirse. La niñita de Rafe probablemente no pregunte más por ellas; los niños no se acuerdan de una Navidad para otra.

Tras sacar las alas de su bolsa de lino estira la tela, la alza hacia la luz y ve que está rasgada. Ahora entiende cómo brotaron las plumas y golpearon la cara del difunto. Ve que las alas están harapientas, como mordisqueadas, y los ojos brillantes apagados. Son cosas de baratillo en realidad, no merece la pena guardarlas.

Piensa en su hija Grace. Piensa: ¿me engañó alguna vez mi mujer? Cuando yo estaba fuera, con los asuntos del cardenal, como estaba tan a menudo, ¿se emparejaría con algún comerciante de seda que conociese por su negocio, o se acostaría, como hacen muchas mujeres, con un sacerdote? Difícilmente puede creerlo de ella. Sin embargo, ella era una mujer vulgar, y Grace era tan bella, tenía unos rasgos tan delicados. Se difuminan en su recuerdo últimamente; esto es lo que hace la muerte, va tomando y tomando, de manera que lo único que queda de tus recuerdos es una leve huella de ceniza esparcida.

Le dice a Johane, hermana de su esposa:

—¿Tú crees que Lizzie tuvo algo que ver alguna vez con otro hombre? ¿Quiero decir, mientras estábamos casados?

Johane se queda asombrada.

—¿Quién te ha metido eso en la cabeza? Deja de pensar esas cosas.

Intenta hacerlo. Pero no puede evitar la impresión de que Grace se ha escapado aún más de él. Se murió antes de que se la pudiese pintar o dibujar. Vivió y no dejó ningún rastro. Hace mucho que pasaron a otros niños sus ropas y la pelota de tela y la muñeca de madera con su bata. De su hija mayor, Anne, tiene sin embargo el cuaderno de ejercicios. Lo saca a veces y lo mira, su nombre escrito con su letra audaz, Anne Cromwell, cuaderno de Anne Cromwell; los pájaros y peces que dibujó en el margen, sirenas y grifos. Lo guarda en una caja de madera con exterior y forro de cuero rojo. En la tapa, el color se ha debilitado hasta un rosa pálido. Sólo cuando la abres ves el sorprendente escarlata original.

Estas noches claras las pasa en su escritorio. El papel es valioso. Sus recortes y restos no se desechan, se les da la vuelta, se reutilizan. Le sucede a menudo que coge un viejo cuaderno de cartas y encuentra las anotaciones de cancilleres que hace mucho ya que son polvo, de obispos-ministros fríos ahora bajo inscripciones que enumeran sus méritos. Cuando se encontró por primera vez, de ese modo, con la letra de Wolsey después de su muerte (un cálculo rápido, un borrador desechado), se le encogió el corazón y hubo de posar la pluma hasta que cesó el espasmo de pena. Ha ido acostumbrándose a estos encuentros, pero esta noche, cuando repasa la hoja y ve la letra del cardenal, le resulta extraña, como si algún engaño, tal vez un engaño de la luz, hubiese alterado la forma de las letras. Podría ser la escritura de un desconocido, de un acreedor o un deudor con el que has tratado sólo en esa ocasión y al que no conoces bien; podría ser de algún humilde amanuense, al que su amo dictase.

Pasa un momento: un suave parpadeo de la llama de cera de abeja, un tirón del cuaderno hacia la luz, las palabras adquieren sus contornos familiares, de modo que puede ver la letra del muerto que las escribió. Durante las horas de luz del día sólo piensa en el futuro, pero a veces, tarde en la noche, el recuerdo viene y le acosa. Sin embargo, su tarea siguiente es reconciliar de algún modo al rey con lady María, salvar a Enrique de matar a su propia hija; y antes de eso, impedir que los amigos de María lo maten a él. Les ha ayudado a alcanzar su nuevo mundo, un mundo sin Ana Bolena y ahora pensarán que pueden arreglárselas también sin Cromwell. Han comido su banquete y ahora querrán barrerle con los juncos y los huesos. Pero ésta era su mesa: es él quien rige asentado en ella, entre los restos de carne. Que intenten derribarle. Le encontrarán armado, le encontrarán atrincherado, le encontrarán pegado como una lapa al futuro. Tiene leyes que redactar, medidas que tomar, el bien de la nación al que servir, y su rey: tiene títulos y honores aún por alcanzar, casas que construir, libros que leer y quién sabe, tal vez hijos que engendrar, y Gregory, cuyo matrimonio debe concertar. Sería una cierta compensación por las hijas perdidas tener un nieto. Se imagina de pie en una bruma de luz, alzando a un niño pequeño para que los muertos puedan verlo.

Haga lo que haga, piensa, desapareceré un día y tal como va el mundo puede que sea pronto: qué importa que sea un hombre con firmeza y vigor, la fortuna es voluble y, o bien darán cuenta de mí mis enemigos o mis amigos. Cuando llegue la hora debo esfumarme antes de que se seque la tinta. Dejaré tras de mí una gran montaña de papel, los que vengan después (sea Rafe o Wriothesley o Riche) repasarán lo que quede y comentarán: aquí hay una vieja escritura, un viejo borrador, una vieja carta de la época de Thomas Cromwell: pasarán la página y escribirán sobre mí.

Verano, 1536: es nombrado barón Cromwell. No puede llamarse lord Cromwell de Putney. Sería para echarse a reír. Sin embargo puede llamarse barón Cromwell de Wimbledon. Recorrió todos aquellos campos cuando era un niño.

La palabra «sin embargo» es como un duendecillo enroscado debajo de su asiento. Induce a la tinta a formar palabras que no has visto aún, y a las líneas a marchar a través de la página y rebasar el margen. No hay finales. Si piensas eso te engañas sobre su naturaleza. Son todos principios. Éste es uno.

Nota de la autora

Las circunstancias que rodearon la caída de Ana Bolena se han discutido durante siglos. Los datos son complejos y a veces contradictorios; las fuentes son con frecuencia dudosas, están adulteradas y son posteriores a los hechos. No hay ninguna transcripción oficial de su juicio, y sólo podemos reconstruir sus últimos días fragmentariamente, con la ayuda de contemporáneos que pueden ser inexactos, tendenciosos, olvidadizos, o haber estado en otra parte en el momento u ocultarse bajo un seudónimo. Los discursos largos y elocuentes puestos en boca de Ana en su juicio y en el patíbulo, deberían leerse con escepticismo, lo mismo que el documento que suele denominarse su «última carta», que es casi seguro una falsificación o (por decirlo más amablemente) una ficción. Ana, una mujer voluble y evasiva a lo largo de su vida, sigue cambiando siglos después de su muerte, cargando con las proyecciones de los que leen y escriben sobre ella.

Yo intento en este libro mostrar cómo unas cuantas semanas cruciales pudieron haber parecido desde el punto de vista de Thomas Cromwell. No pretendo atribuir autoridad a mi versión; hago una propuesta, una oferta al lector. Algunos aspectos familiares de la historia no se pueden encontrar en esta novela. Para limitar la multiplicación de personajes, no se menciona en ella a una dama muerta llamada Bridget Winfield, que debe de haber tenido (desde más allá de la tumba) algo que ver con los rumores que empezaron a circular contra Ana antes de su caída. La consecuencia de omitir cualquier fuente del rumor tal vez sea arrojar más culpa sobre Jane, lady Rochford, de la que quizá merezca; tendemos a interpretar a lady Rochford retrospectivamente, ya que conocemos el papel destructivo que tuvo en los asuntos de Katherine Howard, quinta esposa de Enrique. Julia Fox ha hecho una lectura más positiva del personaje en su libro *Jane Boleyn* (2007).

Los que conocen bien los últimos días de Ana advertirán otras omisiones, incluida la de Richard Page, un cortesano que fue detenido aproximadamente en la misma época que Thomas Wyatt, y que nunca fue acusado ni juzgado. Como no tiene por lo demás ningún papel en esta historia y como nadie tiene idea de por qué fue detenido, me pareció que lo mejor era no cargar al lector con un nombre más.

Estoy en deuda con las obras de Eric Ives, David Loades, Alison Weir, G. W. Bernard, Retha M. Warnicke y muchos otros historiadores de los Bolena y de su caída.

Este libro no es, por supuesto, sobre Ana Bolena ni sobre Enrique VIII, sino sobre la carrera de Thomas Cromwell, que aún necesita atención de los biógrafos. Mientras tanto, el señor secretario sigue lustroso, gordo y densamente inasequible, como una ciruela selecta en una tarta de Navidad; pero yo tengo la esperanza de proseguir en mis esfuerzos para desenterrarlo.

Agradecimientos

Doy las gracias más sinceras a los historiadores con amplitud de miras que se tomaron la molestia de leer *En la corte del lobo* para hacer comentarios sobre ella y dar estímulo a este proyecto; y también a los muchos lectores que se han puesto en contacto conmigo con árboles genealógicos y noticias sueltas de la leyenda familiar, con sabrosa información sobre lugares perdidos y nombres casi olvidados. Gracias a sir Bob Worcester por mostrarme Allington Castle, que fue en tiempos propiedad de la familia Wyatt, y a Rupert Thistlethwayte, descendiente de William Paulet, por invitarme a Cadhay, su bella casa de Devon. Y gracias a todas aquellas personas que me han hecho amables invitaciones a las que albergo la esperanza de corresponder durante el periodo en que escriba mi novela siguiente.

Debo una gratitud especial a mi marido, Gerald McEwen, que ha compartido una casa con tanta gente invisible, y que nunca falla en su apoyo y su bondad práctica.